Judith Lennox

Die geheimen Jahre

PIPER ORIGINAL

Judith Lennox
Die geheimen Jahre

Roman

Aus dem Englischen von
Angelika Felenda

Piper München Zürich

Von Judith Lennox liegen auf deutsch außerdem vor:
Das Winterhaus (Serie Piper 2962)
Tildas Geheimnis (Serie Piper 3219)
Serafinas später Sieg (Serie Piper 3391)
Picknick im Schatten (Serie Piper 3463)
Am Strand von Deauville (Serie Piper 3593)
Der Garten von Schloß Marigny (Serie Piper 6024)
Die Mädchen mit den dunklen Augen

Deutsche Erstausgabe
1. Auflage November 2002
2. Auflage Januar 2003

Titel der englischen Originalausgabe:
»The Secret Years«,
Hamish Hamilton Ltd / Penguin Group, London 1994

Satz: KCS Buchholz / Hamburg
Druck und Bindung: Clausen & Bosse, Leck
Printed in Germany ISBN 3-492-27043-3

www.piper.de

Für meinen Vater Harry Stretch
und meinen Großvater Thomas Stretch,
der im Ersten Weltkrieg war

Teil I

1909 – 1914

Ein weher Lufthauch von fernen Landen mir
Ins Herze zieht;
Welch blaue Hügel sind dies,
Welch Türme, welche Farmen,
Die nun mein inn'res Auge sieht?

ALFRED E. HOUSMAN, *A Shropshire Lad*

1

DIE KONTUREN DER fernen Hügel verschmolzen in einem kupferroten Sonnenuntergang. Thomasine kniete im Staub, sah einen Moment auf und wurde von der Sonne geblendet. Der Wind pflügte einen geisterhaften Pfad durchs Elefantengras, im Tal zupften ein paar magere Kühe welke Blätter von den Bäumen. Das Kind hielt sich die Hand vor die Augen, so daß der Blick verschwamm, die Hügel sich auflösten, flach wurden, und die Strahlen der afrikanischen Sonne sich in schmale Streifen goldenen Wassers zu verwandeln schienen.

Es hatte andere Farmen an anderen Orten gegeben. Jede Reise, sagte Papa, führe an einen besseren Ort, den richtigen Ort. Einmal hatten sie eine ganze Herde von Kühen besessen (Thomasine hatte allen Namen gegeben), aber jetzt waren es nur noch wenige.

Einmal hatte ein Sturm das Strohdach von der Hütte gerissen, aber Papa und der Junge sammelten das verstreute Stroh einfach wieder auf und banden es fest. Der Junge erklärte Thomasine, daß das Land, das sie vom Häuptling gepachtet hatten, schlechtes Land sei, Ju-Ju-Land, weshalb es auch noch niemand bebaut hatte. Thomasine fragte ihre Mutter nach dem Ju-Ju-Land. Gott erschuf die Welt in sieben Tagen, sagte Patricia Thorne. Wie sollte dann ein winziger Teil davon schlecht sein? Doch im Tausch gegen eine Locke von Thomasines rotbraunem Haar zeigte ihr der Junge die Höhlen, die die Medizinmänner benutzten. Die Höhlen waren kalt und hallten von Erinnerungen wider, ihre Eingänge führten in eine andere Welt. Wieder draußen im Licht, schnitt sie mit dem Messer des Jungen eine Strähne ihres roten Haars ab, die der Junge ehrfurchtsvoll und ängstlich betrachtete, bevor er sie zu einem Knoten band und in das Amulett an seinem Hals steckte.

Ein Mann und eine Frau von der baptistischen Mission besuchten die Thornes. Papa hatte eine der mageren Kühe geschlachtet, so daß es an diesem Tag Fleisch gab. Das Rindfleisch war zäh und schmeckte nach nichts. Der Junge und sein Vater aßen mit ihnen, wie sie es immer taten, doch als die Männer zur Arbeit gingen und Patricia Thorne den Tee bereitete, sagte die Missionarin: »Aber sie sind schmutzig, meine liebe Mrs. Thorne. Im vergangenen Monat hat es mehrere Fälle von Gelbfieber gegeben. Außerdem müssen wir ihnen doch zeigen, wo ihr Platz ist.« Patricia goß den Tee ein und antwortete: »Aber sind wir denn vor Gott nicht alle gleich, Miss Kent?«

Eines Abends nahm der Junge Thomasine mit ins Dorf, damit sie beim Tanzen zusehen konnte. Das Mondlicht und die Feuer beleuchteten die Körper der Eingeborenen, die sich wie Schilfrohr im Wind wiegten und Geschichten in den staubigen Boden zeichneten. Die Männer trugen Masken: vergrößerte und übertriebene Fratzen des menschlichen Gesichts. Das Schlagen der Trommeln dröhnte durch die Nacht, so daß auch Thomasine unwillkürlich ins Tanzen verfiel. Als die Musik aufhörte, fiel sie, von einem Gefühl der Verlassenheit überwältigt, zu Boden. Eine der Frauen half ihr beim Aufstehen und gab ihr zu trinken, eine andere schenkte ihr Perlen und ein Stück scharlachfarbenes Tuch. Eine dritte strich mit schwarzblauen Händen über ihr langes offenes Haar und redete auf die anderen Frauen in einer Sprache ein, die das Kind nicht verstand.

Mit Hilfe ihrer Mutter nähte Thomasine aus dem scharlachfarbenen Stoff einen Rock. Der Himmel blieb blau und wolkenlos. Der Weizen, der Thomasine bis zu den Knien gereicht hatte, hörte auf zu wachsen. Sie fragte ihren Vater und zog an den Zipfeln ihres Rocks, als sie über die verdorrten Felder gingen. »Der Regen ist nicht gekommen, und der

Boden ist schlecht«, sagte Thomas Thorne. Ju-Ju-Land, dachte Thomasine und erschauderte. Ein paar Tage später pflückte sie einen Weizenhalm, zerrieb ihn zwischen den Fingern, und er zerbröselte wie altes Papier.

Es waren nur noch drei Kühe übrig, von denen keine Milch gab. Der Himmel war hart und metallisch wie eine Messingschüssel. Thomasine half ihrem Vater, Wasser vom Fluß heraufzutragen, aber das Flußwasser war moderig und grünlich, und das Schlammbett brach in Risse wie ein Mosaik. Die Leute verließen das Dorf, gefolgt vom langen Strom ihrer Tiere, und die farbigen Kleider der Frauen waren nur noch eine Erinnerung in der Landschaft aus Staub und Ocker. Der Junge und sein Vater gingen mit ihnen fort.

Thomasines Vater wurde dünner, ihre Mutter dicker. Thomasine verstand nicht, warum Mama dicker wurde, obwohl es nicht mehr viel zu essen zu gab. Dann lag eines Morgens ein winziges Baby auf dem Kissen neben ihrer Mutter. Thomasine wußte nicht, woher das Baby kam, und fürchtete, es zurückgeben zu müssen. Sie nannten es Hilda, nach Mamas Lieblingsschwester. Mama hatte Thomasine ein Foto von ihren drei Schwestern gezeigt: Hilda, Rose und Antonia. Sie lebten weit weg, in England.

Eines Abends wurde ihr Vater krank und machte sich am nächsten Morgen auf den Weg zum Missionshospital, um Medizin zu holen. Er nahm das große Pferd, das übellaunige, auf dem er Thomasine nie reiten ließ. Bevor er ging, bat er sie, sich um Mutter und Schwester zu kümmern. Zum Abschied winkte sie mit dem Taschentuch und sah ihm hinterher, wie er durch das Tal auf die Hügel zuritt.

Den ganzen Tag saß sie am Bett ihrer Mutter. Seit sechs Wochen, seit Hildas Geburt, war Patricia Thorne nicht mehr aufgestanden. Das Baby schlief, wurde gestillt und lag in Decken gehüllt da. Thomasine gefiel es, den warmen, samtigen Kopf zu berühren und die winzigen, seesternartigen Händchen zu betrachten. Das Baby war kleiner als ihre große Stoffpuppe.

Als Thomas Thorne nach Einbruch der Dunkelheit nicht zurückkehrte, zerkleinerte Thomasine Gemüsewurzeln, mischte sie mit Mais und kochte Suppe. Sie hockte draußen neben dem Feuer, rührte um und dachte daran, daß die Mission acht Meilen entfernt war und das übellaunige Pferd vielleicht ein Hufeisen verloren hatte. Doch der Himmel und das Land erschienen ihr sehr dunkel, sehr leer.

Ihre Mutter aß nur einen Löffel Suppe, den Rest verzehrte Thomasine selbst. Das Baby weinte viel, und Mamas Wangen waren rot, und ihre Stirn glänzte vor Schweiß. Thomas Thorne kehrte weder am nächsten noch am übernächsten Tag zurück.

Mama verstand sie nicht, als Thomasine fragte, ob sie Papa nachreiten oder ob sie bleiben und sich um das Baby kümmern sollte. Mamas Haut hatte eine merkwürdig gelbliche Farbe angenommen, und ihre Augen wirkten eingefallen. Ihr Gesicht sah aus wie eine der Masken, die Thomasine im Dorf gesehen hatte. Thomasine versuchte, sie zum Trinken zu bewegen, aber das einzige Wasser, das sie finden konnte, stammte aus dem trüben Fluß. Es rann aus Mamas Mund über Kinn und Hals und auf ihr Nachthemd hinab. Das Baby hatte irgendwann zu weinen aufgehört und schlief die meiste Zeit.

Am dritten Tag wachte Thomasine von der Stille auf. Als sie zum Bett hinüberging, glaubte sie anfangs, Mama schliefe, aber als sie ihre Hand berührte, war sie kalt. Sie begriff, daß sie jetzt, abgesehen von dem Baby, ganz allein war. Das sanfte Heben und Senken der Brust des Babys war noch zu spüren. Sie nahm an, daß die kleine Hilda ebenfalls hungrig war, und wußte, daß sie nichts hatte, um sie zu füttern.

Thomasine zog ihren scharlachfarbenen Rock an, packte alle Wertsachen in einen Beutel und sattelte das Pferd. Mit dem Baby, das sie auf afrikanische Art auf den Rücken band, ritt sie zum Missionshospital und zu ihrem Vater.

Southampton war ganz anders als Port Harcourt. Es war grauer und kälter, und vom Himmel fiel ein feiner Nieselregen. Als ginge man am Rand eines Wasserfalls entlang, dachte Thomasine.

Die Tanten erwarteten sie am Hafen. In dem Durcheinander aus Schiffen, Seeleuten und Passagieren glaubte sie nicht, sie je finden zu können, aber Miss Kent – die schwarzen Knopfaugen über der spitzen Nase starr nach vorn gerichtet – zerrte sie durch die Menge und brachte sie zu den drei Frauen, die sie von Mamas Fotografie her kannte. Entzückensrufe wurden ausgestoßen, und Thomasine wurde umarmt und geküßt.

Sie hörte Miss Kent sagen: »Wir haben den Eltern und dem Baby ein christliches Begräbnis gegeben.«

»Baby?« sagte die rothaarige Tante. (Thomasine, die sich nicht erinnern konnte, wer wie hieß, bezeichnete die drei als die große Tante, die kleine Tante und die rothaarige Tante.)

»Es gab einen Säugling«, sagte Miss Kent.

»Sie hieß Hilda«, ergänzte Thomasine.

Die große Tante blinzelte und begann, die Regentropfen von ihrer Brille zu wischen. Von einem der Schiffe ertönte lautes Sirenengeheul, und Thomasine erschauerte in ihrem dünnen schwarzen Mantel.

»Gelbfieber, wie ich in meinem Brief geschrieben habe, Miss Harker.«

»Dem armen Kind ist kalt.«

»Miss Kent – wir sind Ihnen unendlich dankbar. Kommen Sie mit uns zum Essen?«

Zu Thomasines Erleichterung schüttelte die Missionarin den Kopf. Thomasine mußte einen letzten, nach Veilchen duftenden Kuß auf die Wange über sich ergehen lassen und wurde dann an den Händen von zwei Tanten vom Dock weggeführt.

Im Teesalon, während die Tanten locker dahinplauderten, gelang es ihr, die Namen zuzuordnen. Die rothaarige Tante war Antonia, die große hieß Hilda und die kleine Rose.

»Vor allem braucht sie einen Beruf«, flüsterte Antonia. »Das arme Würmchen ist schließlich Waise.«

»Ich sage ja nicht, daß sie keinen Beruf braucht, liebe Tony. Es ist ja nur die Art des Berufs, um die es mir geht.«

»Tanzen ist absolut seriös, Hilda. Alle Mädchen aus meiner Schule werden sorgsam behütet, wenn sie an Theatern arbeiten.«

»Ich könnte Thomasine ein solides Fundament in Mathematik, Literatur und Geographie vermitteln. Ein Mädchen hat doch ganz andere Möglichkeiten, wenn es einen Schulabschluß besitzt.«

»Sie hat den Körper einer Tänzerin. Seht euch ihre Füße an – ihre Hände …«

»Sicher«, sagte Rose, und ihre Stimme zitterte ein wenig, als sie Tee nachgoß, »würde Thomasine die Landluft guttun. Sie ist doch noch ein Kind … erst zehn …«

Tante Rose reichte Thomasine die Platte mit den Gebäckteilen. Sie wählte eines in Form eines Büffelhorns aus, das mit Sahne und Marmelade gefüllt war. Nach der langen Seereise schwankte der Boden inzwischen ein bißchen weniger unter ihr, und sie hatte großen Hunger.

»Vielleicht«, sagte Hilda entschieden, »sollte Thomasine bei mir und Rose leben, aber die Ferien bei Antonia verbringen. Wir haben Kinder immer gern gehabt, nicht wahr, Rose? Und für ein Kind zu sorgen wäre jetzt, da du allein bist, schwierig für dich, Tony.«

Antonia sah aus, als wollte sie Einwände erheben, legte dann aber ihre elegant behandschuhten Finger auf die von Thomasine. »Du wirst mich oft besuchen kommen, nicht wahr, Liebling? Ich werde dir ein Paar Schuhe kaufen und ein Überkleid.«

Die Landschaft, auf die sie durch die Zugfenster hinaussah, wurde ebener und war jetzt von Wasserläufen durchzogen. Im schwachen Sonnenlicht glitzerte alles grün, blau und silbern. Als Hilda und Rose die Thermosflaschen, die Decken und Bücher in eine abgeschabte Stofftasche zu packen begannen, rief Thomasine aus: »Wohnt ihr in einem *See?*«

Hilda blickte aus dem Fenster. Nur Wasser war zu sehen, an dessen Rand die Zugtrasse entlangführte. Sie lächelte.

»Nein, Liebes. Einige der Felder sind überschwemmt wegen des starken Regens im Winter.«

Als sie am Bahnhof von Ely ausstiegen, zischte und pfiff der Zug und stieß jede Menge Dampf aus. Ein Dienstmann trug ihr Gepäck nach draußen, und Hilda suchte in ihrer Börse nach Kleingeld.

»Es ist ein langer Fußmarsch nach Drakesden, Liebes.«

»Ich geh gern zu Fuß.« Thomasine war zu lange in dem Schiff und dem Zug eingesperrt gewesen. »Papa hat immer gesagt, wenn man ein Land wirklich kennenlernen will, muß man zu Fuß gehen.«

Hilda trug die Tasche der Tanten und die von Thomasine. Rose hielt das Kind an der Hand, als sie dem schmalen Pfad folgten, der von Ely zum Dorf führte. Der Boden war schwarz und kreuz und quer von Wasseradern durchzogen wie ein Schachbrett. Mehrmals mußten sie über schmale, schwankende Planken gehen, die über die angeschwollenen Bäche führten. Hilda ging zuerst hinüber, so daß Thomasine sicher von einer Tante an die nächste gereicht wurde. Ihre Stiefel waren mit Schlamm bedeckt, aber beim schnellen Gehen, um mit Hilda Schritt zu halten, wurde ihr zum erstenmal seit ihrer Ankunft in England warm.

Drakesden war nicht viel größer als das afrikanische Dorf, in das der Junge sie mitgenommen hatte. Die Häuser waren mit Stroh gedeckt und aus gelblichem Ziegelstein gebaut. Es gab eine Kirche und einen Laden, und auf der Straße spielten ein paar Kinder, die Thomasine mit offenen Mündern anstarrten, als sie vorbeiging.

Hilda marschierte zur Vordertür eines der Cottages und stellte die Taschen ab, als sie die Klinke herunterdrückte. Thomasine las den Namen, der über dem Eingang stand – »Quince Cottage« –, und folgte ihrer Tante hinein.

Afrika, Mama und Papa und das Baby wurden in einem bestimmten Fach ihrer Erinnerung abgelegt. So war es leichter. Am Morgen hatte sie Unterricht bei Tante Hilly, und am Nachmittag erkundete sie Drakesden. Manchmal ging sie zu Fuß, manchmal lieh sie sich das Pony des Pfarrers und ritt. Die Dorfkinder starrten sie immer noch an, vor allem wenn sie den scharlachfarbenen Rock trug.

In der Kirchc ficl sie unangenehm auf, weil sie das Gebäude als erste verließ, direkt hinter dem Pfarrer. Alle anderen blieben ruhig stehen: Vorn in den Bänken hinter dem Chorgestühl war ein Scharren zu hören, das war alles. Da sie unbedingt das dunkle, feuchte Gebäude verlassen wollte, nahm sie ihr Gebetbuch und rannte nach draußen. Sie verstand den Ausdruck auf Mr. Fanshawes Gesicht nicht, als sie sich von ihm verabschiedete, aber später erklärte ihr Tante Rose, daß die Blythes die Kirche immer als erste verließen. Am nächsten Sonntag bemerkte Thomasine, daß Mr. Fanshawe hauptsächlich die Blythes anlächelte und am wenigsten diejenigen, die die Kirche als letzte verließen. Sie, Tante Hilly und Tante Rose befanden sich ungefähr in der Mitte.

Sie stellte allen Fragen: Mrs. Carter, die den Laden führte, den Farmpächtern, den Männern und Frauen, die auf den Feldern arbeiteten. Sie diskutierte mit Mr. Naylor, der die Chalk Farm betrieb, über die Probleme des Weizenanbaus bei zu geringer Bewässerung, und er lachte und erklärte ihr, daß es in den Fens zuviel davon gab. Sie half Tante Rose im Gemüsegarten, grub aus der dunklen, krümeligen Erde winzige neue Kartoffeln aus, trug im Hühnerstall warme braune Eier zusammen und legte sie vorsichtig in einen Strohkorb.

Eines Tages ritt sie am Deich entlang, durchquerte ein mit Lorbeer und Dorngestrüpp bewachsenes Stück Land und kam am Rand einer Wiese heraus. Als sie aufblickte, sah sie Drakesden Abbey, das herrschaftliche Haus der Blythes. Es war riesig, größer als das Missionshospital. Dann blickte sie erneut auf und sah all die Leute, die sie anstarrten: Lady

Blythe in einem fließenden weißen Kleid und einem großen flachen Hut, einen dunkelhaarigen Jungen, einen blonden Jungen und ein Mädchen. Verlegen murmelte sie ein paar entschuldigende Worte und drehte das Pony um. Zurück auf dem Deich traf sie Daniel Gillory, der in glucksendes Gelächter ausbrach, als sie ihm erzählte, wie sie die Blythes beim Tee im Garten der Abbey überrascht hatte.

Daniel erklärte ihr, was es mit den Deichen und Gräben, den Windmühlen und Pumpen auf sich hatte. Daniel war der älteste Sohn des Schmieds. Thomasine hatte versucht, Jack Gillory zu fragen, wie er Pferdehufe anbrachte, aber er war kein guter Gesprächspartner. Daniel hingegen schon. Daniel sei ein besonders intelligenter Junge, sagte Tante Hilly. Er hatte gerade ein Stipendium fürs Gymnasium in Ely bekommen. Tante Hilly lieh ihm oft Bücher. Daniel war ein paar Monate älter als Thomasine und hatte blondes, leicht lockiges Haar und Augen, die zwischen Grün und Haselnußbraun changierten. Eines Nachmittags, als sie über die Felder ritten, während sein Vater im Otter, dem Dorfpub, war, erklärte Daniel ihr, wie Wasser vom Land in die Deiche und aus den Deichen ins Meer gepumpt wurde. Daß die Deiche und die Straßen hoch über den Feldern lagen, weil das entwässerte Moor abgesunken war. Daß die ganzen Fens vor langer Zeit nur Marschen und See, eine endlose Wasserlandschaft gewesen waren. Die Bewohner der Fens hätten damals Schwimmflossen gehabt, fügte Daniel mit ernstem Blick aus seinen grüngoldenen Augen hinzu. Dann lachte er lauthals, als er seinen Scherz eingestand, und jagte sie im Galopp den Weg entlang, während die Hufe ihrer geliehenen Ponys den Staub aufwirbelten.

Langsam gewöhnte sie sich an die wechselnden Jahreszeiten. An die Hitze und die Kälte, den Wind und die Zugluft. An die Schneeflocken, die wie weiße Blüten aus einem bleiernen Himmel schwebten, und an die Staubwirbel, die sie kurz an jenes andere Land erinnerten.

Zum Tee bei den Dockerills trug sie den scharlachroten Rock und die alte weiße Bluse ihrer Mutter, die zu groß für sie war. Thomasine mochte die Dockerills: In dem Cottage mit den drei Zimmern herrschte immer lautes und quirliges Treiben.

Mrs. Dockerill bewunderte ihren Rock und ihre Glasperlen. Ein paar der zehn kleinen Dockerills drängte sich an dem zerkratzten runden Tisch zusammen, die anderen saßen auf Hockern, Kisten und Planken. Mrs. Dockerill hob den Speckpudding aus dem Topf und nahm das Musselintuch ab. Sie schnitt ihn in zwölf Stücke und verteilte sie auf die bunt zusammengewürfelten Teller und Schalen. Jeweils ein großes Stück für Mr. Dockerill, Harry und Tom, die auf dem Feld arbeiteten, mittelgroße Stücke für Jane und Sally, die als Dienstboten beschäftigt waren, aber den Nachmittag freihatten, und kleine Stücke für die Kinder. Das Neugeborene schlief in einer Kiste in der Ecke. Der Speckpudding duftete unwiderstehlich.

Alle hatten zu essen begonnen, als von draußen das Geräusch von Schritten hereindrang. Harry Dockerill öffnete die Tür, und Lady Blythe stand davor, ihr Sohn Nicholas und ihre Tochter Marjorie hinter ihr. Lady Blythe brachte ein paar alte Laken für Mrs. Dockerill, die für das Neugeborene zerschnitten werden konnten. Thomasine beobachtete, wie Lady Blythe ins Cottage trat, nacheinander die Deckel von den Töpfen auf dem Herd hob und deren Inhalt inspizierte. Die lauten, fröhlichen Dockerills wurden plötzlich still. Sie hatten ihr Besteck abgelegt und saßen stocksteif und unbehaglich da, während das Essen auf ihren Tellern kalt wurde. Thomasine, die Ärger in sich aufkommen spürte, ohne genau zu wissen warum, spießte trotzig ein Stück Speck mit ihrer Gabel auf.

»Weißkohl, Mrs. Dockerill?« fragte Lady Blythe, in den größten Topf spähend. »Grünkohl ist genauso nahrhaft und wesentlich billiger.«

Dann entdeckte sie Thomasine. Der Blick aus den eisblauen Augen traf sich mit dem aus Thomasines meergrünen, genauso wie vor der Kirche, genauso wie damals, als sie unerlaubterweise den Rasen von Drakesden Abbey betreten hatte.

»Leg deine Gabel weg, Kind. Hast du denn keine Manieren? Weißt du nicht, wie du dich vor Höherstehenden zu benehmen hast?«

Unbändiger Zorn stieg in ihr auf. Die Erinnerung, wie ihre Mutter für die Missionarin Tee einschenkte, kam wieder in ihr hoch.

»Vor Gott sind wir alle gleich, Lady Blythe«, antwortete Thomasine entschieden. Ihr Gesicht war heiß, aber als sie wegsah, traf sich ihr Blick kurz mit dem von Lady Blythes dunkelhaarigem Sohn, und sie glaubte, weniger Kritik als Belustigung darin zu erkennen.

Diesmal lachte Daniel Gillory nicht, als ihm Thomasine erzählte, was passiert war. Er stand am Rand des Deichs und ließ flache Steine über das klare kalte Wasser hüpfen.

»Den Blythes gehören die meisten der Cottages in Drakesden«, erklärte er. »Und auch das meiste Land. Und die meisten der Farmen. Also müssen die Leute sich wohlverhalten. Wenn sie es nicht tun, haben sie sehr schnell keine Arbeit und kein Dach mehr über dem Kopf. So ist das hier nun mal.«

»Und *dein* Cottage, Daniel?«

»Unser Cottage – und das Land – gehört meiner Mutter. Ihr Großvater hat es den Blythes für ein paar Scheffel Kartoffeln abgekauft. Im Frühjahr steht es immer unter Wasser, wahrscheinlich haben sie es deswegen abgegeben.« Er begann, über den Deich zu wandern, Thomasine folgte ihm. »Deswegen will ich die Schule weitermachen. Wenn ich mein Abschlußdiplom schaffe, muß ich nicht für die Blythes und nicht für meinen Vater arbeiten.«

»Willst du denn kein Schmied werden?« fragte Thomasine überrascht. Ihr gefiel die Esse – die Pferde, das Zischen, wenn das heiße Metall ins Wasser getaucht wurde.

»Mein Vater verprügelt mich«, antwortete Daniel schlicht.

Thomasine wußte, daß Jack Gillory zuviel trank – das ganze Dorf wußte das –, und sie hatte Daniel häufig mit einem blauen Auge oder einer aufgeplatzten Lippe gesehen. Als sie im vorigen Sommer zusammen im Mühlteich schwammen, hatte sie rote Striemen auf seinem Rücken entdeckt. Wieder kam Wut ihr hoch.

»Was möchtest du einmal werden, Thomasine?« fragte Daniel.

»Tante Hilly möchte, daß ich Lehrerin werde. Sie meint, ich sei gut in Mathematik. Tante Rose glaubt, daß ich heiraten werde.«

Keine der beiden Möglichkeiten fand sie besonders reizvoll. Sie konnte Daniel Gillory, der in den Fens geboren war, nicht erklären, daß die Landschaft sie zuweilen einengte und sie sich regelrecht eingekerkert fühlte. Daß ihr die Enge des Dorflebens mit seinen starren Klassenschranken lästig war. Daß sie sich manchmal nach Hügeln, Farben und Musik sehnte.

»Vielleicht gehe ich auch zu meiner Tante Tony«, fuhr sie, einen geheimen Traum aussprechend, fort. »Sie hat eine Tanzschule in London. Letztes Jahr hat sie mich in ein Ballett im Alhambra-Theater mitgenommen, Daniel. Es war herrlich, absolut wunderbar.«

Der Sommer 1914 war seltsam, denn Thomasine schwankte ständig zwischen Hochstimmung und abgrundtiefer Langeweile. Die Unterrichtsstunden bei Hilda, die sie früher genossen hatte, empfand sie manchmal als lähmend, und die Abende, an denen sie nicht ausritt oder sich mit Daniel traf, kamen ihr quälend lang vor. Sie hatte alle Bücher in Quince Cottage und alle interessanten Werke aus der Leihbibliothek in Ely gelesen.

Innerhalb der Dorfgesellschaft war sie isoliert. Die Dorfkinder hatten ihr anfängliches Mißtrauen gegen sie nie ganz abgelegt, und ihre Altersgenossen waren inzwischen in Stellung oder arbeiteten auf dem Feld. Nur Daniel konnte sie als Freund ansehen, weil auch er sich wegen seines Stipendiums von seinen Kameraden unterschied. Obwohl sie ihre Tanten allmählich liebgewonnen hatte, erschien ihr deren Leben als ledige Frauen besonders eingeschränkt. Einmal stritt sie sich sogar mit Hilda und fragte, warum ihre klügste Tante nicht Lehrerin oder Krankenschwester geworden war, statt sich in Drakesden einzumauern.

»Weil mein Vater fand, daß Frauen nicht arbeiten sollten«, antwortete Hilda ruhig, »und da Rose und ich nicht geheiratet haben, waren wir gezwungen, bei ihm zu leben.« Nur Patricia und Antonia waren entkommen, durch Heirat.

Aber dennoch, wenn sie ritt, durch die Felder wanderte oder sich in ein wirklich gutes Buch vertiefte, war sie vollkommen zufrieden.

Am Pfingstfest, als Thomasine mit den übrigen Dorfbewohnern in einem großen Kreis tanzte, als alle sich umeinander herumschlängelten wie Bänder an einem Maibaum, war sie glücklich.

Zu Thomasines fünfzehntem Geburtstag, Ende Juni, buk Tante Rose einen Kuchen mit rosafarbenem Zuckerguß, und Tante Hilly schenkte ihr einen Band mit Housmans Gedichten. Nachdem Thomasine mit den Haushaltsabrechnungen fertig war (was während der folgenden zwei Jahre zu ihren festen wöchentlichen Aufgaben zählte), das Gemüsebeet gegossen und ein Stück des rosaglasierten Kuchens gegessen hatte, spazierte sie aus dem Dorf hinaus und dann den Weg entlang zu der Stelle, an der sie mit Daniel verabredet war.

Sie hatte den Pfarrer nicht gebeten, ihr sein Pony zu leihen, weil sie das neue Kleid trug, das sie gemeinsam mit Tante Rose genäht hatte. Das Kleid aus weißem Musselin mit blaßblauer Schärpe war zum Reiten nicht geeignet. Auch ihr Haar war auf andere Weise frisiert, anstatt zu Zöpfen geflochten, wurde es von einem breiten blauen Band im Nacken zusammengehalten. Auf dem Deichweg achtete sie auf ihre Schritte und vermied es, in den schlimmsten Schlamm zu treten.

Als sie das Getrappel von Pferdehufen hörte, blickte sie auf und erwartete Daniel zu sehen, der ein frisch beschlagenes Pferd zu einem Farmer zurückbrachte. Aber es war nicht Daniel, der den Weg entlangsprengte, sondern Nicholas Blythe. Sie trat zur Seite, um ihn vorbeizulassen, aber er zügelte sein Pferd, und Gras und Schlamm spritzten auf.

»Ach, Miss Thorne. Es tut mir furchtbar leid. Ich hab Sie nicht gesehen. Hab ich Sie erschreckt?«

Thomasine schüttelte den Kopf. »Überhaupt nicht.« Sie sah ihn mit zusammengekniffenen Augen an. Nicholas Blythe und sein älterer Bruder Gerald hielten sich für gewöhnlich von April bis August nicht in Drakesden auf. »Ich dachte, Sie wären in der Schule, Mr. Blythe.«

»Ich war krank. Windpocken. Und soll in Quarantäne bleiben. Gerry hatte sie vor ein paar Jahren, deshalb ist er noch in Winchester, der arme Teufel. Im Moment ist es nur verdammt langweilig in der Abbey – Mama, Pa und Marjorie sind in London, also sind nur Lally und ich zu Hause.«

»Was für ein hübsches Pferd.« Thomasine streichelte die schwarzen samtigen Nüstern.

»Es heißt Titus. Reiten Sie, Miss Thorne?«

Sie nickte und holte ein paar Zuckerstücke aus ihrer Tasche, die sie immer bei sich trug. Das samtige Maul des Pferdes rieb sich an ihrer Handfläche.

»Mr. Fanshawe leiht mir sein Pony.«

»Ach – dieses alte Ding. Das kann doch höchstens im Trab gehen, außer man würde eine Kanone hinter ihm abfeuern.«

Thomasine grinste und sah zu ihm auf. Nicholas hatte dunkles Haar, dunkle Augen, und sein Gesicht war wie gemeißelt. »Bluebell ist schon eine Transuse«, gab sie zu.

»Sie sollten vielleicht einmal eines der Pferde aus der Abbey probieren, Miss Thorne.«

Thomasine hatte Daniel entdeckt, der vom Haus des Schmieds über den Weg auf sie zurannte.

»Morgen abend?« fügte Nicholas hinzu. »Auf der Wiese beim Wäldchen?«

Überrascht sah sie ihn wieder an. Vielleicht langweilte sich Nicholas Blythe auch, dachte sie. Die Aussicht auf neue Gesellschaft und einen Ritt auf einem der hervorragenden Pferde der Abbey war unwiderstehlich. »Das wäre herrlich. Aber Daniel kann doch auch mitkommen, Mr. Blythe?«

Daniel lief langsamer und schlurfte mit den Füßen, als er näher kam. Ein Stück weit entfernt von ihnen blieb er stehen und neigte fast unmerklich den Kopf vor Nicholas Blythe.

»Natürlich. Also bis dann«, sagte Nicholas zu Thomasine. »Bis morgen.« Er gab seinem Pferd die Sporen und galoppierte davon.

»Hast du das Boot bekommen?« fragte Thomasine, als sie und Daniel allein waren.

Zu ihrem Geburtstag hatte Daniel versprochen, Mr. Naylors flachkieliges Boot auszuleihen, damit sie den Fluß weiter erkunden konnten. Daniels Antwort bestand nur aus einem Brummen und Achselzucken. Schweigend marschierte er vor ihr den Weg entlang.

Sie wußte, daß er manchmal launisch und reizbar war, und führte das auf seine langen Arbeitsstunden zurück: den fünf Meilen langen Schulweg, die Stunden nach der Schule in der Schmiede. Sie rannte, um ihn einzuholen. Schließlich sagte er: »Ich wußte nicht, daß du mit Nicholas Blythe auf so vertrautem Fuß stehst.«

»Das tue ich nicht. Bis zum heutigen Tag hab ich kaum mehr als ein halbes Dutzend Worte mit ihm gewechselt. Er hat sich nur entschuldigt, daß er mich fast über den Haufen geritten hätte.«

Schließlich blieb er stehen, und sie schüttelte ihn leicht am Arm. »Ach, Daniel, sei nicht eingeschnappt. Nicht *heute.*«

Ihre Blicke trafen sich einen Moment lang, dann griff er in die Tasche und zog etwas heraus.

»Herzlichen Glückwunsch zum Geburtstag«, sagte er.

Als sie das Seidenpapier aufwickelte, fand sie eine filigrane Brosche in Form eines Schmetterlings darin. »Sie ist nicht neu«, sagte Daniel schnell. »Ich hab sie auf dem Markt in Ely gekauft. Aber sie ist schon in Ordnung, denke ich?«

Es war das erste Mal, daß jemand, der kein Verwandter war, ein Geschenk für sie gekauft hatte. »Sie ist wundervoll, absolut wundervoll, Daniel«, sagte sie und ließ sich die Brosche von ihm an die Bluse stecken.

Nicholas Blythe wartete bereits auf der Wiese, als Thomasine und Daniel am nächsten Abend dort ankamen. Er saß auf dem riesigen schwarzen Hengst, den er am Vortag geritten hatte, und hielt ein weiteres Pferd an einem langen Zügel.

»Ich hab die beiden Rappen mitgebracht«, sagte er. »Der hier heißt Nero. Nach dem römischen Kaiser, weißt du«, fügte er an Daniel gewandt hinzu.

Daniels Gesicht verfinsterte sich, aber er erwiderte nichts.

»Darf ich Ihnen hinaufhelfen, Miss Thorne? Ich schätze, Sie wollen keinen Damensattel wie Marjie und Mama?«

Thomasine schüttelte den Kopf. »Natürlich nicht. Und nennen Sie mich Thomasine, nicht Miss Thorne.«

Von Neros hohem Rücken aus ergab sich ein neuer und aufregender Blick auf Drakesden. Die Wiese schmiegte sich an den niedrigsten Hang der Insel, auf der Drakesden Abbey erbaut war. Es war natürlich keine richtige Insel, nur ein niedriger Hügel aus vergleichsweise festem Grund in diesem Meer aus schwarzem Torf, aus dem die Fens zum größten Teil bestanden. Zwischen der Wiese und den Mauern, die Drakesden Abbey umgaben, befand sich ein Wäldchen, eine der wenigen bewaldeten Stellen in einer Landschaft, in der es wegen der strengen Winter kaum Bäume gab.

Thomasine trabte mit Nero an der Umzäunung der Wiese entlang, dann ließ sie ihn in Galopp fallen. Das Tempo war belebend. Die Bäume und die Blumenteppiche entlang der Wiese verschwammen ineinander. Als sie den Hengst schließlich zum Stehen brachte, lachte sie.

»Das war herrlich!«

»Du warst herrlich.« Nicholas streckte die Hand aus, um Thomasine aus dem Sattel zu helfen. »Willst du auch mal, Gillory?«

Daniel kletterte in den Sattel. Nicholas rief: »Er ist ein Springer, Gillory!«, und Daniel lenkte das Pferd in die äußerste Ecke des Felds und drückte ihm die Fersen in die Flanken. Der Hengst wurde schneller und schneller, das Geräusch der Hufe klang wie Donner. Dann erhoben sich Pferd und Reiter in die Luft und sprangen behend über den Zaun hinweg.

Nicholas ritt durch den Wald nach Hause. Die Bäume verdeckten den blaßblauen Himmel. Die Pferdehufe zerdrückten den Bärlauch entlang des Pfads, der einen betäubenden Geruch verströmte. Das Sonnenlicht, das durch die Bäume fiel, warf goldene Streifen auf das Unterholz.

Noch immer spürte er die Berührung von Thomasines Hand. Es war seltsam, wie lange das Gefühl anhielt, als hätte sich der Druck ihrer Finger für immer in seine Handflächen eingeprägt, nachdem er ihr aus dem Sattel geholfen hatte. Als erinnerte sich seine Haut an die ihre. Dergleichen hatte er noch nie erlebt. Er wußte, daß einige seiner Schulkameraden in ähnlicher Weise auf ältere Jungen reagierten, aber Nicholas, der sich an die jedes Semester wiederholten Warnungen seines Hausvorstehers im Internat erinnerte, hatte derlei Gefühle schon immer verachtet.

Er hörte ein Rascheln im Unterholz und sah auf. Als er in die Dunkelheit spähte, sah Nicholas zwei runde schwarze Augen, ein kleines weißes Gesicht und dicke schwarze Zöpfe. »Lally.«

Zögernd stand seine jüngere Schwester auf. Ihre weiße Bluse war mit grünen Flecken übersät und der Saum ihres Rocks beschmutzt.

»Was machst du hier?«

»Dich beobachten.«

Nicholas starrte sie an.

»Dich beobachten«, wiederholte sie, »und Miss Thorne und Daniel Gillory.«

»Du warst die ganze Zeit hier?« fragte Nicholas überrascht.

»Ich war hinter dem Baum. Ich hab *alles* gesehen. Du hättest mich mitnehmen sollen. Es ist nicht nett, Leute so lange allein zu lassen.«

»Es ist nicht nett«, antwortete Nicholas kühl, »sich heimlich anzuschleichen. Zu *spionieren*. Im Krieg werden Spione erschossen – hast du das gewußt, Lally?«

Er bemerkte, wie sie sich mit aufgerissenen Augen ängstlich im Wald umsah. Dann steckte sie schnell den Daumen in den Mund. Obwohl sie fast dreizehn war, vier Jahre jünger als Nicholas, kam sie ihm zuweilen noch wesentlich kindlicher vor. Wie ein Baby, das Kleinste, kaum dem Kinderzimmer entwachsen. Einen Moment lang wünschte er sich, seine Mutter wäre zurück, um Lallys kränkliches Kindermädchen aus dem Bett zu scheuchen, um mit ihren Wutanfällen fertig zu werden und ihr zu sagen, sie solle nicht am Daumen lutschen. Aber dann fiel ihm ein, daß er seine Zeit sicherlich nicht mit Thomasine Thorne verbringen dürfte, wenn seine Mutter hier wäre. Plötzlich war Nicholas sehr froh, daß Sir William und Lady Blythe in London weilten, um alles für die Vermählung seiner älteren Schwester vorzubereiten.

Eine Woche später trafen sie sich wieder auf der Wiese. Diesmal ritt Thomasine Bluebell, das Pony des Pfarrers, und Daniel hatte sich Nero geliehen. Die drei trabten von der Wiese auf den Weg hinaus. Ganz instinktiv mieden sie das Dorf und die Farmen, ohne sich darüber absprechen zu müssen.

Wagenräder hatten tiefe Furchen in den Weg gegraben. Am Ende von Potters Field sagte Nicholas: »Komm, Gillory. Wir machen ein Rennen bis zum Deich.«

Dann waren sie fort. Im aufgewirbelten Staub der Hufe trabte Bluebell träge hinterdrein. Das abendliche Sonnenlicht glänzte auf dem schwarzen Fell der Hengste und auf den unbedeckten Köpfen der Jungen. Sie verschmolzen ineinander, zwei dunkle Umrisse, die in dem aufstiebenden Sand zu einem Bild verschwammen. Dann erreichten sie den Deich und zeichneten sich als zwei schwarze Silhouetten vor dem Himmel ab.

Thomasine holte sie ein. »Also? Wer hat gewonnen?«

Daniel grinste und entblößte weiße, ebene Zähne. »Ich.«

Nicholas war von seinem Pferd gestiegen und saß auf dem Damm. »Mist«, sagte er. »Absoluter Mist. Um eine Nasenlänge geschlagen, verdammt.«

Er lehnte sich auf die Ellbogen gestützt zurück und streckte die langen Beine aus. »Wenn man so reitet, vergißt man alles andere, stimmt's? Nichts sonst scheint wichtig zu sein.« Er sah weder Daniel noch Thomasine an, sondern blickte auf den wolkenlosen leeren Horizont hinaus. »Wenn der Krieg lange genug dauert«, fügte er hinzu, »gehe ich zu einem Kavallerieregiment. Gerald kann sich gleich melden, der Glückspilz. Er ist gestern neunzehn geworden.«

Thomasine starrte ihn an. Erst heute morgen hatten sie und Tante Hilly Zeitungen und Atlanten studiert. Unsicher sagte sie: »Das betrifft doch sicher nicht uns? Großbritannien wird doch sicher nicht hineingezogen?«

»Kommt darauf an, ob Deutschland die belgische Neutralität respektiert«, warf Daniel ein. »Wenn nicht ...«

»Wenn nicht«, fuhr Nicholas fort, »dann werden wir gegen die Deutschen kämpfen. Das wird ein Heidenspaß. Aber das geht euch Mädels nichts an.«

Er rollte sich auf den Bauch. »Schau nicht so bedrückt, Thomasine. Ich hab Durst, du nicht? Ich hätte Limonade mitbringen sollen. In der Küche der Abbey gibt's Krüge davon. Ich sag dir was – warum kommst du morgen abend nicht in die Abbey rauf? Ich kann dir die Gärten zeigen. Hättest du Lust dazu?«

Sie erinnerte sich an das Haus, das sie nur einmal kurz gesehen hatte und das durch Mauern vom übrigen Drakesden abgeschlossen war. An die geheimnisvollen Fenster, an das Gefühl, daß diese Gemäuer nur den auserwählten wenigen zugänglich waren. Sie brauchte Abwechslung, andere Orte, andere Leute.

»*Lust?* Liebend gern, Nicholas.«

Daniel saß mit dem Rücken zu ihnen und ließ die Beine über den Deichrand baumeln. Thomasine berührte Nicholas' Hand und sah verstohlen zu Daniel hinüber.

»Du natürlich auch, Gillory«, sagte Nicholas.

Nicky war ausgegangen, und Miss Hamilton lag im Bett, daher war Lally wieder sich selbst überlassen und wanderte ziellos im Haus herum. Sie bildete sich ein, jetzt die Herrin von Drakesden Abbey zu sein. Mama und Papa waren mit Marjorie in London, Gerald war noch in der Schule, Nicky ausgegangen, und Miss Hamilton, Lallys Erzieherin, lag mit Kopfschmerzen im Bett. Niemand sagte Lally, was sie zu tun hatte.

Aber Freiheit erwies sich als überraschend langweilig. Sie las nicht gern, sie nähte nicht gern, und sie fürchtete sich vor Pferden. Aus der Bibliothek schlenderte sie zum Arbeitszimmer ihres Vaters. Gerade als sie die Klinke herunterdrücken wollte, hörte sie Stimmen aus dem Innern. Zuerst die Stimme eines Mannes und dann helles Lachen. *Einbrecher*, dachte Lally erschrocken. Der Safe befand sich in Sir Williams Arbeitszimmer, und im Safe befanden sich Lady Blythes Juwelen und natürlich der Feuerdrachen. Lally mochte den Feuerdrachen. Gelegentlich nahm ihn Papa aus dem Safe, und sie durfte ihn halten. All ihren Mut zusammennehmend, kauerte sich Lally nieder und spähte durchs Schlüsselloch.

Mit zusammengekniffenen Augen erkannte sie das Hausmädchen Ethel. Ethel lachte, ein hohes, dünnes Kichern, das in das dunkle, ernste Arbeitszimmer nicht zu passen schien. Ethel saß auf dem Rand von Sir Williams Schreibtisch, ihre schwarzen Knopfstiefelchen schwangen langsam hin und her.

Ganz vorsichtig drückte Lally die Klinke herunter und spähte durch den Spalt. Sie erkannte Francis, den zweiten

Diener. Er stand vor Ethel. Ethel hatte zu kichern aufgehört und sagte: »Nein, Frank, das darfst du nicht.« Aber sie hörte sich nicht ärgerlich an.

Lally brauchte eine Weile, bis sie begriff, was sie machten. Dann sah sie, daß sie sich küßten. Sie hatte noch nie zuvor Leute gesehen, die sich so küßten. Ihre Münder schienen aneinanderzukleben. Ethel gab komische stöhnende Laute von sich, und ihre Augen waren geschlossen. Francis hatte eine Hand auf ihren Rücken gelegt und zog sie an sich. Mit der anderen schob er ihre Röcke über die Knie hinauf. Lally sah das Ende von Ethels dicken schwarzen Strümpfen und das Stück weiße Haut darüber. Heimlich beobachtete sie die beiden weiter. Sie wußte, daß sie alle drei etwas Verbotenes taten. Die beiden mit ihrer komischen Küsserei im Arbeitszimmer ihres Vaters und sie, indem sie zusah. Lally wußte, daß sie sich schämen sollte. Aber das tat sie nicht. Während sie zusah, stellte sie nur fest, daß sie sich zumindest nicht langweilte.

Sie trafen Nicholas am Seitentor von Drakesden Abbey. Als sie durch das Tor ging, wußte Thomasine, daß sie eine andere Welt betrat. Der Blick durch den Obstgarten, seine starken Düfte nahmen ihr einen Moment lang den Atem. Als wäre sie an eine dünnere, einfachere Luft gewöhnt; als könnten ihr die Schönheit und der Überfluß von Drakesden Abbey die Sinne rauben.

Die Bäume waren dicht belaubt und trugen schwer an Früchten. Entlang der Gartenmauer rankten sich Obstspaliere. Schmetterlinge tanzten in der heißen, dunstigen Luft.

»Es gibt Äpfel, Birnen, Pflaumen, Reineclauden, Mispeln und Quitten«, sagte Nicholas beiläufig. »Ich glaub, das ist alles.«

»Und Kirschen«, sagte Daniel.

»Natürlich. Kirschen.« Nicholas ging durch den Obstgarten und schlug die hohen Grasbüschel mit einem Stock beiseite. »Und kleine Schwestern …«

Nicholas blieb stehen und hielt den Stock still. Thomasine sah eine Gestalt am Rand des Gartens auftauchen. Ein junges Mädchen kam auf sie zu.

»Hallo, Lally«, sagte Nicholas gereizt.

Sowohl die Ähnlichkeiten wie die Unterschiede zwischen den Geschwistern waren sehr ausgeprägt. Beide hatten dunkles Haar, dunkle Augen und regelmäßige Züge. Aber Lallys Mund bog sich nach unten und ihr Gesicht war eine rundere, weichere Version von dem ihres Bruders.

»Ist es nicht Zeit für dich, ins Bett zu gehen, Kleine?«

»Miss Hamilton macht ein Nickerchen, und ich fühlte mich so *einsam*«, erwiderte Lally Blythe mit zitternden Lippen.

Thomasine hatte Mitleid mit ihr. Das riesige Haus, die Mutter seit Wochen fort. Die Haut des Kindes war blaß, fast durchsichtig, um seine Augen zeichneten sich dunkle Ringe ab.

»Laß mich bleiben, Nicky, bitte.«

Nicholas seufzte. »Also gut, du Nervensäge. Wenn du dich benimmst.«

Lally stieß einen Freudenschrei aus und hängte sich bei Nicholas ein. Sie durchstreiften den Obstgarten und kamen in den Küchengarten mit den ordentlich angelegten Kohl- und Karottenbeeten, ganz ohne Unkraut und Schädlinge.

»Wir zeigen ihnen das Labyrinth, sollen wir, Lally?«, sagte Nicholas und ging voran. Drakesden Abbey, dessen Mauern mit purpurnen Glyzinien überwuchert waren, lag auf der einen Seite, auf der anderen fiel die Insel zum Deich hin ab. Das Labyrinth war vom übrigen Garten durch hohe Mauern und große Flieder-, Goldregen- und Ligusterhecken abgetrennt. Die Pfade waren schmal, mit Gras bewachsen und mit Farn und Spierstrauch gesäumt. Schritte und Stimmen konnte man in dem Irrgarten nur gedämpft hören, auch die Abendsonne drang nicht hindurch. Man hatte das Gefühl, unter der Erde zu sein, fand Thomasine, wie in einem wirklichen Labyrinth.

Auf der Hälfte eines Pfads blieb Nicholas vor einer Tür in der Mauer stehen und schob einen Efeuzweig von der Klinke. Qietschend sprang die Tür auf.

»Das war der Lieblingsgarten meines Großvaters.«

Die drei Blumenbeete in dem ummauerten Garten waren dicht mit Rosen bewachsen. Hier war es windstill, und die hohe verwitterte Ziegelmauer hielt außer dem Summen der Bienen alle Geräusche ab. Am Ende der drei Wege sah man gewölbte Nischen, in denen drei Statuen standen. Thomasine warf einen Blick auf diejenige, die am nächsten bei ihr stand. Eine Frau und ein Vogel. Die Frau war nackt.

»Leda und der Schwan«, sagte Thomasine. Zeus umarmte Leda. Die steinernen Federn und das gelockte Haar verschlangen sich im Schatten der Mauer ineinander.

»Und da ist Daphne«, sagte Nicholas. Daphne, um deren Fingerspitzen sich Blätter wanden, drückte sich verschämt in die hinterste Nische.

»Mama findet sie furchtbar unanständig. Vielleicht ein wenig dürftig bekleidet für englische Sommer.« Nicholas machte eine wegwerfende Handbewegung. »Und da, in der Mitte, ist unser geliebter Feuerdrachen.«

Durch die Rosenranken waren sie zu der mittleren Nische gegangen, in der ein Drachen stand, aus dessen steinernem Maul Wasser tropfte. Farne überwucherten den grünen Stein und hielten das Wasser fest.

Über der Statue konnte man ein Wappen erkennen, das gleiche, das in die Wand der Kirche von Drakesden eingelassen war. »Unser Emblem«, sagte Nicholas. »Früher haben wir in der Schlacht Fahnen mit Feuerdrachen getragen. Elisabeth I. schenkte dem ersten Sir Nicholas Blythe einen Feuerdrachen, um sich für ein schönes Wochenende zu bedanken. Eine Anspielung, verstehst du, Thomasine, weil den Blythes Drakesden gehörte. Ein Feuerdrachen ist eine Drachenart. Oder ein Meteor, wie Pa sagt.«

»Oder ein Irrlicht«, sagte Daniel.

»Wirklich? Dann paßt es ja sehr gut. Das am tiefsten liegende Land ist manchmal voller Irrlichter. Irgendeine Art Gas, wie mein Hausvorsteher im Internat sagt.«

»Marschgas«, sagte Daniel. »Methan.«

»Er ist in Vaters Arbeitszimmer, im Safe«, warf Lally ein.

Thomasine wollte kichern. Nicholas erklärte gequält: »Das Dummchen meint nicht etwa, daß das Arbeitszimmer meines armen alten Vaters voller widerlicher Dämpfe ist, sondern daß sich dort das Original des Feuerdrachens befindet. Es ist eine Brosche oder so was. Ziemlich scheußlich, deshalb trägt Mama sie nie. Los, Kleine, jetzt fort mit dir, sonst sucht dich Miss Hamilton.«

»Das ist *ungerecht*, Nicky.« Lally sah ihn wütend an, begann sich aber schlurfenden Schritts in Richtung Tür zurückzuziehen. Halbherzig drückte sie die Klinke herunter. »Ich kann sie nicht aufmachen.«

Nicholas seufzte erneut. »Würdest du …?« fragte er Daniel.

Daniel hielt Lally die Tür auf. Als sie sich wieder geschlossen hatte, zog Nicholas zwischen dem üppigen feuchten Farn hinter dem Feuerdrachen etwas heraus und hielt eine Weinflasche hoch.

»Ich hab keine Gläser, fürchte ich, aber wir können ja die Flasche herumgehen lassen, oder?«

Anfang August wurde es heißer und schwüler, und der dunstige blaßblaue Himmel blieb bis weit in den Abend hell. Sie ritten oft aus, und einmal spielten sie im Garten von Drakesden Verstecken, um Lally zu beschwichtigen. Thomasine versteckte sich in einem Buchsbaum und hielt den Finger vor den Mund, um Daniel zu bedeuten, er solle leise sein, als er einen Zweig wegschob und sich ebenfalls hineinzwängte. Er zog den Kopf ein und setzte sich neben sie auf einen knorrigen Ast.

»Du hast deinen Rock zerrissen.«

Thomasine sah schuldbewußt auf den langen Riß in dem marineblauen Serge-Stoff. »Ich bin an einem Zweig hängengeblieben. Ich muß ihn stopfen, bevor Tante Hilly es bemerkt.«

Die Zweige des Buchsbaums bewegten sich erneut, und Nicholas tauchte auf.

»Da seid ihr ja. Ich hab euch überall gesucht.« Nicholas kroch hinein. Er war zu groß, um im Innern stehen zu können. Es gab nicht genügend Platz, um sich neben Thomasine und Daniel zu setzen, also kauerte er sich unbequem zusammen und wischte sich mit dem Taschentuch über die Stirn.

»Also wirklich! Mir reicht's jetzt. Es ist einfach zu heiß.«

»Wo ist Lally?« fragte Thomasine. »Sie sucht uns seit einer Ewigkeit.«

Vom Kiesweg war das Geräusch schlurfender Schritte zu hören.

»Wo seid ihr? Kommt raus! Ich kann euch nicht finden!«

Nicholas seufzte und verdrehte die Augen.

»Vielleicht sollten wir ...« Daniel hatte sich erhoben. »Schließlich ist sie noch ein Kind.«

Lallys Klagen wurden immer lauter.

»Hier drinnen, Dummkopf«, rief Nicholas.

Rot vor Hitze und Wut erschien Lallys kleines rundes Gesicht zwischen den Buchsbaumblättern. »Das ist nicht fair, Nicky. Das ist zu schwierig.« Lallys Klagen begannen in Schluchzen überzugehen.

Schnell erwiderte Daniel: »Vielleicht ein anderes Spiel, was meinst du?«

Nicholas seufzte erneut und zwängte sich aus dem Buchsbaum hinaus. Thomasine folgte ihm. Grelle Sonnenstrahlen und Hitze trafen sie, als sie den kühlen Schutz der Blätter verließ. Langsam gingen sie zu dem ummauerten Garten zurück, wo sie sich ins Gras fallen ließen. Lally zog an Nicholas' Hand.

»Ein Pfänderspiel, Nicky – laß uns ein Pfänderspiel spielen.«

Nicholas stöhnte. »Gräßliches Weihnachtsspiel ...«

»Ich zuerst«, sagte Lally. »Frag mich zuerst was, Nicky.«

Nicholas lehnte sich ins Gras zurück. »Also … zähl mir die Namen der Tudor-Könige und -Königinnen auf. Alle.«

»Oh, das ist gemein! Das kann ich nicht. Du weißt, daß ich mich in Geschichte nicht auskenne, Nicky!«

»Du hast seit Jahren eine Gouvernante«, antwortete Nicholas ungerührt.

Lally verzog das Gesicht. »Elisabeth«, begann sie. »Und Heinrich …« Unsicher sah sie Nicholas an. »Acht Heinriche …«

Nicholas stöhnte. Daniel flüsterte: »Zwei.«

»Ich meine, zwei Heinriche.« Lally sah zu Daniel hinüber. »Und … und …«

»Mary und Edward«, murmelte Daniel.

»Mary und Edward«, plapperte Lally triumphierend nach. »Ich muß kein Pfand geben, nicht wahr?«

»Nein, wohl nicht. Stell lieber jemand anderem eine Frage. Frag Thomasine, Lally.«

Ein Ausdruck äußerster Konzentration trat auf Lallys kleines Gesicht. »Du mußt mir den Namen von Marjories Verlobtem sagen.«

»Ach, zum Teufel, Lal. Wie um alles in der Welt soll Thomasine den wissen?«

»Ich hab nicht die geringste Ahnung. Macht aber nichts. Sag mir, was ich tun soll, Lally.«

Es folgte eine lange Pause. Dann sagte Lally: »Ich möchte, daß du auf den Springbrunnen in der Mitte des Teiches kletterst.«

»Mach dich nicht lächerlich, Kleine. Der Teich ist ziemlich tief, und sie würde ganz naß werden.«

Thomasine war bereits aufgesprungen. »Das macht mir nichts aus.«

Der Springbrunnen, der in einem großen Teich stand, befand sich in der Mitte einer Rasenfläche hinter dem Haus. Als sie über den Rasen lief, blickte Thomasine zum Haus hinauf und sah die verhängten Fenster, die wie eine Vielzahl geschlossener Augen aussahen.

Nicholas war an ihrer Seite. »Welches ist dein Zimmer?« flüsterte sie.

»Das da«, antwortete er, auf eines deutend. »Über dem Wintergarten. Möchtest du … das Haus ansehen?« Seine Stimme klang beiläufig. »Komm morgen vormittag. Nur du allein. Ich führ dich herum.«

Lally rief: »Erfüllst du deine Aufgabe nicht?«

Thomasine streifte ihre Stiefel und Strümpfe ab und raffte ihren Rock. Das Wasser fühlte sich herrlich kühl an. Karpfen schossen zwischen den Lilienkissen hindurch wie Goldpfeile. Bald reichte ihr das Wasser bis über die Knie, dann bis zum Rocksaum und schließlich bis zu den Schenkeln. Der Brunnen war ein überladenes Barockkunstwerk mit vielen Putti und Delphinen, dessen bogenförmige Fontänen in allen Regenbogenfarben glitzerten.

»Das reicht schon, Thomasine! Du hast es getan«, rief ihr Nicholas über den Teich zu.

»Nein, das hat sie nicht. Ich hab gesagt, sie muß auf den Brunnen klettern, und sie hat gesagt, sie tut es.«

Thomasine holte tief Luft, schloß die Augen und ging weiter. Das Wasser des Springbrunnens sprühte ihr auf Gesicht, Brust und Schultern. Aber sie streckte die Hand aus, ertastete den glitschigen Stein und kletterte, mit bloßen Füßen auf dem Granit Halt suchend, triumphierend nach oben.

Nicholas stieß einen Siegesschrei aus, aber Daniel sprang ins Wasser und lief, durch Goldfische und Lilien planschend, auf sie zu. Mit einem Rutsch purzelte sie vom Brunnen in seine Arme. Er senkte kurz den Kopf, und seine Lippen strichen über ihre Stirn, so flüchtig, daß sie nicht wußte, ob die Berührung zufällig gewesen war. Sie schlang die Hände um seinen Hals, und beide wateten durch den Teich zurück. Durchnäßt und lachend ließen sie sich ins Gras fallen. Thomasine wrang ihren Rock aus.

»Ich hab eine Aufgabe für dich, Gillory. Ich möchte, daß du auf der Mauer beim Labyrinth entlanggehst«, sagte Nicholas kalt.

Mit einem Schlag erstarb das Lachen. »Du hast Daniel keine Frage gestellt«, sagte Thomasine. »Und die Mauer ist zu hoch, zu schmal und zu gewunden.«

»Deshalb wird sie ja auch als Serpentinenmauer bezeichnet«, antwortete Nicholas hochmütig. Er hatte sich bereits angeschickt, vom Teich in Richtung Labyrinth zu gehen.

Daniel lief den Hang hinunter Nicholas nach. Thomasine stand rasch auf. Mit dem Daumen im Mund und einem lauernden Gesichtsausdruck trottete Lally gemächlich hinter den beiden Jungen drein.

Daniel war bereits barfuß und warf seine Stiefel an einem Ende der Mauer ab. Eine der Sohlen hatte sich gelöst, und das Leder klaffte auf wie ein geöffneter Mund. Die Mauer war über zwei Meter hoch, stark gewunden und aus den blaßgelben Ziegeln der Fens gebaut. Als Daniel in den Efeu griff, riß er ab, und feiner Zementstaub rieselte aufs Gras.

»Du mußt eine Spitzbubenleiter für mich machen.«

Nicholas lehnte sich mit dem Rücken an die Mauer und verschränkte die Finger. Daniel stieg auf seine Hände und zog sich, mit den Füßen über die Ziegel scharrend, hinauf. Aufrecht stand er auf der Mauer und begann vorwärts zu gehen.

»Komm schon, Gillory«, sagte Nicholas höhnisch. »Das ist ja Kriechen, nicht Gehen.«

Daniel grinste und begann zu rennen.

In ihrem nassen Kleid, im Schatten der hohen Mauer, wurde es Thomasine plötzlich kalt. Zitternd beobachtete sie, wie Nicholas und Lally den gewundenen Weg entlang der Mauer hinabliefen. Sie folgte ihnen nicht, sondern kehrte in den umfriedeten Garten zurück. Dort holte sie ihre schwarzen Florgarnstrümpfe aus ihren Stiefeln und zog sie wieder an, so daß sie an ihren feuchten Füßen festklebten. Sie hatte ihr Haarband verloren, und ihr Haar hing naß und wirr über ihren Rücken hinab. Ihr Rock war feucht, schmutzig und zerrissen. Schließlich hörte sie Lallys Stimme und spürte, wie sie eine Woge der Erleichterung überkam.

»Du bist so geschickt, Daniel. So mutig.«

Nicholas ließ sich neben Thomasine nieder. »Jetzt bin ich dran.«

»Ich hab eine Aufgabe für dich«, rief Lally. »Ich weiß, was du tun sollst, Nicky!«

»Du bist nicht an der Reihe, Lal. Du brichst die Regeln. Gillory ist dran.«

»Ich hab nichts dagegen.« Daniel schnürte seine Stiefel zu.

Lally strahlte erwartungsvoll. »Also gut. Du mußt die Person küssen, die du am liebsten magst, Nicky.«

Ein kurzes Schweigen trat ein. Dann antwortete Nicholas grinsend: »Titus ist nicht da.«

Ärgerlich erwiderte Lally: »Ich meine im Garten. Jemanden im Garten.«

Nicholas' gebräuntes Gesicht wurde blaß. »Also wirklich. Das ist ein bißchen viel, einen Jungen zu bitten ... Das geht doch nicht ... «

Daniel sagte: »Ich mach's.«

In Nicholas' Gesicht spiegelte sich eine seltsame Mischung widerstrebender Gefühle. Ärger, Abscheu und Erleichterung. »Wenn du willst«, murmelte er.

Daniel ging zum anderen Ende des Gartens. In der ersten Nische kletterte er, mit den Zehen in dem verwitterten Stein Halt suchend, hinauf. Er umarmte Ledas üppigen Leib und küßte sie auf den Mund.

Der Anblick prägte sich Thomasine ein wie eine Fotografie. Daniel Gillory in seinen feuchten, schäbigen Kleidern, der die weißen Marmorglieder umarmte und mit dem Mund die kalten, steinernen Lippen liebkoste.

Sie gingen durch den Wald nach Hause. Thomasine folgte Daniel den schmalen gewundenen Pfad entlang. Daniel schlug mit einem Stock die Brennesseln beiseite und hielt die Äste für sie zurück. Der Wald glänzte, das Unterholz war vom Licht gesprenkelt, das durch die Blätter fiel.

Daniel nahm ihre Hand, um ihr über den Zauntritt zu

helfen. Sie spürte die Wärme seiner Haut, die schwieligen Stellen an seinen Fingerknöcheln. Er hob ihre Hand und drückte die Lippen auf ihren Handrücken. Die Geste wirkte seltsam altmodisch. Das Haar war ihm ins Gesicht gefallen, Thomasine strich es zurück. Seine Haut war gebräunt, aber rauh am Kinn. Da sie von Frauen aufgezogen worden war und die meiste Zeit ihres Lebens mit Frauen verbracht hatte, verspürte sie eine heftige, mit Erregung vermischte Neugier. Als sie vom Zauntritt heruntersteig, umschlangen sie seine Arme. Seine Augen waren wie Goldsprenkel im Dunkel des Waldes, und seine Lippen berührten zart und forschend die ihren.

Dann schlug die Kirchturmuhr zehnmal, und mit lautem Flügelschlag flatterte ein Fasan aus dem Unterholz auf.

»Du kommst zu spät«, sagte Daniel. »Komm weiter.«

Thomasine hatte weder Hilda noch Rose von ihren Besuchen in den Gärten von Drakesden Abbey erzählt. Sie hatte nicht gelogen – beide Tanten nahmen schlichtweg an, daß sie diesen Sommer genauso verbrachte wie die fünf vorhergehenden: mit der Erkundung von Drakesden, seiner Felder, Wege und Flüsse. Als sie am nächsten Morgen durch das Wäldchen eilte, schob Thomasine das ungute Gefühl beiseite, daß weder Hilda noch Rose damit einverstanden wäre, wenn sie den ganzen Tag allein mit Nicholas Blythe verbrachte. Doch immer wieder spürte sie nagende Schuldgefühle in sich aufsteigen, die sich zwischen ihre Gedanken drängten.

Nicholas erwartete sie auf den Stufen zur Vorderseite von Drakesden Abbey. Er führte sie zuerst in die Halle mit der großen geschwungenen Treppe. An den Wänden reihten sich Glasvitrinen, in denen sorgfältig beschriftete Sammlungen von Muscheln, Fossilien, ausgestopften Tieren und Vögeln zu sehen waren. Die schwarzen Glasaugen der Vögel blickten Thomasine teilnahmslos an, aufgereihte tote Wesen, die nicht einmal vor dem Sonnenlicht zurückzuckten, das durch die Fenster einfiel.

»Als ich klein war, haben sie mir Angst eingejagt«, sagte Nicholas. »Vor allem der Vielfraß. Er ist inzwischen ein bißchen mottenzerfressen, das alte Ding.«

Er führte sie in den Salon. Die Wände waren korallenrot, mit Bildern behängt, die Decke blau, mit reichverzierten Kranzleisten. Der Raum war von dem Licht erfüllt, das durch die großen Fenster hereinströmte: ganz anders als die beengende Düsternis von Quince Cottage.

»Den hat jemand aus Venedig mitgebracht.« Nicholas deutete auf einen Sekretär. »Im siebzehnten – oder war es im achtzehnten Jahrhundert ...?«

»*Weißt* du das nicht? Ich meine, deine Familie ...«

Er schüttelte den Kopf. »Keine Ahnung. Ich kenne mich mit dem Zeug nicht aus. Das kriegt alles der arme Gerry, Gott sei Dank. Komm weiter.«

Weitere Räume, jeder eine verwirrende Ansammlung von Gemälden, Verzierungen, Teppichen und dick gepolsterten Möbeln.

»Der Wintergarten«, sagte Nicholas schließlich und öffnete eine Tür.

Er zog sich über die gesamte Länge des hinteren Hauses, ein eleganter Bau aus Glas und Schmiedeeisen, mit schwarzem und weißem Marmor gefliest und mit Pflanzen überwuchert. Feuchte, erstickende Hitze herrschte darin.

»Schrecklich schwül, nicht?« Nicholas wischte sich mit dem Taschentuch über die Stirn.

Die Vegetation war üppig und exotisch. Wächserne Blüten hingen herab, die Blätter leuchteten in tiefem Dunkelgrün. Die Luft im Wintergarten war heiß und stickig, ein wenig dumpf, und vom betäubenden Duft der Blumen erfüllt.

Aufgeregt frage Nicholas: »Wie findest du's? Gefällt es dir? Wir gehen raus, wenn du dich langweilst.«

»Ach, *Nicholas*. Wie könnte ich mich langweilen?« Thomasine sah sich um. »Es ist einfach wundervoll. Sieh dir das an – es ist wie, es ist wie ein Dschungel. Oder wie ein Paradies.«

Nicholas trug Reithose, Reitstiefel und ein Jackett mit

Hemd und Krawatte. Sein dunkles Haar klebte von der Hitze an der Stirn. »Sollen wir hier drinnen den Lunch nehmen? Nein, viel zu heiß, findest du nicht auch? Ich würde sagen –« er sprang auf –, »wie wär's mit einem Picknick?«

»O ja, ein Picknick wäre herrlich. Draußen ist's viel kühler.«

Sie gingen in die Küche. Als Nicholas die Tür öffnete, erstarb mit einemmal das Schwatzen, ein geschäftiges Werken mit Töpfen und Pfannen und demonstratives Klappern der Deckel traten an seine Stelle.

»Miss Thorne und ich möchten uns gern ein Picknick herrichten lassen, Mrs. Blatch. Kaltes Hühnchen und Schinken, ein bißchen Salat und ... was würden Sie zum Nachtisch vorschlagen?«

Seine Stimme hatte sich verändert, seine lockere Freundlichkeit hatte einem überheblichen Ton Platz gemacht, in dem leichte Nervosität mitschwang. Die Dienerschaft, von der viele Thomasine kannten, starrte sie mit einer Mischung aus Neugier und Ablehnung an.

»Komm mit nach oben«, schlug Nicholas vor, nachdem sie die Küche verlassen hatten. »Wir haben noch zwei Stockwerke anzusehen.«

Die Treppen waren breit und geschwungen, und an den Wänden hingen die Porträts verstorbener Blythes. Auf dem Treppenabsatz trafen sie Lally.

»Geh zurück in dein Kinderzimmer«, herrschte Nicholas sie ärgerlich an. »Du solltest doch beim Unterricht sein.«

Lally zog eine Grimasse und klammerte sich an Nicholas' Arm. »Mir ist so langweilig, Nicky. Ich möchte mit euch gehen. Bitte, Nicky.«

»Komm, zieh Leine, Lally«, antwortete Nicholas. »Geh weg.«

Während Lally schniefend die Treppe hinunterrannte, sagte Nicholas: »Mama sollte sie zur Schule schicken. Ihre Gouvernante kriegt sie einfach nicht in den Griff.«

Sie gingen in die Bibliothek, wo schwere Vorhänge und

Blenden die Bücher vor dem Sonnenlicht schützen sollten. Thomasine schlenderte von einem Regal zum anderen.

»Das würde Tante Hilly gefallen! So viele Bücher!«

Nicholas gähnte. »Ich hasse diesen Raum. Er erinnert mich an die Schule.«

Nebenan, in Sir Williams Arbeitszimmer, tanzte der Staub in den Lichtstrahlen, die durch die Lücken zwischen den Vorhängen einfielen. Nicholas drehte sich zu Thomasine um.

»Möchtest du den Feuerdrachen sehen?«

Ohne ihre Antwort abzuwarten, zog er einen Vorhang zur Seite und begann, die Kombination des Safeschlosses einzugeben.

»Ich hab meinem Vater zugesehen«, erklärte er.

Der Safe öffnete sich, und Nicholas spähte in das dunkle Innere. Thomasine sah Papierrollen mit Bändern darum und Schmuckkästchen. Nicholas griff hinein und zog etwas heraus, das in ein Samttuch gewickelt war.

»Schau«, sagte er und faltete den Stoff auf. »Es ist ziemlich grotesk, nicht? Der damalige Geschmack, denke ich. Mama trägt es nie.«

Der Feuerdrachen war eine Brosche in Form eines Drachens, dicht mit Halbedelsteinen besetzt. Thomasine betrachtete den geschwungenen Schwanz, den gebogenen Rücken, das feuerspeiende Maul und die glitzernden, bösen Augen und konnte sich nicht entscheiden, ob sie die Brosche häßlich oder schön finden sollte.

»Sie ist mehr als dreihundert Jahre alt. Halt still, Thomasine.«

Seine Hände zitterten, als er den schweren Verschluß öffnete und sie an ihr Kleid heftete. »Du siehst toll aus, Thomasine«, sagte er, »einfach umwerfend.« Nicholas' Stimme klang seltsam, und seine Augen hatten einen ähnlichen Ausdruck wie die von Daniel, bevor er sie geküßt hatte. Schnell warf sie einen Blick auf die Uhr auf dem Kaminsims und sagte: »Es ist ein Uhr, Nick. Zeit für unser Picknick.«

Die Hitze in der Schmiede war unerträglich. Wie sein Vater war Daniel von der Taille an aufwärts nackt. Sein schweißnasses Haar klebte ihm auf der Stirn, das Wasser rann ihm den Rücken hinab. In der Ecke der Schmiede stand ein kleines Wasserfaß, aber es war lauwarm und wimmelte von Ungeziefer.

Jedes Pferd zwischen Cambridge und Ely schien an diesem Tag einen Huf verloren zu haben. Daniel legte Torf aufs Feuer und hielt die Pferde still, während sein Vater fluchend hämmerte. Daniels Arme schmerzten, und seine Zunge klebte am Gaumen. Er brachte es nicht über sich, aus dem Faß zu trinken, und Harry, sein jüngerer Bruder, war noch nicht mit dem Bier, das sein Vater verlangt hatte, aus dem Otter zurück.

Daniel versuchte, sich zu konzentrieren, während er sich bemühte, das Pferd festzuhalten, aber seine Gedanken schweiften immer wieder ab. Er war wieder im Wald, Thomasine lag in seinen Armen, und er küßte sie. Er hatte bereits andere Mädchen geküßt. Im Schutz einer Scheunc oder in der Stille der Felder hatte er sogar Brüste berührt oder Schenkel gestreichelt. Der Drang, weiter zu gehen als letzten Abend, zu tun, was Erwachsene taten, war fast überwältigend. Aber er war noch rechtzeitig zur Besinnung gekommen. Die Kirchenglocke hatte geschlagen, und sie war nach Hause gelaufen. Doch seine erregten Triebe hielten immer noch an und lenkten ihn ab.

Die Stute schnaubte und schlug aus, Daniels feuchte Hand glitt ab, und das Pferd traf Jack Gillory am Kinn. Daniel griff nach dem Zügel, sein Vater brüllte, und Daniel wurde hart an der Schläfe getroffen. Sterne tanzten in der Dunkelheit der Schmiede, und dissonant klingende Kirchenglocken übertönten das Schnauben des Pferdes und Jack Gillorys Flüche.

Als er wieder zu sich kam, sah Daniel, daß sein Vater mit erhobener Hand über ihm stand, um ihn erneut zu schlagen. *Amo, amas, amat*, dachte Daniel, der ausgestreckt am Boden lag und testete, ob sein Gehirn noch funktionierte.

Harry flüsterte mit bebender Stimme: »Mr. Green hat mir kein Bier mehr gegeben, Vater. Er meint, du sollst zuerst die offene Rechnung bezahlen.«

Daniel kam wieder auf die Beine. Sein jüngerer Bruder stand in der Tür, eine leere Flasche in der Hand. Harrys Gesicht war bleich und angstverzerrt.

Jack Gillory riß dem Kind die leere Flasche aus der Hand und schleuderte sie zu Boden. Glasscherben blitzten im Licht der Feuers auf, und die Stute schlug erneut aus. *»Lauf«*, flüsterte Daniel Harry zu. Harry ließ sich das nicht zweimal sagen. Mit seinen bloßen Füßen Staubwolken aufwirbelnd, rannte er über den Hof davon. Etwas lief seitlich über Daniels Gesicht hinab, und als er die Hand zur Stirn hob, waren seine Fingerspitzen rot.

Auf Jack Gillroys Kinn war ein blauer Fleck in Form eines Pferdehufs. Jack trank einen Schluck aus dem Faß und drehte sich zu Daniel um. Seltsamerweise lächelte er.

»Die Sache ist die, Junge: Es gibt genug Arbeit für zwei. Ich verdiene kein Geld, verstehst du?«

Der Schweiß auf Daniels Gesicht wurde kalt. Er sagte nichts.

»Ich finde, die Schmiede braucht uns beide. Und zwar ständig.«

Daniel blinzelte. Eine Ader pulsierte an seiner Schläfe. »In den Ferien, Vater«, flüsterte er. »Vor und nach der Schule.«

Jack Gillory schüttelte den Kopf. »Das reicht nicht, Junge. Ich kann meine Rechnungen nicht bezahlen, verstehst du? Also sag dem Pfarrer, daß du keine vornehmen Kleider mehr brauchst.«

»Nein«, antwortete Daniel.

Jack ging auf ihn zu. *»Nein?* Werd nicht frech, Bürschchen. Ich hab genug von deinen Frechheiten. Du tust gefälligst, was ich dir sage.«

Sein Vater war nicht der einzige, der die Geduld verlor. Etwas in Daniels Innerm, das er wochenlang zurückzuhalten versucht hatte, brach aus ihm hervor. »Ich brauch dich nicht, Vater«, zischte er. »Ich hab das Stipendium, und der Pfarrer gibt mir Bücher und Kleider …« Daniel sprang schnell auf die andere Seite des Ambosses, um einem zweiten Schlag auszuweichen. »Ich werd was Besseres als du, Dad! Ich werd ein anständiges Haus, gutes Essen und ordentliche Kleider haben. Keinen elenden Acker, wo bloß Unkraut wächst, und keine Bruchbude, wo im Winter das Wasser reinläuft …«

Jack Gillory brüllte wie ein Stier und holte in der trockenen heißen Dunkelheit gegen ihn aus.

Daniel schrie: »Ich werd nicht so sein wie du! Nicht sturzbesoffen jeden Abend und grunzend wie ein alter Eber …«

Er spürte, wie Finger seinen Hals umschlossen und ihn in die Knie zwangen. Das Feuer brannte heiß in seinem Gesicht, und wie durch einen Nebel erkannte er die gebogene Form des Ambosses. Dann wurde sein Kopf in Wasser getaucht. Sein Vater hielt seinen Kopf in das Faß mit dem Ungeziefer. Daniel versuchte, nicht zu atmen, weil er Angst vor Würmern in Nase und Mund hatte. Er wehrte sich verzweifelt, aber der eiserne Griff drückte ihn nach unten.

Gerade als er aufgab sich zu wehren, hörte er undeutlich eine Stimme rufen: »Jack! *Nein!*« Er wurde losgelassen und kniete schluchzend und keuchend, den Kopf in die Arme gelegt, neben dem Faß.

Als er wieder stehen konnte, taumelte er an seinem Vater und seiner Mutter vorbei, ergriff sein abgelegtes Hemd und wischte sich das Gesicht ab. Dann rannte er aus der Schmiede durch den Garten und stolperte über Kohlköpfe und harte Furchen.

Lady Blythe, die mit ihrer Kammerzofe und ihrer älteren Tochter fast eine Woche früher aus London zurückkehrte, fand Drakesden Abbey nahezu verlassen vor. Erhitzt und in staubigen Kleidern, wie sie nach der Fahrt vom Bahnhof in Ely angekommen war, hatte sie keinen Sinn für Müßiggang und Nachlässigkeit. Erhobenen Hauptes, die Ziegenlederhandschuhe von den Fingern streifend, verlangte sie nach heißem Wasser, einem Teller kaltem Salat und einem Glas Süßwein. Die Diener huschten umher und versuchten, sich einen Anschein von Geschäftigkeit zu geben, aber Gwendoline Blythe ließ sich nicht täuschen. Sie sah den Staub auf den Fenstersimsen, den Tischen und in den Ecken der Treppe. Sie würde die Haushälterin tadeln müssen. Bei der Nachricht, daß Lallys Gouvernante die letzten Wochen fast ausschließlich im Bett verbracht hatte, verhärteten sich vor Zorn Lady Blythes Mundwinkel.

Nachdem sie mit Marjorie gegessen und sich umgezogen hatte, sah sich Lady Blythe höchstpersönlich nach ihren Kindern um. Sie hatte nur gehört, daß sie nicht im Haus waren, sonst schien niemand Näheres über den Verbleib von Nicholas und Lally zu wissen. Sie sehnte sich danach, Nicholas wiederzusehen. Als sie an ihren älteren, neunzehnjährigen Sohn Gerald dachte, lief ihr ein kalter Schauder über den Rücken. Es würde Krieg geben, dachte sie, das müßte sie jetzt akzeptieren, und Gerald würde sich melden. Daß er sich nicht melden würde, stand nicht zur Debatte. Sie dankte Gott, daß Nicholas erst siebzehn war.

Draußen, mit einem Sonnenschirm ausgerüstet, schickte Gwendoline Blythe den Gärtnerjungen in die Ställe. Während sie auf seine Rückkehr wartete, spazierte sie langsam durch die Gärten. Zwei weiße Pfauen schlugen in der Hitze ein Rad. Obwohl es am Eheleben einiges gab, dachte Lady Blythe, was ihr immer zuwider bleiben würde, hatte sie ihre Verbindung mit Sir William doch nie bereut. Die Heirat hatte ihr Drakesden eingebracht.

Der Junge kam zu ihr zurückgelaufen. »Mr. Nicholas hat Ihre braune Stute genommen, Euer Ladyschaft. Mr. Dockerill meint, er könnte auf der Koppel sein.«

Als sie zur Koppel hinunterging, dachte sie an ihre Kinder: Gerald, Marjorie und Nicholas. Und Lally natürlich. Lally war ein Nachzügler, ein unerwarteter später Zuwachs. Sie war überzeugt gewesen, daß sie nach Nicholas keine weiteren Kinder mehr bekäme. Zwei Söhne und eine Tochter gaben schließlich die perfekte Familie ab.

Auf der Koppel entdeckte sie Nicholas und ließ den Blick lange auf ihrem Lieblingssohn ruhen. Dann sah sie das Mädchen.

Einen Moment lang hatte sie geglaubt, Lally würde ihre Stute reiten. Aber Lally hatte Angst vor Pferden, außerdem hatte nur ein Mädchen in Drakesden Haar von dieser vulgären Farbe: die ungezogene, impertinente Nichte der beiden Miss Harkers. Lady Blythe rief den Namen ihres Sohnes, und Nicholas fuhr herum.

»*Mama!* Ich dachte, du seist in London … ist es nicht …«

»Marjorie und ich sind ein bißchen früher zurückgekommen.« Lady Blythe stand im Schatten eines Baums und klappte ihren Sonnenschirm zu. Wolken zogen auf. Es könnte ein Gewitter geben, dachte sie.

»Du hättest ein Telegramm schicken sollen. Ich hätte dich vom Bahnhof abgeholt.« Nicholas' Gesicht hatte sich dunkelrot verfärbt.

»Sicher.« Gwendolines scharfer Blick erspähte die Überreste eines Picknicks unter dem Baum. »Wir haben ein Taxi genommen. Gerald kommt früher von dem Offizierstraining zurück. Dein Vater ist hingefahren, um ihn abzuholen. Sie kommen morgen mit dem Automobil nach Hause. Dieser verdammte Krieg …«

»Hat er schon angefangen?« fragte Nicholas begierig. »Ist der Krieg erklärt worden?«

Krieg war unvorhersehbar und bedrohlich. Aber insgeheim hoffte sie immer noch, daß er Drakesden nichts anhaben konnte.

»William meint, daß die Kriegserklärung jeden Tag erfolgen kann. Deutschland läßt seine Armeen durch Belgien marschieren. Ich hatte keine Lust mehr, in London zu bleiben. Es war – wie im Fieber.« Sie hielt inne und fragte dann: »Hast du in den vergangenen Wochen Miss Thorne häufig gesehen, Nicholas?«

»Ach – eigentlich nicht. Nur gelegentlich.«

Sie wußte, daß er log. Sie war ihm immer nahe gewesen, also konnte sie seine Gedanken und Gefühle auf Anhieb von seinem Gesicht ablesen. Durch die schwierige Schwangerschaft und die zu frühe Geburt war er ihr vielleicht mehr ans Herz gewachsen. Er war der einzige der vier, den sie liebte, sobald sie ihn zu Gesicht bekommen hatte. Bei ihrem älteren Sohn Gerald hatte es ein oder zwei Tage gedauert, aber bei Nicholas mußte sie nur in die schräg stehenden, schwarzen Augen sehen, um zum erstenmal in ihrem Leben zu wissen, was Freude war. Obwohl natürlich alle Kinder von Kindermädchen aufgezogen wurden, hatte jene anfängliche Liebe angehalten und war mit der Zeit immer intensiver geworden.

»Ich hab gesagt, sie soll hier raufkommen und einmal ein ordentliches Pferd reiten.«

Die unausgesprochene Wahrheit stand trennend zwischen ihnen. Die unnachgiebige Landschaft der Fens, deren sonnenbeschienene Felder von bedrohlichen Wolken verdüstert wurden, schien sie zornig anzufunkeln. Erneut grollte der Donner.

Miss Thorne ritt am Deich entlang. Während sie zusahen, trieb sie die Stute zum Galopp an. Das Mädchen trug keinen Hut, und sein langes, leuchtendes Haar wehte wie ein Banner hinter ihm her. Gwendoline sah und verstand den Ausdruck auf dem Gesicht ihres Sohnes. Sie holte tief Luft. Der dumme Junge hatte sich in die Nichte der Harkers verliebt.

Die plötzliche Erkenntnis, daß auch Nicky jetzt angefangen hatte, männliche Wünsche und Begierden zu empfinden, ließ Gwendoline vor Ärger und Enttäuschung erschaudern.

»Ich finde, es ist an der Zeit, daß Miss Thorne nach Hause geht, meinst du nicht auch, Nicholas?« sagte Lady Blythe kühl. »Vielleicht möchtest du sie zum Tor begleiten.« Sie wandte sich um und verließ die Koppel.

Daniel streifte durch die Obstgärten, die eingefriedeten Gärten und das Labyrinth. Er achtete darauf, von niemandem gesehen zu werden, denn ohne Nicholas war er auf Drakesden Abbey ein Eindringling.

Als plötzlich jemand hinter einer Lorbeerhecke auftauchte, rannte er die Person fast über den Haufen. Gerade noch rechtzeitig erkannte er, daß es Lally war.

»Ich suche nach Thomasine«, sagte er und versuchte, einen möglichst höflichen Ton anzuschlagen. »Sie war nicht zu Hause. Ist sie hier?«

»Sie ist bei Nicholas«, antwortete Lally. Mit dunklen großen Augen sah sie zu Daniel auf. »Sie mag Nicholas.«

Über einen verschlungenen Pfad führte sie ihn zum Haus. »Ich wußte, daß du kommen würdest, Daniel«, flüsterte sie im Gehen. »Ich wußte, daß du mich nicht allein lassen würdest. Ich hab ein Geheimnis, verstehst du? Soll ich es dir verraten?«

Daniel schüttelte erschöpft den Kopf. Sein ganzer Körper schmerzte. Der krachende Donner schien in seinem verletzten Kopf widerzuhallen.

Lally zuckte bei dem Donner zusammen. Blitze schossen durch einen purpurfarbenen Himmel, und sie steckte den Daumen in den Mund. Daniel sah sie an und fügte freundlicher hinzu: »Ist schon gut, der Blitz sucht sich immer den höchsten Punkt. Er tut dir nichts, Lally. Wir müssen uns nur von den Bäumen fernhalten.«

Dicke Regentropfen fielen auf die trockene Erde. Lally sagte nervös: »Ich wollte gerade ...«, dann gingen ihre Worte in lautem Donnerhall unter.

Sie befanden sich neben den Gewächshäusern und den Geräteschuppen, die die Gärtner benutzten. Die Felder und Koppeln fielen zur anderen Seite hinab.

»Ist Thomasine beim Reiten?« fragte Daniel.

Lally hielt die Hände auf den Mund gedrückt, ihre Augen waren sehr dunkel und glänzten stark. Sie griff nach einer von Daniels Händen.

»Da hinein«, flüsterte sie.

Sie hatte die Tür von einem der Geräteschuppen geöffnet. Daniel dachte, sie suche vielleicht Schutz vor dem Gewitter. Plötzlich fühlte er sich niedergeschlagen und erschöpft. Ihm war klar, daß er nicht hätte herkommen sollen. Er wußte, wie er aussah: zerlumpt und schmutzig, mit einer offenen Wunde an der Schläfe, das Haar noch immer von Wasser und Schweiß an den Kopf geklatscht. Kein Wunder, daß Thomasine die Gesellschaft von Nicholas Blythe vorzog.

Im Innern des Geräteschuppens war es heiß und dunkel, und es herrschte ein warmer, moderiger Geruch nach Torf und Wurzeln. Lally stand neben ihm. Sie zitterte. Sie war schließlich noch ein Kind, dachte Daniel. Seine Schwester Nell versteckte sich bei Gewitter unterm Tisch.

»Du hast dich am Kopf verletzt«, sagte Lally.

Sie betastete die Wunde an seiner Stirn. Ihre Finger waren klein und liefen spitz zu. Ihre heiße kleine Hand glitt herunter und blieb auf seiner Wange liegen. Sie war noch ein Kind.

Als er ihre Lippen auf den seinen spürte, war er vor allem überrascht. Daniel rang nach Luft. Ihre kleine spitze Zunge wühlte sich in seinen Mund, leckte über seine Zähne und seine Zunge. Er spürte ihren heißen Atem. Über ihnen krachte der Donner.

Lady Blythe hatte die Gewächshäuser erreicht. Ihr Sonnenschirm diente nun dazu, den Regen abzuhalten. Wasser strömte aus dem Himmel und bohrte schwarze Löcher in das verdorrte, staubige Gras wie Pockennarben. Sie hörte ein Geräusch aus dem Geräteschuppen. Da sie dachte, es sei einer der Gärtner, öffnete sie die Tür, um ihn nach Lally zu fragen. Es dauerte einen Moment, bis sich ihre Augen an das Dunkel gewöhnt hatten.

Was sie sah, konnte sie kaum fassen. Ihre kleine, erst dreizehnjährige Tochter in den Armen des Sohns vom Hufschmied. Lady Blythe schrie entsetzt auf.

Ihr erster Gedanke war, die Polizei zu rufen, um den Flegel festnehmen zu lassen, der an ihr vorbeistürzte und davonlief. Doch dann fiel ihr ein, daß sie damit auch ihre Tochter kompromittieren würde.

»Er hat mich nicht gezwungen«, sagte Lally trotzig. »Ich wollte es.«

Selbst als sie ihre Tochter über den Rasen zum Haus zurückzerrte, blieb Lally heulend, sich wehrend und mit dem Fuß aufstampfend, bei ihrer Geschichte. »Er hat mich nicht gezwungen. Ich wollte es«, plärrte sie, und Lady Blythe war froh, daß keiner außer ihr selbst das hysterische Gekreische des Kindes verstehen konnte. Sie verschaffte sich etwas Erleichterung, indem sie Lally eine Ohrfeige gab, um das Schluchzen und die Schreie zu stoppen.

Dann brachte sie Lally ausnahmsweise selbst zu Bett, weil sie nicht riskieren wollte, daß jemand von der Dienerschaft ihr wirres Geplapper hörte. Während sie Lally auszog und ihr das rote heiße Gesicht wusch, wußte Gwendoline Blythe, daß niemand erfahren durfte, was geschehen war – nicht einmal Sir William. Sie verspürte körperlichen Abscheu, wenn sie an den Vorfall dachte. Die ganze Angelegenheit war widerlich und peinlich.

Endlich fielen Lally die Augen zu, und ihr Zittern ließ nach. In ihrem eigenen Schlafzimmer ließ sich Lady Blythe von ihrer Zofe in einen Sessel betten. Sie schaute zu, wie Jardine den Rest ihrer Koffer auspackte, und fand es beruhigend, sich auf diese alltäglichen Beschäftigungen zu konzentrieren: wie ihre Kleider zusammengefaltet, zwischen die seidigen Lagen Lavendelsäckchen geschoben und die Schmuckschatullen auf dem Toilettentisch ausgelegt wurden. Als die Zofe fertig war, sagte Lady Blythe: »Bitte Hawkins, den Safe für dich öffnen, Jardine, damit du meinen Schmuck einschließen kannst.«

Erst als die Zofe fort war, erlaubte sich Gwendoline Blythe, ihrem Kummer freien Lauf zu lassen. Nachdem die Tür sich geschlossen hatte, setzte das Zittern ein, das sie so mühsam unterdrückt hatte. Es donnerte, und Regen schlug gegen die Fensterscheiben, aber dennoch konnte Lady

Blythe das Klappern ihrer Zähne hören. Sie hatte das Gefühl, als wären sie alle geschändet worden. Als hätte der entsetzliche Junge mit den schmutzigen Kleidern und dem verfilzten Haar nicht nur ihre Tochter, sondern auch ihr Heim mißbraucht. Als würde das schmutzige stinkende Wasser der Fens an die Ufer der Insel schwappen.

Sie würde die Haushälterin ins Gebet nehmen und erneut mit der mühseligen Arbeit beginnen, eine passende Gouvernante für Lally zu finden. Oder vielleicht eine Schule – sie hatte Schulen für Mädchen nie wirklich gut gefunden, aber jetzt boten sie eine mögliche Lösung. Und Nicholas durfte nicht aus den Augen gelassen werden. Ferien am Meer wären keine schlechte Idee. Was den Jungen anbelangte …

Es klopfte, und Jardine kam mit einem verwirrten Ausdruck im Gesicht wieder herein.

»Mr. Hawkins schickt mich, Euer Ladyschaft. Er bittet Sie, in Sir Williams Arbeitszimmer zu kommen. Es geht um den Safe, Euer Ladyschaft. Er war nicht verschlossen.«

An diesem Abend suchte Thomasine nach Daniel. Er war nicht in der Schmiede, er wartete nicht auf dem Deich auf sie, und er war auch nicht auf der Wiese. Mrs. Gillory, die in ihrem Garten Bohnen pflückte, schüttelte den Kopf, als Thomasine nach ihrem ältesten Sohn fragte. Es habe einen kleinen Zwist gegeben, erklärte sie. Mrs. Gillorys Gesicht war schmal und bleich, und eines ihrer Augen war von einem Veilchen umrahmt.

Beunruhigt machte sich Thomasine auf einen letzten Rundgang durchs Dorf. Es regnete immer noch, und der Himmel hing voller dicker grauer Wolken. Sie wurde den Verdacht nicht los, daß an diesem Tag etwas Schreckliches passiert war: Unausgesprochen war es in den kleinen Rinnsalen zu spüren, die den Weg hinabrannen, und im Ausdruck von Nicholas Blythes Augen, als er sie, offensichtlich zum letzten Mal, zu den Toren von Drakesden Abbey begleitete.

Am nächsten Morgen besuchte Lady Blythe den Pfarrer. Mr. Fanshawes Dienstmädchen führte sie in den Salon des Pfarrhauses.

»Welch unerwartete Freude, Euer Ladyschaft«, flötete der Pfarrer. »Wieviel kühler es nach dem Gewitter ist ...«

»Ich muß dringend mit Ihnen über den Gillory-Jungen sprechen«, sagte Lady Blythe schnell. Sie hatte noch andere Besuche zu machen und wollte keine Zeit mit Platitüden verlieren.

»Daniel?« fragte der Pfarrer verständnislos.

»Ja. Daniel. Ich glaube, Sie haben ihm geholfen, einen Platz am Gymnasium von Ely zu bekommen.«

»Daniel hat es selbst geschafft, sich einen kostenfreien Platz zu sichern, Euer Ladyschaft. Er hat an dem Wettbewerb für ein Stipendium teilgenommen. Ich habe ihn mit einer Uniform, Büchern und Stiften ausgestattet. Die Familie ist nicht sehr wohlhabend.«

Lady Blythe schwieg einen Moment. Durch die offenen Fenstertüren des Salons konnte sie die Reihen von Dahlien, Lilien und Löwenmäulern sehen, auf denen immer noch Regentropfen glänzten.

»Ist es nicht eine ziemliche Verschwendung, Herr Pfarrer, einem Jungen wie ihm eine Erziehung zukommen zu lassen? Sie hebt ihn nur von seinen Kameraden ab und bringt ihn auf unpassende Gedanken. Und wenn er die Schule beendet hat – was bleibt ihm dann? Er wird Schmied wie sein Vater. Nichts kann daran etwas ändern.«

Unsicher antwortete der Pfarrer: »Wenn Daniel die Abschlußprüfung schafft, Euer Ladyschaft, besteht die Möglichkeit, daß er einen Platz im College bekommt.«

Sie stand auf und ging zu den Fenstertüren. Die schweren Düfte des Gartens wehten ihr entgegen. Sie atmete sie mit halb geschlossenen Augen ein. Da trat ihr die unwillkommene Erinnerung wieder vor Augen, wie Lally unter Tränen behauptet hatte: »Daniel war bei mir. Daniel war die ganze Zeit bei mir.« Sie war gezwungen, Lally zu glauben. Sie drehte sich wieder zum Pfarrer um. Leise sagte sie: »Ich glaube nicht, daß Sie dem Gillory-Jungen weiterhin helfen sollten, Mr. Fanshawe.«

Mr. Fanshawe erwiderte zögernd: »Wenn Daniel keine Uniform hat, Euer Ladyschaft, kann er nicht zur Schule gehen.«

»Richtig«, antwortete Lady Blythe. »Ich freue mich, daß wir uns verstehen.«

Er wurde rot. »Das kann ich nicht tun, Euer Ladyschaft. Daniel ist ein intelligenter Junge. Es wäre grausam.«

Sie sah durchs Fenster auf den friedlichen Garten hinaus. »Gefällt es Ihnen hier, Herr Pfarrer?«

Er nickte hilflos.

»Und Mrs. Fanshawe? Ist sie glücklich in Drakesden?«

Er sah verwirrt aus. »Die Ruhe auf dem Land tut ihren Nerven gut, sagt der Arzt.«

»Natürlich. Mrs. Fanshawe würde nicht in die Stadt zurückziehen wollen.« Geduldig fügte sie hinzu: »Diese Pfründe werden von Drakesden Abbey vergeben. Verstehen Sie mich, Herr Pfarrer?«

Seine blassen Augen wurden größer, und er flüsterte: »Aber was soll aus Daniel werden?«

»Oh – er wird für seinen Vater arbeiten. Und ich schätze, wir finden irgendeine Beschäftigung auf Drakesden Abbey für ihn.« Lady Blythe merkte, daß sie lächelte, als sie ihren Sonnenschirm von dem Dienstmädchen des Pfarrers entgegennahm.

Die unruhig verbrachte Nacht hatte Thomasines Ängste nicht zerstreuen können. Nach dem Frühstück stahl sie sich aus Quince Cottage und lief den Weg zur Schmiede hinunter. Doch Daniel war noch immer nicht nach Hause gekommen.

Unruhig und gereizt fütterte sie die Hühner, spülte das Geschirr, staubte im Wohnzimmer ab und setzte sich an den Küchentisch, wo sie mit klarer geschwungener Schrift die Eintragungen ins Haushaltsbuch machte. *Hinterschinken, 90 g; Waschsoda 400 g; Einmachzucker 60 g.* Während sie schrieb, spulten immer und immer wieder die Ereignisse der vergangenen beiden Tage vor ihrem geistigen Auge ab. Das Pfänderspiel, Daniels Kuß, die Pracht von Drakesden Abbey. Ihr hastiger, demütigender Abstieg von der geliehenen Stute, während Lady Blythe sie mit eiskalten Augen beobachtete. Das Gerücht, das sich in Drakedens schlammigen Straßen wie ein Lauffeuer verbreitete, daß sich England jetzt im Krieg befand.

Es klopfte, Thomasines Hand rutschte aus, so daß ein schwarzer Tintenfleck auf dem weißen Papier entstand. Rose rief: »Hilda, meine Liebe, komm schnell. Es ist Lady Blythe!«

Jemand öffnete die Tür, und die Besucherin wurde hereingeführt. Thomasine legte die Feder weg und ordnete schnell ihr Haar. Ihr Herz hämmerte, als sie die Tür zum Wohnzimmer öffnete.

Tante Rose sah bedrückt aus, Tante Hilda wütend. Hilda sagte: »Thomasine, meine Liebe, da scheint es ein Mißverständnis zu geben. Lady Blythe ist der Meinung, daß du den gestrigen Nachmittag auf Drakesden Abbey verbracht hast.«

Sie hatte nicht gelogen, aber Thomasine wußte, daß sie sich auch nicht an Tante Hildas untadelige Maßstäbe von Ehrbarkeit und Anstand gehalten hatte. Mühsam rang sie sich die Antwort ab.

»Ja, das stimmt, Tante Hilly.« Der Anflug von Schock in Tante Hildas Augen schmerzte sie.

Rose fragte flüsternd: »Allein, Thomasine, Liebes?«

»Mit Nicholas. Mit Mr. Blythe, meine ich.«

Hilda fragte vorsichtig: »Daniel ...?« Thomasine schüttelte den Kopf.

»Daniel ist nicht gekommen. Ich weiß nicht, wo er ist.«

Schließlich ergriff Lady Blythe das Wort. »Sehen Sie, Miss Harker?«

»Ich sehe«, antwortete Hilda ärgerlich, »daß es irgendein kindischer Blödsinn war. Ich sehe, Lady Blythe, daß sich Ihr Sohn schlecht benommen hat.«

Einen Moment lang funkelten Hildas Augen genauso zornig wie die von Lady Blythe. Dann kehrte der eisige Blick zurück, und sie sagte: »Ich will gleich auf den Punkt kommen, Miss Thorne. Auf Drakesden Abbey wird ein wertvolles Erbstück vermißt. Es wurde aus dem Safe genommen. Mein Sohn hat es mittags angesehen, und am späten Nachmittag wurde sein Verlust entdeckt. Nicholas hat mir gestanden, daß er den Safe geöffnet und es Ihnen gezeigt hat.«

Thomasine flüsterte: »Der Feuerdrachen wird vermißt?«

»Genauso ist es, Miss Thorne. Beabsichtigen Sie, ihn seinen rechtmäßigen Besitzern zurückzugeben?«

Hilda rang nach Luft, und Rose stieß einen unterdrückten Schrei aus. Es dauerte einen Moment, bis Thomasine begriff, was Lady Blythe ihr unterstellte. Sie konnte kaum antworten. »Sie glauben, daß ich … Sie glauben, ich hätte ihn *genommen* …«

Rose sagte: »Die Dienerschaft …«

»Ich habe bereits mit der Dienerschaft gesprochen, Miss Harker. Ihre Unterkünfte wurden gründlich durchsucht.«

Hildas Gesicht war bleich, abgesehen von zwei roten Flecken auf ihren Wangenknochen. »Dann hat ein vorbeigehender Fremder … Wenn Ihr Sohn vergessen hat, den Safe zu verschließen …«

»Alle Welt weiß, wenn ein Fremder nach Drakesden kommt. Das ist Ihnen bekannt, Miss Harker. Miss Thorne hatte die Gelegenheit – laut meiner jüngsten Tochter hat sie Nicholas einmal verlassen, angeblich, um ihr Haar zu ordnen.«

»Angeblich!« Hilda riß der Geduldsfaden. »Lady Blythe – das ist grotesk …«

»Ihre Nichte hat es nicht bestritten, Miss Harker.«

Schweigend wandten sich Thomasine drei Gesichter zu. Tränen standen in Roses Augen. Hilda hatte sich mit geballten Fäusten zu voller Größe aufgerichtet. Nur Lady Blythe wirkte ungerührt, als verstünde sie nicht, daß ihre Version der Ereignisse überhaupt in Zweifel gezogen werden konnte.

»Das muß ich gar nicht abstreiten«, erwiderte Thomasine stolz. »Meine Tanten wissen, daß ich sie nie auf diese Weise beschämen würde.«

Roses kleine Hand umschloß die von Thomasine. Hilda sagte mit eisiger Stimme: »Ich glaube, Sie sollten gehen, Euer Ladyschaft. Es gibt nichts mehr zu besprechen.«

Lady Blythe ergriff noch einmal das Wort, bevor sie sich zum Gehen erhob.

»Sie sind auf Drakesden Abbey nicht willkommen, Miss Thorne. Sie werden nie wieder mit meinem Sohn sprechen. Ich würde Ihnen vorschlagen, sich eine anständige Arbeit zu suchen, falls Sie dazu in der Lage sind, und zwar so weit wie möglich von Drakesden entfernt. Mädchen Ihres Schlags geraten leicht auf die schiefe Bahn.«

Wesentlich später, als Hilda wütend Feuerholz hackte, fiel ihr wieder ein, was Thomasine gesagt hatte, nachdem Lady Blythe gegangen war. »Es waren nur Nicholas und ich, Tante Hilly. Nicholas zeigte mir das Haus, dann machten wir ein Picknick, und dann sind wir geritten. Das ist alles.«

Das ist alles. Aber es reichte, begriff Hilda. Für eine stolze Adelige wie Lady Blythe mußte es Verdruß und Sorge bedeuten, wenn sie feststellen mußte, daß ihr gutaussehender siebzehnjähriger Sohn einen Tag allein mit einem Mädchen aus dem Dorf verbracht hatte. Deshalb war Lady Blythe so wütend. Deshalb hatte sie Thomasine beschuldigt, etwas so Schlimmes getan zu haben.

Hilda schichtete die Scheite an der Außenwand des Hauses auf. Die größte Ironie war, daß sie in diesem Punkt mit Lady Blythe vollkommen übereinstimmte. Genau wie Gwendoline Blythe hielt sie Nicholas für keinen passenden Umgang für Thomasine. Ihre gesellschaftliche Stellung, ihr Geburtsrang und ihre Stellung im Dorf bedeuteten, daß sie nicht auf gleicher Ebene mit ihm stand und nie stehen würde. Dennoch waren beide in einem Alter, in dem man zu Torheiten neigt. Hilda dachte an Nicholas Blythe, sein byroneskes Aussehen und seine abgehobene

Stellung in Drakesden. Bei Daniel Gillory und Thomasine hätte sie nie Bedenken gehabt, weil Daniel die Regeln kannte.

Am späten Nachmittag kam Daniel endlich nach Hause. Ruth Gillory schickte die jüngeren Kinder aus dem unteren Zimmer nach draußen und stellte Daniel einen Teller mit Essen hin. Die Hammerschläge aus der Schmiede sagten ihm, daß sein Vater bei der Arbeit war.

Obwohl er den ganzen Tag nur eine Handvoll Blaubeeren gegessen hatte, stocherte Daniel in dem Knödel aus Brot und Schweinefleisch herum. Er war krank vor Angst. Man wurde nicht von Lady Blythe beim Küssen ihrer Tochter erwischt und kam ungeschoren davon.

Seine Mutter setzte sich ihm gegenüber. Nach ein paar Bissen stellte er fest, daß sie ihm etwas sagen wollte und nur die Worte nicht herausbrachte. Daniel schob den Teller beiseite, unfähig weiterzuessen. Seine Mutter drückte die losen Falten ihrer Schürze platt und sah ihn nicht an.

»Der Pfarrer war hier«, sagte sie schließlich.

Wie eine Faust fuhr die Angst in seinen Magen. »Und?« fragte er. Obwohl er wußte, was sie als nächstes sagen würde.

»Er kann dir bei den Kleidern und den anderen Sachen nicht mehr behilflich sein. Es tue ihm leid, hat er gesagt.«

Daniel wußte sofort, was geschehen war. Sie konnte ihn nicht einsperren lassen, weil er ihre Tochter geküßt hatte, also hatte sich Lady Blythe auf etwas anderes verlegt. Sie hatte ihm weggenommen, was ihm am wichtigsten war.

Er spürte, wie sich die magere, schrundige Hand seiner Mutter auf die seine legte. »Vielleicht ist es so am besten, Sohn. Es hat doch ohnehin nur Schwierigkeiten gemacht.«

Daniel sprang auf und warf dabei den Hocker um. Sein Zorn brachte den Kopfschmerz zurück. Er lief aus dem Cottage in den Sonnenschein hinaus, den Blick auf den verwahrlosten Acker gerichtet, ohne ihn jedoch zu sehen.

Er wollte seine ganze Wut über diese Ungerechtigkeit aus sich herausschreien. Die ganze Brut der Blythes verfluchen, die ihn fahrlässig in ihr Leben einbezogen hatte, um ihn dann für diesen Fehltritt zu bestrafen. Er wußte, wie seine Zukunft jetzt aussehen würde: der schäbige kleine Besitz, die abgemagerten Tiere, die im Staub schnüffelten, die Hufschmiede. Er begann zu rennen, über Zäune zu springen, im Zickzack durch die Felder zu laufen, die das Land der Gillorys vom Deich trennten. Daniel zertrampelte das fast reife gelbe Korn und ließ eine tiefe Schneise im Kornfeld hinter sich zurück. Es machte nichts: Das Land gehörte den Blythes.

Im Dorf starrten die Leute sie an und flüsterten. Thomasine wußte, daß sie in all den Jahren, in denen sie geglaubt hatte, ein Teil von Drakesden geworden zu sein, einer Täuschung erlegen war. Die Akzeptanz, die sie erfuhr, war nur äußerlich, jederzeit widerrufbar.

Gerüchte verbreiteten sich in dem kleinen abgelegenen Dorf wie ein Lauffeuer, und zu viele waren geneigt, ihnen Glauben zu schenken. Selbst diejenigen, die sie als ihre Freunde angesehen hatte – Mrs. Carter vom Laden, Mr. Fanshawe, Mr. Naylor von der Chalk Farm –, alle schienen vorwurfsvoll auszusehen.

Und doch hätte sie dies alles ertragen, wenn Daniel an ihrer Seite gewesen wäre. Seit dem Tag des Pfänderspiels hatte sie nicht mehr richtig mit ihm gesprochen. Seit dem Abend, an dem er sie geküßt hatte. Jetzt arbeitete Daniel den ganzen Tag für seinen Vater und würde, so ging das Gerücht, im September nicht in die Schule zurückkehren. Wenn sie mit ihm zu sprechen versuchte, waren seine Antworten einsilbig und geradezu provozierend knapp.

Am Ende der Woche schrieb sie den Brief. Sie hatte eingesehen, daß sie nicht in Drakesden bleiben konnte, daß ihr die Engstirnigkeit und die armseligen Häuser unerträglich geworden waren. Sie brauchte mehr. Sie mußte wieder frei sein, sie brauchte eine Zukunft.

Sie sagte Hilda und Rose nicht, was sie getan hatte, aber sie wartete ungeduldig auf Antonias Antwort.

Die Liverpool Street Station in London war dicht mit Rekrutierungsplakaten beklebt. Auf dem Bahnsteig drängten sich Männer in khakifarbenen Uniformen und kurzgeschnittenem, stoppeligem Haar. In dem Gewimmel und dem zischenden Dampf der Lokomotive konnte Thomasine Tante Tony anfänglich nicht finden.

Dann entdeckte sie sie – die kleine elegante Gestalt mit dem kastanienfarbenen Haar und dem großen, schwarzen, federgeschmückten Hut. Thomasine nahm ihren Koffer, bahnte sich einen Weg durch die Menge und zeigte dem Kontrolleur ihre Fahrkarte.

»Was für ein Gedränge!« rief Antonia und lief auf sie zu, um sie zu begrüßen. »Laß dich anschauen, Liebling.«

Sie hielt Thomasine auf Armeslänge von sich ab. Zum erstenmal seit Wochen mußte Thomasine lächeln.

»Ach, Liebes, du hast ja immer noch dieses Haar! Komisch, nicht, daß nur wir beide es haben? Pat war natürlich blond, genau wie Rose. Deine Augen haben die gleiche Form wie Pats, aber meine Farbe. Laß mich deine Füße sehen, Thomasine. Streck die Zehen.«

Mitten auf der Liverpool Street Station, umgeben von Soldaten, die in ihre Kasernen zurückkehrten, schürzte Thomasine den Rock bis zu den Waden und streckte den Fuß aus.

»Dreh dein Fußgelenk«, rief Antonia. »Ja, Liebes! Du bist ein kluges Mädchen, du hast nichts vergessen. Aber was sind das für häßliche Stiefel. Hilda hatte noch nie Geschmack.«

Antonia ergriff Thomasines Hand und zog sie durch die Menge. »Ich habe um vier Uhr Unterricht, aber wenn wir uns beeilen, können wir noch eine Tasse Tee trinken.«

Eine Stunde später saß Thomasine im vorderen Salon von Tante Antonias Haus in Teddington. Als sie sich in dem Raum umsah, kamen ihr alle Gegenstände noch von ihrem Besuch im letzten Jahr vertraut vor. Niemand hatte ein Haus wie Tante Tony. Alle Verzierungen, jedes Buch und jedes Gemälde hatten mit Ballett zu tun. Und niemand *sah aus* wie Antonia. Obwohl sie nicht mehr als einen Meter fünfzig maß, wirkte sie groß, schlank und elegant. Ihre Kleider, die sie selbst anfertigte, waren erlesen.

Antonia stellte ihre Teetasse ab. »Jetzt muß ich mich aber beeilen, sonst komme ich zu spät zu meinem Unterricht. Du bleibst hier, Liebes, und ruhst dich aus. Zugreisen sind immer so anstrengend.«

Antonia sah in den Spiegel und rückte ihre Hutfedern zurecht. Sie ergriff Thomasines Hand und küßte sie auf die Wange.

»Am Montag nachmittag beginnst du mit dem Unterricht. Am Montag morgen machen wir einen Stadtbummel und suchen ein paar Stoffe aus. Ich finde, du könntest ein paar neue Sachen brauchen.«

Dann war sie fort. Thomasine sah ihr hinterher, wie sie schnell und zielstrebig durch den Vorgarten und dann die Straße hinunterging. Sie lehnte die Stirn an die Fensterscheibe. Auf der anderen Straßenseite sah sie die Reihe ähnlicher Häuser, die sich nur durch die Farbe ihrer Haustüren, die Rosen oder den wilden Wein unterschieden, der über die Wände rankte. Eine Katze streckte sich behaglich auf einer der Mauern aus, und auf einer roten Litfaßsäule klebte ein Plakat. Thomasine konnte nur die Hälfte des Plakats sehen, aber sie kannte es schon. »Dein König und dein Land brauchen dich«, stand darauf. »Melde dich zu den Waffen.«

Die Häuser kamen ihr unendlich hoch und dicht zusammengedrängt vor und zeichneten sich in vielfacher Wiederholung vor dem grauen Himmel ab. Die Bäume wirkten verkrüppelt und vom Rauch und Dunst vieler Winter geschwärzt. Mit Wehmut dachte sie an Drakesden. An Daniel und Nicholas, die im Gras lagen und sagten: »Es wird ein Heidenspaß.« Sie schob die Erinnerungen beiseite, gemeinsam mit der noch quälenderen Erinnerung an den Abschied von Hilda und Rose. Dann schloß sie die Augen und lauschte den Geräuschen der Stadt.

Im September lud Daniel Karren voller Fallobst aus dem Obstgarten ab, als Nicholas zum erstenmal seit Wochen wieder mit ihm sprach.

Lady Blythes jüngerer Sohn trug Tenniskleidung. Auf den Schubkarren deutend, sagte er: »Du kannst später damit weitermachen, Gillory. Ich brauche jemand, der mir die Tennisbälle einsammelt. Ich muß meinen Aufschlag üben.«

Daniel folgte Nicholas auf den Tennisplatz. Nicholas' makellos weiße Kleider blendeten im Sonnenlicht.

Der Tennisplatz von Drakesden war ein Rasenplatz, auf drei Seiten von Wiesen und auf einer von der sogenannten Wildnis, einem absichtlich wild belassenen Stück Garten, umgeben. »Viel zu heiß zum Herumrennen«, fluchte Nicholas und begann mit den Aufschlägen.

Daniel hatte etwa ein Dutzend Bälle aufgehoben, als er bemerkte, daß Nicholas sie absichtlich weit wegschoß. Drei seiner Aufschläge gingen hoch übers Netz, und die Bälle landeten im Unterholz hinter dem Platz. Daniel mußte zwischen Nesseln und Zweigen herumkriechen, um die Bälle zu finden.

Nach etwa fünf Minuten war ihm klar, daß er dies nicht mit sich machen ließe. Er wollte nicht wie ein Blöder herumrennen und zulassen, daß sich Nicholas an seiner Demütigung weidete. Nicht daß er die Beherrschung verloren hätte: Er war sich vielmehr einer himmelschreienden Ungerechtigkeit bewußt, einem Gefühl der Ohnmacht, das er nicht ertragen konnte. Zudem hatte er nichts mehr zu verlieren.

Der Tennisball flog in die Luft, traf auf Nicholas' Schläger und landete außerhalb des Spielfelds. Daniel stand ruhig mit verschränkten Armen da und wartete.

Nicholas schlug noch ein paarmal auf, bevor er bemerkte, was los war.

»Heb die Bälle auf, Gillory«, rief er.

»Heb deine beschissenen Bälle selber auf«, antwortete Daniel.

Der Schläger hob sich wieder und wurde gesenkt. »Was hast du gesagt?«

»Ich hab gesagt, daß du deine beschissenen Bälle selber aufheben kannst.«

»Also, du kleines Dreckstück ...« Nicholas rannte auf ihn zu. »Du bist also nicht nur ein Dieb, sondern auch noch aufmüpfig, Gillory? Du hast die Brosche geklaut, nicht wahr? Ich weiß, daß du es warst ...«

Nicholas hatte seine Fäuste erhoben. Bevor er ihn schlug, hatte Daniel gerade noch Gelegenheit, die Intensität der Wut und des Leids in Nicholas' Augen zu sehen. Dann traf seine Faust Nicholas' Kinn.

Nicholas war zwei Jahre älter, aber Daniel, dessen Muskeln in der Schmiede gestählt worden waren, war stärker. Und sie kämpften nach verschiedenen Regeln oder vielmehr: Nicholas hatte Regeln und Daniel keine. Eine andere Erziehung, dachte Daniel in seinem Haß, als er ein Büschel von Nicholas Blythes schwarzen Haaren packte und seinen Kopf auf eine der weißen Linien schlug, die die Ränder des Spielfelds markierten. Schließlich lag Nicholas zusammengekrümmt und nach Atem ringend neben dem Netz, seine weißen Kleider waren zerrissen und schmutzig. Daniels Atem brannte in seiner Kehle, und er schmeckte Blut im Mund. Er wußte, daß sein Racheakt nichts ändern würde, aber wenigstens fühlte er sich jetzt besser.

Wortlos drehte er sich um und ging. Als er ins Haus der Schmiede zurückkehrte, stellte er zu seiner Erleichterung fest, daß niemand daheim war. Er packte seine Habseligkeiten zusammen und schrieb seiner Mutter eine Nachricht, die er auf dem Küchentisch zurückließ.

Er ging den ganzen Tag hindurch. Als er sich schließlich umdrehte, war Drakesden nicht mehr zu sehen. Aufgrund der Erdkrümmung war es verschwunden. Die Straße, die er entlangwanderte, war nicht mehr so vollkommen eben wie in den Fens, sondern begann bereits anzusteigen.

Im hinteren Teil des Unterrichtsraums der Tanzschule Kleine Schneeglöckchen bemühte sich Thomasine, die zwanzig anderen Mädchen vor ihr nachzuahmen.

»Port de bras«, rief Antonia, vor der Klasse stehend. »Eure Hände, Mädchen, denkt an eure Hände! Deine Finger, Thomasine! Und *lächeln!*«

Zwanzig gleichgekleidete Mädchen hoben die Arme und vollführten weite Halbkreise in der Luft. Im hinteren Teil des Unterrichtsraums ahmten Thomasines Arme, ein bißchen verspätet, die Bewegung nach.

Sie müßte sehr hart arbeiten, um mit den anderen Mädchen gleichzuziehen. Antonia erklärte ihr, daß sie schon in einem Jahr bei einem Theater vortanzen könnte, wenn sie gut genug sei. Sie hatte vor, gut genug zu sein. Sie wollte die Beste sein.

Antonias energische Stimme übertönte den fernen Straßenlärm. »Besser, Thomasine, besser. Jetzt die zweite Position, Mädchen. Und lächeln!«

2

ZWISCHEN AUGUST 1914 und November 1918 brach die Welt in Stücke. Im Frühling 1915, mit der Versenkung der Lusitania und dem ersten Abwurf von Bomben auf London, wußten alle, daß dies eine andere Art von Krieg war. Niemand war sicher.

Auch an der Front hatte der Krieg sich gewandelt. Panzer und Flugzeuge traten an die Stelle der rotberockten Kavallerie. Senfgas zerfraß die Lungen der Soldaten, so daß sie auf trockenem Land gleichsam ertranken. Außerhalb der Schlachtfelder versuchte man durch Propaganda die wahre Situation des Krieges vor der Bevölkerung in der Heimat zu vertuschen und antideutsche Stimmung zu schüren. 1916, mit der Einführung der Zwangsverpflichtung, wurden Frauen auf Farmen und in Fabriken geschickt, um die an der Front befindlichen Männer zu ersetzen. In den Schlachten von Ypres, Arras, an der Somme und Passchendaele starben Hunderttausende junger Männer bei dem Versuch, ein paar Meter schlammigen Bodens zu erobern. Die Verluste an jungen, vor allem an den gehobenen Privatschulen rekrutierten Offizieren waren besonders hoch. Der Weltkrieg trennte Männer von Frauen, Soldaten von Zivilisten. Inmitten von Blutgemetzeln und Schmerzensschreien wurde das zwanzigste Jahrhundert geboren.

Sie waren gerade in einer Gemeindehalle in Brompton und probten für eine Revue namens *Sunny Days*, als sie die Nachricht hörten. Es klopfte an der Tür, und die Schwester des Pianisten trat ein. Sie flüsterte dem Pianisten etwas zu, er unterbrach sein Spiel und flüsterte wiederum dem Choreographen etwas zu.

»Der Krieg ist vorbei. Der Waffenstillstand ist unterzeichnet worden.«

Jubel und Pfeifen brachen aus. Thomasine ging zum Fenster und sah auf das graue London hinaus. Der dichte Regen war durch den Nebel fast nicht wahrzunehmen. Wasser tropfte von den schwarzen Blättern der Bäume und sammelte sich in den Rinnsteinen entlang der Straße. Auf den Gehsteigen drängten sich Menschen, die meisten in Uniform, die in alle Richtungen hasteten. Die Plakate (so viele Plakate) an den Bäumen, den Briefkästen, den Wänden von Läden und Häusern waren eingerissen, und ihre Ränder kräuselten sich im Regen.

Thomasine schmerzte der Kopf. *Der Krieg ist vorbei, der Waffenstillstand ist unterzeichnet worden.* Doch man wollte nicht glauben, daß die Schrecken, die das Leben während der vergangenen vier Jahre so grundlegend erschüttert hatten, vorbei sein sollten. Ihr war es inzwischen vorgekommen, als nähme der Krieg nie ein Ende, als gäbe es keine Hoffnung. Als würden der Nahrungsmangel, die Trübseligkeit der unbeleuchteten Straßen, das schreckliche Durchforsten der Gefallenenlisten nach Namen von Bekannten auf ewig so weitergehen.

»Ein paar von den Mädchen gehen ins West End hinunter. Kommst du mit, Thomasine?«

Sie drehte sich vom Fenster weg, wandte sich ab von dem Anblick der Straßen und der Erinnerung an die vergangenen vier Jahre und lächelte ihre Freundin Alice an. »Natürlich. Sobald ich mich umgezogen habe.«

Der Pianist packte seine Noten ein, der Choreograph hatte den Raum bereits verlassen. Die Tänzerinnen zogen sich in der Damentoilette um und drängten sich in dem engen, ungeheizten Ort zusammen, in dem es nach Schweiß und billigem Parfüm roch. Der Nebel und der Regen draußen rochen nach Rauch, Staub, Abgasen von Autos und Taxis und nach den Pferdewagen, die sich durch die Straßen zwängten und alle ins West End wollten.

Alice hatte sich bei Thomasine eingehängt. Die Menge auf den Gehsteigen drängte auf die Fahrbahnen, ein buntes und zunehmend fröhlicheres Gemisch aus Männern und Frauen in den verschiedensten Uniformen. Jeder schien eine Flagge zu tragen: englische, amerikanische, belgische, französische und koloniale Flaggen flatterten in der nebeligen Luft. Bald mußten die Autos Hupkonzerte veranstalten, um durch das Gedränge zu kommen, bald hingen an jedem Fahrzeug Menschentrauben oder saßen auf Kühlerhauben und Dächern.

Thomasines Hals war trocken und rauh. »Ich bin total ausgedörrt«, sagte sie. »Ich hatte heute morgen keine Lust zu frühstücken. Sollen wir ... ?«

Sie standen vor einem Teesalon. Alice nickte. Drinnen war zu ihrem Erstaunen ein kleiner Ecktisch frei. Die Tür des Teesalons schloß sich hinter ihnen und sperrte einen Teil des Lärms aus.

»Ich könnte auch eine Tasse vertragen.« Alice setzte sich und überflog die Speisekarte. »Und ein Hörnchen.«

Sie gaben ihre Bestellung bei der Bedienung auf. Thomasine lehnte kopfschüttelnd die Zigarette ab, die Alice ihr anbot.

»Ich weiß«, sagte Alice grinsend. »Mutter wäre sicher schockiert. Anständige Mädchen rauchen in der Öffentlichkeit nicht. Aber – Mutter ist nicht hier, und ich bin kein so anständiges Mädchen.« Sie kicherte und zündete die Zigarette an. Der Rauch brachte Thomasine zum Husten.

Sie brauchten den ganzen Nachmittag, um zum Trafalgar Square zu kommen. Den größten Teil des Weges gingen sie zu Fuß, mitgerissen von der Menge aus Tommys, Matrosen, Yankees, Belgiern, Frauenkorps, Marinehelferinnen und Arbeiterinnen von Munitionsfabriken. Einmal sprangen sie auf einen Bus auf und standen dicht zusammengedrängt auf dessen Trittbrett. Doch der Bus fuhr nicht seine planmäßige

Strecke, sondern blieb am Piccadilly stehen, wo ihn die dichte Menschenmenge am Weiterfahren hinderte.

Der Regen hielt an, der Nebel lichtete sich nicht. Thomasines Stiefel und der Saum ihres Rocks waren bald durchweicht und schmutzig, und die Seidenrose auf ihrem Hutrand hing welk herunter. Jeder Muskel ihres Körpers schien zu schmerzen. Zu viele Proben für zu viele Aufführungen, zu viele Stunden in zugigen Hallen, wo sie Binden aufrollte und fürs Rote Kreuz Verbandsmaterial einpackte. Die überschäumende Freude der Menge über das Kriegsende sprang nicht auf sie über.

Aber sie konnte nicht nach Teddington zurück: Sie konnte nur in der Richtung weitergehen, die die Menge gerade einschlug. Thomasine drückte ihre Tasche an sich und klammerte sich fest an Alices Arm. Jauchzend und jubelnd stimmte Alice in den Gesang der anderen Londoner ein. Am Piccadilly hätte Thomasine im Gewühl der Menge nur von einer Seite des Platzes auf die andere gehen können. Ihre Füße berührten kaum den Boden, Ellbogen bohrten sich in ihre Rippen, hoben sie hoch und rissen sie im Strom der schwankenden Menschenmenge mit.

Als sie Tafalgar Square erreichten, war es fast dunkel. Die Spitze von der Nelson-Säule verbarg sich in Regen und Nebel. Um die Grundpfeiler der Säule hatte man erbeutete Kanonen und Lafetten aufgereiht. Leute rissen Schilder von Läden und Bussen und warfen sie in ein schnell aufgetürmtes Freudenfeuer. Jemand schleuderte ein Streichholz aufs Holz, und Flammen loderten auf, die am Podest der Säule hochzüngelten und die Gesichter der Menschen in ein gespenstisches Licht tauchten. Die Menge wich vor dem Feuer zurück, und Thomasine wurde zwischen einer Fabrikarbeiterin und einem großen Matrosen eingeklemmt. Als das Gedränge endlich nachließ, konnte sie nicht mehr aufhören zu husten.

»Alles in Ordnung, Süße?« fragte der Matrose.

Sie schaffte es, zu nicken. Alice sang mit der Menge »Tipperary«. Die Lautstärke ihres Gesangs war überwältigend, das Lied eines Kolosses, das alles andere übertönte. Der Matrose hinter ihr sagte etwas, aber sie verstand ihn nicht. Er schien tonlos die Lippen zu bewegen, wie ein Filmstar. Gesichter mit geöffneten Lippen, Worte formend, umdrängten sie. »It's a long way to Tipperary, it's a long way from home.« Es roch nach Bier, nach Zigaretten und dem Rauch des Freudenfeuers.

Es war kaum zu glauben, doch alle begannen zu tanzen. Tausende von Menschen schlossen sich zu einer einzigen langen Schlange zusammen und kreisten um den Platz. Als sich Thomasine umdrehte, war Alice nicht mehr neben ihr. Der große Matrose streckte die Hand aus, und eine blasse Munitionsarbeiterin ebenfalls. Einmal sah sie kurz Alices blonden Kopf über der Menge auftauchen, dann war sie verschwunden. In Rauch, Regen und zunehmender Dunkelheit nur undeutlich erkennbare Gesichter zogen an Thomasine vorbei: Soldaten, einige von ihnen mit entstellenden Narben, andere mit Verbänden um den Kopf oder den Arm in der Schlinge. Mädchen vom Land und Hilfsschwestern, von der Hitze gerötete Gesichter, die Haare vom Regen durchnäßt. Munitionsarbeiter mit bläulich verätzter Haut. Das Feuer warf schwarze Schatten auf ihre Gesichter, ließ sie alt und grotesk, kaum noch wie menschliche Wesen erscheinen.

Die Menge zog Thomasine in diese und jene Richtung. Als sie nach unten blickte, bemerkte sie plötzlich, daß ihre Handtasche verschwunden war. Die seidenen Henkel baumelten noch an ihrem Handgelenk, aber die Tasche war weg. Sie sah sich verzweifelt um, spähte zwischen die Unmenge tanzender Beine, konnte aber nichts entdecken. Ihr Geldbeutel, ihre Tanzschuhe, ihr Tanzkleid und ihre Hausschlüssel – alles war in der Tasche gewesen. Panik schnürte ihr den Hals zu. Jemand rempelte sie von hinten so heftig an, daß sie fast hinfiel. Den Blick noch immer suchend zu Boden gerichtet, versuchte sie, sich zum Rand des Platzes durchzukämpfen.

Es schien Stunden zu dauern. Einige Leute beschimpften sie, andere versuchten, sie zu küssen. Sie ließ sich jedoch nicht beirren, war wild entschlossen, dem Platz zu entkommen und nicht wieder in den Siegestaumel der tanzenden Menge zu geraten. Immer wieder wurde sie von der Menschenmasse so heftig eingezwängt, daß sie plötzlich Sternchen an dem schwarzverhangenen Himmel sah. Es war, als kämpfte sie gegen die Fluten eines reißenden Stroms an.

Als sie schließlich St. Martin's erreichte, hatte sie nicht nur ihre Tasche, sondern auch ihren Hut verloren. Sie lehnte sich gegen die Wand eines Ladens und konnte nicht aufhören zu husten. Am liebsten hätte sie sich auf den Gehsteig gelegt, um zu schlafen und nie wieder aufzustehen, doch der Lärm, der Gestank und das Gedränge waren noch immer unerträglich. Sie ermahnte sich eindringlich, daß sie hier nicht schlafen konnte. Trotz des kalten Regens war ihr heiß, und sie knöpfte ihren Mantel auf und löste ihr Halstuch. Dann holte sie tief Luft und zwang sich, vom Trafalgar Square weg die St. Martin's Lane hinunterzugehen.

Sie kam nur langsam und stockend voran. Mehrmals wurde sie vom Druck der Menge gegen die Geländer gepreßt oder in die Mitte der Straße geschoben. Taumelnd stolperte sie über Paare, die eng umschlungen auf Haustreppen saßen, oder prallte auf die, die sich umarmt hielten, ohne zu bemerken, was um sie herum geschah. Obwohl sie das Zentrum von London gut kannte, kamen ihr die Straßen fremd vor, wie Bilder aus einem Alptraum. Sie mußte ein Taxi finden, dachte sie. Doch was würde das kosten, bis nach Teddington hinaus? Nein – die U-Bahn zum Knotenpunkt der Linien wäre besser. Sie war sich sicher, daß es gleich in der Nähe eine U-Bahn-Station gab. Vielleicht würde heute niemand bemerken, daß sie keinen Fahrschein hatte.

Der Knall von Schüssen ließ sie zusammenschrecken, und sie fuhr herum. Ein Soldat balancierte unsicher auf dem Geländer eines Hauses und feuerte aus seinem Revolver in die Nacht. Nicht weit entfernt von ihm lag jemand zusammengerollt auf dem Gehsteig, dem zwei Männer immer wieder in den Bauch traten. Thomasine duckte sich, um den Geschossen auszuweichen, die durch die Luft schwirrten: einem Polizeihelm, Bierflaschen, Zwiebeln und Rosenkohl aus einem Gemüseladen in der Nähe. Eine der Rosenkohlknospen traf sie mitten auf die Stirn, so daß sie stolperte, hinfiel und sich die Knie aufschürfte. Ihre Strümpfe waren zerrissen und schmutzig geworden, ihr Rock war durchweicht.

Als sie aufstand, stellte sie fest, daß sie sich an der Mündung einer Gasse befand. Sie tat ein paar Schritte vorwärts und sah, daß die Gasse außer den Abfalltonnen und dem Unrat, der sich im Rinnstein häufte, leer war. Ohne die Freudenfeuer und Fackeln war es dunkel und kühl hier. Die hohen Häusermauern schienen sich über ihr zu schließen und das Geschrei der Menge abzuhalten. Die plötzliche Stille war fast unheimlich. Thomasine schwirrte der Kopf, und in ihrem Innern spulten sich immer wieder die gleichen Worte eines Lieds ab: »Goodbye-ee, goodbye-ee, Wipe the tear, dear baby, from your eye-ee.«

Thomasine fühlte sich hundeelend. Sie lehnte sich an eine Wand, schloß die Augen und zog den Mantel um sich. Ihr war kalt. Sie fröstelte, und ihre Zähne klapperten.

Doch plötzlich merkte sie, daß sie nicht allein war. Sie hörte Schritte auf den Pflastersteinen und ein leises Husten, die die Stille unterbrachen. Ein Mann in einem Offiziersmantel und Mütze stand in der Dunkelheit und starrte sie so eindringlich an, daß ihr mulmig wurde.

»Alles in Ordnung?«

Seine Stimme klang seltsam vertraut, aber ihr Kopf schmerzte zu sehr, um den Nebel der Erinnerung zu durchdringen und sie zu identifizieren. Die Angst jedoch blieb, und sie begann zu zittern.

»Thomasine? Geht's dir gut?«

Als er ihren Namen sagte, zog sie den Mantel enger um sich und versuchte in der Dunkelheit seine Züge auszumachen. Seine Augen waren in der Nacht nicht zu erkennen, aber sie wußte, daß sie ein ungewöhnliches Gemisch aus Gold, Grün und Haselnußbraun waren.

»Daniel«, flüsterte sie. »Daniel Gillory.«

Sie ließ sich aufhelfen. »Du hast eine Beule auf der Stirn«, sagte er.

»Rosenkohl«, sagte Thomasine. »Mich hat eine Rosenkohlknospe getroffen.«

Sie kicherte, dann ging das Kichern in Husten über. Als sie schließlich zu husten aufhörte, legte Daniel prüfend die Hand auf ihre Stirn.

»Du bist erkältet, du dummes Ding«, sagte er liebevoll. »Du mußt dich schrecklich fühlen.«

Thomasine brach in Tränen aus. Sie hätte niemandem erklären können, warum sie weinte: weil sie sich krank fühlte, weil sie ihre Geldbörse verloren hatte, weil der Krieg vorbei war, wegen der ganzen sinnlosen Vergeudung. Wegen der plötzlichen Einsicht, was die vergangenen vier Jahre ihrem Leben, Daniels Leben, ihrer aller Leben angetan hatten. Daniel hielt sie fest, während sie weinte, und als Thomasine schließlich aufhörte, reichte er ihr sein Taschentuch.

»Ich hab nach dir gesucht«, sagte sie mit schwankender Stimme. »Ich hab deinen Namen in den Zeitungen gesucht. Jeden Tag.«

Er sah auf sie hinab. »Ich hab in Passchendaele nur einen Kratzer abbekommen. Das war alles. Ich hab Glück gehabt.«

Thomasine schneuzte sich und reichte Daniel das Taschentuch zurück. »Ich bring dich nach Hause. Es ist spät«, sagte er.

Er schob ihre Hand unter seinen Ellbogen, und sie gingen die Gasse hinunter. Daniels Gang war nicht gleichmäßig, er trat mit einem Fuß stärker auf als mit dem anderen. Der Kratzer, dachte Thomasine, mußte ziemlich schlimm sein: Die Schlacht von Passchendaele war über ein Jahr her. Ihre eigenen Beine fühlten sich an, als würden sie einknicken oder vielleicht davonschweben und leichter tanzen, als sie je getanzt hatte. Sie kam nur langsam und stockend voran.

Sie traten aus der Gasse und begannen, die Straße hinunterzugehen. »Ich wollte eigentlich zu einer U-Bahn«, sagte Thomasine.

»Nein. Nicht die U-Bahn.« Daniel sah nach rechts und links. »Wir nehmen ein Taxi.«

»Ich hab kein Geld. Jemand hat meine Tasche abgerissen.«

Er sah an ihr hinab. »Was hast du denn allein hier gemacht, Thomasine?« Seine Stimme klang streng.

Erschöpft lehnte sie sich an einen Parkzaun und schloß die Augen. Selbst ihre Augenlider schienen weh zu tun. »Ich war nicht allein, ich war mit einer Freundin unterwegs, aber ich hab sie in der Menge verloren. Ich lebe schon seit fast vier Jahren bei meiner Tante Tony in London. Tante Rose starb kurz vor Weihnachten 1914 an Lungenentzündung. Es ging schrecklich schnell, Daniel. Entsetzlich. Tante Hilly hat kurz darauf Drakesden verlassen, um Krankenschwester zu werden. Ich hab während des ganzen Krieges gearbeitet – sechs Monate, nachdem ich hier ankam, hatte ich meinen ersten Auftritt als Tänzerin.«

Im fahlen Licht der Gaslampe bemerkte sie sein Stirnrunzeln. »Ich bin nie mehr nach Drakesden zurückgekommen, Daniel. Seit 1914 nicht mehr. Nicht seit die Blythes ...«, ihre Stimme brach ab.

Ich würde Ihnen vorschlagen, sich eine anständige Arbeit zu suchen, falls Sie dazu in der Lage sind, und zwar so weit wie möglich von Drakesden entfernt. Nun, sie hatte einen Beruf, und obwohl sie nicht sicher war, ob Lady Blythe Tanzen als anständige Arbeit ansähe, erinnerte sie sich voller Trotz an die Demütigung jenes schrecklichen Morgens und wußte, daß sie etwas aus sich gemacht hatte.

»Mein Gott!« Daniel nahm ihren Arm und ging den Gehsteig entlang. Lange Zeit sagte er nichts. Halb schlafend stützte sich Thomasine auf ihn. Der Lärm und das Geschrei der Straße kamen ihr jetzt wie ein Traum vor: Sie fühlte sich

seltsam abgetrennt davon, als wäre sie eigentlich gar nicht da. Sie schien sehr lange gegangen zu sein, als Daniel flüsterte: »Der Teufel soll sie holen, die ganze Brut der Blythes.«

In der Dunkelheit sah sie den Zeitungsausschnitt vor sich, als läge er vor ihr. »Das hat er bereits«, antwortete sie. »Gerald Blythe ist 1914 in der Schlacht von Mons gefallen.«

Daniel sagte eine Weile nichts. Dann fragte er: »Und Nicholas?«

Thomasine schüttelte den Kopf. »Ich weiß es nicht. Er bekam einen Orden. Wahrscheinlich hat er überlebt.«

Erneut begann sie zu husten, ihre Brust schmerzte bei jedem Atemzug. Sie hörte Daniel – jetzt mit freundlicherer Stimme – sagen: »Du siehst völlig fertig aus. Setz dich einen Moment«, und sie lehnte sich an einen Türpfosten und schloß die Augen.

Thomasine hörte, wie sich Daniels ungleiche Schritte entfernten. Einen Moment lang befürchtete sie, er habe sie verlassen, aber dann schwanden ihr die Sinne, und sie schwebte an einen Ort, an dem es warm und still war.

Eine Hand, die sie an der Schulter rüttelte, und eine Stimme, die ihren Namen sagte, weckten sie wieder auf. »Wach auf, Thomasine. Ich hab einen Wagen gefunden. Kannst du gehen?«

Sie zwang sich zu gehen, weil sie nicht zulassen wollte, daß der arme hinkende Daniel sie trug. Sie glaubte, stundenlang geschlafen zu haben, aber der Himmel war immer noch dunkel, und die Geräusche der Festlichkeiten waren von fern noch immer zu hören. Er führte sie durch einen kleinen, eingezäunten Park. Paare wälzten sich im Schutz der Büsche im Gras. Das Mondlicht, das kurz durch die Wolken leuchtete, ließ die Umrisse von kahlen Ästen sichtbar werden.

Der Wagen stand am anderen Ende des Platzes. »Wo ist der Fahrer?« fragte Thomasine benommen. Sie hatte zu zittern begonnen und schaffte es kaum, die Knöpfe ihres Mantels zu schließen.

Daniel zuckte die Achseln. »Der Wagen ist vermutlich heute nachmittag stehengelassen worden. Hat's nicht geschafft, durch die Menge zu kommen, schätze ich. Der Fahrer vergnügt sich vermutlich im Pub.«

Er setzte sich ans Steuer. Eine Drehung der Zündung, und der Motor sprang an. Daniel öffnete von innen die Beifahrertür.

»Setz dich und leg dir meinen Mantel um.« Mit einem Tuch wischte er die Windschutzscheibe ab. »Wo soll ich dich hinbringen?«

»Nach Teddington. Meine Tante wohnt in Teddington.«

Sie kamen nur langsam und stockend voran. Der ständige Regen, der über die Windschutzscheibe rann, erschwerte die Sicht. Durch den Spalt zwischen Tür und Dach tropfte es herein. Bald war Daniels Mantel mit Regentropfen übersät. Ständig begegneten sie Gruppen von Feiernden und mußten anhalten und hupen. Die Leute gingen aus dem Weg, wie Thomasine feststellte, weil Daniel eine Offiziersuniform trug. Es erstaunte sie kein bißchen, daß Daniel Gillory, der Sohn des Hufschmieds, Offizier geworden war.

Manchmal döste sie ein, und ihre Träume waren anstrengend und wirr. Aber das ungewohnte Rütteln des Autos weckte sie alle paar Minuten wieder auf. Dann war sie plötzlich wieder hellwach und unruhig, fühlte sich unwohl und reckte die schmerzenden Glieder. Sie starrte Daniel an und fand, daß er sich beträchtlich verändert hatte. Er war ein geübter Fahrer und konzentrierte sich auf die Straße.

»Wann bist du Soldat geworden, Daniel?«

Daniel sah Thomasine von der Seite an. Das Automobil holperte über das Kopfsteinpflaster. »1916«, antwortete er. »Ich hab's früher versucht, aber sie wollten mich nicht nehmen. Davor war ich zwei Jahre in London.«

Trotz der Kopfschmerzen zwang sie sich, sich zu erinnern. Sie wußte, daß Daniel die Schule verlassen mußte, sie wußte auch, daß er mit fünfzehn von zu Hause fortgelaufen war, aber niemand wußte damals wohin. Tante Hilly hatte ihr alles geschrieben.

»Und deine Familie ...?« fragte sie unbestimmt.

»Mein Vater ist vor zwei Jahren gefallen, bei Arras. Harry Anfang des Jahres. Er war bloß ein paar Wochen in Frankreich gewesen, das arme Schwein. Tut mir leid, Thomasine. Der Krieg hat meiner Ausdrucksweise nicht sonderlich gutgetan.«

Sie begann wieder zu zittern und zog Daniels Mantel enger um sich. »Und deine Mutter, Daniel?«

»Sie starb sieben Monate, nachdem ich von zu Hause fort war. An einer Frühgeburt. Was ich allerdings erst sehr viel später erfahren habe.«

Er sprach knapp und ausdruckslos. Sie hätte meinen können, daß ihn das alles nicht berührte, wenn sie nicht seine Fahrigkeit und die weiß hervortretenden Knöchel an seinen Händen bemerkt hätte, mit denen er das Lenkrad umklammerte.

»Sammy ist in einem Waisenhaus, und Nell hat sich als Dienstmädchen verdingt. Ganz gute Stelle, sagt sie. Zu Violet hab ich den Kontakt verloren. Und das Neugeborene hat keine Woche überlebt.«

Eine Weile fuhren sie schweigend weiter. Den Lärm und die Menge hatten sie hinter sich gelassen, nur gelegentlich traten Feiernde in ihren Blick, ein kurzes Aufflackern von Licht und Lärm in der Dunkelheit. Die Straßen und Häuser kamen ihr nun vertraut vor. Es war fast niemand unterwegs. Mit krächzender Stimme erklärte Thomasine, wie er zu fahren hatte, bis sie bei Antonias Haus angekommen waren und Daniel am Randstein anhielt.

»Gut so. Wir haben fast kein Benzin mehr. Ich fahr den Wagen noch ein paar Straßen weiter, dann findet ihn die Polizei am Morgen.«

Sie berührte seine Hand. »Du kommst doch mit rein, Daniel?«

»Wenn du willst.« Er klang unsicher. »Auf ein paar Minuten.«

Daniel öffnete die Wagentür, und sie stieg aus. Die Kälte und der Regen schlugen ihr entgegen, und sie begann wieder zu husten. Im Erdgeschoßfenster von Antonias Haus brannte Licht. Thomasine sah, daß sich der Vorhang bewegte, dann ging die Tür auf.

»Liebes! Ich hab mir solche Sorgen gemacht! Ich dachte, vielleicht bleibst du die Nacht ...«

Mit letzter Kraft stieß Thomasine hervor: »Das ist Captain Daniel Gillory, Tante Tony. Er war unser Nachbar in Drakesden. Er hat mich nach Hause gefahren.« Und dann verschwamm alles vor ihren Augen, wurde schwarz, und der Boden unter ihr gab nach.

Daniel trug Thomasine ins Bett hinauf und wartete dann, wie ihm geheißen wurde, im Wohnzimmer. Im Lauf der vergangenen Jahre hatte er sich eher daran gewöhnt, Befehle zu erteilen, statt welche zu erhalten, aber er hatte gleich gesehen, daß man sich mit Thomasines Tante Antonia besser nicht anlegen sollte.

Also setzte er sich gehorsam und ließ den Blick durch den Raum schweifen. Sein Bein tat ihm schrecklich weh, aber daran hatte er sich inzwischen gewöhnt. Sowohl die Schmerzen als auch das Hinken würden mit der Zeit nachlassen, hatten die Ärzte erklärt. Er sah von den schlichten, stilvollen Möbeln auf die dichten Vorhänge vor den Fenstern und dann auf die Sammlung von Fotografien, Drucken und Zeichnungen auf den Wänden und dem Sekretär. Obwohl das Zimmer klein war, war es zugleich elegant und gemütlich. Es hatte Stil, fand er und wunderte sich, daß es noch solche Oasen gab.

Nach etwa zwanzig Minuten kehrte Antonia zurück. Daniel wollte aufstehen.

»Nein – nein. *Bitte*. Setzen Sie sich und ruhen Sie sich aus.«

Wie befohlen, fiel er in seinen Sessel zurück. »Wie geht es ihr, Mrs. ...?« fragte er.

»Russell. Antonia Russell.« Sie runzelte die Stirn. »Thomasine schläft jetzt, aber es geht ihr gar nicht gut, fürchte ich, Captain Gillory. Gleich morgen früh werde ich den Arzt holen. Ich bin mir sicher, daß sie die Grippe hat, wie Sie gesagt haben.«

»Halb London ist momentan erkältet«, antwortete Daniel. »Vor einem Monat hat es mich selbst ziemlich erwischt.«

Er sah, daß sich Antonia bemühte, ihre Sorge zu unterdrücken, und ihn strahlend anlächelte. »Nun denn, Captain Gillory, wie kann ich Ihnen für Ihre Freundlichkeit danken? Sie müssen mir zumindest erlauben, Ihnen etwas zu essen anzubieten. Macht es Ihnen etwas aus, in der Küche zu essen? Meiner Ansicht nach ist es da viel gemütlicher, wenn man nur zu zweit ist.«

Er folgte Antonia in die Küche. Während er an dem großen Fichtenholztisch saß, sah er zu, wie sie kalten Schinken, Brot, saure Gurken und Kuchen auftrug. Er bemerkte, daß ihre Speisekammer, wie bei so vielen Leuten, fast leer war, aber er sagte nichts und lehnte das Essen nicht ab. Außerdem hatte man ihm etwas zu essen angeboten, und er war verdammt hungrig.

»Ich kann Ihnen Tee oder Kakao anbieten, Captain Gillory – oder warten Sie, irgendwo hab ich noch eine Flasche Pflaumenschnaps, glaube ich. Von meinem verstorbenen Mann …«

Er hatte kein schwarzgerahmtes Foto im Wohnzimmer gesehen: Alle Fotos zeigten Tänzerinnen, Bühnenbilder oder Reihen lächelnder kleiner Mädchen in absolut identischen Kostümen.

»Im Kampf gefallen?« fragte Daniel respektvoll.

»Oh! Nein …« Antonia kramte mit dem Rücken zu ihm im Speiseschrank. »Ich wurde schon lange vor dem Krieg Witwe. Da ist sie, Captain Gillory.«

Triumphierend hielt sie die flache, staubige Flasche hoch. Sie war eine winzige Frau, noch kleiner als Thomasine. Ihr kastanienbraunes, inzwischen ein wenig verblichenes Haar war elegant hochgesteckt. Ihre Haltung war sehr aufrecht, ihre Bewegungen waren anmutig und kontrolliert.

»Entschuldigen Sie das Wasserglas. Ich hab kein Schnapsglas im Haus.«

Daniels Finger umklammerten das Glas. »Sie sollten sich mir anschließen, Mrs. Russell. Schließlich …«

»Ja. Natürlich. Der Krieg.«

Antonia fand ein zweites Wasserglas und goß sich einen Fingerhut voll Pflaumenschnaps ein. Zögernd sagte sie: »Wir sollten auf den Sieg trinken, schätze ich, aber irgendwie …«

Zuerst konnte er kaum sprechen. Er hatte einen Kloß im Hals, und Bilder der vergangenen vier Jahre zogen an seinem inneren Auge vorbei. Die Küche war luftig und geräumig, aber plötzlich spürte er die schreckliche Panik in sich aufsteigen, die ihn in letzter Zeit häufig in geschlossenen Räumen befiel.

»Auf den Frieden«, stieß er hervor.

»Auf den Frieden«, wiederholte Antonia sehr leise und hob ihr Glas.

»Und auf gute Gesundheit für uns alle. Für Sie, Captain, und für Thomasine. Und für meine Schwester und Ihre Familie.«

Er trank einen Schluck Schnaps, und der Knoten in seinem Hals löste sich auf, der Raum hatte nichts Bedrohliches mehr, seine Wände waren wieder gerade und die Ecken wieder hell.

»Sie sind also aus Drakesden, Captain Gillory?« fragte Antonia.

Der Alkohol hatte ihm den Magen gewärmt und ihn ein wenig entspannt.

»Mein Vater war dort Hufschmied, und meine Mutter bewirtschaftete ein kleines Anwesen. Ihre Schwester – die jüngere Miss Harker – war sehr freundlich zu mir. Sie lieh mir manchmal Bücher.«

»Werden Sie zurückgehen?«

Er trank den Schnaps aus und stellte sein Glas ab. »Ich weiß es nicht. Ich hab noch nicht darüber nachgedacht. Während der vergangenen Jahre schien die Zukunft irgendwie in weite Ferne gerückt, wissen Sie. Daß überhaupt einer von uns eine Zukunft haben sollte, meine ich.«

»Natürlich.« Sie lächelte ihn an. »Sie werden Zeit zum Nachdenken brauchen. Aber jetzt, Captain Gillory, muß ich gehen und mich um Thomasine kümmern. Sie bleiben doch über Nacht bei uns? Wir haben zwar kein Gästezimmer, aber ich kann Ihnen auf der Couch im Wohnzimmer ein Bett richten.«

Diesmal nahm er keine Befehle entgegen. Er erhob sich und war dankbar, daß der Alkohol die Schmerzen in seinem Bein unterdrückte. »Das ist sehr freundlich von Ihnen, Mrs. Russell, aber ich möchte jetzt lieber gehen. Ich hab noch was zu erledigen ...«

Er ging aus dem Raum und nahm seinen Mantel von der Garderobe in der Diele.

»Sie geben uns doch Ihre Adresse, Captain Gillory?« sagte Antonia. »Ich bin sicher, Thomasine will Ihnen schreiben und sich bei Ihnen bedanken, wenn sie wieder gesund ist.«

Sie reichte ihm einen Block und einen Stift. Er beugte sich über die Anrichte und schrieb »Daniel Gillory« auf den oberen Rand des dicken weißen Papiers. Dann hielt er inne.

»Ich kann mich an die Nummer meiner Unterkunft nicht erinnern«, log er. »Es ist schon ein oder zwei Jahre her. Ich werde Ihnen schreiben und meine Adresse zukommen lassen.«

Antonias Blick traf den seinen. Ihre Augen hatte dieselbe Farbe wie die von Thomasine, und in dem Moment wußte er, daß es richtig war, sich nicht mehr mit den Thornes, Russells oder Harkers einzulassen.

Antonia öffnete ihm die Haustür. Als er den Weg hinunterging, sagte sie: »Wenn Sie uns je brauchen sollten, Captain Gillory, oder wenn Sie einfach Gesellschaft haben möchten, sind Sie uns immer willkommen.«

Daniel fuhr das Automobil, einen Rolls-Royce, ein paar Straßen weiter weg und ließ es am Randstein stehen. Der Motor stotterte ein wenig, als er an den Gehsteig fuhr, und verschluckte sich an den letzten Tropfen Benzin.

Als er ausstieg und zu Fuß weiterzugehen begann, wußte er, daß es nur einen Ort gab, an den er gehen konnte. Er mußte nach Bethnal Green zurück und den Pub finden, in dem er gearbeitet hatte, bevor er Soldat geworden war. Er freute sich darauf, Hattie wiederzusehen. Nur der Gedanke an das Londoner East End schreckte ihn ab. Die engen Gassen, die Labyrinthe überfüllter Mietskasernen und vor allem die Fahrt mit der U-Bahn.

Hier war er froh über die weiträumigen Straßen und die frische Luft nach dem Regen. In etwa einer Stunde würden die ersten Strahlen des Morgens über die Dächer und die Baumreihen entlang der Straßen steigen. Im East End von London gab es keine Bäume. Dort lebten die Menschen anders.

Vor vier Jahren hatte er drei Tage gebraucht, um von East Anglia nach London zu kommen. Er fuhr per Anhalter, schlief am Straßenrand und bettelte um Essen. Als er die Stadt erreicht hatte, tat er das Nächstliegende und begab sich zum erstbesten Rekrutierungsbüro. Regelmäßiges Essen, saubere Kleider und bezahlte Arbeit waren ihm damals als durchaus erstrebenswert erschienen. Aber sie hatten den dürren, unterernährten Fünfzehnjährigen ausgelacht und ihm erklärt, daß er sich in ein oder zwei Jahren wieder melden solle. Er fühlte sich gedemütigt, wußte seitdem aber, daß es sich um eine ganz allgemeine Erfahrung handelte, daß die Angehörigen seiner Klasse oft nicht als groß oder kräftig genug angesehen wurden, um als Soldaten genommen zu werden. Es waren die Jungen aus den Privatschulen, die zu Tausenden rekrutiert wurden, um dann als Offiziere ihren weniger begünstigten Kameraden vorzustehen.

Mit einer Mischung aus kühnem Trotz und vager Angst war er schließlich in einem der weniger attraktiven Viertel Londons gelandet, entschlossen zu überleben und nicht zu seiner Familie zurückzukehren. Die ersten vierzehn Tage waren furchtbar: wenig Essen und kein Dach über dem Kopf. Dann lernte er Hattie kennen, und alles wurde anders.

Hattie war auf ihn gestoßen, als er vor ihrem Pub in Bethnal Green die Abfalltonnen durchstöberte. Sie hatte ihn mit ins Haus genommen, ihm einen Teller Pastete mit Kartoffelbrei vorgesetzt und später, nachdem sie ein wenig von seiner Geschichte gehört hatte, Arbeit angeboten. Gläser waschen, Bierfässer tragen, Boden putzen. Hattie war vierzig, füllig und kurzatmig, und ihr Mann hatte sich eine Woche zuvor zur Armee gemeldet. Es sei keineswegs uneigennützig, hatte sie gemeint, sie brauche einen Jungen für die schwerere Arbeit. Daniel nahm ihr Angebot begeistert und dankbar an.

Eine Woche später fand er sich in Hatties Bett wieder. »So ein hübsches Gesicht«, sagte sie an jenem Abend zu ihm und strich ihm mit den Fingern durch die Locken. Eingebettet in Hatties warmen weißen Körper, den Kopf benebelt von seinem ersten Schluck Whisky und die Hände noch feucht vom Spülwasser, verlor Daniel seine Jungfräulichkeit.

Danach begann für sie eine Form von Gemeinschaft, die sich für sie beide als ebenso nützlich wie bequem erwies. Daniel übernahm allmählich immer mehr von den Aufgaben im George and Dragon. Er führte die Bücher, bestellte die Getränke und half am Abend, die Rowdys rauszuwerfen. Hattie behielt die Bedienungen im Auge und plauderte mit den Gästen. Weil Hattie für die Nöte ihrer Gäste stets ein offenes Ohr hatte, war das Lokal immer voll.

Eineinhalb Jahre später, Anfang 1916, meldete sich Daniel erneut im Rekrutierungsbüro. Diesmal machte niemand Ausflüchte. Achtzehn Monate Bierfässer schleppen und Hatties gutes Essen hatten ihn stattlich und kräftig werden lassen. Im Frühling war er in Frankreich.

Am Ende des Sommers war er Offizier. Er konnte lesen und schreiben und im richtigen Tonfall sprechen. Abgesehen davon waren die Scharen von Privatschuljungen bei

Ypres, Loos und Gallipoli gefallen. Sein ausgeprägter Instinkt für Selbsterhaltung und seine harte und unverzärtelte Kindheit halfen ihm, die Schrecken an der Somme fast ohne Schaden zu überstehen. Er überlebte, wurde befördert und war für Wohl und Wehe von sechzig Männern verantwortlich. Er schaffte es, dies alles durchzustehen, bis Paschendaele kam.

Selbst jetzt, ein Jahr später, gelang es ihm nicht, sich deutlich daran zu erinnern. Es war, als hätten ihn die Ereignisse dieses schrecklichen Tages so stark erschüttert, daß er am Ende nicht mehr derselbe war. Die wenigen Gewißheiten, die er besessen hatte, waren ihm entrissen worden, so daß er, als er nach der Operation an seinem Beim im Feldlazarett aufwachte, wieder ganz von vorn anfangen mußte. Nur daß ihm die Kraft dazu fehlte. Erst einen Monat später, als er sich in England erholte und wieder zu gehen lernte, begann er, die Bruchstücke seiner Erinnerung zusammenzusetzen.

Die ersten Strahlen der Morgensonne fielen über die ordentlichen Gärten Richmonds. Daniel wußte, daß er schrecklich müde war und Schlaf brauchte. Da die Wirkung des Alkohols allmählich nachließ, begann sein Bein wieder zu schmerzen. Die Vernunft sagte ihm, daß er sich in einer billigen Pension ein Zimmer nehmen und ausruhen sollte, aber er hielt sich lieber auf freien Plätzen und an der frischen Luft auf. Außerdem war er knapp bei Kasse, wie immer.

Am Abend erreichte er Bethnal Green, wohin ihn Lastwagen, Autos und Eselskarren mitgenommen hatten. Im Zentrum von London wurde immer noch getanzt und gesungen. Inzwischen türmten sich der Unrat und Abfall von den Siegesfeiern auf den Gehsteigen: riesige Haufen von Flaggen, Wimpeln und Papierhüten. Am Eingang des George and Dragon schob Daniel einen schnarchenden Mann beiseite und ging hinein.

Eigentlich hatte er erwartet, Hattie im Lokal anzutreffen, wie üblich auf ihrem Hocker sitzend, Portwein mit Lemon trinkend und gute Laune verbreitend. Er redete kurz mit einer der Bedienungen und humpelte dann beklommen die Treppe hinauf.

Sie lag im Bett, wachte aber auf, als er an die Tür klopfte. »O *Daniel*«, krächzte sie bei seinem Anblick. Er setzte sich neben sie aufs Bett und nahm ihre Hand.

»Ich dachte, es würde länger dauern«, flüsterte Hattie, »bis sie dich heimlassen.«

»Ich bin vorgestern nach England zurückgekommen«, erklärte er. »Weißt du, ich hatte die Grippe, Hat. Ich war ihnen nicht mehr von großem Nutzen, zudem mit dem Bein. Deshalb gaben sie mir meine Entlassungspapiere und schickten mich mit den anderen Krüppeln nach Hause.«

Hattie nickte. Ihre braunen Augen glänzten fiebrig. »Ich hab die Grippe, Danny. Mabel Green war vor ein paar Tagen da und hat mich vollgehustet. Ich bin sicher, daß ich's daher hab.«

Daniel lächelte, aber er glaubte ihr nicht. Er war entsetzt, wie sehr sie abgenommen hatte, seit er sie vor sechs Monaten zum letzten Mal gesehen hatte. Als sie hustete, wurde ihr ganzer Körper geschüttelt.

Hattie klopfte neben sich auf die Decke. »Komm, nimm mich in den Arm, Danny. Zu mehr tauge ich wahrscheinlich nicht. Ted wird bald nach Hause kommen, also laß uns die Zeit nutzen, die uns noch bleibt.«

Er legte sich neben sie aufs Bett und schlang den Arm um ihre Schultern. Erschöpft schloß er die Augen, und in der kurzen Spanne zwischen Wachen und Schlafen flackerte eine Reihe von lebhaften Bildern an ihm vorbei. Kriegsbilder: Schlamm, Kälte und Stacheldraht. Der Lärm von Mörsern, das Pfeifen von Kugeln. Der Gestank von faulendem Fleisch und der Duft von Veilchen, der einen Gasangriff ankündigte. Erde, die im Graben auf seinen Kopf fiel, splitterndes Holz. Das Geräusch der Explosion und dann die bedrückende Stille. Kein Funken Licht ... *Er bekam keine Luft ....*

Mit weit aufgerissenen Augen starrte Daniel auf die Vorhänge, das Bett und die schlafende Hattie neben sich. Er zwang sich, regelmäßig zu atmen, damit sein Herzklopfen nachließ. Dann, als er sicher war, daß der Alptraum nicht wiederkehren würde, schloß er die Augen und träumte von Grasebenen und langen silbernen Wasserläufen, die dem Meer zustrebten.

Die Blythes befanden sich im Wintergarten von Drakesden Abbey. Sir William besprühte seine Orchideen. Nicholas saß rauchend auf einem der Weidenstühle.

»Du solltest ein Pferd nehmen und ausreiten, Nicky«, sagte Lady Blythe, während sie ein paar verdorrte Blätter von einer Weinranke zupfte.

Nicholas nickte und drückte seine Zigarette im Aschenbecher aus. Nachdem er jetzt nichts mehr in der Hand hielt, trommelte er unablässig auf die Tischplatte neben sich: eine lästige Unart, die er sich im Laufe der letzten zwei Jahre angewöhnt hatte.

»Liebling«, ermahnte ihn Gwendoline liebevoll, »das ist doch schlecht für deine Fingernägel.«

Nicholas folgte ihrem Blick, starrte auf seine Hand, als gehörte sie jemand anderem, und zündete sich bedächtig eine neue Zigarette an.

Eine weitere unglückliche Angewohnheit, aber Lady Blythe verkniff sich eine Bemerkung. Sie ging durch den Raum und setzte sich neben ihren Sohn. »Ich dachte, ich schreib Marjorie. Es ist so lange her, daß die Kinder in Drakesden waren.«

Nicholas inhalierte den Rauch seiner Zigarette. »Verdammt schwieriger Ort für Edwards Rollstuhl. All die Treppen.«

Seine Ausdrucksweise war im Lauf der Jahre gröber geworden, aber sie wollte Nachsicht üben. In Frankreich hatte Nicholas wahrscheinlich mit allen möglichen Leuten verkehren müssen.

Sie lächelte ihn mild an. »Edward braucht ja nicht zu kommen. Er kann eine gute Pflegerin engagieren. Es wäre doch schrecklich für die arme Marjorie, wenn sie bei allen ihren Unternehmungen durch die Behinderung ihre Mannes beschnitten wäre.«

»*Mein Gott!*« Nicholas sprang auf und kippte den Aschenbecher um.

Sir William sah von seinen Orchideen auf. »Nur langsam, alter Junge.«

»Es wäre so reizend, Nicky. Wir könnten alle wieder zusammensein.« Gwendoline griff nach ihrem Taschentuch und tupfte sich die Augenwinkel ab. »Außer dem lieben Gerald natürlich.«

»Und Lally«, sagte Nicholas grob. »Du hast Lally wieder vergessen, Mutter.«

»Lally ist gerade erst in die Schule zurückgefahren.« Gwendoline klingelte nach dem Hausmädchen, um den heruntergefallenen Aschenbecher wegräumen zu lassen. »Es wäre wohl kaum vernünftig, sie gleich wieder zurückzuholen. Du weißt, wie schwer es ihr jedesmal am Anfang des Quartals fällt, sich wieder einzugewöhnen.«

Nicholas öffnete die Fenstertüren des Wintergartens.

»Laß die Wärme nicht raus, alter Junge«, sagte Sir William. »Die Orchideen sind außerordentlich empfindliche Wesen.«

Die Tür wurde zugeknallt. Lady Blythe sah zu, wie das Hausmädchen die Asche aufkehrte, und ging dann in ihren Salon, um Marjorie einen Brief zu schreiben.

Nicholas wußte, daß seine Schwester Marjorie und ihre beiden Kinder nach Drakesden kämen, daß Marjories kriegsversehrter Ehemann mit einer guten Pflegerin zu Hause gelassen und Lally im Internat bleiben würde. Nicholas wußte schon lange, daß seine Mutter immer ihren Kopf durchsetzte. Das einzige, was ihr je einen Strich durch die Rechnung gemacht hatte, dachte er, war die Sache mit dem armen Gerry. Mutter hatte sicher nicht gewollt, daß ihr Erstgeborener so endete: mit herausgerissenen Gedärmen, die über einem Kartoffelfeld bei Mons verstreut lagen.

Nicholas' Hände begannen wieder zu zittern, deshalb

stopfte er sie in die Taschen und begann schneller zu gehen. Er war dankbar, der Treibhausluft des Wintergartens entkommen zu sein. Mit tiefen Zügen atmete er die kalte, feuchte Luft der Fens ein, als er über die Rasenflächen schritt – die jetzt mit Gemüsebeeten bepflanzt waren –, am Tennisplatz vorbei und an der sogenannten Wildnis entlang. Einer der Ärzte hatte gesagt, frische Luft und Bewegung würden helfen. Nicholas hätte dem Arzt alles sagen sollen, was er natürlich nicht getan hatte, weil es Dinge gab, die er niemandem anvertrauen konnte.

Nicht weit entfernt knackte ein Zweig, als ein Hase durchs Unterholz brach, und Nicholas warf sich flach auf den Boden, das Gesicht in den Farn und die vermoderten Blätter des wildwachsenden Gartens gedrückt. Schweiß rann ihm über die Stirn: Er wußte, daß er nach Angst roch. Als er einen Moment später den Kopf hob, war er wieder in Flandern. Er sah alles ganz deutlich vor sich: den Schlamm, den Stacheldraht, den heißen orangefarbenen Stern, als ein Mörser explodierte. Einen Augenblick später löste sich alles auf, und er war wieder in der Wildnis in Drakesden, vollkommen sicher, die Hose mit Erde beschmutzt und totes Laub in den Haaren. Beschämt rappelte er sich auf und fürchtete nur, daß die Visionen ihn nie mehr loslassen und ihn für immer in den Schützengräben gefangenhalten würden.

Er klopfte sich die Kleider ab und zupfte sorgfältig jeden Erdklumpen und jedes Blatt von seiner Kleidung. Dann ging er wieder weiter und sah sich um, um sicherzugehen, daß niemand sein seltsames Verhalten bemerkt hatte. Er schlenderte an den Gewächshäusern, den Geräteschuppen und an den langen Lorbeerhecken vorbei und widerstand der Versuchung, seinen unbedeckten Kopf einzuziehen und auf dem Bauch zu robben. Als er die gewundenen Pfade des Labyrinths erreichte, fühlte er sich im Schutz der frisch ausgeschlagenen Zweige über ihm und dem Farn zu seinen Füßen sicherer.

Bei dem ummauerten Garten blieb er stehen und drückte die Klinke der Tür herunter. Quietschend öffnete sie sich, ein paar Efeuranken rissen ab, und dann war er drinnen, umgeben von Rosenbeeten und den Statuen in den Nischen. Nicholas trat ein paar Schritte vor und ließ die Tür hinter sich zufallen. Der Garten war noch ganz genauso, dachte er verwundert, er hatte sich kein bißchen verändert. Im Gegensatz zu den Rasen- und Buschflächen war der ummauerte Garten nicht umgegraben worden, um während des Krieges Gemüse anzupflanzen. Das Gras mußte vielleicht gemäht werden, und die Rosen waren nicht ordentlich beschnitten worden, aber ansonsten war er noch ganz derselbe.

Die Rosen trugen noch keine Knospen, aber wenn er genau hinsah, konnte Nicholas die winzigen grünen Triebe sehen, die wie Smaragde über die Zweige verstreut lagen. Einmal wenigstens kam der Geruch, der seine Einbildung beherrschte, nicht von faulenden Leibern oder Senfgas, sondern von den Rosen auf Drakesden Abbey.

Nicholas verließ den ummauerten Garten und wanderte zum Obstgarten hinüber. Er duckte sich unter dem Seitentor hindurch und ging durch den Wald den Hügel hinunter. Die schwarzen Äste der Bäume schlossen sich über ihm. Noch immer tropfte Regenwasser von den Blättern und erinnerte an die Schauer der vergangenen Nacht. Seine Füße versanken in dem weichen, schwarzen Schlamm. Er hörte Schritte im Laub und starrte, am ganzen Körper zitternd, in die Düsterkeit. Eine dunkle Gestalt, ziemlich klein, niedergedrückt vom Gewicht einer Tasche, kam durchs Unterholz auf ihn zu. Mit weit aufgerissenen Augen sagte Nicholas: »*Lally!*«, und seine Schwester sah auf.

Sie trug ihre Schuluniform, ein unkleidsames Sammelsurium aus braunen, mit Goldpaspeln gesäumten Kleidungsstücken. An den Rand ihres Filzhuts hatte sie ein Büschel Blätter, Federn und erste Frühlingsblumen gesteckt.

»Du siehst aus wie ein Indianer«, sagte Nicholas.

»Und du erst«, antwortete Lally, die ihn in aller Ruhe inspizierte. »In Uniform hast du mir besser gefallen.«

»A propos Uniform – warum bist du nicht in der Schule?«

»Ich hab sie geschmissen.« Lally begann, aufs Tor des Obstgartens zuzugehen, und überließ es Nicholas, ihre Tasche zu tragen. »Es war schrecklich, Nick, ganz unmöglich. Wir mußten Lacrosse spielen – wenn ich den Ball je gefangen habe, was selten der Fall war, weil ihn mir nie jemand zugeworfen hat, ist er immer wieder aus dem Netz gefallen. Wir waren in *Häuser* aufgeteilt und sollten unser Team anfeuern. Wir sollten geknickt sein, wenn wir verloren hatten. Und die Uniform – also, schwarzhaarige Leute sollten kein Braun tragen müssen, oder?«

Nicholas sah sie prüfend an. »Sie steht dir wirklich nicht besonders, Kleine.«

»Und ich bin so fett geworden. Dicker Brei, immer und immer wieder nur dicker Brei.«

Es stimmte, sie war ziemlich füllig geworden. Lallys kleines rundes Gesicht, eingerahmt von zwei wenig schmeichelhaften dicken Zöpfen, wirkte aufgedunsen, und ihr Körper unter dem häßlichen, ärmellosen Schulkleid und dem Mantel entbehrte aller weiblichen Rundungen. Dennoch war sie nicht unattraktiv, wie Nicholas mit dem Staunen des älteren Bruders bemerkte. Ihre dunklen schrägen Augen hatten etwas Katzenhaftes an sich, und ihr kleiner roter Mund war wunderschön geformt.

»Du nimmst Lippenstift!« sagte Nicholas schockiert.

Lally lächelte. »Ist er nicht hübsch? Ich hab auch Puder probiert, aber er hatte die falsche Farbe. Er hat mich wie Reispudding aussehen lassen.«

Nicholas ergriff ihren Ellbogen, als sie durchs Tor trat. »Sie werden dich zurückschicken, das weißt du.«

»Nein, das werden sie nicht«, erwiderte Lally herablassend. »Ich habe dem Kunstlehrer einen Liebesbrief geschickt und dafür gesorgt, daß ihn diese schreckliche Belinda, die Hausleiterin ist, gefunden hat. Ich wußte, daß sie schnüffeln würde. Er hatte schlechten Atem und hat sich aufrichtig gewehrt, aber dennoch, der Trick hat funktioniert. Außerdem bin ich schon fast siebzehn. Wenn Mama keinen Ball für mich gibt, dann eben nicht. Ich hab auch so debütiert. Ich bin jetzt erwachsen.«

Als Nicholas in dieser Nacht allein in seinem Zimmer war, stiegen in der ländlichen Stille die schrecklichen Erinnerungen wieder in ihm auf. Die Stirn an die Knie gedrückt, versuchte er sie mit Lesen, Schaukeln und Vor-sich-hin-Singen abzuwehren. Aber wie immer überwältigten sie ihn mit quälender Klarheit.

Er war 1916 Soldat geworden. Er wollte sich schon früher melden, aber seine Mutter ließ es nicht zu. Weil sein älterer Bruder Gerald schon in den ersten Kriegsmonaten in Stücke gerissen worden war, hatte er ihr gehorcht.

Zusammen mit seinem Freund Richardson ging er zum Rekrutierungsbüro. Nicholas und Richardson waren in Winchester Freunde gewesen. Richardson war ein ausgezeichneter Kricketspieler, ein besserer als Nicholas, und Nicholas hatte ihn immer bewundert und gemocht. Richardson hatte blondes Haar, blaue Augen und ein breites Lächeln.

Frankreich war anders, als Nicholas sich vorgestellt hatte. Es gab Ratten, die bei Nacht in Schwärmen über die schlafenden Männer herfielen, und es gab Läuse. Nach den ersten paar Tagen in Frankreich hatte sich Nicholas nie mehr sauber gefühlt. Die Gräben und die Bombentrichter waren mit kaltem braunem Wasser gefüllt, und die ganze Umgebung war eine Mondlandschaft aus dickem Schlamm. Wenn ein verwundeter Soldat in den Morast fiel, schaffte er es oft nicht mehr herauszukommen und starb darin.

Eines Morgens wurde ihnen befohlen, erneut anzugreifen. Es war Anfang September: Die Schlacht an der Somme hatte am ersten Juli begonnen. Nicholas und Richardson waren seit April in Frankreich.

Der Angriff begann um fünf Uhr früh. Die Erde bebte, als die Kanonen donnerten und den Vormarsch deckten. Aber jemand hatte einen Fehler gemacht, das Sperrfeuer schlug hundert Meter vor dem beabsichtigten Ziel ein, und Nicholas sah, wie seine Männer von ihren eigenen Leuten niedergemäht wurden. Manche hörten den Rückzugsbefehl, andere nicht. Nicholas kauerte mit etwa zwanzig Überlebenden in einem Graben. Granaten schlugen um sie ein. Nicholas wollte sich im Schlamm vergraben, sich mit den Fingernägeln so tief in die Erde einbuddeln, bis er sicher war.

Schließlich formierten sie sich wieder und machten sich bereit, die Hügelkette anzugreifen. Als sie die Spitze der Hügel erreicht hatten, stellten sie fest, daß der Stacheldraht nicht ganz durchschnitten worden war. Während sie versuchten, nacheinander durchzukriechen, wurde einer nach dem anderen abgeschossen. Manche verhedderten sich im Draht und starben darin. Nicholas, der es irgendwie geschafft hatte, nicht erschossen zu werden, als er seine Leute durch den Stacheldraht führte, fand sich auf der falschen Seite des Hügelkamms wieder, im Niemandsland, und versteckte sich mit Holtby, Davis und Crashaw in einem Bombentrichter.

Es war Tag, und obwohl es regnete, war die Sicht recht gut. Als Holtby den Kopf hob, um über den Kraterrand zu spähen, wurde er ins Gesicht geschossen, fiel zurück und schrie auf vor tödlichem Schmerz. Sie taten für ihn, was sie konnten – was allerdings fast nichts war –, und Nicholas war erleichtert, als er ein paar Minuten später starb.

Dann setzte das Artilleriefeuer ein, und es dauerte bis Einbruch der Dunkelheit etwa acht Stunden später. Während dieser acht Stunden hatte Nicholas mit seinem Leben abgeschlossen. Bilder von früher zogen an ihm vorüber wie eine Reihe Fotografien: seine Kindheit, seine Schulzeit, seine Ferien in Drakesden. Das Durchleben seiner Vergangenheit erschreckte ihn, denn er wußte, daß es eintrat, bevor man starb. Schließlich sehnte er sich fast nach dem Tod, weil die Anspannung des Wartens so unerträglich geworden war.

Als es Abend war, war er als einziger übriggeblieben. Es

gab keinen, dem er Befehle geben konnte, keinen, der ihm welche gab. Das Artilleriefeuer hatte nachgelassen, und die kurzen Spannen der Stille erschreckten ihn. Er glaubte, er habe als einziger überlebt, und alle anderen auf dem Schlachtfeld, in Frankreich, auf der ganzen Welt seien gestorben. Als er versuchte, zum Kraterrand zu kriechen, stellte er fest, daß ihm seine Glieder nicht richtig gehorchten. Er beobachtete seine Hände, die in seltsamen, sinnlosen Kreisen durch die Luft fuchtelten. Er sah seine Beine zittern, die zur Hälfte im Wasser steckten. Er hatte jegliches Zeitgefühl verloren: Es schien eine Ewigkeit zu dauern, bis er sich den schlammigen Hang hinaufgearbeitet hatte, um hinauszuspähen.

Niemand schoß auf ihn, also hievte er seinen Körper aus dem Schlamm. Der Anblick der Landschaft im zunehmenden Zwielicht überzeugte ihn davon, daß es die Welt, in der er aufgewachsen war, nicht mehr gab. Endlos, von Kratern durchsetzt, breitete sich eine Mondlandschaft vor ihm aus. Die Flüsse dieses seltsamen Landes waren Schlammkanäle, seine Wälder blatt- und zweiglose Baumstümpfe, die aus dem Morast ragten. Die einzige Farbe war das Rot des Bluts der verwundeten Männer. Der Rest war monochrom.

Nicholas verharrte einige Zeit am Rand des Kraters, weil er nicht wußte, wohin er sich wenden sollte. Davor hatte es immer einen Offizier, einen Lehrer oder Mama gegeben, die ihm sagten, was er zu tun hatte. Als schließlich wieder sporadisches Gewehrfeuer einsetzte, begann er zu kriechen. Er bewegte sich in keine bestimmte Richtung. Manchmal dachte er, er bewege sich im Kreis. Er kam sehr langsam voran, weil ihm Arme und Beine nicht gehorchten. Gelegentlich betastete er seinen Körper, um zu prüfen, ob er angeschossen worden war, ohne es bemerkt zu haben, aber er schien nicht verletzt zu sein. Er wußte, daß er schreckliche Angst hatte, aber er wußte nicht, wie er sich davon befreien sollte. Seine Todesangst schien zu- statt abzunehmen.

Auf seinem Weg kam er an vielen verwundeten Männern vorbei. Einige von ihnen erkannte er, einige stammten aus anderen Regimentern, einige hatten keine Gesichter mehr. Die Verwundeten starrten ihn mit entsetzten Augen an, und manchmal stöhnten sie und griffen nach ihm. Einen Mann, dessen Arm am Ellbogen abgerissen war, verband er mit seinem Verbandszeug. Immer wieder wickelte er die Binde um den zerschmetterten Stumpf in einem nutzlosen Versuch, die Blutung zu stillen.

Endlich entdeckte er eine Lücke in dem Stacheldraht. Wieder und wieder rutschte Nicholas in den Schlamm zurück, als er sich den Hügel hinaufkämpfte. Inzwischen war es dunkel, und er sah nur die Umrisse des Stacheldrahts, als die Mörser über ihm zu donnern begannen. Er hielt es für das richtige, zu versuchen, durch den Stacheldraht zurückzukommen. Die eisernen Stacheln zerkratzten seine Haut, Granatsplitter gingen neben ihm nieder. Sein Mund und seine Nase waren mit Schlamm verklebt, als er weiterkroch. Laut sagte er zu sich: »Schieb den Draht weg, Nick, beweg deine Beine.« Ganz am Ende des Drahts sah er die Öffnung, und als er sich hindurchzwängte, fiel etwas auf ihn.

Als er es zur Seite schob, stellte er fest, daß der tote Mann, der auf ihn gefallen war, Offizier war, wie er selbst. Der Leichnam, der noch immer halb im Stacheldraht hing, war in sitzende Position gefallen, sein verbliebenes Bein war nach vorn gestreckt und versperrte Nicholas' den Durchschlupf. Ganz langsam und zitternd kletterte er über die Leiche.

Er war gezwungen, dem toten Mann ins Gesicht zu sehen, und erkannte das blonde Haar und die weit aufgerissenen blauen Augen seines Freundes. Allerdings lächelte Richardson jetzt nicht – der untere Teil seines Kiefers war weggeschossen.

Nicholas' Schrei war ein empörtes Aufheulen. Was er an diesem Tag gesehen hatte, war eine Beleidigung Gottes, der Natur und aller Dinge, die man ihn zu respektieren gelehrt hatte. Sein Geist weigerte sich, weitere Schrecken aufzunehmen, und er sehnte sich verzweifelt nach physischem Schmerz.

3

NACHDEM SICH THOMASINE von ihrer Grippe und der darauf folgenden Bronchitis erholt hatte, begann wieder ihr üblicher Tagesablauf. Am Morgen half sie Antonia bei den Rechnungen und Schreibarbeiten, am Nachmittag unterrichtete sie in der Tanzschule und brachte pausbäckigen Kindern und unbeholfenen Jugendlichen Steptanz, Ballett und Eurythmie bei. Am Abend nähte sie unzählige Kostüme für Tanzvorstellungen.

Die Aufführungen von *Sunny Days* hatten begonnen, waren aber während ihrer Krankheit abgesetzt worden, und weit und breit schien keine andere Arbeit in Sicht zu sein. Jede Woche sah sie aufmerksam die Theaterzeitungen durch. Für eine Revue in Bournemouth wurden Tänzerinnen gesucht oder in Harrogate eine Pantomimin. Sie hatte weder Lust auf Bournemouth noch auf Harrogate. Thomasine trainierte hart und war davon überzeugt, daß sie etwas Besseres finden würde. Das London der Nachkriegszeit war noch immer dunkel, trübselig und von Nahrungsknappheit geprägt. Sie träumte von blauen Himmeln, von Wärme und spannenden Erlebnissen und davon, genug Geld zu verdienen, um Hilda und Antonia zu langen, erholsamen Ferien einzuladen.

Eines Abends gingen Thomasine und Antonia ins Alhambra-Theater, um die Balletts Russes zu sehen. Es war ein warmer Abend, und der stickige Leicester Square war von Menschen übersät. Als das Orchester zu spielen begann und der Vorhang sich hob, vergaß Thomasine mit einemmal ihr stumpfsinniges Leben und ihre innere Unruhe. De Fallas berückende spanische Musik erfüllte das Theater, und die Tänzer auf der Bühne vollbrachten wahre Wunder. Die Kostüme, das Bühnenbild – alles überwältigte sie. *Das* war Tanzen. Sie war sich bewußt, daß in ihrem Leben etwas fehlte, etwas Unbestimmtes, etwas Wichtiges. Sie traute sich fast nicht zu blinzeln und zu atmen, als sie der Karsavina und Massine auf der Bühne zusah: Sie hatte Angst, auch nur einen Moment zu versäumen.

Am nächsten Morgen studierte sie *The Stage* mit neuer Entschlossenheit. Am Ende einer Seite entdeckte sie eine winzige Anzeige, in der »englische Tänzerinnen für eine Revue in Paris« gesucht wurden.

Das Heim für Kriegsheimkehrer entpuppte sich für Daniel als Reinfall. Zum Frühlingsbeginn hatte er das George and Dragon verlassen, nachdem ein Telegramm eingetroffen war, das die baldige Rückkehr von Hatties Ehemann ankündigte. Seitdem wanderte er durch die Straßen von London und suchte Arbeit, fand aber wenig. Es gab Tausende anderer Exoffiziere, die ebenfalls auf der Suche nach Arbeit waren. Die Stellengesuche in den Zeitungen waren voll von ihren Anzeigen: »Offizier, 27, vier Jahre im Dienst, Abstinenzler, sucht Arbeit jeglicher Art.«

»Fregattenkapitän, Königliche Marine, 39, verheiratet, leitender Offizier während des Krieges, sucht Arbeit. Angemessenes Gehalt.«

Weil er Offizier gewesen war, bekam Daniel kein Arbeitslosengeld. Offiziere waren Gentlemen, und Gentlemen verfügten über ein privates Einkommen oder Beziehungen und brauchten daher keine Unterstützung. Er bekam seine Abfindungssumme, das war alles. Mitte 1919 war von der Abfindung fast nichts mehr übrig.

Da er sein Hinken nicht verbergen konnte, kam er für die Art von Arbeiten, für die sich ein Mann seiner Schicht bewerben konnte, nicht in Frage. Er taugte weder für die Docks noch für die Eisenbahn, noch für Bauarbeit. Genausowenig eignete er sich fürs Büro. Er war zu intelligent für bloße Schreibarbeiten, und für etwas Besseres fehlte ihm die Ausbildung. Wenn er Arbeit in einem Büro fand, haßte er sie und behielt den Job nie länger als ein paar Wochen. Er wußte, daß er seine abgebrochene Schulbildung nachholen mußte. Er entlieh sich auch Bücher aus einer öffentlichen Bibliothek, schlief aber ein, wenn er versuchte, sie zu lesen. Auf Drängen eines Freundes ging er einmal zu einer Versammlung der Labour-Partei, wo er peinlicherweise die Hälfte des Abends verdöste. Noch immer schlief er nachts schlecht, obwohl ihn die Alpträume inzwischen weniger häufig plagten. Sein Mangel an Mitteln und die Schmerzen in seinem Bein machten ihn wütend. Er sah keinen Ausweg, um den überfüllten Straßen und Elendsvierteln Londons zu entrinnen. Manchmal dachte er an Drakesden, aber dann erinnerte er sich an die Knochenarbeit, die sein Vater verrichtet hatte, und wußte, daß er dazu noch nicht in der Lage war.

Er hielt sich mit Aushilfsarbeiten über Wasser, die meist nicht länger als einen Tag, manchmal nur ein paar Stunden dauerten. Er schrieb Briefe und füllte Formulare für Männer aus, die noch ärmer waren als er, traute sich aber nicht, mehr als ein oder zwei Pennys dafür zu nehmen. Noch immer führte er Hatties Bücher und übernahm dank ihrer Vermittlung ähnliche Arbeiten für andere Gasthäuser. Hattie hätte ihm alles Geld geliehen, das er brauchte, aber sein Stolz ließ es nicht zu, etwas anzunehmen, was er als Almosen betrachtete. Zuweilen kam ihm der Gedanke, daß er noch gar nicht wirklich fähig war, eine Vollzeitarbeit anzunehmen, selbst wenn er eine gefunden hätte.

Manchmal wurde ihm bewußt, wie einsam er war. Er hatte seinen gesunden Optimismus verloren, war verwirrt und richtungslos. Bis er Fay traf.

Nach einem seiner vielen Vorstellungsgespräche ging Daniel um die Mittagszeit durch den Hyde Park zurück. Er trug Uniform, weil dies bei Arbeitgebern zuweilen Eindruck machte. Diesmal allerdings nicht.

An einem Stand kaufte er sich etwas zu essen und setzte sich am Ufer der Serpentine nieder. Sein Bein schmerzte, und außerdem hatte er sonst nichts vor. Das Wasser war gläsern und glatt. Angestellte und Stenotypistinnen, die über die Mittagszeit ihre Büros verlassen durften, streckten sich im Gras aus. Daniel aß einen Teil seines belegten Brotes und warf den Rest den Enten zu. Nicht weit entfernt von ihm saßen zwei Mädchen. Eines war kräftig und hatte Grübchen, das andere dunkelhaarig, blaß, mit roten Lippen. Es war heiß, so daß Daniel seine Jacke aufknöpfte und sich ins Gras zurücklegte. Mit halb geschlossenen Augen beobachtete er das dunkelhaarige Mädchen, das zum Rand des Wassers ging.

Sie besaß die Art von Figur, die er immer bewundert hatte. Schlank und straff, mit hübschen runden Brüsten, schöne Fesseln und Waden (Daniel hatte nichts dagegen, daß die Röcke kürzer wurden) und kleine, schlanke Hände. Sie trug eine weiße Bluse und einen dunklen Rock und schien für Daniels ungeübtes Auge äußerst modisch gekleidet zu sein. Ein scharlachfarbenes Band hielt ihr langes, lockiges, dunkelbraunes Haar zurück.

Sie beugte sich über den Wasserrand und fütterte die Enten. Als sie sich umdrehte, um mit ihrer Freundin zu sprechen, bemerkte Daniel einen wunderbaren Glanz in ihren Augen und die Glätte ihrer weißen Haut. Er setzte sich auf und war sich unbehaglich bewußt, daß er keine Lust mehr hatte zu schlafen. Gleichzeitig verspürte er einen plötzlich aufkommenden Hunger, den er seit Monaten nicht gehabt hatte.

Ein Erpel, immer noch auf der Suche nach Futter, watschelte auf Daniel zu. Daniel schnippte ein paar Krumen von seiner Jacke.

Das dunkelhaarige Mädchen lachte. »Das ist ein ganz Gieriger«, sagte sie.

Ihr Akzent war gut, ihre Stimme angenehm. Daniel war nicht sicher, ob sie mit ihm oder ihrer Freundin sprach.

Dann sagte ihre Freundin: »Komm, Fay, Lawson bringt uns um, wenn wir in zehn Minuten nicht zurück sind.«

Der Erpel watschelte zum Wasser zurück, und die beiden Mädchen beugten sich hinunter, um Einwickelpapiere, Taschen und Hüte aufzuheben. Daniel rieb sich die Augen und blickte zurück aufs Wasser. So blieb er sitzen, bis er die beiden Mädchen weggehen hörte und ihr fröhliches Plaudern allmählich verklang. Beim Aufstehen wurde ihm wieder sein steifes Bein bewußt.

Auf dem niedergedrückten Gras, wo die beiden gesessen hatten, entdeckte er etwas und hob es auf. Es war ein Taschentuch, ordentlich gefaltet und gebügelt. In einer Ecke war der Name »Fay« eingestickt.

Nachdem er es aufgehoben hatte, sah er sich um. Zuerst konnte er sie nirgendwo sehen, aber dann, beim Blick auf die Menge, entdeckte er die weiße Bluse, das dunkle Haar und das scharlachfarbene Haarband.

Sie gingen auf Queen's Gate zu, als er sie einholte. Das dunkelhaarige Mädchen, Fay, drehte sich um, als er ihren Namen rief. Er verlangsamte seine Schritte, als er ihr entgegenging, und versuchte, nicht zu hinken. Sie blieb stehen, und um die roten Lippen zeigte sich ein kleines zufriedenes Lächeln, als Daniel durch die Menge auf sie zukam.

»Ihr Taschentuch, glaube ich, Miss. Sie haben es am Fluß vergessen.«

Sie nahm ihr Taschentuch entgegen. Ihre kühlen, schmal zulaufenden Fingerspitzen berührten flüchtig seine Handfläche. »Wie reizend von Ihnen. Meine Mutter hat es für mich gestickt – es wäre für mich besonders schade gewesen, es zu verlieren.«

»War mir ein Vergnügen«, sagte Daniel.

»War das nicht reizend, Phyllis?« Sie hatte sich zu ihrer Freundin umgewandt. »Vielen herzlichen Dank, Captain …«

»Gillory«, hörte er sich sagen. »Daniel Gillory.« Und dann, bevor er Zeit zum Überlegen hatte: »Miss … ?«

»Miss Belman. Und das ist Miss Grogan.« Sie warf ihr Haar zurück. »Phyl und ich arbeiten in einem Damenmodengeschäft in Kensington.«

Daniel holte tief Luft. »Kommen Sie öfter in den Hyde Park? Nach der Arbeit vielleicht – wir könnten ein Boot mieten ...«

Seine Worte waren banal, seine Stimme krächzend. Aber Fay lächelte wieder.

»Freitag«, antwortete sie. »Sieben Uhr.«

»Paris?« protestierte Alice kreischend. »Was würde meine Mum dazu sagen?«

»*So* weit ist Paris auch nicht weg. Hör zu, Alice. Das Stück heißt *O, Lisette!*, und diesen Donnerstag ist Vortanzen. Sie suchen zwölf englische Tänzerinnen.«

»Englische Mädchen sind größer und haben hübschere Beine«, sagte Alice altklug.

»Es gibt Aufsichtspersonal«, fügte Thomasine hinzu. »Du könntest deiner Mutter sagen, daß uns eine respektable Engländerin als Anstandsdame begleitet.«

»Ein Drachen wahrscheinlich«, sagte Alice düster. »Dennoch, es gibt immer Wege ... wenn man schlau genug ist ...« Sie kicherte.

Sie saßen in Alices unordentlichem Schlafzimmer, das sie mit zwei jüngeren Schwestern teilte. Das Zimmer war klein und wurde fast ganz von den drei Betten ausgefüllt. Kleider, Kämme und Toilettenartikel lagen auf jedem noch freien Fleckchen verstreut.

Alices Mutter hatte einen Marzipankuchen gebacken, den sie gierig verschlangen, um nach mehr als einem Jahr der Zuckerrationierung ihren Hunger nach Süßem zu befriedigen. »Nimm noch ein Stück.« Alice schob die Platte zu Thomasine hinüber. Sie klopfte sich auf den Bauch. »Ich darf nicht mehr essen, wenn wir vortanzen wollen.«

»Dann kommst du also mit?« Thomasine hätte Alice umarmen können. Sie wußte, daß es viel unwahrscheinlicher wäre, Antonias Erlaubnis für die Auslandsreise zu bekommen, wenn sie allein fahren würde. Und abgesehen von Alices lästiger Neigung, sich als Dame von Welt aufzuspielen, fühlte sie sich sehr wohl mit ihr.

Thomasine löste das Marzipan von ihrem Kuchenstück. Einen Moment lang stellte sie sich vor, in Paris zu sein. Blauer Himmel und Straßencafés, und überall um sie herum Menschen, die eine andere Sprache sprachen. »Stell dir doch vor, Alice. *Paris!*«

»Und keinen kleinen verwöhnten Bälgern mehr Pirouetten beibringen müssen«, erwiderte Alice trocken. Auch Alice half nämlich bei den Kleinen Schneeglöckchen aus.

»Einen Penny für Ihre Gedanken, Captain Gillory.«

Daniel blickte auf und sah, daß sie gekommen war. Besser gesagt, *sie* waren gekommen – Fay und Phyllis, gleich gekleidet, beide trugen weiße Blusen und dunkelblaue Röcke. Fays kleine Hand ergriff seinen Arm.

»Also dann, Captain Gillory, lassen Sie uns ein Boot nehmen.«

Sie spazierten zu der Stelle, wo die Ruderboote vertäut lagen: Fay in der Mitte, Daniel auf der einen und Phyllis auf der anderen Seite. Im Park waren jetzt nicht so viele Menschen wie während der Mittagszeit, und mit der kühlen Brise wehten von fern die Töne einer Blaskapelle herüber.

Ein Teil von Daniels Nervosität verging durch die körperliche Anstrengung des Ruderns. Die beiden Mädchen saßen ihm gegenüber, die dicke Phyllis und die dunkeläugige Fay. Fays Haar war heute in Schnecken um die Ohren gelegt, und ihr Gesicht wurde von einem breitrandigen Hut beschattet, den rote und blaue Stoffblumen schmückten. Daniel fand, daß sie neben ihrer Freundin exotisch, ja beinahe zigeunerhaft wirkte.

Daniel ruderte und schaute. Phyllis starrte offensichtlich gelangweilt auf die Menschen und die Landschaft. Fay amüsierte sich über die Leute in den anderen Booten.

»Da drüben in dem Boot ist ganz ein süßer kleiner Hund. Ein Pudel, nicht wahr, Phyl? Er guckt so komisch.« Sie wandte sich an Daniel. »Was für ein Tag, Captain Gillory. Wie ich mich auf meinen Feierabend gefreut habe. Im Moment scheint jede Frau in der Stadt einen neuen Rock, ein Nachmittagskleid oder sonst was zu wollen. Man könnte doch meinen, daß sie inzwischen ihre Sommergarderobe beisammenhätten, findest du nicht auch, Phyl?«

Pyllis brummte. Daniel ruderte sie um eine Flußwindung und fragte: »Haben Sie immer in Kensington gearbeitet, Miss Belman?«

»Phyl und ich arbeiten seit ein oder zwei Jahren bei Chantals Damenmoden, nicht wahr, Phyl? Ein hübsches Geschäft – mit sehr hübschen Dingen. Ich hab mir mit einem Rest von Madame Chantals Abendkleidstoffen meinen Hut aufgeputzt.«

»Er sieht toll aus«, sagte Daniel. »Sie sehen wundervoll aus, Miss Belman. Sie natürlich auch, Miss Grogan.«

Doch sein Blick war auf Fay geheftet. Der breite Rand ihres Huts beschattete ihr Gesicht, so daß ihre Augen dunkler und größer und die Höhlungen unter ihren Wangenknochen tiefer erschienen. Es war, als hätte eine kühle, klare Brise in sein Leben geblasen, die alle eisigen Winde des Krieges vertrieb und ihn für eine Weile seine Bitterkeit und Verzweiflung vergessen ließ.

Mit Hilfe des einen Ruders steuerte er an einem Boot voller betrunkener Jugendlicher vorbei, das quer zu ihnen im Wasser trieb. Die Jungen riefen Fay und Phyllis etwas zu, wurden aber ignoriert. Das Boot schwankte ein wenig, als sie in das Fahrwasser der anderen gerieten, aber Daniel hielt es gerade. Mit Booten kannte er sich schließlich aus. Die überfüllte Serpentine erinnerte ihn flüchtig an die stillen Wasserwege der Fens, die er manchmal stundenlang befahren hatte. Dann kreischte eine Gesellschaft von Büromädchen auf, als das Heck von Daniels Boot fast das ihre streifte, und die Erinnerung war verflogen.

Nachdem er das Boot an den Verleiher zurückgegeben hatte, spendierte Daniel den beiden Mädchen ein Eis. Für sich selbst kaufte er nichts, weil er nicht genügend Geld und außerdem auch keinen Hunger hatte. Sie setzten sich an einen der Tische unter freiem Himmel, und Daniel beobachtete, wie Fay die Eiscreme aus der Schale löffelte und mit ihrer kleinen spitzen Zunge den Löffel ableckte.

»Oh – herrlich«, sagte sie. »Jetzt muß ich aber wirklich los. Es ist schon nach acht. Meine Zimmerwirtin wird sich fragen, was mir zugestoßen ist.«

»Ich bringe Sie nach Hause, Miss Belman.«

Sie schüttelte den Kopf. »Auf keinen Fall. Sie bleiben hier, Captain Gillory, und genießen den Rest des Abends.« Dann war sie fort. Die hohen Absätze ihrer Schuhe klackten auf dem Pflaster, und Phyllis hastete neben ihr her.

Vor Enttäuschung hätte Daniel am liebsten die beiden Glasschalen auf dem Gehsteig zertrümmert, aber er begnügte sich damit, leise zu fluchen. Er hatte alles falsch gemacht, dachte er. Er hatte weder das Richtige gesagt noch getan. Er hätte ihr Blumen kaufen sollen oder sie in ein Theater oder Restaurant einladen sollen – wenn ihm bloß das Geld für derlei Dinge nicht gefehlt hätte. Eine Bootsfahrt und ein Eis – mein Gott, kein Wunder, daß sie verschwunden war, bevor er ein neues Wiedersehen vorschlagen konnte.

Nachdem das Vortanzen vorbei war, kehrten sie in die Garderobe zurück. Zwei der Mädchen, die wußten, daß sie schlecht gewesen waren, zogen sich um und liefen, Abschiedsworte rufend, die Eisentreppe hinunter. Der Rest von ihnen blieb erschöpft sitzen, und ihr Schweigen wurde nur von gelegentlichem nervösem Kichern, der Bitte um eine Zigarette oder gemurmelten Kommentaren zu den Ereignissen der vergangenen Stunde unterbrochen.

»*Schrecklicher* Kerl«, sagte jemand. »Der Choreograph, meine ich. So ein Tyrann.«

»Diese chinesische Einlage. Ich dachte, ich breche mir den Hals.«

»Die Sekretärin hat mir gesagt, Clara Rose wird der Star der Show.«

»Die hat vielleicht Glück«, sagte jemand neidisch. »Ihre eigene Garderobe. Könnt ihr euch das vorstellen?«

Thomasine mußte der Versuchung widerstehen, hinter ihrem Rücken die Finger zu kreuzen. Ihrer Meinung nach war das Vortanzen gut gelaufen, aber man wußte ja nie. Manchmal wollten sie nur Blondinen, manchmal sollten alle Mädchen eine bestimmte Größe habe. Die Aussicht, nach Paris zu kommen, war verlockend nahe gerückt und damit die Möglichkeit, ihre Karriere wirklich voranzutreiben. Es wäre eine richtige Revue in einem echten Theater. Die meisten Aufführungen, bei denen sie während des Krieges mitgewirkt hatte, waren Wohltätigkeitsveranstaltungen, um Geld fürs Rote Kreuz oder für Witwen und Waisen zu sammeln oder um Soldaten auf Genesungsurlaub zu unterhalten. Selbst Antonia hatte widerwillig zugegeben, daß ein Jahr in einer Revue in Paris Thomasines Karriere nur förderlich sein konnte.

Schließlich ging die Tür auf, und die Sekretärin spähte herein. Ein plötzliches unbehagliches Schweigen lähmte die wartenden Tänzerinnen. Dreißig besorgte Gesichter starrten auf das Blatt Papier, das die Sekretärin in der Hand hielt.

»Das ist die Liste der Mädchen, die ausgewählt wurden.« Sie las die Namen mit hoher, weinerlicher Stimme vor. »Violet Smith, Edith Hall, Poppy Barrett, Thomasine Thorne, Alice Johnson ...«

Stürmisch schlang Thomasine die Arme um Alice.

Daniel bewarb sich wieder um eine Arbeit, diesmal in Knightsbridge. Das Vorstellungsgespräch hatte gerade fünf Minuten gedauert, da wußte er bereits, daß es zwecklos war. Ein gebrechlicher älterer Herr suchte einen männlichen Betreuer: jemanden, der seine Briefe schrieb, seinen Hund ausführte, mit ihm Schach spielte. Daniel wußte, wie sehr ihm dies mißfallen würde, und als ihn sein potentieller Arbeitgeber fragte, welche Schule er besucht habe, sagte er die Wahrheit.

Draußen regnete es stark. Es war kein Bus in Sicht, aber die U-Bahn-Station war gleich auf der anderen Straßenseite. Verärgert über den vergeudeten Morgen, verärgert über sich selbst, zwang sich Daniel, in die schwarze, gähnende Öffnung hinunterzusteigen und eine Fahrkarte zu lösen. Der Weg zu den Zügen war wie ein Abstieg in die Hölle. Er zwang sich weiterzugehen, die vermeintlich tausend Stufen hinabzusteigen. Leute schubsten ihn, sein Bein schmerzte. Als er das Ende der Treppe erreicht hatte, bestieg er den ersten Zug, der auf dem Bahnsteig ankam, weil er sicher war, daß ihn sonst der Mut verließe.

Der Zug ruckte und quietschte beim Anfahren. Er war dicht besetzt: Das war gut, sagte sich Daniel. Niemand konnte sich einbilden, in einem eingestürzten Graben verschüttet zu werden, wenn er von fünfzig schwitzenden Buchhaltern und Stenotypistinnen umringt war. Es waren keine Plätze frei, also griff Daniel nach einem der Haltegurte. Er versuchte, sein Herzklopfen zu ignorieren, als der Zug Geschwindigkeit aufnahm. Die Stenotypistinnen und Buchhalter starrten gelangweilt an die Decke, und Daniel konzentrierte sich auf den Hut einer Frau und die Schlagzeile in einer Zeitung. Wenn er dies hier schaffte, sagte er sich, schaffte er alles. Er würde Arbeit finden und wieder auf die Füße kommen. Er wäre nicht mehr die leere zerbrechliche Hülse, die der Krieg aus ihm gemacht hatte.

Er schaffte es eine Weile lang. Dann kam der Zug in einem Tunnel langsam zum Stehen, die Lichter flackerten und gingen aus. Die Buchhalter und Stenotypistinnen stöhnten auf, und Daniel roch wieder herunterstürzende Erde, spürte den Druck des gebrochenen Holzes im Graben und die schwere Last des Morastes an seinem Bein. Ohne hinzusehen, wußte er, daß alle seine Freunde tot waren, daß er als einziger die Explosion des Granatwerfers überlebt hatte. Wenn er sich bewegte, hatte er höllische Schmerzen und brachte außerdem weiteres Erdreich ins Rutschen. Er hatte Angst, sich noch einmal zu rühren, aus Furcht, die kleine Luftblase zu verlieren, die ihn am Leben erhielt. Es gäbe wohl kein Entrinnen mehr für ihn. Er wollte sterben.

Als die Lichter angingen und der Zug sich wieder in Bewegung setzte, stellte Daniel fest, daß er leise Selbstgespräche führte. Seine Stirn war naß vor Schweiß, und er hatte sich gegen die Tür gepreßt. Eine Frau starrte ihn mißbilligend an, wahrscheinlich hielt sie ihn für betrunken. Ruckartig blieb der Zug stehen, er fiel fast auf den Bahnsteig und rannte dann die vielen Stufen hinauf.

Draußen regnete es noch immer, aber er lehnte sich an einen Ladeneingang und japste mit weit aufgerissenen Augen nach Luft, während ihm der Regen ins Gesicht tropfte. Er war nur eine Station weit gefahren, von Knightsbridge nach Kensington. Zwei Jahre war es jetzt her, dachte er. Er wollte jemanden töten, irgend jemanden, in erster Linie sich selbst. Fast zwei verdammte Jahre waren seit Passchendaele vergangen.

Schließlich rieb er sich die Augen und sah auf die belebte Straße hinaus. Sein Herzklopfen begann nachzulassen, und die mit Autos, Lastwagen, Pferden und Karren verstopfte Londoner Straße nahm wieder deutliche Gestalt an. Es gab wirklich nichts, wovor er sich zu fürchten brauchte, seine Ängste existierten nur in seinem Kopf. Er war ein Krüppel an Leib und Seele, sagte er sich. Er war nutzlos. Abgestumpft las er die Namen der Geschäfte auf der anderen Straßenseite: H. G. Green, Delikatessen; Laskeys: alles für den Sportsmann; Chantals Damenmoden.

Er überquerte die Straße. Es war Mittagszeit, und aus allen Geschäften und Büros strömten die Angestellten heraus. Daniel bahnte sich einen Weg durch die Menge und wich den Automobilen aus.

Als er bei dem Geschäft ankam, ging die Tür auf, und Fay trat heraus. Diesmal war sie allein, ohne Phyllis. Es kam ihm vor wie ein Wunder, sie wiederzusehen. Fast schien es, als hätte seine Not sie herbeigezaubert – eine exotische, zigeunerhafte Fee, die den dunklen, hungrigen Orten seiner Seele entsprungen war.

Aber sie war kein Geist. Sie entdeckte ihn sofort, und als sie sich umdrehte, strahlte sie ihn an. »Na, so was, Captain Gillory. Wie schön. Haben Sie lange auf mich gewartet?«

»Eine Ewigkeit«, antwortete er und küßte ihre Hand.

Sie verbrachten den Nachmittag zusammen. Es war Fays freier Nachmittag, und sie mußte diesmal nicht zur Arbeit zurück. Sie spazierten durch den Park, stellten sich in Geschäften oder Museen unter, um sich vor den ständigen Regenschauern zu schützen, und landeten schließlich im Lyons Corner House in der Coventry Street.

»Ich sehe aus wie eine ertränkte Ratte.« Fay saß am Tisch und musterte in einem kleinen Spiegel ihr Gesicht.

»Sie sehen wunderschön aus«, sagte Daniel.

Es war die reine Wahrheit. Der Regen und der lange Spaziergang hatten ein wenig Farbe auf ihre blassen Wangen gezaubert, und ihre Augen glänzten dunkel. Sie errötete nicht und wies sein Kompliment nicht zurück, was Daniel freute. Statt dessen lächelte sie wieder und steckte den Spiegel in ihre Handtasche zurück.

»Wie sind Sie zu Ihrer Beinverletzung gekommen?« fragte sie.

Er erzählte ihr, wie der Graben, in dem er und seine Leute Deckung genommen hatten, eingestürzt war, als ein Granatwerfer darauf landete und sein rechtes Bein zertrümmerte. Er ging nicht in die Details, weil man Frauen derlei nicht erzählte. Vor allem jungen, hübschen Frauen wie Fay nicht.

»Es muß entsetzlich gewesen sein«, sagte sie teilnahmsvoll. »Und die Männer, die unter Ihrem Kommando standen – was ist mit denen passiert?«

»Die anderen Offiziere wurden alle getötet. Aber einige der Männer im Graben überlebten.«

Ihr Mund war ein rotes, rundes O, ihre Augen waren weit aufgerissen. »Wie entsetzlich«, sagte sie erneut.

Die Bedienung erschien, und Daniel bestellte Tee und Kuchen. Es war erstaunlich leicht, dachte er, mit Fay über Dinge zu sprechen, über die er früher nicht reden zu können glaubte, nicht einmal mit Hattie.

»Sie müssen furchtbar mutig sein«, sagte sie.

Er schüttelte den Kopf. »Überhaupt nicht. In gewisser Hinsicht war es damals einfacher – man hatte keine andere

Wahl, als mutig zu sein. Man befolgte Befehle und gab Befehle. Jetzt ist es so schwer – sich in alles hier wiedereinzufinden.«

Er sah sich in dem Teesalon um. Der Lärm, die Menge, der überladene Raum – all das hätte er normalerweise bedrückend gefunden. Aber mit Fay als Gegenüber machte es ihm nichts aus.

»Was machen Sie, Captain Gillory? Ich meine – Sie haben die Armee doch verlassen, oder? Was machen Sie jetzt?«

Er lachte. »Nicht viel, fürchte ich. Ein bißchen Schreib- und Buchhaltungsarbeit, die Art von Dingen. Ich suche Arbeit, aber ich weiß nicht … Wie es aussieht, schaffe ich es nicht, in London wieder Fuß zu fassen.«

Die Bedienung kam mit dem Tee und dem Kuchen. Der Milchkrug war nur zur Hälfte gefüllt, die Kuchen klein und ohne Verzierung. Selbst das Essen, dachte Daniel mit grimmigem Humor, hatte sich noch nicht vom Krieg erholt. Er beobachtete Fay, wie sie die Milch eingoß und den Tee umrührte. Die anmutige Art, mit der sie diese einfachen Handlungen verrichtete, beruhigte ihn.

»Vielleicht gehe ich nach Hause zurück«, sagte er zu seiner eigenen Überraschung. »Meine Familie hatte ein kleines Anwesen. Es gehört jetzt mir.«

Sie schenkte den Tee ein. »Ein kleines Anwesen?«

»Eine kleine Farm. Nichts Besonderes. Aber es gehört ein Cottage dazu.«

Er beschrieb ihr Drakesden. Die Felder, die Deiche, das Vieh und die weiten, herrlichen Wolkenlandschaften. Erst als er Fay davon erzählte, wurde ihm klar, wie sehr er sich sehnte, dorthin zurückzukehren.

»Das klingt alles wundervoll«, sagte sie. »Was für ein Glück Sie haben, von einem solchen Ort zu kommen.«

Beschämt stellte er fest, daß sie nichts gegessen und er ständig nur von sich gesprochen hatte. Er bot ihr den Kuchenteller an, und sie wählte ein Eclair. »Stammen Sie aus London, Miss Belman?«

Betrübt verzog sie das Gesicht. »Ich bin kaum je woanders gewesen. Einmal war ich in Margate, einen Tag lang. Das hat Spaß gemacht.« Sie nahm einen Bissen von ihrem Eclair.

Daniel erschien es ganz natürlich zu erwidern: »Wir könnten zu einem Picknick rausfahren, wenn Sie wollen. Am Sonntag.«

Thomasine fuhr mit dem Zug zu dem Hospital in Sussex, wo Hilda als Krankenschwester arbeitete. Von dort konnten sie aufs Meer sehen – auf den Kanal, dachte Thomasine plötzlich ganz aufgeregt. Es war zehn Jahre her, daß sie den Kanal überquert hatte.

»Ich fahre in einer Woche«, erklärte sie. Sie saßen auf einer Bank nicht weit vom Rand der Klippen entfernt. Obwohl Hochsommer herrschte, war die Seeluft scharf und kalt. »Wir nehmen den Zug von Victoria Station und setzen dann über.«

»Ich hoffe, du wirst nicht seekrank«, sagte Hilda. »Das erste Mal, als ich nach Frankreich fuhr, ging es mir ziemlich schlecht. Ich war so seekrank, daß ich dachte, ich könnte nie mehr nach Hause zurückfahren – und müßte für immer als Pflegerin in dem Feldlazarett bleiben.«

Thomasine hatte sich bei Hilda eingehängt. »Willst du weiterhin Krankenschwester bleiben, Tante Hilly? Jetzt, nachdem die meisten Männer nach Hause gegangen sind?«

Das Hospital war ein Genesungsheim. Ein paar frühere Soldaten humpelten noch immer durch den Garten, andere saßen in Rollstühlen oder auf den Bänken.

Hilda verzog das Gesicht. »*Krankenschwester!* Meine liebe Thomasine – es wird mir nicht mehr erlaubt, als Krankenschwester zu arbeiten. Wir haben eine neue Oberschwester, und außerdem werden seit Kriegsende die freiwilligen Helferinnen als das Letzte vom Letzten angesehen. Ich darf Böden schrubben, Vasen leeren, die Tische an Krankenbetten polieren. Aber nicht *pflegen.*«

Thomasine erkannte nicht zum erstenmal, daß sich in Hildas Frustration angesichts der geringen Chancen, die ihr das Leben bot, ihre eigene widerspiegelte. Sie drückte ihre Hand.

»Ich werde nicht bleiben«, sagte Hilda plötzlich und drückte ihre Zigarette aus. »Ich habe ein falsches Alter angegeben, was meiner Ansicht nach eine verzeihliche Lüge war. Nein – ich habe die Absicht, eine Schule zu gründen. Ich hab ein bißchen Geld gespart, und falls du nichts dagegen hast, meine liebe Thomasine, werde ich Quince Cottage verkaufen. Du hast doch nicht vor …«, sie sah Thomasine an, »nach Drakesden zurückzugehen?«

Thomasine schüttelte den Kopf. »Ich möchte reisen, Tante Hilly. Ich scheine mich nicht häuslich niederlassen zu können. Eine *Schule?*«

Hilda nickte. »Unterrichten hat mir immer Spaß gemacht.« Sie suchte unter ihrem Cape nach ihrer Zigarettenschachtel und zog eine Grimasse. »Die werde ich natürlich aufgeben müssen. In Frankreich hat jeder geraucht – es war die einzige Möglichkeit, sich wach zu halten. Ich hab versucht, Bonbons zu lutschen und diesen schrecklichen Kaffee zu trinken, alles – doch am Schluß hab ich aufgegeben. Aber eine rauchende Direktorin wäre wohl nicht gern gesehen.«

Thomasine lachte. »Wo willst du deine Schule denn eröffnen, Tante Hilly? In Drakesden?«

Hilda schüttelte den Kopf. »Irgendwo anders. Ich würde Rose zu sehr vermissen.«

Es folgte ein kurzes Schweigen. Dann fügte Hilda hinzu: »Ich werde mich bald nach einem geeigneten Mietobjekt umsehen. Ich habe noch immer alle Bücher von Vater, und ich kenne eine Reihe ehemaliger freiwilliger Helferinnen, die auch unterrichten möchten. Und denen bewußt ist, daß jetzt, nach dem Krieg, ihre Chancen, sich zu verheiraten, äußerst gering sind. Es gibt eine Menge Frauen, Thomasine, die ihre Energien nun darauf konzentrieren müssen, sich ein Berufsleben aufzubauen, statt einen Ehemann zu finden.« Sie berührte Thomasines Hand. »Du hast meinen Segen, wenn du nach Paris gehen willst, meine Liebe – mir haben

Frauen immer imponiert, die mit ihrem Leben etwas anfangen wollten. Was nicht heißt, daß du nicht heiraten wirst – du bist hübsch, was ich nie war.«

Sie erhoben sich von der Bank und spazierten zum Hospital zurück. Thomasine spürte, daß Hilda nach Worten rang. Schließlich sagte sie: »Du wirst doch *vorsichtig* sein, Liebes? Während der letzten Jahre – hast du ein so behütetes Leben geführt ...«

Thomasine hängte sich bei Hilda ein. »Mach dir keine Sorgen, Tante Hilly. Es gibt einen schrecklichen englischen Anstandsdrachen. Und Antonia hat bereits mit mir gesprochen.« Antonias Rat hatte aus ziemlich furchterregenden Warnungen vor Frauenhändlern und höchst undurchsichtigen Anweisungen bestanden, vernünftig zu sein, was Thomasine dahin gehend interpretierte, immer ein Unterhemd zu tragen.

»Natürlich.« Hilda atmete erleichtert aus. »Tony ist viel besser in der Lage, dir Ratschläge zu geben. Sie war schließlich verheiratet.«

Sie befanden sich ein paar Meter vor den Hospitaltüren. Ein Rollstuhl stand in dem kleinen Rosengarten. Hilda blieb neben dem Rollstuhl stehen. Der Mann, der darin saß, trug Krankenhauskleidung. Sein Kopf war mit vielen Bandagen umwickelt und sein Gesicht von blutroten Narben durchzogen. In dem nicht bandagierten Auge zeigte sich kein Erkennen, als sie sich näherten, keinerlei Anzeichen, daß er die Gegenwart anderer menschlicher Wesen registrierte. Nicht einmal Geistesabwesenheit, wie Thomasine feststellte, nur die Überreste einer Art primitiver Angst.

Hilda legte die Hand auf die des Soldaten. »Diese armen Jungen«, flüsterte sie. Thomasine sah die Tränen in ihren Augen. »Diese armen Jungen.«

Der Sommer in Drakesden war für Nicholas nicht leicht gewesen. Am Anfang hatte es verschiedene Abwechslungen gegeben. Die Ankunft von Lally, die von der Schule geflogen war, hatte all die erwarteten Ausbrüche nach sich gezogen. Aber am Schluß war Lally, ganz wie sie prophezeit hatte, weder zurück zu Lady Mary's noch in eine andere Schule gegangen, sondern in Drakesden geblieben – ein kleines, pummeliges und ziemlich zielloses Wesen. Obwohl sie offiziell als debütiert galt, wurden keine Bälle oder Diners geplant, um Lallys Eintritt in die Erwachsenenwelt zu feiern. Zum einen hatte Drakesden Abbey wie so viele andere mittlere Güter finanzielle Schwierigkeiten, zum anderen brachte niemand der Blythes – einschließlich Lally selbst – die notwendige Begeisterung dafür auf.

Die Ruhe auf Drakesden schien Nicholas' Halluzinationen und seine Alpträume zu verschlimmern. Er gewöhnte sich an, seinen Zustand zu verbergen. Viele Male, wenn er am Tisch saß oder im Billardraum rauchte, sah er die Gräben, den Stacheldraht, den Schlamm und die anderen Greuel vor sich. Er lernte, seine Angst vor seiner Familie zu verstecken, sich zu zwingen, eine Unterhaltung oder ein Essen fast ohne Bruch durchzustehen. Aus diesem Grund entband ihn seine Mutter von der Verpflichtung, weitere Ärzte aufzusuchen. Was Nicholas entgegenkam: Er hatte kein Vertrauen zu Ärzten.

Die Abgeschiedenheit der Fens, der Mangel an Gesellschaft ließen ihm Zeit zum Nachdenken. Er wollte nicht nachdenken, er ertrug es nicht nachzudenken. Er brauchte Leute um sich, eine Beschäftigung. Die einzige Beschäftigung, die Drakesden bot – die Gutsverwaltung, an der er Interesse finden sollte, da er nach Geralds Tod Erbe von Drakesden Abbey geworden war –, langweilte ihn. Er hatte sich nie für Landwirtschaft interessiert. Als sein Vater eines Abends nach dem Essen seine Sorgen über die Zukunft des Gutes äußerte, machte sich Nicholas kaum die Mühe zuzuhören.

»Die Steuern, alter Junge. All diese verdammten Steuern – du entschuldigst, Gwennie. Während des Kriegs sind sie gestiegen, und ich soll verdammt sein, wenn wir sie je wieder fallen sehen.«

»Vielleicht wurde das Geld gebraucht, um Kanonen herzustellen, Papa«, sagte Lally.

Lady Blythe schenkte Kaffee ein. »Sei still, wenn du nichts Vernünftiges zu sagen hast, Lally.« Sie reichte ihrem Mann eine Tasse. »Das Ganze geht doch *uns* nichts an, William. Es ist alles sehr ärgerlich, finde ich, aber der Krieg ist jetzt vorbei, und die Dinge müssen sich bald wieder normalisieren.«

»Möglicherweise müssen wir etwas Land verkaufen, Nicholas«, sagte Sir William.

»Wenn du meinst.« Nicholas suchte in seiner Tasche nach Zigaretten. Draußen wurde es langsam dunkel. Die Abende waren immer schlimm für ihn.

»Wenn du meinst?« Lady Blythe hatte die Kaffeekanne abgestellt und starrte Nicholas an. Sie war wütend, wie Nicholas überrascht feststellte. Ihre Stimme zitterte. »Ist das alles, was dir dazu einfällt?«

Nicholas zuckte die Achseln. »Wenn wir Land verkaufen müssen, dann müssen wir eben. Was gibt es dazu noch zu sagen?«

Den Mund zu einem starren Strich gespannt, griff sie nach der Kaffeekanne und fuhr mit dem Einschenken fort.

»Nur ein paar Hektar, Gwennie«, warf Sir William hastig ein. »Nicht vom besten Land natürlich. Ein paar von den tiefliegenden Feldern. Manche von den Äckern in Drakesden machen mehr Mühe, als sie wert sind – immer überflutet im Winter ...« Seine Stimme brach ab. Lallys Mundwinkel zuckten.

Lady Blythe erwiderte steif: »Wenn es nötig ist, William, mußt du natürlich verkaufen. Ich verabscheue jegliche Verkleinerung des Guts, aber es muß wohl sein, schätze ich.«

»Ist es nicht komisch«, sagte Lally und rührte ihren Kaffee um, »daß du dich aufregst, Mama, während es Papa und Nicholas, die geborene Blythes sind, nichts auszumachen scheint? Schließlich bist du doch nur durch Heirat eine Blythe geworden.«

Lady Blythes Gesicht wurde noch bleicher. »Was für ein

Unsinn, Lally. Nicholas liebt Drakesden Abbey genauso wie ich. Nicht wahr, Nicky?«

Abwesend stimmte er zu. Er scherte sich keinen Deut um ein paar sumpfige Felder in einem rückständigen kleinen Kaff, aber um Mamas willen mußte er so tun.

Sir William hatte sich erhoben und murmelte, er wolle nach draußen gehen, um zu rauchen. Lally beugte sich zu Nicholas hinunter und flüsterte ihm ins Ohr: »Wir sollten eine Ausfahrt machen, Nick. Parsons hat den Reifen geflickt, und es ist so ein herrlicher Sonnenuntergang.«

»Wenn du etwas zu sagen hast, Lally«, tadelte Lady Blythe, die sich wieder einigermaßen gefaßt hatte, »dann sollten es alle hören.«

Aber Lally lächelte nur und verließ den Raum. Nicholas verwendete noch ein paar Minuten darauf, seine Mutter zu beschwichtigen, dann ging er ebenfalls hinaus.

Als sie mit dem Auto Drakesden verlassen hatten, sagte Nicholas zu Lally: »Warum machst du das, Kleine? Warum ärgerst du sie so?«

»Mama?« Lally lehnte sich in ihren Sitz zurück. Ihr dunkles Haar wehte um den Rand ihres Schulhuts. »Weil sie mich haßt. Nein – sie *haßt* mich nicht. Ich bin ihr egal. Es wäre mir lieber, sie würde mich hassen.« Ihr Tonfall klang gleichmütig, verriet keinerlei Groll.

Nicholas bremste vor einer Kurve und erwiderte bedrückt: »Ihr reibt euch ständig völlig sinnlos aneinander.«

»Sei nicht albern, Nick. Und fahr ein bißchen langsamer.«

Sie hatte Lippenstift und Puder aus ihrer Tasche genommen und malte sich sorgfältig die Lippen an. Nicholas bremste ab und versuchte, sich auf dem ebeneren Teil der Straße zu halten.

»Wie auch immer«, begann Lally wieder und ließ die Puderdose zuschnappen, »ich hatte doch recht, oder? Dich interessiert Drakesden nicht die Bohne, und Mama möchte jeden Zentimeter davon behalten.«

Lallys Ausdrucksweise beunruhigte ihn. Die andere

Lally war ihm fast lieber, diejenige, die log und sich vor allem drückte, wozu sie keine Lust hatte. Die Wahrheit sollte nicht so ungeschminkt ausgesprochen werden. Die ganze Welt würde zusammenbrechen, wenn die Menschen anfingen, die Wahrheit zu sagen.

Er fuhr wieder schneller. »Ganz so ist es nicht«, sagte er. »Es ist nur, daß es mir anfangs ja gar nicht zufallen sollte. Es sollte Gerry gehören. Ich brauche eine Weile, um mich an den Gedanken zu gewöhnen. Aber es ist mir nicht egal.«

Lally sah ihn ungeduldig an. »O *Nicholas*.«

Sie waren an einer Kreuzung angekommen. In einer Richtung führte die Straße nach Ely, in der anderen tiefer in die Fens hinein. »Nach Ely?« fragte Nicholas.

Lally schüttelte den Kopf. »Nein. In der anderen Richtung gibt es einen Pub. Ich möchte einen Drink.«

Er versuchte erst gar nicht, Einwände dagegen zu erheben, daß sie als junge Dame in einen Pub gehen wollte. Er kannte Lally inzwischen gut genug, um zu wissen, daß er damit bei ihr keinen Erfolg haben würde. Statt dessen drehte er um und fuhr weiter, vor dem berückenden Sonnenuntergang davon. Die Straße war nicht mehr als ein zerfurchter Feldweg. Nicholas fuhr den Daimler gut, er kannte seine Eigenheiten und wußte, was in ihm steckte.

»Gleich hier«, sagte Lally schließlich.

Es war kaum als Dorf zu bezeichnen, das gleiche galt für den Pub. Ein paar Cottage-Bewohner sahen aus ihren Gärten auf, als der Wagen um die Ecke bog und dichte Staubwolken aufwirbelte. Hühner gackerten und schafften es mit knapper Not, den Rädern zu entkommen. Zerlumpte Kinder liefen auf sie zu, als Nicholas die Geschwindigkeit drosselte. Er warf einen skeptischen Blick auf den Pub. Das Dorf befand sich in der Nähe des Hundred Foot Drain, eines Entwässerungskanals. Zwischen dem Kanal und dem eine halbe Meile entfernten Old Bedford River lag der Hundred Foot Wash, eine weite Ebene, die jeden Winter überflutet wurde, um das umgebende Land vor den Wassermassen zu schützen.

Der Pub trug den Namen The Three Mariners. Im Innern gab es einen großen Kamin, aus dem ein riesiges Eichenscheit herausragte, und ein paar verstreut herumstehende Hocker und Bänke. Nicholas bestellte Bier für sich und Lally (er glaubte nicht, daß hier Cocktails serviert wurden) und versuchte, die neugierigen Blicke der Einheimischen zu ignorieren. Lally trank ihr Bier und sah sich gelassen um. Sie war die einzige Frau im Pub.

»Wir müssen fort«, sagte Lally nachdenklich. »Es hat einfach keinen Sinn.«

Nicholas setzte seinen Hut auf und erhob sich, aber Lally schüttelte den Kopf.

»Nicht von *hier*, du Dummkopf – ich hab doch noch gar nicht ausgetrunken. Ich meine, fort aus Drakesden.« Sie nahm einen weiteren großen Schluck. »Es ist schrecklich. Nicht so schlimm wie Lady Mary's, aber nicht viel besser. Na komm, Nicky – gib's doch zu. Du haßt es auch.«

»Es ist so still.« Nicholas hatte sein Glas weggeschoben. Seine Finger verknoteten sich ineinander. »Und so viele Menschen sind gestorben – oder fortgegangen ...«

Einen flüchtigen, quälenden Moment lang fiel ihm Thomasine Thorne ein. Thomasine war anders gewesen, aufregend und stark. Sie hatte ihn in gewisser Weise an seine Mutter erinnert – schön und doch so sicher, so furchtlos. Seit dem Krieg hatte er selbst alle Sicherheit verloren, dachte er voller Selbsthaß, er fürchtete sich inzwischen vor fast allem. In Drakesden gab es außer seiner Mutter und Schwester keine Frauen seines Standes. Für dic jungen Damen, die seine Mutter gelegentlich zu Wochenendpartys einlud, brachte er angesichts ihrer Naivität und Frivolität keine größeren Gefühle als milde Gereiztheit auf. Er hatte einfach nichts mit ihnen gemeinsam.

Lally sah ihn an. Seine dunklen Augen waren ein wenig zusammengekniffen. »Es macht dich krank, nicht wahr?«

Er sah zu ihr auf, und sein Bier schwappte über den Rand des Krugs.

»Niemanden schert das, du Dummkopf. Kein Grund zur

Sorge.« Sie berührte seine Hand. »Wir sollten ins Ausland gehen, Nick. Nur du und ich.«

Nicholas lachte ein wenig zu laut. Alle Männer im Pub drehten sich um und starrten ihn an. »Mach dich nicht lächerlich, Kleine. Sie würden uns nie lassen.«

»*Lassen*? Am besten, man tut einfach, was man will. So mach ich es jedenfalls.« Sie hatte ausgetrunken. »Außerdem, mein lieber Nicholas, bist du zweiundzwanzig. Mama könnte dich nicht aufhalten. Du hast doch selbst Geld, oder?«

Er nickte. Er hatte noch seine Abfindung und ein kleines Erbe von einem Onkel, der im Krieg gefallen war. Und den Betrag, den sein Vater ihm zum einundzwanzigsten Geburtstag geschenkt hatte. Davon hatte er noch keinen Pfennig angerührt – in Drakesden gab es nichts, wofür man Geld ausgeben konnte.

»Ich wollte mir ein Auto kaufen.«

»Das kannst du dir kaufen, wenn wir im Ausland sind.« Lally lächelte ihn einschmeichelnd an und legte ihre kleine pummelige Hand auf die seine. »Ich werde Kleider kaufen – eine Riesenmenge.«

Fast glaubte er an ihren Vorschlag. Er sah sich in Paris oder Monaco mit großer Geschwindigkeit über eine Küstenstraße oder einen Stadtboulevard fahren, immer schneller und schneller.

»Und stell dir nur vor, wie sehr sich Mama freuen würde, wenn ich fort wäre«, fügte Lally selbstgefällig hinzu.

Sie stand auf und ging zur Tür. Nicholas bemerkte, wie die Blicke aller Männer im Raum seiner kleinen dicklichen Schwester in den unmodischen Kleidern und dem häßlichen Hut folgten.

Auf dem Weg zurück nach Drakesden schaltete er in den höchsten Gang und drückte das Gaspedal des Daimlers durch.

Der Weg war lang und gerade. Riesige Staubwolken wirbelten um sie auf. Sie wurden heftig durchgerüttelt, und Nicholas rief Lally zu, sich an der Lehne festzuhalten. Felder, Deiche und Häuser flogen an ihnen vorbei und verschwammen in einem Schleier aus Grau und Grün. Als sie Geschwindigkeit aufnahmen (vierzig, fünfzig, sechzig), spürte Nicholas, daß er sich besser fühlte. Autofahren war besser als Reiten. Selbst Titus konnte nicht so schnell galoppieren.

Schließlich fiel ihm Lally ein, und er bremste. Der Daimler geriet auf der staubigen Straße ins Schleudern. Als er langsamer wurde, kam Nicholas' Angst zurück.

»Geht's dir gut, Kleine? Nicht schlecht geworden?«

Zuerst dachte er, sie würde weinen, aber dann stellte er fest, daß sie lachte.

»Wir könnten ein Flugzeug nehmen, Nicholas«, sagte sie. »Stell dir das vor!«

4

ZUR SILVESTERFEIER DES neuen Jahres – und des neuen Jahrzehnts – hatte das Ensemble der Revue *O Lisette!* das Café neben dem Theater in den schrillen Farben der Ballets Russes geschmückt: Orange, grelles Pink, Limonengrün, Chromgelb und Lanvin-Blau. Luftschlangen hingen von der Decke, und um Tisch- und Stuhlbeine waren Papierschleifen geschlungen. Alle waren da: Sänger, Schauspieler, Musiker, Tänzer, Requisiteure und Garderobieren. In einer Ecke des kleinen Montmartre-Cafés spielte eine Jazzband, und das Raunen das Saxophons und das Hämmern des Schlagzeugs mischten sich mit pulsierendem Rhythmus unter die lauten Gespräche und die Schritte der Tanzenden.

Die zwölf Revuetänzerinnen von *O Lisette!* waren allesamt Engländerinnen und hauptsächlich wegen ihrer Größe, ihrer langen Beine und ihres klaren Teints engagiert worden. Tag und Nacht wurden sie von einer Anstandsdame beaufsichtigt, aber an diesem besonderen Abend hatte man ihnen erlaubt, länger auszubleiben.

»Bis ein Uhr«, murrte Alice. »Was soll eine Neujahrsparty bringen, wenn man um eins heimgehen muß?«

»Hängt ganz davon ab, wie schnell man ist«, antwortete eine große Blondine, die neben Alice saß.

Alice folgte dem Blick ihrer Nachbarin. Einige der Tische und Stühle in der Mitte des Lokals waren beiseite gerückt worden, um Platz fürs Tanzen zu machen. Die Takte des Saxophons, Klaviers und Schlagzeugs waren schneller geworden. Die Leute schlugen mit Glöckchen, Rasseln, Messern und Gabeln den Rhythmus mit.

»*O Poppy*«, sagte Alice.

Poppys Kinn ruhte in ihren Händen, und der Blick ihrer großen blauen Augen war auf einen dunkelhaarigen Mann gerichtet, der an der Wand lehnte. Sein Profil wurde durch die flackernden Gaslampen erleuchtet; in einer Hand hielt er eine Zigarette, in der anderen ein Glas.

»Clive Curran.« Alice goß Wasser in ihren Pernod und schüttelte den Kopf. »Unartige, schlimme Poppy.«

Poppy streckte Alice die Zunge heraus. »Ach, wären wir das nicht alle, wenn wir Gelegenheit dazu hätten?«

»Thomasine nicht. Thomasine ist nie unartig. Thomasine ist die Enkelin eines Pfarrers, nicht wahr, meine Liebe?«

Poppy seufzte. »Hat ja ohnehin keine von uns eine Chance. Der liebe Clive sieht die Mädchen aus der Tanzgruppe nie an. Für ihn sind wir bewegliche Kulissen.«

Alice sammelte unausgerollte Luftschlangen vom Deckel des Klaviers, von Tisch und Boden auf. Als sie etwa ein Dutzend beisammenhatte, kletterte sie von ihrem Stuhl auf den Tisch. Der wackelige Tisch schwankte unter ihrem Gewicht.

»*Alice ...*«

»Ich krieg einen Kuß von Clive Curran, bevor die Nacht vorbei ist. Wetten?« Alice zielte mit der Papierschlange. »Der erste Cocktail des neuen Jahres, Pops – den bezahle ich, wenn ich treffe, wenn nicht, bezahlst du!«

Die erste Luftschlange wirbelte über die Köpfe der Tanzenden und traf den an der Wand lehnenden Mann an der Schulter. Bunte Papierkringel ergossen sich über sein Jackett. Alice zielte immer wieder von neuem. Bald waren seine Schultern, sein Kopf und sein Rücken mit gelben, pink- und orangefarbenen Papierspiralen überzogen.

»Er kommt«, sagte Alice. Sie beobachtete, wie sich Clive Curran den Weg durch die Tische und die Tanzenden bahnte. Während er näher kam, tat er so, als hätte er große Mühe, sich von den Luftschlangen zu befreien. Alice stand immer noch auf dem Tisch.

»Wir finden nicht, daß Sie sehr patriotisch sind, Mr. Curran. Hier sitzen drei vaterlandsliebende Engländerinnen, die noch nicht zum Tanzen gekommen sind – zumindest während der letzten zehn Minuten nicht.«

Langsam ließ Clive Curran den Blick über Alice streichen, von ihren hochhackigen Schuhen bis zu ihrem kurzen blonden Haar.

»Wie unaufmerksam von mir. Ich hab die Bombardierung verdient, Miss …?«

»Johnson. Und das ist Miss Barrett und das Miss Thorne.«

»Sehr erfreut«, erwiderte Clive Curran und lächelte alle an.

Thomasine hatte ihn schon oft gesehen, aber nie mit ihm gesprochen. Clive Curran war Sänger, obwohl er auch in einigen Sketches der Revue als Schauspieler auftrat, da sein Französisch genauso gut war wie sein Englisch. Manchmal verweilte sie hinter der Bühne, wenn er sang, schloß die Augen und ließ sich von der Schönheit seiner Stimme becircen. Kein Wunder, daß alle zwölf englischen Tänzerinnen in Clive Curran verknallt waren.

Er half Alice vom Tisch herunter. Alice schwankte ein bißchen, als sie den Boden erreichte, und lehnte sich an ihn. »Huch – wahrscheinlich ein Pernod zuviel.«

»Teuflisches Zeug, Miss Johnson«, sagte Clive Curran und stützte sie mit dem Arm.

Die Tanzmusik wurde immer schmissiger. Unterm Tisch trommelte Thomasine mit dem Fuß den Rhythmus mit. Clive Curran sah die drei Mädchen prüfend an.

»Die Frage ist nur – mit wem ich zuerst tanzen soll? Die Wahl fällt mir schwer.«

Langsam strich der Blick seiner hellen, mattblauen Augen von Alice zu Poppy und schließlich zu Thomasine, wo er lange verweilte. Thomasines Herz begann laut zu klopfen.

Clive lächelte. »Ich kann mich nicht entscheiden. Es ist ganz unmöglich. Ich werden eben mit Ihnen allen tanzen müssen.«

Er streckte die Hand aus und half Poppy und Thomasine beim Aufstehen. Zu viert tanzten sie in der Mitte der wogenden Menge. Den Jog Trot, den Vampire, den Missouri Walk und den Shimmy, wobei sie abwechselnd in Clive Currans Armen lagen. Die Musiker spielten die neuesten Titel aus den Revuen und Musicals von Paris und London. Die Mitwirkenden von *O Lisette!* sangen lauthals die Refrains mit. Obwohl sich Thomasine zuvor müde gefühlt hatte – die Folge von mehr als vier Monaten endloser Proben und zwei Vorstellungen pro Tag –, war all ihre Müdigkeit verflogen, als sie tanzten. Der hämmernde Rhythmus der Trommeln, das wilde Geheul des Saxophons, das Klingen der Glöckchen und Pfeifen trieb sie alle an. Der Raum erbebte unter dem Stampfen der tanzenden Füße. Die Gläser und Flaschen auf den Tischen und der Bar zitterten im Takt mit. Gesichter flackerten in der Dunkelheit auf, während Thomasine tanzte: die Gesichter der Tänzerinnen, mit denen sie aus England gekommen war und die jetzt alle in einer Pension zusammenwohnten, die Gesichter des Ensembles und des Bühnenpersonals, das für sie zuständig war. Alices Gesicht, Poppys Gesicht, Clive Currans Gesicht. Es gefiel ihr, Clive anzusehen – sein dunkles, kurzgeschnittenes Haar, seine geschwungenen Lippen und die blauen Augen mit den schweren Lidern. Als ihre Blicke sich trafen, lächelte sie ihn an.

Dann brach die Musik ab, Champagnergläser wurden herumgereicht, und der große Countdown begann: Zehn, neun, acht, sieben, sechs. Die letzten Sekunden des alten Jahrzehnts wurden von allen laut mitgezählt. Als sie die Null erreicht hatten, rief jemand: »Auf die zwanziger Jahre!«, und alle jubelten.

»Sie haben Ihren Champagner nicht getrunken.«

Clive Curran stand ihr gegenüber. »Sie müssen Ihren Champagner trinken, Miss Thorne.« Vorsichtig hob er ihr Glas an ihre Lippen. »Und dann müssen Sie mich küssen. Um das neue Jahr zu begrüßen, verstehen Sie?«

Sie nahm einen Schluck Champagner. Dann berührten

seine Lippen die ihren. »Köstlich«, sagte Clive Curran. »Auf 1920.«

Er tanzte noch einmal mit ihr in dieser Nacht. Es war fast eins, und Thomasine wollte gerade Mantel und Tasche holen, als er plötzlich neben ihr stand und seine Hand auf ihre Schulter legte.

»Sie können doch noch nicht gehen, Miss Thorne.«

Der Champagner und das Tanzen hatten sie zwar ziemlich benebelt, aber sie hatte die Strafe, die auf zu spätes Heimkommen stand, nicht vergessen. »Die Concierge wird mich melden, und dann verliere ich meinen Job … Na schön …« Sie lächelte und streckte ihm die Arme entgegen.

Er führte sie in die Mitte des Raums. Die Musik war langsam und traurig. Paare tanzten eng umschlungen, sie bewegten sich kaum.

»Legen Sie Ihren Kopf hier drauf«, sagte Clive Curran und deutete auf die Höhlung an seiner Schulter. »Herrlich.«

Seine Arme umschlangen sie, seine Hände streichelten über ihren Rücken. Thomasine spürte seine Fingerspitzen durch den dünnen Stoff ihres Kleids und ihres Unterrocks. Von ihm gehalten zu werden fühlte sich warm und aufregend neu an. Sie roch den Duft seiner Haut und spürte die Hitze seines Gesichts, als er das ihre berührte. Sie glaubte, seine Lippen strichen über ihr Haar, aber sie war nicht sicher.

Die Musik hielt inne. »Fünf vor eins«, sagte Clive Curran mit einem Blick auf seine Uhr. »Ich bringe Sie heim, Süße.«

Die Luft draußen war klar und kalt. In ihre Mäntel und Schals gehüllt, warteten Alice und Poppy vor dem Café. Thomasine hängte sich bei Clive ein, Alice nahm seinen anderen Arm. Poppy marschierte, ihre Tasche schwingend, ein Stück vor ihnen her und sang vor sich hin.

»Wo ist das Nonnenkloster?« fragte Clive.

Alice beschrieb den Weg zu ihrer Pension. Thomasine atmete die eisige Luft ein und sah zu den Sternen hinauf, die am Himmel funkelten. Paris trug zwar immer noch die Spuren der Bombardierung von vor zwei Jahren, aber das zerstörte Mauerwerk und die Löcher im Trottoir wurden von den Menschen verdeckt, die singend in den Straßen tanzten.

»I'm for ever blow-ing bubbles«, sang Poppy.

Sie hatten ihre Pension erreicht. Clive sah an dem hohen schmalen Gebäude mit den schmiedeeisernen Balkonen, den unbeleuchteten Fenstern und verschlossenen Türen hinauf.

»Es ist kein Kloster, sondern eine Festung.«

Alice steckte ihren Schlüssel ins Schloß. »Dennoch gibt es einen Fluchtweg, Mr. Curran. Die Hinterseite ist mit hübschem altem Wein bewachsen, und über der Tür gibt es ein sehr praktisches kleines Vordach. Sie sollten mal sehen, wie behend ich darüber herunterklettere.«

Sie hatte aufgesperrt. Thomasine bemerkte, daß alle drei von ihnen darauf warteten, daß etwas passierte – was, wußte sie nicht. Daß Clive Curran sie wieder küßte vielleicht, mit ihnen allen auf der Straße tanzte oder ihnen sagte, daß er noch nie in seinem Leben einen so wundervollen Abend erlebt habe.

Aber der Moment verstrich, die Tür ging auf, die Concierge streckte den Kopf heraus und funkelte sie böse an. Und Clive Curran lüftete den Hut und ging von dannen.

Paris war bunt und aufregend, verglichen mit dem grauen, nebeligen London der Nachkriegsjahre. Die Straßencafés, die modisch gekleideten Frauen, die hellerleuchteten Gebäude, alles war so anders. Zum Frühstück schwarzen Kaffee zu trinken und Croissants zu essen statt Tee und Toast, und sich an langes Aufbleiben und verschlafene Nachmittage zu gewöhnen, war aufregend. Während sie die Champs-Elysées hinunterging, die Schaufenster der eleganten Kaufhäuser ansah oder die Antiquitätengeschäfte und Buchläden in St. Germain durchstöberte, dachte Thomasine: Ich bin hier, und ich bin frei.

Clive Curran allerdings hatte seit Silvester nicht mehr mit ihr geredet. Die Schauspieler und Sänger probten getrennt von den Tänzerinnen, so daß sie ihn nur bei Abendvorstellungen oder Matineen traf. Wenn sie sich in den Seitenkulissen versteckte und ihm beim Singen zuhörte, konnte sie kaum glauben, daß er sie geküßt hatte. Oder daß der Kuß irgend etwas Besonderes gewesen sein sollte – schließlich hatte er außer ihr auch Alice und Poppy geküßt, sagte sie sich. Er hatte mit ihnen allen getanzt, weil er unfähig gewesen war, sich zwischen ihnen zu entscheiden. Poppy hatte recht gehabt: Clive Curran verschwendete keinen Blick an die Mädchen aus der Tanzgruppe. Thomasine wußte, wie albern es war, etwas anderes anzunehmen.

Bei unzähligen Tassen Kaffee in kleinen lauschigen Lokalen oder nachts im Schlafzimmer bei einem Kakao – immer redeten sie über ihn. Ob Clive in Clara Rose verliebt war, ob Clara Rose in ihn verliebt war, ob er sich beim Film bewerben sollte. Poppy war überzeugt, daß er das sollte, während Thomasine einwandte, daß dann niemand seine herrliche Stimme hören könnte. Wie alt er war – neunundzwanzig –, hatte Alice irgendwo aufgeschnappt. Wen er heiraten würde. Ein nettes Londoner Mädchen, kicherte Alice und strich über ihre Locken. Eine reiche Frau, sagte Poppy traurig.

Eines Nachmittags ließ Thomasine ihr Haar abschneiden. Es war sehr kalt, und die Gärten und Dächer von Paris waren mit Rauhreif bedeckt. Auf den Gehsteigen glitzerte Eis. Poppy verstauchte sich den Fuß, als sie eines Morgens aus der Pension hinauslief, und konnte eine Woche lang nicht tanzen. Der Himmel war dunstig blau, die Pariser Frauen verbargen die Nasen in ihren Pelzen, an den Händen trugen sie Handschuhe aus blaß pastellfarbenem Ziegenleder.

Sie wollte sich das Haar eigentlich nur ein wenig kürzen lassen. Aber als sie in den Spiegel sah, während die Friseuse ihre Zöpfe löste, war sie höchst unzufrieden mit ihrem Anblick. Die blasse Haut, die schulmädchenhafte Frisur, die großen Augen. *Unschuldige* Augen, dachte Thomasine grimmig. Ihr Gesicht wirkte kindlich und unausgeprägt. Die Geschehnisse ihrer Vergangenheit – der frühe Tod der

Eltern, der Verlust ihrer Heimat in Afrika und später in Drakesden – schienen keine Spuren bei ihr hinterlassen zu haben. Sie wußte, daß die älteren, erfahreneren Mädchen wie Alice und Poppy sie immer noch als Kind ansahen. Sie war zu stolz, um Alice oder Poppy die Fragen zu stellen, die sie von ihrer Unwissenheit befreit hätten, außerdem wußte sie nicht, was sie fragen sollte.

Die Friseuse hatte ihre Zöpfe ausgekämmt und begann, die Spitzen zu schneiden. *»Non, Mademoiselle«*, sagte Thomasine in dem leicht radebrechenden Französisch, das sie bei Tante Hilly gelernt hatte. *»Plus. Comme ça, s'il vous plaît.«*

Sie zeigte mit der Hand auf eine Höhe etwa zur Hälfte zwischen Wangenknochen und Kinn. Die Friseuse protestierte: Mademoiselle habe so schönes Haar, und die Mode, kurzes Haar zu tragen, ginge schnell vorüber. Thomasine runzelte die Stirn und schüttelte den Kopf.

»Comme ça.«

Die Friseuse gab zwar Laute des Mißfallens von sich, nahm aber zugleich die Schere. Große Büschel roten Haars fielen zu Boden. Alice, die sich neben ihr die Fingernägel maniküren ließ, schrie auf.

»Was wird deine Tante sagen?«

Thomasine antwortete nicht. Im Spiegel vor ihr tauchte allmählich ein anderer Anblick auf. Ohne den schweren viktorianischen Rahmen aus dichtem Haar sah ihr Gesicht anders aus. Ihr Kopf fühlte sich so leicht an, als wollte er jeden Moment davonschweben.

Clive Curran hatte Miss Thorne schon bei der ersten Probe bemerkt. Sie war das hübscheste Mädchen unter dem Dutzend junger Engländerinnen, die angeheuert worden waren, um ihre Beine zu werfen und zu lächeln, denn darin bestand ihre Hauptfunktion in der Revue, der es an guten Songs und Sketches mangelte. Anfänglich jedoch interessierte sich Clive mehr für Clara Rose, die Hauptdarstellerin, die angeblich sehr reich sein sollte. Aber Clara hatte eine messerscharfe Zunge und außerdem gerade eine Affäre mit einem Pariser Bankier.

Das kurze Haar stand Miss Thorne, es ließ sie erwachsener und fraulicher wirken. Sie hatte blaugrüne Augen und einen großen, vollen Mund. Clive hatte es gefallen, diesen vom Champagner glänzenden Mund zu küssen. Er hatte herausgefunden, daß Miss Thornes Vorname Thomasine war, was er zwar lächerlich fand, aber seiner Meinung nach zu ihr paßte. Ungewöhnlich, unkonventionell. Clive hielt sich für unkonventionell – für jemanden, der die starren Regeln mißachtete, die die Gesellschaft auferlegte. Thomasine war eine ausgezeichnete Tänzerin und hatte hübsche Beine und ein reizendes Lächeln. Da seine Bemühungen um die Hauptdarstellerin im Moment erfolglos waren, hatte er beschlossen, sich Miss Thorne zuzuwenden. Man konnte ja nie wissen – vielleicht machte dies das Miststück Clara sogar eifersüchtig. Als nach der Abendvorstellung der letzte Vorhang fiel und alle erschöpft von der Bühne eilten, sagte Clive zu Thomasine: »Sie haben sich das Haar abscheiden lassen.«

Sie lächelte erfreut. »Die Anstandsdame hat mich deswegen schon gerügt. Werden Sie das auch tun, Mr. Curran?«

Er war sich nicht sicher, ob sie mit ihm flirtete oder nicht, und schüttelte den Kopf. »Keineswegs. Sie sieht wie ein Junge aus, nicht wahr, Clara?« sagte Clive zu der Hauptdarstellerin, die neben ihm stand. »Vor allem in dem Matrosenanzug.«

In der letzten Nummer trugen die Tänzerinnen kurze Matrosenhosen, Matrosenjäckchen und weißgepaspelte Hüte. Es war ein grotesker, aber ziemlich attraktiver Aufzug.

»Es gibt Klubs im Westend, die ein Vermögen dafür bezahlen würden«, stimmte Clara Rose eisig zu.

Miststück, dachte Clive. »Es steht Ihnen, Süße«, sagte er zu Thomasine. Er streckte die Hand aus und zerzauste den glänzenden Haarhelm.

Sie dankte ihm für das Kompliment und lief in die Garderobe. Clara Rose nahm einen Seidenschal von der Seitenkulisse und folgte ihr. Clive blieb ziemlich amüsiert auf der Bühne zurück.

Eine Stimme flüsterte in sein Ohr: »Sie wurde von einem Haufen alter Jungfern aufgezogen, und ihr Großvater war Pfarrer. Kein Mädchen für Sie, mein lieber Clive.«

Er drehte ich um und erblickte Alice. Während der letzten Wochen hatte er Alice ziemlich oft gesehen. Aber sie besaß kein Geheimnis, dachte Clive, als er den Blick über sie gleiten ließ. Man bekam, was man sah. Wenn man blonde Locken, blaue Augen und eine hübsch geformte Figur mochte, war es gut und schön. Clive konnte es jedoch nicht leiden, wenn man ihm seine Grenzen aufzeigte. Er glaubte nicht, daß es welche für ihn gab.

»Ich würde sagen, daß ich das selbst beurteilen kann, finden Sie nicht, Miss Johnson?« Er freute sich, als er einen Anflug von Ärger in ihren Augen aufblitzen sah.

»Sie würden nicht weiter kommen als bis zu einem Kuß«, sagte sie verächtlich.

Alice wurde gerade ein Quentchen zu selbstgefällig, zu langweilig für ihn. Er stellte fest, daß er bis zu diesem Moment gar kein Interesse gehabt hatte, mehr zu kriegen als einen einzigen, keuschen, nach Champagner schmeckenden Kuß.

»Unberührte Gebiete haben immer eine gewisse Anziehungskraft – jungfräuliche Gebiete in diesem Fall.«

Alices flache Hand traf ihn hart an der Wange. Als sie fortstolzierte, hob Clive die Finger ans Kinn, um zu prüfen, ob sie ein Mal oder eine Verletzung hinterlassen hatte. Dann ging er in seine Garderobe und schrieb eine Nachricht an Thomasine Thorne.

Obwohl dieser Winter gegenüber dem vorhergehenden eine große Verbesserung gebracht hatte – und noch eine größere gegenüber dem Winter davor –, hatte Daniel noch immer nicht das Gefühl, Fuß gefaßt zu haben. Er hatte in einer kleinen Werbeagentur in Soho Arbeit gefunden und verdiente für das Abfassen verlogener Sprüche, die dem Verkauf fragwürdiger Produkte dienten, genug zum Leben. Die Agentur, die aus Exoffizieren bestand – aus Männern, die wie er zum Dienst nicht mehr taugten – und aus cleveren jungen Frauen, war halbwegs angenehm. Aber London bedrückte ihn noch immer: Immer noch war er gezwungen, anstelle der U-Bahn Straßenbahnen oder Busse zu nehmen, und wenn er einen schlechten Tag hatte, war selbst eine überfüllte Tram unerträglich. Doch das stand er durch, denn am Ende des Tages gab es Fay.

Oder besser gesagt, am Ende mehrerer Tage. Manchmal sah er sie zweimal die Woche, manchmal nur am Wochenende, und zuweilen verstrichen drei Wochen, ohne daß sie sich sahen. Wenn sie sich weigerte, ihn zu treffen, war ihre Absage höflich, freundlich und sorgfältig begründet, aber es blieb dennoch eine Absage. Wenn Fay zögernd eine Show oder einen Ausflug vorschlug, änderte Daniel immer seine Pläne, um ihr zu entsprechen. Er hätte gar nicht anders handeln können.

Mehr als die Unregelmäßigkeit ihrer Treffen machte ihm die körperliche Frustration zu schaffen, die er auszuhalten hatte. Ihm wurde erlaubt, sie zu küssen, ihre Hand zu halten, in der Dunkelheit des Kinos oder bei einem Ausflug in die Umgebung von London an abgeschiedenen Plätzen ihre Brüste zu berühren. Er glaubte, daß sie seine Zärtlichkeiten mochte, war sich aber nie ganz sicher. Wenn er versuchte, intimer zu werden, rückte sie eilig ihre Kleider zurecht und schob ihn weg. »Da kommt jemand«, flüsterte sie dann im menschenleeren Bushey Park. Oder: »Nein, Daniel – die arme Fay friert so.« Worauf er sie schuldbewußt und frustriert wieder in ihren Mantel hüllte, ihre kleinen eisigen Hände rieb und sich haßte.

Er wünschte, er hätte ein Automobil, er wünschte, er hätte Geld. Wenn er ein Automobil hätte, hätten sie einen privaten, geschützten Ort. Wenn er Geld hätte, hätten sie in unbewohnte Gebiete fahren können, irgendwohin, wo Fay keine Angst vor dem plötzlichen Auftauchen von Fremden hatte und wo Daniel nur weite, offene Himmel gesehen hätte, die ihn nicht bedrückten.

Doch er kam zurecht. Er sah sie so selten, so unregelmäßig, daß sie ihm vollkommen perfekt erschien. Wenn er je Ärger verspürte, gab er sich selbst die Schuld für seine Ungeduld, für seine Unfähigkeit, ein ordentlichen Auskommen zu finden. Er fragte sich manchmal, was sie sagen würde, wenn er sie bäte, ihn zu heiraten. Aber das tat er nicht, weil er wußte, daß er ihr praktisch nichts zu bieten hatte. Er sah seine Arbeit, seine Wohnung, seinen Aufenthalt in London als vorübergehend an. Er hatte den Ehrgeiz verloren, der ihn vor dem Krieg angestachelt hatte, und es war ihm nicht gelungen, sich wieder ans Stadtleben zu gewöhnen. Er befürchtete, daß auch Fay etwas Vorübergehendes war, daß sie sich wegen seiner Ruhelosigkeit zurückhielt. Dennoch träumte er jede Nacht von ihr: heiße, verzweifelte Träume, die ihn am nächsten Tag müde und schlecht gelaunt zurückließen. Er versuchte, nach vorn zu sehen, schaffte es aber nicht: Die Lichtfunken im Dunkel schienen nur unstet zu flackern.

»Verstehst du, Süße – es funktioniert nicht wirklich.«

Sie saßen in einem kleinen Café, nicht weit vom Theater entfernt. Die weiße, zuckergußartige Kuppel von Sacré-Cœur strahlte am Horizont. Thomasines Gefühle schwankten seit zwei Monaten beständig zwischen himmelhoch jauchzend und zu Tode betrübt. Wenn sie mit Clive zusammen war, war ihre Freude fast unerträglich groß, wenn sie nicht bei ihm war, verzweifelte sie, überzeugt, sie hätte bei ihrem letzten Treffen etwas Falsches gesagt und er habe inzwischen eine ältere, erfahrenere Frau kennengelernt. Wenn er sie küßte, war sie im siebten Himmel. Wenn zwei Wochen verstrichen, ohne daß ihr eine Nachricht zugesteckt wurde, wenn sie von der Bühne lief, stürzte sie wieder in tiefstes Elend.

Clive lehnte sich in seinem Stuhl zurück und zündete eine

Zigarette an. »Schau mich nicht so an, Süße. Schließlich ist es deine Entscheidung.«

»Meine Entscheidung?«

Er inhalierte den Rauch seiner Zigarette und strich sich durch das kurze dunkle Haar. »Proben und Vorstellungen«, zählte er auf. »Diese verdammte Anstandsdame. Die Sperrstunde und die Festung. Ich bezweifle, daß wir uns pro Woche länger als fünf Minuten allein sehen.«

Thomasine berührte seine Hand. »Wir sind jetzt allein, Clive.«

»Allein?« Clive sah sich ungeduldig um. Einige der pelzverhüllten Damen in dem überfüllten Café starrten ihn ganz unverhohlen an. »Nennst du das *allein*?«

»Es ist herrlich. Ich bin furchtbar gern mit dir zusammen.«

Clive ging nicht auf sie ein. »Ich meine – wirklich allein, Süße. Verstehst du?« Er drückte seine Zigarette aus und sah zu Thomasine auf. Seine Stimme wurde kalt. »Vielleicht verstehst du es auch nicht.«

»Doch.« Sie dachte an den Tag, als sie zusammen im Jardin des Tuileries spazierengegangen waren. Inmitten des überfüllten, geschäftigen Paris schienen die Bäume, die Pfade und die kalte Stille des Nachmittags sie von allem anderen abzutrennen. Als sie am Rand des weiten runden Sees standen und ihr Spiegelbild im Wasser sahen, hatte Thomasine das Gefühl, nur sie beide existierten auf der Welt.

»Du solltest mit mir in meine Wohnung kommen«, sagte Clive. »Parks – Cafés – das ist alles so furchtbar kindisch. Außerdem kostet es mich ein Vermögen. Ich hab gehofft, ich könnte von der scheußlichen Revue ein bißchen was auf die Seite legen.«

Thomasine starrte in ihre Kaffeetasse. Ihre Gage reichte gerade für die Pension, für Essen, Kleider und Make-up. Selbst die Briefmarken für die Briefe an ihre Tanten waren eine finanzielle Belastung. Und Alices Stimmung schien sich mit dem nahenden Frühling eher verschlechtert als verbessert zu haben. Thomasine wagte nicht, sie um mehr als eine halbe Stunde zu bitten, in der Alice sie decken mußte.

»Es liegt wirklich nur an dir, Thomasine. Denk darüber nach. Aber ich kann nicht ewig so weitermachen. Schau mich an – ich bin schon völlig fertig.«

Sie sah ihn an. Er saß zurückgelehnt auf seinem Stuhl, eine Zigarette in der Hand, die Lippen schmollend aufgeworfen. Sie fand, daß er, wie immer, der attraktivste Mann im Raum war. Als sie die Hand ausstreckte, als wollte sie die kleinen Schatten unter seinen blauen Augen wegwischen, ergriff er ihre Finger und küßte nacheinander ihre Fingerspitzen. Einige der Damen im Café sahen neidisch herüber.

»Es liegt ganz an dir, Süße«, wiederholte er. »Ich hab am Freitag nachmittag frei. Wenn du willst, kannst du in meine Wohnung kommen. Die Vorkehrungen dafür überlaß ich dir. Wenn du nicht kommst, weiß ich, daß es aus ist.«

Er wartete vor dem Eingang der Metro auf sie. Die Straßen waren halb leer, da die meisten Franzosen noch Mittagsruhe hielten. Heimlich beobachtete sie ihn einen Moment, wie er wegen des eisigen Frühlingswinds mit hochgeschlagenem Mantelkragen gegen das Jugendstilgitter des Eingangs gelehnt dastand, und verliebte sich erneut unsterblich in ihn.

Thomasine berührte seinen Arm und sagte seinen Namen.

Clive drehte sich um. »Da bist du ja, Süße. Gott sei Dank. Es ist verdammt kalt.«

Er lächelte nicht, sondern begann schnell den Gehsteig hinunterzugehen. Thomasine fühlte sich oft für Clives Launen verantwortlich und munterte ihn für gewöhnlich mit einer flapsigen Bemerkung auf, über die sie sich später, wenn sie allein im Bett lag, meistens schämte. Jetzt hatte sie Mühe, mit ihm Schritt zu halten. Unsicher lief sie über die steilen, kopfsteingepflasterten Straßen hinter ihm her. Als sie seine Wohnung erreicht hatten, steckte er den Schlüssel ins Schloß und hielt die Haustür für sie auf.

»Mach schnell, Süße. Man kommt ja um vor Kälte.«

»Ich hab mir einen Muskel verspannt, Clive. Diese verdammte ständige Tanzerei.«

Er sah sie an, und seine Miene wurde ein wenig freundlicher. Die Concierge funkelte Thomasine böse an, als sie die Treppe hinaufstiegen.

»Armes kleines Ding.« Clive ging langsamer. »Ich massiere ihn dir, wenn wir im Warmen sind. Wir sind gleich da.«

Seine Wohnung lag im Dachgeschoß des Hauses: ein Wohnzimmer mit einer kleinen Kochnische und ein Schlafzimmer. Die Decken waren niedrig und schräg, die Fenster klein mit schmutzigen Scheiben. Die Möblierung war karg, es gab keine Bilder oder Fotografien, die die Schroffheit der Wände gemildert hätten. Thomasine wurde plötzlich nervös, sie wischte mit ihrem Taschentuch ein Stück der schmutzigen Fensterscheibe etwas frei und sah hinaus auf die Dächer von Paris. Beim Blick über die nach unten abfallende Stadt sah sie die glitzernde Schleife der Seine.

»Wie hast du es geschafft zu entkommen, Kleines?« fragte Clive teilnahmsvoll. »Alice?«

Thomasine schüttelte den Kopf. »Nein, ich hab Poppy gebeten. Ich mußte ihr allerdings ein Paar Strümpfe und eine Tafel Schokolade dafür geben.«

Clive lachte. Er hatte eine Flasche Rotwein entkorkt und schenkte zwei Gläser ein. »Armer Schatz, mach dir nichts draus, ich kauf dir Strümpfe. Und Unmengen Schokolade.«

Seine Freundlichkeit rührte sie. »Da würde ich nur fett werden und meinen Job verlieren.«

»Das passiert uns bald allen«, antwortete Clive.

Thomasine wandte sich vom Fenster ab. »Was meinst du damit?«

»Ach, komm, Süße«, sagte er wegwerfend. »Dir muß doch aufgefallen sein, daß wir nicht ausverkauft sind. Ich meine, das Publikum schlägt sich nicht gerade darum, zu uns hereinzukommen, oder?« Er reichte ihr ein Glas. »Schau nicht so besorgt, Kleines. Schließlich ist es ein ziemlich schwaches Stück. Keine Spitzentitel, und die Hauptdarstellerin hat ihre besten Zeiten hinter sich, findest du nicht auch?« Er nahm einen Schluck Wein. »Komm – trink schon.«

Der Wein vertrieb ihre Nervosität ein wenig. »Was machst du, wenn das Stück abgesetzt wird, Clive?«

Er zuckte die Achseln. »Es gibt eine Reihe von Möglichkeiten, aber ich bin mir noch nicht sicher. Ich hatte ein paar Angebote. Die Frage ist, was meiner Karriere nützlich ist. Vielleicht gehe ich nach London zurück ... auch Italien ist im Gespräch. Jetzt komm und setz dich neben mich, dann massiere ich dein Bein.«

Thomasine setzte sich auf die Couch und legte die ausgestreckten Beine auf Clives Schoß. Sie versuchte, nicht an die Zukunft zu denken, sondern die Tatsache zu genießen, daß sie hier bei Clive Curran war. Seine langen, schön geformten Hände massierten ihren Wadenmuskel, so daß die Verspannung langsam nachließ.

»Leg dich zurück«, sagte er. »Schließ die Augen.«

Thomasine legte sich in die Kissen zurück und schloß die Augen. Der Wein und das Glücksgefühl hatten sie benommen gemacht. Was immer die Zukunft auch bringen würde, dachte sie, hier ist es herrlich. Sie war in Paris, zusammen mit dem Mann, den sie liebte, sie hatte eine Arbeit, die ihr gefiel, und genügend Geld zum Leben. Ihre Karriere ging gut voran. Der Choreograph hatte ihr im zweiten Akt ein kleines Solo gegeben.

»Ist es besser?« fragte er.

Sie nickte verträumt. Ihr Bein schmerzte nicht mehr.

Er hörte jedoch nicht auf. Vorsichtig massierte er ihre Fußsohle und ihre Zehenspitzen. Dann wanderte seine Hand von den Zehen übers Schienbein zu ihren Schenkeln hinauf.

»Beweg dich nicht«, sagte er. »Es macht dir Spaß, nicht wahr?«

Sie konnte nicht sprechen. Die Anspannung war zurückgekehrt, aber es war eine andere Art Anspannung. Er beugte sich vor und küßte sie zart auf den Mund. Seine Zunge strich schnell über ihre Lippen. Dann wanderten seine

Küsse ihren Hals und ihre Schultern hinab. Seine Hand glitt in den geschwungenen Ausschnitt ihres Kleids.

»Dreh dich um, Süße, und laß mich deine Knöpfe öffnen.«

Sie spürte, wie ihr Gesicht feuerrot wurde. »Das kann ich nicht, Clive. Es wäre ...« Sie schaffte es, sich noch rechtzeitig zurückzuhalten. *Es wäre ungehörig*. Die alten, oft gehörten, bedeutungslosen Worte, die bei verschiedenen Gelegenheiten von ihren Tanten auf neue Kleidermoden, Einladungen zu Ausflügen und Begegnungen mit dem anderen Geschlecht angewandt wurden.

»Ich möchte dich nur ansehen«, bat Clive. Sein Blick wirkte gequält. Er rieb sich die Stirn. »Du bist so schön, Thomasine. Ich hab mich den ganzen Tag furchtbar schlecht gefühlt, und jetzt fühle ich mich viel besser. *Bitte*. Ich möchte dich nur einfach *richtig* sehen.«

Langsam richtete sie sich auf und griff an die Rückseite ihres Kleides. Ihre Hände zitterten.

»Nein«, sagte Clive. »Laß mich.«

Sie spürte, wie er nacheinander die Knöpfe öffnete und ihr das Kleid über den Kopf zog. Sie kam sich albern vor, wie sie im Unterrock auf der Couch saß. Das hungrige, drängende Gefühl hatte sie verlassen.

Dann begann er, sie wieder zu küssen und zu streicheln. Er schmiegte den Kopf zwischen ihre Brüste, und sie schob ihn nicht weg. Sie sah auf sein kurzes, leicht gewelltes Haar hinab und küßte ihn auf den Kopf. Sie liebte es, wie er roch, wie seine Haut sich anfühlte, den Klang seiner Stimme. Als er die Träger ihres Unterrocks herunterzog und ihren Busen entblößte, hielt sie ihn nicht zurück. »Liebe Thomasine«, sagte er leise. »Was für eine weiche Haut. Was für reizende kleine Brüste.« Seine Hand tastete sich unter ihrem Unterrock voran und strich den Schenkel zu ihrem Po hinauf, bis sie sich wieder wehrte und seine Finger festhielt. Er sah sie verärgert an. »Vertraust du mir nicht, Thomasine? Liebst du mich nicht?«

»Natürlich liebe ich dich, Clive. Es ist nur, daß ...«

»Was denn?« Seine träumerisch blauen Augen sahen auf sie hinab. Sie konnte ihm nicht antworten, weil sie nicht wußte, was er wollte oder was sie wollte. Sie wußte nicht, was er vorhatte, und wollte nicht, daß er bemerkte, wie vollkommen unwissend sie war.

»Nichts.« Sie lächelte ihn an. »Nichts Wichtiges.«

Danach stellte er fest, daß er sich, wenn auch nur für kurze Zeit, selbst nicht mochte. Sie war natürlich Jungfrau gewesen. Er war so sanft wie möglich vorgegangen, aber gegen Ende vergaß er sich immer ein wenig. Es gab eben Grenzen, wie lange die Selbstkontrolle aufrechterhalten werden konnte.

Sie sagte nichts, als er sich von ihr abwandte. Er nahm eine Decke und warf sie über sie beide. Es war kalt im Raum, und er hatte sich nicht die Mühe gemacht, das Gasfeuer anzuzünden. Dann steckte er sich eine Zigarette an, lehnte sich zurück und legte wieder den Arm um sie.

»Das erste Mal ist es nie besonders schön, mußt du wissen, Kleines. Später wirst du mehr Spaß dabei haben.«

Als er dies sagte, bemerkte er, daß er sie wiedersehen wollte. Das überraschte ihn – denn er fand ihre bürgerliche Naivität ein bißchen langweilig und war eigentlich an dem Punkt, mit ihr Schluß zu machen. Doch gleichzeitig mußte er zugeben, daß Thomasine Thorne äußerst attraktiv war, ja zweifellos das hübscheste kleine Wesen, das ihm in letzter Zeit über den Weg gelaufen war. Er beschloß, den Dingen einfach eine Weile ihren Lauf zu lassen.

»Du solltest Vorkehrungen treffen.«

Sie sah ihn an und lächelte. Ihre Augen glänzten dunkel, auf ihrer Haut lag ein rosiger Schimmer. Als er auf sie hinabsah, wußte er, daß sie nicht die leiseste Ahnung hatte, wovon er sprach. Clive spürte plötzlich Ärger in sich hochsteigen – fast Groll. Unschuldige Pfarrerstöchter mit ihrem unstillbaren Bedürfnis nach Schutz und Geborgenheit gingen ihm auf die Nerven.

Eines Samstags im März erhielt Daniel einen Brief von Nell. Nell, die fünf Jahre jünger war als Daniel, hatte sich nach Ruth Gillorys Tod um ihren Vater gekümmert, und dann, im Alter von dreizehn Jahren, nachdem Jack Gillory zur Armee gegangen war, als Dienstmädchen gearbeitet. Während der letzten Kriegsjahre hatte sie Daniel geschrieben – Briefe in schlechter Orthographie, ohne Satzzeichen und in einer kindlich runden Schrift. Wie so viele andere hatte auch er die Briefe von zu Hause hoch geschätzt und verlogene Antworten verfaßt, zum einen, weil er Nells Optimismus nicht trüben wollte, und zum anderen, weil er noch nicht über das schreiben konnte, was er im Krieg erlebte.

Als er ihren Brief las, vermutete er, daß ihre Unbeschwertheit, genau wie die seine, gespielt gewesen war. Daß er sie seit seiner Rückkehr nach England nicht besucht hatte, war eine sträfliche Vernachlässigung. Die Tinte war von Tränen verschmiert, und manche Wörter waren unleserlich. Schnell zog er seine Jacke an, setzte seine Mütze auf und nahm die Straßenbahn zur Liverpool Street Station.

Für die Fahrt nach Ely hatte er Geld, weil er Fay seit fast einem Monat nicht gesehen hatte. Er mußte niemandem Kinokarten kaufen und niemanden mit Blumen und Süßigkeiten überschütten. Wenn Nell nicht gewesen wäre, hätte er sich über den Ausflug nach Ely gefreut. Er hielt ihn eine Weile davon ab, über sein Elend nachzudenken.

Die Landschaft wurde immer vertrauter, je weiter der Zug sich von London entfernte. Hinter Cambridge verspürte er ein Kribbeln im Magen, als er aus dem Fenster blickte. Durch die Rauchschwaden, die der Zug ausstieß, sah er die flachen Felder, die immer noch vom silbrigen Wasser der Frühlingsflut bedeckt waren. Aus dem grauen, tiefhängenden Himmel, den Daniel wunderschön fand, fielen Regentropfen auf die Deiche und Marschen.

In Ely angekommen, ging er sofort zu dem Haus, in dem Nell angestellt war. Er hatte seine Uniform angezogen, weil sie immer noch einen gewissen Respekt einflößte. Der Akzent, den er sich seit den Tagen seines Gymnasiumbesuchs zugelegt hatte, war ihm zur Gewohnheit geworden.

Er erkannte seine Schwester kaum wieder. 1914 war sie ein zehnjähriges Kind gewesen, jetzt war sie eine sechzehnjährige junge Frau. Ihr goldbraunes lockiges Haar war zu einem häßlichen Knoten zusammengebunden, ihre schönen haselnußbraunen Augen waren jetzt rot gerändert und ihr kleines, schmales Gesicht verschwollen und fleckig. Daniel schickte sie weg, um ihren Koffer zu packen, dann wandte er sich an den Butler.

»Ich möchte den Hausherrn sprechen.«

Der Butler erhob zitternd Einwände, doch als Daniel einen Schritt näher auf ihn zuging, lief er hastig davon, um seinen Arbeitgeber zu suchen.

Der Hausherr war ein runzliger Mann von etwa fünfzig Jahren. Daniel sagte zu ihm: »Sie werden meiner Schwester ein Zeugnis schreiben.«

Als er mit höhnischem Lächeln ablehnte, fügte Daniel ganz ruhig hinzu: »Oder ich spreche mit Ihrer Frau, wenn Ihnen das lieber ist. Und wenn auch das Sie nicht stört, schreibe ich einen hübschen Brief an die Zeitung in Ely.«

»Verleumdung ist strafbar, Captain Gillory. Oder haben Sie davon noch nichts gehört?«

»Dann bringe ich Sie eben um«, antwortete Daniel. »Es macht mir nichts aus, Sie umzubringen – schließlich habe ich schon viele Leute getötet. Für König und Vaterland und all das. Tatsächlich würde mir das Spaß machen.«

Das Zeugnis wurde geschrieben, und Nell wurde aus dem Haus geführt. In einer Teestube in der Cathedral Close kaufte ihr Daniel ein Mittagessen.

»Du siehst so erwachsen aus, Danny«, sagte Nell, den Mund voller Lammkotelett. *»So alt.«*

»Du hast dich kein bißchen verändert.« Daniel betrachtete seine Schwester. »Immer noch das gleiche nervtötende Balg.«

Zum erstenmal lächelte Nell. »Ach, Danny.« Sie berührte seine Hand. »Es ist so schön, dich zu sehen.«

Er nahm ihre Hand in die seine. Sie war mit dem ersten Gang fertig, also bestellte er Pudding für sie. Als sie aufgegessen hatte, fragte er vorsichtig: »Dir geht's doch gut, Nell? Ich meine – du bist doch nicht in Schwierigkeiten?«

Sie wurde rot und schüttelte den Kopf. »Ich hab mich nicht von ihm anrühren lassen. Obwohl er's oft genug versucht hat.«

Ein tiefes Gefühl der Erleichterung überkam ihn. Nach dem Mittagessen führte Daniel seine Schwester durch die Geschäfte und kaufte ihr ein paar billige Schmuckstücke. Später spazierten sie durch die Kathedrale. Er war nie gläubig gewesen, aber das Gebäude war kühl, hoch und weit. Es beruhigte ihn.

Er ließ Nell im Haus einer Freundin zurück und ging allein nach Drakesden. Es gab noch immer keine Busverbindung, und für ein Taxi hatte er kein Geld. Sein Bein hatte zu schmerzen begonnen, aber er achtete nicht darauf, als er den langen, vertrauten Weg über die Felder und Deiche einschlug. Das Dorf war so wenig verändert, daß er wieder der Schuljunge hätte sein können, der seine schweren Bücher auf dem Rücken trug.

Das Cottage jedoch war verändert. Die Hintertür war aus den Angeln gerissen, und die Fensterrahmen waren verfault und zerbrochen. Der Anbau, in dem sich die Schmiede befunden hatte, war eingestürzt, vielleicht vom Sturm umgerissen worden. Der kleine Acker war mit Unkraut überwuchert, die Schuppen in schlechtem Zustand. Aber Daniel bückte sich, hob eine Handvoll der guten, dunklen Erde der Fens auf und ließ sie durch die Finger rieseln. »Meine«, flüsterte er. »Die gehört mir.« Weiche, fruchtbare Erde. Ihre Fruchtbarkeit verdankte sie der regelmäßigen Überflutung – in dem flachen, tiefliegenden Land bestand immer Überschwemmungsgefahr. Es lag unter dem Meeresspiegel und wurde nur von einem vielfältigen System aus Deichen und Pumpen geschützt. Die Deiche lagen jetzt höher als die Felder, weil der Torf im Laufe der Jahrhunderte ausgetrocknet und geschrumpft war. Welche Erfindungsgabe, dachte

Daniel, aus einem so unwirtlichen Land so viel herauszuholen. Was ließe sich hier alles machen, wenn man auch Wasser und Sturm abhalten könnte.

Dann richtete er sich auf und entdeckte es. Das Schild eines Verkaufsmaklers, das zwischen dem Acker der Gillorys und dem Deich stand. Auf dem Land von Drakesden Abbey. »Blythe-Land«, flüsterte Daniel laut.

»Zum Verkauf« stand auf dem Schild.

An dem Tag, an dem Daniel die Antwort auf seinen Brief an den Makler in Ely erhielt, stattete er Hattie in Bethnal Green einen Besuch ab. Ganz wie erwartet, freute sich Hattie, ihm helfen zu können. Sie saßen zusammen in der Bar des George and Dragon, Daniel mit einem Whisky, Hattie mit einem Glas Portwein mit Zitrone.

»Wieviel Land ist es denn?« fragte Hattie, nachdem ihr Daniel seine Lage erklärt hatte.

»Sechs Hektar. Heute morgen bekam ich den Brief vom Makler. Mit dem Land meiner Mutter sind es knapp siebeneinhalb. Es ist nicht viel, aber für den Anfang wird's reichen. Es ist gutes, fruchtbares Land – und wir hätten genug, um davon zu leben und ein bißchen was auf dem Markt zu verkaufen. Und es ist billig, Hattie – die Bodenpreise sind nach dem Krieg in den Keller gefallen.«

Hattie, der nichts entging, fragte: »*Wir?* Wer ist *wir*, Danny?«

Der kleine Raum war überfüllt und überheizt. Daniel versuchte, sich Fay in den Fens vorzustellen, Arm in Arm mit ihm unter dem weiten Himmel.

»Da gibt's ein Mädchen, mit dem ich mich treffe. Sie heißt Fay.«

Hattie nickte bedächtig. »Das hab ich mir gedacht. In letzter Zeit hab ich dich nicht oft zu Gesicht bekommen, Danny.« Sie sah ihn eindringlicher an. »Wir können nach draußen gehen, wenn du willst, mein Lieber. Am Freitagabend ist es hier immer ein bißchen eng.«

Er schüttelte den Kopf. Er hatte ihr nie von seiner Klaustrophobie erzählt, von seiner Abneigung gegen Menschenmengen, aber sie hatte es erraten.

»Ich muß bald gehen. Ich wollte nur wissen, was du davon hältst, Hat. Es würde eine Weile dauern, aber ich schätze, in zwei Jahren könnte ich dir das Geld zurückzahlen.«

Sie leerte ihr Glas. Ihre dicken, beringten Finger schlossen sich um Daniels Hand. »Das muß ich mir gar nicht überlegen. Es wäre das beste für dich, Danny. Du gehörst nicht hierher – das war schon immer so. Ich selbst halte das Landleben nicht aus – zu ruhig, nichts zu tun –, aber ich bin sicher, daß es für dich genau das richtige ist.«

Er stand auf, beugte sich hinunter und küßte sie vor dem gesamten Personal und allen Gästen des George and Dragon auf den Mund.

»Liebe Hattie. Ich werde dich nicht enttäuschen.«

Sie ließ seine Hand nicht los. »Ist sie ein nettes Mädchen, Danny? Ist sie die Richtige für dich?«

Er dachte an Fay mit ihrem klaren Teint, den strahlenden Augen und dem dunklen, lockigen Haar und seufzte vor Sehnsucht leise auf.

»Ich bin sicher, daß sie das ist.«

Während der letzten Monate befürchtete Fay manchmal, daß sie sich verrechnet haben könnte. Daß sie Daniel zu oft zurückgewiesen, daß er die Sache satt und ihre Ausweichmanöver durchschaut hatte.

Im Lauf der vergangenen Wochen stand sie mehrmals kurz davor, ihm zu schreiben, hatte es aber gerade noch geschafft, sich zurückzuhalten. Männer respektierten Mädchen nicht, die ihnen nachliefen. Vor allem Männer wie Daniel Gillory nicht. Daniel war ein Gentleman – er sprach wie ein Gentleman, hatte die Manieren eines Gentlemans, und das erste Mal, als sie ihn traf, trug er die Uniform eines Offiziers. Aber das Beste von allem war, daß er irgendwo auf dem Land eine kleine Farm besaß. Also gehörte er zu den grundbesitzenden Edelleuten. Phyl war schrecklich neidisch gewesen, als Fay ihr davon erzählte.

Weil Daniel Gillory die beste Partie war, die sich Fay seit langer Zeit geboten hatte, war sie sehr vorsichtig. Männer wie Daniel waren inzwischen rar – Gentlemen, die noch all ihre Gliedmaßen und vollständige Geisteskraft besaßen. Als Fay am Ufer der Serpentine ihr Taschentuch fallen ließ, wußte sie, daß seit dem Krieg die Möglichkeiten für Mädchen wie sie immer geringer geworden waren. Sie wußte, daß sie hübsch und klug war, und sie wußte, daß sie etwas Besseres verdiente als einen Arbeiter oder einen Büroangestellten oder irgendeinen alten Krüppel, dem ein Bein oder der Verstand fehlte. Sie wollte Geld und ein anständiges Leben. Das stand ihr zu.

Daniel gegenüber bezeichnete sie ihr Zuhause immer als »meine Pension«. Sie dachte, das klänge besser, erwachsener. Sie wollte nicht, daß er das kleine Reihenhaus in Kilburn mit dem schmutzigen Hinterhof und den vollgestopften, häßlichen Zimmern sah. Ihr eigenes Zimmer hielt Fay immer hübsch in Ordnung. Jeden Tag ging sie mit dem Staublappen herum, und sie wusch ihre Bettwäsche und Handtücher selbst.

Die Stelle in Kensington hatte sie bekommen, weil sie ordentlich und intelligent war. Sie hatte sich eine gute Aussprache angewöhnt und machte nicht die Fehler wie ihre Mutter. Sie achtete darauf, daß ihre Strümpfe keine Löcher hatten, ihre Bluse immer makellos gebügelt und ihre Schuhe immer geputzt waren. Am Morgen stand sie früh auf, um sich anzuziehen und die lange Fahrt ins Zentrum von London zu machen. Sie verzichtete lieber aufs Frühstück, als schlampig zur Arbeit zu erscheinen. Deswegen stand ihr Daniel ihrer Meinung nach zu.

In der Garderobe von Chantal's Damenmoden überprüfte Fay ihr Aussehen, bevor sie den Laden verließ. Sie trug den marineblauen Rock, die weiße Bluse und die scharlachrote Schleife im Haar. Fay puderte ihre Nase und prüfte, ob ihre Strümpfe in Ordnung waren. Als sie aus dem Laden trat, sah sie, daß Daniel auf der Straße auf sie wartete. Sie blieb einen Moment stehen und betrachtete ihn durch die Glastür: Daniel Gillory war zweifellos attraktiv. Auf den rückwärtigen Sitzen im Kino oder bei einem ihrer Picknicks im Park hatte sie zuweilen gespürt, daß sie schwach zu werden drohte. Nicht zu sehr, natürlich – den Fehler hatte sie schon einmal gemacht und bereute ihn. Männer hielten nichts von Mädchen, die leicht zu haben waren. Und vor allem: Sie *heirateten* einen nicht, wenn man leicht zu haben war.

»Hallo, Daniel.«

Er beugte sich hinunter, um sie zu küssen, und sie hängte sich bei ihm ein.

»Wohin sollen wir gehen?«

»Hast du Hunger?«

Sie schüttelte den Kopf. »Eine Kollegin hatte Geburtstag, deshalb haben wir alle Kuchen gegessen. Es gibt aber einen Film, den ich gern sehen würde.«

Sie spürte seine Nervosität, war aber zu müde, um viel reden zu wollen. Manchmal wollte er ihr von seinen Kriegserlebnissen erzählen, aber es gelang ihr immer geschickt, das Thema zu wechseln. Sie wollte nichts von Gas, Leichen und scheußlichen Verletzungen hören. All das war endgültig vorbei, und außerdem sollte ein Mann nicht erwarten, daß sich ein Mädchen derlei anhörte. Obwohl es ein lauer Abend war, hielt sie es für besser, in der Dunkelheit eines Lichtspieltheaters zu sitzen und sich von ihm küssen und umarmen zu lassen. Das machte ihn gewöhnlich ein bißchen weniger zappelig.

Sie sahen sich *Daddy Langbein* an, den Fay bereits dreimal gesehen hatte. Zusammen mit den anderen Liebespaaren saßen sie in der letzten Reihe, und Fay rechnete sich aus, daß sie nur einen Bruchteil des Films zu sehen bekäme. Daniel schien an diesem Abend noch etwas stürmischer und ungeduldiger zu sein, und Fay kam ihm entgegen. Doch gleichzeitig ging er äußerst behutsam und zärtlich vor, was es um so schwieriger machte, ihm zu widerstehen. Sie wollte, daß er sie berührte, und spürte, daß sie ihn mehr begehrte als je zuvor.

Als der Film zu Ende war, strich sie ihr Kleid glatt, und sie verließen das Kino. Fast schweigend spazierten sie zum Hyde Park. Er war immer noch ruhelos und ging zu schnell für sie. Im Park schlug sie keine Bootsfahrt und keine Eiscreme vor, sondern steuerte gleich auf das Dickicht aus Bäumen und Büschen zu, das sie schon kannte. Dort legten sie sich unter einem Fliederbusch zusammen ins Gras. Daniel breitete seine Jacke auf dem Boden aus, Fay streifte ihre Schuhe ab. Sie wollte nicht, daß sie beschmutzt wurden, ebensowenig wollte sie Grasflecken auf ihrer Bluse. Sie streckte ihm die Arme entgegen und ließ sich erneut von ihm küssen. Als er die Knöpfe ihrer Bluse öffnete, wehrte sie sich nicht.

Doch sie schob ihn weg, als seine Hand unter ihren Rock glitt. Was sie ziemliche Anstrengung kostete. Sie wollte, daß er weitermachte, wußte aber, daß sie ihm dies nicht gestatten durfte. »*Nein*, Daniel«, sagte Fay entschieden und setzte sich auf. Sie begann, ihre Bluse zuzuknöpfen.

Den Kopf in den Händen vergraben, hatte er sich von ihr abgewandt. Dann sah er plötzlich auf und sagte: »Fay, ich kann nicht so weitermachen. Willst du mich heiraten?«

Sie atmete tief ein. Ihr Herz pochte sehr schnell. »Wie könnten wir das Daniel? Wo würden wir leben?«

Er kniete neben ihr und ergriff ihre Hände. »Du erinnerst dich, daß ich dir von dem kleinen Anwesen meiner Mutter erzählt habe. Nun, gerade ist ein Stück angrenzendes Land zum Verkauf angeboten worden. Es ist nicht viel, Fay, aber es reicht zum Leben, wenn wir sparsam sind. Ich werde hart für dich arbeiten, das verspreche ich.«

Seine letzten Worte hörte sie kaum. Eine Brise war aufgekommen und raschelte durch die Büsche und das Gras, aber sie achtete nicht darauf. »Du kaufst dieses Land?« fragte sie. »So daß es zu deiner Farm gehört?«

»Ja. Mehr oder weniger. Es ist herrlich, Fay. Wundervoller Boden. Ich möchte, daß du es siehst. Es wäre toll, wenn du dort mit mir leben würdest.«

Drakesden, dachte sie. Mrs. Fay Gillory von Drakesden. Es klang vornehm.

»Das Cottage ist ziemlich heruntergekommen – ich werde eine Weile brauchen, um es wieder auf Vordermann zu bringen. Aber es macht dir doch nichts aus, ein oder zwei Monate zu warten, Fay?«

Langsam schüttelte sie den Kopf. Sie stellte sich vor, im Garten eines malerischen kleinen Landhauses zu sitzen, ähnlich denen auf den Schokoladeschachteln. Mit rosagetünchten Wänden vielleicht, kleinen Fenstern, an denen gemusterte Vorhänge hingen, und einem ordentlichen strohgedeckten Dach. Mrs. Fay Gillory von Drakesden. Die Frau des Captains. Sie würde ein geblümtes Kleid tragen und einen breitrandigen Hut.

»Willst du mich heiraten, Fay?«

Sie spürte, wie eine Woge der Erleichterung über sie kam. Schließlich hatte sie es doch hingekriegt. Nicht zu nachgiebig, nicht zu streng. Sie gratulierte sich dafür, daß sie am Ziel war.

Fay lächelte Daniel an. »Ja, das will ich. Natürlich will ich das.«

Clive erinnerte Thomasine an den wilden Wein und das Vordach, und Thomasine entwickelte große Geschicklichkeit, aus dem Fenster im ersten Stock zu klettern und zu Clive zu laufen, der an der Straßenecke auf sie wartete. Manchmal, wenn sie die Hände voller Weinlaub hatte und mit den Schuhen auf dem schmiedeeisernen Vordach ausrutschte, war Thomasine entsetzt über sich selbst. Sie wußte, daß sie etwas sehr Schlimmes anstellte, und sie konnte sich vorstellen, wie betrübt ihre Tanten wären, wenn sie davon erführen. Sie müssen es ja nicht erfahren, beruhigte sie sich. Solange sie nichts davon erzählte und ihren Job nicht verlor, würde auch niemand etwas davon erfahren.

Wenn sie mit Clive zusammen war, hatte sie keinerlei Schuldgefühl. In seinem Bett in seinen Armen zu liegen kam ihr vollkommen normal vor. Und auch was sie zusammen machten, fühlte sich langsam immer besser an, ganz wie er prophezeit hatte. Sie wußte jetzt, was ihr im Leben gefehlt hatte. Sie brauchte jemanden, den sie lieben konnte: jemanden wie Clive, der intelligent, gut aussehend und kultiviert war. Sie war jetzt erwachsen, kein unschuldiges Kind mehr, sondern eine Frau, die ihre Geschicke in ihre eigenen Hände nehmen konnte.

Wenn sie Clive nicht sah, begann sie, sich nach Arbeit umzusehen, weil ihr die sinkenden Zuschauerzahlen der Revue Sorgen machten. Bei den beiden Vortanzterminen hatte sie kein Glück: Beim einen wollte man dunkelhaarige Mädchen, beim zweiten sollte sie abgesehen von einem durchsichtigen Tüllfetzen nackt posieren. Sie wollte nicht nach London zurück. Es wäre wie eine Niederlage gewesen. Nur sich selbst gestand Thomasine ein, daß ihre Zukunftspläne inzwischen auch Clive einschlossen. Sie stellte sich vor, wie sie gemeinsam durch Europa reisten, von einem Theater zum anderen tingelten und ihre Liebe in der unsteten Glitzerwelt eine feste Konstante blieb.

Jeden Abend sah Thomasine in den Zuschauerraum hinaus, sah die vielen leeren Plätze und registrierte den mageren Applaus. Jeden Tag sah sie die Theaterzeitungen und die Stellenanzeigen durch. Clive war sich immer noch unsicher, was seine zukünftigen Pläne anging. In Gegenwart von anderen schenkte er ihr keine besondere Aufmerksamkeit. Wegen der Anstandsdame, behauptete Clive – Verbindungen zwischen den englischen Tänzerinnen und den Schauspielern und Sängern waren strikt verboten. Sie waren kein Paar in dem Sinn, wie die Hauptdarstellerin und der erste Tänzer ein Paar waren. Sie war nur ein Mitglied der Tanzgruppe, das vielleicht mit einem Kopfnicken im Korridor bedacht wurde, manchmal nicht einmal das. Sein Mangel an Aufmerksamkeit verletzte sie und demütigte sie zuweilen. Doch wenn sie allein waren, zeigte sich Clive charmant, witzig und rücksichtsvoll.

Sie glaubte, daß sich mit der Zeit alles ändern würde. Sie wußte, daß das Schauspielerleben einen schlechten Ruf hatte und ausgesprochen unbeständig war. Auch wenn sie in ihren dunkelsten Momenten an seiner Zuneigung zweifelte, wußte Thomasine, daß sie noch nie jemanden so sehr geliebt hatte wie Clive Curran. Mit der Zeit fiele es Clive sicherlich leichter, seine Gefühle offener zu zeigen. Mit der Zeit würden sie sich verhalten wie andere Paare. Sie würden im Faubourg St-Honoré Schaufensterbummel machen oder auf dem Marché aux Puces nach Schnäppchen suchen. Sie würden im Bois de Vincennes Picknicks veranstalten oder eine Bootsfahrt die Seine hinunter machen. Sie wären stolz, zusammen in der Öffentlichkeit gesehen zu werden, sie würden sich nicht mehr verstecken, als wäre ihre Liebe etwas Schändliches.

Paris im Frühling war der passende Hintergrund für ihre Liebesgeschichte. Jeden Tag schien die Sonne strahlender, und an den Bäumen, die die Boulevards säumten, sprossen hellgrüne Blätter. Die Liebeslieder der Revue drückten in ihrer Banalität alles aus, was Thomasine empfand. Sie konnte nicht essen und nicht schlafen. Sie verlor an Gewicht, so daß alle ihre Kostüme enger gemacht werden mußten. Wenn sie sich im Spiegel betrachtete, sah sie ein neues Gesicht vor sich: blaß, glänzende Augen, ohne Reste von kindlicher Pausbäckigkeit. Die Männer schauten ihr auf der Straße nach, Verehrer schickten ihr Rosen in die Garderobe.

Anfang Mai trafen Nicholas und Lally in Paris ein. Nicholas fuhr seinen neuen Delage; Lally kniete auf dem Beifahrersitz, umklammerte mit einer Hand die Tür, hielt mit der anderen ihren Hut fest und sah sich um.

»Da ist die Seine – und schau, Nicky – der Eiffelturm!«

Nicholas konzentrierte sich aufs Fahren und grinste sie an. Der Wagen fuhr sich wunderbar. Seit den frühen Morgenstunden waren sie unterwegs und durch die üppig grünen Täler der Loire gebraust.

»Ist es nicht herrlich?« rief Lally.

»Herrlich«, stimmte Nicholas zu.

Er hatte die letzten sechs Monate des Kriegs in Paris verbracht. Wenn er sich jetzt umblickte, sah er, daß sich alles verändert hatte. Auf den Straßen herrschte geschäftiges Treiben, in den Cafés drängten sich die Passanten. Während der Bombenangriffe von 1918 hatte sich die Zivilbevölkerung in den Kellern unter der Stadt versteckt. Wie Schmetterlinge, die aus ihren Kokons geschlüpft waren, zeigten sich die Menschen jetzt in hellen, leuchtenden Farben: In lavendel-, zitronen-, pink- und limonenfarbene Seidenstoffe gekleidet, versammelten sie sich unter den Markisen der Straßencafés.

»Unmengen Kleider«, schwärmte Lally, als sie die Mädchen in ihren Sommergarderoben anstarrte. »Ich werde Unmengen von Kleidern kaufen. Du gibt's mir doch ein bißchen Geld, Nicky?«

Er nickte und drosselte das Tempo vor einer Kreuzung. Der Delage bremste weich, und Lally ließ sich auf den Sitz zurücksinken.

»Ich glaube, hier wird's am schönsten. Rom und Monaco waren wundervoll, aber Paris wird am schönsten sein. Außerdem bin ich bald neunzehn.«

»Werden wir das feiern, Kleine?«

»Wir leisten uns ein herrliches Dinner und tanzen bis morgens früh um drei. Vielleicht in einem dieser reizenden Cafés.«

Der Pferdewagen, der Nicholas den Weg versperrte, fuhr weiter, und er legte den Gang ein. Lally brauchte nicht auf dem Stadtplan nachzusehen, er kannte den Weg zu ihrem Hotel. Die Straßen kamen ihm bèim Durchfahren bekannt vor, wenn auch nicht allzu vertraut. Die Champs-Élysées wirkten heller und freundlicher – selbst die Platanen schienen Nicholas dichter belaubt als zwei Jahre zuvor. Als sie sich der Place de la Concorde näherten, dachte Nicholas, daß es vielleicht vorbei war, daß er die schlimmen Dinge vergessen hatte, daß alles in Ordnung war. Wenn er fuhr, wenn er sich in Gesellschaft befand, konnte er das glauben.

Sie stiegen im Hôtel de Crillon ab und wurden auf ihre

Zimmer geführt. Nachdem er gebadet und sich umgezogen hatte, klopfte Nicholas an Lallys Tür. »Ich seh lieber mal bei Cook's vorbei. Wir haben fast kein Bargeld mehr. Du brauchst nicht mitzukommen, Lal – ich seh dich beim Dinner.«

Ein Bündel Briefe und ein Scheck lagen bei der Reiseagentur für Nicholas bereit. Alles stammte von seiner Mutter. Er wechselte den Scheck ein und fand anschließend einen freien Platz in einem Straßencafé, wo er Kaffee und Gebäck bestellte und den ersten Brief öffnete. Drakesden schien jetzt sehr fern zu sein, fast außerhalb seiner Vorstellungsmöglichkeiten. Er und Lally hatten East Anglia mitten im Winter verlassen, als der Regen die Kanäle anschwellen ließ und die tiefliegenden Felder in Sümpfe verwandelte. Ihre Abreise hatte sich verzögert, weil seine Mutter sich nicht erneut von ihm trennen wollte und weil sein eigener Gesundheitszustand schwankend war. Doch fern von England, in der frühlingshaften Sonne Italiens und Monacos, hatten die schrecklichen Visionen nachgelassen, bis er wieder in der Lage war, mit ihnen umzugehen. Lallys Gesellschaft – jede Gesellschaft – tat ihm gut.

Er sah alle sechs Briefe durch, trank seinen Kaffee und aß das Gebäck. Wieder im Hotel, klopfte er erneut an Lallys Tür.

»Du kannst sie lesen, wenn du willst.« Er warf die Briefe auf ihr Bett.

»Nichts für mich?« Lally kämmte sich das Haar aus. Sie sah auf die Adressen auf den Briefen. »Ach je. Was für eine Enttäuschung.«

Er wußte nie, ob es ihr etwas ausmachte oder nicht. »Mama schickt dir Grüße«, fügte er hastig hinzu. »Es gibt ohnehin nicht viele Neuigkeiten. Das Übliche – Marjories Kinder, Mamas Sparbemühungen, also nichts weiter Aufregendes. Ach ja, Pa hat dieses Stück Land verkauft. An eine Mrs. Harriet Soundso aus Bethnal Green.«

Lally kicherte. »Eine Cockney-Bäuerin. Kannst du dir das vorstellen, Nicky? Sie wird alle Dorfbewohner ›Schätzchen‹ nennen und erwarten, daß Bäume in Reihen wachsen.«

Nicholas streckte sich auf Lallys Bett aus und schloß, plötzlich müde geworden, die Augen. Oft war es für ihn leichter, am Tag zu schlafen als in der Nacht.

Lally setzte sich neben ihn. Ihre kleine Hand umschloß die seine.

»Das macht doch Spaß, Nicky, oder? Jetzt wird alles gut, nicht wahr?«

Er bemerkte die Besorgnis in ihrer Stimme. »Klar«, antwortete er schläfrig. »Julian und Belle kommen morgen. Vielleicht kommt Ettie auch mit.«

»Ettie hat sich einen Bubikopf schneiden lassen.« Einen kurzen Moment lang nahm er Lallys Stimme noch wahr, bevor er einschlief. »Findest du, daß ich mir das Haar abschneiden lassen sollte?«

5

»ENDE DES MONATS, Poppy.« Thomasine starrte trübsinnig in ihr Glas. »Ende des Monats ist es vorbei.«

Poppy lutschte die Kirsche von ihrem Cocktailspießchen. »Es ist verdammt mies, was?«

Sie saßen in dem Café neben dem Theater. Es war der vierzehnte Juli, der Nationalfeiertag, deshalb hatte man ihnen erlaubt, länger auszubleiben. Das Café war in der Farben der französischen Trikolore geschmückt: Rot, Weiß, Blau. Sie hatten mehrere Tische zusammengerückt, saßen dicht nebeneinander, und auf den Tischen standen bereits zahlreiche Flaschen und Gläser. Clive saß am oberen Ende, neben Clara Rose und dem Regisseur.

»Was wirst du tun?« fragte Thomasine.

»Wenn ich das wüßte.« Poppy zuckte die Achseln. »Nach Hause fahren vermutlich. Ich hab die Nase voll von dem Ganzen. Ich vermisse meine Mutter … und London.« Sie sah Thomasine von der Seite an. »Und du?«

Thomasine konnte nicht anders, als einen Blick ans andere Tischende zu werfen, wo Clive saß. Als sie hinsah, legte er gerade den Arm um Clara Rose und küßte sie auf die Wange. Sie fühlte sich plötzlich elend. All ihr Vertrauen in die Zukunft war mit einemmal verschwunden.

»Ich weiß nicht. Vielleicht bleibe ich eine Weile hier.«

Doch ohne die wöchentlichen Einkünfte von der Revue wäre sie nicht in der Lage, sich über Wasser zu halten. Sie mußte einen anderen Job finden, und zwar schnell. Sie beschloß, am nächsten Morgen alle Theater in Paris abzuklappern und nach einer freien Stelle zu fragen. Selbst wenn sie

Clive verlor, dachte sie, hätte sie zumindest noch ihren Beruf.

»Ich dachte, du und Alice würden heimfahren.«

Der Assistent des Inspizienten, der in sie verschossen war, stellte einen weiteren Cocktail vor Thomasine. Sie lächelte ihn abwesend an und rührte die farbige Flüssigkeit heftig um. »Alice hat sich noch nicht entschieden.«

In Wirklichkeit wechselten Alice und sie inzwischen kaum noch ein Wort. Sie nahmen ihre Mahlzeiten getrennt ein, liehen sich keine Kleider mehr und halfen sich gegenseitig nicht länger mit Ausreden aus, wenn sie länger fortbleiben wollten. Alices Distanzierung von Thomasine war ein stetiger, aber unvermeidlicher Prozeß gewesen, seit Thomasine angefangen hatte, sich mit Clive zu treffen.

»Alice sollte sich ein bißchen zusammennehmen«, flüsterte Poppy. »Sie wird bald nicht mehr so hübsch sein, wenn sie so weitermacht.«

Alice hatte ihr Glas bereits geleert. Sie lachte, ihre Wangen leuchteten genauso rot wie ihre geschminkten Lippen.

Die Musiker versammelten sich ums Klavier und begannen zu spielen. Clive führte Clara Rose in die Mitte der Tanzfläche.

Poppy zündete sich eine Zigarette an und lächelte. »Also hat's mit den beiden wieder angefangen. Hast du nichts davon gewußt? Claras reicher Freund finanziert eine Tournee für sie, hab ich gehört. Der gute Clive muß sicherstellen, daß eine Hauptrolle für ihn drin ist.«

Thomasine durchfuhr ein schmerzhafter Stich. Sie wollte aus dem Café in die Pension zurücklaufen und stundenlang heulen, aber das gestattete sie sich nicht. Sie sah Clive und Clara Rose nicht beim Tanzen zu, sondern zwang sich, all ihren Stolz zusammenzunehmen, zu lächeln, zu reden und zu lachen.

Sie hatten den frühen Abend in einem Nachtklub verbracht und zogen jetzt von Café zu Bar und von Bar zu Café und nahmen überall einen Drink. Sie waren zu acht: Nicholas und Lally Blythe, Ettie, Boy, Julian, Belle und zwei Franzosen. Belle war eine Cousine der Blythes. Sie feierten Lally Blythes neunzehnten Geburtstag.

Arm in Arm mit Lally und Belle, bahnte sich Nicholas den Weg durch die Menschenmenge auf den Trottoirs und redete sich ein, schrecklichen Spaß zu haben. Die Vorstellung, die sie in dem Nachtklub gesehen hatten, war mit nichts zu vergleichen, was er je zu Gesicht bekommen hatte. Als er 1918 in Paris war, hatte er nicht die Gelegenheit genutzt, derlei Orte zu besuchen. Heute abend jedoch jubelte er ausgelassen gemeinsam mit Boy und Julian den Tänzerinnen zu. Einige der Mädchen waren nackt, abgesehen von einem kleinen, mit Münzen besetzten Stoffstück um die Hüften. Sie standen unbeweglich da und posierten vor irgendeinem absurden Hintergrund: einem klassischen Tempel oder einem Mondkrater. Julian richtete sein Opernglas auf sie, aber Nicholas wandte im Dunkel des Zuschauerraums die Augen ab. Es war, als hörte er immer noch die Stimme seiner Mutter, die ihn ausschimpfte, weil er die nackten Statuen in dem ummauerten Garten anstarrte. *Sieh nicht hin, Nicky. Das gehört sich nicht.*

Inzwischen war es dunkel. Nicholas wußte nicht, wie spät es war, aber er schätzte, daß es schon früher Morgen sein mußte.

»Ich werde neunzehn Cocktails trinken«, sagte Lally neben ihm. »Einen für jedes Jahr.«

»Dir wird schlecht werden«, sagte Nicholas nachsichtig. »Sehr schlecht.«

»Hier.« Lally war vor einem weiteren Café stehengeblieben. »Julian … Boy … «

Sie gingen hinein. Das Café war bereits überfüllt. Paare tanzten in der Mitte des Raums. Das Licht war ziemlich schwach, und anfangs konnte Nicholas in der Dunkelheit nur die vagen Umrisse von Gestalten wahrnehmen.

»Musik. *Herrlich*«, sagte Belle.

Julian rückte ein paar Tische und Stühle zusammen. Die Mädchen setzten sich, und Julian und Boy warteten wie immer, daß Nicholas in seinen Taschen nach Münzen suchte. Als er ein paar Francs gefunden hatte, gingen sie zur Bar.

Nicholas fand einen freien Platz und öffnete sein Zigarettenetui. Seine Finger zitterten ein wenig, als er das Streichholz anzündete. Seine Unruhe besorgte ihn, denn heute gab es eigentlich keinen Grund dafür. Er war in Gesellschaft, was ihm erfahrungsgemäß guttat, und es gab genügend Alkohol und Zigaretten. Da es sehr heiß im Café war, zog er sein Jackett aus, hängte es über die Stuhllehne und krempelte die Hemdsärmel hoch. Das trübe rötliche Licht ließ die Narben an seinen Armen deutlich hervortreten und gab ihnen eine bräunlichrote Farbe. Er kippte hastig seinen Daiquiri hinunter und wandte den Kopf ab.

Lally setzte sich neben ihn. »Sehe ich hübsch aus?« fragte sie.

Er zwang sich zu lächeln. »Du siehst sehr hübsch aus. Das Kleid hat eine schöne Farbe.«

»Das ist Lanvin-Blau. Und es steht mir besser als Braun, findest du nicht auch?«

»Viel besser.« Inzwischen konnte er sich Lally in ihrer Schuluniform gar nicht mehr vorstellen. Das Kleid, das sie trug, war aus blaßvioletter bestickter Seide und locker geschnitten, dennoch umschmeichelte es ihren Körper. Ihr Haar war in dichten schwarzen Flechten um die Ohren gelegt. Sie war immer noch ein bißchen mollig, aber das Kleid – eines von einem halben Dutzend, das Nicholas für sie zum Geburtstag gekauft hatte – kaschierte geschickt ihre kindlich pummelige Figur.

Julian brachte Cocktails für alle. »Ettie ist schlecht«, sagte er. »Sie glaubt, es kommt von dem *boeuf bourguignon*.«

Belle kicherte. Lallys dunkle schräge Augen richteten sich besorgt auf Nicholas. »Wir gehen zum Hotel zurück, wenn du willst«, flüsterte sie.

Er schüttelte den Kopf und versuchte, fröhlich auszusehen. »Auf keinen Fall, Kleine. Das ist doch dein Geburtstagsgeschenk.«

Von der anderen Seite des Cafés, wo eine große Gruppe von Leuten um mehrere Tische saß, drang lautes Lachen herüber. Als sie sich unterhielten, bemerkte Nicholas, daß es Engländer waren. Er beobachtete sie eine Weile, nachdem sich seine Augen an das Dunkel gewöhnt hatten. Während er den Rauch seiner Zigarette einsog und ein paar weitere Münzen für Getränke auf den Tisch warf, kam ihm eine Ahnung, woher seine tiefe Niedergeschlagenheit rührte. Ihm war klargeworden, daß die besten von seinen Kriegskameraden gefallen waren und daß er sich jetzt mit dem kümmerlichen Rest zufriedengeben mußte. Daß man Männer wie Julian und Boy nicht mit Burschen wie Richardson oder Holtby vergleichen konnte. Und daß er selbst aufgrund dessen, daß er überlebt hatte, für den Rest seiner Tage drittklassig bleiben würde. Sogar die Mädchen waren anders als vor dem Krieg.

Mit halb geschlossenen Augen betrachtete er die jungen Frauen am Tisch auf der anderen Seite des Lokals. Die beiden Blondinen und die Rothaarige. Als sich die Rothaarige umdrehte und den Mann neben sich anlächelte, erkannte Nicholas, daß es Thomasine Thorne war.

Schließlich forderte Clive sie zum Tanzen auf. Thomasine hätte ihm fast einen Korb gegeben, entschied sich aber plötzlich anders, als er sie anlächelte. Sie versuchte, sich zu entspannen, die Empfindung zu genießen, in seinen Armen zu liegen und die Wärme seines Körpers zu spüren. Aber es half nichts. Ärger brodelte in ihr, ein heftiger, reißender Strom, den sie nicht zu bändigen vermochte.

»Entspann dich doch, Süße«, flüsterte ihr Clive ins Ohr. »Du bist vollkommen verkrampft.«

»Poppy behauptet, du würdest mit Clara Rose auf Tournee gehen. Stimmt das?«

Clive lachte. »Woher will Poppy das denn wissen? Poppy wird Ende des Monats auf einem Schiff nach England sitzen.«

Sie war dabei, die Geduld zu verlieren, beinahe wäre sie

von der Tanzfläche gelaufen und hätte ihn allein stehenlassen. *»Clive«*, zischte sie wütend.

Er sah auf sie hinab und zuckte die Achseln. »Clara Rose versucht noch immer verzweifelt, sich bei ihrem Bankier einzuschmeicheln. Sie könnte genau wie wir am Ende des Monats arbeitslos sein.«

Sie wußte nicht, ob sie ihm glauben sollte. »Was wird aus uns, wenn die Revue abgesetzt wird, Clive?« fragte sie geradeheraus.

Sie sah den Ärger in seinen Augen. »Mach kein Theater, Süße«, antwortete er. »Ich kann Mädchen nicht ausstehen, die Theater machen. Wir müssen eben sehen.«

Auf ähnliche Fragen hatte er in den vergangenen Wochen die gleiche Antwort gegeben. Thomasine versuchte noch einmal, ihm ihre Zwangslage verständlich zu machen.

»Ich suche immer noch nach Arbeit. Ich hab die Zeitungen durchgesehen, aber es gibt nichts.«

»Es ist schon vertrackt, nicht?« Sie konnte sehen, daß er nicht wirklich zuhörte. Seine blauen Augen schweiften abwesend durchs Lokal, und seine Stirn war gerunzelt.

»Kopf hoch, Kleines«, sagte er unbestimmt. »Davon geht doch die Welt nicht unter, daß eine lausige Revue abgesetzt wird.«

Die Musik war verstummt. Sie standen immer noch in der Mitte der Tanzfläche, hielten sich noch immer umschlungen, aber sie hätten genausogut zehntausend Meilen voneinander entfernt sein können, dachte Thomasine.

»Ich gehe nicht zurück«, sagte sie. Sie hörte die Verzweiflung in ihrer Stimme. »Das könnte ich nicht ertragen.«

Clive beugte sich hinunter und drückte ihr einen flüchtigen Kuß aufs Haar. »Wir reden später darüber, Liebling. Irgendwas ergibt sich schon.«

Lally versuchte, sich klarzuwerden, mit welchem der Männer an ihrem Tisch sie diese Nacht schlafen sollte. Es war keine leichte Wahl, weil sie keine Erfahrung in diesen Dingen hatte. Nach jenem ersten Experiment mit Daniel Gillory war eine lange Brachzeit eingetreten. Die Schule und Drakesden hatten ihr Wissen auf sexuellem Gebiet nicht sonderlich erweitert. Peinlicherweise war sie immer noch Jungfrau, aber wild entschlossen, dies heute nacht zu ändern: ein ganz besonderes Geburtstagsgeschenk an sich selbst.

Sie lehnte sich in ihren Stuhl zurück und betrachtete die Leute an ihrem Tisch. Nicholas war ihr Bruder, weshalb er natürlich nicht in Frage kam. Boy – nun ja. Boy trug sein spärliches braunes Haar in der Mitte gescheitelt und dicht an den Kopf geklatscht. Er kannte alle und jeden, weshalb er nützlich war. Aber seine blassen Augen traten hervor, und es gab keinerlei Anzeichen dafür, daß Boy sie attraktiv fand. Er hatte ihr zu einem Kleid in blassem Violett geraten, ein durchaus guter Vorschlag, aber Lally vermutete, daß sein Interesse eher ästhetischer als sexueller Natur war.

Julian. Julian war Belles Ehemann, und dank Belles Hilfe war Lally in der Lage gewesen, einige ihrer Wissenslücken zu schließen. Mama hatte ihr natürlich nichts erklärt, und das Einsetzen ihrer Periode während der Schulzeit war ihnen beiden peinlich und unangenehm gewesen. Bevor sie mit Belle gesprochen hatte, war sich Lally nicht einmal sicher gewesen, wozu die Periode überhaupt diente. Ihr sonstiges, recht dürftiges Wissen über sexuelle Zusammenhänge stammte von ihrer Biologielehrerin in der Lady-Mary's-Schule (Blumen und Bienen), von einigen gut versteckten Postkarten in Papas Arbeitszimmer und ihren eigenen aufmerksamen Beobachtungen.

Bei Belle hatte sie ein gewisses Maß an Erfahrung vorgetäuscht, und Belle hatte ihre Lücken bereitwillig gefüllt. Julian war nicht Belles erster Geliebter gewesen, auch nicht ihr letzter. Belle hatte es genossen, über ihre verschiedenen Liebhaber zu erzählen. Einen Moment verweilte Lallys Blick auf Julian, sie betrachtete das blonde, leicht gelockte Haar und den schmalen Schnurrbart, bevor sie zu den beiden Franzosen überging.

Sie hießen Jean-Luc und Marcel. Jean-Luc war der jüngere der beiden und vermutlich der attraktivere, aber Lallys Blick kehrte immer wieder zu Marcel zurück. Von Boy hatte sie erfahren, daß Marcel ein Graf war. Er besaß ein Haus in Paris und irgendwo anders ein Schloß. Er war allerdings alt – mindestens vierzig, schätzte Lally. Sie hatte sich ausgerechnet, daß es vielleicht besser wäre, ihre Jungfernschaft an einen Mann von vierzig zu verlieren als an einen zwanzigjährigen. Zumindest wüßte dann wenigstens einer von ihnen, was sie tun mußten.

»Lally.« Nicholas berührte ihre Schulter. Lächelnd wandte sie sich zu ihm um. Es war seltsam für sie, gebraucht zu werden – sowohl ungewohnt als auch unerwartet. Sie war noch nie gebraucht worden, aber seit sie Lady Mary's verlassen hatte, wußte sie, daß Nicholas sie brauchte.

»Lally – sieh nur.«

Sie folgte der Richtung seines Blicks. Es waren zwei Gruppen im Café: die der Blythes und eine größere von Leuten in der anderen Ecke des Lokals. Aufmerksam sah Lally die Fremden an.

»Es sind Engländer.«

»Ja«, erwiderte Nicholas ungeduldig. »Siehst du nicht? Sieh noch mal hin – das rothaarige Mädchen.«

Lally bemühte sich. Sie war ziemlich kurzsichtig und mußte die Augen ein wenig zusammenkneifen. Sie entdeckte eine bezaubernde dunkelhaarige Frau, etwa zehn Jahre älter als sie, und einen gutaussehenden Mann. Ein paar weitere Männer und zwei blonde Mädchen. Dann sah sie die Rothaarige. Ihr Haar war kurz geschnitten, umrahmte ihr rundes Gesicht, und ihr gerader Pony reichte bis zu den Augenbrauen. In diesem Moment beschloß Lally, sich einen Bubikopf schneiden zu lassen. Mama wäre entsetzt. Sie kniff erneut die Augen zusammen.

Nicholas beugte sich über ihre Schulter und sagte: »Das ist Thomasine Thorne, Lally. Erinnerst du dich nicht?«

Natürlich erinnerte sie sich. Wie konnte sie das je vergessen? Sie glaubte ihm zuerst nicht, weil Nicholas einst in Thomasine verliebt gewesen war und seit dem Krieg öfter

Dinge sah, die nicht existierten. Anstatt der Schrecken des Krieges beschwor er jetzt eben eine andere Erinnerung herauf. Dann sah sie ihn an und entdeckte, daß sein Gesicht nicht den üblichen starren, bewegungslosen Ausdruck hatte. Nicholas hatte sich erhoben, schlängelte sich zwischen den Tänzern hindurch und schob die roten und blauen Luftschlangen beiseite, die von der Decke hingen, als er den Raum durchquerte. Das rothaarige Mädchen sah zu Nicholas auf, als er bei ihr angekommen war, und Lallys Finger klammerten sich um ihr Glas, als sie sah, daß es tatsächlich Thomasine Thorne war.

»Wir sind vor drei Wochen hier angekommen«, sagte Nicholas. »Ich bin mit meiner Schwester und meiner Cousine hier. Sie erinnern sich doch an Lally, Miss Thorne?«

Natürlich erinnerte sie sich an Lally. Lally hätte einen Kittel und Zöpfe tragen sollen, aber statt dessen trug sie ein Kleid, das mindestens zehnmal soviel gekostet hatte wie Thomasines, und ihr langes schwarzes Haar war in lockeren Schnecken um die Ohren gelegt.

»Und das ist meine Cousine Isabel. Und Sie müssen Julian und Ettie … und Boy kennenlernen …«

Sie hätte Nicholas Blythe fast nicht wiedererkannt, dachte Thomasine. Die Jahre hatten ihn älter werden lassen und die letzten kindlichen Spuren aus seinen Zügen getilgt. Er war immer groß gewesen, aber die jugendliche Schlaksigkeit war jetzt einer stärkeren und muskulöseren Statur gewichen. Seine Kleider waren gut geschnitten, seine Haut tief gebräunt, aber seine Augen waren noch genauso, wie sie sie in Erinnerung hatte: das gleiche intensive Dunkelbraun.

»Sie sehen großartig aus, Nicholas. Wie schön, Sie zu sehen.«

»*Sie* sehen umwerfend aus, Thomasine. Aber das war ja schon immer so.«

Sie hielt sein Kompliment für echt, sie glaubte nicht, daß Nicholas Blythe zu einer Unaufrichtigkeit imstande war. Sie rückten die Tische zusammen, so daß die Blythes neben den Theaterleuten Platz nehmen konnten – ein langer Tisch von Feiernden, abseits der Musiker und Tanzenden auf der anderen Seite des Cafés.

»Sie müssen mir erlauben, Sie alle auf einen Drink einzuladen.« Nicholas begann, Geld aus seinen Taschen zu ziehen, und setzte sich neben Thomasine, als der Kellner kam, um ihre Bestellung aufzunehmen.

»Heute ist der neunzehnte Geburtstag meiner Schwester«, fügte er hinzu. »Was für ein herrliches Geschenk, Sie wiederzusehen, Miss Thorne.«

Thomasine stellte die übrige Gesellschaft vor – Poppy, Alice, Clara Rose, Clive und ein halbes Dutzend anderer Leute. »Für uns ist es keine echte Feier«, erklärte Thomasine. »Eher eine Totenklage. Unsere Revue wird nächsten Monat abgesetzt.«

»Sie sind Schauspielerin?«

Thomasine schüttelte den Kopf. »Tänzerin. Ich arbeite seit letztem August in Paris, und davor habe ich in London getanzt und unterrichtet. Und Sie, Nicholas? Es ist so schrecklich lange her.«

»Oh ...« Er verzog das Gesicht. »Ich war im Krieg, natürlich. Und dann war ich eine Weile krank, aber jetzt geht es mir besser. Ich hab mich für etwa ein Jahr in Drakesden vergraben, aber die letzten Monate haben Lal und ich auf dem Kontinent verbracht. Wo es wesentlich lustiger ist.«

Lally stand hinter ihm und hatte eine Hand auf Nicholas' Lehne gelegt. »Wir waren in Rom, Florenz, Monaco und Nizza, Miss Thorne. Nicky hat sich das tollste Auto gekauft.«

»Einen Delage.« Die Musiker begannen wieder zu spielen, und Nicholas mußte schreien, um sich verständlich zu machen. »Er ist wunderschön. Und wir sind von Dover nach Calais geflogen. Das war herrlich.«

»Kalt.« Lally schlang die Arme um sich.

Nicholas erhob sich. »Möchten Sie mit mir tanzen, Thomasine?«

Es war ein Foxtrott. Nicholas tanzte gut und führte

Thomasine geschickt durch das Dickicht aus roten, blauen und weißen Luftschlangen – vorbei an Alice, die zusammengesunken, den Kopf auf die Arme gelegt, am Tisch saß, vorbei an Lally, die mit dem bärtigen Franzosen tanzte, und vorbei an Clive, der wieder mit Clara Rose auf dem Parkett war. Als Thomasine hastig den Blick von Clive abwandte, bemerkte sie, daß Nicholas sie immer noch anstarrte. Seine dunklen Augen wirkten verhangen.

»Ich wollte Daniel Gillory umbringen«, sagte er plötzlich. »Ich hab's tatsächlich versucht.«

Sie hielt inne. Ein anderes Paar stieß mit ihnen zusammen und entfernte sich taumelnd.

»Daniel? Was hat Daniel denn damit zu tun?«

»Er hat ihn natürlich genommen.«

Anfänglich hatte sie keine Ahnung, wovon er redete. Aber Nicholas griff in seine Jackettasche, zog sein Zigarettenetui heraus und fügte hinzu: »Wir haben den Feuerdrachen nie mehr gefunden, wissen Sie. Gillory muß ihn verkauft haben. Bald nachdem Sie Drakesden verlassen haben, ist er nach London gegangen – es ist nicht schwer, so etwas in London zu verkaufen.«

Thomasine erinnerte sich an den Tag des Waffenstillstands – an Daniel, der sie in dem gestohlenen Rolls-Royce heimfuhr und ihr mit starrem Gesicht erzählte, was ihm widerfahren war, nachdem er Drakesden verlassen hatte.

»Sie täuschen sich, Nicholas. So etwas hätte Daniel nie getan.«

Nicholas antwortete nicht. Er hielt ihr das Zigarettenetui hin, aber Thomasine schüttelte den Kopf. Sie sah, wie seine Hand zitterte, als er sich eine Zigarette anzündete. Etwas freundlicher fügte sie hinzu:

»Es hat mir leid getan wegen Gerald.«

Er zog eine Grimasse. »Das arme Schwein. Hat nicht mal die ersten sechs Monate überstanden.«

Der Foxtrott war vorbei. Eine Hand berührte Thomasine an der Schulter. »Es macht Ihnen doch nichts aus, alter Junge. Aber der Tanz gehört mir.«

Nicholas neigte flüchtig den Kopf und ging zum Tisch zurück.

»Clara Rose ist fort«, flüsterte Clive in Thomasines Ohr. »Gott sei Dank. Sie kann nicht tanzen, weißt du, Liebling – verglichen mit dir ist sie ein Elefant. Aber ich mußte rausfinden, was es mit der Tournee auf sich hat, von der Poppy gesprochen hat.«

Als sie aufblickte, sah sie ihr Spiegelbild in seinen blauen Augen.

»Alles Unsinn, glaube ich«, fuhr Clive fort. »Bloße Gerüchte. Ich hätte es mit der blöden Kuh ohnehin keine weiteren sechs Monate ausgehalten.«

Lally ließ sich vom Barmann eine Schere geben und setzte sich auf den Tisch. Ettie, immer noch ein bißchen blaß, hielt den Spiegel ihrer Puderdose hoch. Lally löste ihr dichtes schwarzes Haar und begann, es abzuschneiden.

Während die Schere klapperte und Haarlocken um sie herabfielen, begann sie sich besser zu fühlen. Sie stellte sich vor, daß die Schere Thomasines Thornes welliges Haar abschnitt oder daß die Spitzen der Schere in ihre glatte helle Haut stachen. Als sie mit dem Pony und dem seitlichen Haar fertig war, schnappte Lally nach Luft.

»Lassen Sie mich«, sagte eine Stimme.

Marcel stand neben ihr. Er nahm die Schere aus Lallys Hand und begann, den hinteren Teil ihres Haars abzuschneiden. Als sie aufsah, bemerkte sie, daß Miss Thorne nicht mehr mit Nicholas tanzte, sondern mit dem gutaussehenden Sänger über die Tanzfläche glitt. Lally überkam eine Woge der Erleichterung, als sie beobachtete, wie der Sänger seine Lippen auf Thomasines Mund drückte.

»Das wär's«, sagte Marcel und legte die Schere weg. »Sie sehen *épatante* aus, Mademoiselle Blythe.«

Sie lächelte. »Würden Sie mich einen Moment entschuldigen, Monsieur de Seignelay?«

Sie überquerte die Tanzfläche. Lally bemerkte, daß Thomasines grünes Kleid aus billigem Stoff war. Ihre bunten indischen Perlen gab es an jedem Marktstand zu einem Penny das Dutzend zu kaufen. Als sie noch einmal einen Blick auf das Paar warf, glaubte sie, daß Miss Thorne in den gutaussehenden Sänger verliebt war. Clive war sein Name, wie sie von jemandem gehört hatte.

Nicholas tanzte mit Belle. Lally flüsterte ihm etwas ins Ohr, und er nickte und murmelte etwas. Er war ein bißchen betrunken.

Genau wie sie. Als sie zu Marcel zurückging, wußte sie, daß sie das Ganze nicht durchgestanden hätte, wenn sie nicht ziemlich beschwipst gewesen wäre. Sie war vielleicht auf der Suche nach neuen Erfahrungen, aber sie fürchtete sich auch davor. Es war, als müßte sie sich beständig auf die Probe stellen und immer wieder einen Blick in den Abgrund riskieren.

»Ich bin ein bißchen müde. Würden Sie mich nach Hause bringen, Monsieur de Seignelay?«

Marcel legte ihr den Seidenschal um die Schultern. Als sie das Café verließen, sah Lally, daß auf den Dächern und Türmen von Paris ein rosiger Hauch lag.

»Ins Hôtel de Crillon, nicht wahr, Mademoiselle?«

Sie drehte sich zu ihm um und spürte die Leichtigkeit ihres kurzen Haars. »Eigentlich fände ich es besser, wenn ich mit Ihnen nach Hause ginge. Und würden Sie mich bitte Lally nennen?«

Nicholas bemerkte kaum, daß Lally das Café verließ. Er konnte es immer noch nicht glauben, daß er nach der langen Trennungszeit Thomasine in Paris wiedergefunden hatte. Er fürchtete fast, sie könnte wieder verschwinden und sei nur eine angenehmere Erscheinung seines Einbildungswahns. Er beobachtete sie voller Verlangen und wartete, daß der salonlöwenhafte Schauspieler aufhörte, mit ihr zu tanzen. Er hatte nicht vor, sie noch einmal zu verlieren.

Als der Tanz vorbei war, trat Nicholas an ihre Seite. »Es ist spät«, sagte er. »Ich würde Sie gern nach Hause begleiten.«

Thomasine blickte verblüfft zu ihm auf. Er sah, wie bleich sie war, wie dunkel die Ringe um ihre Augen schimmerten. Aber sie war noch genauso schön, wie er sie in Erinnerung hatte. Das lohfarbene Haar, die meergrünen Augen, die makellose Haut. Obwohl der vergangene Krieg so vielen Schaden zugefügt hatte, schien sie die einzige zu sein, die unversehrt davongekommen war.

»Ihre Schwester ...?« fragte Thomasine.

»Lally ist schon gegangen. Haben Sie genug?«

Sie nickte. Sie durchquerte den Raum, nahm einen Seidenschal von einem Stuhl und legte ihn um die Schultern. Nicholas folgte ihr auf die Straße hinaus. Die Vögel in den Platanen sangen, und der Himmel war hell geworden.

»Ich komme zu spät«, sagte sie und ging sehr schnell.

Nicholas' schlechte Laune war verflogen. In dem kleinen Café auf dem Montmartre waren die Bilder der Schlammfelder von Flandern nicht wieder in ihm aufgestiegen. Flüchtig kam ihm der Gedanke, daß Thomasine seine Alpträume abgewehrt hatte.

Am Eingang eines Hauses blieb sie stehen und suchte in ihrer Tasche nach dem Schlüssel. Nicholas prägte sich die Hausnummer und den Straßennamen ein.

»Ich darf Sie doch wiedersehen, Thomasine?«

Sie erwiderte seinen Blick. Ihre Augen waren groß und dunkel. Er fand, daß sie krank aussah.

»Natürlich, Nicholas.«

Fast hätte er die Hand ausgestreckt und sie berührt, fast hätte er sie in die Arme genommen. Aber die Formen seines Standes und seiner Erziehung waren ihm zu sehr in Fleisch und Blut übergegangen, um Spontaneität zu zeigen. Die Blythes küßten und umarmten sich nicht, außer wenn es ihnen befohlen wurde. Außerdem hatte sie sich schon abgewandt.

»Es war nett, Sie wiederzusehen, Nick. Gute Nacht.«

»Bis bald«, antwortete Nicholas und blieb noch zehn Minuten reglos auf der Straße stehen, nachdem sie gegangen war.

In der Pension ging Thomasine sofort ins Badezimmer, wo sie sich heftig übergeben mußte. Sie versuchte, so leise wie möglich zu sein, um nicht auf ihre späte Heimkehr aufmerksam zu machen.

Danach wusch sie sich mit kaltem Wasser das Gesicht, setzte sich an die Wand gelehnt auf den Boden und legte den Kopf auf die Knie. Sie mußte sich den Magen verdorben haben, dachte sie. Schon am vergangenen Morgen war ihr schlecht gewesen, und seitdem hatte sie kaum mehr etwas gegessen. Die Cocktails während des Abends hatten ihr nicht geschmeckt, aber sie hatte gehofft, sie würden ihr helfen, sich besser zu fühlen. Was nicht der Fall war.

Schließlich stand sie auf und ging in ihr Zimmer. Alices Bett war immer noch leer, die Fenster waren angelehnt, die Läden geöffnet. Die frühe Morgensonne fiel auf das Durcheinander aus Kleidern, Bändern, Puder und Kämmen, das über die Kommode verstreut war. In ein paar Stunden müßte sie wieder im Theater sein. Nie war ihr weniger nach Tanzen zumute gewesen. Doch sie versuchte, sich zu erinnern, was Clive an diesem Abend zu ihr gesagt hatte, sich den genauen Wortlaut zu vergegenwärtigen, um ihn nach Anzeichen von Verbindlichkeit oder Zuneigung zu überprüfen. Ein quälender Stich durchfuhr sie, als sie feststellte, daß er nicht einmal gesagt hatte, daß er sie liebe.

Marcel brachte Lally in sein Appartement auf der Rue St. Honoré. Die Wände seines Schlafzimmers waren mit Trompe-l'œil-Gemälden – Arkaden in Meergrün und Gold – bemalt und anmutig mit bunten Pfauenfedern und Sonnenblumen geschmückt. Die Vorhänge waren geschlossen. Der Raum war dunkel und nur von ein paar kleinen goldenen Lampen beleuchtet.

Lally ging in dem Zimmer umher, strich beiläufig über eine kleine Statue, ein Bücherregal und eine Jugendstillampe. Sie nahm eine Fotografie vom Toilettentisch.

»Meine Frau«, sagte Marcel. »Sie hält sich im Moment auf

meinem Schloß in der Touraine auf. Sie erwartet unser fünftes Kind. Stört Sie das?«

Lally stellte die Fotografie zurück. »Sollte es?«

»Sie sind sehr jung. Und Sie sind Engländerin.« Er half ihr aus dem Mantel. Sie spürte, daß er ihren Nacken küßte. »Junge Mädchen können sehr romantisch sein, *ma chère* Lally.«

»Ich bin überhaupt nicht romantisch. Und ich dachte, Sie könnten mir behilflich sein, mich ein bißchen weniger jung und ein bißchen weniger englisch zu fühlen.«

Er lachte. »Das wäre mir ein Vergnügen.«

Erneut küßte er ihren Nacken. Er war einen Kopf größer als Lally, die mit knapp einem Meter sechzig offensichtlich zu wachsen aufgehört hatte. Sie sah sie beide im Spiegel auf der anderen Seite des Zimmers: seine Hände, die auf ihren Schultern ruhten, sein kurzer dunkelgrauer Bart, der in seltsamem Kontrast zu ihrer weißen Haut stand. Sie hob die Hand und griff an die Spitzen ihrer abgeschnittenen Haare.

»Finden Sie, daß es mir steht?«

Auch Marcel sah in den Spiegel. Lally freute sich, daß seine Antwort nicht schnell und verlogen kam, daß er sich Zeit zum Nachdenken ließ.

»Sie hätten es vielleicht noch kürzer schneiden können. So.« Seine Hände hoben ihren kurzen Schopf an, so daß er gerade bis unterhalb der Wangenknochen reichte. »Die Farbe des Kleids ist gut – die kurzen Ärmel stehen Ihnen, aber der Ausschnitt ist zu kahl. Im großen und ganzen würde ich sagen, daß eine so junge Frau wie Sie einfache Kleider tragen sollte – aber Sie, Mademoiselle Blythe …« Er runzelte die Stirn. Als er fortfuhr, begann er die Knöpfe am Rücken von Lallys Kleid zu öffnen. »Sie werden nie schön sein, aber sie haben etwas an sich, daß interessanter ist als Schönheit. Sie sind vielleicht ein bißchen verdorben. Ein bißchen …«

»Dekadent«, beendete Lally den Satz. Sie lächelte.

Ihr Kleid war zu Boden gefallen, wo es lavendelblau schimmernd liegenblieb. Als sie ihre weißen Glieder und die

Schwellung ihres Bauchs und Busens unter dem Unterrock betrachtete, dachte sie, daß die Jahre ihres Exils im Internat immer noch sichtbar waren.

»Sie runzeln die Stirn«, sagte Marcel. »Was bedrückt Sie, Lally?«

Sie drehte sich zu ihm um. »Daß ich die Schule besuchen mußte. Es war ein schrecklicher Ort. Und das Essen ...« Sie strich mit den Händen über ihren Leib.

Marcel schüttelte den Kopf. »Es bedrückt Sie, daß Sie nicht so knabenhaft aussehen wie die anderen englischen Mädchen. Sie sind närrisch, Lally Blythe. Es ist gut, nicht wie ein Junge auszusehen.«

Er drehte sie zu sich um. Seine Hände folgten dem Weg, den Lallys Hände genommen hatten: von den Schultern vorsichtig zu den Brüsten, zur Taille und zum Bauch. Als seine Handflächen ihr Hinterteil umschlossen, hielt er inne. Sie hob das Gesicht, und er küßte sie. Sie schloß die Augen, und einen Augenblick lang kehrte die wundervolle Erinnerung an den Kuß mit Daniel Gillory im Geräteschuppen zurück und an den Regen, der gegen die Wände getrommelt hatte. Als sie die Augen öffnete, sah sie ihr Spiegelbild: ihren Körper in dem seidenen Höschen, der sich an Marcel drückte. Marcels Hand glitt zwischen ihre Beine, und Lally keuchte.

Dann führte er sie zum Bett. Dort befreite er sie von ihrer Unterwäsche und ihren Strümpfen, dort küßte und streichelte er sie, bis sie es nicht mehr erwarten konnte und vor Vergnügen über seine Berührungen aufstöhnte. Erst dann erlöste er sie von ihrer lästigen Jungfräulichkeit. Langsam und vorsichtig erregte er sie wieder und drang dann so sanft in sie ein, daß es fast überhaupt nicht weh tat.

Als es vorbei war, schlang er die Arme um sie und schlief ein. Heimlich steckte sie den Daumen in den Mund und lutschte daran, um sich zu beruhigen. Als sie die Augen aufschlug, sah sie das Foto auf dem Toilettentisch. Das war das Beste daran, dachte Lally, daß sie mit dem Ehemann einer anderen Frau in deren Bett geschlafen hatte.

Jedes freie Wochenende fuhr Daniel nach Drakesden, um an dem Cottage und auf den Feldern zu arbeiten. Er reparierte die Fensterrahmen und die Türen, schliff sie ab, strich sie an und ersetzte verfaulte Holzteile. Er kehrte den Unrat von Jahren aus den beiden Räumen des winzigen Hauses, und es machte ihm großen Spaß, den Anbau abzureißen, der einst die Schmiede gewesen war. Als er das Feuer anzündete, um das morsche Holz und die Überreste der Schmiede zu verbrennen, hätte er wie ein Heide um die Flammen tanzen können. Bloß daß er nach einem langen Arbeitstag wieder zu humpeln begonnen hatte und kaum gehen, geschweige denn tanzen konnte.

Dann begann er, die Felder vom Unkraut zu befreien. Auf dem Teil, auf dem seine Mutter einst Kohl und Sellerie gepflanzt hatte, blühte roter Mohn, und Disteln reckten ihre grauen stacheligen Köpfe in den Himmel. Der Schweinestall, die Brunnenmauer und der Hühnerstall waren nur noch als graue Ruinen inmitten des wuchernden Unkrauts übriggeblieben. Daniel wetzte die Sense, die er in dem Durcheinander des Anbaus gefunden hatte, und machte sich an die Arbeit.

Ende Juli hatte er das Unkraut entfernt und begonnen, den Boden umzugraben. Oft ging er, bevor er sich wieder auf den Rückweg zum Bahnhof von Ely machte, zum Deich, stellte sich an dessen Rand und sah über das Land, das einst den Blythes gehört hatte und bald ihm gehören würde, wenn er hart arbeitete und Glück hatte. Als er seine Augen über den schmalen Landstreifen zwischen seinem Acker und dem Deich und weiter hinaus über das Gebiet schweifen ließ, wo sich der schmale Landstreifen in eine weite, flache Wiese öffnete, war Daniel überzeugt, daß auch in Zukunft das Glück auf seiner Seite wäre. In diesem Jahr hatte sich sein Schicksal gewendet.

Fay hatte er noch nicht nach Drakesden mitgenommen. Sie arbeitete samstags im Laden, und außerdem wollte er alles für sie vorbereitet haben, wenn sie kam. Die sieben Tage in der Woche, die er arbeitete, waren anstrengend, aber er beklagte sich keinen Augenblick. Im September wollten sie heiraten – also was machte es schon aus, wenn er an den meisten Abenden zu müde zum Essen war? Jede Nacht träumte er von Drakesden und von Fay. Er sah das Korn wachsen und hielt die Frau, die er liebte, in seinen Armen. Hier draußen konnte er atmen. Hier draußen fühlte er sich nicht von Mauern und Dächern beengt – die einzige Grenze hier war das blaue Himmelsgewölbe. Hier draußen fühlte er sich frei.

Wären ihr anhaltend schlechter Gesundheitszustand und die Sorgen um ihre Zukunft nicht gewesen, hätte Thomasine die Woche nach dem Nationalfeiertag durchaus genossen.

Nicholas besuchte sie mehrmals zwischen den Nachmittags- und den Abendvorstellungen. Weil er Engländer und sein Vater Sir William Blythe war, hatte die Anstandsdame nichts einzuwenden, daß Nicholas sie zum Tee ins Fouquet's oder ins Café Anglais ausführte. Sie fühlte sich wohl in seiner Gesellschaft. Verglichen mit der aufreibenden emotionalen Ungewißheit ihrer Beziehung zu Clive waren die Nachmittage mit Nicholas herrlich. Er ermutigte sie, statt sie zu kritisieren. Es machte ihm genausoviel Freude, einfach mit Thomasine auf einer Bank zu sitzen und den im Park spielenden Kindern zuzusehen, wie einen ausgefallenen Nachtklub mit ihr zu besuchen. Sie entdeckte die Freuden ihrer früheren Freundschaft wieder, eine Freundschaft, die kaum aufgeblüht war, als sie auch schon wieder beendet wurde. Nicholas war nie unaufrichtig, nie unvernünftig fordernd. Wenn Thomasine zuweilen eine innere Angegriffenheit bei ihm spürte, die sein gutes und gesundes Aussehen Lügen strafte, führte sie dies auf seine Jahre in Flandern zurück und behandelte ihn mit besonderer Rücksicht. Der Gegensatz zwischen ihrer Freundschaft mit Nicholas und der Liebesaffäre mit Clive war eklatant, sehr zu Clives Nachteil.

Doch die ganze Woche hindurch litt sie immer noch unter Übelkeitsanfällen. Gewöhnlich befielen sie sie am Morgen, gelegentlich spät in der Nacht oder wenn eine besonders üppige Mahlzeit vor ihr stand. Schon beim Anblick der dick mit Sahne und Puderzucker bedeckten Kirschtörtchen, die sie bei Fouquet's bestellt hatte, mußte Thomasine schnell auf die Toilette laufen. Nicholas' Angebot, sie zum Arzt zu begleiten, lehnte sie ab, indem sie ihm erklärte, bereits beim Arzt gewesen zu sein. Tatsächlich jedoch konnte sie sich keinen Arzt leisten. Sie war eben kein fettes Essen gewöhnt, dachte sie. Die Kriegsjahre und der Mangel an Geld hatten ihr das nicht erlaubt.

Später erkannte sie, daß die Woche mit Nicholas die Ruhe vor dem Sturm gewesen war. Und der brach eines Sonntag morgens los, der einzige Tag, an dem sie lange im Bett bleiben durfte. Nachdem sie aus einem unruhigen Traum erwacht war, mußte sie zur Toilette eilen. Als sie frierend und zitternd wieder zurückkehrte, saß Alice aufrecht im Bett.

»Gestern morgen war dir auch schon schlecht.« Alices Stimme klang vorwurfsvoll.

Thomasine legte sich vorsichtig wieder unter die Laken, rollte sich zusammen und zog die Steppdecke über sich. »Mir war diese Woche fast jeden Morgen schlecht. Ich muß was Falsches gegessen haben.«

Alice schwieg eine Weile. Dann fragte sie: »Ansonsten geht's dir aber gut? Ich meine – du hast deine Periode bekommen?«

Thomasine hatte die Augen geschlossen. »Es ist nicht die Periodc«, antwortete sie schläfrig. »Damit bin ich allerdings tatsächlich ein bißchen spät dran.«

»Wie spät?«

Thomasine wollte sich einfach umdrehen und wieder einschlafen. Sie und Alice hatten seit Wochen kaum ein Wort miteinander gesprochen. Alices plötzliches Interesse an ihrer Gesundheit war irritierend.

»*Wie* spät, Thomasine?«

Ärgerlich begann sie nachzurechnen. »Etwa drei Wochen, glaube ich. So in etwa.«

»*Gütiger Gott*«, sagte Alice leise.

Etwas in Alices Tonfall ließ Thomasine die Augen aufschlagen. »Ich glaube nicht, daß es eine Magenverstimmung ist.«

Helles Sonnenlicht drang durch die Fensterläden herein. Alice hatte einen Morgenmantel angezogen und suchte in ihrer Tasche nach Zigaretten.

»Wie weit bist du mit Clive gegangen?«

Thomasine spürte, wie sie rot wurde. Sie antwortete nicht.

»Du hast ihn mit dir rummachen lassen, stimmt's? Um Himmels willen, warum bist du denn nicht vorsichtiger gewesen?«

Plötzlich siegte der Zorn über ihre Mattigkeit. Daß Alice es wagte, sie zu kritisieren – Alice, die kaum eine Nacht in ihrem eigenen Bett schlief.

»Laß mich in Frieden, Alice. Es geht dich nichts an.«

Alice schlug die Fensterläden zurück und zündete sich eine Zigarette an. »Nein, etwa nicht, zum Teufel? Wie soll ich Mrs. Russell je wieder ins Gesicht sehen? Ich sollte doch ein Auge auf dich haben.«

Thomasine setzte sich auf und starrte Alice an. Die Übelkeit meldete sich wieder, eine rachsüchtige schwarze Bestie, die beständig in ihrer Magengrube lauerte.

»Tante Tony braucht nichts von mir und Clive zu erfahren. Du erzählst ihr doch nichts, Alice?«

Alice erwiderte ungeduldig: »Ich werde ihr nichts erzählen, bestimmt nicht.« Dann schnippte sie die Asche ihrer Zigarette aus dem Fenster und fügte hinzu: »Du hast immer noch keine Ahnung, nicht wahr? Du bist schwanger, Thomasine. Du kriegst ein Baby.«

Wenn sie sich wieder hinlegte, ginge die Übelkeit vielleicht vorüber. »Sei nicht albern, Alice. Ich bin doch nicht verheiratet«, antwortete Thomasine und zog die Decke über den Kopf.

Die Steppdecke wurde zurückgerissen. Alice sah sie wütend an. »Haben dir denn deine Tanten überhaupt nichts erklärt? Nein – wahrscheinlich nicht.«

Thomasines Ärger über Alices angebliche Weltläufigkeit stieg erneut in ihr auf. »Ach, laß mich doch um Himmels willen in Ruhe, Alice.«

»Ich hätte große Lust, den verdammten Clive Curran umzubringen.«

Sie begriff nicht, warum Alice ein solches Theater machte, spürte aber, daß leise Angst in ihr aufkeimte.

Alice sagte scharf: »Wenn du diesem Mistkerl erlaubt hast, sich bei dir Freiheiten rauszunehmen, Thomasine, dann könntest du schwanger sein – ein Baby bekommen. Das kann auch passieren, wenn du nicht verheiratet bist, weißt du, gleichgültig was Tante Soundso gesagt haben mag. Es ist meiner Schwester Clementine passiert – ihr war einen Monat lang jeden Morgen hundeelend. Dadurch hat sie es herausgefunden – und natürlich auch dadurch, daß ihre Periode ausblieb. Sie mußte Hals über Kopf heiraten, ansonsten hätte Mum sie umgebracht.«

Es war eher die Sorge in Alices Gesicht, die Thomasine alarmierte, als ihre tatsächlichen Worte. Die ergaben nämlich immer noch keinen Sinn.

Alice rieb sich die Augen. »Gott – mein armer Kopf.« Sie wandte sich wieder Thomasine zu. »Bist du schon beim Arzt gewesen?«

Thomasine schüttelte den Kopf. In dem unordentlichen, vertrauten Zimmer mit den Geräuschen, die von der Straße und dem nahen Markt hereindrangen, wirkte die Unterhaltung vollkommen unwirklich.

»Das solltest du aber. So bald wie möglich. Und wenn ich recht habe, dann solltest du deinem Liebhaber am besten gleich einen Besuch abstatten, bevor er sich aus dem Staub macht.«

Alice vereinbarte den Termin beim Arzt und begleitete Thomasine in die Praxis. Als sie nach der Untersuchung ins Wartezimmer zurückkehrte, kam sich Thomasine schmutzig und befleckt vor. Ein Fremder hatte sie an der Stelle berührt, die zuvor nur Clive, ihr Geliebter, berührt hatte. Der

Arzt war kalt, barsch und ablehnend gewesen. Was er gesagt hatte, war zu entsetzlich, um es glauben zu können.

Sie gingen auf die Straße hinaus. Draußen an der frischen Luft begann es, glaubhafter zu erscheinen. Auf der Straße herrschte noch immer geschäftiges Treiben. Paris war genauso strahlend und schön wie zuvor. Nur sie allein fühlte sich zum erstenmal unrein und beschämt.

»Was soll ich denn *tun*?« rief sie, als sie an Alices Arm das Trottoir entlangging.

»Er muß dich heiraten«, sagte Alice nachdenklich. »Du mußt Clive Curran dazu bringen, dich zu heiraten.«

Am folgenden Nachmittag ging Thomasine zum erstenmal auf eigene Initiative zu Clive Currans Wohnung. Bislang hatte sie ihn nur besucht, wenn er sie einlud. Die Concierge starrte sie an, als sie die Treppe hinaufstieg, und Thomasine war überzeugt, daß die Frau ihr schreckliches Geheimnis erraten hatte.

Sie klopfte an Clives Tür. Nach einiger Zeit hörte sie Schritte und ein knarrendes Geräusch, als er den Schlüssel im Schloß umdrehte.

Als die Tür aufging, sagte sie hastig: »Clive – ich muß mit dir sprechen. Tut mir leid, daß ich einfach so reinplatze, aber es ist wichtig.«

»Es ist gerade nicht besonders günstig, Süße. Ich hab Briefe zu schreiben, Rechnungen zu bezahlen, derlei Dinge.«

»Bitte, Clive. Nur ein paar Minuten.«

Als sie sich in seiner Wohnung umsah, dachte sie erneut, wie kahl alles wirkte. Es war kein Zuhause, sondern eine vorübergehende Absteige, ein Ort, um seine Habseligkeiten abzustellen. Sie sah weder Papier noch Feder auf dem Tisch, aber die Tür zum Schlafzimmer, in dem Clives Schreibtisch stand, war geschlossen.

»Was gibt's denn, Kleines? Tut mir leid, dich zu drängen, aber du weißt ja, wie's ist.«

Sie hatte sich die ganze Nacht über den Kopf zermartert,

wie sie es ihm beibringen sollte, aber schließlich purzelten die Worte ganz einfach aus ihrem Mund heraus – ohne Hoffnung und ungekünstelt. »Ich bin schwanger«, sagte sie schlicht. »Ich bekomme ein Kind, Clive.«

Fast mußte sie lächeln bei dem Gedanken, daß sie Anfang der Woche noch gar nicht gewußt hatte, was das Wort »schwanger« bedeutete. Seitdem hatte sie eine Menge gelernt. Sie wandte den Blick nicht von ihm ab, aber sie konnte seinen Ausdruck nicht deuten. Er war schließlich Schauspieler.

»Mein Gott«, sagte er nach einer Weile. »Armes Püppchen. Ich hab dir doch gesagt, daß du Vorkehrungen treffen sollst.«

Alice hatte sie darüber aufgeklärt. Es gab Dinge, die man benutzen konnte, um sich vor einer Schwangerschaft zu schützen, aber sie waren schwer zu bekommen, vor allem, wenn man nicht verheiratet war.

»Ich hab nicht verstanden, was du gemeint hast.«

Zum erstenmal sagte sie Clive die Wahrheit, dachte sie gequält. Bislang hatte sie immer darauf geachtet, ihren Mangel an Erfahrung zu verbergen.

»Natürlich nicht«, antwortete Clive ausdruckslos. Er setzte sich, stützte den Ellbogen auf die Sofalehne und preßte die Knöchel auf den Mund. Nach einer Weile sah er auf. »Bist du sicher, Liebling?«

Sie glaubte, Hoffnung in seinen Augen aufglimmen zu sehen, und wagte nicht, darüber nachzudenken. »Ich bin beim Arzt gewesen.«

»Ah.«

Sie setzte sich, weil sie all ihre Kraft und all ihren Mut zusammennehmen mußte. »Du mußt mir helfen, Clive. Schließlich ist es unser Baby.«

Auch das hatte ihr Alice erklärt. Daß es zweier Menschen bedurfte, um ein Baby zu zeugen, daß die beiden nicht verheiratet sein, sondern einfach das tun mußten, was Clive und sie getan hatten. In diesem Raum, auf diesem Sofa.

Clive stieß ein kurzes, nervöses Lachen aus. »Schau mich

nicht so grimmig an, Süße. Das vertrage ich nicht. Ich überleg mir was. Davon geht ja schließlich die Welt nicht unter.«

Noch immer hatte er nicht die Worte gesagt, die sie unbedingt hören wollte. Verzweifelt rief Thomasine aus: »Für mich geht die Welt schon unter, wenn ich ein uneheliches Kind bekomme, Clive!«

»Dann müssen wir eben dafür sorgen, daß es nicht unehelich ist. Dann heiraten wir eben.«

Sobald er das gesagt hatte, war sie fast überwältigt vor Erleichterung. Sie brachte kein Wort heraus. Sie stand auf, setzte sich neben ihn auf die Couch, verbarg das Gesicht an seiner Schulter und schlang die Arme um seinen Hals.

Er tätschelte ihren Rücken. »Siehst du, Süße, ich hab doch gesagt, ich würde mir was überlegen. Jetzt lauf aber los. Ich kümmere mich um alles – mach dir keine Sorgen.«

In dem Moment, in dem er die Worte aussprach, meinte er es auch so. Erst später, nachdem sich die Tür hinter ihr geschlossen hatte, begann Clive darüber nachzudenken. Für ihn war die Ehe ein Zustand, den er weder anstrebte noch fürchtete. Und Thomasine war ein Schatz: Sie sah umwerfend aus, und man hatte Spaß mit ihr. Wahrscheinlich konnte sie kochen und nähen – wie hübsch, dachte Clive, während er sich in seiner Wohnung umsah, jemanden zu haben, der auf einen wartete, wenn man nachts aus dem Theater heimkam. Es gäbe ordentliches Essen, und an seinen Hemden würden nie mehr Knöpfe fehlen. Und falls ihm der Zustand der Monogamie langweilig würde, brauchte ein verheirateter Mann nicht zwangsläufig monogam zu leben.

Dann ging die Schlafzimmertür auf, und Clara Rose rief heraus: »Ist sie weg?«

Clive betete, daß Clara sein Gespräch mit Thomasine nicht belauscht hatte. Klugerweise hatte er die Tür geschlossen.

»Ja. Nur die Tochter der Concierge. Offensichtlich hat es mit dem Dach irgendwelche Schwierigkeiten gegeben.«

Er wußte nicht, ob sie ihm glaubte, aber ihr Gesichtsausdruck war gleichgültig und desinteressiert. Er schaute zu, wie sie die Strümpfe über die Beine streifte.

»Es ist übrigens alles in Butter«, sagte sie. »Was die Tournee angeht. Armand hat sich als feiner Kerl erwiesen.«

Clive spürte einen Anflug von Erregung. Sein Herz begann ein bißchen schneller zu schlagen. »Wo?«

»Oh – Südfrankreich, Monaco, Italien ... Zurück nach London, wenn alles gutgeht.«

Clara stand auf und zog ihr Kleid über den Kopf. Clive trat neben sie und begann, ihre Knöpfe zu schließen. »Und ich?«

»Die Hauptrolle natürlich, Liebling. In ein paar Tagen fahre ich nach Marseille. Ich seh wirklich keinen Sinn darin, dieses Elend bis zur bitteren Neige auszukosten. Du etwa?«

Clive schüttelte den Kopf. Er sah zu, wie Clara ihre Tasche nahm und sich schnell durchs Haar kämmte. An der Tür küßte sie ihn leicht auf die Wange.

»Gib mir morgen Bescheid, Clive. Wenn du nicht interessiert bist, muß ich jemand anderen finden.«

Erst als Clara gegangen war, fiel ihm Thomasine wieder ein. Sie erschien ihm jetzt unwichtig, ein Ärgernis, eine vorübergehende Ablenkung vom Wichtigsten: seiner Zukunft. Wie Schuppen fiel es ihm von den Augen. Er stellte sich vor, durch Europa zu reisen mit einer Frau und einem weinenden Baby im Schlepptau. Das war natürlich ganz unmöglich. Er konnte nicht heiraten – Clara würde ihn wie eine heiße Kartoffel fallen lassen.

Er sagte sich, daß Thomasine ihn reingelegt hatte. Nie hatte er ihr falsche Versprechungen gemacht und immer betont, daß alles, was sie tue, allein ihre Entscheidung sei, und zwar einzig und allein. Und woher sollte er überhaupt wissen, daß das Kind von ihm war? Thomasine Thorne war nicht die erste hübsche Tänzerin, die ihn auszutricksen versuchte, damit er sie heiratete.

Clive verspürte einen Anflug von Schuldgefühl, als ihm einfiel, daß Thomasine Jungfrau gewesen war. Aber das

Schuldgefühl verstärkte seine schlechte Laune nur noch, und zum erstenmal stellte er fest, daß sie ihm nichts bedeutete.

Am folgenden Morgen kaufte sie sich ein neues Kleid. Es war weiß, mit einer bestickten Borte um Hals und Saum. Die Ärmel waren kurz, die Taille tief, fast an den Hüften. Sie konnte ihre Tanzschuhe türkis färben, damit sie zu der Borte paßten, dachte Thomasine, und eines der Mädchen würde ihr sicher einen Hut leihen. Etwas Geborgtes, etwas Blaues. Sie fühlte sich ein wenig unwohl, weil sie sich ein weißes Hochzeitskleid gekauft hatte; sie wußte, daß sie dazu keine Berechtigung hatte.

Am Nachmittag gingen sie und Alice ins Theater. Es war fast Ende Juli, der Himmel erstrahlte in tiefem Violett, und die Trottoirs dampften vor Hitze. Die Stadt wirkte schläfrig und verlassen. Alle Pariser machten sich auf den Weg ans Meer, nach Le Touquet oder Cannes.

Als sie beim Theater ankamen, stand eine kleine Gruppe von Leuten davor. Ein Zettel war über die verschlossenen Türen geklebt. Wütende und verzweifelte Stimmen erklangen in der schwülen Nachmittagshitze. Poppy lief aus der Gruppe auf sie zu, breitete resigniert die Arme aus und sagte: »Es ist eine Woche früher geschlossen worden. Ich muß meine Schiffspassage umbuchen.«

»Mist«, sagte Alice. Sie drängte sich zu den Türen durch.

Thomasine sah ihr nach. Die Hitze machte sie lustlos und matt. Es war ihr egal, daß die Revue vorzeitig abgesetzt worden war. Sie fühlte sich ohnehin zu müde zum Tanzen. Außerdem würde sie Clive heiraten und sein Baby bekommen. Clive würde an einem anderen Theater Arbeit finden, und sie würde mit ihm gehen. Wenn das Baby geboren war, würde sie wieder arbeiten. Das Kind mußte ja nicht unbedingt das Ende ihrer Karriere bedeuten.

Alice rüttelte sie am Arm. Sie sah wütend aus. »Clara Rose ist abgehauen. Deswegen wurde geschlossen. Sie hat bei der Theaterleitung eine Nachricht hinterlassen und sich einfach aus dem Staub gemacht. Sie weiß, daß sie nicht wegen Vertragsbruch verklagt wird, weil die Spielzeit ohnehin nur noch eine Woche gedauert hätte.«

Alice hatte Thomasines Ellbogen ergriffen und führte sie von dem Gedränge auf dem Trottoir fort. Sie schien plötzlich nach Worten zu ringen, was ungewöhnlich für Alice war.

»Sie konnten die Revue wahrscheinlich nicht ohne die Hauptdarstellerin weiterlaufen lassen.«

»Und ohne den Hauptdarsteller«, fügte Alice bitter hinzu. Sie sah Thomasine ins Gesicht. »Clive ist fort, Liebes. Er ist heute morgen mit Clara abgereist. Ich fürchte, er hat sich aus dem Staub gemacht.«

Sehr viel später sagte Alice zögernd: »Es gibt natürlich noch eine andere Möglichkeit.«

Thomasine nahm sie kaum wahr. Sie konnte sich nicht erinnern, wie sie vom Theater zur Pension zurückgekommen war. Sie konnte sich an keines der Gespräche erinnern, die in der Zwischenzeit stattgefunden hatten. Sie wußte nur, daß Alice die ganze Zeit bei ihr geblieben war, mit ihr gesprochen und viele Tassen Tee gebracht hatte. Die Teetassen standen alle auf der Kommode aufgereiht. Sie konnte nichts trinken. Sie fühlte sich taub, kaum in der Lage zu sehen, zu hören und zu denken. Vor allem unfähig zu denken.

Alice löste Thomasines verkrampfte Finger und drückte ihr ein Glas in die Hand. »Trink aus, Liebes. Vielleicht tut es dir gut, und wenn nicht, hilft es dir, den Bastard zu vergessen. Oh, tut mir leid, ich meinte ...«

Es war natürlich kein Baby, sondern ein Bastard. Eines der Dienstmädchen auf der Chalk Farm hatte einen Bastard gehabt. Thomasine hatte gehört, wie in dem Laden in Drakesden über sie gesprochen wurde. Natürlich hatte man zu reden aufgehört, als Thomasine den Laden betrat, aber sie hatte das häßliche Wort aufgeschnappt. Bastard. Damals wußte sie nicht, was es bedeutete. Jetzt wußte sie es.

Sie hob das Glas und trank. Der Gin brannte in ihrer

Kehle, setzte aber ihr Gehirn wieder in Gang. »Was meinst du mit einer anderen Möglichkeit?«

»Nun.« Alice goß sich etwas Gin in ihr Zahnputzglas und leerte es in einem Zug. »Manche Mädchen versuchen's mit Gin und einem heißen Bad, aber ich hab nie gehört, daß es geholfen hätte. Oder mit Flohkraut für einen Shilling. Clemmie hat das probiert, aber es ist ihr bloß schlecht geworden. Ich hab von einer Frau gehört, die Karbol benutzt hat, aber ...«, sie verzog das Gesicht und sah zur Decke. »Um das Baby loszuwerden, meine ich, Liebes.«

»Um es loszuwerden?« Ihre Stimme zitterte.

Alice sah sie abwehrend an. »Na, was willst du denn sonst machen, nachdem dein Liebhaber fort ist? Zu Tantchen zurückgehen?«

Thomasine kauerte auf dem Bett, legte den Kopf auf die Knie und kniff die Augen zusammen. Sie sah sich mit dikkem Bauch zu Antonia nach Teddington zurückkehren, ohne einen Ring am Finger. Oder zu Tante Hilly, die gerade geschrieben hatte, daß sie ein geeignetes Haus für ihre Schule gefunden hatte.

»Nein. Natürlich nicht. Das wäre ganz unmöglich.«

»Dann gibt's noch das Arbeitshaus«, sagte Alice. »Heime für gestrauchelte Mädchen. Die werden dort wie Sträflinge behandelt.«

Thomasine erschauderte. Sie war einmal bei einem Gottesdienst in Ely gewesen, an dem die Mädchen aus dem Arbeitshaus teilgenommen hatten. Alle trugen die gleichen groben Kleider, Schürzen und Hauben, und ihr Haar war straff aus den schmalen, niedergeschlagenen Gesichtern gekämmt. Sie schüttelte den Kopf.

Alice goß weiteren Gin in ihr Glas. »Trink aus. Ich hab fast eine halbe Flasche, und man weiß ja nie, vielleicht hilft's ja doch. Ich laß dir ein heißes Bad einlaufen. Wenn's nicht wirkt – nun, eines der Mädchen in der Bar hat mir den Namen einer Frau genannt, die dir möglicherweise helfen kann. Aber dafür müßtest du bezahlen.«

Thomasine nickte. Sie hatte das Gefühl, in einem Land

mit anderen Regeln zu sein. Die Regeln ihrer Kindheit – die schlichten ehrlichen Regeln, die Rose und Hilda Harker sie gelehrt hatten – hatten keine Geltung mehr. Diese Regeln mochten in Drakesden funktionieren, hier funktionierten sie nicht. Wenn ihre Tanten sie jetzt sehen könnten, dachte sie: in einer heruntergekommenen Absteige, unfrisiert und ungepflegt und Glas um Glas Gin in sich hineinstürzend. Um das Kind zu töten, das sie für die Frucht ihrer Liebe gehalten hatte. Dann dachte sie an Clive und wie er sie sitzengelassen hatte. Thomasine ließ sich auf die Seite fallen und vergrub ihr Gesicht in den Händen.

Der Gin und das heiße Bad hatten nicht die erhoffte Wirkung, ihr wurde nur furchtbar schlecht, und sie bekam entsetzliche Kopfschmerzen. Mittags kam Alice mit einem Zettel aus dem Café zurück, auf den eine Adresse gekritzelt war. Indem sie sich von Alice Geld lieh, das weiße Kleid an eine Sängerin im Café verkaufte und ihre letzten Münzen zusammenkratzte, schaffte es Thomasine, die nötige Summe aufzubringen. Sie bekam einen Termin. Mutterseelenallein ging sie eines späten Abends durch die Straßen von Montmartre. Das Mondlicht tauchte die Dächer und Kamine der Häuser in einen unwirklichen Glanz. Die Geräusche aus den Bars und Cafés wirkten fern und unheimlich und schienen mit der Realität nichts zu tun zu haben.

Sie spazierte am Friedhof von Montmartre entlang. Der Mond und die Lichter der Straßenlaternen beschienen die Grabsteine, die Statuen und die Bäume. Ein silberner Hauch lag auf den Familiengräbern, den prunkvollen Häusern der Toten. Als sie die Augen zusammenkniff, um im Dunkeln die Straßenschilder lesen zu können, kam sie darauf, wie vergeblich all ihre Träume gewesen waren. Wie dumm und naiv! Unzureichend gewappnet, war sie in die Welt hinausgezogen, ausgerüstet mit den überholten Moralvorstellungen und der Unwissenheit einer vergangenen Generation.

Als sie über den Pigalle ging, zuckten die hellen Reklamen der Nachtklubs und Theater im Dunkeln auf und warfen grell orangefarbene, grüne und blaue Schatten. Flüchtig sah sie eine Frau in einer Gasse, und im Flackern einer Straßenlaterne erkannte sie die billigen Kleider und den resignierten Ausdruck in den schwarzumrandeten Augen. Ein Mann rief Thomasine etwas zu, und sie ging mit hochgeschlagenem Mantelkragen und starr vor sich hin blickend weiter, um die ordinären Bilder an den Eingängen der Bars nicht sehen zu müssen.

Sie entdeckte das Straßenschild und sah auf den Zettel in ihrer Hand hinab. Dann ging sie die Straße hinunter und suchte rechts und links nach der Hausnummer. Sie fand sie an der Ecke einer kleinen Gasse. Es war ein Mietshaus mit vielen Wohnungen, und die Namen der Bewohner standen in verblichener Tinte auf einer Reihe ausgefranster Karten neben der Eingangstür. Nur ein paar Fenster im Haus waren beleuchtet, aber Thomasine konnte sehen, daß die Scheiben mit Staub und Spinnweben überzogen waren. Der Lack an den Fenstersimsen und Türen war aufgesprungen und splitterte ab. Die Gasse führte bergauf, und das Licht aus den Fenstern spiegelte sich schwach auf dem feuchten Kopfsteinpflaster. Eine abgemagerte schwarzweiße Katze huschte über die Stufen und rieb den Kopf an Thomasines Bein.

Sie sah auf ihre Uhr. Zwanzig nach zehn. Noch zehn Minuten zu warten. Sie zog sich in die Schatten der Gasse zurück und lehnte sich gegen eine Wand. Allmählich ließen sich die Geräusche aus dem Haus von denen der Nacht unterscheiden. Ein Paar stritt sich in einem der oberen Räume, ein Kind stöhnte im Schlaf. Die Katze miaute in der Abgeschiedenheit der Gasse. Abfall, welkes Laub und leere Weinflaschen türmten sich in den Rinnsteinen. Die Minuten verstrichen, und sie war allein. Bald würde sie die Stufen dieses Hauses hinaufsteigen, an die Tür klopfen, und in einem schäbigen Zimmer würde eine Fremde sie von ihrem Bastard befreien. Wie, wußte sie nicht. Sie ertrug es nicht, darüber nachzudenken.

Es war halb elf. Thomasine überquerte die Gasse, stieg die Stufen hinauf und stand mit geballter Faust an der Tür. Aber plötzlich wurde sie von einer schrecklichen, namenlosen Furcht überwältigt. Sie, die Furcht kaum kannte, wurde fast niedergedrückt davon. Sie konnte es nicht tun, ihre Hände weigerten sich, an die Tür zu klopfen. Eine Erinnerung, die sie jahrelang verdrängt hatte, kam wieder zurück: Sie selbst als kleines Mädchen, durch eine verdorrte und fremde Landschaft reitend, ihr kleines Geschwisterchen auf den Rücken geschnallt. Damals hatte sie auch Angst gehabt: daß sie sich verirren würde, daß das Baby sterben könnte, weil sie allein war.

Sie drehte sich um und begann schnell zu laufen – in die Pension zurück.

»Du hast es nicht getan? Was soll das heißen, du hast es nicht getan?«

»Ich hab's nicht über mich gebracht, Alice. Es tut mir leid, aber ich hab's einfach nicht geschafft.« Während Alice sie anstarrte, als sei sie wahnsinnig geworden, war Thomasine nicht in der Lage, den Abscheu zu erklären, der in der schmutzigen Gasse über sie gekommen war.

»All die Mühe, die ich mir gemacht hab!« Alice war außer sich. »Du weißt doch hoffentlich, daß das, wozu ich dir verhelfen wollte, verboten ist? Daß wir beide in einem dreckigen französischen Gefängnis hätten landen können? Und das *Geld* ...«

»Das bezahl ich dir zurück, sobald ich kann, Alice.« Sie zitterte und hielt noch immer ihren Mantel eng um sich geschlungen.

Alice war im Morgenrock und warf Kleidungsstücke in einen Koffer. »Womit denn? Woher willst du denn Geld kriegen? Womit willst du dich und das Balg ernähren? Hast du darüber nachgedacht?«

Thomasine schüttelte den Kopf. Sie hatte nicht an die Zukunft gedacht und nichts zurückgelegt. Sie besaß nichts, um sich durchzubringen. Ihr Glaube, sie wäre in der Lage, mit dem Tanzen weiterzumachen, war Selbsttäuschung gewesen, das war ihr jetzt klar – schwanger oder mit einem kleinen Kind könnte sie ihren Beruf nicht ausüben.

»Na schön, ab jetzt bist du auf dich selbst gestellt«, sagte Alice schneidend. Sie setzte sich auf ihren Koffer, um ihn zu schließen. »Ich fahre morgen in aller Frühe fort – ich hab eine Stelle gefunden. Ich muß mich schließlich um mich selbst kümmern. Ich hab versucht, dir zu helfen, Thomasine, aber wenn du dir nicht helfen läßt ...«

Alice stieg ins Bett und knipste das Licht aus. Thomasine saß auf der Bettkante, starrte ins Dunkle, und ihre Gedanken irrten umher wie ein Tier, das aus einer Falle zu entkommen versucht. Aber sie sah nur Sackgassen und unüberwindliche Hindernisse vor sich.

Früh am Morgen und immer noch wütend, verabschiedete sich Alice kühl. Als sie fort war, wirkte das Zimmer leer, und die Ärmlichkeit ihrer Habseligkeiten flößte ihr Angst ein. Eine leere Börse, ein paar Kleider, Schreibpapier und Stifte. Poppy hatte Paris am Tag zuvor verlassen. Die meisten der englischen Mädchen hatten Arbeit gefunden oder waren bereits nach Hause zurückgefahren. Sie war allein in einem fremden Land.

Thomasine zog sich schnell an und ging hinaus, weil sie die Stille des Zimmers nicht mehr ertrug. Die Pension müßte sie ohnehin aufgeben, weil sie kein Geld für die Miete hatte. Sie schlug keine bestimmte Richtung ein, stand aber schließlich vor der weiten glitzernden Wasserfläche der Seine. Das Sonnenlicht schien sie zu verhöhnen, denn es konnte die Schrecken der vergangenen Nacht nicht auslöschen.

Ganz Paris war in die Ferien gefahren, daher gab es keine Boote voller gutgelaunter Touristen, die den Fluß entlangfuhren, und nur wenige Fähren. Der Jardin des Tuileries lag hinter ihr, vor ihr überspannte die Pont Royal den Fluß zum linken Ufer. Thomasine ging über die Brücke, blieb etwa in der Mitte stehen und legte die Arme aufs Geländer. Unter ihr glänzte das tiefe, glatte Wasser. Sie stellte fest, daß sie zum erstenmal in ihrem Leben keine Ahnung hatte, wohin sie gehen sollte. Früher – auf dem Schreckensritt zum Missionshospital, auf der langen Reise von Afrika nach Drakesden und Jahre darauf auf dem Weg nach London – hatte sie immer ein Ziel vor Augen gehabt. Jetzt aber war sie vollkommen ziellos. Jetzt saß sie in der Falle und wußte nicht, wohin sie sich wenden sollte.

Anfang August begannen sie, Paris zu verlassen: zuerst Jean-Luc, dann Ettie, dann Julian und Belle und schließlich Boy.

Nicholas verfolgte ihre Abreise mit einem gutverborgenen Unbehagen. Er war nicht gern allein. Obwohl Lally offiziell immer noch im Hôtel de Crillon wohnte, sah Nicholas immer weniger von ihr. Diesen Morgen hatte sich auch Lally verabschiedet. »Im Moment ist kein Mensch mehr in Paris«, erklärte sie ihm. »Und Marcel hat ein ganz reizendes Haus in Le Touquet. Komm doch mit.«

Nicholas erklärte Lally nicht, warum er zögerte, Paris während der toten Jahreszeit zu verlassen. Er blieb wegen Thomasine, weil Thomasine ihm etwas gab, das er für immer verloren zu haben glaubte. Ihre Stärke gab ihm Kraft: Ihre Energie und Vitalität wirkten ansteckend und ersetzten, was der Krieg ihm geraubt hatte. Sie gab ihm ein Ziel. Zusammen mit ihr schaffte er es, einige der zerstörerischen Angewohnheiten aufzugeben, die ihn während der letzten Jahre aufrechtgehalten hatten, in ihrer Gegenwart haßte er sich nicht so sehr. Er war überzeugt, wenn er bei Thomasine bleiben konnte, wenn er für lange Zeit nicht nach Drakesden zurückkehren mußte, konnte er die Scherben aufsammeln und wieder zu etwas zusammensetzen, was ansatzweise einem Mann glich.

Am Morgen spazierte er zu Thomasines Pension. Gerade als er in die enge Straße einbog, sah er sie ein paar Meter entfernt vor sich, als sie die Haustür aufsperrte. Er rief ihren Namen, und sie fuhr herum.

»Nick.«

Er bemerkte ihre Blässe, ihre eingefallenen Augen. Panik befiel ihn. Tuberkulose, dachte er, aufgrund des Lebens, das sie führte – die langen Nächte, die schlechten, unregelmäßigen Mahlzeiten …

Besorgt fragte er: »Geht es Ihnen gut? Sie sehen schlecht aus.«

Sie schüttelte den Kopf. »Mir geht's gut. Nur ein bißchen müde, das ist alles. Und bedrückt.«

Er nahm ihren Arm und sagte: »Erzählen Sie mir, was Sie bedrückt, Thomasine. Vielleicht kann ich Ihnen helfen.«

Er sah die Leere in ihren Augen. In dem kurzen Schweigen, das darauf folgte, vervielfachten sich in seiner Vorstellung die Anzahl der Leiden, die sie befallen haben mochten: Krankheit … Verletzung … Schwierigkeiten mit den Behörden …

»Die Revue wurde abgesetzt, Nick. Es ist schrecklich albern und furchtbar peinlich, aber ich hab nicht genug Geld, um heimzufahren. Ich hab nicht genug für die Fähre und für die Bahnfahrt.«

Zuerst wollte er vor Erleichterung fast lachen. Was für eine Banalität, der Mangel von ein paar Francs für eine Fahrkarte. Dann dachte er: *Heimreise*. Thomasine kehrte nach England zurück.

»Ich sollte Sie nicht bitten, Nicholas, ich weiß, daß sich das nicht gehört. Aber die meisten meiner Freunde sind bereits fort, und ich kann keine neue Arbeit finden. Ich hab's versucht, aber …« Ihre Stimme brach ab.

Nicholas griff in seine Tasche und zog ein paar zerknitterte Scheine und Münzen heraus. »Sehen Sie. Hier. Nehmen Sie, soviel Sie brauchen.« Das Geld fiel in ihre Hände und auf den Gehsteig. Mehrere Hundert-Francs-Noten, ein Schwall Francs und Centimes.

»Oh – so viel brauche ich nicht! Es ist wirklich zuviel, Nick …«

»Wohin werden Sie gehen, wenn Sie nach England zurückkehren? Nach London? Nach Drakesden?« fragte er beunruhigt.

Sie schüttelte den Kopf. »Ich weiß es nicht. Ich habe mich noch nicht entschieden.«

»*Wollen* Sie denn nach England zurück, Thomasine?«

Endlich lächelte sie. Ein betrübtes, zögerndes Lächeln. »Eigentlich nicht. Aber ich weiß nicht, was ich sonst tun soll.«

»Bleiben Sie hier bei mir«, erwiderte er.

Sie starrte ihn an. Nicholas kniete sich nieder und hob einiges von dem heruntergefallenen Geld auf. Ein Zehn-Francs-Stück rollte einfach in den Rinnstein, ein Windstoß fegte eine der Noten auf die Straße. Als er auf dem Boden kniete, wußte er mit einer lange nicht mehr dagewesenen Sicherheit, was er tun mußte. Der Einfall lähmte ihn, hinderte ihn fast am Sprechen.

»Heiraten Sie mich«, krächzte er und sah zu ihr auf.

Er wußte, daß sie einfach ja sagen mußte, nachdem er sie gefragt hatte. Er würde es nicht ertragen, sie noch einmal zu verlieren. Ohne sie würde sein Leben erneut in Stücke brechen.

»Bitte, Thomasine«, fügte er verzweifelt hinzu. »Bitte heiraten Sie mich.«

Er konnte sein Glück nicht fassen, als sie langsam, ohne den Blick von ihm zu wenden, den Kopf neigte. Daraufhin erhob er sich und legte den Arm um sie. Die Geste der Zuneigung erschien ihm natürlich, verdient. Er wußte, daß sie ihn ändern, daß sie etwas Besseres aus ihm machen würde. Er beugte sich hinunter und küßte sie auf den Kopf, und ihr Haar fühlte sich weich und seidig an seinem Gesicht an. Seine Hände umfaßten ihre schmalen, zarten Schultern, und er wunderte sich über seine neuentdeckte Fähigkeit, berühren und Liebe ausdrücken zu können.

»Heiraten Sie mich«, hatte Nicholas Blythe gesagt, dann hatte er ein Taxi angehalten, sie zu seinem luxuriösen Hotel gebracht und mit Champagner und geräuchertem Lachs verwöhnt.

Und sie hatte ja gesagt. Während der letzten Wochen

hatte sie so heftige Gefühlsaufwallungen erlebt, daß sie jetzt nur noch zu einer Art beklommener Ungläubigkeit fähig war und nicht fassen konnte, daß Nicholas Blythe sie um ihre Hand gebeten und sie angenommen hatte.

»Wir fahren nach Le Touquet«, sagte Nicholas. »Die andern sind schon alle dort. Wir nehmen uns ein schönes Hotel und gehen jeden Tag in Restaurants, und abends tanzen wir bis in die frühen Morgenstunden. Ich kaufe dir alle Kleider, die du willst, Thomasine, und allen Schmuck. Und im Herbst reisen wir durch Europa. Südfrankreich … Spanien … Italien … «

Allmählich wurde sie von Nicholas' Freude und Aufregung angesteckt. Sie brauchte nicht nach England zurück, sie konnte wieder reisen. Wie herrlich, diese Orte zu sehen, die andere Luft einzuatmen …

»Aber Drakesden«, sagte sie plötzlich. »Mußt du nicht nach Drakesden zurück?«

Nicholas schüttelte den Kopf und schenkte Champagner nach. »O nein, Pa wird sich noch lange um die Güter kümmern. Er braucht mich nicht. Außerdem bin ich kein besonders guter Landwirt. Landwirtschaft langweilt mich zu Tode. Wir müßten jahrelang nicht mehr zurückgehen.«

»Aber deine *Mutter*«, sagte sie flüsternd.

»Mama? Was hat Mama damit zu tun?«

Sie versuchte, es zu erklären. »Lady Blythe wünscht sich sicher jemand Besseren für dich, Nick. Eine Debütantin – eine Erbin. Nicht jemanden wie mich.«

Nicht Thomasine Thorne. Nicht die Nichte der beiden Miss Harkers, die nie nach Drakesden gepaßt, die den Blythes nie den Respekt entgegengebracht hatte, auf den sie Anspruch zu haben glaubten. Die ihren Platz nicht kannte.

»Thomasine.« Nicholas nahm ihre Hand in die seine. »Ich wollte nie jemand anderen heiraten als dich. Niemals.«

Sie blickte zu ihm auf und sah in seinen Augen reine Liebe. Plötzlich wußte sie, daß ihre Liebe zu Clive Curran – verglichen mit Nicholas' Gefühlen – eine lächerliche Affäre gewesen war, die nur aus Lügen und körperlichem Begehren bestanden hatte. Sie hatte Begierde für Liebe gehalten. Diesen Fehler würde sie nie wieder machen.

Und dennoch trug sie Clives Baby in sich. Lady Blythes kalte blaue Augen waren auf sie gerichtet und machten die freudige Erregung und das Glück in Nicholas' Stimme zunichte. *Mädchen Ihres Schlags geraten leicht auf die schiefe Bahn*. Sie konnte damit nicht weitermachen. Weder sich selbst noch Nicholas konnte sie das antun. Sie konnte kein so ungeheuerliches Täuschungsmanöver durchführen. Thomasine setzte zum Sprechen an, aber Nicholas schnitt ihr das Wort ab.

»Möchtest du eine große Hochzeit? Weißes Kleid und das übliche Brimborium? Oder etwas Stilleres?«

Sie hörte sich flüstern: »Etwas Stilleres, bitte, Nick.«

Wenn sie Nicholas Blythe nicht heiratete, was würde sie dann tun? Würde sie Schande über die Frauen bringen, die sie so großzügig und liebevoll aufgezogen hatten? Würde sie noch einmal versuchen, das Kind zu töten, das in ihrem Leib heranwuchs? Würde sie ins Arbeitshaus gehen? Oder schlimmer noch – sie erinnerte sich an eine unglückliche Schwangere aus Drakesden, die nicht in einem Arbeitshaus geendet war, sondern auf unabsehbare Zeit hinter den Mauern einer Irrenanstalt, da ihre Unmoral als die Folge erblichen Schwachsinns angesehen wurde. Der Gedanke daran ließ sie erschaudern.

»Ich bin so glücklich.« Nicholas drückte ihre Hand. »Und ich bin ganz deiner Meinung. Ich hasse dieses ganze Theater, aber wenn du es möchtest, dann ... Und ich glaube nicht, daß wir zu lange warten sollten, findest du nicht auch, Thomasine?«

Schweigend schüttelte sie den Kopf.

»Ich sag dir was – ich besorge eine Sondergenehmigung. Ich kenne einen Burschen beim Konsulat. Es kann alles im Lauf von ein paar Wochen über die Bühne gehen. Ich bin jetzt dreiundzwanzig, also brauche ich die Erlaubnis meiner Eltern nicht. Wie steht's mit dir, Thomasine?«

»Ich bin im Juni einundzwanzig geworden.« Während

der vergangenen Wochen hatte sie Nicholas Blythe liebgewonnen, und damals in Drakesden hatte sie ihn wegen seiner Großzügigkeit und seinem Eifer, gefallen zu wollen, gemocht.

»Dann müssen wir niemanden um Erlaubnis fragen«, sagte er lächelnd.

6

ZWEI WOCHEN SPÄTER heirateten sie. Thomasine trug ein Seidenkleid von Fortuny, eine Kaskade aus meergrünem schwingendem Plissee. Nicholas wollte, daß sie ein weißes Kleid kaufte, aber sie hatte sie geweigert. »Ich bin zu blaß«, hatte sie gesagt. »Ich würde wie ein Gespenst aussehen.«

Die Hochzeit fand im britischen Konsulat in der Rue Montolivet statt. Nicholas' Schulfreund fungierte bei der kurzen Zeremonie als Trauzeuge. Thomasine hielt das kleine Rosenbouquet in der Hand, das Nicholas ihr am Morgen an einem Blumenstand gekauft hatte. Greller Sonnenschein drang durch die Jalousien an den Fenstern des Konsulats, und in dem bleichen Licht tanzten Staubflocken.

Während der Zeremonie dachte sie: Ich heirate Nicholas Blythe und habe vor, ihn auf die schlimmste Weise zu hintergehen. Ihr war vollkommen klar, wie verwerflich sie handelte. Ihr Leben war auf eine schiefe Bahn geraten, und es blieb nur noch ein Moment, um sie vor dem Absturz zu bewahren.

Sie ließ den Moment verstreichen. Sie hörte sich die Worte wiederholen und spürte, wie Nicholas' Ring über ihren Finger glitt. Als sie unterschrieben hatten, traten sie aus dem Gebäude in den Sonnenschein hinaus. Nicholas' Schulfreund streute Reiskörner und Rosenblätter über sie, und Fremde lächelten, als sie die Stufen hinabgingen.

Sie war seine Frau.

»Ich sollte wohl lieber ein Telegramm schicken«, sagte Nicholas beklommen, als sie vom Konsulat weggingen.

In dem *bureau de poste* verfaßte er Nachrichten an seine Eltern und an Lally. »Wir fahren heute nachmittag nach Norden. Ich hinterlasse keine Adresse.«

In Nicholas' Gesicht stand ein verschwörerischer Ausdruck geschrieben. Er erinnerte Thomasine an den Moment vor vielen Jahren, als er die Weinflasche hervorholte, die er hinter der Statue des Feuerdrachens versteckt hatte. Ganz so, als wäre auch seine Heirat ein Schulbubenstreich, eine Tat, die er unter den Augen seiner Mutter nicht begehen würde.

»Du solltest an deine Tanten telegrafieren.«

Sie konnte sich nicht vorstellen, was sie schreiben sollte. Schließlich kritzelte sie: »Habe heute um elf Uhr Nicholas Blythe geheiratet. Alles Liebe, Thomasine« und betete schweigend, daß Hilda und Antonia schon irgendwie verstehen würden.

»Möchtest du in Paris zu Abend essen?« fragte Nicholas, als die Telegramme abgeschickt waren. »Oder sollen wir ein Stück weit fahren?«

»Wir fahren ein Stück.«

Thomasine wollte Paris so schnell wie möglich verlassen. Sie hängte sich bei Nicholas ein und versuchte, ihn anzulächeln. Wie anders war er doch als Clive, dachte sie wieder. Mit Nicholas gab es keine Zärtlichkeiten, und er berührte sie kaum. Doch sie zweifelte nicht, daß er sie liebte: Die Freude in seinen Augen, als er ihr den Ring über den Finger streifte, war unverkennbar.

Im Hotel packten sie ihre Koffer, und Nicholas bezahlte die Rechnung. Thomasines ganze Habseligkeiten paßten in den kleinen, abgeschabten Koffer, den sie aus London mitgebracht hatte. Nicholas' Gepäckstücke waren alle aus dem gleichen Leder gemacht: die Koffer, die Aktentasche und die Hutschachteln. Das Automobil wurde aus der Hotelgarage auf die Place de la Concorde gefahren. Nicholas beugte sich liebevoll über den Delage und strich vorsichtig und voller Stolz über den glänzenden Lack.

»Ist er nicht Wahnsinn, Thomasine?«

»Wirklich nicht schlecht«, antwortete sie.

Er hielt die Tür für sie auf, und sie stieg ein. Sie war bisher erst einmal in einem Auto gefahren, und das war am Tag des Waffenstillstands gewesen. Der Delage roch nach Leder, Benzin und Politur. Nicholas ließ den Motor an, sie fuhren vom Vorplatz des Hotels ab und schlängelten sich durch Pferdewagen, Fußgänger und Radfahrer hindurch. Nicholas fuhr schneller als Daniel damals. Der Fahrwind wirbelte durch Thomasines kurzes Haar und blies die Falten ihres Kleids auf.

»Ist dir kalt?« rief Nicholas, als sie die Vororte von Paris passierten und in Richtung Amiens fuhren.

»Überhaupt nicht.«

Die Luft kam ihr kühler und angenehmer vor. An den Straßenrändern blühten Blumen, und auf den Feldern stand das Getreide üppig und reif. Vogelschwärme erhoben sich aus den Bäumen, als Nicholas das Auto über die schmale, kurvige Landstraße steuerte. Eine Katze schoß vor das Fahrzeug und entging nur knapp den Rädern des Wagens. Als sie um eine weitere Kurve bogen, sah Thomasine eine Kuhherde auf der Fahrbahn und schrie auf. Nicholas trat auf die Bremse, und der Delage kam quietschend und staubaufwirbelnd zum Stehen.

Die Kühe trotteten gemächlich über die Straße und gingen durch ein offenes Gatter auf eine Wiese. Nicholas setzte den Wagen wieder in Gang. Er hatte seine Jacke abgeworfen und die Hemdsärmel hochgekrempelt.

»Du siehst so glücklich aus, Nick«, sagte Thomasine.

Schweigend sah er sie einen Moment an und antwortete dann: »Es ist komisch, nicht, wie sich alles fügt? Dich in Paris wiederzufinden – vielleicht hat sich mein Schicksal endlich zum Besseren gewendet. Ich hatte fast ganz vergessen, wie es ist, glücklich zu sein.«

Sie bemerkte, daß er jetzt vorsichtiger fuhr, und sah zum erstenmal die langen schmalen Narben, die sich von der Innenseite seiner Handgelenke zu den Armbeugen zogen.

»Deine armen Arme«, sagte sie.

Seine Lider zuckten, als er darauf hinabsah. »Das war die schlimmste Zeit. Ich wollte sterben.«

Sie wußte, daß er die Wahrheit sagte. Sie dachte an Daniel, wie er in London von der Menschenmenge weggehumpelt war. *Nur ein Kratzer bei Passchendaele.*

»Vom Krieg?« fragte sie.

Er nickte. »An der Somme.« Darauf schwieg er eine Weile und fügte dann mit zitternder Stimme hinzu: »Aber das ist jetzt alles vorbei. Ich hab ja dich.«

Plötzlich wallte große Zuneigung in ihr auf. Sie spürte, wie sehr er gelitten hatte. Aber wenn sie dieses Leid mildern könnte, dachte sie, könnte sie damit vielleicht ihre schreckliche Lüge wettmachen. Wenn sie all ihren Mut zusammennähme, brächte sie es dann über sich, ihm zu gestehen: »Ich bekomme ein Kind, Nicholas?«? Ob er ihr wohl vergeben könnte, ob er das Kind eines anderen Mannes wie sein eigenes aufziehen könnte?

Natürlich nicht. Sofort verwarf sie den Gedanken wieder. Es war unmöglich, daß Nicholas Blythe, der sicherlich auf einen langen Stammbaum zurückblickte, einen Bastard als sein Kind annähme. Als seinen Erben womöglich. Dennoch mußte sie es ihm sagen – sie mußte es ihm heute sagen, bevor es zu spät war. Wenn sie haltmachten, wenn nicht fast jedes Wort im Motorlärm unterging, wenn sie sich besser fühlte, dann würde sie ihm von Clives Baby erzählen und die Folgen akzeptieren, gleichgültig, wie die auch aussehen mochten. Aber jetzt war sie einfach zu müde dazu, außerdem tat ihr der Rücken entsetzlich weh. Als sie im nächsten Dorf zum Essen anhielten, konnte sie nur mit Mühe aus dem Wagen steigen. Die Sonne brannte herunter, und Thomasine kramte in ihrem Koffer nach ihrem Hut.

»Du siehst erschöpft aus«, sagte Nicholas besorgt, als er ihren Koffer wieder im Wagen verstaute.

»Es war ein langer Tag. Wenn wir was gegessen haben, geht's mir besser.«

Aber sie konnte nichts essen und brachte keinen Bissen runter. Sie verteilte den Schinken und die Artischocken auf dem Teller, um den Eindruck zu erwecken, das Essen würde weniger. Im Schatten eines großen Walnußbaums leerten sie gemeinsam eine Flasche Rotwein. Der Wein betäubte die Rückenschmerzen und ihre Schuldgefühle, und das Rattern der Räder auf der holprigen Straße machte sie schläfrig. Jetzt, während des Fahrens, brauchte sie sich weder der Vergangenheit noch der Zukunft stellen. Wie eine unüberwindliche Hürde stand die Zukunft vor ihr, aber jetzt mußte sie sich nicht damit abgeben. Die vielen Entscheidungen, die sie bald treffen mußte, konnten für eine Weile warten.

Sie war fast eingeschlafen, als sie es spürte: ein kleines Rinnsal von Blut zwischen ihren Beinen, wie bei ihren monatlichen Regelblutungen. Bloß daß die jetzt nicht eintreten sollten. Alice hatte ihr erklärt, wenn eine Frau ein Kind erwartete, bleibe die Periode aus.

Nicholas fuhr schweigend dahin. Häuser, Felder, Flüsse flogen vorbei. Auf den Straßen herrschte kein Verkehr, und die Sonne stand noch immer hoch am Himmel. Thomasine spürte erneut die Nässe zwischen ihren Beinen, und diesmal war sie sicher. Ihr Rücken und der untere Teil ihres Bauchs schmerzten. Sie dachte: mein Kleid. Ich verderbe mir mein herrliches Fortuny-Kleid.

Nicholas fragte: »Wie geht's dir? Fühlst du dich schlecht?«

Sie schaffte es, sich zusammenzunehmen. »Mir geht's gut. Es ist nur, daß ...« Sie spürte, wie sie rot wurde. »... Ich muß mir die Nase pudern.«

Nicholas wurde ebenfalls rot. »Tut mir leid ... ich hab nicht ...« Er fuhr langsamer und sah sich aufgeregt um. Es gab nur Felder, Bäume und Bäche.

»Kannst du bis zum nächsten Dorf warten?«

»Ich glaube nicht. Halt einfach hier an, Nicholas. Da ist eine Hecke, hinter die ich gehen kann. Es ist ja niemand in der Nähe.«

Thomasine stapfte durch ein Feld mit Sonnenblumen und hielt ihre Handtasche umklammert. Sie hätte über die Absurdität des Moments lachen können, aber als sie sich niederhockte und die Blutflecken auf ihrer Unterwäsche sah, war ihr nicht mehr nach Lachen zumute. Sie sehnte sich nach Alice, nach Tante Hilly. Nach jemandem, der ihr erklärte, was mit ihr vor sich ging. Sie hatte keine Binden in ihrer Handtasche, also rollte sie ein Taschentuch zusammen und hoffte das Beste. Als sie durch die Sonnenblumen zurückging, wußte sie, daß sie Nicholas nichts davon sagen konnte. Sie verstand ja selbst nicht, was mit ihr passierte, und wußte nicht einmal das Vokabular für solche Dinge. Alles, was mit dem weiblichen Körper zusammenhing, war anstößig und geheim. Darüber sprach man nicht, am allerwenigsten mit Männern.

Nicholas sah besorgt aus, als sie zurückkam, doch Thomasine versuchte, ihn mit einem aufgesetzten Lächeln zu beruhigen.

»Vielleicht sollten wir nicht mehr allzu lange fahren, Nick. Es muß doch schon ziemlich spät sein.«

Er sah auf seine Uhr. »Es ist fast sieben. Nicht sehr rücksichtsvoll von mir, dich so lange durch die Gegend zu karren.«

»Ganz und gar nicht – es hat mir Spaß gemacht. Es ist herrlich, aus Paris rauszukommen.«

Ihre Worte hörten sich so nichtssagend, so banal an. Während sie weiterfuhren, nahmen die Rückenschmerzen zu. Stirbt mein Baby? fragte sie sich. Was, wenn ich sterben sollte?

Nicholas fuhr bis zur nächsten kleinen Stadt. An der Rezeption des einzigen Hotels trug er sich ein. Mr. und Mrs. Nicholas Blythe schrieb er und gab als Wohnort Drakesden Abbey, Drakesden, Cambridgeshire, England an. Auf Thomasine wirkte alles zunehmend unwirklicher, als hätte sie sich zufällig in den Traum eines anderen verirrt. Ein gemeinsames Zimmer, dachte sie, als er den Schlüssel an sich nahm. Wie dumm von ihr, nicht früher daran gedacht zu haben. Sie waren Mann und Frau – natürlich würden sie sich ein Zimmer teilen.

Sie suchte die Damentoilette auf, während Nicholas ihr

Gepäck ins Zimmer brachte. In der Toilette ließ sie sich vor Angst und Furcht schlotternd nieder. Irgend etwas war nicht in Ordnung, sie wußte nicht, was sie tun sollte. Die Schmerzen waren inzwischen noch schlimmer geworden, und ihr Taschentuch war blutgetränkt. Sie säuberte sich, so gut sie konnte. Zurück im Zimmer, zog sich Nicholas zum Abendessen um, er knüpfte sich eine schwarze Krawatte um den steifen Hemdkragen.

»Könntest du ...?« fragte er und deutete auf die Krawatte. »Ich kenne mich mit diesen Dingern nicht besonders gut aus. Gewöhnlich haben Mama oder Lally sie für mich gebunden.«

»Tut mir leid, ich weiß auch nicht, wie das geht. Ich habe keine Brüder, weißt du, Nick – und keinen Vater.«

»Armer Liebling.«

Es war das erste Mal, daß er sie so genannt hatte. Sie trat zu ihm und lehnte den Kopf an seine Brust. Er legte die Arme um sie und streichelte ihr Haar. Sie brauchte Trost, und Nicholas gab ihr Trost.

»Ich werde Vater und Bruder für dich sein«, flüsterte er. »Ich werde für dich sorgen, Thomasine. Du wirst dich nie mehr um Geld kümmern müssen – du wirst nie mehr arbeiten müssen. Ich werde alles für dich regeln.«

Sie sah die grausame, tiefe Narbe auf der Innenseite seines Arms. Sie waren beide gebrandmarkt, dachte sie – Nicholas mit seinen entstellten Armen und sie mit dem Kind, das aus ihrem Leib herauszubluten schien. Sie schloß die Augen und spürte warm und stark seine Arme um sich.

Als die Nacht hereinbrach, kam es Thomasine vor, als würde sie ihr Kind verlieren. Ihr Blut wurde dick und klumpig. In der Abgeschiedenheit des Hotelbadezimmers ließ sie zum Vorwand die Wasserhähne laufen, wagte aber nicht, in die Wanne zu steigen. Als die Krämpfe unerträglich wurden, setzte sie sich auf die Toilette, brachte es aber hinterher nicht über sich, nach unten zu sehen. Sie hatte das Gefühl, als hätten sich gemeinsam mit dem ungewollten Kind all ihre Eingeweide aus ihrem Leib gewürgt. Sie wußte nicht mehr, wie lange sie schon in dem fremden Raum geblieben war, und kauerte sich, den Kopf auf die Knie gelegt, in einer Ecke zusammen.

Schließlich zerschnitt sie mit ihrer Nagelschere eines der Hotelhandtücher und stopfte es zwischen die Beine. Irgendwie stand sie das Abendessen durch und aß nichts, aus Angst, ohnmächtig zu werden. Sie trank wieder Wein, dessen Wirkung ihr half, die enge, gewundene Treppe zu ihrem Zimmer hinaufzusteigen. Im Zimmer, als die Tür geschlossen war und die Lampen brannten, wirkte Nicholas linkisch und verlegen. Er fummelte wieder an seiner Krawatte herum. Sein gestärktes weißes Hemd knisterte, als er umständlich die Manschettenknöpfe abnahm. Thomasine sah auf das große Doppelbett mit den quadratischen Kissen und der Steppdecke.

Natürlich, sie hatten heute ja geheiratet. Sie fühlte sich nicht als Nicholas' Frau – eher als seine Freundin oder vielleicht seine Schwester. Aber Ehen mußten vollzogen werden.

Doch diese Ehe konnte noch nicht vollzogen werden. Sie spürte, wie ihr Gesicht heißer und röter wurde und ihr der Schweiß auf der Stirn ausbrach. Als Nicholas seinen Pyjama angezogen hatte und sich neben sie auf die Bettkante setzte, wußte sie, daß sie den Moment nicht länger hinausschieben konnte.

»Nicholas. Es tut mir leid. Ich kann nicht …«

»Ich werde dir nicht weh tun«, sagte er. »Ich würde dir nie weh tun, Thomasine – das mußt du mir glauben.«

Sie haßte sich. »Es ist nicht deswegen. Es ist nur, daß ich – heute nacht nicht kann. Ich habe meine Periode, verstehst du?«

Schmerz und die Erschöpfung vermischten sich mit einer Woge der Erleichterung. Sie hatte die richtigen Worte gefunden, die passende Lüge. Als sie zu Nicholas aufblickte, war sie überrascht, auch in seinem Gesicht Erleichterung zu erkennen, die mit Verlegenheit vermischt war.

»Oh. Ich wußte nicht ...«

Ihr gelang ein Lächeln. »Wie solltest du auch? Es ist einfach der falsche Zeitpunkt.«

Zögernd sagte er: »Soll ich ein anderes Zimmer nehmen? Möchtest du lieber allein sein?«

»Nein. Das ist nicht nötig. Wir können uns doch aneinanderkuscheln, oder?«

Sie stiegen gemeinsam ins Bett, und Nicholas knipste das Licht aus. Zuerst berührte er sie nicht, aber dann schlang er die Arme um sie, und sie schmiegten sich aneinander. Langsam begann der Schmerz in ihrem Bauch nachzulassen.

Schließlich schlief Nicholas ein. Erst jetzt begannen leise Tränen über Thomasines Gesicht zu rinnen. Sie war froh, in Nicholas Blythes Armen zu liegen, froh, nicht allein zu sein.

Daniel und Fay heirateten im September. Die Hochzeitsfeier wurde im Haus von Fays Eltern in Kilburn abgehalten. Es war eine gezwungene, verkrampfte Angelegenheit. Fays jüngere Schwestern schwiegen vor lauter Sorge, sich wohlzuverhalten, und Daniels Schwester Nell, die zum erstenmal in London war, gab aus Schüchternheit ebenfalls keinen Ton von sich. Hattie und Fays Mutter bemühten sich, die Konversation in Gang zu halten. Die mit Schinken und Eiern belegten Sandwiches schwitzten in der heißen Septembersonne, und der Zuckerguß auf dem Hochzeitskuchen splitterte, als Daniel und Fay das erste Stück abschnitten.

Am Nachmittag stiegen sie an der Liverpool Street Station in den Zug nach Ely, und Daniel nahm ein Taxi, das sie von Ely nach Drakesden brachte. Sie hatten schweres Gepäck, und Fay trug leichte, hochhackige Schuhe.

»Dort vorn«, sagte Daniel, als sich das Taxi dem Cottage näherte.

Er nahm Fays Koffer und seinen Militärsack heraus. Es war früher Abend, und es herrschte noch immer schönes, klares Wetter. Daniel warf seinen Sack über die Schulter und nahm den Koffer.

Wie immer, wenn er nach langer Abwesenheit nach

Drakesden zurückkehrte, ließ er den Blick über seinen Acker und über das Feld, das einst den Blythes gehört hatte, bis hinüber zum Deich schweifen. Der Deich zeichnete sich als grüne Linie gegen den Himmel ab. Und der Himmel war weit.

Dann blickte er sich nach Fay um. Sie sah so schön aus in ihrem cremefarbenen Kleid mit dem Sträußchen aus Rosenknospen, das er ihr am Morgen gebracht hatte und das noch immer an ihrer Brust steckte. Doch er konnte den Ausdruck auf ihrem Gesicht nicht deuten. Er wartete, daß sie etwas sagte, vielleicht eine Bemerkung machte über die viele Arbeit, die er in das Grundstück gesteckt hatte, oder über die Schönheit ihres neuen Heims. Doch sie sagte nichts. Sie war natürlich müde. Es war ein langer, verwirrender Tag gewesen. Und vielleicht hatte sie ein wenig Heimweh.

Daniel drückte ihre Hand. »Wir müssen leider durch die Hintertür reingehen, Fay. Die Vordertür ist seit Ewigkeiten zugenagelt.«

Sie sah vom Cottage aufs Feld und wieder zum Cottage zurück. »Das ist es? *Das?*«

Erst jetzt erkannte sie, wie sehr sich Drakesden von allem unterschied, was sie kannte. »Es ist nur ein kleines Cottage, Liebling, aber für eine Weile wird es uns reichen. Und wenn ich Geld übrig habe, können wir leicht ein, zwei Räume anbauen. Es gibt genügend Land.«

Fay antwortete erregt: »Aber ich dachte – ich dachte, es wäre *mit Stroh gedeckt* ...«

Daniel versuchte ihr zu erklären: »Einige der Häuser im Dorf sind mit Riedgras gedeckt, aber mein Vater ließ das Cottage in dem Jahr, in dem er meine Mutter heiratete, mit Ziegeln decken. Er war Hufschmied, verstehst du, und Riedgras hätte eine zu große Brandgefahr bedeutet.«

Sie starrte ihn an. »Dein Vater war Hufschmied?«

Er nickte. »Ich hab ihm früher geholfen. Es gab einen Anbau an dieser Wand, aber während des Krieges ist er baufällig geworden. Ich bau dir was Besseres, Fay, das verspreche ich. Und jetzt ...«

Er hob sie hoch. Als sie zu ihm aufsah, glänzten ihre dunklen Augen, und ihr Gesicht war ein wenig gerötet. Wie federleicht sie doch ist, dachte er, als er sie über die Schwelle trug. Plötzlich war er sich der großen Verantwortung bewußt, die er übernommen, und des Versprechens, das er am Morgen abgelegt hatte: daß es jetzt seine Pflicht war – und zwar allein seine – sie zu beschützen.

Vorsichtig setzte er sie ab und bemerkte, daß sie leicht zitterte. »Ich weiß, es ist nicht viel, Fay, aber es gehört uns. Ich werde hart für dich arbeiten, das verspreche ich, und es wird bald besser. Das Land ist gut und fruchtbar, und wer weiß? Vielleicht kann ich bald mehr dazukaufen. Ich werde Tag und Nacht arbeiten, das schwöre ich«, beruhigte er sie.

»Aber wo sollen wir essen?« fragte Fay und sah sich plötzlich um. »Und wo schlafen wir?«

»Wir essen hier drinnen. Früher paßten sieben von uns an den Tisch. Aber ich baue dir bald ein Wohnzimmer, dort, wo früher der Anbau gestanden hat. Ich breche eine Tür durch, und dann kannst du Einladungen zum Tee geben, wann immer du willst.«

Langsam begann sie, wieder etwas zuversichtlicher auszusehen. Vorsichtig nahm Daniel ihren lavendelfarbenen, enganliegenden Hut ab, um sie aufs Haar zu küssen.

»Und was das Bett anbelangt – nun, das kann ich dir zeigen.«

Er führte sie zum Fuß der Leiter. Dort nahm er sie in die Arme und küßte sie auf Stirn, Wangen, Mund und Hals. Dann stieg er nach ihr die Leiter hinauf.

Als Daniel ihr beschrieb, was er mit dem Cottage und der Farm vorhatte, begann Fay die Dinge mit seinen Augen zu sehen und war beruhigt. Er würde auf einer Seite der Küche ein Wohnzimmer anbauen und auf der anderen Seite eine Spülküche und ein Badezimmer. Oben würde er ein zweites Schlafzimmer ausbauen. Und er würde die primitive Leiter durch eine richtige Treppe ersetzen.

Doch wenn Daniel nicht da war, verflogen die Träume

bald wieder. Fay brauchte ihn, um ihre schwache Einbildungskraft in Gang zu bringen. Wenn er auf der Farm arbeitete, was er ihrer Meinung nach immer tat, kehrte ihre Unzufriedenheit schnell zurück, und sie sah nur die Schäbigkeit des winzigen Hauses, und das flache, nichtssagende Land kam ihr noch trostloser vor.

Doch sie gab sich Mühe. Der gleiche Ehrgeiz und Wille, der sie dazu angetrieben hatte, im Morgengrauen aufzustehen und von Kilburn nach Kensington zu fahren und trotz ihrer beengten Wohnverhältnisse immer hübsch auszusehen, half ihr jetzt bei dem Versuch, aus ihrer Ehe etwas zu machen. Außerdem stellte sie fest, daß Daniel zwar nicht der Gutsbesitzer war, für den sie ihn gehalten hatte, aber dennoch in dem kleinen Dorf respektiert wurde. Der Pfarrer sprach gute zehn Minuten mit Daniel und Fay, als sie ihn eines Tages auf der Straße trafen, und verschiedene Nachbarn inspizierten das Feld und das Cottage und beglückwünschten Daniel zu den Verbesserungen, die er vollbracht hatte. Fay bot den Nachbarn Tee und Kuchen an, obwohl sie sie insgeheim verachtete. Sie trugen schreckliche Kleider, die seit zwanzig Jahren außer Mode waren, und sprachen in einem schleppenden, häßlich klingenden Dialekt. Im Gegensatz zu Daniel konnte sie sich kaum vorstellen, sich je mit einer dieser Frauen anzufreunden. Sie waren nicht nach ihrem Geschmack, ganz abgesehen davon, daß sie nie wirkliche Freundinnen gehabt hatte. Phyllis war nützlich gewesen, eine notwendige Begleiterin für Kinobesuche und Schaufensterbummel, mehr aber nicht.

Sie gab sich alle Mühe, mit den Unannehmlichkeiten des Hauses und Dorfes zurechtzukommen. Der Lebensmittelladen war erbärmlich – ein paar mit Fliegendreck besudelte Dosen, ein verrostetes Reklameschild für Waschmittel und nichts Interessantes zum Anschauen im Ladeninnern. Sie ging mit Daniel auf den Markt nach Ely, und Gott sei Dank hatte Ely ein bißchen mehr zu bieten. Etwa einmal pro Woche kam ein Hausierer vorbei, bei dem sich Fay ein paar Bänder oder ein Stück Stoff kaufte. Sie war entschlossen, auf sich zu achten und sich nicht gehenzulassen wie so viele Frauen im Dorf.

Es war alles so anders als in London. Oft wachte sie nachts auf, irritiert von der ländlichen Stille. Man konnte nirgendwohin spazieren, nichts ansehen. Kein Kino, kein Theater, keine Modegeschäfte. Fay rechnete es Daniel hoch an, daß er nicht von ihr erwartete, auf dem Feld zu arbeiten. Viele der Frauen im Dorf halfen ihren Männern auf dem Feld, was Fay zutiefst verachtete. Mit ihren Strohhüten und alten Kopftüchern, ihren formlosen schwarzen Röcken und Schürzen aus Sackleinen sahen sie wie schmutzige Mägde aus, fand Fay. Einige der Frauen halfen beim Torfstechen. Schon in mittleren Jahren war ihr Rücken gekrümmt und ihr Gesicht für immer zu Boden gerichtet.

Daniel brachte Fay bei, die Hühner zu füttern und nach Eiern zu suchen. Sie fand die Hühner mit ihren rotlidrigen Augen und dem albernen nickenden Gang häßlich. Aber in einer Ecke des Gartens die warmen, braungesprenkelten Eier zu finden war einigermaßen befriedigend. Den Schweinestall würdigte sie keines Blicks, denn das Schwein mit seinen kleinen dummen schwarzen Augen machte ihr angst.

Das Cottage selbst war unbequem und schwer in Schuß zu halten. Schmutz sammelte sich in den Ritzen des Ziegelbodens, und auf den Fenstersimsen und der Kaminumrandung schien immer eine graue Staubschicht zu liegen. Das Wasser mußte jeden Tag aus der Regentonne oder dem Brunnen geholt werden. Das Wasserklosett war ein Alptraum: Der Latrinenmann leerte es zwar täglich, aber Fay konnte sich nicht dazu überwinden, es zu putzen. Der Küchenherd mit den vielen Türen, Rohren und Platten war unmöglich. Zu Hause hatte immer ihre Mutter für sie gekocht. Fay kochte nicht gern.

Während Daniel eines Tages draußen arbeitete, machte sie eine Pastete. Das Steak, das sie beim Metzger gekauft hatte, kostete fast soviel, wie sie für die ganze Woche zur Verfügung hatte, und der Teig wollte nicht zusammenhalten. Sie war jedoch sicher, daß sie köstlich schmecken würde, wenn sie fertig wäre. Daniel beklagte sich nie über ihre Kochkünste, doch in letzter Zeit hatten sie eine Menge Dosensuppen und Sardinen gegessen.

Sie hatte vergessen, nachzuschüren, und das Feuer war bereits vor Stunden ausgegangen. Also schob Fay Torf in den Herd, wie Daniel es ihr gezeigt hatte, und legte eine Handvoll Anzündholz darauf. Dann kniete sie sich auf den Ziegelboden und zündete das Streichholz an. Das Anzündholz flammte auf, verglühte und ging aus. Fay entzündete ein weiteres Streichholz – mit dem gleichen Ergebnis. Dann stocherte sie mit dem Schürhaken den Torf auf und entzündete ein drittes Streichholz. Ihre Knie taten weh, und sie bekam Kopfschmerzen.

Als sie ein Dutzend Streichhölzer verbraucht hatte und das Feuer noch immer nicht brennen wollte, nahm sie eine Handvoll Streichhölzer, legte sie auf das Anzündmaterial und warf ein brennendes Streichholz darauf. Dann hielt sie das Gesicht an die Ofentür und blies hinein. Schwarzer Rauch schlug ihr entgegen, und sie rang hustend nach Luft.

»*Verdammtes* Ding!« rief sie aus, erhob sich und stampfte mit dem Fuß auf.

Von der Tür hörte sie Daniel sagen: »Du siehst aus wie eine Figur aus *Tausend und einer Nacht.* Du bist ganz schwarz.«

Tränen der Wut kullerten ihr übers Gesicht und hinterließen Spuren in dem Ruß. »Der Ofen funktioniert nicht! Mit dem verdammten Ding ist was nicht in Ordnung!«

Daniel warf einen Blick in die Ofentür. »Du hast feuchten Torf genommen, das ist alles. Der trockenste ist auf dem Stapel an der Wand.« Er richtete sich auf. »Ach, Liebling, wein nicht. Du gewöhnst dich schon noch daran.«

»Nie!« rief Fay. »Nie!«

Daniel tunkte sein Taschentuch in den Wassereimer. »Er hat eben seine Mucken, das ist alles.« Er drückte Fays Schulter. »Die meisten der anderen Cottages haben offene Feuerstellen. Da ist er doch noch besser, oder?«

Ein wenig beschwichtigt, drehte sie sich zu ihm um. Er

begann, mit seinem Taschentuch den Ruß von ihrem Gesicht zu wischen.

»Ich wollte eine Pastete für dich machen«, sagte sie schmollend.

Er warf einen Blick auf das Gericht im Backrohr. Der Teig sah grau und hart aus, und die geriffelten Ränder waren eingesunken.

Ein wenig unsicher antwortete Daniel: »Sie sieht köstlich aus. Trockne dir das Gesicht ab, Liebling, ich werde den Ofen anzünden.«

Während er den nassen Torf herausholte und trockenen hineingab, kämmte sich Fay und puderte sich die Nase. Ihr war heiß, sie war verärgert und niedergeschlagen.

Als das Feuer angegangen und der Ofen warm wurde, sagte Daniel: »Ich hab dir ein Geschenk mitgebracht. Eigentlich ist es für uns beide, aber du kannst es benutzen, wann immer du willst.«

Er sah sehr zufrieden mit sich aus. Langsam, den Ruß von ihrem Kleid klopfend, folgte ihm Fay in den Hof hinaus.

»Schau«, sagte Daniel.

Sie folgte seinem Blick. An der Mauer lehnte ein Fahrrad.

»Ich weiß, daß du keine allzu große Lust hast, auf dem alten Nelson zu reiten, also hab ich mir gedacht, das wär das Richtige. Damit kommst du ein bißchen weiter herum. Ich hab's in Ely gekauft. Es muß nur neu angestrichen werden, das ist alles.«

»Aber ich kann doch gar nicht radfahren«, antwortete Fay erschrocken.

»Ich weiß.« Daniel nahm sie in die Arme. »Ich bring's dir bei.«

Sie ließ sich zu dem Fahrrad hinüberführen. Die Räder schienen riesig, der Sattel Meilen vom Boden entfernt zu sein. Außerdem hatte es eine Querstange.

»Ich hab nicht die richtigen Kleider dafür an – mein Rock wird zerreißen ...«

»Du kannst meine alte Kordhose anziehen.« Daniel hob das Fahrrad hoch und ließ zur Probe die Pedale kreisen.

»Krempel einfach die Hosenbeine hoch. Komm Fay – jetzt ist deine erste Unterrichtsstunde.«

»Eine *Hose*«, sagte sie kleinlaut. Sie hatte noch nie eine Hose getragen.

Er grinste. »Ja, eine Hose. Sonst ruinierst du dir deine guten Kleider.«

Als sie fünf Minuten später aus dem Schlafzimmer zurückkam, trug Fay die alte und oft geflickte Kordhose ihres Mannes, die in der Taille mit einem Gürtel und an den Fesseln mit Schnüren zusammengebunden wurde.

»Ich sehe lächerlich aus.«

»Du siehst hinreißend aus.« Der Ausdruck in seinem Gesicht verriet, daß er die Wahrheit sagte. Daß sie, obwohl sie sich selbst häßlich und albern vorkam, für Daniel immer schön war. Sie verspürte ein angenehm prickelndes Gefühl angesichts der Macht, die sie über ihn besaß.

Er hielt das Fahrrad fest. »Steig auf, Liebling. Ja, genau so. Jetzt nimmst du die Lenkstange, stellst die Füße auf die Pedale, und ich schieb dich.«

Als das Fahrrad begann, sich zu bewegen, kreischte sie auf. Gackernd flatterten die Hühner davon, aber Daniel schob sie weiter.

»Versuch zu treten, Fay. Tritt abwechselnd zuerst mit einem Fuß und dann mit dem anderen. Dann hast du's bald raus.«

Ihre Füße rutschten von den Pedalen ab, und als Daniel versuchte, den Sattel loszulassen, begann das Fahrrad gefährlich zu schwanken, bis er es wieder festhielt. Es war genauso schrecklich wie der Küchenherd, dachte Fay verärgert.

»Weißt du«, sagte Daniel, als er wieder zu Atem kam. »Ich fahre, und du setzt dich auf die Stange. Vielleicht kriegst du dann das Gefühl dafür.«

Als sie auf der Stange saß, beide Beine auf einer Seite herabhängen ließ und sich zwischen Daniels Händen am Lenker festhielt, fühlte sich Fay sehr unsicher. Aber als er zu treten begann, das Fahrrad Geschwindigkeit aufnahm und sie aus dem Hof und am Rand des Felds entlangfuhren, begann sie allmählich zu begreifen, wie es funktionierte. Sie kreischte immer noch, wenn sie um eine Ecke fuhren, und hielt immer noch die Augen zugekniffen, als sie schließlich in einer Staubwolke und mit quietschenden Bremsen wieder in den Hof einbogen. Aber die Geschwindigkeit war erregend und machte Spaß.

Daniel stieg vom Sattel und fing Fay in seinen Armen auf. »Na? Wie findest du's?«

Seine Augen waren grün und glitzerten. Sie wußte, daß er sie begehrte, und überraschenderweise begehrte sie ihn auch. Dann sah sie die schwarze Rauchwolke, die aus der Küchentür quoll.

»Die Pastete!« rief Fay und rannte ins Cottage.

Weit fort von London und den ganzen Tag an der frischen Luft arbeitend, verbesserte sich Daniels Gesundheit schnell. Zwar tat ihm am Ende des Tages sein Bein weh, aber das waren normale Ermüdungsschmerzen. Nachts schlief er tief und fest und wachte früh am Morgen auf, um die Tiere zu füttern. Fay schlief ein, zwei Stunden länger. Er liebte es, sie im Schlaf zu beobachten, während er sich anzog.

Er arbeitete von Sonnenaufgang bis Sonnenuntergang, und während er arbeitete, spürte er, wie die Schatten der vergangenen Jahre, die Erinnerungen an den Krieg und seine Nachwirkungen immer mehr von ihm abfielen. Seine Furcht vor geschlossenen Räumen machte ihm nicht mehr zu schaffen, weil hier draußen nichts abgeschlossen war. Immer seltener hörte er des Nachts die Schreie seiner im Schlamm gefangenen Kameraden. Wenn er schlecht träumte, lag Fay neben ihm, um ihn festzuhalten, bis er sich beruhigte.

Er begann wieder zu lesen, lieh sich Bücher aus der Bibliothek in Ely, gelegentlich kaufte er welche in Antiquariaten. Manchmal, beim Graben oder Pflügen, formten sich Sätze in seinem Kopf. Bruchstücke von Geschichten, Erinnerungen an die Dinge, die er gesehen hatte. Er schrieb sie nicht auf: Er hatte Angst, die wenigen Worte könnten sich auflösen und verschwinden, sobald er die Feder ansetzte, und er bliebe genauso stumm und verwirrt zurück wie zuvor.

Zum Pflügen hatte er sich ein altes Armeepferd gekauft. Nelson war ein beschädigtes und nervöses Opfer der Somme-Schlacht. Wie sein Namensvetter hatte er nur ein Auge, wie Daniel scheute er Lärm und geschäftiges Treiben. Aber er war ein gutes Arbeitstier, und wenn man ihn aufmerksam und respektvoll behandelte, ließ er sich reiten. Geduldig zog Nelson den Pflug und die Egge über Daniels siebeneinhalb Hektar Land und bereitete den Boden für die Frühjahrssaat vor.

Im Laufe dieses ersten Herbstes seiner Ehe hatte Daniel das Gefühl, daß sich nach sechs Jahren der Irrungen alles zum Guten für ihn fügte. Er wußte, daß er sein Schicksal in die Hand nehmen konnte, und er tat sein Bestes, damit auch Fay zufrieden war. Sie fand es jedoch schwieriger, sich ans Landleben zu gewöhnen, als sie gedacht hatte. Noch immer konnte sie sich mit den wenigen Läden und der körperlichen Arbeit, die das Landleben notwendig machte, nicht abfinden. Daniel achtete darauf, den Großteil der schweren Verrichtungen selbst zu übernehmen. Es schwor sich, nie ein Arbeitstier aus Fay zu machen: Die Erinnerung an seine Mutter, deren Körper von den ständigen Schwangerschaften verunstaltet und deren Hände von der Plackerei rot und schrundig waren, ließ ihn nie los. Das Beispiel seiner Mutter vor Augen, achtete er darauf, daß Fay nicht gleich schwanger wurde. Es war besser, die Mutterschaft ein oder zwei Jahre aufzuschieben, bis die Farm richtig lief und ein wenig Geld auf die Seite gelegt war. Daniel wollte seinen Kindern das bieten, was er selbst hatte entbehren müssen: Schulbildung, ohne den Zwang, schon in jüngsten Jahren arbeiten zu müssen.

Er versuchte, Fay die Fens zu erklären, und war sicher, wenn sie die komplizierte Beschaffenheit dieses schwierigen Lands verstünde, würde sie es auch lieben lernen. Eines regnerischen Nachmittags überredete er sie, Galoschen und Jacke anzuziehen und mit ihm den Deich entlangzuspazieren.

»Ich ruiniere mir das Haar«, wandte sie ein. »Es regnet.«

Sie räumte gerade die Überreste ihres Mittagessens weg, eine seltsame Kombination aus matschigen Rühreiern und Sardinen aus der Büchse.

»Es nieselt doch nur ein bißchen«, antwortete Daniel geduldig. »Schau – im Osten klart's schon auf.«

Schließlich zog sie ihre Galoschen an und band sich ein Tuch um den Kopf. Daniel nahm ihren Arm, als sie über den Hof und durch den Garten gingen.

»Die Hühner machen sich gut«, sagte er. »Letzte Woche hast du fast drei Dutzend Eier gesammelt, Fay.«

»Der Pfarrer hat eineinhalb Dutzend abgenommen«, antwortete sie. »Es wäre schön, wenn du auch in die Kirche gehen würdest, Daniel. Da könnten wir ein paar Leute kennenlernen.«

Diese Unterhaltung hatten sie bereits geführt, und er hatte vergeblich versucht, ihr zu erklären, daß ihm derlei Dinge nach dem Krieg bedeutungslos geworden waren. Doch ihre Worte lösten Schuldgefühle in ihm aus. Er wußte, daß er Fay von ihrer Familie und ihren Freunden weggeholt hatte und daß sie im Dorf noch keinen Ersatz für sie gefunden hatte.

»Wen kannst du denn in der Kirche schon treffen, den du nicht auch in der Post oder im Laden treffen könntest?«

»Den Pfarrer und seine Frau beispielsweise«, sagte Fay. Ihre Stimme klang inzwischen ein wenig schmollend. Vorsichtig setzte sie ihre Schritte durch Schlamm und Gras. »Und die Blythes.«

Sie hatten das Ende des Gartens erreicht und den Zaun, der einst die Grenze des Lands der Gillorys bezeichnet hatte. Bald gehört es mir, dachte Daniel stolz, als er über die Felder sah, die Hattie gekauft hatte.

Er versuchte, es ihr zu erklären: »Du weißt nicht, wie es hier ist, Fay. Der Pfarrer würde dich oder mich nie in sein

Haus einladen – wir sind ihm nicht ebenbürtig. Als Junge hab ich manchmal für Mr. Fanshawe gearbeitet, seinen Garten gejätet. Seitdem hat sich nicht viel geändert. Er kauft unsere Eier und unser Gemüse, aber wir werden nie an seinem Tisch sitzen.«

»Aber der Krieg …«, sagte Fay. »Du warst doch *Offizier …*«

»Das macht hier keinen Unterschied. Hier bin ich immer noch Daniel Gillory, der Sohn des Hufschmieds.«

Er reichte ihr die Hand und half ihr über den Zaun. »Und was die Blythes angeht«, begann er vorsichtig, »nun, man ›trifft‹ Leute wie sie nicht. Man arbeitet für sie oder zieht die Mütze oder knickst auf der Straße vor ihnen. Wenn du ihre Regeln verletzt, verlierst du deine Arbeit und dein Zuhause. Die meisten der Cottages in Drakesden sind in irgendeiner Form an Drakesden Abbey gebunden. *Im Besitz* der Blythes, genauer gesagt.«

Er hörte die Bitterkeit in seiner Stimme, konnte sie aber nicht verbergen. Er nahm Fays Hand und folgte dem schmalen Pfad am Rand des gepflügten Felds entlang zum Deich hinüber.

Er hörte sie sagen: »Aber unser Cottage nicht, Daniel.«

»Nein.« Diesmal lag eine grimmige Befriedigung in seiner Stimme. »Mein Urgroßvater hat das Cottage und das Land gekauft. Es kann zwar überschwemmt werden, aber ich mach was draus.«

Sie hatten den Fuß des Deichs erreicht, Daniel kletterte ein Stückchen hinauf und reichte Fay die Hand.

»Es ist so glitschig – ich rutsch aus …«

»Ich laß dich nicht fallen.« Er hielt sie fest, und kurz darauf stand sie neben ihm auf dem Wall. Auf einer Seite lag das Land, das Hattie ihm gekauft hatte, auf der anderen das vom Herbstregen angeschwollene Deichgewässer. »Sei vorsichtig – geh nicht zu nah an den Rand.«

Fay sah auf das Wasser hinab. »Es sieht schrecklich aus. So dunkel und schlammig.«

»Und gefährlich. Wenn ein Pferd oder eine Kuh ins Wasser fallen, sind sie oft verloren, weil niemand die Kraft hat, sie wieder rauszuziehen. Und jeden Winter hört man, daß ein Kind darin ertrunken ist.«

»Schrecklich«, sagte Fay erneut.

»Aber notwendig. Ohne den Deich, der das Wasser zurückhält, hätten wir die Farm nicht. Alles wäre überschwemmt.«

Dann erklärte er ihr, wie anders die Fens vor vierhundert Jahren ausgesehen hatten. Daß Vermuyden und seine Holländer die Landschaft für immer verändert hatten – immer vorausgesetzt, das Wasser brach nicht wieder ein und verwandelte das Land erneut in die Sümpfe und Seen, denen es abgerungen worden war. Er erklärte ihr, daß weder Vermuyden noch sonst jemand die Probleme vorausgesehen hatte, die jedes Jahr kritischer wurden: das allmähliche Austrocknen und Schrumpfen des Torfs und das damit verbundene tiefere Absinken der Fens unter den Meeresspiegel.

Er war sich nicht sicher, ob sie zuhörte. Der Wind hatte zugenommen und peitschte ihr das Haar ins Gesicht.

»Ich weiß nicht, warum sie sich die Mühe gemacht haben«, sagte Fay unbeeindruckt. »Es hört sich nach viel Aufwand an für ein paar Felder.«

»Es ist das beste Farmland in ganz England«, antwortete Daniel freundlich, aber bestimmt. »Deswegen haben sie sich die Mühe gemacht.«

»Dann werden wir reich?«

Er lachte. »Ich hoffe es. Vor allem, wenn ich mehr Land kaufen kann.«

Vor ihnen breitete sich die Landschaft aus Feldern, Flüssen und Gräben aus. Auf der einen Seite, ein wenig abseits, das Dorf Drakesden, ihr Cottage und ihr Acker, auf der anderen die Insel. Rechts von Daniel gehörten alle Felder zur Abbey.

»Ich würde gern mehr kaufen«, erklärte er. »Ich würde dieses Feld gern haben – und das dort.« Er deutete auf die gepflügte schwarze Erde vor ihnen. »Dann hätte ich mehr als zehn Hektar, was mich berechtigen würde, Inspektor der

Entwässerungskanäle zu werden. Die Entwässerung im Südteil ist in einem verheerenden Zustand – und niemand unternimmt etwas dagegen, bis es einen schlimmen Winter gibt und alles überschwemmt wird. Wenn ich Aufseher wäre, könnte ich vielleicht jemand in den Hintern treten.«

»*Daniel*«, sagte Fay tadelnd. Und dann: »Wann wirst du diese Felder kaufen?«

»Ich weiß es nicht.« Er verzog das Gesicht. »Wenn ich genug Geld habe. Wenn sie zum Verkauf stehen.«

Wenn die Blythes ein bißchen mehr von ihrem Land hergeben müssen, um ihre Pfauen, ihre Brunnen und ihre teuren Juwelen zu bezahlen, dachte er. *Bald*.

Sie war ein Stückchen von ihm weggegangen, den Wall hinunter, auf die Gruppe von Krüppelbäumen zu, die am Rand von Hatties Feld standen. Er fragte sich, ob Nicholas Blythe schon wußte, daß er, Daniel Gillory, den Nicholas für einen Dieb und Lügner hielt, das Land bestellte, das einst seiner Familie gehört hatte. Es war eine kleine, aber wohltuende Rache. Das Land, das er jetzt bebaute, würde ihm bis nächsten Sommer wenig einbringen, außerdem gab es immer noch die Schulden an Hattie, die zurückbezahlt werden mußten. Das Geld, das er von dem Jahr in der Werbeagentur gespart hatte, schmolz schnell dahin. Die anfänglichen Ausgaben für die Farm waren unvermeidlich groß gewesen, obwohl er soweit wie möglich gebrauchte Geräte gekauft hatte. Für den Haushalt brauchte Fay mehr, als er sich ursprünglich ausgerechnet hatte, und obwohl die Preise für landwirtschaftliche Erzeugnisse im Moment hoch waren, war Daniel nicht überzeugt, daß sie so hoch bleiben würden. Er wußte, daß er im ersten Jahr sehr aufpassen mußte.

»Daniel! *Daniel!*«

Fays Stimme unterbrach seine Gedanken. Er hörte Angst aus ihren Rufen, und auch ihm brach Angstschweiß auf der Stirn aus, als er den Hang hinab auf sie zulief. Sie stand in der Baumgruppe. Ihr Gesicht war bleich, ihre Züge starr vor Schreck.

»Liebling – was ist?«

Mit zitterndem Finger deutete sie auf die schlammigen Wurzeln eines Weißdornstrauchs. Eine braune Schlange hatte sich dort zum Schutz vor dem Regen zusammengerollt. Fay schluchzte.

»Das ist doch bloß eine Ringelnatter«, sagte Daniel sanft, zog sie an sich und streichelte sie. »Sie tut dir nichts, Liebes.«

»Ich dachte – ich dachte, sie würde mich beißen ...«

Ringelnattern beißen nicht, Liebling. Ehrlich.«

Er begann, sie zu küssen, seine Lippen strichen über ihre feuchten Lider, ihren nassen Mund. Mit den Fingern strich er durch ihr dunkles Haar und drückte sie an sich. Die Schlange entringelte sich und glitt ins höhere Gras auf dem Deich davon, und Daniel zog Fay zu Boden und liebte sie. Der Duft ihrer Haut vermischte sich mit dem Geruch der warmen, nassen Erde.

Lady Blythe sah ihn eines Morgens auf dem Weg zur Kirche. Wegen seines Rheumatismus verließ William das Haus immer seltener, und der anhaltende Nieselregen hielt sie davon ab, zu Fuß zu gehen. Kerzengerade aufgerichtet saß sie daher im Fond des Daimlers und fuhr mit einer Geschwindigkeit von zehn Meilen in der Stunde über die holperige Straße.

Er kam ihr vom anderen Ende des Dorfs entgegen und ging in Richtung Kirche. Er fiel ihr auf, weil er trotz des Regens und obwohl Sonntag war keine Kopfbedeckung trug. Ein schmuddeliger junger Mann, dachte sie verächtlich, bevor sie ihn erkannte. Wie sehr doch seit dem Krieg die guten Sitten verkommen waren. Die junge Frau neben ihm trug Hut und Mantel, beides lavendelfarben. Die kleinen Gestecke aus Seidenblumen an Hut und Mantel wurden vom Regen platt gedrückt. Sie sieht vulgär aus, dachte Gwendoline Blythe. Ihr Mund schien mit Lippenstift bemalt zu sein. Für die *Kirche*!

Der Daimler hielt vor dem Friedhofstor. Das junge Paar

war fast an der Kirche angekommen. Der Chauffeur öffnete die Tür, und Lady Blythe im ganzen Prunk ihrer altmodischen Röcke und Mäntel ließ sich heraushelfen.

Dann stand sie ihm gegenüber. Daniel Gillory war inzwischen natürlich größer und älter, dennoch erkannte sie ihn sofort. Das goldbraune Haar, das sich im Regen kringelte, die gerade Nase, der Mund. Die gleichen haselnußbraunen Augen starrten sie mit fast demselben erschrockenen Ausdruck an wie vor sechs Jahren. Beinahe erwartete sie, den Donner zu hören, der damals den Regen begleitete, und die Blitze zu sehen, die den trüben grauen Himmel zerrissen. Seine physische Gegenwart wirkte fast überwältigend, als sie sich erinnerte, wie dieser Mann ihre Tochter umarmt hatte. So klar stand das Bild vor ihr, als wäre es gestern gewesen. Der Ausdruck in seinen Augen veränderte sich jetzt von Erschrecken zu einer Art unverschämter Amüsiertheit, gepaart mit Triumph.

Sie ging an Daniel Gillory vorbei und gab natürlich vor, ihn nicht zu erkennen. Allerdings bemerkte sie, daß er die junge Frau zurückließ und von der Kirche wegmarschierte. Köpfe neigten sich, als sie an den Dorfbewohnern vorbei unters Vordach trat. Daniel Gillory hatte sich nicht verbeugt. Genau wie damals vor vielen Jahren, als sie ihn mit Lally erwischte, überkam sie physischer Ekel. Jetzt war er vielleicht noch schlimmer, weil er ein Mann und kein Junge mehr war.

Als Lady Blythe betete, waren ihre Gedanken nicht von christlicher Vergebung und Nächstenliebe geprägt. Der ganze aufgestaute Ärger der vergangenen Monate nagte an ihr. Weder antwortete sie rechtzeitig bei den Gebeten, noch konnte sich an die Melodien der Kirchenlieder erinnern.

Als der Gottesdienst vorbei war, verließ sie wie gewöhnlich als erste die Kirche. Unter dem Vordach blieb sie kurz stehen und sagte: »Sie müssen heute nachmittag in die Abbey kommen, Herr Pfarrer. Gegen vier wäre passend.« Dann schritt sie zu dem wartenden Auto.

Sir William befand sich im Wintergarten, als Lady Blythe

aus der Kirche zurückkam. Sie streifte die Ziegenlederhandschuhe ab, setzte sich aber nicht.

»Langweiliger Gottesdienst?« fragte Sir William und füllte die Sprühflasche nach.

»Ich weiß nicht mehr.« Gwendoline pflückte ein paar welke Blätter von der Bleiwurz. »Ich habe Daniel Gillory gesehen, William.« Sie mußte den Namen geradezu herauswürgen: Er brannte wie Säure in ihrem Hals.

»Gillory?« fragte William unbestimmt. »Den Hufschmied ...?«

»Seinen Sohn. Jack Gillory ist tot.«

Sie sagte nicht: »Jack Gillory ist im Krieg gefallen.« Damit hätte sie ihn auf die gleiche Stufe mit Helden wie Gerald gestellt.

»Oh.« William klang desinteressiert. Er füllte einen Terrakottatopf mit Kompost. »Nun, der Junge ist in Drakesden zu Hause, Gwennie. Also ist es doch kaum überraschend ...« Seine Stimme brach ab, der Satz blieb unvollendet.

Diese Sparsamkeit mit Worten wurde bei William zunehmend zur Gewohnheit. Nie war er gesprächig, seine Sätze blieben häufig unvollendet in der Luft hängen, als wären Worte – genauso wie Geld – inzwischen Mangelware auf Drakesden Abbey. Gwendoline fand diese Angewohnheit unerträglich ärgerlich.

»Gillory – *Daniel* Gillory – hat Drakesden kurz nach Ausbruch des Krieges verlassen, wenn du dich erinnerst, William. Ist einfach auf und davon.«

Vorsichtig setzte William den Orchideenschößling in die feuchte Erde. »Vermutlich ist er Soldat geworden, Gwennie.«

Ein Bleiwurztrieb brach unter Gwendolines Händen ab, und himmelblaue Blütenblätter fielen auf den gefliesten Boden. Sie zischte: »Er hat für uns gearbeitet, William!«

»Ja.« Er stellte seine Pflanzen beiseite und sah sie an. »Das war unhöflich von ihm, Gwendoline, aber kaum der Rede wert.«

Wie schon so viele Male im Laufe der Jahre fragte sie sich, ob sie richtig gehandelt hatte, die Episode mit Lally und Daniel Gillory vor William geheimzuhalten. Aber darüber zu sprechen hätte bedeutet, über Dinge zu sprechen, über die nachzudenken sie selbst vermied. Sie bemühte sich, ihren Abscheu unter Kontrolle zu bekommen.

»Es ist nur, daß dieser Gillory auch in diesem Sommer hier war. Und seitdem ist alles schiefgegangen.«

Sie wandte sich von ihm ab und trat ans Fenster. Das Glas war von der Wärme des Wintergartens beschlagen. Als sie die Scheibe mit den Fingerspitzen berührte, rannen große Wassertropfen über das Glas hinunter, als ahmten sie den Regen draußen nach.

»Nicholas und das Thorne-Mädchen«, flüsterte sie. »Wie *konnte* er nur, William? Ich hatte solche Hoffnungen ...«

Als vor drei Monaten das Telegramm eintraf, das ihnen Nicholas' Hochzeit mit Thomasine Thorne mitteilte, war Gwendolines erster Gedanke gewesen, nach Frankreich zu fahren und die entsetzliche und närrische Verbindung aufzulösen. Doch William hatte es ihr ausgeredet. Nicholas war über einundzwanzig, und so gab es keine Möglichkeit, die Ehe zu annullieren. Und da Nicholas offensichtlich aus Liebe geheiratet hatte, würde er sich wahrscheinlich ganz von ihnen abwenden, wenn sie die Schicklichkeit der Verbindung anzweifelten. Gwendoline wusste hinreichend über Nicholas' labilen Gesundheitszustand Bescheid, um dies für möglich zu halten. Sie hätte es nicht ertragen, Nicholas für immer zu verlieren, so wie sie Gerald verloren hatte. Bevor er nach England zurückkehrte, war nichts zu ändern.

Sie glaubte jedoch nicht, daß Nicholas aus Liebe geheiratet hatte. Er hatte dieses Thorne-Mädchen geheiratet, weil sie ihn umgarnt, weil sie seine jugendliche Verliebtheit wieder angefacht und Vorteil aus seiner momentanen Schwäche geschlagen hatte, um zu bekommen, was sie immer gewollt hatte: Drakesden Abbey. Die hastige Heirat bestätigte sie nur in ihrer Meinung über Miss Thorne. Die Vorstellung, daß diese schlechterzogene junge Frau mit ihrem geliebten

Sohn das Bett teilte oder die Pflichten der Herrin von Drakesden Abbey ausführte, empörte sie.

Punkt vier Uhr traf Pfarrer Fanshawe ein. Beim Tee im Salon stellte Gwendoline die nötigen Fragen.

»Ich war überrascht zu sehen, daß Daniel Gillory nach Drakesden zurückgekehrt ist, Herr Pfarrer.«

Ihr Besucher wand sich schuldbewußt auf seinem Stuhl, woraus Lady Blythe schloß, daß er von Daniel Gillorys Rückkehr schon seit einiger Zeit wußte. Unerbittlich fuhr sie fort: »Wann ist er zurückgekommen?«

Der Pfarrer nahm sich von dem Teegebäck und wich ihrem Blick aus. »Oh – ich bin nicht sicher – vor ein, zwei Monaten vielleicht ...«

»Und die junge Frau, die bei ihm ist?«

»Mrs. Gillory? Sie ist aus London. Sie haben im September geheiratet.«

Es folgte eine kurze Pause. Endlich hatte es zu regnen aufgehört, und durch die Fenster im Salon war eine blasse Sonne zu sehen, die die Felder in silberiges Licht tauchte.

»Der Junge ist Schmied, wie sein Vater, nicht wahr?« sagte William plötzlich. »Obwohl dafür jetzt weniger Nachfrage ...«

»Ah. Ich glaube nicht, daß das Automobil je das Pferd aus Drakesden verdrängen wird, Sir William.« Der Pfarrer stieß ein höfliches Lachen aus. »Aber nein – Daniel führt nicht das Gewerbe seines Vaters fort. Er betreibt Landwirtschaft.«

Die Nachricht freute Lady Blythe. »Dann wird er schon bald wieder fort sein«, sagte sie schroff. »Von dem elenden Stück Land kann keiner leben.«

»O nein, Euer Ladyschaft ...«, sagte der Pfarrer und hielt dann errötend inne, während seine Tasse auf der Untertasse klapperte.

»Ja, Herr Pfarrer?« fragte Lady Blythe. Ihre Stimme klang hart wie Stahl. »Was wollten Sie sagen?«

»Daniel hat weitere sechs Hektar Land gekauft. Die Felder, die an den Acker der Gillorys grenzen.«

Zuerst begriff sie nicht, was Mr. Fanshawe meinte. Dann verstand sie plötzlich und mußte ihre ganze Selbstbeherrschung aufbringen, um ihren Zorn zu verbergen.

»Unsere Felder?«

Fanshawe nickte. Er sah ängstlich aus.

William sagte: »Aber die Felder wurden an eine Londoner Frau verkauft. Ich kann mich an den Namen nicht erinnern ...«

Plötzlich erriet Gwendoline, was Daniel Gillory getan hatte. »Sie haben doch gesagt, daß Gillory die letzten Jahre in London verbracht hat. Diese Frau ist wahrscheinlich eine Bekannte von ihm. Er wußte, daß wir kein Blythe-Land an *ihn* verkaufen würden.«

Ihre Stimme war eisig. Sie mußte sich sehr stark auf simple Handlungen wie das Falten ihrer Serviette und das Abstellen ihrer Teetasse konzentrieren. »Sie werden mich entschuldigen – William, Herr Pfarrer.«

In ihrem Schlafzimmer stand Gwendoline am Fenster und sah auf die Gärten, die Felder und auf die Linie hinaus, wo Erde und Horizont sich trafen. Jetzt verstand sie den Grund für den Triumph, den sie am Morgen in Daniel Gillorys grüngoldenen Augen gesehen hatte. Sie verstand auch die Bitterkeit des Kampfes, den sie auszufechten hatte. Daß er auch nur einen winzigen Zipfel vom Land der Blythes besaß, war unerträglich für sie. Doch ein Teil in ihr begrüßte den Beginn der Feindseligkeiten, und sie erkannte, wie schwer die Untätigkeit der vergangenen Monate auf ihr gelastet hatte. Genau wie damals, 1914, verschmolzen die Gestalten von Thomasine Thorne und Daniel Gillory ineinander und wurden zu einem Feind, zu einem Eindringling.

Teil III

1921 – 1923

Ist auch die Speisekammer leer
Wir haben Spaß!
Und sind die Zeiten noch so schwer
Wir haben dennoch Spaß.

VOLKSTÜMLICHES LIED

7

ANFANG 1921 KEHRTEN die Blythes nach England zurück. Schmutziger Schnee säumte die Gehsteige, und selbst mittags war der Himmel trüb und stählern grau. An den Straßenecken hielten ehemalige Soldaten, denen oft ein Arm oder ein Bein fehlte, die Hüte um ein paar Pennys auf.

Sie quartierten sich im Claridges ein. Als Thomasine durchs Fenster auf das London hinaussah, das sie vor fast achtzehn Monaten verlassen hatte, dachte sie über das erste halbe Jahr ihrer Ehe nach. Den August hatten sie in Le Touquet verbracht und waren dann mit zunehmender Eile durch Frankreich gereist: Deauville, Trouville, Biarritz, Nizza und Montpellier. Doch dann waren Briefe von Nicholas' Vermögensverwalter eingetroffen, und sie waren gemächlich und voller Widerwillen nach Calais zurückgefahren. Als sie in den sonnenlosen Nachmittag hinausblickte, hatte Thomasine das Gefühl, daß sie seit ihrer Hochzeit die Tage und Wochen nicht mehr voneinander unterscheiden, daß sie sich nicht erinnern konnte, in welchem Monat sie welche Stadt besucht, in wessen Gesellschaft sie sich am Strand gesonnt, getanzt oder geplaudert hatte.

In einem der vielen französischen Seebäder hatte sie einen Arzt aufgesucht. Sie erzählte ihm einen Teil ihrer Geschichte und offenbarte endlich jemandem ihre Ängste. Daß die frühe und unbehandelte Fehlgeburt sie für immer geschädigt hatte, daß sie nicht in der Lage sein könnte, das Kind zu bekommen, das sie und Nicholas sich so sehr wünschten. Von ihrem anderen Problem erzählte sie natürlich nichts.

Um zu gestehen, daß ihr Mann sie zwar liebe, aber nur selten begehre, war sie viel zu stolz.

Der freundliche französische Arzt beruhigte sie einigermaßen und verschrieb ihr ein Stärkungsmittel. Sie sei sehr jung, meinte er. Sie habe noch eine Menge Zeit. Am Tag zuvor, als sie auf der Kanalfähre stand und die unruhigen Wellen gegen das Schiff schlagen sah, dachte sie, daß er unrecht hatte. Sie hatte nicht viel Zeit: Zeitmangel und Nicholas' vorübergehende Geldnot hatten sie auf dieses Schiff verschlagen, das sie in Dover ausspucken würde. Weder sie noch Nicholas hatten Lust, nach England zurückzukehren.

Zweifel befielen Thomasine, wenn sie in den frühen Morgenstunden aufwachte oder wenn Nicholas darauf bestand, eine weitere Party zu besuchen, einen weiteren Abend auswärts zu verbringen. Oder, was am schlimmsten war, wenn sie wieder einmal vergeblich versucht hatten, miteinander zu schlafen. Es ging jedoch nicht immer schief. Sie mußte weder unter dem ständigen, demütigenden Gefühl einer nicht vollzogenen Ehe leiden, sagte sie sich, noch glaubte sie wirklich, daß Nicholas' Mangel an Leidenschaft auf einen Mangel an Liebe zurückzuführen war. Seine Hingabe kam ihr unvermindert stark vor. Es waren ihre eigenen Gefühle, die Zweifel in ihr erweckten. Ihr Glaube an die Rechtmäßigkeit einer Ehe, die sich äußerem Zwang und der Überzeugung verdankte, daß Freundschaft wichtiger sei als Leidenschaft, war im Lauf der Monate verblaßt. Das einzige, was ihre Bedenken hätte mildern können – eine neue Schwangerschaft –, war nicht geschehen. Jeden Monat durchlebte sie das Leid des Hoffens, um dann ihre Hoffnungen erneut begraben zu müssen. Jede Nacht wandte sich Nicholas nach einer keuschen Umarmung von ihr ab, und ihre Zweifel verstärkten sich.

Nicholas stand hinter ihr. Mit einer Geste zögernder Zuneigung legte er seine Hand auf ihre Schulter.

»Scheußlich, nicht wahr? Als hätte jemand einen Vorhang vorgezogen.«

Sie lächelte und sah auf den dunklen, gelblichgrauen

Himmel hinaus. »Vielleicht schneit es. Das würde mir gefallen.«

»Wir werden nicht lang in England bleiben, Thomasine, das verspreche ich dir. Ich suche meinen Vermögensverwalter auf und kläre alles. Es wird nicht lange dauern.« Er holte sein Zigarettenetui aus seiner Tasche.

»Fahren wir nach Drakesden?« fragte sie und äußerte damit ihre größte Befürchtung.

Nicholas schüttelte den Kopf. »Noch nicht. Ich hab Mama geschrieben.« Er zog einen zerknitterten Umschlag aus der Tasche und wedelte damit vor Thomasine herum. »Ich hab ihr mitgeteilt, daß wir in London sind und uns freuen würden, sie zu sehen. Ich dachte, das wäre das richtige ... ich meine ... es wäre doch ziemlich taktlos, einfach so in Drakesden aufzukreuzen ...« Seine Stimme brach ab.

Sie stellte sich vor, mit Nicholas nach Drakesden Abbey zu fahren und durch die große Eingangspforte in die Halle mit den ausgestopften Vögeln und den Tieren zu treten, die sie mit ihren Glasaugen anstarrten. Sie spürte, wie sich ihr Magen verkrampfte, erwiderte aber: »Ich bin sicher, daß es das richtige ist. Laß uns ausgehen, Nick. Ich bin hungrig.«

Thomasine trug ein ritterspornblaues Kleid mit weißen Seidenstrümpfen. Das Kleid hatte eine tiefe Taille, und der Saum endete kurz unter dem Knie. Um den Kopf trug sie ein diamentenbesetztes Band. Nicholas sah sie an und dachte, wie reizend sie aussah. Er schob seine Sorgen beiseite und sagte sich, daß jetzt alles in Ordnung war, daß er viele Freunde in London hatte, daß er Thomasine ein besserer Ehemann sein wollte und daß sie Spaß hätten.

Sie gingen in ein kleines Restaurant am Hanover Square. Es war noch ziemlich früh, erst sieben Uhr, und nur die Hälfte der Tische war besetzt. Die Stille im Restaurant machte Nicholas nervös. Er zog den betriebsamen Lärm vor und war froh, als der Pianist zu spielen begann. Die Musik, ein langsamer, weicher Blues, schien die Leute aus der Kälte und Dunkelheit hereinzulocken. Nicholas sah alle neuen Gäste an und hielt Ausschau nach bekannten Gesichtern.

Gegen halb acht, als er die letzte Zigarette aus seinem Etui anzündete und Zucker in seinen Kaffee rührte, drängte eine Gruppe von Leuten ins Lokal. Als die Tür aufging und die neuen Gäste eintraten, schienen sie Farbe und Licht in den Raum zu bringen, und die Klaviermusik ging in ihrem schrillen Gelächter unter. An den Kleidern der Frauen funkelte Schmuck, und auf den Mänteln der Männer glitzerte der Schnee wie Brillanten.

Nicholas sah sich die Neuankömmlinge an und erkannte einige Gesichter. Er erinnerte sich an Bobby Monkfield aus Winchester – Bobby war ein oder zwei Jahre jünger als er, aber das spielte heutzutage keine Rolle. Wenn Nicholas seine Klassenkameraden aufgezählt hätte, hätte er festgestellt, daß ein Drittel von ihnen im Krieg gefallen war. Er erinnerte sich auch an Bobbys Schwester Lavender, die er von Kricketspielen und Schulabschlußfeiern kannte. Sie hatte sich verändert. Aus dem pummeligen Mädchen war eine große junge Frau mit modisch salopper Haltung und lässigen Gesten geworden.

Einige der Gesichter glaubte er von Deauville oder Le Touqet her zu kennen, konnte aber keine Namen mit ihnen verbinden. Eine vage Erinnerung schien in ihm aufzuflackern, als sein Blick auf den blonden jungen Mann neben Lavender Monkfield fiel. Nicholas' Finger begannen zu zittern, und Zigarettenasche fiel auf das weiße Tischtuch. Aber fast im selben Moment wurde ihm klar, daß er sich geirrt hatte, daß es eine böse Täuschung war, denn dies war nicht sein Freund Richardson, der dort saß und Cocktails bestellte, sondern ein Fremder. Die Ähnlichkeit lag an dem blonden Haar, den blauen Augen und dem durchtrainierten Körper.

Er hörte Thomasine sagen: »Es sieht so schön aus, nicht?«, doch er hatte keine Ahnung, wovon sie sprach. Dann sah er den Schnee und den besorgten Ausdruck in ihren Augen und antwortete: »Sehr schön. Wie eine Weihnachtspostkarte.« Seine Zigarette ausdrückend, fügte er hinzu: »Da drüben ist ein Bursche, den ich kenne. Komm, laß dich vorstellen.«

Monkfields Freunde tranken trockene Martinis und studierten die Speisekarte. Nicholas durchquerte das Lokal und berührte Bobbys Schulter, um auf sich aufmerksam zu machen.

»Monkfield? Schön dich zu sehen.«

Bobby Monkfield hatte eine blühende Gesichtsfarbe und rötliches Haar. Er blinzelte. »Blythe? Gütiger Himmel, du bist es? Hab dich seit Jahren nicht mehr gesehen, altes Haus.«

Nicholas erinnerte sich, daß er Bobby Monkfield in Winchester nicht gemocht hatte. »Ich war eine Weile im Ausland und davor auf dem Familiensitz. Meine Frau und ich sind erst heute morgen nach London zurückgekommen.«

Er spürte immer noch großen Stolz und konnte es eigentlich immer noch nicht recht glauben, wenn er »meine Frau« sagte. Noch immer konnte er sein Glück nicht fassen, daß er Thomasine in Paris gefunden und noch weniger, daß sie ihn tatsächlich geheiratet hatte. Seine alten Ängste verblaßten jetzt oft angesichts einer neuen Furcht: daß sie ihn verlassen würde, wenn sie entdeckte, daß er nur die nutzlose äußere Hülle eines Mannes war. Seine fruchtlosen Versuche im Bett mußten ihr die Wahrheit bereits verraten haben.

Er griff in die Tasche, suchte nach seinem Zigarettenetui und nahm Thomasines Hand, um sie nach vorn zu führen. »Das ist Thomasine – wir haben vor sechs Monaten geheiratet.«

Lavender Monkfield starrte Thomasine an. »Das wissen wir schon. Wir alle haben gehört, daß Nicky Blythe eine stürmische Romanze mit einer französischen Ballettänzerin hatte. Wirklich *zu* aufregend.«

Nicholas bemühte sich, ein paar Fehler zu berichtigen. »Thomasine ist nicht Französin, sondern Engländerin. Wir kannten uns schon vor dem Krieg.«

»Wie *romantisch*.«

Nicholas' Zigarettenetui war leer. Er fühlte sich gereizt und nervös. In Frankreich war es leicht gewesen zu vergessen, daß er mit seiner Heirat gegen die Regeln verstoßen hatte. Unfähig, den Gedanken beiseite zu schieben, dachte er an seine Mutter. Er fürchtete sich vor dem unvermeidlichen Theater.

Eine Stimme sagte: »Nimm eine von mir, alter Junge.«

Der blonde Mann, der ihn kurz an Richardson erinnert hatte, hielt ihm ein Zigarettenetui hin. Ein Feuerzeug flammte auf. Nicholas beugte sich hinunter und inhalierte den Rauch.

»Simon Melville«, sagte der Mann und streckte die Hand aus.

Nicholas' Freund Bobby stellte Thomasine alle Anwesenden vor.

»Das ist meine große Schwester Lavender, und das ist Lavvies Verlobter Maurice Douglas. Das hier ist – wie man unschwer erkennt – Tiny, und das sind Lois, Rosemary und Bunty. Dieser Clown hier ist Teddy Sefton, und der Bursche mit der grellen Krawatte ist Teddys kleiner Bruder Colin. Und das hier ist mein großer Kumpel Simon.«

Genau wie Nicholas wußte Thomasine, daß die Zeit der Abrechnung gekommen war. Gesichter starrten sie an, Willkommensgrüße wurden gerufen, jemand zog einen Stuhl heran, und sie setzte sich.

»Ihr eßt doch mit uns«, sagte Lavender Monkfield.

»Wir haben schon gegessen.«

»Dann einen Drink.« Lavender winkte dem Ober. »Alle behaupten, die Blythes seien einfach *wütend*. Über Sie und Nicky, meine ich. Hat man dem armen Nicky den Geldhahn zugedreht?«

Thomasine lachte. »Nicht daß ich wüßte.«

Ihre momentanen finanziellen Schwierigkeiten seien nur vorübergehend, hatte Nicholas ihr erklärt. Die ausgedehnten Flitterwochen in Frankreich hatten den Rest seiner Abfindung verbraucht, außerdem seinen letzten Armeesold und das kleine Erbe, das ihm ein im Krieg gefallener Onkel hinterlassen hatte. Sie kehrten nur vorübergehend nach England zurück, hatte Nicholas gesagt, um die langweiligen finanziellen Angelegenheiten zu regeln und sich – hoffentlich – die regelmäßige Zuwendung von Drakesden Abbey zu sichern, die einem verheirateten Mann angemessen war.

»Schrecklich ungezogen von Nicholas«, fuhr Lavender fort. »Mama hat mir gesagt, daß Lady Blythe schon eine Menge Debütantinnen organisiert hatte. Ihr habt auf einem Standesamt geheiratet, nicht wahr? Was für ein Heidenspaß, niemand was zu verraten – um dann den Ausdruck auf den Gesichtern der Familie zu sehen …«

»Vielleicht«, warf ein Mann neben Lavender ein, »waren sie ja verliebt.«

»Ich meinte ja nicht …«, setzte Lavender an. Unter der dicken Puderschicht nahm ihr Gesicht die gleiche dunkelrote Farbe an wie das ihres Bruders. »Ich wollte damit nicht sagen, Teddy …«

»Tatsächlich haben wir im britischen Konsulat geheiratet«, warf Thomasine locker ein. »Keiner von uns wollte eine große Hochzeit. Und Nicholas bekam eine Menge Briefe von seiner Mutter. Sie scheint sich mit der Situation abgefunden zu haben.«

Ihren letzten Satz glaubte sie selbst nicht ganz. Die Lady Blythe, die die kurzen und liebevollen Briefe geschrieben hatte, die Nicholas ihr manchmal zeigte, war mit der Lady Blythe, die Thomasine kannte, nicht in Einklang zu bringen. *Sie sind auf Drakesden Abbey nicht willkommen, Miss Thorne. Sie werden nie wieder mit meinem Sohn sprechen.*

»Sie haben sich eine schlechte Zeit ausgesucht, um nach London zurückzukommen, Mrs. Blythe«, sagte jemand. »Im Januar ist natürlich alles völlig tot.«

»Ganz ausgestorben an den Wochenenden. Alle sind auf dem Land.«

»Zumindest muß man sich fürs Kino nicht anstellen.«

»Entsetzlich langweilig.«

Thomasine stellte ihr Glas ab. »Warum sind Sie dann alle hier?«

Ein kleines dunkles Mädchen erwiderte lispelnd: »Etß war Tßimontß Idee. Wir machen die Wintertßachen im Tßommer und die Tßommertßachen im Winter. Datß macht einen Rietßentßpaß.«

»Tiny meint«, erklärte Lavender Monkfield, »daß wir jetzt Tennis spielen und baden und im Sommer Hauspartys geben und jagen. Simon dachte, das wäre lustig.«

Teddy Sefton blies einen Rauchring in die Luft. »Simon ist Kommunist, Mrs. Blythe«, erklärte er beiläufig. »Tod den untätigen Reichen, womit natürlich wir gemeint sind, und alle Macht der Arbeiterklasse. Bloß daß er hier keine Revolution in Gang bringt wie in Rußland, also macht er es langsamer, indem er uns zu Tode frieren läßt. Gestern sind wir in Brighton ins Wasser gesprungen. Verstehen Sie? Er ist ein sehr schlauer Bursche, dieser Simon.«

Nach dem Restaurant gingen sie in den Frolics Club am Ende der Regent Street. Auf dem kurzen Fußweg glitzerte der Schnee im gelben Licht der Laternen und verlieh London einen Hauch von Magie und Zauber. Als sie den Nachtklub betraten, schlug ihnen eine Musik aus Klavier, Ukulele und Schlagzeug entgegen. Beim Blick auf die Gäste wurde Thomasine plötzlich sehr bewußt, in welche Klasse sie eingeheiratet hatte. Hier trugen die Frauen lange Ketten aus echten Perlen, keine Glasperlen, hier gab es keine selbstgeschneiderten Kleider, und niemand kümmerte sich darum, was ein Drink kostete.

Eine Stimme sagte: »Sie sollten in Ihrem Element sein, Mrs. Blythe. Eine französische Ballettänzerin wie Sie sollte uns zeigen, wie man den Shimmy tanzt.«

Sie grinste und nahm das Glas, das Teddy Sefton ihr reichte.

»Tut mir leid, ich bin Engländerin, Mr. Sefton, keine Französin. Und ich war nie eine wirkliche Ballettänzerin. Genau gesagt, gehörte ich zu den Kleinen Schneeglöckchen.

Wir haben diese typischen Kriegsaufführungen gemacht, müssen Sie wissen.«

»Ich erinnere mich an eine Aufführung während meiner Lazarettzeit. Da hüpfte ein Dutzend dicker kleiner Mädchen herum, die als Spatzen verkleidet waren. Sie trugen braune Kreppkleider und gelbe Mützen, die die Schnäbel darstellen sollten, wie ich später bemerkte. Elf tanzten in die richtige Richtung, aber das zwölfte immer in die verkehrte. Ich hatte Fieber und dachte, ich würde halluzinieren. Es war *köstlich!*«

Nicholas tanzte mit Tiny, Lavender Monkfield wirbelte mit fliegenden Ketten und flatternden Chiffonröcken ihren Verlobten herum. Der Nachtklub war laut und überfüllt. Kreischende Frauenstimmen übertönten die ausgelassene Musik, und Männer in tadellosen Smokings versprühten Champagner auf der Tanzfläche.

»Die Kerle sind gar nicht so übel, wenn man sie näher kennenlernt«, sagte Teddy. »Es gibt natürlich ein paar Hallodris, aber die dienen der Zerstreuung, ist es nicht so, Mrs. Blythe?«

»Thomasine«, erwiderte sie entschieden.

»Thomasine.« Er lächelte. »Ich bin nie zuvor einer Thomasine begegnet. Nur in Büchern von Thomas Hardy. Und Sie müssen mich Teddy nennen. Oder Idiot oder Esel, wenn Sie wollen, genau wie alle anderen.«

Die Band hatte wieder zu spielen begonnen. Sie sangen laut den Text mit:

Ist auch die Speisekammer leer
Wir haben Spaß!
Und sind die Zeiten noch so schwer
Wir haben dennoch Spaß.

Es machte nichts, dachte Thomasine, daß sie vor ihrer Ehe nie eine echte Perlenkette besessen hatte. Es machte nichts, daß sie in Paris ihre Beine mit weißem Make-up eingeschmiert hatte, weil sie sich keine Seidenstrümpfe leisten konnte. Sie war Thomasine Blythe, die von den besten Tanten erzogen worden war, die es auf der Welt gab, die gearbeitet hatte, um sich ihren Lebensunterhalt zu verdienen, und deren Name genausogut war wie jeder andere. Sie nahm Teddy Seftons Hand und lächelte ihn an.

»Wollen wir tanzen?«

Er folgte ihr in die Mitte der Tanzfläche. Die synkopischen Rhythmen packten sie, sie gab sich ihnen mit Leib und Seele hin. Wie immer löschte die Musik alle Zweifel in ihr, und sie glaubte, die ganze Nacht hindurch tanzen zu können, ohne je einen falschen Schritt zu machen. Die Tanzfläche leerte sich, so daß sie und Teddy allein herumwirbelten, und als die Musik endete, brandete Beifall auf.

Als der Nachtklub um zwei Uhr schloß, fuhren sie in Taxis zu einer Party in Bayswater. Die Party fand in einem Dachatelier eines alten Hauses statt, das in Appartements aufgeteilt war. Der Künstler hieß Marcus Dorn, und seine Gemälde hingen an den Wänden, lehnten gegen Möbel oder lagen auf dem Klavier. Rote, purpurne und schwarze Tunnels und Höhlen sowie karmesinfarbene Striche, die sich in dunklen Punkten trafen, starrten aus allen Ecken.

»Sehr freudianisch«, sagte Colin Sefton.

»Markutß hat eine Mutterfixierung«, lispelte Tiny.

Getränke in getöpferten Bechern wurden ihnen gereicht. Thomasine, die sie irrtümlich für Zitronentee hielt, nahm einen großen Schluck und hustete.

»Markus nennt das Malergift«, erklärte Teddy. »Ich glaube, er mischt Brandy und Gin zusammen und schüttet dann alle Flüssigkeiten hinein, die ihm in die Finger kommen. Limonade, Ginger Ale, Badeöl …«

Colin setzte sich ans Klavier und begann zu spielen. Thomasine entdeckte, daß sie den Geschmack nicht mehr bemerkte, wenn sie einfach weitertrank. Der Abend geriet immer mehr aus den Fugen, wurde immer verrückter. Sie vergaß die Namen von Leuten, sobald sie ihr vorgestellt wurden.

»Davon wird einem ja übel …« Eine große Frau, die einen schwarzen Turban trug, fuchtelte mit ihren behandschuhten Fingern in der Luft herum.

»Von den Cocktails?«

»Von den Bildern. Ich ließ mir vor etwa zwei Wochen die Mandeln rausnehmen, und sie erinnern mich … nun, Sie wissen schon …«

Manchmal war das Klavier lauter als die Gespräche, manchmal umgekehrt. *How you're gonna keep 'em down on the Farm …* Ein Gesicht verschwamm vor Thomasine, das tonlos Worte formulierte. Sie beugte sich vor, um besser zu hören.

»Wie bitte?«

»Ich sagte, Sie müssen mir Modell sitzen.« Ein kleiner Mann mit vorstehendem Bauch, zerrissenem weißem Hemd und Fliege, aber ohne Jackett, ergriff ihre Hand und küßte sie. »Marcus Dorn.«

Jemand rührte etwas in ihren Drink. Sie lächelte. »Thomasine Blythe.«

»Ich würde Sie natürlich in Rot kleiden. Blau ist so geistlos.«

Teddy flüsterte in ihr Ohr: »Tun Sie's nicht. Sie werden eine rote Röhre mit einem Bommel am Ende.«

Sie begann zu lachen. Die Flüssigkeit in ihrem Becher schwappte gegen den Rand und floß über. Sie sah sich im Raum um, konnte Nicholas aber nicht entdecken. Durch den Nebel aus Alkohol und Übermut stellte sie fest, daß sie seit der Taxifahrt nicht mehr mit ihm gesprochen hatte. Sie berührte Teddys Arm.

»Nicholas …«

»Hab ihn seit einer Ewigkeit nicht mehr gesehen. Ich würde mir keine Sorgen machen.« Er sah auf Thomasine hinab. »Ah. Sie *machen* sich Sorgen.« Sein Gesichtsausdruck veränderte sich.

»Er ist – launisch.«

Teddy nahm ihren Arm und führte sie durch das Gedränge. »Seit dem Krieg? Das hab ich mir gedacht. Man erkennt sie auf Anhieb. Diejenigen, die ihn durchgestanden haben, diejenigen, die zu jung dafür waren, und diejenigen, die es irgendwie geschafft haben, sich rauszuhalten – die glücklicheren Mistkerle.«

Sie hatten die Küche erreicht. In der Menge, die sich um den vollgestellten Tisch und den Abwasch versammelte, entdeckte Thomasine Nicholas neben dem Fenster. Er unterhielt sich mit Simon Melville.

»Gott sei Dank. Er scheint wohlauf zu sein. Halten Sie mich nicht für albern, aber ich habe mich eben gefragt ...«

Teddy sah nachdenklich aus. »Also Simon gehörte zu denjenigen, die sich rausgehalten haben. Er war 1914 auf der anderen Seite des Atlantiks. Das behauptet er zumindest. Ich weiß nicht, ob das alles zusammenpaßt: Kommunist und der illegitime Sohn einer irischen Gräfin, der aus Oxford rausgeworfen wurde. Ich persönlich glaube kein Wort davon.«

Sie achtete nicht darauf. Sie schloß nur aus Nicholas Gesichtsausdruck, daß er glücklicher aussah als seit Wochen.

Teddy lehnte gegen den Türpfosten und hatte einen Flachmann aus der Tasche gezogen. »Ich würde von dem üblen Gesöff nichts mehr trinken, meine liebe Mrs. Blythe. Nehmen Sie hiervon, oder Sie haben morgen schreckliches Kopfweh.«

Bald darauf fuhren sie in ihr Hotel zurück. Die andern verschwanden zu einem Tennisspiel auf einem künstlich beleuchteten Platz, doch Nicholas und Thomasine entschuldigten sich wegen Erschöpfung. Thomasine taumelte, als sie durch den langen Gang zu ihren Zimmern gingen. Nicholas legte den Arm um sie, um sie zu stützen.

»Eine lustige Truppe, nicht wahr?«

Sie nickte. Sie hatten das Schlafzimmer erreicht, alles drehte sich um sie. »Sehr lustig.« Vorwurfsvoll fügte sie hinzu: »Du bist nicht beschwipst, Nick. Ich aber. Warum bist du nicht blau?« Vollständig angekleidet fiel sie aufs Bett.

»Ich trinke nicht gern«, antwortete Nicholas. »Mir kommen dann schreckliche Träume. Aber dieses Gesöff von Marcus war übel. Simon behauptet, seine Drinks seien so dekadent wie seine Bilder.«

»Malergift«, murmelte Thomasine und kicherte. Vergeblich versuchte sie, sich aufzusetzen, fiel aber wieder in die Kissen zurück. »Ich komm nicht zu meinen Schuhen runter, Nick.«

Er setzte sich aufs Bettende und knöpfte vorsichtig ihre Schuhe auf. »Was für reizende kleine Füße. Ich mag Füße.«

Thomasine hatte die Augen geschlossen. »Tiny würde sagen, du hast einen Ödipuskomplex. Oder einen Ödiputßkomplektß.«

Er küßte ihren Fuß. Sie fühlte sich herrlich träge, als sie so dalag und Nicholas ihre Strümpfe herunterrollte. Sie hätte auf der Stelle einschlafen können.

Aber sie durfte nicht einschlafen, wenn Nicholas ihren Rock hochschob und an ihrem Höschen fummelte. Sie zwang sich, ihm zu helfen, knöpfte sein Hemd und seine Hose auf, streichelte ihn und flüsterte ihm ins Ohr. Ein Glücksgefühl überkam sie, als er in sie eindrang, und sie erschauderte und keuchte vor unendlicher Erleichterung.

Auch in seinen Augen entdeckte sie Erleichterung und Stolz, als es vorbei war. Sie hielt ihn in ihren Armen, zog die Bettdecke über sie beide und strich ihm sanft die dunklen Locken aus den Augen.

»Es wird alles gut, nicht wahr, Liebste?« flüsterte er. »England wird herrlich.«

In diesem Moment glaubte sie, daß er recht hatte.

Im Februar drang Wasser durch den Boden des Cottage der Gillorys. Der weiße Schnee wurde schließlich schwarz, als er schmolz, und legte die Torffelder frei, während das Wasser gefährlich hoch bis zu den Deichrändern stieg und sich in großen Pfützen auf dem Boden sammelte.

Daniel fluchte, als er eines Morgens die Leiter hinunterkletterte und Wasser um seine Knöchel schwappte. An der Spitze der Leiter tauchte, in Decken gehüllt, Fays Kopf auf.

»Es ist überschwemmt, verflucht. Ich hätte letzte Nacht die Möbel in Sicherheit bringen sollen.«

Er schickte sie wieder ins Bett und arbeitete, sich selbst verfluchend, allein weiter. Letzte Nacht war er müde gewesen und hatte nicht auf die dicken Wolken und den vollgesogenen Boden geachtet. Jetzt drang schmutziges Wasser durch den Ziegelboden und hinterließ Schlammspuren an Wänden, Tisch- und Stuhlbeinen. Die Kehrschaufel schwamm in einer Küchenecke, und der Reisigbesen war tropfnaß, als er ihn anhob. Daniel begann, das Wasser aus der Tür zu kehren, aber er wußte, daß es keinen Sinn hatte. Draußen regnete es, und der Hof und die Felder waren mit einer dünnen Wasserschicht bedeckt. Der Torf saugte jeden Tropfen Feuchtigkeit in sich hinein und blähte sich auf wie ein Schwamm.

Er tat, was getan werden mußte. In seiner Kindheit hatte seine Familie fast jeden Frühling das gleiche Ritual absolviert: Die leichteren Möbel wurden nach oben gebracht, und unter alles, was sich anheben ließ, wurden Ziegelsteine gelegt. Er dankte dem Himmel, daß er Essen, Holz und Torf aufgestapelt hatte, und betete, daß die Wintersaat, dic noch nicht erntereif war, nicht weggeschwemmt wurde.

Als am Horizont der Morgen graute und Daniel die schlimmste Unordnung beseitigt hatte, erschien Fay. Auf der vorletzten Sprosse der Leiter hielt sie inne.

»Es ist ja immer noch alles naß! Ich dachte, du hättest es rausgefegt!«

»Das geht nicht.« Er stopfte mehrere schmutzige Tücher in einen Kübel. »Das Wasser steckt im Torf, Fay, und das Haus ist auf Torf gebaut. Es ist direkt unter dem Fußboden. Deswegen ist kein Zement zwischen den Bodenziegeln – das Wasser kann dann leichter abfließen, wenn sich der Boden wieder senkt. Daran ist nichts zu ändern, verstehst du?«

»Aber wie soll ich kochen? Ich kann *darauf* nicht gehen.« Sie deutete auf den Küchenboden, der noch immer mit ein paar Zentimetern Wasser bedeckt war. Sie hörte sich eher verärgert als weinerlich an.

Zum erstenmal spürte Daniel ebenfalls Ärger in sich aufsteigen. Er war müde, naß und fror und sorgte sich um seine Ernte. »Vielleicht ziehst du erst mal meine alte Hose an und die Galoschen, die ich dir gekauft habe.«

Sie trug ein dünnes, kirschrotes, weiß eingefaßtes Wollkleid. Unter anderen Umständen hätte er gedacht, wie gut es ihr stand, aber jetzt, in dem überschwemmten Erdgeschoß, empfand er nur Zorn. Er war sich bewußt, daß er ungerecht war: Wer hatte schon Lust, ein paar Monate im Jahr im Wasser herumzuwaten?

Um sie zu trösten, sagte er: »Wir sind viel besser dran als die meisten anderen, Liebling. Viele Leute in Drakesden müssen ihre Betten auf Ziegel stellen und jeden Abend zu ihnen hinpaddeln.«

Fay rümpfte die Nase. »Das ist lächerlich. Unzivilisiert. Dagegen könnte doch sicher was unternommen werden.«

»Nun, die Großgrundbesitzer hätten wahrscheinlich ein bißchen mehr für die Entwässerung ausgeben können. Und die Verantwortlichen könnten aufwachen und sich der Tatsache stellen, daß es früher oder später zu einem Riesenunglück kommt und nicht nur zu ein paar Pfützen auf dem Boden. Aber ehrlich gesagt, im Moment ist vermutlich nichts dergleichen zu erwarten.«

Um seinen Ärger abzuschütteln, legte er im Herd Kohlen nach. Gott sei Dank war das Wasser nicht so hoch gestiegen, um das Feuer zu löschen.

»Es gibt keinen Grund zu schreien«, sagte Fay.

Als er sich zu ihr umdrehte, stand sie noch immer auf der Leiter. Sie sah klein, verfroren und elend aus. Er streckte den Arm aus und wollte sie umarmen, aber sie wandte sich ab.

»Du bist voller Kohlenstaub.«

Seine Hände waren schwarz und seine Füße naß. So freundlich er konnte, antwortete er: »Geh wieder ins Bett, Liebling. Ich bring dir eine Tasse Tee, wenn das Wasser heiß ist.«

Als sie die Leiter wieder hinaufkletterte, wünschte er sich, sie hätte gesagt: »Sei nicht albern, Daniel. Ich mach den Tee.« Wie sehr hätte er sich gewünscht, sie hätte ihre ältesten Sachen angezogen, einen Besen genommen und gemeinsam mit ihm den Schmutz aus dem Haus gefegt. Wie sehr hätte er sich echte Kameradschaft gewünscht, genau wie ihr Begehren.

Am Ende ihres ersten Monats in England zogen die Blythes aus dem Hotel Claridges aus und nahmen sich ein kleines Haus in Chelsea. Die Rückkehr auf den Kontinent wurde auf unbestimmte Zeit verschoben: Nicholas' Gespräch mit seinem Vermögensverwalter war nicht angenehm verlaufen. Das gemietete Haus war nicht groß, die Räume hatten niedrige Decken und pastellfarben gestrichene Wände, die Möbel waren wackelig und reichten nicht aus. Nicholas stellte eine Köchin und ein Dienstmädchen ein und mietete eine Garage für den Delage. Das kalte Wetter wurde milder, der Schnee schmolz, und der Regen wusch die Straßen sauber.

Sobald sie sich in dem kleinen Haus eingerichtet hatten, ging Nicholas jeden Abend später zu Bett und stand jeden Morgen später auf. Es machte fast den Eindruck, als hätte er verlernt, sein eigenes Leben zu regeln, nachdem die vorgegebene Ordnung des Hotellebens nicht mehr vorhanden war. Thomasine konnte ihre Angewohnheit, früh aufzustehen, nicht aufgeben und verbrachte die Morgenstunden allein. An manchen Nachmittagen ging sie mit Nicholas ins Kino, oder sie machten eine Ausfahrt. Manchmal nähte sie auch, wenn Nicholas an seinem Automobil herumbastelte, ging Einkaufen oder spielte auf dem Klavier, das er für sie gekauft hatte. Doch das reichte ihr nicht. Endlos dehnten sich die Stunden vor ihr. Sie konnte sich an die Einförmigkeit der Tage, an das Nichtstun, nicht gewöhnen. Nicholas hielt Arbeit weder für notwendig noch für wünschenswert. Seine einzige Beschäftigung bestand in der Suche nach Zerstreuung. Alle Bemühungen Thomasines, sich nützlich zu betätigen, waren letztlich vergeblich. Es war nicht nötig zu nähen, wenn Nicholas darauf bestand, ihr massenweise Kleider zu kaufen, es war nicht nötig einzukaufen oder zu kochen, wenn sie den Dienstboten nur Anweisungen geben oder den Telefonhörer nehmen und bei Harrods Lebensmittel bestellen mußte. Um die Tage auszufüllen, las sie stundenlang, manchmal bis sie entzündete Augen bekam.

Im April kam Tante Hilly übers Wochenende zu Besuch. Vollgepackt mit kleinen und großen Päckchen wurde sie vom Mädchen hereingeführt.

»Ich dachte, wenn der Prophet nicht zum Berg kommt ...«

Thomasine stieß einen Freudenschrei aus und umarmte die Besucherin.

»Eine Zumutung, ich weiß«, sagte Hilda, als sie wieder losgelassen wurde, »so einfach hier reinzuschneien. Aber eine meiner älteren Schülerinnen mußte unerwartet nach London begleitet werden, und das schien mir eine zu gute Gelegenheit zu sein, um sie ungenutzt verstreichen zu lassen. Es war keine Zeit mehr, dich zu benachrichtigen.«

Das Mädchen nahm Hildas Mantel, und Thomasine lief in die Küche, um für die Tulpen- und Narzissensträuße Vasen zu holen.

»Es ist *so* lange her! Viel zu lange«, sagte Hilda.

»Fast zwei Jahre.« Thomasine ordnete die Blumen in den geschliffenen Vasen. »Bevor ich nach Paris ging.«

Hilda hatte sich auf die Couch gesetzt. »Du mußt mir alles über Paris erzählen. Ich beneide dich so – die Museen, die Kunstgalerien, die wundervolle Architektur ...«

Sie redeten über Paris, bis das Mädchen Tee und Kuchen brachte. Thomasine setzte sich an den wackeligen Tisch. »Tee, Tante Hilly?«

»Gern.«

»Nicholas ist leider nicht zu Hause. Er montiert mit seinem Freund einen neuen Reifen an sein Auto.«

Thomasine goß Tee ein und suchte nach dem Zigarettenetui in ihrer Tasche.

Hilda schüttelte den Kopf, als sie ihr das Etui hinstreckte.

»Ich hab's geschafft, es aufzugeben. Es war ein fürchterlicher Kampf.« Sie lächelte, und Thomasine erwiderte ihr Lächeln.

»Ach, Tante Hilly. Du hast dich kein bißchen verändert.«

Das war die reine Wahrheit, dachte sie. Hildas Kleid war schlicht marineblau und weiß, wobei nur der fessellange Saum ein kleines Zugeständnis an die Mode machte. Ihr Haar war zu einem unordentlichen Knoten gebunden, der von einer Reihe schmuckloser Nadeln und Spangen zusammengehalten wurde, genau wie immer.

»Aber *du* hast dich verändert, meine Liebe.« Hilda schob ihre Brille über die Nase hinauf, um Thomasine anzusehen. »Du wirkst jetzt unheimlich erwachsen und schick. Und das kurze Haar ist viel praktischer, nicht? Ich wünschte, ich hätte den Mut ...«

Thomasine lachte. »Eine Schulrektorin mit Bubikopf! Wo denkst du hin, Tante Hilly?«

Einen Moment lang herrschte wieder die altvertraute, lockere Atmosphäre zwischen ihnen. Dic vergangenen Jahre – London, Paris – waren wie weggeblasen und schienen keine Spuren hinterlassen zu haben.

Hilda nahm die Teetasse aus Thomasines Hand. »Ich habe den Abend frei ... Ich muß erst morgen früh nach Sheffield zurück. Vielleicht könnten wir ...«

Thomasine schüttelte bedauernd den Kopf. »Nicholas und ich sind heute abend leider mit den Monkfields zum Essen verabredet. Bobby ist ein alter Schulfreund von Nicholas. Und dann müssen wir zu einer Party, als Russen verkleidet, als Kosaken, eines von diesen verrückten Festen, weißt du ...«

Der Ausdruck auf Hildas Gesicht war ihr bekannt. Sie hatte ihn schon gesehen: damals, als sie ihre Grammatikaufgaben nicht gemacht und statt dessen das Pony des Pfarrers geritten hatte, oder damals, als sie zu lange mit Daniel Gillory Boot gefahren und erst in der Dunkelheit zurückgekehrt war, oder wenn sie Hildas hohen Ansprüchen von gutem Benehmen nicht genügte.

»Es ist nur ein bißchen Spaß, Tante Hilly. Nicholas trifft sich gern mit seinen Freunden«, verteidigte sie sich.

»Ich weiß, daß du jetzt eine erwachsene Frau bist, Thomasine, eine verheiratete Frau, und daß ich kein Recht habe, mich in dein Leben einzumischen, aber …«

Ärgerlich schob Thomasine den Gedanken beiseite, daß Hildas Mißbilligung nur ihre eigene zunehmende Unzufriedenheit mit ihrem Leben widerspiegelte.

Sie setzte zu einer Erklärung an. »Als ich Nicholas geheiratet habe, habe ich auch seinen Lebensstil annehmen müssen. Partys, Dinners und Theaterbesuche gehören nun mal zu seinem Leben. Außerdem ist jetzt nichts mehr so wie früher, Tante Hilly – seit dem Krieg hat sich alles verändert.«

Doch als sie Hilda ansah, wußte sie, daß das nicht stimmte. Hilda hatte sich überhaupt nicht verändert: Ihre Maßstäbe, ihre moralischen Grundsätze waren die gleichen geblieben. Sie hatte nie die Fehler begangen, die Thomasine gemacht hatte, sie hatte nie die Entscheidungen treffen müssen, die sie treffen mußte. Diese Fehler und Entscheidungen, dachte sie traurig, hatten eine tiefe Kluft zwischen sie gerissen, eine Kluft, die einfach nicht mehr zu überbrücken war.

Hilda antwortete nur: »Ich verstehe, daß die gesellschaftliche Stellung gewisse Verpflichtungen mit sich bringt. Dennoch glaube ich, daß Leichtfertigkeit nicht unbedingt ein Teil dieser Verpflichtungen ist. Und sich als *Russen* zu verkleiden … wenn man bedenkt, welches Elend dieses Land durchmachen mußte … wo so viele umgekommen sind … und wahrscheinlich sogar der Zar und seine Familie hingerichtet wurden … Im Moment herrscht *Hungersnot* in Rußland, Thomasine.«

Sie ärgerte sich, daß sie von Hilda, die ihr so wenig über bestimmte Aspekte des Lebens beigebracht hatte, kritisiert wurde. »Was soll ich deiner Meinung nach tun, Tante Hilly? Den Notleidenden Körbe mit Essen bringen? Die gute Fee spielen, wie Nicholas' Mutter?«

»Ja«, antwortete Hilda schlicht. Ihre Stirn war gerunzelt.

Sie strich ein paar Strähnen zurück, die den Haarnadeln entkommen waren, und fügte freundlicher hinzu: »Komm und setz dich neben mich, Thomasine, *bitte*. Du siehst so *wütend* aus.«

Ein wenig unwillig ließ sie sich neben ihrer Tante auf der Couch nieder.

»Ich will dich nicht kritisieren, meine Liebe. Natürlich sollst du dich vergnügen – und natürlich hast du gesellschaftliche Pflichten zu erfüllen. Ich finde nur, daß es im Moment soviel Elend gibt … sowohl in London als auch auf dem Land … und nachdem du mit Nicholas Blythe verheiratet bist …«

»… habe ich sowohl die Stellung als auch das Geld, um die Welt zu verbessern, genau wie du es immer wolltest, Tante Hilly.« Thomasine lehnte sich zurück. »Bloß, daß wir kein Geld haben, verstehst du, wir haben alles in Frankreich ausgegeben. Und jedermann weiß, daß ich nur eine hochgekommene kleine Tänzerin bin, was einige Leute nicht stört, andere aber schon.«

In dem Schweigen, das darauf folgte, hörte Thomasine den Regen gegen die Scheiben trommeln und den Wind um die Schornsteinkappen heulen.

Zögernd erwiderte Hilda: »Lady Blythe … stört es sie?«

»Ich weiß es nicht. Ich weiß es wirklich nicht.«

Sie stand auf und begann, das Teegeschirr aufs Tablett zu räumen. Sie würde niemandem, nicht einmal Hilda verraten, wie sehr sie sich davor fürchtete, nach Drakesden zu fahren.

»Du mußt mir alles erzählen, Tante Hilly. Hast du Antonia in letzter Zeit gesehen? Vor zwei Wochen hab ich in Gorringes mit ihr Tee getrunken. Und deine Schule – ich bin schon ganz gespannt, darüber zu hören. Du hast jetzt zwanzig Schüler … oder dreißig?«

Das Wasser fiel, und die Nässe sickerte durch den losen Ziegelboden des Cottages in den Torf zurück. Daniel trug die Möbel wieder nach unten und schrubbte den schwarzen

Schlamm von Fußboden und Wänden. Ein Hauch von Frühling lag in der Luft. Seine Ernte und Vorräte hatten die Überschwemmung überstanden, und nachdem Fay beim Kochen keine Galoschen mehr tragen mußte, stand auch der Haussegen nicht mehr ganz so schief. Als Daniel auf den blassen Himmel mit den weißen zerklüfteten Wolken hinaussah, war er eigentlich ganz glücklich.

Er stellte einen der Dorfbewohner an, der ihm bei der Feldarbeit helfen sollte. Harry Dockerill war ein paar Jahre jünger als Daniel und hatte nur die letzten neun Monate am Krieg teilgenommen. Aber diese neun Monate hatten ausgereicht. Vor vielen Jahren, in einer anderen Zeit, hatten Harry und seine Brüder Steine nach Daniel geworfen, wenn er in seiner piekfeinen Schuluniform vom Gymnasium nach Hause ging. Jetzt war Harry, genau wie Daniel, ruhiger und gesetzter geworden und froh über die Stille und die Weite der Landschaft. Harry hatte im Krieg Gasverletzungen erlitten und konnte keine schweren Arbeiten mehr verrichten. Manchmal, wenn Daniel mit ihm arbeitete, erinnerte er ihn an seinen jüngeren Bruder, der ebenfalls Harry hieß und 1918 gefallen war.

Den Lohn für einen Arbeiter aufzubringen war schwierig, aber Daniels Meinung nach notwendig. Einmal die Woche las er in der Bibliothek von Ely den *Daily Herald* sowie den *Farmer und Viehzüchter*. Er glaubte nicht, daß die guten Zeiten – der industrielle und landwirtschaftliche Aufschwung, der nach dem Krieg eingesetzt hatte – anhalten würden. Die Briefe, die er gelegentlich von Hattie erhielt, berichteten von den länger werdenden Schlangen der Arbeitslosen in London. Er fragte sich, wie lange die Regierung die Weizenpreise noch stützen würde. Im Moment litten die Großgrundbesitzer unter der Erbschaftssteuer und höheren Abgaben. Wenn Daniel zu dem flachen Damm der Insel hinübersah, der Drakesden Abbey vor dem Wasser schützte, scherte er sich einen Dreck um die Grundbesitzer. Aber er fragte sich, wie lange es dauern würde, bis die Farmer, die Kleinpächter und die Landarbeiter vom kalten Wind des Wandels getroffen würden.

Nicht lange, dachte er, weshalb er für sich und Fay Vorsorge treffen mußte. Wenn der Weizenpreis in den Keller stürzte, durfte er nicht völlig auf Weizen setzen, wenn er überleben wollte. Er pflanzte Kartoffeln und Rüben an und machte Pläne für Erdbeerbeete und Himbeerkulturen. Für alles, was nicht einfacher und billiger aus dem Ausland eingeführt werden konnte, für alles, was auf der weichen schwarzen Erde der Fens gedieh. Auf jedem Zentimeter seiner Felder mußte etwas wachsen.

An den Markttagen fuhren er und Fay nach Ely. Bei gutem Wetter machte es Fay Spaß, auf dem Marktplatz Eier zu verkaufen. Sie trug stets ihre besten Kleider: Ihre Säume waren kürzer als die der meisten Frauen und ihre Lippen mit ein wenig Lippenstift geschminkt. Nachdem er seine eigenen Geschäfte erledigt hatte und über den Platz auf sie zuschlenderte, war Daniel immer mächtig stolz auf sie.

Doch wenn er die Zeit gehabt hätte, hätte er endlos gelesen. Es war, als hätte sich ein großes Gefäß in ihm aufgetan, das gefüllt werden wollte. Er las schlichtweg alles: Biographien, Geschichtsbücher, Romane, Gedichte. Beim Lesen bemerkte er seine eigene Unwissenheit, die Mangelhaftigkeit seiner abgebrochenen Ausbildung. Er las all die Klassiker, die er als Kind nie hatte lesen können: Dickens und Thackeray, Meredith und Hardy. Anfänglich versuchte er, seine Freuden mit Fay zu teilen, ihr die Bücher zu zeigen, die er ausgeliehen hatte, und die Geschichten zusammenzufassen. Lesen schade ihren Augen, erklärte sie. Sie sei am Abend zu müde für etwas anderes als *Woman's Weekly*. Also las er ihr eines Abends im Licht der Öllampe vor. Der Herd hatte das kleine Cottage erwärmt, und sie waren vor dem schlechten Wetter draußen geschützt. Aber nachdem er eine Seite gelesen hatte, sah er auf und entdeckte, daß ihre dunklen Augen glasig und teilnahmslos blickten. Da legte er das Buch beiseite, ging zu ihr hinüber, nahm sie in die Arme und schlief mit ihr.

Auch Thomasine las. Dr. Marie Stopes Buch *Eheliche Liebe* war nicht leicht zu bekommen, aber als sie es las, war Thomasine überrascht. So sehr, daß ihr Tränen übers Gesicht liefen. Tränen des Zorns. Sie beschloß, nie mehr das Opfer ihrer Unwissenheit zu sein. Gute Taten und lebenslange Jungfräulichkeit mochten für Hilda und Rose taugen, aber nicht für sie.

Sie hörte Nicholas die Tür aufsperren und die Treppe herauflaufen. Schnell versteckte sie das Buch unter dem Kissen.

Er öffnete die Schlafzimmertür. »Du bist noch nicht fertig, Liebling. Beeil dich – wir müssen gleich weg.«

Sie hatte die Zeit und die Pläne für den Abend vergessen. »Wo gehen wir hin?«

»Zu einem Picknick. Du erinnerst dich doch – Simon hat es seit Wochen vorbereitet.«

»Ein *Picknick*.« Thomasine sah aus dem Fenster. »Es regnet, Nick.«

»Ich weiß.« Nicholas streifte sich umständlich sein Hemd über und warf auf der Suche nach einem Kragen Socken und Taschentücher beiseite. »Es wird bestimmt ein Riesenspaß. Simon hat eine Fährte ausgelegt. Wenn wir ihr folgen, finden wir Champagner und Leckereien fürs Picknick. Eine ziemlich vertrackte Fährte natürlich, worauf man bei Simon wetten kann. Bobby ist ganz außer sich – er glaubt, sie könnte zu schwierig sein, und dann gäb's nichts zu essen, verstehst du? Er war immer schon ein ziemlicher Trottel.«

Nicholas hatte einen Kragen gefunden und mühte sich jetzt mit einer schwarzen Krawatte ab. Thomasine stand vom Bett auf, um ihm zu helfen.

»Was soll ich anziehen?«

»Irgendwas Warmes«, antwortete Nicholas unbestimmt. »Und ich nehme Regenschirme mit. Aber beeil dich. Wir müssen um sechs am Trafalgar Square sein, sonst verpassen wir den ersten Hinweis.«

Wie sich herausstellte, fand das Picknick im New Forest statt. Nicholas und Thomasine trafen kurz nach Mitternacht ein. Sie ließen das Auto am Straßenrand stehen und durchquerten den Wald, indem sie den Wegweisern aus Stöcken, Blättern und Pilzen folgten, die Simon als Spur ausgelegt hatte.

Er wartete auf einer Lichtung. »Die Sieger!« rief er. »Einen Preis für die Sieger!«

Thomasine spürte, wie ihr ein nasser Lorbeerkranz auf den Kopf und ein Kuß auf die Wange gedrückt wurde. Das gleiche geschah mit Nicholas.

»Wie findest du's?« fragte Simon.

Thomasine sah sich auf der Lichtung um. Noch immer tropfte Regen von den dichten Zweigen. Auf einer Seite der Lichtung stand ein geöffnetes Zelt. Im Innern waren weiße Tücher mit Besteck, Tellern und Gläsern auf dem Boden ausgebreitet. Von den Bäumen hingen Kandelaber, die mit Planen vor dem Regen geschützt wurden. Ein Feuer in der Dunkelheit behauptete sich mühsam gegen die Nässe. Im Dickicht der Büsche verbarg sich sogar ein Klavier, über dessen Pedale und reich verzierte Füße welkes Laub gestreut war.

»Es ist toll«, sagte Nicholas. »Wirklich spitze. Simon, du bist ein Genie.«

Simon lächelte. Der orangefarbene Schein des Feuers beleuchtete sein Gesicht von unten, verdunkelte seine blauen Augen und warf schwarze Schatten auf Augenhöhlen und Wangenknochen. »Zu freundlich. Also – habt ihr *en route* irgendwas aufgesammelt?«

Nicholas griff in den Korb, den er aus dem Wagen mitgebracht hatte. »Zwei Flaschen Champagner, einen Lachs und ein paar Bath-Olivers-Kekse.«

»Himmlisch.« Simon begann, den Korken aus einer der Champagnerflaschen zu ziehen.

Thomasine sagte: »Aber die andern ...?«

»Die werden früh genug kommen.« Simons Worte galten Thomasine, aber er sah Nicholas an. »Es sei denn, keiner der andern schafft es, meine kleinen Rätselaufgaben zu lösen.« Champagner sprühte auf den Waldboden und vermischte sich mit Regenwasser.

Nicholas streckte ihm drei Gläser hin. »Die Seftons, Tiny und Lois sollten jeden Moment ankommen. Und Lavender und Maurice, glaube ich. Was mit dem alten Bobby los ist, weiß ich nicht – das letzte Mal sah ich ihn um Newbury fahren, wo er rausfinden wollte, was ›ein Bogen, der das Wasser überspannt‹ bedeutet.« Er reichte Simon und Thomasine jeweils ein Glas.

»Ein blühender Beweis für die Effizienz des englischen Privatschulsystems, der alte Bobby. Ein dicker Schädel mit nichts als Watte drin.«

Thomasine stellte fest, daß ihr Simon entsetzlich unsympathisch war. »Aber Bobbys Gastfreundschaft ist dir genehm«, erwiderte sie, und Simon sah sie mit kaltem Blick abschätzig an.

Brechende Zweige und kreischendes Lachen waren zu hören.

»Ende der Glückseligkeit. Weitere Gäste, glaube ich. Wirf noch ein bißchen Holz aufs Feuer, Nick – es ist ziemlich runtergebrannt.«

Nicholas wanderte auf der Lichtung herum und sammelte abgefallene Äste auf. Unter dem Schirm, den Mantel fest um sich gezogen, trank Thomasine ihren Champagner, während Simon den Neuankömmlingen entgegenging.

»Haben wir gewonnen, Schatz?«

»Wir sind so schnell gefahren ...«

Thomasine schnappte einen Teil von Simons Antwort auf. »Ich fürchte, Nicky Blythe und seine kleine Aufsteigerin haben euch um Haaresbreite geschlagen ...«, und sie erschauderte kurz, als sie Nicholas beobachtete, der Äste aufs Feuer warf. Aber sie hielt den Kopf hoch erhoben, als sich die Lichtung mit weiteren Gästen füllte. Zum Teufel mit ihnen, dachte sie. Sie ließ sich nicht unterkriegen. Sie war genauso gut wie jeder von ihnen.

Teddy Sefton suchte Schutz unter Thomasines Schirm. »Ewig der zweite, wie immer. Verdammte Blythes.« Dann umarmte er sie.

»Nicholas ist furchtbar schnell gefahren«, sagte Thomasine. Lächelnd küßte sie Teddy auf die Wange.

»Einer von Simons weniger genialen Einfällen«, murmelte Teddy, goß Thomasine Champagner nach und nahm selbst ein Glas. »Die Blüte der englischen Oberschicht wird an Lungenentzündung sterben. Wo ist Nick?«

»Er legt Holz aufs Feuer. Das hat ihm Simon aufgetragen.«

Die Flammen züngelten immer höher in die Luft. Die starke Hitze und die hellen Flammen vertrieben mit einemmal die Dunkelheit und die Kälte.

»Er wird den ganzen verdammten Wald abbrennen«, sagte Teddy beiläufig. »Ich geh mal und sag hallo. Bis gleich, Süße.«

Weitere Schritte ertönten aus dem Unterholz, und wieder gellten Begrüßungsrufe durch die Nacht. Lavender Monkfield und ihr Verlobter Maurice tauchten auf. Bunty Warburton stützte sich auf Maurices anderen Arm und humpelte.

»Grauenvoll ...«

»Einfach furchtbar ...«

»Bunty hat sich die Strümpfe zerrissen.«

»Du bist gemein, Simon, einfach gemein.«

»Der arme Bobby hat einen Platten.«

Unglaublicherweise setzte plötzlich Musik ein. Colin Sefton saß am Klavier, und in der Dunkelheit konnte Thomasine die rote Glut seiner Zigarette, die Umrisse seines Mantels und seines Huts erkennen, die im Licht des Feuers scharlachrot erschienen. Lois und Lavender hatten Mantel und Hüte abgeworfen und tanzten auf dem unebenen Waldboden.

Später im Zelt, mit dem Rest des Dutzends zusammengedrängt, wurde Thomasine wieder warm. Es gab heiße Suppe, kaltes Hühnchen, Lachs, Salat und Obst.

»Erdbeeren!« rief Tiny. »Wo hatß du im April Erdbeeren herbekommen, Tßimon?«

Simon lächelte. Er hatte ein Katzenlächeln, fand Thomasine, verhalten und berechnend.

»Ich kenne eine reiche alte Witwe mit einem Treibhaus.«

Teddy Sefton nahm sich eine Erdbeere. »Wird sie dir all ihr Geld hinterlassen, Simon?«

Simon teilte Erdbeeren, Trauben und Birnen aus. »Ein bißchen *bourgeois*, findest du nicht auch, Sefton, beim Essen über Geld zu reden?«

Teddy erwiderte gelassen: »Aber wir sind *bourgeois*, mein lieber Simon. Unrettbar. Wie du uns ständig wieder in Erinnerung rufst.«

Ein Anflug von Ärger flackerte in Simons Augen auf. Er wandte sich an Nicholas. »Zieh das Grammophon auf, Nick. Wir brauchen ein bißchen Musik.«

Nicholas steckte eine neue Nadel in den Grammophonarm und drehte die Kurbel. Thomasine hatte inzwischen den Mantel abgelegt, um zu tanzen, und fror nun wieder in ihrem kurzärmeligen Samtkleid. Aus dem hölzernen Lautsprecher des Grammophons ertönte Musik.

Jeden Morgen, jeden Abend,
Ja, wir haben Spaß!
Wir haben nicht viel Geld, doch Schatz,
Wir haben Spaß.

Der Regen hatte nachgelassen, aber von den Baumspitzen fielen noch immer dicke Wassertropfen. Simon drehte sich um, nahm etwas aus einem Korb und stellte es auf das Tuch.

»Ein Geburtstagskuchen!« rief Lavender Monkfield. »Wer hat Geburtstag, Simon?«

»Ich.« Simon nahm ein Messer aus dem Korb. »Wahrscheinlich eine schreckliche Sitte, aber ich dachte, es wäre ganz lustig.«

»Wie in Kindertagen ...«

»Haben wir Kerzen?«

»Nick?«

Nicholas hatte Kerzen. Er zog sie aus der Tasche und steckte sie in den Zuckerguß. Thomasine sah zu, wie er eine Schachtel Streichhölzer aus der Tasche nahm und vorsichtig nacheinander die Kerzen entzündete. Fünfundzwanzig Lichter flackerten in der Dunkelheit des Waldes. Die festliche Stimmung wirkte auf Thomasine bemüht und gezwungen. Als hätten sie in ihrer endlosen Suche nach Vergnügen vergessen, was wirkliche Freude war. Sie erschauderte. »Nimm meine Jacke«, hörte sie Teddy sagen. »Dir scheint kalt zu sein.« Und sie war dankbar, als er ihr die Jacke um die Schultern legte.

Wieder wurde Champagner ausgeschenkt, weiße und pinkfarbene Kuchenstücke wurden auf Teller gelegt und weitere Küsse ausgetauscht. Diesmal spürte Thomasine, daß Simons Kuß kalt und widerwillig war. Als alle Kerzen verloschen und von dem Kuchen nur noch zerbrochener Zuckerguß und Brösel übrig waren, gingen sie wieder hinaus. Colin begann, Klavier zu spielen. Nicholas nahm Thomasine in die Arme.

»Das Jackett ...«

»Es gehört Teddy. Ich konnte meinen Mantel nicht finden und hab gefroren.«

Nicholas runzelte die Stirn. »Du hättest meins haben können.«

»Du warst gerade damit beschäftigt, die Kerzen anzuzünden. Tut mir leid – seh ich schrecklich aus?«

Er entspannte sich ein wenig. »Keineswegs. Nur ein bißchen – verwirrend. Mit deinem kurzen Haar ... man hat eher das Gefühl, mit einem der Jungs zu tanzen.«

Sie lachte, schmiegte sich an seine Schulter und genoß, wie immer, die Wärme seines Körpers und das Gefühl seiner Arme um sich. Wenn es doch immer so sein könnte, dachte sie. Wenn es doch nur immer so leicht, so unkompliziert wäre. Der Champagner und die Musik schienen ihnen die Beklemmungen zu nehmen, die Unfähigkeit, sich gegenseitig Freude zu bereiten.

»War das nicht die schönste Nacht, die wir je erlebt haben? Ist Simon nicht ein toller Kerl?«

Der Zauber zerbrach. Sie spürte, wie sie sich von ihm zurückzog.

»Er erinnert mich an jemanden, den ich einmal gekannt habe«, fügte er hinzu. »An einen Freund, der im Krieg gefallen ist.«

Als sie zu ihm aufsah, entdeckte sie Schmerz, aber auch Glück in seinem Gesicht. Sie spürte, daß sie ihn beschützen und behüten wollte, sowohl vor seiner Angst als auch vor seinen Sehnsüchten. Sie stellte sich auf die Zehenspitzen, küßte ihn auf den Mund und fühlte, daß er ihren Kuß erwiderte.

Eine Stimme sagte: »Du hast noch genug Zeit, an deinem dekadenten Stammbaum weiterzubasteln, Blythe. Das Feuer ist schon wieder heruntergebrannt.«

Thomasine öffnete die Augen. Simon Melville stand neben Nicholas. Er hatte besitzergreifend eine Hand auf seine Schulter gelegt, und sein Gesichtsausdruck sagte – sie wußte nicht was. Er wirkte fordernd und zugleich belustigt.

Sie verlor das Zeitgefühl. Der Regen hatte aufgehört, aber der Boden war aufgeweicht. Wasser lief über die eingeringelten Farnblätter und ließ die großen grauen Baumstämme silberig glänzen. Thomasine lehnte sich ans Klavier, stützte das Kinn auf und beobachtete Colin.

»Die Hälfte der Tasten gehen nicht – Regen ist reingelaufen.« Colin strich mit den Händen über die Tastatur. »Was für eine Schnapsidee ... ein gutes Klavier zu ruinieren.«

Plötzlich schlug er den Deckel zu. Nachdem die Töne verklungen waren, trat große Stille ein. Die meisten der Lichter in den Bäumen waren ausgegangen. Die Tanzenden kamen taumelnd zum Stehen. Sie wirkten sehr klein unter den hohen Bäumen. Fast verloren.

Teddy Sefton war neben seinen Bruder getreten. »Wir gehen, Col. Mir reicht's. Thomasine?«

Sie wollte schon nicken und sich nach Nicholas umsehen, als sie Simon rufen hörte: »Unsere Festlichkeiten sind beendet. Oder fast beendet. Nur noch eines, meine Damen und Herren … Ein letzter Wettkampf, um uns alle aufzuwärmen. Er ist geistig nicht zu anspruchsvoll, was dich freuen wird, Bobby. Nur ein einfaches Wettrennen zurück nach London. Der erste, der am Trafalgar Square eintrifft, darf das Motto für das Kostümfest ausgeben, das ich nächsten Monat abhalten werde.«

»*Simon* gibt eine *Party*«, flüsterte Teddy. »Es geschehen noch Zeichen und Wunder.«

»Die reiche Witwe bezahlt alles«, sagte Colin. Er hatte sich von dem ruinierten Klavier erhoben und bemühte sich nicht, die Stimme zu senken.

»Also – worauf wartet ihr?« fragte Simon. »Los mit euch.«

Teddy berührte Thomasines Arm. »Du kannst mit uns fahren, wenn du willst, Thomasine. Colin kann sich auf den Notsitz quetschen.«

Sie lächelte und schüttelte den Kopf. Nicholas war aufgetaucht und winkte ihr zu, sich zu beeilen.

»Deine Jacke, Teddy.«

»Behalt sie. Wenn ich deinen Mantel finde, bring ich ihn dir vorbei.«

Aufgeregt hatte Nicholas bereits ihren Arm ergriffen und zog sie von der Lichtung. Als Thomasine zurückblickte, sah sie, daß nur Teddy und Colin zurückgeblieben waren. Colin wischte mit einem Tischtuch den Regen vom Klavier, und Teddy warf Erde auf das Feuer, um die Flammen zu ersticken.

Nicholas raste über die engen Landstraßen und erklärte ihr etwas über den Wagen. Irgendwas über Pferdestärken und Zylinder. »Ich hab einen vollen Benzinkanister auf dem Trittbrett, und der Delage läuft wie geschmiert. Die andern haben keine Chance. Bobby hat einen Hispano-Suiza, aber ich finde, daß der Delage das bessere Auto ist.«

Sie hatten die grüne, geheimnisvolle Wildnis des New Forest bereits hinter sich gelassen. Es regnete zwar nicht mehr, aber im ersten Schimmer des Morgengrauens sah Thomasine die Nässe, die auf der Straße lag, und die tiefen Pfützen, die sich am Rand gebildet hatten.

Die Hände am Lenkrad und den Fuß auf dem Gaspedal, warf Nicholas einen Blick auf sie. »Alles in Ordnung, Liebling? Bequem?«

Die zärtlichen Worte waren eine solche Seltenheit, daß sie lächelte. »Mir geht's gut. Ich hab's wunderbar bequem.«

Obwohl der Delage aufgrund der hohen Geschwindigkeit auf der holperigen Straße ratterte und kalte Luft durch die unverglasten Seitenfenster hereinblies, bemerkte Thomasine die Unannehmlichkeiten kaum. Der Champagner, den sie getrunken, und die Erschöpfung, die sie inzwischen überkommen hatte, dämpften alle anderen Gefühle. Ihr war nicht einmal mehr kalt. Mit Teddy Seftons Smokingjacke, die sie bis zu den Ohren hochgezogen hatte, saß sie zusammengekrümmt auf dem Sitz und fühlte sich von der übrigen Welt wie abgeschnitten.

»Sag mir, wenn ich anhalten soll. Wenn du dich unwohl fühlst oder sonst was.«

Wieder antwortete sie: »Mir geht's gut. Ich schlafe vielleicht ein bißchen.«

Doch sie konnte nicht richtig schlafen. Wirre Traumbilder, vermischt mit den Erinnerungen des heutigen Abends, spukten ihr durch den Kopf. *Jeden Morgen, jeden Abend, ja, wir haben Spaß.* Colin Sefton, der den Klavierdeckel zuschlug. Bobby Monkfield, der aufgeregt um Newbury fuhr und: »Ein Bogen? Was heißt ein Bogen?« rief. Simon Melville, der sagte: »Nicky Blythe und seine kleine Aufsteigerin …«

Dann wurde der Wagen plötzlich herumgerissen. Sie hörte Nicholas aufschreien. Als sie die Augen öffnete, sah sie in schneller Folge den Himmel, ein Feld und eine Hecke, während der Delage unkontrolliert weiterraste.

Eine Gestalt tauchte aus dem trüben Morgenlicht auf, ein Gesicht, das sich ihr quälend langsam zuwandte, so nah, daß sie dessen Züge, den Ausdruck klar erkennen konnte. Der Mund der alten Frau war zu einem stummen Schrei aufgerissen.

Der Delage wirbelte herum und bohrte die Kühlerhaube in die Hecke am Straßenrand. Blätter und Gras stoben auf, zischender Dampf trat aus. Durch die Wucht des Aufpralls wurde Thomasine mit der Stirn gegen das Armaturenbrett geschleudert, was ihr den Atem nahm.

Nicholas schrie: »Ist alles in Ordnung, Thomasine? Geht's dir gut?«

Er riß sie hoch und schüttelte sie. Als sie wieder sprechen konnte, sagte sie: »Ja, alles in Ordnung.« Dann drehte sie sich mühsam um und sah verzweifelt auf die Straße und zu der Grasnarbe hinaus.

Aber da lag kein zerschmetterter Körper, keine blutige Leiche. Sie hörte Schritte und erkannte im bleiernen Morgenlicht die gebückte Gestalt, die hastig die Straße hinunterlief. Sie rief: »Sind Sie verletzt? Warten Sie ...« Aber es kam keine Antwort. Alles an der kleinen, gebückten Gestalt drückte Angst aus.

Nicholas rief aus: »Sie war mitten auf der Straße. Einer der Reifen ist geplatzt. Sie war mitten auf dieser verdammten Straße, Thomasine!«

Sie antwortete tonlos: »Sie ist alt, Nick. Und wir sind auf dem Land. Hier sind die Leute nicht an Autos gewöhnt.« Dann stieg sie aus und kauerte sich zitternd an die Hecke, während er den Reifen wechselte.

Erst am Vormittag kamen sie wieder in London an. Der Wagen ließ sich nur langsam fahren, die vordere Stoßstange war eingedrückt, und die Motorhaube ließ sich nicht mehr richtig schließen. Während der ganzen Rückfahrt konnte Thomasine nicht schlafen. Jedesmal, wenn sie die Augen schloß, sah sie das angstverzerrte Gesicht der alten Frau vor sich. Erst als sie Stadt erreichten und sich in den dichten Verkehr aus Autos, Lastwagen und Bussen einreihten, verließ sie die Angst: vor jemandem, der plötzlich und unerwartet ihren Weg kreuzte, vor jemandem, der allein durch seine Gegenwart alles verdorben hatte.

Als sie schließlich bei ihrem Haus in Chelsea ankamen, erwartete sie ein Brief. Er war von Lady Blythe, die sie nach Drakesden einlud.

8

AM ERSTEN SONNTAG im Mai fuhren sie nach Drakesden. Die Karosserie des Delage war repariert worden, und er fuhr ruhig und problemlos über die holperigen Straßen. Der Himmel erstrahlte in klarem Blau, und über den Fens konnten sie die Insel von Ely sehen und die Silhouette der Kathedrale, die sich rötlichgrau am Horizont abzeichnete. Der schwere, süßliche Duft von Maiblüten lag in der Luft, und die Wasserwege glitzerten wie Bänder aus Silberspitze.

Am Horizont tauchte das Dorf auf: die Kirche, die verstreuten Cottages aus gelbem Ziegelstein, die abseits liegenden Farmen und Anwesen der Kleinpächter. Und Drakesden Abbey, das hoch und trutzig alle anderen Gebäude überragte. Als sie durchs Dorf fuhren, stieß Thomasine kleine Freudenschreie aus, wenn sie etwas wiedererkannte.

»Da ist das Cottage der Dockerills ... und sieh nur, die vielen Reklameschilder am Krämerladen, Nick. Es sieht so *modern* aus. Und Quince Cottage – ah, es ist noch ganz das alte ...«

Sie fuhren den Hügel zu den Toren von Drakesden Abbey hinauf. Auf der Hälfte des Weges blieb Nicholas stehen. Thomasine sah ihn an und bemerkte, daß er verwirrt und nervös aussah.

»Was ist los, Nick?«

Nicholas schüttelte den Kopf. »Es hat sich so verändert. Sieh nur ...« Er rieb sich die Augen. »Wie *verwildert* alles ist. Im Kies wächst Unkraut. Da war nie *Unkraut*! Es gab einen Jungen, dessen einzige Aufgabe darin bestand, die Einfahrt von Unkraut frei zu halten.«

Thomasine sah, daß der Garten nicht ganz so perfekt gepflegt war, wie sie ihn in Erinnerung hatte. Manche Büsche mussten beschnitten werden, und die Rabatten und Sträucher waren nicht mit der gleichen Akkuratesse zurechtgestutzt wie früher.

»Sogar das *Haus* ...«, fügte er ungläubig hinzu. »Die Fensterstöcke müßten neu gestrichen werden.«

Seine Hände auf dem Lenkrad zitterten. Er warf Thomasine einen kurzen Blick zu und flüsterte: »Ich war krank, als ich das letzte Mal hier war. Und ich möchte nicht mehr krank werden.«

Sie legte ihre Hand auf die seine und beruhigte ihn. »Der Krieg hat dich krank gemacht, Nick«, sagte sie besänftigend. »Das ist jetzt, nach drei Jahren, alles vorbei.«

Er antwortete nicht, sondern starrte auf das große Haus und die Gärten. Dann murmelte er: »Kannst du es nicht hören, Thomasine? Die Stille. Ich vertrage die Stille nicht. Ich brauch Lärm ...«

Man hörte nur das sanfte Rascheln der Brise in den Bäumen und das leise Zirpen von Vögeln und Insekten. Beschwichtigend sagte Thomasine: »Vielleicht schläfst du besser, wenn es ruhig ist, Nick. Du hast in letzter Zeit so müde ausgesehen.«

Während der vergangenen Wochen waren sie oft nicht vor dem Morgengrauen ins Bett gekommen. Unter Nicholas' Augen lagen dunkle Schatten, und seine gebräunte Haut war seit ihrer Ankunft in England blaß geworden. Häufig machte sie sich Sorgen um seine Gesundheit und versuchte, ihn zu überreden, sich auszuruhen und die hektischen Besuche von Nachtklubs, Theatern und Partys für eine Weile einzustellen. Aber das hatte er abgelehnt, und wenn er gelegentlich schwankte, war immer Simon zur Stelle, der ihn anstachelte und sich über ihn lustig machte, weil er mit den andern nicht mithalten konnte. Sie verachtete Simon inzwischen und nahm an, daß er ihr gegenüber das gleiche empfand.

»Ich brauche *Leute* ...«

»Du hast mich, Nick. Du hast doch immer noch mich.« Thomasine umarmte ihn und bemerkte, welche Ironie darin lag, daß sie sich inzwischen über Lady Blythes Einladung nach Drakesden freute. Sie war überzeugt, daß die Abwesenheit von London und die Trennung von Simon Melville Nicholas nur guttun würden. »Und du möchtest doch auch deine Eltern wiedersehen, nicht?«

Endlich lächelte er. »Ja, natürlich. Die liebe Mama ...« Er drückte aufs Gaspedal und fuhr zum Eingangsportal des Hauses. Dort zog er die Handbremse an und kletterte aus dem Wagen.

»Da ist Hawkins.«

Der Butler begrüßte ihn, und ein Junge wartete in der Nähe, um das Gepäck auszuladen. Nicholas öffnete die Wagentür, und Thomasine stieg aus.

Dann erschien eine weitere Gestalt am Eingangsportal von Drakesden Abbey. Eine Frau, die ein weiches, malvenfarbenes, in der Taille geschnürtes Kleid trug, dessen weißer, mit Perlen besetzter Spitzenkragen ihren Hals umgab. Lady Blythes Kleid stammte noch aus der Vorkriegszeit. In ihrem blonden, makellos frisierten Haar war keine Spur von Grau zu entdecken.

»Nicky!« Langsam und würdevoll schritt Lady Blythe die Stufen zu ihrem Sohn hinab. »Liebling – wie wundervoll. Wir haben dich so schrecklich vermißt.« Sie nahm Nicholas' Hand und küßte ihn auf die Wange. Dann trat sie zurück. »Aber du siehst so blaß aus – so müde.« Sie runzelte die Stirn, ihre Stimme klang besorgt. »Wahrscheinlich treibst du dich zuviel herum. Und vermutlich hast du auch nicht ordentlich gegessen.«

»Mama.« Nicholas flüsterte seiner Mutter etwas ins Ohr.

»Natürlich.« Das Lächeln kehrte auf Lady Blythes Gesicht zurück. Thomasines Herz begann zu klopfen. Nicholas nahm ihre Hand und zog sie heran.

»Mama, das ist meine Frau, Thomasine. Du erinnerst dich doch an Thomasine, nicht wahr, Mama?«

Ein Hauch von Nelkenduft lag in der Luft, als Lady

Blythes Lippen Thomasines Wange streiften. Ein Rascheln von Seide, eine gemurmelte Begrüßung, und Thomasine wäre unendlich erleichtert gewesen, hätte sie nicht bemerkt, wie sich die eisblauen Augen ein wenig zusammenzogen und die Winkel des hübschen Mundes leicht abschätzig nach unten bogen.

Das Bett in Thomasines Zimmer hatte vier Pfosten und schwere Vorhänge. Ihre Koffer waren bereits ausgepackt, und ihr Abendkleid lag frisch gebügelt auf dem Bett ausgebreitet. Das Badezimmer befände sich auf dem Gang, erklärte ihr das Mädchen, bevor es den Raum verließ, aber falls Mrs. Blythe heißes Wasser benötige, müsse sie nur klingeln. Thomasine starrte auf den Klingelzug neben dem Waschtisch. Sie konnte sich nicht vorstellen, nach irgendeinem armen Mädchen zu läuten, das aus den Kellergewölben des Hauses einen Krug mit heißem Wasser heraufschleppte.

Der Himmel draußen war dunkler, die Luft kälter geworden. Nach Sonnenuntergang war der Maiabend kühl. Es gab kein Feuer im Zimmer: Weder Kohle noch Asche lagen in dem glänzend sauberen Kamin. Natürlich gab es auch kein elektrisches Licht, nur eine Öllampe auf dem Tisch, die nicht angezündet war. Thomasine blickte sich suchend um, konnte aber keine Streichhölzer finden. Sie fröstelte, drehte sich um und sah aus dem Fenster.

Der Raum ging nach Norden auf die Vorgärten und die Einfahrt hinaus. Prachtvolle Bäume – eine Zeder, eine Schuppentanne, eine Rotbuche –, die die kalten Winde der Fens überlebt hatten, standen auf dem Rasen. Unterhalb des Vorgartens befand sich die Koppel. Sie konnte die Kirchturmspitze erkennen und die fernen Umrisse des Deichs, der den Nebenfluß der Lark zurückhielt. Am Ende der vereinzelten Häuser, die sich außerhalb des sicheren Schutzes des Dorfes befanden, glaubte sie, das Cottage des Hufschmieds zu erkennen, aber das kleine Haus verlor sich in den Schatten, und die dahinter liegenden Felder schimmerten bläulichgrau im Zwielicht.

Sie fühlte sich staubig von der Reise und mußte sich zum Abendessen umziehen. Mit ihren Handtüchern und ihrem Waschbeutel ging sie hinaus, um das Badezimmer zu suchen.

Das Mädchen hatte ihr zwar erklärt, wo es sich befand, aber sie erinnerte sich nicht mehr. Daher versuchte sie, sich die Anlage des Hauses zu vergegenwärtigen, wie sie sie von ihrem früheren, unheilvollen Besuch im Gedächtnis behalten hatte, doch ihr fielen nur der feuchte Wintergarten und die Küche ein, wo die Köchin und die Küchenmägde sie angestarrt hatten.

Aus einem der Zimmer tauchte ein Dienstmädchen auf, und Thomasine hätte es vor Erleichterung umarmen können. Es war Ellen Dockerill aus dem riesigen Clan der Dockerills, die in dem Zweizimmer-Cottage in der Beck's Row aufgewachsen war.

»*Ellen!* Wic schön, dich zu sehen. Ich suche das Badezimmer. Ich muß mich vor dem Abendessen baden... die Reise ...« Sie hielt inne.

»Ich geh das Wasser holen, Ma'am. Joseph bringt die Wanne in Ihr Zimmer.«

Das Mädchen eilte durch den Gang davon. Thomasine rührte sich nicht. Ellen Dockerill, mit der sie als Kind Fangen gespielt hatte, hatte geknickst.

Sir William gesellte sich kurz vor dem Abendessen zu ihnen.

»Das hier ist Thomasine, Pa«, sagte Nicholas. »Wir sind heute nachmittag von London raufgefahren.«

Sir William ergriff Thomasines Hand. »Willkommen auf Drakesden Abbey. Wie schön, euch beide zu sehen. Ein Sherry, meine Liebe? Umwerfend hübsches Kleid.«

Thomasine trug das meergrüne Fortuny-Kleid, das Nicholas ihr in Paris gekauft hatte. »Das war mein Hochzeitskleid, Sir William.«

Sir William schenkte ihr einen anerkennenden Blick. »Marjorie mußte den ganzen üblichen Plunder haben – weißes Kleid und bodenlangen Schleier. Sicher hat sie das Ding seither nie mehr getragen. Aber das war ja auch schon 1915.«

»Es ist sehr kleidsam«, sagte Lady Blythe. »Wenn auch nicht sonderlich *traditionell*, William.«

Nicholas hatte sich eine Zigarette angezündet. »Paris ist anders, Mama. Du würdest nicht glauben, was da alles abläuft.«

Lady Blythe lächelte immer noch. »Daran hege ich keinerlei Zweifel, Nicky.«

»Damals in Rom ...«, sagte Sir William unbestimmt.

Lady Blythe wandte sich wieder Thomasine zu. »Oh, nur auf ein Wort.« Sie zog Thomasine ein wenig beiseite. »Ich nehme an, du hast dir Feuer machen lassen in deinem Zimmer und ein heißes Bad genommen?«

Thomasine nickte verwirrt.

Lady Blythes sprach leise und vertraulich. »Nun, wenn du das in Zukunft bitte lassen könntest. Es macht dem Personal sehr viel Arbeit, und man darf die Leute einfach nicht so belasten, vor allem nicht zu einer so ungünstigen Tageszeit. Außerdem hatten wir nie Feuer in den Schlafzimmern. Nie.«

Hinterher erschien Thomasine der Abend als eine Abfolge unangenehmer und peinlicher Momente. Beim Essen erkundigte sich Sir William nach seiner jüngeren Tochter.

»Nicht gerade geübt, wenn's ums Schriftliche geht, unsere Lally. Da hat man sie auf schrecklich teure Schulen geschickt, aber mit der Rechtschreibung klappt's immer noch nicht. Wahrscheinlich schlägt sie ihrem Vater nach, fürchte ich.«

»Belle kümmert sich um sie.« Nicholas, der wußte, daß Belles Dienste als Anstandsdame allenfalls vorübergehend und schlimmstenfalls gar nicht existierten, wich dem Blick seines Vaters aus. »In Biarritz, glaube ich.«

»Trifft sich ja großartig«, antwortete Sir William anerkennend, »daß ihre Cousine einspringt. Ich hatte immer das

Gefühl, daß man das arme Mädchen um seine Debütantinnenbälle und alles betrogen hat.«

Lady Blythe erwiderte: »Lally wollte nicht bei Hof vorgestellt werden, William. Das weißt du. Viele Mädchen wollen das heutzutage nicht mehr. Und Reisen kann für ein Mädchen ihres Alters nur von Vorteil sein. Sie hat Glück, daß Isabel bereit ist, sich um sie zu kümmern.«

Appetithäppchen, Fischgang, Entrée, Hauptgang, Dessert und pikante Nachspeise. Konversation über London, Paris, Italien, die Riviera. Über Freunde und Verwandte der Blythes, von denen Thomasine einige kannte, die meisten jedoch nicht. Erinnerungen an Nicholas' Kindheit und Schulzeit. Thomasine, die unter dem glänzenden Besteck auswählen mußte, wählte das falsche und hatte schließlich für ihr Dessert nur ein Messer übrig. Lady Blythe lächelte nachsichtig und schickte den Diener ins Anrichtezimmer, um neues Besteck zu holen. Nicholas und sein Vater unterhielten sich bei einem Glas Portwein über Pferde, Autos und Landwirtschaft. Als sie im Salon allein waren, fragte Lady Blythe Thomasine über das Haus in Chelsea, die Möblierung und das Dienstpersonal aus.

»Nur zwei Dienstboten, meine Liebe? Eine Köchin und ein Mädchen?«

»Wir essen viel auswärts«, erklärte Thomasine.

»Aber die Londoner Restaurants sind doch so teuer ... Und der Qualität des Essens ist auch nicht immer zu trauen, findest du nicht? Vor dem Krieg ließen wir uns jeden Tag mit der Bahn frische Produkte aus Drakesden schicken, wenn wir die Saison in der Stadt verbrachten. Dann konnte man wenigstens sicher sein. Wir haben nie in Restaurants gespeist. Nicky hatte als Kind einen sehr empfindlichen Magen ...«

Der Diener erschien mit dem Kaffeetablett.

»Natürlich haben wir während des Krieges alle gelitten.« Lady Blythe begann, den Kaffee einzuschenken. »Aber man muß doch ein gewisses Niveau halten, nicht wahr?«

Thomasine konnte nur nicken. Drakesden Abbey, das sie

aus ihrer Kindheit als licht und angefüllt mit Schätzen in Erinnerung hatte, erschien ihr jetzt düster und bedrückend. Die korallenfarbenen Wände im Salon wirkten im Kerzenlicht blutrot und waren mit Verzierungen, Ahnenporträts und Fotos überladen. Gesichter früherer Blythes starrten sie an, als sie ihren Kaffee umrührte. Sie mußte Lady Blythe bitten, ihre letzte Frage zu wiederholen.

»Ich sagte, ihr müßt doch sicher einen Diener haben?«

Thomasine schüttelte den Kopf. Endlich fühlte sie sich auf halbwegs sicherem Boden. »Männliches Dienstpersonal ist seit dem Krieg schwer zu bekommen, Lady Blythe.«

»Aber das Automobil ... Es sind doch so anfällige Maschinen ...«

»Nicholas bastelt gern an Autos herum. Er würde das von niemand anderem machen lassen wollen.«

Lady Blythe runzelte die Stirn. Sie stellte ihre Tasse ab und murmelte vertraulich: »Er hat es vielleicht nicht erwähnt, aber der arme Nicky war nach dem Krieg ziemlich krank. Eine ganz schreckliche Erfahrung für uns alle. Ich glaube, Nicholas ging Geralds Tod fast genauso nah wie mir. Nicky muß immer noch aufpassen, damit er sich nicht überanstrengt. Er sieht ziemlich angegriffen aus, findest du nicht auch?«

Thomasine bekam kein Wort heraus. Sie rührte heftig ihren Kaffee um, so daß ein Teil der Flüssigkeit in die Untertasse schwappte. Lady Blythe gab dem wartenden Diener ein Zeichen, und ein sauberer Unterteller aus glänzendem, goldgerändertem Porzellan wurde herbeigebracht.

Als sie am Ende des Abends die Treppe hinaufgingen, flüsterte Nicholas: »Das war doch gar nicht so schlecht, oder?«

Thomasine wartete, bis sie in ihrem Schlafzimmer war und Nicholas, der ihr ins Zimmer gefolgt war, die Tür hinter sich geschlossen hatte.

»*Es war gar nicht so schlecht?* Nick – sie *haßt* mich!« Man hatte ihnen Kerzen zur Beleuchtung mitgegeben. Thomasines Kerze flackerte, als sie sie auf den Schreibtisch stellte.

Nicholas blinzelte. »Unsinn, Liebling. Ihr habt während des ganzen Essens angeregt miteinander geplaudert. Ich finde, ich seid doch glänzend miteinander ausgekommen.«

Sie starrte ihn an. »Hast du keine Augen im Kopf?«

Er sah sie verwirrt an. »Um was zu sehen?«

»Daß deine Mutter nichts vergessen hat. Ach, Nick – sei doch nicht so naiv. Für sie bin ich immer noch ein Mädchen aus dem Dorf. Und dann war da schließlich noch die Sache mit dem Feuerdrachen.«

Er hatte sich auf einen Stuhl gesetzt. Das Feuer war schon lange ausgegangen, und das Zimmer war ungemütlich kalt.

»Also das ist wirklich Unsinn«, antwortete Nicholas. »Mama hat den Feuerdrachen seit Jahren nicht mehr erwähnt. Ich schätze, sie hat ihn vergessen hat.«

Thomasine setzte sich aufs Bett und zog die kalten Füße unter sich. Ihrer Meinung nach hatte Lady Blythe nichts vergessen, und der alte Haß schimmerte immer noch in den kornblumenblauen Augen. »Sie haßt mich«, sagte sie erneut.

Die Kerzen bildeten gelbe Lichtkreise in der Dunkelheit. Nicholas rieb sich die Augen. »Es ist einfach ihre Art. Mama ist sehr formell – altmodisch wahrscheinlich. Manchen Leuten erscheint das abweisend. Aber in Wirklichkeit hat sie nur versucht, dir die Befangenheit zu nehmen. Ich hatte befürchtet, es würde viel schlimmer sein. Sie hat sich doch den ganzen Abend mit dir unterhalten.«

»Herumgestichelt hat sie«, zischte Thomasine. »Angedeutet, daß ich mich nicht richtig um dich kümmere. Mich vor dem Dienstpersonal zum Narren gemacht. Mich getadelt, weil ich vor dem Abendessen ein Bad genommen und im Kamin Feuer machen lassen habe.«

Nicholas lachte. »Das hast du getan, wirklich? Im *Schlafzimmer*? Ich hätte die Gesichter der Bediensteten sehen wollen. Seit *Jahrzehnten* ist in den Schlafzimmern nicht mehr geheizt worden. Mich wundert, daß die Kamine nicht abgebrannt sind.«

Er erhob sich, nahm die Kerze aus Thomasines Hand

und stellte sie auf den Nachttisch. Dann setzte er sich neben sie.

»Du kannst nicht erwarten, daß es so leicht für sie ist, Thomasine. Mama hätte sich eine große Hochzeit mit allem Drum und Dran für mich gewünscht. Wir haben auf ihre Gefühle auch keine Rücksicht genommen, stimmt's? Sie fühlt sich wahrscheinlich hintergangen.«

Während des ganzen Abends waren all ihre Zweifel über die Hochzeit wieder zurückgekommen. Sie mußte sich zwingen, die nächste Frage zu stellen. »Und du, Nick? Fühlst du dich hintergangen? Bereust du, was du getan hast?«

»Nein. Natürlich nicht.« Sie sah in seinen Augen, daß er die Wahrheit sagte. »Wie kannst du so was fragen? Es war alles perfekt. Das ist es immer noch – oder wäre es, wenn ich kein solcher Versager wäre.«

Sie schüttelte den Kopf und drückte seine Hand. »Es braucht nur ein bißchen Zeit, das ist alles. Das ist nicht ungewöhnlich.« Bei Dr. Stopes hatte sie gelesen, daß viele junge Paare Schwierigkeiten hatten, eine Familie zu gründen. Weil sie unwissend und ungeduldig waren und weil es einfach Zeit brauchte, bis sich zwei Menschen aneinander gewöhnten.

In der Stille konnte sie den Wind hören. Kalte Luft drang ins Zimmer, und die Vorhänge flatterten leise. Als sie wieder auf Nicholas zurückblickte, sah sie, daß er sich mit gesenktem Kopf von ihr abgewandt hatte.

»Bleib heute nacht hier, Nick. Bitte.«

Sie streckte die Hand aus und berührte ihn an der Schulter. Als er sich umdrehte, küßte sie seine gerunzelte Stirn, bis er schließlich lächelte.

Am nächsten Morgen wachte Thomasine früh auf. Eine Bedienstete, die auf leisen Sohlen hereingekommen war, hatte bereits einen Krug mit heißem Wasser auf den Waschtisch gestellt. Ohne Nicholas zu wecken, stand sie auf und zog sich an.

Als sie durchs Haus ging, fiel durch die hohen Fenster Sonnenlicht ein, das sich in Rechtecken auf dem Boden spiegelte und die Farben der Bilder und Möbel freundlicher, weniger bedrückend wirken ließ. Sie erkannte, daß sie letzten Abend ziemlich albern gewesen war. Nicholas hatte recht: Lady Blythe haßte sie nicht. Sie nahm nur die hastige Heirat ihres Sohnes übel, und verständlicherweise störte sie der Standesunterschied zwischen ihm und ihrer neuen Schwiegertochter. Es lag an Thomasine zu beweisen, daß ihr Sohn keinen Fehler gemacht hatte, Patricia Thornes Tochter zu heiraten.

Nach dem Frühstück spazierte sie mit Sir William durch den Garten. Der Himmel war strahlend blau und wolkenlos. Sonnenlicht glänzte auf dem Rasen und verwandelte die Tautropfen in tausend bunte Diamanten. Sir William deutete mit dem Spazierstock auf die Koppel.

»Es wird behauptet, man könne die Anlage der alten Abtei noch erkennen. Ich selbst kann sie nicht sehen. Das ganze Gemäuer wurde von Heinrich VIII. abgerissen, als er die Klöster abschaffte, und irgendein glücklicher Blythe war zur Stelle, um sich die Reste anzueignen. Als Junge hab ich in der Erde herumgebuddelt, um nach verborgenen Schätzen zu suchen. Natürlich hab ich nie was gefunden.« Er schmunzelte und reichte Thomasine den Arm.

Sie gingen durch die Schattenkegel der Rotbuche, der Schuppentanne und der Zeder. Die Abbey lag neben ihnen, und an vielen Fenstern waren noch die Vorhänge vorgezogen. Auf der anderen Seite fiel der Rasen nach unten ab und ging schließlich in Koppel und Farmland über. Sie kamen an den Geräteschuppen, den Treibhäusern und dem Strauchgarten vorbei.

Sir Willam machte mit dem Kopf ein Zeichen in Richtung der Schuppen. »Früher haben hier ein Dutzend Männer gearbeitet. Vor dem Krieg. Sie waren mit Beschneiden und Pfropfen, mit dem Pflanzen von Setzlingen und Eintopfen beschäftigt. Jetzt gibt es nur noch Dilley und den Jungen. Dilley ist inzwischen fast siebzig.«

Die Lorbeerhecke endete, und vor ihnen öffnete sich der Weg ins Labyrinth. Zweige mit frisch ausgeschlagenen Blättern bildeten ein Dach. Das Gras am Boden war lang und naß. Nur ab und zu brach das Sonnenlicht durch, warf helle Flecken auf die alte Ziegelmauer und ließ Spinnweben und Brombeerdornen aufblitzen.

Als sie das Tor sah, stieß Thomasine einen kleinen Freudenschrei aus. »Oh! Der geheime Garten. Könnten wir ...?«

»Probier, ob die Tür aufgeht, meine Liebe. Ich glaube nicht, daß sie verschlossen ist.«

Sie drückte die Klinke herunter. Langsam und ein wenig knarzend sprang die Tür auf. Thomasine ging durch den Garten, der vor ihr lag. Die Rosenbeete, die Rasenflächen und die Statuen waren unverändert.

»Er ist vollkommen«, sagte sie. »Für mich war dieser Garten immer vollkommen.

»Mein Vater hat ihn angelegt.« Im Gehen schlug Sir William mit seinem Stock das hohe Gras zurück. »Das war sein Hobby, Gärten anlegen. Seine Leidenschaft, könnte man sagen. Ich erinnere mich, als ich ein Junge war, waren die Gärten der Abbey wundervoll. Aber jetzt ist alles schrecklich verwildert. Dilley und der Junge schaffen es gerade noch, den Vorder- und den Gemüsegarten in Ordnung zu halten, aber der hier ... hat seit Jahren keine Sense mehr gesehen. Letzten Winter versuchte ich selbst, die Rosen zurückzuschneiden, aber dieses verdammte Rheuma ... entschuldige, Thomasine.«

Sie lächelte ihn an. »Er ist immer noch schön. Und die Rosen knospen bereits.«

Er pflückte eine der halb offenen Blüten und reichte sie ihr. Sie war blaßrosa und duftete köstlich. »Albertine. Meine Lieblingsrose. Viel schöner als diese gräßlichen modernen Züchtungen ohne Duft. Eines der wenigen Dinge, über die Gwennie und ich uns einig sind, was die Gärtnerei anbelangt.« Er ließ den Blick seiner dunklen Augen, Nicholas' Augen, durch den ummauerten Garten schweifen. »Ich bin froh, daß du ihn vor dem Krieg gesehen hast, als er noch in Blüte stand. Davon könnt ihr eines Tages euren Kindern erzählen.«

Sie steckte sich die Rose ins Knopfloch.

Sir William fügte hinzu: »Das Haus ist jetzt natürlich zu groß für uns. Wir sollten es eigentlich verkaufen, wie alle andern auch. Aber ich mag es eben, und bald genug wird es ohnehin Nicholas gehören. Es wäre nicht recht, sein Erbe zu verschleudern.«

Sie waren bei der Statue des Feuerdrachen angekommen. Der Farn, hinter dem einst die gestohlene Weinflasche stand, war dank des Wassers, das aus dem Drachenmaul tropfte, höher und dichter geworden.

»Es war der Krieg, weißt du«, sagte Sir William. »Der arme Junge war sehr krank nach dem Krieg.«

Sie roch den Duft der Albertine-Rose in ihrem Knopfloch und hörte nur das leise Flüstern des Windes in den Bäumen. Sie wartete stumm, daß er fortfuhr.

»Nicholas wurde an der Somme verwundet. Seine Arme wurden buchstäblich zerfetzt – sie sahen schrecklich aus. Er wurde für das Militärverdienstkreuz vorgeschlagen, weißt du. Wir waren so stolz auf ihn, Gwennie und ich. Aber irgendwie … war er danach nicht mehr derselbe … kam nicht mehr zur Ruhe … schien manchmal gar nicht richtig *dazusein* …« Sir William brach die welke Blüte einer Rose ab und zerrieb die trockenen Blätter zwischen den Fingern.

Sie hatte sich schon so lange darauf gefreut. Seit über einem Jahr – seit Geralds Tod – hatte sie nicht mehr allein mit ihrem jetzt einzigen Sohn gesprochen. Gestern mußte sie ihn mit dieser Thorne teilen (sie brachte es nicht über sich, sie in Gedanken als »Thomasine« oder »Nicholas' Frau« zu bezeichnen).

Wie üblich verbrachte Lady Blythe die Stunden nach dem Frühstück mit Briefeschreiben und dem Zusammenstellen der Menüs mit der Köchin. Um zehn Uhr klopfte Nicholas an ihre Tür. Sie umarmte ihn und strich ihm mit einer Hand das wirre Haar aus der Stirn.

»Hast du gut geschlafen, Nicky?«

Er nickte. »Wie ein Stein.«

»Es ist so schön, daß du nach Drakesden kommen konntest, Nicky. Wir brauchen dich so sehr.«

Er blinzelte und zündete eine Zigarette an. »Ging's Pa denn wirklich so schlecht? In deinen Briefen hast du nur von leichtem Rheuma gesprochen ...«

Sie schenkte zwei Tassen Kaffee ein und goß Sahne hinein. »William leidet unter dem feuchten kalten Wetter. Im Frühjahr konnte er kaum gehen, deshalb haben wir dich nicht schon früher nach Drakesden eingeladen. Es wäre niederschmetternd für dich gewesen.«

Er blickte beklommen drein. »Aber es ist ... es ist doch nichts – *Ernsteres?*«

Sie lachte kurz auf und reichte Nicholas eine Tasse. »Aber nein, überhaupt nicht. Nur lästig und deprimierend. Du mußt dir keine Sorgen machen.«

»Es ist nur ... nun, ich war ein bisschen schockiert, als ich gestern die Einfahrt rauffuhr. Drakesden ist heruntergekommen, nicht wahr? Vielleicht ... weil ich es schon eine Weile nicht mehr gesehen habe ...«

»Wir kriegen keine Männer, Nicky. Auch keine Mädchen. Sie scheinen heutzutage alle lieber im *Büro* zu arbeiten.« Lady Blythe kräuselte den Mund. »Seit dem Krieg hat sich alles so sehr verändert. Außerdem haben wir finanzielle Probleme, glaube ich. Steuern und so weiter. William wird sicher mit dir darüber sprechen. Wir haben natürlich Sparmaßnahmen getroffen, aber man fühlt sich heute von allen Seiten bedrängt.«

»Viele Eltern meiner Freunde müssen verkaufen. Die Mortlakes etwa, die zwei Todesfälle zu beklagen hatten, den Vater und Johnnie Mortlake, die 1916 gefallen sind.« Seine Stimme klang beiläufig, desinteressiert.

Lady Blythe sagte sich, daß es eben Nicholas' Art war. Daß ihm Drakesden Abbey trotz des äußerlichen Desinteresses genauso wichtig war wie ihr. Das konnte gar nicht anders sein: Er war schließlich ein Blythe.

»Ich dachte, wir sollten ein wenig plaudern«, sagte sie. »Briefe sind doch so *unbefriedigend*, findest du nicht auch?«

Nicholas hatte sich in einem der kleinen Chintzsessel niedergelassen. »Du solltest ein Telefon installieren lassen, Mama.«

»Telefon? Nein, das ist, glaube ich, nicht nötig.«

Nicholas runzelte die Stirn. »Aber es ist so unpraktisch. Drakesden ist so abgelegen. Auf jeden Fall solltest du Strom legen lassen. Es ist lächerlich, immer noch mit Öllampen und Kerzen hantieren zu müssen. Einfach mittelalterlich.«

»Wir sind zu abgelegen. Niemand von den Dorfbewohnern hat Elektrizität.«

»Die Abbey kann man doch nicht mit einem elenden Kuhdorf vergleichen«, antwortete Nicholas ungeduldig. »Drakesden wird auch noch die nächsten fünfzig Jahre im Mittelalter steckenbleiben. Es besteht doch kein Grund, daß die Abbey es ihm gleichtut.« Er drückte seine Zigarette im Aschenbecher aus.

»Die Kosten ...«, murmelte Gwendoline. »Und ist es denn sicher?«

»Natürlich, Mama. Vollkommen sicher. Wenn Drakesden mir gehören würde, würde ich als erstes einen Generator einbauen lassen. Dann ... Heizkörper, elektrisches Licht, fließend warmes Wasser. Es ist absolut lächerlich, daß die arme Thomasine kein Bad nehmen kann, ohne stundenlang die Hälfte der Dienerschaft mit Krügen durchs Haus zu scheuchen. Und die Schlafzimmer sind neun Monate lang die reinsten Eiskeller.«

»Ich wurde in dem Glauben erzogen, daß überhitzte Schlafzimmer schlecht für die Gesundheit sind.«

Nicholas schnaubte. »Ich spreche ja nicht von tropischer Hitze. Nur davon, daß man keine Frostbeulen kriegt, wenn man den Fuß unter der Decke vorstreckt.«

Gwendoline bemerkte ein Engagement an ihrem Sohn, das sie früher selten gesehen hatte. Sie fand Elektrizität, Telefone und dergleichen unverständlich und unnötig, ihr Sohn aber offensichtlich nicht.

»Wußtest du, daß der junge Gillory wieder in Drakesden ist, Nicholas?« fragte sie vorsichtig.

Er starrte sie an. »Gillory? Welcher Gillory?«

»Daniel.« Es ging ihr gegen den Strich, seinen Namen auszusprechen, aber sie schaffte es, ihre Abneigung zu verbergen. Sie erinnerte sich immer noch, wie Daniel Gillory sie vor der Kirche angesehen hatte ... unverschämt und triumphierend.

Er runzelte die Stirn und schüttelte den Kopf. »Ich dachte, wir wären ihn schon vor Jahren ein für allemal losgeworden.«

Ihr Herz pochte ziemlich schnell. »Ich fürchte nicht. Er arbeitet jetzt in Drakesden.«

»Als Hufschmied?« Nicholas lachte kurz und keineswegs heiter auf. »Dafür war er sich doch zu gut.«

»Daniel Gillory ist kein Schmied, sondern Farmer.«

Sie hatte es ihm noch nicht erzählt, weil sie es ihm sagen wollte, wenn sie allein waren. Weil sie sehen wollte, wie er reagierte. Ob die alte Antipathie aus der Kindheit immer noch vorhanden war. Ob er Drakesden Abbey gegenüber genauso empfand wie sie.

»Er hat Land dazugekauft. Er bewirtschaftet die Felder, die William vor einem Jahr verkauft hat. Die Frau, die sie erworben hat, muß eine Freundin von ihm sein.«

Nicholas starrte sie an. Sie sah, wie ihm langsam die Farbe aus dem Gesicht wich.

»Er ist verheiratet, Nicholas. Seine Frau ist aus London. Ein gewöhnliches kleines Ding. Sie trägt Lippenstift, in der *Kirche*!«

Nicholas erhob sich und ging zum Fenster. Sie sah, daß seine Knöchel weiß hervortraten, als er den Fenstersims umklammerte.

»Daniel Gillory bebaut Blythe-Land?« flüsterte er. »Daniel Gillory hat uns reingelegt, damit er Blythe-Land kaufen konnte?«

»Ja.«

Als er sich umdrehte, sah sie den tiefen Haß in seinen Augen. Er überraschte sie fast, aber dann spürte sie eine Woge des Glücks, der Erleichterung in sich aufsteigen. Sie wußte, daß ihnen dies immer gemeinsam wäre: das Bedürfnis, Drakesden Abbey vor dem Zugriff anderer zu schützen.

»Das ist untragbar«, sagte er.

»Ja«, antwortete sie schlicht. »Völlig untragbar.«

In diesem Jahr brach der Sommer alle Rekorde. Der Juli 1921 war der trockenste seit Menschengedenken. Die Deiche und Gräben trockneten völlig aus, und es gab keinen Regen, den man in Wassertonnen hätte sammeln können. Die Blätter der empfindlicheren Pflanzen verbrannten in der heißen Sonne, und das Laub verdorrte und wurde gelb.

Als er eines Nachmittags mit dem Fahrrad aus Ely zurückfuhr, dachte Daniel, wie komisch es war, daß sich seine Arbeit heute um zuviel Wasser gedreht hatte, nicht um zuwenig. Er hatte am Mittag in einer Gastwirtschaft vor einer Versammlung gesprochen, bei der hauptsächlich Entwässerungsexperten, Grundbesitzer und Farmer anwesend waren. Er versuchte, sie darauf aufmerksam zu machen, daß Drakesden mit seinen unzureichenden und schlechtreparierten Deichen und Gräben große Gefahr drohte.

Aber sie hörten nicht zu. Verständlicherweise waren sie mit dem momentanen Problem der Wasserknappheit beschäftigt. Und sie ließen sich allzuleicht von den Sorgen der Grundbesitzer und Farmer ablenken, die sich um fallende Getreidepreise, hohe Hypotheken und steigende Kosten drehten. Diese Probleme betrafen Daniel genauso, obwohl er in gewisser Hinsicht ein wenig besser dastand als die meisten anderen. Nachdem er vorausgesehen hatte, was passieren würde – daß die Regierung die Weizenpreise nicht mehr stützen würde –, hatte er sich bereits umgestellt und Kartoffeln, Wurzelgemüse und Obst angebaut. Und Hattie, die liebe Hattie, verlangte keine Zinsen für das Geld, das sie ihm geliehen hatte.

Daniel stieg vom Fahrrad und schob es auf der wackeligen Planke über den Deich. Im Moment befand sich kein Wasser darin, nur eine dicke Schicht aus feuchtem Schlamm an manchen Stellen. Gestrandete Aale sah man darin. Beim Anblick der sich windenden, schwärzlichen Leiber wurde ihm übel, so daß er stur nach vorn blickte und das Rad noch schneller schob. Dann begann er, den trockenen, zerfurchten Pfad hinunterzufahren.

Er würde überleben, dachte er. Er müßte andere Möglichkeiten finden, auf die Überschwemmungsgefahr aufmerksam zu machen, und andere Möglichkeiten, um Geld zu verdienen. Erst diesen Morgen hatte er Fay erklärt, daß sie an allen Ecken und Enden sparen müßten. Daß sie, wenn möglich, die eigenen Erzeugnisse essen sollten, statt beim Krämer Dosen oder beim Metzger Fleisch zu kaufen. Daß sie sich zumindest in nächster Zeit keine neuen Kleider und nichts Neues fürs Haus leisten könnten. Daniel hatte bereits aufgehört, sich antiquarische Bücher zu kaufen. Er tat alles, was er konnte, um sich und Fay vor den Auswirkungen der schlechten Wirtschaftspolitik der Regierung zu schützen. Am heutigen Tag hatte er außerdem versucht, sie vor dem sicherlich noch größeren Unglück einer Naturkatastrophe zu bewahren, allerdings ohne Erfolg.

Das Cottage der Gillorys, das am tiefsten gelegen war und dazu noch nahe am Deich stand, war besonders gefährdet. Deshalb mußten Daniel und seine Geschwister jeden Frühling ein oder zwei Wochen lang barfuß durch das Wasser in der Küche stapfen. Im Moment ließ sich daran nichts ändern. Das Cottage würde diesen, nächsten und übernächsten Frühling überschwemmt werden. Der Torf saugte das Wasser auf wie ein Schwamm und spie es durch die losen Ziegel im Boden der Gillorys wieder aus. Wenn er Geld hätte, wenn er Zeit hätte, wenn Sir William die Felder verkaufte, die Daniel haben wollte – diese Felder lagen ein wenig höher –, dann würde er ein besseres Cottage bauen mit einem Wohnzimmer im Erdgeschoß und einem Badezimmer, genauso wie Fay es sich wünschte. Jede Woche bemühte er sich, einen kleinen Betrag beiseite zu legen, und wartete auf den Tag, an dem die Blythes verkaufen mußten.

Über dem nächsten Graben lag ein Eichenstamm. Daniel stieg ab und schob das Fahrrad hinüber. Jetzt konnte er sein Haus und Fay im Garten sehen, die Wäsche von der Leine nahm. Auf dem Deich stehend, winkte Daniel ihr zu und rief ihren Namen, dann radelte er die letzten hundert Meter den schmalen Pfad am Deichhang entlang.

Sie wartete im Hof auf ihn. Sie sah glücklich aus, ihre Augen glänzten, und ihre Lippen waren rosig. Sie war ein schwer berechenbarer Mensch, wie er während der zehn Monate ihrer Ehe festgestellt hatte. Man wußte nie, wie ihre Laune im nächsten Moment sein würde.

Sie faltete einen Kopfkissenbezug zusammen und legte ihn in den Weidenkorb. »Wie ist's gelaufen?«

Er schüttelte den Kopf. »Nicht sehr gut, leider. Ich glaube, sie haben mich für verrückt gehalten, ihnen gerade jetzt die Überschwemmungsgefahr vorzuhalten.«

Er lehnte das Fahrrad an die Stallmauer und rieb sich mit dem Ärmel über die Stirn. Ihm war heiß, er hatte Durst und war verschwitzt.

»Haben wir Bier im Haus?«

»Ein bißchen. Ich hatte keine Zeit, ins Gasthaus zu gehen. Komm rein, Daniel – da ist etwas, was ich dir zeigen muß.«

Er folgte ihr ins Haus. Als er den staubigen Hof überquerte, sagte er: »Niemand kann über den Tellerrand sehen, das ist das Problem. Die Deichinspektoren, meine ich. Und wenn sie sich entscheiden, etwas zu tun, dann im Schneckentempo.«

Er trat ins Haus. Fay reichte ihm ein Glas Bier. Es war lauwarm, die Neige aus einem Faß. »Schau«, sagte sie.

Er sah in die Richtung, in die sie deutete. Ein eigenartiges Gerät stand vor ihm in der Küche, direkt vor dem Toilettentisch. Ein seltsames Sammelsurium aus Zylindern, Schaltern, Schlauch und Drähten. Da seine Gedanken immer noch auf landwirtschaftliche Geräte und Dampfpumpen gerichtet waren, erkannte er nicht auf Anhieb, worum es sich handelte. Dann sagte er: »Das ist ein Staubsauger.«

Stolz antwortete Fay: »Ja. Ist er nicht großartig, Daniel? Und so modern. Der Händler hat gesagt, ich könne den Raum in einem Bruchteil der Zeit reinigen, die ich sonst dazu brauche. Man kann ihn sogar zum Entstauben der Vorhänge benutzen.«

Er rieb sich die Augen. Sein Kopf schmerzte vor Hitze, Anspannung und Durst. »Du hast ihn *gekauft*?« fragte er ungläubig.

Sie nickte. »Vor einer halben Stunde kam ein Herr vorbei. Er macht in allen Häusern von Drakesden die Runde.«

Er starrte sie an, aber sie lächelte immer noch und wirkte sehr zufrieden mit sich selbst. »Fay«, sagte er mit äußerster Beherrschung. »Wie hast du ihn bezahlt?«

Selbst jetzt geriet sie noch nicht ins Stocken. »Ach, das geht schon in Ordnung. Darüber brauchst du dir keine Gedanken zu machen. Der Herr hat gesagt, wir brauchten ihn erst nächstes Jahr zu bezahlen. Er war so nett, Daniel, so höflich. Du mußt nur die Papiere unterzeichnen. Er kommt dann später vorbei und holt sie ab.«

Er sah die Papiere auf dem Tisch liegen. Schnell blätterte er sie durch und sagte: »Du hast ihn auf Raten gekauft, Fay. Du hast dieses – Unding – auf Raten gekauft.«

Als er sich umdrehte, sah er, daß sich ihr Gesichtsausdruck schließlich doch verändert hatte. Ihr kleiner Mund war schmollend aufgeworfen, ihre Brauen ärgerlich zusammengezogen. »Du brauchst nicht zu schreien, Daniel. Ich dachte, du würdest dich freuen.«

»Aber wir haben doch gar keine Elektrizität!« brüllte er.

»Das weiß ich doch. Ich bin doch nicht blöd. Aber wir werden sie bald bekommen – das hat der Herr gesagt. In sechs Monaten wird jedes Haus in England elektrischen Strom haben. Er hat mir einen Zeitungsartikel gezeigt, in dem das stand.«

Er wollte ihr erklären, daß es Jahre – Jahrzehnte – dauern würde, bis Orte wie Drakesden Elektrizität bekämen. Er wollte ihr klarmachen, wieviel dieses nutzlose Gerät tatsächlich kostete, und wieviel sie bei Ratenkauf dafür bezahlen müßten. Und daß sie sich dieses Ding nicht leisten konnten, gleichgültig, ob es zehn Shilling, zehn Pfund oder zehntausend Pfund kostete.

Doch als er sie ansah, wußte er plötzlich, daß alle Einwände sinnlos wären. Sie drehte eine Haarsträhne um einen ihrer kleinen schmalen Finger. Die Erkenntnis, daß sie ihm nicht zuhörte, daß sie ihn auch nicht verstanden hätte, wenn sie zugehört hätte, schockierte ihn.

Er nahm die Papiere vom Tisch, stopfte sie in die Tasche und klemmte sich den Staubsauger unter den Arm. Den Vertreter zu finden war nicht schwer: Sein Wagen parkte vor dem Haus der Dockerills. Flo Dockerill, Mutter von zehn Kindern und überhaupt eine schlauere Person als Daniels Fay, stritt sich mit dem glücklosen Vertreter.

Daniel öffnete den Kofferraum seines Wagens und warf den Staubsauger hinein. Dann klopfte er an die Tür der Dockerills. Nachdem er den Ratenzahlungsvertrag zerrissen und die Fetzen auf den makellosen Ziegelboden von Flo Dockerills Küche geworfen hatte, erklärte er dem Vertreter in unmißverständlichen Worten, was er mit seinem Staubsauger anstellen könne. Dann entschuldigte er sich bei Flo Dockerill für die Unordnung, die er gemacht hatte, und stapfte zu seinem Cottage zurück.

Es dauerte eine Woche, bis Fay ihm verzieh. Wenn er sie nachts berühren wollte, rückte sie schweigend von ihm ab und igelte sich in die Bettdecke ein.

Der glühendheiße Sommer ging vorbei. Obwohl London unerträglich war, schafften sie es nur für ein paar Wochen, auf den Kontinent zu entfliehen. Mangelnde Mittel, erklärte Nicholas. Sie verbrachten eine Woche in Bournemouth und brieten mit tausend anderen im heißen gelben Sand. Das Nachtleben von Bournemouth ließ sich mit dem von London nicht vergleichen; Simon und Tony kehrten bald in die Stadt zurück, Nicholas und Thomasine kurz darauf.

Eines Morgens Anfang September machte Teddy einen Besuch in ihrem Haus in Chelsea. Thomasine küßte ihn zur Begrüßung auf die Wange.

»Beschäftigt?« fragte er. Auf dem ganzen Boden im Wohnzimmer lagen Stoffbahnen, Garnrollen und Nadeln verstreut.

»Ich bin fast mit dem Zuschneiden fertig.« Sie faltete die zugeschnittenen Stücke zusammen und legte sie beiseite. »Zum Nähen ist es allerdings zu heiß.«

»Wir könnten ins Savoy gehen. Ein bißchen tanzen. Oder ist Nick …?« Teddy steckte ein paar der Nadeln ins Nadelkissen.

»Nick ist ausgegangen.«

Teddy erwiderte nichts, sondern sah sie nur an.

»Ja, mit Simon«, fügte sie wütend hinzu. »Ja, wir haben gestritten. Schon wieder. Über seine verdammte Mutter.«

Weder ihre Ausdrucksweise noch ihren Ton fand er beleidigend. Teddy war nie beleidigt. »Beruhig dich, altes Haus«, sagte er liebevoll.

Sie gingen nach Kew Gardens. Im Schatten der Bäume war es kühl. Thomasine hatte fast den Eindruck, auf dem Land zu sein. Nachdem sie etwa eine Stunde gegangen waren, ließen sie sich in den Weidenstühlen nieder und tranken Tee unter den Palmen.

»Erzähl mir von Nicholas' Mutter«, begann Teddy, nachdem Thomasine den Tee eingeschenkt hatte.

Sie dachte an Lady Blythe, die sie zuletzt vor vier Monaten in Drakesden gesehen hatte. »Sie ist wie Queen Mary, nur nicht ganz so groß. Perfekte Haltung. Schön. Und Nick vollkommen und absolut ergeben.«

»Ah.« Teddy rührte seinen Tee um. »Hört sich schrecklich an.«

Mit finsterem Blick stellte Thomasine ihre Teetasse ab. »Manchmal glaube ich, daß es an ihr liegt, manchmal an mir.

Daß ich mir vorstelle, sie sei abscheulich. Daß ich mir einbilde, sie würde mich hassen.«

»Erklär mir das.« Teddy bot Thomasine eine Zigarette an, aber sie schüttelte den Kopf.

»Unser Besuch auf Drakesden Abbey – das ist der Sitz der Blythes – war schrecklich. Ich wußte, daß es schwierig werden würde – meinetwegen, und weil wir so überstürzt in Paris geheiratet haben –, aber ich hätte nicht gedacht, daß es so schlimm werden würde. Aber das war's. Ausgenommen Sir William – Nick's Vater. Der war ganz reizend.«

Sie hielt einen Moment inne und fügte dann kopfschüttelnd hinzu: »Dabei ist es so schwer zu erklären, warum es eine solche Pleite war. Ich denke wieder und wieder darüber nach, aber tatsächlich hat Lady Blythe kein einziges böses oder unfreundliches Wort zu mir gesagt. Es ist nur, daß mir alles so *beklemmend* vorkam, weißt du. Nicholas sieht das natürlich ganz anders.«

»Deshalb habt ihr euch gestritten.« Teddy schob einen Teller mit Teegebäck in ihre Richtung. »Iß doch, Süße. Es hat doch keinen Sinn, bei allem Elend auch noch einen leeren Magen zu haben.«

Sie nahm ein Hörnchen, brach es entzwei, strich Butter darauf und durchlebte im Geist noch einmal das Wochenende in Drakesden.

»Was hast du damit gemeint, du hättest gewußt, es würde deinetwegen schwierig werden?«

Thomasine sah zu ihm auf. »Ach, Teddy, würde deine Mutter wollen, daß du das Mädchen heiratest, das in dem Cottage gleich neben dem Postamt gewohnt hat? Angenommen, deinen Eltern *gehörte* der größte Teil des Dorfs.«

Er lachte. »Meine Mutter wäre entzückt, wenn ich die Spülmagd zur Frau nähme, vorausgesetzt, sie wäre ein anständiges Mädchen. Sie ist ein bißchen besorgt, daß ich im hohen Alter von dreißig Jahren noch kein Mädchen angebracht habe, das nicht ihrer Ansicht nach wie ein Vamp angemalt oder ein hirnloses Flittchen war.«

Sie lächelte, fuhr aber unbeirrt fort: »Du weißt schon, was

ich meine, Teddy. Nicholas sollte eine Debütantin mit einer Mitgift ehelichen. Statt dessen ist er plötzlich mit einer kleinen Tänzerin verheiratet, die er in Paris getroffen hat. Schlimmer noch, mit einer kleinen Tänzerin aus dem Dorf, in dem er aufgewachsen ist.«

Ihre Hand auf dem Tischtuch hatte sich zur Faust geballt. Teddy legte seine Hand darauf, so daß sich ihre Muskeln ein wenig entspannten.

»Es wird sich bessern, glaub mir. Es braucht nur ein wenig Zeit. Ich bin sicher, wenn sie dich kennenlernt, wird Lady Blythe feststellen, welches Glück Nick gehabt hat.«

Sie lächelte ihn wieder an. »Du solltest wirklich heiraten, Teddy. Du würdest einen wundervollen Ehemann abgeben.«

Er antwortete nicht, sondern lehnte sich in seinem Stuhl zurück und zündete sich eine weitere Zigarette an. Obwohl sie einige von Nicholas Freunden hohl und dumm und andere egoistisch und affektiert fand, wußte Thomasine schon seit längerem, daß sie in Teddy Sefton einen Freund gefunden hatte. Teddy besaß eine nachlässige Form von Eleganz: An seinen Anzügen fehlte immer ein Knopf, und seine Manschetten waren oft ausgefranst. Doch seine lockere Zurückhaltung war angenehm erfrischend. Von Teddy fühlte sie sich nie taxiert, nie herablassend behandelt.

»Wir sind aber nur übers Wochenende geblieben. Nick wollte nach London zurück. Du weißt ja, wie er ist, Teddy – du weißt, daß er immer auf dem Sprung ist.«

»Ich weiß, wie er ist. Ich war genauso.« Teddy blies einen Rauchkringel in die Luft. »Bei mir hat's nur nicht so lange gedauert, das ist alles.«

Thomasine sah ihn eindringlich an. »Du hast an Neurasthenie gelitten, Teddy?«

»Hmhm. Bombenneurose, wie die Zeitungen es nennen.«

Thomasine erinnerte sich an den Brief, den sie kürzlich von Hilda erhalten hatte.

»Ich habe einer meiner Tanten über Nick geschrieben. Sie hat in Frankreich als Krankenschwester und später in einem

Invalidenheim gearbeitet. Sie hat mir geschrieben, daß die Symptome der Neurasthenie in Alpträumen, Zwängen, Unruhe und der Unfähigkeit bestünden, sich auf etwas einzulassen. Das trifft auf Nick doch zu, nicht wahr? Er kann nicht richtig schlafen, und alles muß einer bestimmten Ordnung gehorchen. Als das Mädchen vor ein paar Tagen seine Hemden in der falschen Reihenfolge aufhängte, ist er fast wahnsinnig geworden. Und jeden Nachmittag und jede Nacht ist er unterwegs. Er kann es einfach nicht ertragen, nichts zu tun. Ich mache mir Sorgen um ihn.«

»Ist er in ärztlicher Behandlung?«

Thomasine schüttelte den Kopf. »Während und nach dem Krieg hat er Ärzte aufgesucht, aber sie konnten nicht viel für ihn tun. Sie verordneten ihm viel körperliche Bewegung, kalte Duschen und rieten ihm, sich nicht in der Vergangenheit zu vergraben. Ein *Mann* zu sein.« Ihr Tonfall klang verächtlich.

Auf Teddys Lippen erschien der Anflug eines Lächelns. Dann sagte er: »Spricht er mit dir darüber?«

»Nicht richtig. Eigentlich gar nicht. Ich hab's viele Male versucht, Teddy, aber es macht ihn so nervös, daß ich Angst habe, alles nur noch schlimmer zu machen.«

Die Bedienung erschien mit der Rechnung. Teddy reichte ihr ein Zwei-Shilling-Stück. Draußen spazierten sie weiter.

»Ich wurde 1916 verwundet«, erklärte Teddy. Er ging ziemlich schnell, obwohl sich Thomasine bei ihm eingehängt hatte. »Später, als ich wieder in England war, um mich zu erholen, habe ich alles immer wieder vor mir gesehen – den Schlamm, die Ratten, den ganzen verdammten Schlamassel. Leichenteile. Männer, denen die Gesichter oder die Beine weggeschossen waren. Männer, die buchstäblich ihre Lungen aushusteten, weil sie in Gasangriffe geraten waren. Ich erinnere mich, wie ich im Buckingham-Palast war, um meinen Orden entgegenzunehmen. Ich fühlte mich so komisch – die Hälfte der Zeit war ich eigentlich gar nicht anwesend, sondern immer noch an der Front. Man nannte mich einen Helden. Und ich war ein Held. Jeder Mann, der das durchgemacht hat, ist ein Held. Bloß daß nichts Heroisches daran war. Nicht das mindeste. Verstehst du?«

Thomasine dachte an die Kriegsjahre zurück, die sie mit Antonia in London verbracht hatte. »Ich kannte niemanden, der an der Front war«, sagte sie langsam. »Ja, ich kannte Männer wie Nicholas und Daniel, aber ich hatte den Kontakt zu ihnen verloren. Niemand hat mir geschrieben, und niemand hat mir erzählt, wie es war. Ich hab natürlich die Zeitungen gelesen, aber da stand nicht …«

»Ich weiß.« Teddys Stimme klang hart. »Das nennt man Zensur, Thomasine. Abgesehen davon hat niemand seinen Verwandten erzählt, wie es wirklich war. Ich mußte die Briefe meiner Untergebenen zensieren. ›Liebe Mama, ich hoffe, es geht dir genauso gut wie mir. Ich bin bei bester Gesundheit und fühle mich wohl.‹ *Mein Gott!*« Teddy warf seine Zigarette in ein Blumenbeet.

Auch Thomasine spürte plötzlich Ärger in sich aufkommen. »Aber ihr hättet es uns sagen sollen. Nur weil wir Frauen sind, ist das kein Grund, uns wie Idioten – oder wie *Kinder* – zu behandeln …«

»Kannst du dir vorstellen, etwas so Schlimmes zu erleben, daß du mit keinem darüber sprechen kannst? Kannst du das, Thomasine?«

Ihr Zorn erstarb. Sie wandte den Blick ab. Sie dachte an Paris, an ihre Schwangerschaft, an die geplante Abtreibung, die Fehlgeburt. Nur Alice kannte einen Teil dieser Geschichte. Nie hatte sie mit jemand anderem darüber gesprochen.

»Ja. Ich verstehe.«

Sie bemerkte, daß es spät geworden war. Daß die Sonne bereits unterging. Daß die Hitze des Tages, des Sommers, allmählich nachzulassen begann.

9

DIE WOCHEN VERGINGEN – eine hektische Folge aus Kostümfesten, Pool-Partys und Schatzsuchen. Wie erschöpft Nicholas war, zeigte sich an seinen hohlen Wangen und dem unnatürlichen Glanz seiner Augen. Er war äußerst reizbar, und seine Launen wechselten rasch zwischen Hochgefühl und Verzweiflung. Thomasine spürte, welchen Einfluß Simon auf ihn hatte, und achtete darauf, soviel wie möglich bei ihm zu sein. Aber auch sie fühlte sich bald müde und ausgelaugt, so daß sie es auf die langen Nächte und die hektischen Tage schob, als ihre Periode ausblieb. Doch allmählich kam ihr ein anderer Verdacht, und sie begann, wieder Hoffnung zu schöpfen. Aufgeregt vereinbarte sie einen Termin beim Arzt.

Als sie die Arztpraxis verließ und mit dem Taxi nach Chelsea zurückfuhr, glaubte sie, ihnen sei ein neuer Anfang geschenkt worden. Das Baby, das in ihrem Körper heranwuchs, würde sie vielleicht für das Kind entschädigen, das sie letzten Sommer verloren hatte, und könnte Nicholas helfen, die vielen Toten zu vergessen, die er im Krieg gesehen hatte. Dieses Kind könnte sein erschüttertes Selbstwertgefühl wiederherstellen und ihrem eigenen Leben einen wirklichen Sinn geben.

Nicholas war nicht zu Hause, als sie zurückkam. Hinter der Uhr auf dem Kaminsims steckte eine Nachricht. »Simon hat angerufen. Bin ein oder zwei Stunden in der Garage. Alles Liebe.« Ein wenig enttäuscht setzte sie sich auf die Couch. Während des ganzen Rückwegs von der Harley Street hatte sie sich sein Gesicht vorgestellt, wenn sie ihm die Neuigkeit verkündete.

Das Telefon klingelte, und Thomasine nahm ab. Teddy wandte all seine Überredungskünste auf und war amüsant. Sie zog ihren Mantel an, setzte ihren Hut auf und ging zur U-Bahn-Station.

Sie besuchten eine Ausstellung mit Lithographien und Textilien in einer der Galerien in der Grafton Street. Stilisierte schwarze und weiße Vögel, die sich in den Himmel schwangen, waren auf Plakaten abgebildet, und Frauen mit langen Hälsen und mandelförmigen Augen sahen von den Drucken auf sie herab.

»Gefallen sie dir?« fragte Teddy. »Oder ziehst du Marcus Dorns rote Röhren vor?«

Sie lachte. »Sie gefallen mir. Sie sind so schwungvoll. So heiter.«

»Wie du«, antwortete Teddy.

Sie wollte wieder lachen, schüttelte aber nur den Kopf.

»Das meine ich ernst, Thomasine. Du gehörst zu den Menschen, in deren Gesellschaft man glaubt, es käme alles von selbst wieder ins Lot. Ach, was für eine umständliche Ausdrucksweise – ich entschuldige mich.«

Sie waren allein im Raum, abgesehen von den taubenäugigen Mädchen und abstrahierten Vögeln. Einen Moment lang fragte sie sich, ob sie ihn einweihen sollte. Ob sie Teddy von den Schuldgefühlen erzählen sollte, die immer noch ihre Erinnerungen an Paris und ihre Ehe belasteten. Ob sie sich seinem intelligenten, humorvollen und menschlichen Urteil stellen sollte, das sie inzwischen zu schätzen gelernt hatte. Aber sie tat es nicht, weil sie die Enttäuschung in seinen Augen nicht sehen wollte und weil es ein Verrat an Nicholas wäre, wenn sie einen anderen Mann ins Vertrauen zöge. Statt dessen schlenderte sie ein Stückchen weiter.

Und dann sagte Teddy: »Aber ich meine es so. Ich bleibe nur deinetwegen mit den anderen zusammen. Bobby ist ein Esel und Simon ein Goldgräber. Colin geht bald nach Spanien. Die Mädchen sind ganz lustig, aber ich würde schon morgen mit dem alten Col auf und davon gehen, wenn es dich nicht gäbe.«

Sie begann zu begreifen, was er ihr sagen wollte. Ihr Gesicht lief puterrot an. »Das ist sehr nett von dir, Teddy, aber …«

»Aber du bist eine glücklich verheiratete Frau, und ich bin ein geschwätziger Idiot. Genug gesagt.« Er setzte sein übliches schiefes Lächeln auf und folgte ihr in den nächsten Raum. »Das schlimmste ist, daß Nicky Blythe nicht zu begreifen scheint, was für ein Glückspilz er ist. Aber ich werde jetzt meinen Mund halten. Vergiß nur nicht, daß du einen Freund hast. Fürs Leben, fürchte ich.«

Später, als sie müde war, kaufte er ihnen ein Eis, und sie setzten sich im Hyde Park in ein Gartenlokal, um es zu essen. Das warme Sommerwetter hatte bis in den Herbst hinein angehalten, aber jetzt war die Luft kühl, die Blätter fielen von den Bäumen, und das Gras war mit goldenem, bronzefarbenem und purpurnem Laub übersät.

Als sie ihr Eis gegessen hatte, sagte sie: »Was hast du damit gemeint, daß Simon ein Goldgräber ist?«

Er zündete zwei Zigaretten an und reichte Thomasine eine. »Daß sich Simon bloß an Bobby hängt, weil er ziemlich viel Kohle hat. Nicht wegen Bobbys sprühendem Witz oder seiner geistreichen Unterhaltung. Davor hat Simon einen anderen reichen jungen Tölpel umgarnt. Und natürlich gibt's jetzt auch noch die reiche Witwe.«

»Du magst ihn also auch nicht?«

»Er ist ein Schwindler. Mir ist egal, wer seine Eltern waren und worauf er aus ist. Das ist es nicht. Gott weiß, daß wir uns heute alle ein bißchen abstrampeln müssen, um etwas zu finden, woran wir glauben können. Aber Simon verkauft seine Täuschungen für Geld und erwartet dann vom Objekt seiner Begierde, ihn anzuhimmeln. Er erkennt die Schwächen der Menschen und nutzt sie aus. Mich hat er auch einmal ins Visier genommen. Allerdings hat er bald erkannt, daß ich keinen Penny besitze. Nun, nicht ganz so wie dieser arme Teufel –« Teddy machte mit dem Kopf ein Zeichen in Richtung des Bettlers, der mit ausgestrecktem Hut von Tisch zu Tisch ging –, »aber du weißt, was ich meine.«

Teddy warf eine Handvoll Münzen in den Hut, und Thomasine suchte in ihrer Börse nach Geld. Das Schild am Mantel des Bettlers besagte: »Exsoldat – Frau und fünf Kinder zu ernähren.« Totes Laub trieb auf dem Wasser, und Enten stritten sich um ein Stück Brot, das ein Kind hineingeworfen hatte.

Als sie in das Haus in Chelsea zurückkam, war Nicholas im Schlafzimmer und kämpfte mit den steifen Manschetten seines Smokinghemds.

»Wo bist du *gewesen?* Es ist schon sieben!«

Schuldbewußt sah Thomasine auf ihre Uhr. »Ich war mit Teddy unterwegs. Wir haben uns total verplaudert. Ich hab die Zeit vergessen.«

Er versuchte, seine Manschettenknöpfe einzusetzen, und murmelte etwas.

Thomasine sagte: »Laß mich das machen.« Sie nahm den goldenen Manschettenknopf und schob ihn durch das Loch. Gerade wollte sie ihm von der wunderbaren Neuigkeit erzählen, doch er unterbrach sie.

»Du scheinst ja eine Menge Zeit mit Teddy Sefton zu verbringen.«

Als sie zu ihm aufblickte, bemerkte sie, wie wütend er war. »Was meinst du damit, Nick?«

Er riß sich von ihr los. Der lose Manschettenknopf fiel auf den Boden. »Was ich sagte. Daß du eine Menge Zeit mit dem verdammten Teddy Sefton zu verbringen scheinst.«

Ein Teil ihres Glücksgefühl verschwand, und Zorn trat an seine Stelle. »Ich hab keine Lust, jeden Nachmittag hier allein zu versauern, während du mit Simon unterwegs bist, das ist alles.«

Er suchte auf dem Boden nach dem heruntergefallenen Manschettenknopf. »Das ist wohl kaum dasselbe.«

»Du bastelst an deinem Auto herum, ich gehe mir Bilder ansehen. Wo liegt da der Unterschied?«

»*Mein Gott.*« Nicholas gab die Suche auf. Beim Aufstehen riß er eine Schublade des Toilettentischs heraus und kippte den Inhalt aufs Bett. »Da gibt's durchaus einen Unterschied.« Er starrte auf das Durcheinander aus Krawatten, Handschuhen und Schmuck auf der Steppdecke. »Keiner paßt zum anderen, verdammt …«

Sie bemerkte, wie seine Hände zitterten. Sie setzte sich aufs Bett, zwang sich, ruhig zu bleiben, und half ihm, ein Paar Manschettenknöpfe zu finden.

»Teddy kann dich besser unterhalten als ich, das ist es doch, Thomasine.«

Sie sah zu ihm auf. Als sie begriff, was er meinte, hätte sie ihn am liebsten geschlagen. Dieses vertraute, hübsche, mißtrauische Gesicht geschlagen, bis er verstand, bis er ihr zuhörte.

»Wie kannst du es *wagen* …«

»Simon hat mich darauf aufmerksam gemacht, wie verrückt Teddy nach dir ist. Diese Woche hast du jeden Nachmittag mit ihm verbracht, stimmt's?«

»Gestern war Colin dabei. Und vorgestern …«

»Und heute?«

Sie antwortete ihm nicht schnell genug. Sie suchte nach den richtigen Worten.

Nicholas fügte bitter hinzu: »Ich war ein solcher Idiot, daß ich es nicht schon früher bemerkt habe. Er ist in dich verliebt, nicht wahr?«

Sie erinnerte sich an den Ausdruck in Teddys Gesicht, als er in der Galerie mit ihr gesprochen hatte. Wortlos starrte Thomasine auf Nicholas' fahrige Hände, auf seine langen, eleganten Finger. Er rollte die Krawatten auf und legte sie eilig, aber zwanghaft ordentlich in die Schublade zurück. »Das dachte ich mir«, sagte er. »Du kannst es also nicht bestreiten?«

Es stimmte, das konnte sie nicht. Kühl antwortete sie: »Wie immer Teddys Gefühle für mich auch beschaffen sein mögen, ich empfinde nur Freundschaft für ihn. Das mußt du mir glauben, Nick.«

Er legte jetzt die Taschentücher zusammen und faltete sie

so, daß die Ecken exakt aufeinanderlagen und die Quadrate vollkommen gleich waren. Dann legte er sie in die Schublade zu den parallel aufgereihten Armbanduhren und den Manschettenknöpfen, die jetzt paarweise angeordnet waren. Er erwiderte nichts, aber sie sah in seinen Augen, daß er ihr nicht glaubte.

Thomasine ergriff ein Handtuch und ihren Morgenrock. »Ich nehme jetzt ein Bad«, sagte sie wütend und schlug die Tür hinter sich zu.

Lally war Mitte Oktober nach England zurückgekehrt, hatte sich aber bisher weder bei ihren Eltern noch bei ihrem Bruder oder ihrer Schwester gemeldet. Da sie ziemlich knapp bei Kasse war, mietete sie sich in einem der weniger teuren Hotels ein und schlief eine Woche lang praktisch durch. Die Sommergrippe, die bis in den Herbst hinein angehalten hatte, war schließlich auskuriert, und sie stand auf. Anfangs nahm sie ihre Mahlzeiten noch im Zimmer ein, aber dann ging sie ein- oder zweimal in den Speisesaal oder an die Bar hinunter. Sie zog einige Blicke auf sich, weil sie allein am Tisch saß und ohne Begleitung rauchte und trank. Manchmal weigerte man sich, sie zu bedienen, und oft mußte sie sich mit großer Unverfrorenheit behaupten. Nach zwei Wochen, als sie sich wieder in der Lage fühlte, sich der Außenwelt zu präsentieren, begann sie diskrete Erkundigungen einzuziehen.

Sie stellte fest, daß Nicholas in einem schäbigen Haus in Chelsea wohnte, woraus sie schloß, daß auch seine Mittel begrenzt waren. Eine flüchtige Bekannte beschrieb ihr seine Freunde, sein gesellschaftliches Leben und seine frisch angetraute rothaarige Frau. Schließlich gelang es ihr, sich eine Einladung auf eine Party in Mayfair zu beschaffen.

Nicholas war noch nicht da, als sie eintraf, und sie mußte sich mit den Aufmerksamkeiten ihres Begleiters abfinden. Er war hübsch, reich und langweilig. In Frankreich, nach Marcel, hatte sie aufgehört, ihre Männer zu zählen. Sie erinnerte sich an vereinzelte Gesichter und Namen. Sie wußte, daß man ihr zwar eifrig den Hof gemacht, aber beim Abschied nicht nachgeweint hatte.

Trotz seiner Größe wirkte das Haus in Mayfair überfüllt. In den unteren Räumen, in der Halle und auf den Treppen herrschte dichtes Gedränge. Viele der Frauen waren als Männer verkleidet: Sie trugen Smokingjacken und -hosen, hatten Gel im Haar, die Gesichter weiß und die Lippen blutrot geschminkt.

Lallys Begleiter sah sich um und sagte dann zu ihr gewandt: »Du hast dich nicht verkleidet. Dabei hättest du als Mann umwerfend ausgesehen.«

Lally nahm einen Cocktail, der ihr angeboten wurde. Sie konnte Kostümfeste nicht ausstehen, sie zog lieber ihre gewohnten Kleider an. Schwarz oder dunkle Farben in feinen, schimmernden Seidenstoffen. Das hatte ihr Marcel beigebracht, und obwohl sie in Frankreich abgenommen hatte, sah sie sich selbst immer noch als pummeliges Schulmädchen.

»Ich verkleide mich nicht gern. Hast du eine Zigarette, Pip?«

Ihr Begleiter öffnete sein Zigarettenetui. Auf einer Seite steckten Virginia, auf der anderen türkische Zigaretten. Lally nahm eine von den türkischen. Sie schlenderten durchs Haus. In dem großen Hinterzimmer spielte eine Jazzband: fünf Musiker mit ebenholzschwarzer Haut. Der Raum öffnete sich zu einem Wintergarten, wo hohe Geranienbüsche eine Wand überwucherten. Es lag ein schwerer, süßlicher Duft in der Luft, den Lally von den Pflanzen des Wintergartens in Drakesden nicht kannte.

»Willst du tanzen?« fragte ihr Begleiter.

Der Raum war dicht mit Tanzenden gefüllt. Arme und Beine wurden herumgeschleudert, lange Ketten schwangen herum, Schweiß glänzte auf angestrengten Gesichtern.

»Ich glaube nicht.«

»Dann noch einen Drink?«

Lally beobachtete, wie er in der Menge verschwand.

Noch einmal ließ sie den Blick über die Gäste schweifen und ging dann in den Wintergarten.

Im Wintergarten war es kühl und dunkel. Jemand hatte die breite Doppeltür geöffnet und ließ die kalte Herbstluft ein. »Die Orchideen werden eingehen«, sagte Lally laut und pflückte eine der Blüten vom Stengel. Sie war hellgrün mit einem Hauch von Karmesin im geöffneten Kelch. Sie steckte sie mit der Diamantspange ins Haar, die Marcel ihr geschenkt hatte. Als sie im Fenster ihr Spiegelbild betrachtete, gefiel sie sich mit einemmal. Das dunkle Haar, die dunklen schrägen Augen, die weiße Haut, dazu die giftig grüne Blume, die einzige leuchtende Farbe an ihr. Lally lächelte. Dann sah sie das Paar im Garten.

Es stand am Brunnen und küßte sich. Sie sah die beiden Smokingjacken, die beiden hohen weißen Kragen, die glatten, dunklen Köpfe. Sie glichen sich wie ein Ei dem anderen. Dann bemerkte sie, daß es zwei Frauen waren, und beobachtete sie eine Weile fasziniert. Scharlachrote Lippen auf scharlachroten Lippen, eine schlanke weiße Hand, die einen ähnlich schlanken weißen Hals streichelte.

Als sie den Blick schließlich wieder abwandte, entdeckte sie im Gewirr der Tanzenden Nicholas und Thomasine.

Es hatte keine Gelegenheit gegeben, den Streit beizulegen, weil Simon und Tiny eingetroffen waren, während Thomasine ihr Bad nahm, und dann waren sie gemeinsam in Nicholas' Wagen nach Mayfair gefahren. Zudem war sie immer noch zu wütend, um mit Nicholas zu sprechen.

Die erste Person, die sie auf der Party entdeckte, war Lally Blythe. Thomasine hätte sie beinahe nicht erkannt. Sie war nicht mehr das pummelige Schulmädchen, sondern ein elfenhaftes, in dunkles Rot gekleidetes Wesen mit einer limonengrünen Blüte im Haar. Lally winkte ihnen zu, kämpfte sich dann durch die Tanzenden hindurch und hauchte Thomasine und Nicholas einen flüchtigen, blytheartigen Kuß auf die Wange. Thomasine entging jedoch die Freude in Lallys Augen nicht, als sie Nicholas ansah.

»Das ist Tiny, und das ist Simon«, sagte Nicholas. »Darf ich euch meine jüngere Schwester Lally vorstellen?«

»Wie schön, dich zu sehen, Lally. Seit wann bist du aus Frankreich zurück?« fragte Thomasine.

»Ach – seit ein oder zwei Wochen. Ist es nicht herrlich hier? Im Garten sind zwei Frauen, die sich *küssen*. Entsetzlich dekadent.«

Thomasine sah an ihrem Chiffonkleid hinab. »Ich wußte nicht ...«

Tiny trug eine Hose, eine Weste und ein weißes Hemd. Simon Melville sagte beiläufig: »Hat Nick es dir nicht gesagt? Peggys kleines Fest ist eine Hommage an Sappho.«

»Warst du zu Hause, Lally?« fragte Nicholas. »Warst du in Drakesden?«

Lally schüttelte den Kopf. »Noch nicht. Ich werde schreiben, denke ich.«

»Wir fahren in ein, zwei Wochen runter. Du könntest mit uns kommen.«

Lally schien nicht begeistert zu sein. »Vielleicht. Geht's ihnen gut? Ist alles beim alten?«

»Mama geht's sehr gut. Pa ist ein bißchen angegriffen. Drakesden übrigens auch. Unkraut in der Einfahrt, und die Böden werden nicht mehr jeden Tag gebohnert.«

»Nicht *möglich*«, antwortete Lally spöttisch.

Simon Melville gähnte. »Wie langweilig, dieser Familientratsch. Du solltest es machen wie ich, alter Junge, und dich von der ganzen Brut absetzen.«

Die Band begann wieder zu spielen. »Sollen wir tanzen?« fragte Simon.

Sie tanzten und tauschten nach jedem Stück die Partner. Lally fand sich in Simon Melvilles Armen wieder.

Er sah auf sie hinab. »Was schauen Sie an?«

»Sie.« Sie betrachtete sein gutgeschnittenes blondes Haar, die geraden, gemeißelten Züge, die blaugrauen Augen. »Sie sind der bestaussehende Mann, den ich seit Monaten getroffen habe.«

Ihre Stimme klang sachlich, nicht flirtend. Lally flirtete nie. Simon lachte nur.

»Sind Sie wirklich ein Kommunist?« fragte sie neugierig.

»Warum? Schockiert Sie das?«

Sie zuckte die Achseln. »Nein. Ich interessiere mich nicht die Bohne für Politik. Ich habe mich nur gefragt, ob es stimmt oder ob Sie damit Eindruck schinden wollen.«

Diesmal war sein Blick ein wenig genauer und ruhte ein wenig länger auf ihr.

»Es spielt keine Rolle«, sagte sie beruhigend. »Leute, die sich für Politik interessieren, können allerdings schrecklich langweilig sein. Und ich dachte, wir könnten uns unterhalten.«

Sie führte ihn die Treppe hinauf und kletterte über ineinander verschlungene, betrunkene Paare. Auf dem Treppenabsatz war der süße, moschusartige Geruch, den sie im Wintergarten bemerkt hatte, noch stärker.

»Haben Sie vor, mich zu verführen?« fragte Simon.

Sie musterte ihn eingehend. Er war tatsächlich ein äußerst attraktiver Mann. »Vielleicht. Aber nicht jetzt. Ich möchte mit Ihnen über Nick reden.«

»Ah.«

»Er ist mein einziger Bruder. Unser älterer Bruder ist im Krieg gefallen.«

Sie lehnten an der Balustrade und sahen in die Halle hinab. »Der unvergleichliche Gerald.«

»Der unerträgliche Gerald«, erwiderte Lally. »Er war langweilig, Simon, entsetzlich langweilig. Er hat praktisch nie mit mir gesprochen. Mama fand ihn natürlich umwerfend.«

Ein Mädchen schob sich auf dem Treppenabsatz an ihnen vorbei und rannte dann weiter die Treppe hinunter. Ihr Gesicht zeigte Tränenspuren. Simon gähnte.

»Tut mir leid«, sagte Lally. »Schon wieder Familientratsch. Ich wollte nur wissen, ob sie gestritten haben? Nick und Thomasine, meine ich.«

Sie hatte bemerkt, daß ihr Bruder und seine Frau kaum

ein Wort miteinander wechselten und sich kaum ansahen. Wenn sie zusammen tanzten, wirkten sie steif und gezwungen, als wären sie Fremde.

»Ein kleiner Ehekrach?« sagte Simon gedehnt. »Vermutlich. Ist mir nicht aufgefallen.«

Lügner, dachte Lally. Dir entgeht nichts. »Sind sie glücklich, Ihrer Meinung nach?« Der drängende Unterton in ihrer Stimme überraschte sie selbst.

»Glücklich ...?« Er hatte die Ellbogen auf dem Geländer aufgestützt und blickte über die Menge. »Keine Ahnung. Scheußliche Einrichtung, die Ehe, finden Sie nicht auch?«

Sie nickte. Obwohl sie eines Tages wahrscheinlich heiraten müßte, um versorgt zu sein. Aber das würde sie so lange wie möglich hinausschieben.

»Als würde man von einer weichen, flauschigen Decke erstickt werden«, fügte Simon hinzu. »Oder durch Sirup waten.«

Sie lachte und stützte die Arme neben ihm auf, so daß sich ihre Ellbogen berührten. Er drückte sich weder an sie, noch rückte er von ihr ab. »Was halten Sie von ihr?« fragte sie. »Wie denken Sie über Thomasine?«

Simon schürzte seinen schönen Mund. Er wirkte kühl und abschätzig. »Wohl kaum aus einem gutem Stall. Sie war Tänzerin, glaube ich. Nicht gerade die erste Wahl.«

»Heutzutage interessiert das doch keinen mehr, oder? Seit dem Krieg?«

»Glauben Sie?« Er lehnte sich zurück, um Lally anzusehen. »Ich bin da anderer Meinung. Ich glaube, die Leute interessiert das noch genauso – vielleicht sogar noch mehr. Sie sehen, wie alles zusammenbricht, und versuchen festzuhalten, was sie haben, bevor es ihnen unter den Fingern zerrinnt ...«

Seine Stimme war leise und klang amüsiert. Als Lally den Ausdruck in seinen Augen sah, erschauderte sie. Er sprach aus, wovor sie sich am meisten fürchtete: vor dem Verlust der vertrauten Ordnung. Obwohl ihre Erziehung sie gelangweilt hatte, flößte ihr der Gedanke an eine ungewisse, chaotische Zukunft Angst ein.

Sie schob den Gedanken beiseite, rümpfte die Nase und sagte: »Was ist das für ein komischer Geruch?«

Simon nahm einen tiefen Atemzug. »Oh – Marihuana. Peggy ist ganz versessen darauf. Haben Sie es noch nicht probiert? Das müssen Sie. Kommen Sie.«

Sie schickten sich gerade an, das Haus in Mayfair zu verlassen, als es passierte. Mit ohrenbetäubendem Knall zerbarst das große Vorderfenster im Salon. Nicholas legte die Hände über den Kopf und duckte sich, und Thomasine spürte, wie sie von Teddy an die Wand zurückgerissen wurde.

»Alles in Ordnung?«

Sie sah an sich hinab. Ihr Chiffonkleid glitzerte, aber das waren die aufgenähten Kristallperlen, keine Glassplitter. Der Boden war mit Splittern übersät wie mit Diamanten.

»Mir geht's gut. Nick …?«

Er nahm die Hände herunter und richtete sich wieder auf. Er sah bleich und benommen aus. »Tut mir leid. Ich benehme mich wie ein Idiot. Ich dachte, es sei ein Mörser …« Er versuchte zu lachen. Dann verließ er den Raum.

»Ein Stein, glaube ich«, sagte Teddy. »Jemand hat einen Stein durchs Fenster geworfen.« Er durchquerte den Raum und wich den Glasscherben aus.

Thomasine zitterte. Kalte Luft wehte durch das große gezackte Loch in der Scheibe. Das Fenster ging auf die Straße hinaus. Von draußen hörte sie Rufe und davoneilende Schritte. Im hinteren Raum spielte noch immer die Jazzband, die rhythmischen Klänge drangen nur gedämpft herüber. Dienstpersonal tauchte auf, um die Unordnung zu beseitigen. Mit starrem Blick und schweigend traten die Leute von dem zersplitterten Glas zurück. Der faustgroße Stein lag in der Mitte des Bodens.

»Glaubst du, das war ein Unfall?« fragte Thomasine flüsternd.

Teddys Bruder Colin murmelte leicht außer Atem: »Sehr

unwahrscheinlich. Auf der Straße wurden ein paar Männer gesehen. Man hat versucht, sie zu stellen, aber sie sind abgehauen.«

»Das gleiche ist vor einer Woche bei den Montgomerys passiert.« Bobby Monkfield mit seiner Schwester am Arm spähte durch die Tür. »Sie feierten eine Party, und das Fenster wurde eingeschlagen. Sicher irgendein Arbeitsloser.«

»Es ist bloß der Neid«, rief Lavender. »Einfach abscheulich.«

»Neuerdings feiern die Leute nur in den hinteren Räumen. Entsetzlich, nicht wahr, wenn man in seinem eigenen Haus nicht mehr tun kann, was man will.«

Von plötzlichem Abscheu gepackt, zog sich Thomasine zurück. Sie erinnerte sich noch lebhaft an den Bettler, den Teddy und sie am Nachmittag im Hyde Park gesehen hatten. *Exsoldat – Frau und fünf Kinder zu ernähren.*

Mit einem Schlag erschienen ihr das üppige Essen, der viele Champagner, die überladenen Möbel und das überheizte Haus verachtenswert; Ekel überkam sie so stark, daß sie die Party verlassen wollte.

Nicholas stand an der Eingangstür und wickelte sich mit fahrigen Bewegungen den Schal um den Hals. Sie berührte seinen Arm. »Sollen wir heimgehen?«

Er schüttelte den Kopf. Seine Augen glänzten fiebrig. »Es ist erst zwei. Ich kann noch nicht heimgehen. Noch genügend Zeit für eine Spazierfahrt.«

»Bitte, Nick. Ich bin müde. Es ist spät.«

Sie war drauf und dran, ihm gleich hier, in der lärmigen Halle, von dem Baby zu erzählen, von ihrem gemeinsamen Baby, als Simon mit Lally auftauchte.

»Wenn du nicht mitkommen willst«, sagte Simon, »bin ich sicher, daß einer der Seftons überglücklich wäre, dich nach Hause zu bringen.«

Sie fuhr natürlich mit ihnen. Zusammen mit Lally Blythe auf den Notsitz des Delage gequetscht, war sich Thomasine bewußt, daß sie aus Angst um Nicholas und aus

Angst um ihre gemeinsame Zukunft nicht nach Hause gefahren war.

Während der Fahrt schlief sie ein bißchen. Als der Wagen anhielt und sie kurz darauf ein Haus betraten, fühlte sich Thomasine benommen und desorientiert. Sie gingen durch riesige Räume, einer von ihnen achteckig und mit Jaspis-Säulen und Trompe-l'œil-Malereien geschmückt.

»Datß itßt datß Hautß von Tßimontß reicher Witwe«, lispelte Tiny respektvoll. »Lady Lilian Irgendwatß.«

Sie wurden in den Garten geführt. Ein riesiges rechteckiges Schwimmbecken war in eine Marmorterrasse eingelassen. Herrlich gemeißelte Bögen umsäumten die Fläche mit dem Becken.

»Wie *Tausend und eine Nacht*«, sagte Lavender Monkfield.

»In den Umkleidekabinen sind Badeanzüge«, rief Simon. »Auf der einen Seite die Mädchen, auf der anderen die Jungs.«

»Möchtest du ...?« fragte Nicholas Thomasine.

Sie schüttelte den Kopf und versuchte zu lächeln. »Zu kalt. Ich seh zu.«

Sie saß allein auf einer Marmorbank, während die anderen in den Umkleidekabinen verschwanden. Von den Seftons war nichts zu sehen. Mondlicht glänzte auf der glatten Wasseroberfläche, und sie roch den Duft der Buchsbäume in den Terrakottakübeln. Plötzlich sah sie etwas ins Wasser eintauchen, eine scharf umrissene Gestalt, die wie ein Messer die glatte Wasseroberfläche durchschnitt. Der Schwimmer verschwand, tauchte dann wieder auf, und sie erkannte Simon Melvilles blondes Haar.

Nicholas schwamm eine Weile und hoffte, die Kälte und die Bewegung würden ihn beruhigen. Die Geschehnisse des Abends schienen sich ineinander zu vermengen, und er fühlte sich aufgewühlt und verwirrt. Die Leute um ihn herum lärmten, lachten und spielten mit Luftmatratzen. Er versuchte, sich von ihnen fernzuhalten, nachzudenken und wieder mit sich ins reine zu kommen. Es war natürlich der Streit mit Thomasine gewesen, der ihn so durcheinandergebracht hatte. Erst jetzt wurde ihm bewußt, wie albern seine Eifersucht gewesen war. Zusammengesunken sah er sie am Ende des Beckens auf der Marmorbank sitzen. Plötzlich plagten ihn schreckliche Schuldgefühle: Es war schließlich seine Pflicht als Ehemann, sie glücklich zu machen. Statt dessen planschte er in einem Schwimmbecken herum und ließ sie fröstelnd und allein in der Dunkelheit sitzen.

Er schwamm zum Rand des Beckens und kletterte heraus. In der arabisch anmutenden Umkleidekabine zog er seine Hose an und trocknete sich die Haare ab.

Eine Stimme sagte: »Reicht's dir, Nick?«

Nicholas drehte sich um und grinste Simon an. Auf Simons Körper glitzerten Wassertropfen, sein blondes Haar wirkte dunkler und klebte am Kopf. »Zu lärmig für mich nach der Sache mit dem verdammten Stein«, antwortete er. »Der Knall klingt mir noch immer in den Ohren.«

»Du hast heute abend ein bißchen nervös gewirkt.«

Simon legte die Hand auf seine Schulter. Nicholas ließ das Handtuch sinken. »Müde wahrscheinlich«, antwortete er verlegen. »Zu wenig Schlaf.«

Schweigen trat ein. Obwohl er von Schule und Armee an männliche Nacktheit gewöhnt war, fühlte er sich plötzlich angespannt und beklommen.

»Du mußt nicht bei ihr bleiben, weißt du«, sagte Simon leise.

Nicholas drehte sich um. Noch immer hielt er das feuchte Handtuch umklammert. »Was meinst du damit?« flüsterte er.

»Ach komm, Nick. Du verstehst mich sehr gut. Lilian hat mich zu ihrem Alleinerben eingesetzt, weißt du, also gäbe es keinerlei Geldmangel. Außerdem wäre ich sehr diskret. Mama und Papa müßten nichts über uns erfahren.«

Wirre Gedanken schossen Nicholas durch den Kopf. Er konnte sich nicht konzentrieren, nicht klar denken, und brauchte eine Weile, um einen zusammenhängenden Satz herauszubekommen. Schließlich sagte er mit heiserer, erstickter Stimme: »Du schlägst mir vor, Thomasine zu verlassen?«

»Nun, es funktioniert doch nicht, oder? Die Schlampe ist doch nicht dein Typ, Nick? Das ganze weiche, weiße Fleisch – das vulgäre Haar …«

Nicholas sah den Ekel in Simon Melvilles Augen. Noch immer ruhte seine Hand auf seiner Schulter und begann schließlich langsam und vorsichtig über Nicholas' nackte Brust, über seinen Bauch in Richtung seiner Lenden zu wandern.

Mit einem Schrei des Entsetzens zog er sich zurück. Er schlug um sich, ziellos zuerst, dann treffsicherer. »Wie kannst du es wagen – wie kannst du so etwas von mir denken?« hörte er sich rufen.

Als er, seine Schuhe und sein Hemd packend, rückwärts zur Tür ging, sah er, daß seine Faust Simon am Kinn getroffen hatte. Blut tropfte aus dem Mundwinkel seines Freundes.

Ungläubig betastete Simon die Wunde. »Du hast mich verletzt.« Er wischte sich mit dem Handrücken den Mund ab. Seine Finger waren rot verschmiert. Dann sagte er: »Du bist genau wie die anderen, Blythe. Ich dachte, du wärst anders, aber ich hab mich getäuscht. Eine Frau, ein paar heulende Bälger und ein langsamer Tod bei dem Versuch, die Reste des Familienvermögens zusammenzuhalten.« Mit blitzenden Augen sah er zu Nicholas auf. »Aber du wirst es nicht schaffen. Das wird keiner von euch. Für euch ist's vorbei.«

Sie ging ihn suchen. Thomasine hatte Nicholas aus der Umkleidekabine laufen sehen. Simon war drinnen geblieben.

Er war in der Dunkelheit verschwunden. Zuerst suchte sie im Haus und spähte in glitzernde, fremde Räume. Die großen Zimmer waren leer, das Haus schien verlassen zu sein. Dann suchte sie im Garten. Im Schwimmbecken war jetzt ebenfalls niemand mehr, nur Luftmatratzen, abgeworfene Badekappen und totes Laub trieben auf der Wasseroberfläche. Der Wind blies inzwischen mit eisiger Kälte. Das Gras, durch das sie eilte, war schon starr vor Frost.

Der Delage parkte noch vor dem Vordereingang. Unheil ahnend, begann sie plötzlich durch Rosenbeete, an Statuen und Zierteichen vorbeizurennen. Mondlicht beschien den Garten. Die Beleuchtung um das Becken half ihr, sich zu orientieren.

Sie fand ihn in dem Sommerhaus am Ende der Pergola. Mit angezogenen Beinen, das Kinn auf die Knie gestützt und leicht schaukelnd, saß er in der Ecke. Sie sagte seinen Namen, aber er reagierte nicht. Als sie auf ihn zutrat, bemerkte sie, daß er überhaupt nichts wahrnahm. Seine Augen waren angstvoll aufgerissen, die Pupillen bewegten sich ziellos von einer Seite zur anderen. Sie wußte, daß er etwas ganz anderes sah als den Umriß des entfernten Hauses und die weite Fläche des Gartens.

»Was siehst du, Nick?« rief sie. *»Was siehst du?«*

Er antwortete nicht. Sie hörte sein leises, verzweifeltes Stöhnen und legte die Arme um ihn, so daß sein Kopf an ihrer Brust ruhte, während sie ihm vorsichtig das feuchte dunkle Haar aus dem Gesicht strich. Immer und immer wieder sagte sie: »Nick – ich bin's, Thomasine. Du bist bei mir, und du bist sicher. Da draußen gibt's nichts, was dich verletzen könnte.«

Schließlich lockerten sich seine Finger, die sich in den dünnen Stoff ihres Kleides verkrampft hatten, sie sah, daß er die Augen schloß, und hörte, daß sein Stöhnen in Seufzer der Erleichterung über die ausgestandenen Schrecken überging. Sie streichelte sein Gesicht und wiederholte: »Da draußen ist niemand, Nick. Nur Bäume und der Garten. Ich bin bei dir. Niemand kann dir weh tun.«

Die geballten Fäuste in die Augenhöhlen gedrückt, setzte er sich langsam auf. »O Gott. Es tut mir leid ...«

»Es gibt nichts, was dir leid tun müßte«, sagte sie entschieden. »Du hast nichts getan, wofür du dich schämen müßtest. Du hattest nur – eine Art Alptraum, das ist alles.«

Sein Gesicht war blaß und wirkte zerknittert. Er lehnte sich gegen die Holzwand des Sommerhauses zurück.

»Bleib eine Weile hier sitzen. Dann gehen wir heim. Ich fahre, wenn du willst. Ich hab dir oft genug dabei zugesehen.«

Er hörte nicht zu. »Wenn du gehen willst – wenn du Schluß machen willst –, dann verstehe ich das. Ich war dir ein miserabler Ehemann, das weiß ich«, sagte er.

Sie ertrug es nicht, den gequälten Ausdruck in seinen Augen zu sehen. Dennoch stand nackte Liebe darin. Obwohl sie im Laufe des vergangenen Jahres viele Male bezweifelt hatte, ob sie überhaupt hätten heiraten sollen, begriff sie jetzt, daß immer noch Reste von Liebe vorhanden waren.

Thomasine holte tief Luft. »Möchtest du, daß ich gehe, Nick?«

Dunkle Schatten lagen unter seinen Augen, aber sie glaubte, daß er sie zum erstenmal wirklich wahrnahm. »Ich liebe dich so sehr, Thomasine«, sagte er stockend. »Während des Krieges habe ich an dich gedacht. Ich habe mir vorgestellt, auf die Wiese in Drakesden zu gehen … und du wärst da, und es wäre wieder wie früher … Bitte verlaß mich nicht. Bitte.«

»Ich werde dich nicht verlassen, Nick.« Ihre Stimme schwankte. »Was würden die Leute sagen? Ich bekomme ein Kind, Nick. Ich bekomme dein Baby.«

Sie sah seinen verständnislosen Blick und hörte, wie er vor ungläubiger Freude leise aufstöhnte. Dann nahm er sie in die Arme, sie schloß die Augen, als sie sich an seine Schulter schmiegte, und er küßte sie auf den Kopf.

Keiner von beiden bemerkte, daß Lally durch die offene Tür des Sommerhauses spähte, sich dann abwandte und schnell durch den Garten davonlief.

Sie fuhren durch die Morgendämmerung nach Hause. Abwechselnd saßen sie am Steuer, und wenn der Wagen um die Kurven schlingerte, falls Thomasine zu schnell auf die

Bremse trat, oder ganz stehenblieb, wenn sie vergaß, den Gang einzulegen, vertrieben sie mit ihrem Lachen die letzten Schatten der Nacht. Auch wenn das Lachen ein bißchen gezwungen klang, so war es doch besser als Tränen.

Als sie in ihrem Haus in Chelsea ankamen, wartete ein Telegramm auf sie. Nicholas' blasses Gesicht wurde kreideweiß, als er es öffnete.

Das Warten, während er um Worte rang, war unerträglich. Schließlich sagte er: »Es ist Pa, Thomasine. Er ist gestern nachmittag gestorben. Ein Schlaganfall.«

Er reichte ihr das Telegramm. Das weiße Blatt zitterte in ihren Händen wie abfallendes Laub. Nicholas ging zum Fenster. Schwach und diffus fielen die ersten Sonnenstrahlen ein. Thomasine trat zu ihm und nahm ihn in die Arme. Sie weinte nicht, sondern starrte nur erschüttert ins Leere.

»Du begreifst, was das heißt, Thomasine«, flüsterte er. »Wir müssen nach Drakesden zurück. Wir müssen in Drakesden leben. Es gehört jetzt mir.«

Fast alle Einwohner von Drakesden wohnten dem Begräbnis von Sir William Blythe bei. Es wehte ein kalter, böiger Wind, der durch die undichten Türen und Fensterrahmen der Cottages blies.

Daniel und Fay hatten fast den ganzen Morgen gestritten. Genauer gesagt war es weniger ein Streit als ein verbittertes Schweigen gewesen, das nur gelegentlich durch Fays ärgerliche Worte über Daniels Sturheit und Sarkasmus unterbrochen wurde.

Sie setzte ihren Hut auf und überprüfte ihren Lippenstift im Spiegel der Puderdose. Um den malvenfarbenen Hut war ein neues schwarzes Band geschlungen. Daniel bemerkte das Band, schaffte es aber, nichts zu sagen. Fay ließ die Puderdose zuschnappen und sah Daniel an. Er trug seine alte Kordhose, ein Hemd und eine schmutzige Jacke. Seine Arbeitskleider.

»Also gehst du tatsächlich nicht mit.«

»Ich gehe tatsächlich nicht mit.« Er versuchte, die Ungeduld in seiner Stimme zu verbergen.

Sie begann, ihren Mantel zuzuknöpfen. »Wenn du nicht in die Kirche gehst und dergleichen, wie willst du dann ein besserer Mensch werden?«

Daniel holte tief Luft und deutete auf den Stapel Bibliotheksbücher auf dem Tisch. »*Damit* werde ich zu einem besseren Menschen.«

Sie sah verächtlich auf die Bücher. »Ach, dieser alte Plunder. Es wäre besser, Daniel Gillory, wenn du mit den richtigen Leuten reden würdest und den Höhergestellten gegenüber ein bißchen höflicher wärst.«

Diesmal schaffte er es nicht, den Sarkasmus in seiner Stimme zu unterdrücken. »Du meinst, vor den Blythes meine Mütze zu ziehen? Mich kleinkriegen zu lassen und zu katzbuckeln? Nein, danke – damit bin ich schon seit Jahren fertig.«

Fay nahm ihre Handtasche. Ihre Augen blitzten vor Zorn. »Und wohin hat dich dein Stolz gebracht? Schau dir das Haus an … Sogar meine Mutter hat zu Hause ein bißchen Linoleum auf dem Boden.«

Wut stieg in ihm auf. »Ich hab zu tun«, erwiderte er knapp und marschierte in den Hof hinaus. Er ging in den Stall und begann, Nelson zu striegeln. Seine Bewegungen waren zu schnell, zu grob, so daß der alte Gaul ihn vorwurfsvoll anzusehen schien. Er hielt inne und lehnte einen Moment mit geschlossenen Augen den Kopf an Nelsons Hals. Der Geruch von Pferd und Stall beruhigte ihn. Er sagte sich, daß alle jungen Ehepaare Differenzen hatten, daß niemand ohne ein grobes Wort durchs Leben kam. Doch er wußte nicht, ob er sich etwas vormachte, denn in letzter Zeit war ihm der Verdacht gekommen, daß Fays und seine Differenzen grundlegender waren als die anderer Leute.

Er schob den unangenehmen Gedanken beiseite und führte Nelson aus dem Stall. Der heftige Wind zerzauste sein Haar und zerrte an seinen Kleidern. Ohne sich umzusehen, ließ er Haus und Hof hinter sich und marschierte in

Richtung seiner abgelegenen Felder, die einst den Blythes gehört hatten. Er winkte Harry Dockerill zu, der neben einem anderen Pferd auf dem Feld stand.

»Jack hatte nichts dagegen?« fragte Daniel mit Blick auf das andere Pferd.

Harry schüttelte den Kopf. »Er braucht es erst später wieder, wenn die Beerdigung des alten Gutsherrn vorbei ist.«

Die Kirchenglocken läuteten. Jeder Glockenton stand für ein Jahr von Sir William Blythes Leben.

»Gehst du nicht hin?« fragte Daniel.

Harry spannte die beiden Pferde zusammen. »Nein. Ich kann Kirchen nicht ausstehen. Vielleicht gehe ich später kurz vorbei, nur um mein Beileid zu bezeugen.«

»Wie du willst.« Daniel führte die beiden Pferde herum. »Ich geh nicht hin.«

»Du kommst allmählich in Verruf, Gillory«, sagte Harry, »ein Roter zu sein.«

Daniel lächelte, erwiderte aber nichts. In einer kleinen überschaubaren Gemeinde wie Drakesden wurde jede Abweichung von der Norm registriert und kommentiert, und nichts wurde vergessen. Daniel hatte eine Fremde geheiratet, er las Bücher und Zeitungen. Er nahm sonntags nicht am Gottesdienst teil – schlimmer noch, er stand nicht mit unterwürfig gezogener Mütze im Kirchhof, als die Leiche des Gutsherrn in die Kirche getragen wurde.

Harry neckte ihn noch immer. »Mein Vater hat mich neulich abend gefragt, ob du die Burschen zum Streik anstachelst, wenn die Löhne der Landarbeiter weiter gesenkt werden. Ma hat gesagt, sie würde dir das Fell versohlen, wenn du es tätest, denn was sollten wir dann essen?«

Daniel hörte nicht wirklich zu. »Eine Mooreiche«, sagte er abwesend und starrte auf die schwarzen Äste, die aus der ungepflügten Erde in der Mitte des Felds herausragten.

»Sie läßt sich einfach nicht rausziehen«, sagte Harry und pfiff.

Am Tag zuvor hatte Daniel den Baum beim Pflügen ausgegraben. Die Fens waren überall mit Mooreichen durchsetzt: alte, im Torf vergrabene Bäume, Überreste aus der Vorzeit. Jedes Jahr, wenn sich der Torf senkte, kamen beim Pflügen neue Stümpfe zum Vorschein. Wenn der Baum tief genug in der Erde steckte, ließ er sich kaum bewegen. Daniel wußte, daß er wahrscheinlich warten müßte, bis der Torf allmählich absank, Wind und Wasser die oberste Erdschicht abtrugen und die Natur ihren Schatz von selbst freigab. Bis dahin mußte er sich mit einem Feld abfinden, das nicht vollständig gepflügt, nicht vollständig bebaut werden konnte. Und gerade jetzt zählte doch jeder Zentimeter Boden.

»Weißt du, wie groß sie ist?«

Daniel schüttelte den Kopf. »Keine Ahnung. Aber das verdammte Ding hat den Pflug verbogen.«

Den vergangenen Abend hatte er damit verbracht, den Schaden zu reparieren, den der im Boden steckende Eichenstumpf am Pflug angerichtet hatte. Die Arbeit seines Vaters: die verbogenen Pflugscharen geradezuhämmern, und zwar unter großer Hitze, um das Metall formbar zu machen.

»Ich hab drum herum gegraben, aber sie steckt tief drin. Ich dachte, ich probier's mit den Pferden.«

Harry half ihm, Ketten an den hervorstehenden Ästen des prähistorischen Baums zu befestigen. Als die Ketten angebracht waren, trieben sie die beiden Pferde an. Das Läuten der Kirchenglocken dröhnte in Daniels Kopf und begleitete seine Anstrengungen. Die Ketten waren gespannt, die Pferde legten sich ins Zeug, Schweiß glänzte auf ihren Leibern, Mähnen und Schweife flatterten im Wind, aber die Mooreiche bewegte sich keinen Zentimeter.

»Mist«, murmelte Daniel.

Harry wischte sich die Stirn ab und machte mit dem Kopf ein Zeichen in Richtung Kirche. »Muß mich umziehen.«

»Natürlich.« Daniel rang sich ein Lächeln ab. »Ich seh dich später, Harry.«

Er beobachtete, wie Harry Dockerill über das Feld auf das Cottage seiner Mutter zulief. Das Läuten der Glocke klang noch immer über die flachen Felder. Fay wäre jetzt dort, wenn die Träger den Sarg in die Kirche schafften. Dahinter die Blythes, die verwitwete Lady Blythe, die beiden Töchtern Lally und Marjorie, und Nicholas, der Erbe. Und Nicholas' Frau.

Mein Gott, dachte er. Thomasine. Lady Blythe. *Lady Thomasine Blythe*.

Natürlich wußte er seit einiger Zeit, daß Thomasine Thorne, die Nichte der Harkers, Nicholas Blythe geheiratet hatte. Die unstandesgemäße Ehe hatte im Pub, beim Erntedankfest und in den Dorfläden für endlosen Gesprächsstoff gesorgt. Daniel, der sich für Dorftratsch nicht interessierte, hatte sich an den Diskussionen nicht beteiligt. Aber er konnte sich schwer damit abfinden, daß das Mädchen, das einst seine Freundin gewesen war, den Mann geheiratet hatte, der mitgeholfen hatte, ihn seiner Ausbildung, seines Heims und seiner Familie zu berauben. Wenn er sich an die Thomasine seiner Kindheit erinnerte oder an die Thomasine, die er krank und allein am Tag des Waffenstillstands in London getroffen hatte, brandete eine Welle der Wut und ein Gefühl des Betrogenseins in ihm auf. Verbittert fragte er sich, ob sie Nicholas Blythe aus Liebe oder wegen seines Geldes geheiratet hatte. Hatte sie die Vergangenheit vergessen oder als unwichtig beiseite gefegt?

Daniel überprüfte rasch, ob die Ketten an den schwarzen Ästen der Mooreiche festsaßen. Dann begann er die Pferde anzutreiben, und die Ketten spannten sich wieder.

Er fragte sich, was Sir William Blythes Tod für ihn bedeutete. Sir William war vielleicht so unachtsam gewesen, ihm Land zu verkaufen, aber würde sein Sohn den gleichen Fehler machen? Er erinnerte sich noch an den Ausdruck in Nicholas' Augen, als sie miteinander gerungen hatten. *Du bist also nicht nur ein Dieb, sondern auch noch aufmüpfig, Gillory?*

Verzweifelt legte sich Daniel gemeinsam mit den Pferden ins Zeug, stemmte sich gegen den Wind und zog sie vorwärts, um den großen Baum auszuhebeln. Aber das vergrabene Monstrum rührte sich nicht. Am ganzen Körper vor Erschöpfung zitternd, fiel er auf die Knie und wußte, daß er geschlagen war.

Fay fand einen Platz im hinteren Teil der Kirche, eingezwängt zwischen den übrigen Dorfbewohnern und hinter den Reihen der Verwandten und der Dienerschaft der Blythes. Später, im Schutz eines Eibenbaums, beobachtete sie die Beerdigung. Schon bald achtete sie nicht mehr auf die frommen Worte, sondern betrachtete eingehend die Familie am Grab. Von den Gesichtern der Frauen, die hinter Schleiern verborgen waren, war wenig zu sehen, aber sie beneidete sie um ihre Pelzmäntel und ihre eleganten, modischen Hüte und Schuhe. Fay trug den Mantel und den Hut, die sie bei ihrer Hochzeit getragen hatte. Den Hut hatte sie neu aufgeputzt und den Mantel gereinigt und gebügelt, bevor sie aus dem Haus ging, aber sie kannte sich mit Kleidern gut genug aus, um den Unterschied in der Qualität zwischen den ihren und denen der Blythe-Frauen zu erkennen. Diesen Herbst hatte sie kein einziges neues Stück bekommen. Sie seufzte. Daniel war in letzter Zeit so geizig, redete ständig über seinen Geldmangel und erwartete von ihr, daß sie knauserte und sparte. Er hatte sich seit ihrer Hochzeit sehr verändert.

Sie ließ den Blick über die Männer schweifen, die schwarze Mäntel und Zylinder trugen. Fay stieß ihre Nachbarin an.

»Wer ist das?« flüsterte sie.

Letty Gotobed sagte: »Der dunkelhaarige ist Mr. Nicholas. *Sir* Nicholas jetzt. Und der arme Mann in dem Rollstuhl ist Miss Marjories Mann.«

»Und der Gentleman dahinter?«

Letty kniff die Augen zusammen. »Oh, der gehört nicht zur Familie. Das ist Dr. Lawrence. Er wohnt in Ely.«

Fay sah ihn sich genauer an. Er war groß, hatte rotblondes Haar und eine Hakennase.

Letty flüsterte: »Er war Sir Williams Arzt nach dem Tod

von Dr. Copper. Meine Schwester sagt, er sei Schotte, aus Edinburgh. Ein gutaussehender Mann, nicht?«

Die Worte des Begräbnisrituals hallten von den hohen Kirchenmauern wider. »Daher übergeben wir diesen Leib der Erde. Erde zu Erde, Asche zu Asche, Staub zu Staub.«

Fay erschauerte. »Was weiß ich«, sagte sie stolz und ging weg.

Zwei Tage nach dem Begräbnis legte sich Gwendoline Blythe ins Bett und behauptete, krank zu sein. Nicholas, der nach dem Besuch bei seiner Mutter die Treppe herunterkam, war besorgt.

»Sie war nie krank, Thomasine. Gelegentlich Kopfschmerzen, das war alles.«

»Willst du einen Arzt rufen?« Thomasine schenkte Nicholas Kaffee ein.

Er schüttelte den Kopf. »Davon will Mama nichts hören. Ich hab ihr angeboten, nach Ely zu fahren und Dr. Lawrence zu holen, aber das hat sie kategorisch abgelehnt.«

Thomasine sah ihn eindringlich an. Für Nicholas war die Woche nach dem Tod seines Vaters aufreibend und zermürbend gewesen. Seine Erschöpfung zeigte sich in den tiefen Ringen unter seinen Augen und in der Art, wie er nervös auf die Tischkante trommelte. Sie stellte sich hinter ihn und küßte ihn auf den Kopf.

»Ich schätze, sie ist einfach müde und trauert. Soll ich gehen und nach ihr sehen?«

Er hatte zu trommeln aufgehört, als sie ihre Hand leicht auf die seine legte. »Ich glaube nicht. Sie wollte wieder schlafen, hat sie gesagt. Ich schau später bei ihr rein.«

»Dann mach ich einen Spaziergang.« Der klare, strahlend blaue Himmel zog sie nach draußen. Der Wind hatte nachgelassen, und die letzten rostfarbenen Blätter an den Bäumen bewegten sich in der sanften Brise. »Kommst du mit, Nick?«

Er verzog das Gesicht. »Max Feltham kommt heute morgen vorbei. Pas Vermögensverwalter. Ich sollte seinen

Schreibtisch durchsehen ... den Safe ... seine gesamten Sachen ... Das hab ich ohnehin schon zu lange aufgeschoben.«

Als sie durch das abgefallene Laub der Rotbuche schlenderte, sagte sich Thomasine, daß das Schlimmste vorbei war, daß sie das Begräbnis und das anschließende Frühstück überlebt hatte, ebenso die Mittag- und Abendessen sowie die langen Abende in Gesellschaft der wißbegierigen und verweinten Blythes. Sie hatte es geschafft, in peinlichen Momenten nicht von Übelkeit übermannt zu werden, und alles versucht, daß der Familienstreß Nicholas nicht wieder an den Rand eines Nervenzusammenbruchs brachte wie in der letzten Woche.

Gestern war Lally mit dem Zug nach London zurückgekehrt, und Marjorie und Edward waren mit ihren beiden kleinen Söhnen nach Hampshire gefahren. Drakesden Abbey wirkte jetzt leer, das Haus hallte hohl und wirkte unheimlich, als trauerte es seinem früheren Besitzer nach. Auch wenn sie sich nicht mehr als Eindringling empfand, fiel es Thomasine immer noch schwer, sich nicht bloß als Gast und vorübergehende Besucherin vorzukommen.

Draußen wurde wieder einmal deutlich, daß die Insel, auf der Drakesden Abbey erbaut war, sowie Haus und Gärten ein Teil der sie umgebenden Landschaft waren. Sie erhoben sich zwar über sie, gehörten aber dennoch dazu. Die Luft schmeckte frisch, klar und kalt, und Thomasine konnte sehen, wo der Rasen endete und die Koppel begann, wo die Koppel endete und die Felder, der Fluß und die Ufer in den endlosen Horizont übergingen. Sie ließ das Haus hinter sich und ging den Hügel hinab. Unwillkürlich legte sie beim Gehen eine Hand auf den Bauch. Noch nicht einmal die kleinste Wölbung war unter den Lagen aus schwarzem Stoff zu erkennen, aber sie fühlte sich ruhig und voller Zuversicht. Wegen des Babys, wegen des kostbaren kleinen Lebens, das in ihr heranwuchs und das sie im nächsten Sommer in den Armen halten würde. Sie sah es schon vor sich – lächelnd und zufrieden. Und sie würde zu Drakesden Abbey gehören, wenn sie den Blythes einen Erben geschenkt hätte.

Sorgfältig begann Nicholas das Arbeitszimmer seines Vaters durchzusehen. Die Aufgabe bedrückte ihn: ihr Anlaß, ihre Endgültigkeit und weil sein Vater seinen eigenen Hang zu Sauberkeit und Ordnung nie geteilt hatte.

Max Feltham traf um Punkt halb zehn ein. Nicholas mochte Max. Max war ein Gentleman, kein kleiner, emporgekommener Buchhalter. Er schüttelte seine Hand. Max kondolierte ihm und erkundigte sich nach Nicholas' Mutter und Gattin. Nicholas rückte Max einen Stuhl zurecht und ließ das Mädchen Tee bringen.

»Gute Reise gehabt?« fragte er. »Ich weiß, es ist eine ziemliche Strapaze.«

Max lächelte. »Alles bestens. Zuerst wollte ich mit dem eigenen Wagen rauffahren, aber um diese Jahreszeit schien mir der Zug dann doch günstiger zu sein.«

Nicholas hatte sich wieder an den Schreibtisch gesetzt und löste ein Band von einem Bündel Papiere. »Die Straßen taugen nicht viel. Im Winter voller Morast und im Sommer voller Schlaglöcher.« Er sah auf die Papiere und seufzte. »Nett von Ihnen herzukommen, alter Junge.«

»Das ist das mindeste, was ich tun kann.« Max sah Nicholas an und warf einen Blick auf die Stapel aus Papieren, Akten und Rechnungsbüchern auf dem Schreibtisch. »Scheußliche Arbeit, nicht? Ich erinnere mich: Das war das Schlimmste nach dem Tod meines Vaters. All seine Dinge durchsehen zu müssen. Es kam mir – pietätlos vor.«

»Am liebsten würde ich nichts davon anrühren. Einfach alles liegenlassen«, antwortete Nicholas grimmig.

»Wir müssen uns unterhalten«, erwiderte Max verständnisvoll. »Deshalb bin ich hergekommen. Es kann nicht liegenbleiben.«

Nicholas sah zu ihm auf. »Steht es so schlecht?«

»Nun, zumindest nicht gut. Es werden hohe Erbschaftssteuern anfallen, fürchte ich, und, ehrlich gesagt, stand es schon nicht gut um die Abbey, bevor Sir William starb.«

Nicholas zog weitere Schreibtischschubladen auf. Was für ein *Chaos* …«, sagte er verzweifelt. »Da stecken Schneiderrechnungen in den Pachtbüchern der Cottages, Quittungen für Sättel sind mit Malerrechnungen zusammengeheftet. Mein Gott, gerade habe ich die Rechnung für die Blumen von Marjories Hochzeit gefunden …«

Max schwieg taktvoll.

»Ich hatte keine Ahnung, daß es so wüst aussehen würde«, fügte Nicholas hinzu. »Warum zum Teufel hat er keinen anderen Sekretär eingestellt, nachdem Cresswell zur Armee gegangen war?«

»Aus Kostengründen wahrscheinlich«, antwortete Max. »Außerdem ist es verdammt schwierig, Personal zu kriegen.«

»Verdammt schwierig, Personal für einen Ort wie Drakesden zu kriegen, meinen Sie«, sagte Nicholas bitter. »Das Landvolk kann nicht richtig lesen und schreiben, und jemand mit einer anständigen Ausbildung hat keine Lust, sich in die finstere Provinz zu begeben.« Unruhig erhob er sich vom Schreibtisch und ging zum Fenster. Draußen konnte er Dilley und den Jungen sehen, die Laub zusammenrechten. Während sie rechten, fiel weiteres Laub herab. Die Sinnlosigkeit des Ganzen deprimierte ihn.

»Die Sache ist die, Nicholas«, begann Max vorsichtig, »daß irgendwie alles aus dem Ruder gelaufen ist. Man wird strenge Maßnahmen ergreifen müssen, um das Ganze wieder ins Lot zu kriegen, fürchte ich. Sie müssen sich ernsthaft überlegen, etwas von dem Land zu verkaufen.«

Die Tür ging auf, und das Mädchen kam mit Tee und Keksen herein. Während sie servierte, schwiegen die beiden Männer. Nicholas war schockiert, als hätte ihn jemand geschlagen. Er zog den kleinen Samtvorhang auf, hinter dem sich der Safe befand, und drehte das Nummernschloß.

Als das Mädchen fort war, sagte er niedergeschlagen: »Was denn verkaufen? Sehen Sie es sich doch an, Max, lauter Streuland bis fast nach Ely rüber. Manches ist gutes Ackerland, aber einiges ist Sumpf. Was soll ich denn verkaufen?«

Er begann des Inhalt des Safes zu durchwühlen:

Schmuckschachteln, Papiere, verschlossene Blechbüchsen, die den Lohn der Arbeiter enthielten. Er fand eine Karte, rollte sie auf dem Schreibtisch auf und zeigte dem Vermögensverwalter die wichtigsten Merkmale des Landes: den Fluß, das Dorf, die Deiche, die Gräben und Wege.

»Drakesden gehört zu etwa zwei Dritteln uns. Der Rest wurde im vergangenen Jahrhundert parzelliert – ein kleines Anwesen für einen Sack Kartoffeln und derlei Dinge. Das gehört uns – und das und das und das.« Nicholas' Finger wanderte über die Karte.

»Die Cottages sind fest verpachtet?«

Nicholas nickte. »Die Pacht ist allerdings miserabel. Ich hab Vaters Bücher durchgesehen, bevor Sie kamen. Er hat mehr für Reparaturen ausgegeben, als er an Miete einnahm.« Nicholas stellte seinen Tee beiseite und öffnete eine Zigarettenschachtel.

Max runzelte die Stirn. »Im Moment herrscht natürlich kein Käufermarkt, das ist das Schlimme. Im Moment kaufen die Leute kein Agrarland. Trotzdem müssen wir es versuchen.« Er nahm eine Zigarette, zündete sie an, zog heftig den Rauch ein und starrte auf die Karte. »Ihr Vater hat ein paar Hektar in der Nähe des Dorfes verkauft. Es wurde bereits nachgefragt, ob das angrenzende Feld zum Verkauf steht. Am besten sollten wir dort anfangen. Ich rede mal mit dem Grundstücksmakler.«

Nicholas verstand zuerst nicht, was Max Feltham meinte, doch als er dem Verlauf der Lark, ihren Gräben und Zuflüssen folgte, kam er zum Dorf Drakesden. Und vor seinem geistigen Auge tauchte die Reihe von schäbigen Hütten auf, die vom Dorf abzweigten und an deren Ende sich das Cottage des Hufschmieds befand.

Nicholas schüttelte den Kopf. »Nein. Nicht dieses Land. Das verkaufe ich nicht.«

»Es gibt aber bereits einen Interessenten, Nick. Schlagen Sie ein, um Himmels willen.« Max sah ihn eindringlich an.

»Ich weiß, wer es kaufen will«, antwortete er leise. »Und ihm werde ich es niemals verkaufen.«

Max erhob sich. »Das ist unvernünftig … Verkaufen Sie, Nick – vielleicht finden Sie keinen anderen Käufer. Als Ihr Vermögensverwalter muß ich Ihnen dringend anraten zu verkaufen. Schlagen Sie zu bei einem guten Angebot, solange es noch gilt.«

»Niemals«, antwortete Nicholas. »Nein, Max. Niemals.« Er ordnete die verstreuten Papiere zu kleinen Stapeln und bemerkte den Staub auf dem Schreibtisch, dem Fensterbrett und den Bücherregalen. Er mußte den Raum gründlich säubern lassen, dachte er, abstauben, putzen, schrubben lassen. Er konnte Schmutz und Unordnung nicht ausstehen.

Als sie nach ihrem Spaziergang zum Haus zurückkehrte, hatte sie rosige Wangen und fühlte sich warm und gesund. Sie knöpfte ihren alten schwarzen Mantel auf, setzte sich auf die unterste Treppenstufe. Als sie ihre schmutzigen Schuhe auszuziehen begann, hörte sie feste Schritte auf dem Marmorboden und das Rascheln von steifen Baumwollröcken. Sie sah auf.

»Mrs. Blatch – guten Morgen.« Thomasine lächelte. »Kann ich Ihnen helfen?«

Die kleine, füllige Gestalt der Köchin war in ausladende schwarze Röcke und ein Mieder gehüllt, worüber sie eine mit Rüschen verzierte weiße Schürze trug. Sie erwiderte das Lächeln nicht.

»Es ist elf Uhr, Euer Ladyschaft, und der Speiseplan ist nicht fertig. Wenn die Speisefolge nicht feststeht, kann der Junge weder in die Gewächshäuser noch in die Geschäfte geschickt werden, und die Küchenmädchen können bloß Däumchen drehen.«

Thomasine runzelte die Stirn. »Ich dachte, Lady Blythe … Ich meine, die verwitwete Lady Blythe …«

»Lady Blythe kam immer um Schlag zehn in die Küche herunter.« Tiefe Falten der Mißbilligung gruben sich in Mrs. Blatchs dicke Wangen. »Ich wollte die arme Lady nicht stören, wenn sie sich unwohl fühlt … Wenn *Sie* vielleicht einen Moment Zeit hätten, Euer Ladyschaft …«

Sie war nicht sicher, ob sie aus der formellen Anrede Sarkasmus heraushörte oder ob sie sich das nur einbildete. Sie machte sich auf den Weg in die Küche.

Eine halbe Stunde später fand sie Nicholas im Arbeitszimmer seines Vaters. Vor Zorn und Verlegenheit konnte sie kaum sprechen.

»Und ich war in Strümpfen, Nicholas! In der Küche! Wie sie mich alle *angestarrt* haben ...«

Er lachte. »Darüber werden sie noch wochenlang tratschen. Bis Mittag wissen alle Gasthäuser in Ely Bescheid. Daß sich die neue Lady Blythe nicht ordentlich anzieht, bevor sie in die Küche geht, um der Köchin ihre Anweisungen zu erteilen.«

»Ich hatte keine Ahnung, daß ich das müßte! In die Küche gehen, meine ich. Ich dachte, sie kümmern sich selbst um alles.« Thomasine saß auf dem Fensterbrett und strich sich durch das vom Wind zerzauste Haar. »Und nur der Himmel weiß, was wir heute zu Abend essen werden. Die schreckliche Frau war keinerlei Hilfe. Ich hab sie um Vorschläge gebeten, und sie meinte nur, daß Ihre Ladyschaft immer wundervolle Menüs zusammengestellt habe. Also platzte ich mit dem erstbesten heraus, das mir gerade einfiel.«

»Also, was gibt es dann – Aalpastete gefolgt von Hummer Thermidor mit einer Marmeladenrolle als Nachtisch?«

Sie funkelte ihn wütend an. »Du hast gut lachen, Nicholas, aber du hättest sehen sollen, wie sie mich angeschaut hat. Als wäre ich ein *Nichts.*«

»Lally und ich haben Mrs. Blatch immer den ›Basilisken‹ genannt. Als Lally klein war, war sie überzeugt, die alte Vettel könnte sie zu Stein erstarren lassen.« Nicholas nahm zwei Zigaretten aus der Schachtel, zündete beide an und reichte Thomasine eine. »Du gewöhnst dich schon noch an sie, Thomasine«, sagte er beruhigend.

»Wirklich?« Sie zog an der Zigarette, dann legte sie sie in den Aschenbecher, weil sie ihr nicht schmeckte. Die

Schwangerschaft veränderte den Geschmackssinn auf merkwürdige Weise. »Ich bin nicht sicher. Ich wurde dafür nicht erzogen, Nick.«

»Du könntest Mama bitten, dir zu helfen.«

»Ja, vielleicht.« Sie sagte nichts von ihrem Unmut, daß Gwendoline Blythe sie nicht auf die Pflichten hingewiesen hatte, die sie als Herrin von Drakesden Abbey erwarteten. Daß Gwendoline Blythe sich einfach ins Bett gelegt hatte und es ihrer unerfahrenen, unwissenden Schwiegertochter überließ, sich durchzuwursteln.

Sie sah sich im Arbeitszimmer um. Sie mochte den Raum nicht. Er enthielt zu viele schlechte Erinnerungen.

»Ist dein Vermögensverwalter schon fort?«

»Max? Nein – er bleibt übers Wochenende. Er möchte noch ein bißchen auf die Jagd gehen. Im Moment ist er bei Mama. Max war immer einer ihrer Lieblinge.«

Der ganze Schreibtisch von Sir William war mit Papieren bedeckt. Viele der Papiere sahen nach Rechnungen aus, fand Thomasine.

»Kann ich dir helfen, Nick? Ich habe Antonias Buchhaltung gemacht. Ich bin ganz gut in solchen Dingen.«

»Oh, nicht nötig.« Nicholas sah vom Schreibtisch auf und lächelte kurz. »Es ist nicht so schlimm, wie es aussieht, Liebes. Du kümmerst dich ums Personal. Das meiste Zeug hier muß bloß abgelegt werden. Wenn du dafür sorgen könntest, daß dieses Zimmer geputzt wird – es ist wirklich in einem schrecklichen Zustand.« Er sah auf seine Uhr. »Ich muß nach Mama sehen. Ich hab versprochen, einen Blick reinzuwerfen.«

10

DIE MÖGLICHKEITEN, SICH in einem Haus von der Größe Drakesden Abbeys zum Narren zu machen, kamen Thomasine unbegrenzt vor. Sie gab Max das falsche Zimmer – *Max hat immer das rote Zimmer, meine Liebe. Er ist ein alter Freund der Familie, kein Angestellter* –, und auch die Speisenfolge an diesem ersten Tag ließ zu wünschen übrig. Lady Blythe aß oben auf ihrem Zimmer köstliche Comsommés und leichte Omelettes. Unten kämpften sich Nicholas und Max Feltham durch eine entsetzliche Mischung aus Kinderkost und schlecht zubereiteten französischen Gerichten.

Nachdem sie sich eine Woche lang aufs Geratewohl durchgekämpft hatte, fand Thomasine schließlich eine Reihe von Menüvorschlägen im Schreibtisch des Damenzimmers. Nachdem sie sie sorgfältig studiert und sich von Mrs. Blatchs Stärken und Schwächen überzeugt hatte, begann sie langsam zu begreifen, worauf es bei der Zusammenstellung eines Menüs ankam. Man durfte nicht zu ambitioniert sein und mußte die frischen Zutaten benutzen, die der Küchengarten hergab. Gutes, altmodisches englisches Essen, einfach gekocht. Nicholas hatte keine Verdauungsprobleme mehr, und Thomasine konnte auf den Eßtisch blicken, ohne daß ihr übel wurde.

Einmal die Woche mußte sie Vorräte an die Dienstboten ausgeben. Die besten Kerzen gab sie dem Küchenpersonal, und die Familie mußte sich in den Salons und Schlafzimmern mit Haushaltskerzen begnügen. Vom Geruch der billigen Kerzen bekam Lady Blythe Migräne. Nicholas saß am Bett seiner Mutter und betupfte ihre Stirn mit Lavendelwasser, während er sich endgültig dazu entschloß, auf Drakesden Abbey elektrisches Licht legen zu lassen. Thomasine schaffte es, den Fehler mit den Kerzen nicht zu wiederholen, aber dann passierte das Unglück mit der Seife. Jedenfalls lag auf den Waschtischen von Nicholas' pedantischen alten Großeltern, die übers Wochenende ihre Gäste waren, braune Salzseife, während die Dienstmädchen verdächtig parfümiert rochen. Als sie das Problem mit der Seife gelöst hatte, kam die Wäschekammer dran, ein wahres Minenfeld für Stilbrüche und Regelwidrigkeiten. Die wichtigsten Gäste mußten auf kratzigen Baumwollaken schlafen, während das feinste Leinen ungenutzt im hinteren Teil der großen Schränke liegenblieb.

Die Schwierigkeit bestand darin, wie sich Thomasine heimlich eingestand, daß sie einfach nicht mit dem Herzen dabei war. Sie sah nicht ein, warum nicht alle die gleiche Seife, die gleichen Kerzen und Laken benutzen sollten, doch als sie dies der Haushälterin vortrug, schlug ihr blanke Entrüstung entgegen. Genausowenig sah sie ein, warum sie zu dritt jeden Tag vier lange, umständliche Mahlzeiten einnehmen sollten. Thomasine konnte während ihrer Schwangerschaft ohnehin nicht groß frühstücken, Lady Blythe hatte nie großen Appetit, und Nicholas haßte das festgelegte Zeremoniell des Nachmittagstees. Doch wenn nicht all diese Rituale strikt befolgt wurden, traf Thomasine nicht nur auf seiten der Haushälterin auf Widerstand, sondern ebenso auf seiten Lady Blythes und Nicholas'. Sie akzeptierte, daß sie ein Neuling war und daß andere weitaus besser wußten, wie ein Haus von diesem Stil geführt werden mußte. Also schaffte sie es die meiste Zeit, ihre Langeweile und ihren Ärger zu bezwingen.

Sie achtete darauf, sich während der gefährlichen ersten drei Monate der Schwangerschaft nicht zu überanstrengen. Sie ritt nicht aus und ruhte jeden Nachmittag. Nach der zehnten Woche hörte die Übelkeit auf, und sie mußte auch nicht die schrecklich auslaugende Erschöpfung ertragen, die sie während ihrer unheilvollen ersten Schwangerschaft geplagt hatte. Sie schrieb lange Briefe an Hilda und Antonia, machte sich über ihre gesellschaftlichen Fauxpas lustig und bat sie um Rat. Doch keiner ihrer Tanten gestand sie ihre Langeweile und Frustration ein: Langeweile, hatte Hilde häufig gesagt, sei nur ein Zeichen des Mangels an innerer Stärke.

Fays Bemerkung, Daniel müsse einen besseren Menschen aus sich machen, hatte gesessen. Er schrieb sich für Kurse im Arbeiterbildungsverein von Ely ein, wo er zweimal die Woche mit dem Fahrrad hinfuhr. Er hörte sich Vorträge über den Völkerbund, den Vertrag von Versailles und dessen mögliche Folgen sowie über die Gründe und Abhilfen der gegenwärtigen Wirtschaftskrise an. Oft sah er auf die Felder hinaus, die an die seinen grenzten, und sehnte sich nach dem Tag, an dem die Blythes wegen der hohen Erbschaftssteuern Geld zusammenkratzen müßten. Das Land, das Daniel wollte, bot sich zum Verkauf geradezu an, da es von den übrigen Feldern der Blythes abgeschnitten war. Sorgfältig legte er jeden Penny beiseite, den er erübrigen konnte.

Aber es tauchte kein Verkaufsschild auf. Daniel arbeitete einen Teil seiner Frustration ab, indem er das Gelände absteckte, wo er nächsten Sommer das Wohnzimmer für Fay bauen würde. Als er es ihr beschrieb – das gemütliche Zimmer mit einem Tisch, einem Schaukelstuhl und einer Stehlampe –, lächelte sie. In letzter Zeit hatte sie nicht viel gelächelt. Es bedrückte ihn, daß Fay sich noch immer nicht ans Dorfleben gewöhnt hatte. Ohne Begeisterung und sichtbaren Erfolg erledigte sie die Pflichten einer Landfrau. Daniel wußte, daß das Leben hart für sie war, und versuchte, ihr die schwersten Arbeiten abzunehmen. Wenn sie einen Nachmittag im Kino von Ely verbrachten oder wenn Fay neue Kleider kaufen konnte, hellte sich ihre Stimmung auf, und er erkannte die strahlende, sinnliche Fay wieder, die ihn früher verzaubert hatte. Aber freie Nachmittage waren selten, und es gab wenig Geld für Extras. Bücher, das Gefühl der Unabhängigkeit, Stille und Frieden der Landschaft, Dinge, die Daniel liebte, schienen ihr keinen Ersatz zu bieten. Vielleicht sehnte sie sich nach einem Kind, dachte er, aber wenn er davon sprach, sah sie ihn verächtlich an und schüttelte den Kopf.

Schließlich begann er zu schreiben. Anfänglich war es ein Farmtagebuch, in das er die Daten des Pflanzens und Pflügens eintrug, was ihm vielleicht nützlich sein konnte, um Erfolg und Mißerfolg zu überprüfen. Doch es gesellten sich Beschreibungen hinzu und gelegentlich Erinnerungen und Träume. Zu Beginn ging ihm die Feder nicht leicht übers Papier, aber dann begann er zu merken, daß das Schreiben eine Erleichterung für ihn war, ein notwendiger Ausgleich für seine Stimmungsschwankungen. Schließlich schaffte er es nach vielen Anläufen, einen Artikel für die ansässige Zeitung zu verfassen. Spät eines Nachts las er die letzte Fassung durch, die ihm lebhaft und klar erschien, doch als er sie in der Redaktion in Ely ablieferte, war die anfängliche Sicherheit verflogen, und er kam sich in seinem Vorhaben vermessen vor.

Teile des Generators, die Nicholas bestellt hatte, begannen mit dem Zug in Ely oder mit Schiffsladungen über den Fluß einzutreffen und wurden die letzten schwierigen Meilen auf Pferdekarren herbeigeschafft. Eine Armee von Elektrikern, Maurern und Zimmerleuten überschwemmte Drakesden Abbey. Das Haus hallte wider vom Lärm der Arbeiten, als Löcher in den alten Putz geschlagen und handbemalte Tapeten abgerissen wurden, um ein kompliziertes Netz von Leitungen durchs Haus zu legen.

Lady Blythe, die inzwischen wieder völlig gesundet war, stand aus ihrem Bett auf. Nicholas achtete darauf, daß sie in ihrem Lieblingsraum, dem Damenzimmer, von den Arbeitern so wenig wie möglich gestört wurde. Thomasine holte Blumen aus den Gewächshäusern, um die Genesung ihrer Schwiegermutter zu feiern. Tiefrote Weihnachtssterne und duftende Lilien. Mr. Dilley, der Gärtner, war wütend. »Dilley betrachtet die Gewächshäuser als sein persönliches Eigentum«, erklärte Lady Blythe freundlich. Vom Duft der Lilien bekam Lady Blythe Kopfschmerzen, deshalb mussten sie wieder ins Gewächshaus zurückgebracht werden.

Thomasines Gefühl, entbehrlich zu sein, ließ nicht nach: Sie war sich darüber im klaren, daß sie Drakesden Abbey nie so effizient würde führen können wie Lady Blythe. Ablenkungen gab es praktisch keine: keine Kunstgalerien, keine Theater und nur ein einziges Kino in Ely. Wenigstens gab es die Bibliothek in der Abbey, die Thomasine immer häufiger plünderte, je kürzer und kälter die Tage wurden. Oft erinnerte sie sich an ihre früheren Jahre in Drakesden, an das Gefühl der Enge und Abgeschiedenheit des Dorfes, an ihre Abneigung gegenüber einem Lebensstil, der ihr überholt vorkam. Nun, da sie als Lady Blythe ein Teil dieser anachronistischen Lebensform war, schmerzte dies nicht weniger, weil die Gebräuche und Rituale, die ihr Leben einschränkten, sinnlos und lähmend wirkten.

Es wurde kälter, und Thomasine ging mit Socken, Handschuhen, einem Pullover über dem Nachthemd und einer heißen Wärmflasche ins Bett. Sie bat Nicholas, das Bett mit ihr zu teilen, teils wegen der Wärme, teils weil sie seit Sir Williams Tod nicht mehr miteinander geschlafen hatten. Aber das Experiment war kein Erfolg. Seine Alpträume störten ihren Schlaf, und seine Schuldgefühle, daß er sie störte, machten seine Alpträume nur noch schlimmer. Wenn sie es schaffte, ihn so weit zu bringen, bei ihr zu bleiben, stand er oft um Mitternacht oder später auf und zog sich in das inzwischen geputzte und neu tapezierte Arbeitszimmer seines Vaters zurück, wo er sich mit den Plänen zur Elektrifizierung des Hauses beschäftigte. Papiere mit Zahlenreihen, komplizierten Rechnungen und seltsamen Diagrammen stapelten sich auf seinem Schreibtisch.

Lally, Belle, Julian, Ettie und Boy kamen über die Weihnachtsfeiertage. Thomasine ließ die Schlafzimmer putzen und lüften und machte sich an die Planung der Festmenüs. Gänse, Schinken, Truthahn und Pudding; Obsttorten, Cremespeisen, Pasteten und andere Süßspeisen. Einem fröhlich bunten Wirbel gleich, der sich vor der grauen Landschaft der Fens abzeichnete, trafen die Gäste am Weihnachtsmorgen ein, die Autos vollgepackt mit nutzlosen, teuren Geschenken. Nachts, wenn das Haus dunkel und kalt und Lady Blythe bereits zu Bett gegangen war, spielten sie Verstecken. Thomasine zog sich leise zurück, nachdem sie im Wintergarten über Ettie und Julian gestolpert war, die sich kichernd umarmten. Auf der Treppe fand sie Nicholas, der rauchte. »Was für ein Spaß«, sagte er. Aber er sah müde aus, und seine Augen waren rot gerändert, als er sich an der Kippe seiner letzten Zigarette eine neue anzündete. Thomasine ließ sich neben ihm nieder und sah lange auf den gelben Halbmond hinaus, der am tintenschwarzen Himmel stand.

Im Februar entließ Nicholas seinen Verwalter. Das Cottage neben der Koppel wurde geräumt. Er würde die Farm selbst bewirtschaften, erklärte er Thomasine – Einsparungen müßten gemacht werden, und die Reduzierung der Lohnkosten sei die naheliegendste Maßnahme dafür. Thomasine begrüßte die Veränderung: Nicholas war immer ausgeglichener, wenn er etwas zu tun hatte. Daß er neue Pflichten übernahm, ließ sie Hoffnung schöpfen, daß er sich mit seinem veränderten Leben abfand, das nach dem Tod seines Vaters begonnen hatte.

Nachdem der Wind nachgelassen hatte, war die Landschaft wie mit weißem Zuckerguß überzogen. Der Himmel schimmerte gelb, Flocken begann zu fallen, und Schneewehen bedeckten Gärten und Felder. Sie stapften im Garten herum, ihre Stiefel hinterließen die ersten Spuren in der weißen Decke. Das Labyrinth wirkte noch unterirdischer als sonst, da auf den überhängenden Ästen dichter Schnee lag, der die schwachen Sonnenstrahlen fernhielt. In dem ummauerten Garten bauten sie einen dicken runden Schneemann mit Augen aus schwarzen Steinen. »Er sieht wie Mrs. Blatch aus«, sagte Thomasine, und sie bewarfen ihn mit Schneebällen, bis sie alle zusammen lachend in die Schneewehen fielen.

Bevor der Schnee schmolz, gab es für Daniel wenig Arbeit draußen. An den Abenden schrieb er, tagsüber versorgte er die Tiere auf dem Hof und achtete darauf, daß das Cottage wetterfest war. Als der Schneesturm nachließ, kramte er im Schuppen herum, fand schließlich, wonach er gesucht hatte, und trug seine Trophäe, sorgfältig in Sackleinen eingewickelt, in die Küche.

In der Küche war es gemütlich warm. Fay stampfte Kartoffeln, im Herd brutzelte etwas. Daniel stellte das Bündel auf den Tisch und begann es auszuwickeln.

»Iih«, sagte Fay, als sie sich umdrehte. »Das ist ja alles voller Spinnweben. Kannst du das nicht draußen machen?«

Er sagte nichts, sondern hielt triumphierend seine Trophäe hoch. »Schau.«

»Alte Eisenstücke«, sagte Fay und schaute verdutzt. »Schlittschuhe«, antwortete Daniel lächelnd. »Die gehörten meinem Vater und meiner Mutter. Mein Vater war früher Meister im Eisschnellauf. Das sind gute Schlittschuhe, Fay. Aus Metall, nicht aus Bein. Die hat mein Vater gemacht.«

Mit einem Tuch, das er in Fett tauchte, begann er die Lederriemen einzureiben. Das Leder war spröde und grün verfärbt, wurde aber allmählich weicher. »Sobald wir gegessen haben, gehen wir Schlittschuhfahren«, sagte er.

»Schlittschuhfahren?« krächzte Fay. »Das kann ich nicht. Du weißt, daß ich das nicht kann.«

Er grinste. »Du konntest auch nicht radfahren. Jetzt fährst du überall mit dem Rad herum.«

Nach dem Essen überredete er sie, einen Faltenrock, Pullover, Jacke, Schal und Mütze anzuziehen. Dann gingen sie die halbe Meile bis zur Lark, Daniel mit den Schlittschuhen über der Schulter.

Das Eis auf dem Fluß war hart und glitzernd, die Sonne zeigte sich als rosafarbener Rand um die Wolken. Windmühlen, die von der Zeit und dem Schnee in gleicher Weise stillgelegt worden waren, zeichneten sich schwarz gegen den Himmel ab. Frauen und Männer wirbelten auf dem Eis herum, Kinder lachten und stürzten hin. Daniel half Fay, die Schlittschuhe anzulegen, und führte sie aufs Eis.

Zuerst hatte sie Angst und klammerte sich an seiner Jacke fest, während ihre Füße nach allen Richtungen ausglitten. Aber er hielt ihre Hände, ließ sie nicht fallen und führte sie von dem Treiben weg in eine stillere Ecke. Schließlich begann sie, sich zu entspannen und fand ihren Rhythmus. Eine Weile fuhren sie nebeneinander her, langsam zuerst, dann immer schneller. Fay sah wundervoll aus mit ihren leuchtenden Augen und den dunklen Haarsträhnen, die unter dem Rand ihrer roten Wollmütze hervorspitzten. Während er dahinglitt, bemerkte Daniel den Delage der Blythes, der, vorsichtig über den festen Schnee fahrend, auf den Fluß zukam. Dieses Land gehörte Nicholas Blythe.

Fay blieb außer Atem stehen. Daniel nahm sie in die Arme und küßte sie. »Nicht jetzt, Daniel – es sind doch so viele Leute hier.« Sie schob ihn weg, klang aber nicht verärgert.

Jemand hatte einen Grill aufs Eis gestellt und röstete Kastanien. Daniel kaufte eine Handvoll, so heiß, daß er sie kaum halten konnte. Er schälte ein paar für Fay, während sie am Rad standen und den Eisläufern zusahen. Die Fens waren wundersam verwandelt – zugefrorene Wasserläufe durchschnitten wie silbrige Bänder das weite Weiß. Ein weiteres Auto näherte sich schlitternd auf dem vereisten Weg. *Zwei* Automobile in Drakesden, dachte Daniel. Mein Gott, wie sich die Zeiten änderten.

Harry Dockerill rief: »Ein Wettrennen, Gillory! Komm!«

Daniel wandte sich an Fay: »Macht's dir was aus?«

Sie schüttelte den Kopf. Die jungen Männer stellten sich an einer Seite der Eisfläche auf: Vertreter der Familien Dockerill, Gotobed, Hayhoe und Dilley. Daniel überquerte die Fläche, um sich ihnen anzuschließen.

»Du hast nicht die mindeste Chance, Gillory«, sagte Harry grinsend. »Mein Dad hat deinen Dad 1905 geschlagen. Und mein Großvater fünfundzwanzig Jahre davor.«

Daniel antwortete scherzhaft, daß er sich zum Teufel

scheren könne. Jemand stellte die fünf in gerader Linie auf und gab das Startsignal. Die Landschaft mit den Windmühlen, den Hecken und dem Flußufer flog an ihm vorbei, alles verschwamm vor ihm und wurde konturlos. Mit gesenktem Kopf und schwingenden Armen sah Daniel nur noch das Eis zwischen seinen Füßen und die Spuren, die seine Schlittschuhe ins Eis kerbten, und hörte die Jubelrufe aus der Menge, als er an den anderen vorbeizog.

Hinterher wurde ihm auf den Rücken geklopft und heißer Grog zu trinken gegeben. Er war aufgekratzt und leichtsinnig, doch das Hochgefühl wurde von leiser Trauer gedämpft. Vor zehn Jahren wären zweimal so viele junge Männer zum Rennen angetreten. Harrys Bruder, sein eigener, so viele andere …

Fay fuhr wieder Schlittschuh, diesmal allein. Das Gefühl der Trauer ebbte langsam ab, als er ihren schwingenden leuchtenden Rock betrachtete, den rosigen Hauch auf ihrem sonst so blassen Gesicht. Dann bemerkte er, daß auch Nicholas Blythe auf dem Eis war. Daniel wußte inzwischen, was das ganze Dorf schon seit Monaten wußte: daß Thomasine Blythe ein Kind erwartete. Thomasine stand in ihren Pelz gehüllt neben dem Wagen. Einen Moment lang drehte sie sich um, und ihre Blicke trafen sich. Ein Anflug von Lächeln spielte um ihre Mundwinkel, doch er sah sofort weg, als hätte er es nicht bemerkt. Die Entfernung zwischen ihnen war groß, viel größer als die schneebedeckte Fläche, die zwischen ihnen lag. Sie war jetzt Thomasine Blythe und damit eine Fremde – vielleicht eine Feindin. Die einstige Zuneigung füreinander hatte sich in den Jahren verflüchtigt.

Ein Schrei von der Eisfläche ließ ihn herumfahren. Fay lag ausgestreckt in der Nähe des Ufers. Harry Dockerill half ihr auf, aber er schaffte es nicht, sie auf den Beinen zu halten. Daniel durchfuhr ein eisiger Schauer, als er sah, wie ihr Fuß einknickte. Die anderen beiseite schiebend, raste er zu ihr hin.

Ihr kleines Gesicht war schmerzverzerrt. »Liebling«, flüsterte er und legte den Arm um sie. Gemeinsam mit Harry

Dockerill trug er sie vom Eis. Jemand warf ein Stück Sackleinen auf den Boden, und sie legten Fay darauf. Daniel kniete neben ihr nieder und schnallte die Riemen ihrer Schlittschuhe auf. Ihr Fußgelenk begann bereits anzuschwellen, als er die Schnürsenkel ihrer Stiefel löste. Sie stöhnte auf, und sein Mund wurde trocken, als er an die gebrochenen Knochen und all das Leid vor fünf Jahren dachte, als sein Bein zerschmettert wurde. »Ist schon gut, Fay, ist schon gut«, sagte er, aber innerlich geriet er in Panik.

Eine Stimme sagte: »Lassen Sie mich«, und ein Mann kniete sich neben ihm nieder. Er sah ein paar Jahre älter aus als Daniel, hatte rotblondes Haar und eine römische Nase.

»Das ist Dr. Lawrence«, flüsterte Harry Dockerill respektvoll.

Der Stiefel wurde fachgerecht ausgezogen, das angeschwollene Gelenk gedrückt und gedreht. »Nun, ich glaube nicht, daß es gebrochen ist, Mrs. ...?« sagte der Arzt schließlich.

»Gillory«, antwortete Fay. »Mrs. Fay Gillory.« In ihren Augen glänzten Tränen.

»Aber schlimm verstaucht. Sie werden den Fuß ruhig halten müssen.«

Daniel wurde flau vor Erleichterung. »Ich bring dich nach Hause.«

»Nein – nein.« Dr. Lawrence stand auf und schüttelte den Kopf. »Ich fahre Sie beide in meinem Automobil nach Hause. Sie wohnen im Dorf, nicht wahr?«

Schließlich mußten sie die Hälfte des Weges doch zu Fuß gehen, weil der Morris Oxford des Arztes die schneeverwehte Zufahrt zum Cottage des Hufschmieds nicht bewältigte.

Daniel trug Fay in seinen Armen. Sie fühlte sich so leicht und zerbrechlich an. Sie war überhaupt keine Last. Alle Farbe war aus ihrem Gesicht gewichen, und sie sah mitgenommen und kreidebleich aus. Im Haus, wo noch überall das schmutzige Geschirr vom Mittagessen herumstand, setzte er sie vorsichtig auf die Bank.

»Hübsches kleines Haus«, sagte Dr. Lawrence und öffnete seinen Arztkoffer. »Wohnen Sie schon lange hier?«

Daniel setzte Wasser auf, um Tee zu machen, und murmelte etwas. Fay antwortete schwach: »Erst seit eineinhalb Jahren, seit wir geheiratet haben. Ich stamme aus London.«

Der Arzt bandagierte lächelnd ihren Fuß. »Noch jemand aus der Stadt, wie ich. Ich stamme aus Edinburgh. Ziemlicher Unterschied, nicht wahr?«

»Ziemlicher Unterschied«, wiederholte Fay. Ihre Stimme hatte sich verändert, ihre Vokale waren heller und deutlicher geworden. »Nimm bitte das beste Teegeschirr, Daniel.«

Fay hatte das Teegeschirr in einem Trödelladen in Ely gekauft: Elfenbeintassen mit Goldrand. Daniel füllte die winzigen Täßchen mit Tee, konnte aber nichts trinken. Fays Fuß war bandagiert, und ihre Wangen hatten wieder ein bißchen Farbe bekommen, aber er fühlte sich schlecht und erschöpft. Er hatte das Gefühl, knapp einem Unheil entronnen zu sein. Er war unvorsichtig gewesen und hätte fast den Preis dafür bezahlen müssen. Er begleitete den Arzt zu seinem Wagen zurück, dankte ihm, bezahlte ihn diskret und kehrte dann zu Fay ins Haus zurück, wo er immer noch kaum glauben konnte, daß sie da und in Sicherheit war.

Der Schnee schmolz, und die Steuerrechnung traf ein: Die Zahlen darauf erschreckten Nicholas. Gemeinsam mit Max' Brief stopfte er die Papiere in den Schreibtisch seines Vaters. Im Moment konnte er sich damit nicht beschäftigen.

Drakesden Abbey war voller Gäste, um die Inbetriebnahme des neuen Generators zu feiern. Nicholas hatte eine große Feier geplant: ein siebengängiges Dinner, gefolgt von Tanz und Spielen, Luftballons und vielen, vielen Kisten Champagner.

Nach dem Essen ging Nicholas in den Raum mit dem Generator, und Hawkins löschte die Kerzen. Nur das Licht im Kamin erhellte die Dunkelheit. Ein fernes Brummen ertönte, als der Dieselmotor des Generators ansprang. Dann begannen die Lampen aufzuflackern, und alle hielten die Luft an. Einen Moment lang verlöschte das Licht wieder, erneut trat Dunkelheit ein, bevor es strahlend hell den Raum durchflutete.

Nicholas lief in den Gang zurück.

»Liebling ...«

»Glückwunsch, Sir Nicholas.«

»*Gut* gemacht.«

»Wirklich großartig ...«

Thomasine hörte das Klatschen und die Jubelrufe aus der Küche. Nicholas wirkte sehr stolz auf sich. Er trat zu seiner Mutter.

»Nun, Mama – sieht der alte Kasten nicht herrlich aus?«

Das hellere Licht brachte die Schäbigkeit der alten Möbel, der fadenscheinigen Teppiche und der verblichenen Tapeten zum Vorschein. Die ausgestopften Vögel unter ihren Glasstürzen wirkten geschmacklos und lächerlich, Relikte aus einer anderen Zeit.

Alle drängten sich ums Fenster. Die Vorhänge waren nicht vorgezogen. Draußen spiegelten sich die Quadrate der erleuchteten Fenster auf dem Rasen, die Grashalme wirkten wie in Silber getaucht und der Nieselregen wie Goldfäden.

»Wir sollten rausgehen.«

»Wie aufregend ...«

»Der Garten ist beleuchtet, Nicky.«

»Ja«, sagte Nicholas aufgeregt. »Mama – komm mit und sieh dir die Abbey an, wie du sie noch gesehen hast.«

Lady Blythe stieß ein kurzes Lachen aus. »Das wäre wirklich herrlich. Es regnet ein bißchen, aber wenn du einen Schirm besorgen könntest, Nicky ...«

Die Vordertüren wurden geöffnet, die Gäste strömten die Treppe hinab. Die edelsteinbesetzten Stirnbänder der Damen und die perlenbestickten Kleider glitzerten im gleißenden Licht.

»Wir müssen das Grammophon holen.«

»Hawkins wird den Champagner bringen, nicht wahr, Hawkins?«

»Der Rasen ist eine ausgezeichnete Tanzfläche.«

Thomasine hatte ihren Regenmantel aus der Halle geholt. Sie wollte gerade den anderen folgen, als eine Hand nach ihrem Arm griff und eine Stimme ihr ins Ohr flüsterte:

»Du willst doch nicht wirklich rausgehen, Thomasine? Denk an deinen Zustand, meine Liebe. Der geringste Ausrutscher ... das wäre doch zu leichtsinnig.«

Daraufhin ließ Lady Blythe ihren Arm los und ging an der Seite ihres Sohnes zum Haus hinaus. Eigensinnig fuhr Thomasine fort, ihren Mantel zuzuknöpfen. Sie war allein, alle andern waren schon in den beleuchteten Garten hinausgelaufen. Sie sah ihr Spiegelbild im Fenster: den vorstehenden Bauch und die dünnen Arme und Beine, die nicht zu dem rundlichen Leib zu passen schienen, und sie kam sich einen Moment lang häßlich vor. Aus immer größerer Ferne konnte sie die Rufe des Staunens und Jubels hören. Dann wandte sie sich vom Fenster ab, richtete sich auf und ging hinaus, um sich den anderen anzuschließen.

Spät an diesem Abend spazierte Daniel am Flußufer entlang und sah die Lichter von Drakesden Abbey. Das Haus schien in der Dunkelheit zu schweben wie ein großer Leitstern, der über die Fens leuchtete. Er blieb stehen, sah lange hinüber und wünschte, die Lichter würden verlöschen und Drakesden Abbey würde wieder in Dunkelheit tauchen.

Aber sie verloschen nicht. Die vielen hellen Lichtquadrate blieben unerschütterlich und unnatürlich hell bestehen und veränderten für immer das Bild, das er seit seiner Kindheit kannte. Von weitem konnte er Musik und Lachen hören und in den großen Lichtinseln die glitzernden Gestalten auf dem Rasen erkennen. Als er auf sein Cottage blickte und den schwachen Kerzenschein durchs Küchenfenster sah, fühlte er sich einen Moment lang vollkommen geschlagen und hoffnungslos.

Er begann, am schlammigen Rand des Deichs entlangzugehen. Vor einer Woche war der Schnee geschmolzen, und seitdem hatte starker Regen eingesetzt. Doch jetzt war der Nieselregen nur noch feuchter Nebel, der sich auf Gesicht und Haar legte. Im Licht seiner Laterne erkannte er, daß das Wasser im Deich stark gestiegen war. Als er die Grenze seines Lands erreichte, hob er die Laterne und sah den schlechten Zustand der Befestigungen und wie gefährlich hoch das Wasser am oberen Rand des Erdwalls stand. Nicholas Blythe hatte offensichtlich genügend Geld, um auf Drakesden Abbey Elektrizität zu legen, aber nicht genug, um sein Land zu befestigen oder den Leuten, die für ihn arbeiteten, mehr als ein Trinkgeld zu bezahlen.

Als er zum Cottage zurückging, schmatzte der durchnäßte Torf im Hinterhof unter seinen Füßen. Drinnen stellte er die Stühle auf den Tisch, rollte die Teppiche zusammen und legte sie neben die Stühle. Zwischen den Ziegeln sah er bereits das schwarze Wasser glänzen. Wir hausen wie Tiere, dachte er wütend. Wie Tiere.

Die Gäste reisten ab, und Nicholas vertiefte sich in seinen neuen Plan, Warmwasserleitungen in der Abbey zu installieren. Thomasine gab Haushaltsvorräte aus, besprach mit Mrs. Blatch die Menüs und bewirtete verschiedene lokale Honoratioren und deren Gattinnen bei Mittagessen und Teeeinladungen. Verärgert über die Banalität ihres täglichen Lebens unternahm sie – den geschwollenen Leib in einen alten Samtabendmantel gehüllt, der einst Marjorie Blythe gehört hatte – lange Spaziergänge am Nachmittag.

Auf einem dieser Spaziergänge traf sie Daniel. Sie war über die Rasenflächen der Abbey und über die Koppel zum Deich gewandert. Den Hang des Deichs kletterte sie nicht hinauf, aus Angst, auf dem glitschigen Gras den Halt zu verlieren. Der Tag war grau, die Landschaft eintönig. Energischen Schrittes ging sie am Fuß des Deiches entlang, vorbei an den Ländereien der Abbey. Dicke Erdklumpen klebten an ihren Galoschen, die Luft war klar und kalt, aber nach der stickigen Abbey um so belebender.

Als sie aufblickte, erkannte sie ihn sofort. Das blonde, vom Wind zerzauste Haar, den kräftigen, gutgeformten Körper. Diese Felder hatten einst zur Abbey gehört. Mit unverhohlenem Zorn hatte ihr Nicholas erzählt, durch welch üblen Trick es Daniel Gillory gelungen war, seinen Vater dazu zu bringen, ihm Abbey-Land zu verkaufen. Thomasine erkannte keinen Trick darin, nur die Art von Geschäft, die im Dorf seit Jahrzehnten üblich war. Aber sie wußte, daß Nicholas bei allem, was Daniel Gillory anging, irrational reagierte.

Daniel zupfte Unkraut aus den Ackerfurchen. Sein Land war bereits von einem Hauch von Grün überzogen, während die angrenzenden Felder der Abbey noch gänzlich schwarz waren. Thomasine blieb einen Moment auf der Grenze zwischen den beiden Feldern stehen und rief dann seinen Namen.

»Daniel? Daniel – hallo!«

Sie erwartete, daß er sie anlächeln und zu ihr herüberkommen würde. Statt dessen drehte er sich langsam um und richtete sich auf. Sie war ihm nahe genug, um zu erkennen, daß nicht einmal der Anflug eines Lächelns seinen Mund umspielte, daß er nicht die geringsten Anstalten machte, auf sie zuzugehen.

Er machte eine Art spöttischer Verbeugung. Wenn er eine Mütze aufgehabt hätte, dachte Thomasine wütend, hätte er sie mit einer verächtlichen Bewegung gezogen.

»Euer Ladyschaft«, grüßte er sie. Dann wandte er ihr den Rücken zu und machte sich wieder an seine Arbeit.

Einen Moment lang blieb sie wie angewurzelt stehen und starrte ihn an. Dann zog sie ihren Umhang enger um sich und ging rasch entlang der Grenze zwischen den beiden Feldern zum Weg zurück. Mit heißen Wangen und außer Atem erreichte sie den Weg, marschierte aber weiter. Sie verlangsamte ihre Schritte erst, als sie Nicholas' Vorarbeiter sah, der am Rand der Zufahrt mit einigen seiner Arbeiter sprach.

Sie bemühte sich, ihre Würde wiederzugewinnen, langsamer zu gehen und die Männer zu grüßen.

»Mr. Carter.«

»Euer Ladyschaft.«

In Joe Carters Stimme glaubte sie den gleichen Hohn zu hören wie in Daniel Gillorys. Geschickter versteckt vielleicht, aber dennoch unverkennbar.

»Der Weizen scheint dieses Jahr ziemlich spät dran zu sein, Mr. Carter.« Ihre Stimme klang schrill.

In den Augen des Vorarbeiters war ein Anflug von Ablehnung zu bemerken, den er schnell unterdrückte. »Es war ein schlechter Frühling, Euer Ladyschaft.«

Die Ausrede aller Farmer, dachte Thomasine. »Andere Felder in Drakesden sind weiter voran«, sagte sie frei heraus. »Das von Mr. Gillory beispielsweise.« Sie sah sich um, immer noch bemüht, die Ruhe zu bewahren. Die Arbeiter starrten sie mit offenen Mündern an. »Und die Gräben müssen gesäubert werden«, fügte sie hinzu und deutete auf die Stellen, wo Riedgras die Wasserläufe zwischen den Feldern verstopfte. »Bei diesem Feld besteht immer Überschwemmungsgefahr.«

Sie glaubte einen Hauch von Anerkennung in Carters Augen zu sehen. Sie wußte, welche Felder überschwemmt wurden, weil sie als Kind fünf Jahre lang um dieses Dorf geritten war, bis sie jeden Wasserlauf, jede Insel und jeden Flecken schwarzer Erde kannte.

Carter nickte. »Meine Männer werden das erledigen, Euer Ladyschaft.«

Thomasine wandte sich zum Gehen. Es mußte fast vier Uhr sein, Zeit für den Tee. Zurück in den Salon und zu der lächerlichen Arbeit, indischen und chinesischen Tee zuzubereiten und Kuchen und Sandwiches an drei Leute zu verteilen, die nicht den mindesten Hunger hatten.

Als sie den Hügel der Insel hinaufstieg, hörte sie einen der Arbeiter murmeln: »Die soll sich doch lieber um ihren eigenen Dreck kümmern, also wirklich« und kurz darauf das Geräusch der Sensen, die das Riedgras im Graben schnitten.

Ein paar Wochen später saßen Lady Blythe und Thomasine nach dem Abendessen allein im Salon. Nicholas trank im Speisezimmer seinen Portwein und rauchte eine Zigarette.

Lady Blythe schenkte den Kaffee ein. »Großartige Neuigkeiten, meine Liebe. Es ist mir gelungen, ein passendes Kindermädchen für dich zu finden.«

»Ein *Kindermädchen*?« Thomasines Hand stockte, als sie die Kaffeetasse von Lady Blythe entgegennahm.

»Für das Kleine, Thomasine.« Lady Blythes Ausdruck war gleichgültig und gelassen. »Eine Freundin von mir, Lady Faversham, kennt eine passende Frau. Athene Faversham hat mir versichert, daß Nanny Harper eine ganz ausgezeichnete Person sei.«

Das Baby sollte in zehn Wochen, Anfang Juni, kommen. Thomasine antwortete: »Ich hatte nicht vor, eine Nanny ...«

»Das habe ich schon bemerkt, meine Liebe.« Lady Blythe lächelte nachsichtig. »Derlei Dinge werden leicht übersehen, vor allem, wenn man nicht daran gewöhnt ist, ein Haus von dieser Größe zu führen, nicht wahr? Aber ich freue mich immer, wenn ich dir helfen kann.«

»Ich glaube nicht«, erwiderte Thomasine entschieden, »daß wir eine Nanny brauchen. Viele Leute ziehen heutzutage ihre Kinder selbst auf.«

»*Einige* Leute«, antwortete Lady Blythe, immer noch lächelnd. »Und du wirst mir sicher zustimmen, daß diese Leute nicht *unseres* Standes sind.«

Thomasine konnte ihren Kaffee nicht trinken. Jeden Abend schenkte Lady Blythe eine Tasse für sie ein, und jedesmal blieb sie unberührt stehen. Während ihrer ganzen Schwangerschaft schmeckten ihr weder Kaffee noch Zigaretten.

»Ich dachte, im Säuglingsalter ...« Sie suchte nach Worten. »Es ist doch schrecklich, sein Baby von einer Fremden versorgen zu lassen.«

Es folgte das bekannte melodische Lachen. »Einer Fremden? Was für ein Unsinn, meine Liebe. Ein Neugeborenes kann doch Personen noch gar nicht unterscheiden.«

Thomasine ließ sich nicht überzeugen. »Ich möchte mich selbst um mein Kind kümmern, Lady Blythe. Darauf freue ich mich schon so sehr. Ich möchte es keinem anderen überlassen.«

Gestern hatte sie ein Cottage im Dorf besucht, wo ein Kind geboren worden war. Es hatte ihr gefallen, das kleine Würmchen in den Händen zu halten, die Wärme des zarten Körpers zu spüren.

»Niemand verlangt von dir, dein Kind zu vernachlässigen, Thomasine. Aber ich muß darauf hinweisen, daß du jetzt die Herrin von Drakesden bist und gewisse Pflichten hast. Diese Pflichten haben Vorrang vor Windelnwechseln und Babykleidern waschen – vor Dienstbotenarbeit. Eine tüchtige Nanny wird dir die eher lästigen Seiten der Mutterschaft ersparen. Sie wird dir gestatten, dich um deine eigenen Pflichten zu kümmern.«

Teepartys und Einladungen zum Lunch, dachte Thomasine wütend. Langweilige Hauspartys und viel zuviel Zeit zum Däumchendrehen und sich zu fragen, was um alles auf der Welt man als nächstes tun könnte.

Sie sagte nichts, spürte aber, daß ein hartnäckiger Widerstand in ihr aufzukeimen begann. Als Lady Blythe ihre Hand tätschelte, empfand sie die Berührung als eisig kalt.

»Du wirst sehen, daß ich recht habe, meine Liebe.«

Der Frühling kündigte sich launenhaft an, rasch wechselten sich Sonnenschein und Schauer mit kaltem, tosendem Wind ab. Eines Abends, als sie über die Felder zurückgingen, zog Harry Dockerill ein Stück zerknittertes Zeitungspapier aus der Tasche und zeigte es Daniel.

Es war der Ausschnitt seines Artikels über das südliche Deichland, der vergangene Woche erschienen war. »Annie Hayhoes Vater hat ihn mir gezeigt. Wir haben nicht gewußt, daß du berühmt bist.«

Daniel schnaubte. »Ich geb die Farmarbeit noch nicht auf, Harry. Es ist der *Ely Standard*, nicht die *Times*.«

Dennoch war er mächtig stolz gewesen, als der Brief eintraf, der ihm von der Annahme seines Artikels berichtete und einen Scheck enthielt. Obwohl der Betrag klein war, konnte er ihn gebrauchen, und die Aufforderung, weitere Artikel über ähnliche Themen zu schreiben, hatte ihm das Gefühl gegeben, etwas geleistet zu haben.

Er bemerkte, daß Harry, der nicht zu den Wortgewandtesten zählte, etwas sagen wollte.

»Was ist, Harry?«

Harry blieb am Feldrand stehen und strich sich über den Bart. »Also, die Sache ist die ... Ein paar von den Jungs haben sich gedacht ...«

»Na los, Harry, heraus damit. Hier sind nur Nelson und ich.«

Die Sonne breitete ein großes Purpurband über den Horizont und zeichnete lila- und rosafarbene Streifen über die schwarzen Ackerfurchen.

Harry sagte: »Du weißt, daß Annies Schwester ihre Kleine verloren hat?«

Daniel nickte. Annie war Harrys Liebste, ihre Schwester Rose ein dürres kleines Ding mit einer Schar unterernährter Kinder. Das kleinste Mädchen war vergangene Woche an einem Fieber gestorben.

»Sie konnte sich keinen Arzt leisten, verstehst du. Sie kränkeln ständig. Ma sagt, es ist die Luft von den Sümpfen.«

Daniel dachte, daß die Krankheiten der Familie wahrscheinlich mit dem Mangel an gesundem Essen und ihren elenden Wohnverhältnissen zusammenhingen, aber er sagte: »Es hat mir leid getan, als ich von dem kleinen Mädchen hörte. Hoffen wir, daß es ein Einzelfall war. Aber wenn irgendein anderes von den Kindern krank werden sollte, kann ich Rose zehn Shilling für den Arzt leihen.«

Harrys gebräuntes Gesicht wurde blutrot. »Darum geht's nicht, Daniel. Du weißt, daß Rose nie ... Es ist nur, daß sie sonst immer über die Runden gekommen sind, aber jetzt nicht mehr.«

Die Grenze zwischen Auskommen und Elend war sehr

schmal und rasch überschritten. Daniel sagte: »Geht es um das Neugeborene?«

Harry schüttelte den Kopf. »Nein, darum, daß der Gutsherr die Löhne gekürzt hat. Davor ist Rose immer zurechtgekommen.«

Daniels Blick verfinsterte sich. Die großen flammenden Strahlen der Sonne verschwanden, und das Land nahm wieder die üblichen tristen Töne an. »Das wußte ich nicht«, antwortete er zögernd. »Haben die Blythes allen Arbeitern die Löhne gekürzt?«

Harry nickte. »Und die Mieten angehoben. Und ein paar der Jungs haben gedacht ...«

»Spuck's aus, Harry.«

Harry hielt noch immer den Zeitungsausschnitt in der Hand. »Ein paar von den Jungs haben gedacht, ob du mal mit dem Gutsherrn reden könntest. Nachdem sie gesehen haben, was du da geschrieben hast. Und weil du aufs Gymnasium gegangen bist und gut reden kannst ...«

Nelson am Zügel führend, ging Daniel weiter. Es war sinnlos, Harry zu erklären, daß seine Erziehung zu nichts geführt, schlimmer noch, daß sie ihm Möglichkeiten aufgezeigt hatte, die absolut unerreichbar für ihn blieben. Genauso sinnlos war es, Harry zu erklären, daß er vermutlich die letzte Person war, auf die Nicholas Blythe hören würde. Doch es war offenkundig, welche Überwindung es Harry gekostet hatte, ihn darum zu bitten. Er konnte ihm diesen Gefallen nicht abschlagen.

»Ja, sicher«, antwortete er. »Ich werde tun, was ich kann.«

Nicholas erhielt einen weiteren Brief von Max. Der Inhalt des Briefes ließ sein Herz schneller schlagen, und auf seiner Stirn brach Schweiß aus. Als sein zitternder Finger die Zahlenreihe auf dem beigelegten Blatt hinabwanderte, wollte er anfänglich nicht glauben, was er sah. Jedenfalls waren es zu viele Nullen.

Dieser Brief konnte nicht wie die anderen in die hintere Schublade gestopft werden. Er holte die alte Karte von

Drakesden aus dem Safe und starrte auf die geschlängelten schwarzen Linien des Flusses und das Gewirr der Deiche und Gräben. Aber er konnte keine Entscheidung fällen. Seine Gedanken waren nicht klar.

Es klopfte an der Tür. Nicholas sah auf, erleichtert über die Unterbrechung. »Ja, Hawkins?« Seine Stimme klang trocken und heiser.

»Da ist ein … Herr, der Sie sprechen möchte, Sir Nicholas.«

»Wer ist es, Hawkins?«

»Mr. Gillory, Sir.«

Nicholas starrte den Butler an. In scharfem Ton fragte er: »*Daniel* Gillory?«

»Ja, Sir. Er ließ sich nicht abweisen, Sir.«

Er wollte antworten: »Werfen Sie ihn raus. Ich erlaube nicht, daß er meinen Grund und Boden betritt.« Aber wenn er hierblieb, in diesem Raum, im Arbeitszimmer seines Vaters, mußte er sich mit dem Brief, der Karte und der Entscheidung auseinandersetzen, die es zu fällen galt. Plötzlich fragte er sich, ob Daniel Gillory vielleicht davon *wußte*? Dienstbotentratsch vielleicht … Er verbarg seinen inneren Unwillen und folgte dem Butler nach unten.

Es war Daniel schwergefallen, an diesem Morgen nach Drakesden Abbey zu gehen und am Dienstboteneingang des Hauses anzuklopfen. Er trug seine besten Kleider, den Anzug, in dem er geheiratet hatte, aber keinen Hut, weil er es nicht ertragen hätte, den Hut vor Nicholas Blythe zu ziehen. Sich weiter zu erniedrigen, als beim Dienstboteneingang statt an der Vordertür anzuklopfen, brachte er nicht über sich. Als er in einem der schlichteren Räume im Erdgeschoß wartete, zwang er sich, sich auf die Gegenwart, nicht auf die Vergangenheit zu konzentrieren.

Dann führte der Butler Nicholas Blythe herein. Daniel bemerkte sofort, daß er alles falsch gemacht hatte: Nicholas trug ein gutgeschnittenes Tweedjackett und eine Hose, deren gedeckte Farben mit einem gestrickten Pullunder kontrastierten. Daniel, der nie viel Gedanken auf Kleidung verschwendet hatte, erkannte seinen eigenen Aufzug sofort als das, was er war: der schlechtsitzende Anzug eines Buchhalters, gleichzeitig ausgebeult und zu eng, immer an den falschen Stellen. Der Butler wartete in einer Ecke des Raums. Als wäre er gefährlich, dachte Daniel. Als müßte man ihn im Auge behalten.

»Ja, Gillory? Was wünschen Sie? Ich hab nicht viel Zeit.« Wie Daniel erwartet hatte, war Nicholas' Stimme eisig.

»Ich bin nicht meinetwegen hier, Sir Nicholas. Ich bin im Namen einiger Dorfbewohner – Ihrer Pächter und Arbeiter – hier. Sie haben mich gebeten, mit Ihnen zu sprechen.«

»In welcher Angelegenheit, Gillory?«

»Wegen der Mieten und Löhne. Sie haben die Mieten angehoben und die Löhne gekürzt. Diese Leute leben von der Hand in den Mund. Ihr Spielraum zum Überleben ist wahrhaftig gering genug – jede Art von Einkommensverlust ist verhängnisvoll für sie.«

Nicholas hatte sich in einen der Sessel gesetzt. »Und?«

»Deshalb frage ich Sie, ob Sie es sich noch einmal überlegen könnten. Ob Sie in Erwägung ziehen könnten, die Löhne auf den Stand von vorigem Jahr anzuheben.«

Nicholas schwieg einen Moment. Seine Finger spielten unablässig mit den Quasten am Sesselrand. »Ich bin sicher, daß Ihnen bekannt ist, Gillory, daß die Löhne ungewöhnlich hoch angestiegen waren. Ich bin nur zum Vorkriegsstand zurückgekehrt. Dem angemessenen Stand.«

Daniel erwiderte ruhig: »Aber die *Preise* sind nicht zum Vorkriegsstand zurückgekehrt.«

»Preise spielen für diese Leute keine besondere Rolle. Sie kaufen nur einen geringen Teil ihrer Lebensmittel im Laden ein. Das wissen Sie doch sicher, Gillory?«

Daniel wußte, daß er hinzufügen wollte: Du kommst doch selbst aus primitiven bäuerlichen Verhältnissen.

»Sie essen ihre eigenen Produkte, weil sie sich sonst nichts leisten können«, sagte er. »Deshalb ist ihre Ernährung vollkommen unzureichend, deshalb sind sie so schlecht gekleidet. Deshalb können sie keine Arzthonorare zahlen, und deshalb sterben ihre Kinder jedes Frühjahr an Fieber und Infektionen.«

Nicholas erwiderte kalt: »Ich hoffe, Sie machen mich nicht für die Rate der Kindersterblichkeit verantwortlich.«

»Sie haben eine Verantwortung.«

Nicholas seufzte. »Die Kinder sterben, weil ihre Eltern dumm und unwissend sind. Weil sie jedes Jahr ein Balg in die Welt setzen, ungeachtet ihres Einkommens, und weil sie ihr Geld für Bier statt für Medikamente ausgeben.«

Diesmal war die Herausforderung in Nicholas Blythes Augen unverkennbar. Tausend Antworten, allesamt beleidigend, schossen Daniel durch den Kopf. »Besuchen Sie je eines Ihrer verpachteten Cottages?« fragte er vorsichtig. »Sehen Sie sich je an, wie Ihre Pächter leben? Ist Ihnen bewußt, daß die meisten der Cottages – der Cottages, die Ihnen gehören – jedes Frühjahr überschwemmt werden und daß sie wegen der Feuchtigkeit mit Insekten und Parasiten verseucht sind? Haben Sie sich je überlegt, wie *Sie* unter solchen Bedingungen zurechtkommen würden?«

Er sah, wie Nicholas für den Bruchteil einer Sekunde zusammenzuckte. Ein Zucken der Augen, und einen Moment lang hielten die Finger beim Spiel mit den Quasten inne. Rücksichtslos nutzte Daniel seinen Vorteil.

»Und sind Sie sich über den Zustand des Landes bewußt, das Ihnen gehört? Daß der beklagenswerte Zustand Ihrer Deiche und Gräben mit dazu beiträgt, das Dorf zu überschwemmen?«

»Soll ich ihn hinausbegleiten, Sir Nicholas?« hörte er den Butler sagen. Aber Nicholas hatte sich erhoben und war auf ihn zugegangen.

»Ah.« Nicholas Augen glitzerten kalt. »Das habe ich mir gedacht. Jetzt kommen wir zum wahren Grund dieses Gesprächs. Ich hab mir schon gedacht, daß Sie nicht aus reiner Nächstenliebe hier vorbeigekommen sind, Gillory.«

Daniel kniff die Augen zusammen. »Was soll das heißen …?«

»Das soll heißen, daß mich vor einiger Zeit einer der Deichinspektoren aufgesucht hat ... Haben Sie mit ihnen gesprochen, Gillory?«

Ruhig erwiderte er: »Ich habe während des vergangenen Jahres einige Male mit den Deichinspektoren gesprochen. Ich habe sie auf den schlechten Zustand der Befestigungen und Gräben in Drakesden und auf die daraus entstehende Gefahr einer Überschwemmung hingewiesen.«

Nicholas war inzwischen ans Fenster getreten. Er schob den Vorhang beiseite, starrte in den Garten hinaus und drehte sich dann wieder zu Daniel um. »Sie haben vier ... fünf Hektar?«

»Siebeneinhalb«, antwortete Daniel. Was du verdammt gut weißt, dachte er wütend.

»Ah. Man braucht zehn, nicht wahr, um Deichinspektor zu werden?«

Daniels Fäuste waren geballt. »Ja.«

»Dann haben Sie keine Stimme.«

Es war eine bloße Tatsachenfeststellung, aber Daniel konnte den Triumph in Nicholas Blythes finsterem Blick sehen.

»Ich kann noch nicht Deichinspektor werden, nein. Aber ich kann mit Leuten reden – ihnen schreiben.«

»Natürlich. Der Gymnasiast.« Nicholas' Lippen kräuselten sich.

Es folgte eine kurze, angespannte Pause. Dann machte Daniel einen letzten heldenhaften Anlauf: »Ich hatte keinen Erfolg bei den Deichinspektoren. Ihre Geldmittel sind knapp – die Regierung schenkt so abgelegenen Landesteilen wie den Fens wenig Aufmerksamkeit. Wenn die Deiche brechen, dann wird Ihr Land zusammen mit dem meinen überschwemmt, Sir Nicholas. Wir haben ein gemeinsames Interesse.«

Nicholas lächelte. »Ein *Teil* meines Landes, Gillory. Ein Teil meines Landes wird überschwemmt. Ein kleiner Bruchteil davon. Sehen Sie, das ist der Unterschied zwischen uns – oder einer der Unterschiede. Ich besitze hundertzwanzig Hektar. Sie siebeneinhalb.«

Einen Moment lang konnte er nicht sprechen. Sonnenlicht strömte durchs Fenster und beleuchtete die Teppiche, die Möbel, die elektrischen Lampen. Durch das leicht geöffnete Fenster wehte der Wind herein und bauschte die Vorhänge. Schließlich sagte Daniel: »Die Flut könnte abgehalten werden – ein kleiner Einsatz jetzt, und wir müßten nicht befürchten ...«

»*Ich* befürchte nichts. Es kümmert mich nicht im geringsten.«

Daniel, der nur mühsam Ruhe bewahrt hatte, begann die Fassung zu verlieren. »Sind Sie dort gewesen? Schauen Sie sich Ihren riesigen Grundbesitz je an? Sind Ihnen die Kaninchenhöhlen, die die Wälle auf Ihrem Land untergraben, aufgefallen, der erbärmliche Zustand der Wege? Mein Gott, Sie haben Geld für elektrisches Licht – für irgendwelchen Unsinn, den Sie da draußen bauen ...« Er gestikulierte wild in Richtung Fenster. Ein brauner Graben zog sich durch das Grün des vorderen Rasens. Zwanzig Arbeiter in genagelten Stiefeln und schmutzigen Kordhosen schufteten für Nicholas Blythe. Daniel holte tief Luft. »Ich bin heute morgen hergekommen, weil ich dachte, wir könnten vernünftig miteinander reden – wir könnten diese Dinge wie Gentlemen regeln.«

»Gentlemen?« Der Hohn war jetzt unverkennbar.

Die Verachtung, die Daniel so viele Jahre empfunden hatte, kam plötzlich mit ganzer Macht zurück. Eine Verachtung nicht für Nicholas Blythe persönlich, sondern für alles, was er und seine Familie repräsentierten.

»Gleichgültig, was Sie von mir halten, aber würden Sie das ganze Dorf opfern wollen? Verstehen Sie überhaupt, was hier vor sich geht? Begreifen Sie, daß das Moor jedes Jahr weiter absinkt – schneller sinkt, seitdem Motorpumpen installiert wurden – und daß schließlich eine furchtbare Überschwemmung unvermeidlich ist? Begreifen Sie, daß falls – *wenn* – dies passiert, nicht nur mein Haus und mein Land überschwemmt werden, sondern auch die beiden Häuser an meiner Zufahrt und vielleicht das halbe Dorf?«

»Das ist Ihre Meinung, Gillory – die niemand teilt«, antwortete Nicholas kalt. »Es ist nicht die Meinung der Deichinspektoren.«

»Die Deichinspektoren«, zischte Daniel wütend, »haben Sie doch in der Tasche.«

Nicholas wurde bleich. »Hawkins. Würden Sie bitte Robert holen?«

Daniel hatte das Gefühl, keine Luft zu bekommen. Dieser Raum, dieses Haus erstickten ihn.

Nicholas sagte: »Ich verbiete Ihnen, den Fuß auf mein Land zu setzen, Gillory. Meine Gräben, meine Befestigungen und Wege zu betreten. Es ist *mein* Land, vergessen Sie das nicht, und es wird immer mein Land bleiben. Ich werde Sie wegen Hausfriedensbruch verklagen, wenn Sie auch nur einen Grashalm davon berühren.«

Der Butler kehrte zurück, begleitet von einem Lakaien. Nicholas sagte: »Werfen Sie ihn raus, Hawkins«, und die beiden Männer packten Daniel und zerrten ihn aus dem Raum.

Anfänglich wehrte er sich nicht, schließlich aber doch. Vollkommen nutzlos natürlich. Er zog eine gewisse Befriedigung daraus, dem Mistkerl Hawkins das blasierte Lächeln vom Gesicht zu wischen, und den Lakaien, den er aus der Grundschule kannte, keuchend auf den Boden sinken zu sehen. Aber dann kamen ein halbes Dutzend weitere Männer hinzu, die ihn durch den Garten bis zur Mauer schleppten und zum Tor hinauswarfen.

Sein Mund war voller Blut, und seine Kleider waren zerrissen und beschmutzt. Die Blythes widerten ihn an, er widerte sich selbst an. Er rappelte sich hoch und begann, den Hügel hinunterzugehen. Er hatte nichts erreicht.

Nicholas ging nach oben ins Arbeitszimmer. Dort setzte er sich an den Schreibtisch, vergrub den Kopf in den Händen und dachte nach. Er war froh, daß Thomasine nicht zu Hause war und diese häßliche Szene miterlebt hatte. Aber er wußte jetzt, daß Daniel Gillory keine Ahnung von der prekären finanziellen Lage der Abbey hatte. Er machte sich klar, daß seine vorherigen Befürchtungen töricht gewesen waren. Nur Nicholas allein – nicht einmal Thomasine oder Mama – wußte über den Inhalt des Papiers auf seinem Schreibtisch Bescheid.

Damit mußte er sich jetzt beschäftigen. Er schloß die Augen und tippte mit dem Zeigefinger auf die ausgebreitete Karte. Dann sah er darauf. Der Finger ruhte auf der östlichen Seite des Dorfes und der Hälfte von Burnt Fen. Drei verpachtete Cottages und eine Pachtfarm. All dies schrieb Nicholas in säuberlicher Schrift auf. Mit geschlossenen Augen tippte er erneut auf die Karte. Es traf eine Reihe sumpfiger Felder auf dem Weg nach Ely. Er tippte ein letztes Mal, und sein Finger traf gutes Ackerland hinter der Insel.

Das sollte reichen, dachte er. Das sollte Max zufriedenstellen. In dem Gefühl, gute Arbeit geleistet zu haben, lehnte er sich in seinem Stuhl zurück und wischte sich mit seinem Taschentuch den Schweiß von der Stirn.

Die Epidemie begann langsam und breitete sich dann mit unerbittlicher Schnelligkeit aus. Zuerst hörte Thomasine davon von Joe Carter, dem Vorarbeiter. Seit Frühjahrsanfang hatte sie immer öfter die Nachmittage mit dem Vorarbeiter verbracht. Trotz seiner anfänglichen Feindseligkeit schien er allmählich zu akzeptieren, daß ihr Interesse an der Landwirtschaft aufrichtig war. Daß sie aufgrund ihrer Vergangenheit – der Jahre als Kind auf der Farm ihres Vaters in Afrika und den fünf Jahren, die sie in Drakesden verbracht hatte – ein wenig Ahnung vom Zyklus der Jahreszeiten und Ernten besaß.

Das Wetter war noch immer kalt und naß. Thomasine zog ihren Umhang eng um sich, als sie an der Seite des Vorarbeiters die Grenze des größten Feldes der Abbey abschritt.

»Auf dem höher gelegenen Grund wächst der Weizen recht gut, Euer Ladyschaft. Aber hier scheint das Wasser nicht abzulaufen.«

Die Felder, die sich am anderen Ende der Insel an den Hang schmiegten, waren jetzt von zartem Smaragdgrün bedeckt. Aber auf den tiefer liegenden Äckern glänzten immer noch breite Flächen silbrigen Wassers, die den Boden in Sumpf verwandelten.

»Hat Sir Nicholas die Männer noch nicht angewiesen, die Gräben und Deiche herzurichten, Joe?«

Der Vorarbeiter schüttelte den Kopf. »Es gibt nicht genug Männer, Euer Ladyschaft. Ein paar von ihnen graben den neuen Brunnen in der Abbey, und ein paar andere sind leider krank. Es gibt viel Fieber dieses Jahr.«

Erst vor zwei Wochen war ein kleines Mädchen im Dorf gestorben. Thomasine erinnerte sich an frühere Winter, als sie mit Tante Hilly von Cottage zu Cottage ging und versuchte, das Elend und die Not in den schäbigen Behausungen ein wenig zu lindern.

Sie kehrte nicht auf ihrem üblichen Weg, durch die Koppel und über den Rasen, nach Drakesden Abbey zurück, sondern nahm den Weg ins Dorf. Es kam ihr vor, als würden weniger Kinder auf den Straßen spielen, und anders als sonst sah sie keine Gruppen tratschender Frauen, die sich um den Dorfbrunnen drängten. Die unbefestigten Wege waren von tiefen Wagenspuren durchzogen, in denen das Wasser stand. Sie klopfte an die Tür der Gotobeds.

Mrs. Gotobed öffnete. Sie war eine hagere Frau um die Vierzig mit tief gebeugten Schultern von den vielen Sommern, die sie beim Torfstechen zugebracht hatte, um ein kleines Zubrot für ihre Familie zu verdienen. Seitdem sie mit zwanzig Jahren geheiratet hatte, hatte sie jedes Jahr ein Kind zur Welt gebracht, von denen einige am Leben geblieben und andere gestorben waren. Alle kleinen Kinder der Gotobeds waren hübsch, blauäugig und goldblond, eine Anmut, die sich bald verlor, sobald sie älter wurden.

Thomasine lächelte, als sie in das winzige, aus zwei Zimmern bestehende Cottage geführt wurde. »Ich wollte mich nach dem Neugeborenen erkundigen, Mrs. Gotobed.«

Manche Babys in Drakesden schliefen in schön geschnitzten Wiegen, Überresten aus den Tagen, als es in jedem Dorf der Fens einen Schreiner gab. Andere schliefen in Schubladen oder Weidenkörben. Das Baby der Gotobeds quengelte in einer Schachtel aus dem Lebensmittelladen.

»Evelina geht's nicht gut, Euer Ladyschaft. Ihr fehlt irgendwas.«

Das Kind sah heiß und unruhig aus. Sehr vorsichtig hob es Thomasine heraus und legte es an die Schulter. Sie hörte den Atem des Kindes, ein leises Rasseln bei jedem Heben und Senken der winzigen Brust.

»Das arme kleine Würmchen. Hat der Arzt sie schon angesehen, Mrs. Gotobed?«

Mrs. Gotobed wich ihrem Blick aus. »Ich hab's nicht mit den Ärzten, Euer Ladyschaft. Ich hab eine Zwiebel gekocht und sie in ihren Schal gewickelt.«

Aus dem zerschlissenen grauen Schal stieg starker Zwiebelgeruch auf. Thomasine war klar, daß sie mit leeren Händen gekommen war, daß sie ihre Pflichten vernachlässigt hatte. Die Dorfbewohner tolerierten die Einmischungen der Blythes, tolerierten die Damen, die in ihren Häusern herumschnüffelten und taktlose Bemerkungen über die Aufzucht ihrer Kinder machten, nur deswegen, weil die Blythes Almosen gaben. Die Blythes verschenkten ihre alten Laken und Decken, wenn diese nicht mehr geflickt werden konnten, und gaben Suppen- und Brotrationen aus, wenn die Winter besonders hart waren.

Das Cottage war kalt und feucht, der Boden noch immer schwarz von der jüngsten Überschwemmung. Das offene Feuer schien keine Wärme zu spenden. Vorsichtig legte Thomasine das Baby in die Schachtel zurück.

»Ich komme morgen wieder, Mrs. Gotobed. Ich habe ein paar Schals und ein Nachthemd, die Evelina gebrauchen könnte.«

Die Schränke des Kinderzimmers in der Abbey waren von Überzügen, Laken, Quilts, Schals, Windeln und Babykleidung überfüllt. Alles hatte früher Gerald, Nicholas, Marjorie und Lally gehört. Thomasine packte die wärmsten Sachen in eine Einkaufstasche, nahm zwei Flaschen Johannisbeersirup aus dem Wirtschaftsraum und kehrte damit am nächsten Nachmittag zum Cottage der Gotobeds zurück.

Diesmal husteten drei andere kleine Kinder, die alle auf einer Strohmatratze zusammenpfercht lagen, im Verein mit Evelina in ihrer Pappschachtel. Es roch nach Feuchtigkeit und Torfrauch, aber das Feuer schien das kleine Haus weder zu wärmen noch zu erhellen. Thomasine half beim Umziehen des Babys. Die Wangen des Kindes waren feuerrot und sein Atem immer noch rasselnd. Auch wenn es ihm nicht gutgeht, dachte Thomasine verzweifelt, ist es jetzt zumindest warm eingepackt.

Nachdem sie das Cottage verlassen hatte, kehrte sie nicht zur Abbey zurück. Es war noch nicht Teezeit, und außerdem mußte sie noch ein Dutzend anderer Häuser besuchen. Durch den Schlamm watend, ging sie von Tür zu Tür, und mit jeder schmutzigen Behausung, die sie aufsuchte, wuchs ihr Entschluß.

11

AM ABEND, ZWISCHEN Tee und Dinner, sprach Thomasine mit Nicholas. Über seinen Schreibtisch gebeugt, zeichnete er mit gerunzelter Stirn komplizierte Pläne, sah aber auf, als sie eintrat, und lächelte sie an.

»Schau mal, ich hab den ganzen Nachmittag mit den Installateuren gesprochen und glaube jetzt, daß alles fertig ist.«

Er zeigte ihr die Installationspläne für die Warmwasserleitungen und erzählte ihr von dem neuen Brunnen, den Zu- und Ableitungssystemen.

»Stell dir vor, Thomasine, du kannst baden, wann immer du willst, und mußt das Dienstpersonal nicht mehr bitten, Wasserkrüge durchs Haus zu schleppen. Ist das nicht herrlich?«

»Herrlich«, stimmte sie zu, konnte seine Begeisterung aber nicht richtig teilen. Zu deutlich standen ihr noch die Bilder vor Augen, die sie heute nachmittag gesehen hatte. »Nicholas – ich muß dich um einen Gefallen bitten. Könntest du mir ein bißchen Geld geben?«

Es war ihr schrecklich unangenehm, und sie fand ihre Bitte geradezu demütigend. Sie verdiente kein Geld und hatte keine Kontrolle über die Ausgaben von Drakesden Abbey. Nicholas bezahlte die Rechnungen und besprach alles mit seinem Vermögensverwalter.

»Soviel du willst, Liebling«, sagte er leichthin. »Wofür ist es? Für Kleider? Eigentlich wollte ich mit dir nach Paris fahren, wenn das Baby auf der Welt ist. Wir haben uns beide eine Belohnung verdient, findest du nicht auch?«

Thomasine schüttelte den Kopf. »Ich brauche nicht noch mehr Kleider, Nick. Es ist nicht für mich. Im Dorf gibt es eine Menge kranker Leute, und keiner von ihnen kann sich einen Arzt leisten. Sie brauchen Medikamente, Heizmaterial und ordentliches Essen. Ich hab ein paar Decken und andere Kleinigkeiten verteilt, aber das reicht nicht.«

Nicholas schraubte die Kappe seines Füllfederhalters ab. »Im Moment sind wir ein bißchen knapp mit Geld, Thomasine.«

Sie starrte ihn an. Daß er ihre Bitte abschlagen könnte, war ihr nicht in den Sinn gekommen. Er war immer äußerst großzügig gewesen.

»Aber du hast doch gerade gesagt, wir würden nach Paris fahren, ich könnte neue Kleider kaufen ...«

»Du selbst kannst immer alles von mir haben, Thomasine«, antwortete er eilig und sah zu ihr auf. »Das habe ich dir versprochen. Und dieses Versprechen halte ich.«

Sie hatte ihm die Lage nicht richtig erklärt, dachte sie. Sie strich das Haar zurück und begann von neuem.

»Das Neugeborene der Gotobeds ist sehr krank, Nicholas. Es hat Fieber, und sein rasselnder Atem gefällt mir nicht. Außerdem sind drei weitere Kinder von Mrs. Gotobed krank ...«

»Die *Gotobeds*«, unterbrach er sie und schüttelte den Kopf. Er sah verärgert aus. »Das war doch immer schon ein mieses Pack. Leuten wie den Gotobeds ist nicht zu helfen.«

»Man kann ihnen helfen, einen Arzt zu bezahlen, du kannst ihnen Torf zum Heizen geben ...«

»Und wo soll das enden, Thomasine?« Nicholas machte eine Geste der Hilflosigkeit. »Wo soll das denn enden? Willst du ihre gesamte Kinderschar füttern und einkleiden? Willst du die Hausmädchen der Abbey zu ihnen rüberschicken, um eine abscheuliche, von Flöhen wimmelnde Hütte auszumisten?«

Wütend antwortete sie: »Es ist *deine* Hütte, Nicholas. Die Gotobeds wohnen in einem gepachteten Cottage.«

»Das tun die Dockerills auch. Aber sie schaffen es, es sauber, warm und in Ordnung zu halten.«

Einen Moment lang schwieg sie. Es stimmte, was Nicholas sagte: Es lagen Welten zwischen dem Haus der Gotobeds und dem der Dockerills. Das Haus der Dockerills war zwar klein und spartanisch, aber *sauber.*

»Mrs. Dockerill ist eine große Ausnahme«, fuhr Thomasine hartnäckig fort. »Sie ist gesünder als Mrs. Gotobed – intelligenter, eine bessere Wirtschafterin …«

»Genau.« Nicholas legte ein Lineal auf das Papier und begann wieder zu zeichnen. »Du mußt erst noch lernen, Thomasine, daß es einen Unterschied zwischen würdigen und unwürdigen Armen gibt. Die Dockerills gehören zur einen und die Gotobeds zur anderen Sorte.«

Einen Augenblick lang haßte sie ihn. »Das klingt – hart.«

Er zuckte die Achseln. »Vielleicht. Aber Leute wie die Gotobeds kann man nicht ändern. Sie helfen sich selbst nicht, verstehst du.«

Sie sah ihm eine Weile beim Zeichnen zu, wie er säuberliche schwarze Linien zog, kleine Bemerkungen an den Rand schrieb. Dann sagte sie langsam: »Was meinst du damit?«

»Nun.« Er stieß ein verächtliches Lachen aus. »Jedes Jahr ein Kind. So kommt man doch auf keinen grünen Zweig, oder?«

Wie so oft in letzter Zeit verlor sie die Geduld.

»Soll ich Mrs. Gotobed nach London in Dr. Stopes Klinik schicken, Nicholas? Sollte ich das tun?«

Er wurde rot. »Ich meinte – Enthaltsamkeit. Sie könnten ein bißchen mehr Enthaltsamkeit praktizieren, nicht wahr?«

Sie funkelten sich über den großen Eichentisch hinweg wütend an. »Außerdem«, fügte Nicholas hinzu, »haben sie so viele Kinder, daß sie den Verlust von einem wahrscheinlich gar nicht bemerken würden. Sie sind nicht wie ihre Vorgesetzten, Thomasine – sie besitzen nicht die gleiche Empfindungsfähigkeit. Ihr Leben ist so reduziert, daß sie eigentlich mehr Tieren gleichen.«

Sie mußte sich abwenden, weil sie Angst hatte, etwas Unverzeihliches zu sagen. Ihr Blick schweifte schnell im Raum umher und nahm die alten, glänzenden Möbel, die Gemälde, die Bücher – all die Insignien eines jahrhundertewährenden Wohlstands – wahr.

Kalt erwiderte sie: »Du hörst dich an wie deine Mutter, Nicholas. Ihr wollt Herrschaftsrechte ausüben, aber an den bestehenden Verhältnissen soll sich nichts ändern.«

Er wurde blaß. In der anschließenden Stille glaubte sie, seine Anspannung fast körperlich spüren zu können.

»Und du hörst dich an wie Daniel Gillory«, antwortete er schließlich. »Er schreibt jetzt irgendwelchen Unsinn für die Lokalzeitung. Hast du das gewußt, Thomasine? Er wiegelt alle auf und versucht, sie zum *Sozialismus* zu bekehren.« Der Hohn in seiner Stimme war unverkennbar. »Hast du den Blödsinn gelesen?«

Einen Moment lang starrten sie sich nur an. Sie befanden sich im selben Raum, dachte Thomasine betrübt, aber sie hätten genausogut Tausende von Meilen voneinander entfernt sein können.

»Mach dich nicht lächerlich, Nick«, flüsterte sie. »Du hast eine Verantwortung, das ist alles.«

Sie sah ihn zusammenzucken. Er blickte auf seine Pläne hinab und begann wieder zu zeichnen. Aber seine Hand zitterte, und in der Mitte des weißen Papiers bildete sich ein kleiner schwarzer Klecks. Sofort griff er nach dem Löschpapier und begann zu kratzen, bis der Fleck entfernt war. Thomasine kam der Gedanke, daß seine jüngsten Obsesionen nur wiederum dazu dienten, sich den Pflichten zu entziehen, die ihm nach dem Tod seines Bruders und seines Vaters zugefallen waren.

»Du trägst eine Verantwortung«, wiederholte sie. »Und ob es dir nun paßt oder nicht: Du bist für die Leute von Drakesden verantwortlich, Nick.« Dann verließ sie den Raum.

Daniels Verletzungen waren oberflächlich, und die blauen Flecke, die ihm Nicholas' Männer beigebracht hatten, verschwanden nach ein paar Tagen. Die Verwundung seines Stolzes, seiner Seele, war viel tiefer, viel gefährlicher. Daniel wußte jetzt, daß Nicholas Blythe nie an ihn verkaufen würde. Er hatte das Ausmaß des Hasses in seinen Augen gesehen, eines Hasses, der auf Gegenseitigkeit beruhte und der im Laufe der Jahre eher zu- als abgenommen hatte. Er würde nie auf höher gelegenem Land ein besseres Haus für Fay bauen. Er würde nie die Felder besitzen, die er so gern haben wollte. Fay müßte sich daran gewöhnen, daß jedes Frühjahr Wasser durch den Küchenboden drang. Daniel müßte ihr ein Wohnzimmer auf Torf bauen, in das sich keine festen Fundamente legen ließen. Die Kinder in Drakesden würden weiterhin an Krankheiten sterben, die durch ordentliche Ernährung und trockene Behausungen verhindert werden könnten, und Danicls eigenes Land geriete mit jedem Jahr in größere Gefahr, überschwemmt zu werden.

Thomasine fuhr fort, die Speise- und Wäschekammern von Drakesden Abbey zu plündern, immer auf der Suche nach warmen Decken und warmer Kleidung. Die Taschen den Hügel der Insel hinunterzutragen fiel ihr zunehmend schwerer. Eines Abends im Spätfrühling, als es dunkel wurde und der Himmel mit Sternen übersät war, mußte sie sich ganze zehn Minuten im Wäldchen niedersetzen, bevor sie weitergehen konnte. Die Tage darauf fuhr sie mit dem Delage ins Dorf, den sie vorsichtig über den schlammigen, zerfurchten Weg steuerte.

Die Auseinandersetzung mit Nicholas war nicht ausgetragen, sondern von ihm abgewürgt worden, dachte sie verbittert. Nicholas vermied Konflikte und Ärger genauso, wie er seinen Pflichten aus dem Weg ging. Ganz so, als hätte er eine Mauer um sich errichtet, dachte sie oft, die nicht einmal sie überwinden konnte.

Sie beschloß, Mrs. Dockerill zu besuchen. Wie Nicholas gesagt hatte, schienen die Dockerills mit ihrer Armut und den Widrigkeiten des harten Landes besser zurechtzukommen. Mrs. Dockerill führte Thomasine in das Cottage mit den zwei Zimmern, und einen Moment lang fühlte sie sich in die Jahre vor dem Krieg zurückversetzt. Nichts hatte sich verändert, dachte sie. Noch immer gab es den Herd, den blankgescheuerten, zerkratzten Tisch und den köstlichen Duft des Puddings, der in einem Topf kochte.

Aber sie täuschte sich. Etwas hatte sich geändert. Mrs. Dockerill machte sich nicht wieder ans Teigkneten und forderte Thomasine nicht auf, sich Rosinen aus der Büchse nehmen. Statt dessen blieb sie stehen, trocknete sich die Hände an der Schürze ab und sah sie argwöhnisch an.

Verärgert sagte Thomasine: »Ich werde nicht in Ihren Töpfen rumschnüffeln, Mrs. Dockerill, und Ihnen sagen, was Sie zu kochen haben!« Sie sah, wie sich der Ausdruck auf dem Gesicht der älteren Frau ein wenig entspannte. Ein Stuhl wurde herangezogen und mit der mehligen Schürze abgewischt.

»Dann setzen Sie sich und sagen mir, weshalb Sie hier sind, Euer Ladyschaft.«

Die Förmlichkeit ließ Thomasine zusammenzucken. Aber sie setzte sich und spürte, daß ihre Beine und ihr Rücken schmerzten, wie so oft in letzter Zeit.

»Ich bin gekommen, um Sie um Rat zu fragen, Mrs. Dockerill.«

Mrs. Dockerill war zu ihrer Arbeit zurückgekehrt. Ihre großen roten Hände kneteten den Teig und streuten Mehl auf ein Brett.

»Wegen dieser Epidemie, meine ich. Drei Kinder sind bis jetzt gestorben ...«

»Vier«, unterbrach Mrs. Dockerill, und Thomasine starrte sie an.

»Die Kleine von Mary Gotobed ist heute morgen gestorben.«

Sie schloß einen Moment die Augen. Seit das Kind krank geworden war, hatte sie es fast jeden Tag besucht und das winzige, ausgezehrte Wesen liebgewonnen.

»Aber ich dachte, es würde ihr bessergehen«, sagte sie leise. »Ich dachte, sie hätte gestern weniger gehustet …«

Mrs. Dockerill brachte ihr eine Tasse Tee und sagte jetzt freundlicher: »Hier, trinken Sie das, Liebe.« Das Kosewort ließ ihre Tränen fast überquellen, aber sie griff nach dem Becher und nahm einen Schluck von dem heißen, süßen Tee.

»Sie hat Lungenentzündung bekommen«, erklärte Mrs. Dockerill. »Niemand hätte mehr helfen können. Nicht mal ein Doktor.«

Thomasine schneuzte sich. All ihre Anstrengungen während der letzten Wochen waren nutzlos und vergeblich gewesen. »Wenn ich früher einen Arzt für sie geholt hätte …«, flüsterte sie. »Ich hatte das *Geld* nicht …«

Sie beendete den Satz nicht. Einen Moment lang blieb sie sitzen und starrte auf die gescheuerte Tischplatte. Dann trank sie noch einen Schluck Tee und schneuzte sich erneut. Sie wußte, daß Mrs. Dockerill sie anstarrte und nicht begriff, daß sie, Lady Thomasine Blythe, keine unerschöpflichen Geldreserven besaß, die sie nach ihrem Gutdünken ausgeben konnte. Sie holte tief Luft und richtete sich auf.

»Ich bin gekommen, um Sie zu fragen, ob Sie vielleicht wissen, was ich noch tun könnte. Ich habe Decken, Lebensmittel und andere Dinge gebracht und Joe Carter gebeten, ein paar Torfballen auszuteilen, aber …« Erneut konnte sie ihren Satz nicht beenden. Es war nicht genug – es wäre nie genug. Die Erinnerung an das winzige Baby in seiner Pappschachtel verfolgte sie.

Aber Mrs. Dockerill erwiderte eisig: »Nun – Sie könnten Ihren Gatten bitten, die Löhne der Arbeiter nicht zu kürzen. Und die Mieten nicht raufzusetzen.« Worauf sich Thomasine umdrehte und die Frau mit weit aufgerissenen Augen anstarrte.

Leicht errötend, ergriff Mrs. Dockerill ihre Nudelrolle. »Es tut mir leid, Euer Ladyschaft. Das hätte ich nicht sagen dürfen.«

»Davon wußte ich nichts.« Thomasine schüttelte ungläubig den Kopf. »Nicholas hat die Löhne der Männer gekürzt …?«

Mrs. Dockerill sah sie lange an und nickte dann. »Vor ein paar Monaten. Wenn man Miete bezahlt, ein paar Sachen im Lebensmittelladen gekauft und der Mann ein oder zwei Gläser Bier im Otter getrunken hat …« Sie zuckte die Achseln. »Na, dann bleibt nicht mehr viel übrig.«

Thomasine stellte die halb ausgetrunkene Teetasse ab und erhob sich. Sie spürte, wie Zorn in ihr aufstieg, ein Zorn, den sie kaum zügeln konnte.

»Ich werde mit Nicholas sprechen«, versprach sie und wandte sich zum Gehen.

Mrs. Dockerill öffnete ihr die Tür. Mit ihrer mehligen Hand berührte sie Thomasines Arm, als sie hinaustrat: Eine liebevolle Geste aus einer Zeit, als sie noch Freundinnen waren, dachte Thomasine traurig.

»Machen Sie sich keine allzu großen Sorgen, Liebe. Der Sommer ist bald da, und in ein oder zwei Wochen hört das Fieber ganz von allein auf. Und Sie sollten auf sich selbst achten – es dauert doch nicht mehr lange, bis das Baby kommt, oder?«

Mit Mühe brachten Thomasines tränenverschleierte Augen ein Lächeln zustande. »Noch vier Wochen«, antwortete sie und sah an sich hinab. »Ich komme mir wie ein Elefant vor.«

Früher hätte sie Mrs. Dockerill beim Abschied umarmt. Jetzt nicht mehr. Sie ging zu ihrem Wagen, fuhr durchs Dorf und den Hügel der Insel hinauf.

Auf der Suche nach Nicholas lief sie durch den Garten und durchs ganze Haus und fand ihn schließlich in einem der Badezimmer, wo er sich die Hände wusch.

Als sie wiederholte, was Mrs. Dockerill gesagt hatte, wandte er sich bloß ab und murmelte: »Ich hab dir doch gesagt, daß unsere Geldmittel knapp sind. Max meinte, ich müßte Einsparungen machen.«

»Beim Lebensunterhalt der Leute?« Auf der Rückfahrt

zur Abbey war ihr Zorn nicht verraucht. »Um Himmels willen, Nick – wenn ich an das Essen denke, das wir an Weihnachten weggeworfen haben ...«

Er antwortete nicht, sondern ließ wieder Wasser ins Becken laufen und begann erneut, seine Hände zu schrubben.

»Du hättest es mir sagen können! Ich war eine solche Närrin – da runterzugehen und zu glauben, ich könnte ihnen helfen, während wir die ganze Zeit ihre Lage nur verschlimmert haben!«

Er ließ weiteres Wasser einlaufen. »Ich hab dir gesagt, daß es sinnlos ist, Thomasine. Ich hab dir doch gesagt, daß du nichts ändern kannst.«

Sie flüsterte: »Das Baby der Gotobeds ist gestorben Nick. Die kleine Evelina. Mein *Gott!*« Sie wischte sich die Augen ab. »Was für ein lächerlicher Name ...«, ihre Stimme brach, und sie kniff die Augen zusammen.

Als sie sie wieder öffnete, sah Thomasine, daß Nicholas das gebrauchte Wasser ablaufen und neues einlaufen ließ. Obwohl es vollkommen sauber gewesen war, fuhr er fort, seine Hände einzuseifen und sie mit der Nagelbürste zu schrubben, um nicht vorhandenen Schmutz abzuwaschen. Sie bemerkte, daß er ihr kaum zuhörte und vollkommen in seine sinnlose, zwanghafte Handlung vertieft war. Sie beobachtete ihn eine Weile und sah den angespannten Ausdruck in seinen Augen, während er seine Hände nach weiteren vermeintlichen Schmutzresten untersuchte. Schon immer waren seine Hände ungewöhnlich rot und rauh gewesen, und plötzlich wurde ihr klar, daß dieses übertriebene Reinigungsritual der Grund dafür sein mußte. Während sie ihm zusah, verkrampfte sich ihr Magen, und eine namenlose Angst vor der Zukunft stieg in ihr auf. Sie wandte sich ab und ging wie blind den Korridor hinunter.

Eines Nachmittags in Ely stellte Fay das Fahrrad an einem Geländer ab und schlenderte anschließend durch die Straßen. Schaufensterbummel zu machen, sich hübsche Dinge anzusehen hatte ihr schon immer gefallen. Auf der High Street gab es einen passablen Kleiderladen (der freilich nicht mit Chantals Damenmoden konkurrieren konnte), in dessen Auslage sie interessiert schaute. Sie entdeckte ein sehr hübsches, blaßrosa Kleid mit weißem Unterrock. Nachdem sie es mit sachkundigem Blick inspiziert hatte, kam sie zu dem Schluß, daß der rosafarbene Stoff Chiffon, der weiße Kunstseide war. Der Stoff wirkte leicht, sommerlich, modern.

Doch ihre Freude über den Nachmittag begann zu schwinden. Das Kleid, das sie im Moment trug, hatte sie vor zwei Jahren selbst genäht. Sie hatte es zwar abgeändert und den Saum so weit gekürzt, daß er nur noch ein paar Zentimeter übers Knie reichte, aber es blieb dennoch ein zwei Jahre altes Baumwollkleid. »Siebenundzwanzig sechs«, murmelte Fay verärgert, als sie auf das Preisschild neben dem rosafarbenen Chiffon blickte. Sie wußte genau, wieviel sich in ihrer Börse befand: Zwei Pfund und zehn Shilling, ihr Haushaltsgeld für eine Woche, das ihr Daniel am Morgen gegeben hatte.

Fay entfernte sich vom Kleiderladen und ging, um sich ein wenig aufzuheitern, in das kleine Café nebenan. Während sie ihren Tee trank, fielen ihr die hübschen Porzellantassen, das silberne Teeservice und die Tischdecke aus Damast auf, und sie stellte sich kurz vor, wie sie mit einem ähnlichen Service die neidischen Damen von Drakesden bewirtete. Aber das Traumgebilde brach schnell zusammen, als sie sich in ihrer schäbigen Küche mit dem Ziegelboden und dem rauchenden alten Herd stehen sah. Außerdem gab es gar keine Damen in Drakesden, zumindest keine, die mit der Frau eines Kleinbauern Tee trinken würde.

Vor ihrem geistigen Auge erschien das kleine Haus, nach dem sie sich sehnte. In einer Stadt, nicht auf dem Land, mit zwei Wohnzimmern und einer Küche. Hübsch und ordentlich, mit einem Dienstmädchen für die schwere Arbeit. Auch dieses Traumgebilde löste sich auf, und Fay gab der Bedienung betrübt ihr Sixpence-Stück und verließ das Café.

Ziellos wanderte sie durch die Straßen, als jemand ihren Namen rief. Sie drehte sich um und erkannte Dr. Lawrence, der die Stufen eines Hauses herabkam. Aus dem Augenwinkel sah sie das Messingschild neben der Tür des breiten Ziegelbaus.

»Doktor Lawrence! Wie schön!«

»Sie sehen gut aus, Mrs. Gillory, ganz entzückend sogar. Wie geht es Ihnen?«

Sie sah die Bewunderung in seinen hellblauen Augen mit den schweren Lidern und den rotblonden Wimpern.

»Mir geht's sehr gut, Dr. Lawrence. Mein Fuß ist wieder ganz in Ordnung.«

»Das freut mich zu hören.« Er lächelte.

Sonnenstrahlen leuchteten auf den Blumenbeeten und Büschen vor seinem Haus. Fay sagte: »Ihre Frau muß sich über das bessere Wetter freuen, Doktor.«

Er lachte. »Oh, ich bin nicht verheiratet, Mrs. Gillory. Ich bin ein armer einsamer Junggeselle. Ich hab noch kein Mädchen gefunden, das sich meiner erbarmt hätte.«

»Ach, das kann ich kaum glauben«, murmelte sie, und wieder bemerkte sie, wie Interesse in seinen Augen aufflackerte. Ihr Herz begann ein wenig schneller zu schlagen, und ihr wurde bewußt, wie sehr sie diese Art von Erregung vermißt hatte. Keiner der Männer in Drakesden war einen zweiten Blick wert. Es waren bloß Bauerntölpel, alle zusammen.

Sie sagte: »Nun, ich muß mich wieder auf den Weg machen«, und streckte die Hand aus. Durch ihre dünnen Handschuhe spürte sie den Druck seiner Finger. Als er um die Ecke gebogen war, lief sie schnell zu seinem Haus zurück. Vorsichtig, auf Zehenspitzen, huschte sie über den Eingangsweg und las, was auf dem Messingschild stand.

»Dr. A. Lawrence, praktischer Arzt«, war darauf zu lesen. Sie ging zur High Street zurück und spekulierte aufgeregt über den Buchstaben »A«. Adam, Alan, Albert ... kein Name schien wirklich zu ihm zu passen.

Als sie beim Kleiderladen angelangt war, öffnete sie die

Tür und trat ein. »Ich würde gern das rosa Chiffonkleid aus dem Fenster anprobieren«, sagte sie herablassend zu der Verkäuferin.

Im Umkleideraum sah sie sich im Spiegel an. Das Kleid paßte wie angegossen.

Es war nur allzu einfach, getrennte Leben zu führen: Nicholas überwachte die lärmigen und aufwendigen Arbeiten der Installateure beim Legen der Warmwasserleitungen, Thomasine verbrachte fast den ganzen Tag draußen.

Der Mai war trocken und warm. Wie Mrs. Dockerill prophezeit hatte, verschwand das Fieber langsam, als die feuchten Cottages im sonnigeren Wetter wieder trocken wurden. Aber die Wärme brachte die Insekten hervor. Nachdem sie einmal ein Haus besucht hatte, in dem es besonders von Flöhen wimmelte, mußte sie sich während des gesamten Nachmittagstees unablässig kratzen. Als sie sich später zum Abendessen umzog, stellte sie fest, daß ihr ganzer Körper von Flohbissen übersät war. Außer sich vor Entsetzen schrubbte sie sich in einem von Nicholas' halbfertigen Badezimmern ab und wusch ihre Kleider höchstpersönlich, bis sie sicher war, das Ungeziefer los zu sein.

Wie betäubt vor Unwohlsein und Mattigkeit schleppte sie sich von der Abbey ins Dorf und vom Dorf um die Farm. Den Delage konnte sie nicht mehr benutzen, sie paßte einfach nicht mehr hinein. Dr. Lawrence tadelte sie und befahl ihr zu ruhen, aber das sie konnte nicht. Nirgendwo fühlte sie sich wohl, im Wintergarten war es zu heiß, im übrigen Haus lagen Rohre herum, und die Arbeiter hämmerten und sägten unablässig. Nach dem Streit mit Nicholas hatte es keine Versöhnung gegeben, und die kritischen Blicke von Lady Blythe machten es ihr unmöglich, sich in Gesellschaft ihrer Schwiegermutter wohl zu fühlen. Manchmal mußte sie sich eingestehen, daß sie auf Drakesden Abbey vollkommen einsam war. Draußen konnte sie zumindest mit Joe Carter oder Mrs. Dockerill reden, mit der sie gelegentlich eine Tasse Tee trank. Immer noch belastete sie das schier erdrückende Gefühl ihrer eigenen Nutzlosigkeit. Aber wenn sie die Männer schon nicht angemessen bezahlen konnte, brachte sie den ärmsten Haushalten wenigstens die Essensreste vom Tisch der Abbey. Sie schämte sich zwar für dieses Verteilen von Almosen, für das sie früher nur Verachtung empfunden hatte, dennoch war es im Moment alles, was sie tun konnte.

Als ihr mit einem Korb voller Lebensmittel im Arm auf halbem Weg über die Wiese schwindelig wurde, wußte sie, daß Dr. Lawrence mit seinem Tadel recht gehabt hatte. Sie setzte sich ins Gras und schloß die Augen. Schmerz durchfuhr ihren ganzen Körper – ihren Rücken, ihren Bauch, ihre Schenkel. Als sie die Augen wieder öffnete, wußte sie, daß sie nur für kurze Zeit Erleichterung gefunden hatte und nach Drakesden Abbey zurückkehren mußte. Sie war allein, auf den angrenzenden Feldern waren keine Arbeiter, und keines der Cottages befand sich in Hörweite. Sie ließ den Korb in der Mitte der Wiese stehen und begann langsam, halb kriechend, nach Hause zurückzukehren. Immer wieder mußte sie innehalten, sich an einen Baum lehnen oder einfach stehenbleiben und verzweifelt versuchen, das Gleichgewicht zu halten, wenn der entsetzliche Schmerz sie erneut packte.

Als sie schließlich durch das Tor des Obstgartens taumelte, entdeckte sie eines der Küchenmädchen, das gerade Rhabarber für Kuchen schnitt. Sie schaffte es, den Namen des Mädchens zu rufen, und mußte fast lachen, als sie sich fragte, wer von ihnen beiden mehr Angst hatte: sie selbst oder die dürre Dreizehnjährige, auf deren Schulter sie sich lehnte, als sie zum Haus zurückhumpelte.

Dr. Lawrence bot ihr Chloroform an, doch sie schob ihn weg. Sie hatte nicht zwölf Stunden fürchterliche Schmerzen ausgestanden, um sich dann den Moment der Geburt ihres Kindes rauben zu lassen. Als nach einer letzten heftigen Preßwehe, die sie fast zerriß, endlich der Kopf des Kindes herauskam, empfand sie den schlimmsten Schmerz und den größten Triumph zugleich. Schließlich glitt das Baby ganz aus ihr heraus, und die Qualen waren Gott sei Dank vorbei.

»Es ist ein Junge«, sagte Dr. Lawrence, und Thomasine verspürte eine Woge überwältigenden Glücks. Das Baby wurde gebadet, angezogen und ihr in den Arm gelegt. Seine dunklen Augen blickten ziellos umher, bevor sie sich einen Moment lang auf sie richteten. Sein winziger gekräuselter Mund öffnete und schloß sich, wenn sie mit der Fingerspitze seine weichen, runzeligen Wangen streichelte. »Mein Liebling«, flüsterte sie und küßte den kleinen Kopf ihres Sohnes.

Nicholas wurde ins Zimmer geführt. Er sah blaß und besorgt aus, und als er sich hinunterbeugte, um seinen Sohn anzusehen, entdeckte Thomasine Tränen in seinen Augen. Plötzlich erschienen ihre Differenzen des vergangenen Jahres banal.

Sie nannten das Baby William Gerald, nach Nicholas' Vater und seinem Bruder. Es war drei Wochen zu früh auf die Welt gekommen, aber trotzdem kräftig und gesund. Außer William war nichts mehr wichtig. Die Liebe, die sie für ihr Kind empfand, ließ alles andere in der Hintergrund treten, so daß sie ihre früheren Schwierigkeiten vollkommen vergaß. Die Tage und Nächte gehorchten nun einem anderen Rhythmus und wurden von den Fütter- und Schlafenszeiten des Neugeborenen bestimmt. Sie las nicht mehr, sie vergaß das Dorf und vernachlässigte das Haus. Wenn William nicht bei ihr war, fehlte ihr etwas.

Daniel führte Nelson am Zügel und ging mit Harry Dockerill zur ehemaligen Schmiede zurück. Wie eine glänzende harte Scheibe stand die Sonne über ihnen. Ihre Stiefel und Kleider waren schwarz vor Staub.

»Mark Hayhoe hat die Kündigung für sein Cottage gekriegt«, sagte Harry. »Drei Kinder, und seine Frau erwartet das vierte. Ich nenn das kriminell.«

Daniel sah ihn verblüfft an. »Mark? Warum?«

»Der Gutsherr hat doch das Land zum Verkauf angeboten.« Harry spuckte auf den Boden. »Und das Haus gehört zum Land. Sobald der Herr das Land verkauft hat, müssen die Hayhoes gehen. Ebenso die Bentons und die Carters.«

Sie waren beim Hinterhof angekommen. Daniel sagte langsam: »Ich hab nichts davon gehört, daß die Blythes verkaufen.«

»Das kommt daher, weil du nicht in den Otter gehst. Und in die Kirche auch nicht. Meine Ma hat's von Lizzie Hayhoe erfahren.«

Während er Nelson in den Stall führte, hatte Daniel kurz Zeit, um nachzudenken. Seine Schlußfolgerungen waren nicht erfreulich. »Komm auf ein Bier mit rein, Harry«, sagte er.

Harry nahm dankbar an. Er zog seine Stoffmütze ab und steckte sie ins Hemd, als er in die Küche trat. »Schrecklich schwüles Wetter«, sagte er mit höflichem Nicken in Fays Richtung.

Fay rümpfte die Nase und schenkte zwei Krüge Bier ein. Donner grollte in der Ferne und ließ sie beim Einschenken zusammenzucken, so daß das Bier über den Tisch schwappte. Schweigend reichte sie den Männern die Krüge.

»Ihr seid nicht machtlos, Harry«, begann Daniel. »Deine Familie, die Hayhoes und Carters mögen vielleicht von den Blythes abhängig sein, aber die Blythes sind auch auf euch angewiesen.«

Harry stürzte seinen Krug in einem Zug hinunter. »Ich bezweifle, daß sich der Gutsherr Sorgen macht, wie er sein neugeborenes Baby durchbringen soll.«

»Natürlich nicht. Aber Nicholas Blythe kann sein Land nicht allein bestellen. Weder pflügt er den Acker, noch schneidet er das Korn. Dafür braucht er euch.«

Harry starrte ihn an. Er stellte seinen Krug ab. »Du meinst Streik?« fragte er lachend. »Niemals. Nicht hier. Sie würden dich für einen verdammten Roten halten, wenn du das vorschlagen würdest. Und wie sollten sie ihre Familien ernähren?«

»Können sie sie jetzt ernähren? Wohin sollen sie gehen,

Harry, die Hayhoes, die Carters und die Bentons? Außerdem dachte ich nicht an einen Generalstreik. Eher an taktisch geschickte Arbeitsniederlegung.«

»Du bist bekloppt, Gillory.«

Harry wischte sich mit dem Handrücken den Mund ab, murmelte ein Dankeschön in Richtung Fay und ging mit eingezogenem Kopf zur Tür hinaus, weil er für die niedrigen Cottages der Fens zu groß war. »Ein Sturm braut sich zusammen«, fügte er hinzu und sah blinzelnd zum Himmel hinauf.

Als er fort war, sagte Fay: »Du solltest ihn nicht so mit dir sprechen lassen. Das gehört sich nicht.«

»Harry ist ein guter Arbeiter – ein guter Freund. Es schert mich einen Teufel, wie er mit mir spricht.«

»Ein *Freund*?« Fay, die gerade Eier auf dem Herd briet, drehte sich zu Daniel um. »Harry Dockerill ist nicht dein Freund, Daniel. Er ist dein Angestellter.«

Das Wetter, die zunehmende familiäre Spannung und die Neuigkeit, die ihm Harry gerade erzählt hatte – all dies trug dazu bei, daß ihm der Geduldsfaden riß.

»Zum Donnerwetter, Fay – was willst du denn? Möchtest du, daß Harry mich behandelt wie einen der verdammten Blythes?«

Wie immer, wenn er wütend wurde, antwortete sie nicht, sondern tadelte ihn. »Es gibt keinen Grund zu fluchen, Daniel.« Nur daß diesmal ihre Stimme zitterte.

Er trat zu ihr. Die in Fett schwimmenden Eier verbrutzelten in der Pfanne, das Eigelb lief aus, und das Eiweiß wurde schwarz. Es sah unappetitlich aus. Eine Träne tropfte in das heiße Fett und ließ es aufspritzen.

Daniel berührte ihre Schulter. »Fay«, sagte er liebevoller, »was ist denn?«

»Der *Donner*.« Ihre Stimme war nur noch ein Flüstern, und sie begann zu weinen.

Fast hätte er vor Erleichterung gelacht. Aber praktisch, wie er war, half er ihr, die Eier auf die Teller zu heben und die Pfanne wegzustellen. Dann erklärte er ihr, was es mit dem Donner auf sich hatte. Daß er im Moment noch weit weg war, daß sie zwischen Blitz und Donnerschlag nur zu zählen brauchte, um zu wissen, daß das Gewitter noch mindestens zwanzig Meilen entfernt war. Daß sie selbst dann sicher wären, wenn es sich direkt über ihnen befände, weil sich der Blitz immer den höchsten und nicht den niedrigsten Punkt aussuchte. Zum Beispiel die Kirche oder Drakesden Abbey.

Während er sprach, flackerte kurz eine Erinnerung in ihm auf, und ihm fiel ein, daß er im zarten Alter von fünfzehn Jahren dasselbe einer verängstigten Lally Blythe erklärt hatte. Zumindest dachte er damals, sie sei verängstigt, obwohl er sich seitdem fragte, ob er ihre Aufregung nicht bloß als Angst mißdeutet hatte. Ob der Kuß, mit dem sie ihn fatalerweise beglückt hatte, nicht schon geplant war, als sie im Labyrinth auf ihn traf, und keineswegs Folge ihrer Furcht und der Intensität des Augenblicks gewesen war. Er würde es nie erfahren.

Weder er noch Fay hatten Lust zu essen. Fay war zu aufgeregt, und Daniel fand den Anblick der verbrannten Eier und des labberigen Frühstücksfleischs nicht sehr verlockend. Also zog er Fay auf seinen Schoß, und als ihr Zittern nachließ, begann er, sie zu küssen.

Nach einer Weile reagierte sie auf seine Zärtlichkeiten genauso liebevoll wie während ihrer ersten glücklichen Ehemonate. Diese leidenschaftliche Seite ihres Charakters brachte er nie in Einklang mit ihren übrigen Wesenszügen, die ihn zunehmend bedrückten: ihrer Kleinlichkeit, Engstirnigkeit und Oberflächlichkeit. Als er sie die Leiter zum Bett hinaufführte, protestierte sie nicht. Ihre dunklen Augen glänzten, ihre Haut schimmerte fast weiß. Als der Blitz aufflammte und Regen auf das Dach des Hauses trommelte, liebte er sie mit einer Leidenschaft, die sie zu erwidern schien, so daß er das Gefühl hatte, einen Teil des Schadens wiedergutzumachen, die feinen Risse, die sich in ihrer Beziehung aufgetan hatten, wieder zu kitten. Hinterher hielt er sie in seinen Armen und strich ihr die wirren Strähnen aus dem Gesicht. Er versuchte, die Ängste in Worte zu kleiden, die ihn seit einigen Monaten verfolgten.

»Du würdest es mir doch sagen, wenn du nicht glücklich wärst, nicht wahr Fay? Wenn du nicht zufrieden wärst...«

Einen Moment lang dachte er, sie sei eingeschlafen und hätte ihn nicht gehört. Dann donnerte es wieder, und sie riß die Augen auf.

Unbeirrt fuhr er fort: »Ich weiß, daß es hart gewesen ist, Liebling, aber es wird besser, das verspreche ich dir.«

Doch selbst für seine Ohren klangen die Versprechen zunehmend hohler. Die Hoffnung, daß Nicholas Blythe ihm das Land verkaufen würde, das er wollte, war dahin. Nicholas Blythe hatte andere Felder zum Verkauf angeboten, Land mit Cottages darauf, Land, auf dem seit Jahrzehnten dieselben Familien lebten.

Ihr Schweigen beunruhigte ihn. »Sprich mit mir, Fay, bitte«, flüsterte er. Dann zwang er sich, die entscheidende Frage zu stellen: »Ist es wegen mir? Ist es das, Fay?«

Sie schüttelte den Kopf, und er war zutiefst erleichtert. Schmerzhaft krallten sich ihre Finger in seine Haut. »Dann ist es das Haus?« fragte er flüsternd. »Ist es, daß ich dir keine hübschen Kleider kaufen kann, ist es das?«

Wieder antwortete sie nicht, aber er sah es in ihren Augen: Was ihm genügte, reichte ihr nicht.

»Und – fühlst du dich allein?« fragte er liebevoll.

Schließlich antwortete sie: »Manchmal ist es so schrecklich einsam hier, Daniel. Es ist so still. Ich hätte nicht geglaubt, daß es irgendwo so still sein könnte. Ich ertrage das nicht.«

Aber er brauchte das Leben auf dem Land. Er brauchte es, weil er fürchtete, daß die Rückkehr in die Stadt den Rückfall in Krankheit und Armut bedeuten würde. Und weil hier so vieles noch nicht abgeschlossen, noch nicht gerächt war. Flüchtig fragte er sich, ob der Vorschlag, den er Harry Dockerill gemacht hatte, seiner Sorge um das Wohl der Dorfbewohner entsprungen war oder seinem eigenen Bedürfnis, Nicholas Blythe zu ruinieren, die Schuld zwischen ihnen zu begleichen – die Blythes zu zwingen, ihm das Land zu verkaufen, das er so dringend wollte. Er schob den Gedanken beiseite.

»Arme Fay – du hast es in letzter Zeit nicht einfach mit mir gehabt, stimmt's?« Er streichelte ihr langes, weiches Haar und genoß es, es durch seine Finger gleiten zu lassen. Plötzlich kam ihm ein Einfall. »Hör zu. Wie würde dir das gefallen? Wir fahren für einen Tag nach London. Wir stehen früh auf, nehmen von Ely aus den ersten Zug und verbringen den ganzen Tag in der Stadt. Du könntest deine Familie besuchen, wenn du Lust hast.«

Endlich sah er sie lächeln. Er ignorierte die quälende Stimme in seinem Kopf, die sagte, daß er sich eigentlich keinen freien Tag leisten konnte. Daß ein ganzer Arbeitstag verloren wäre und er kaum finanzielle Reserven hatte. Die Preise für landwirtschaftliche Produkte fielen immer noch.

»Ach, Daniel – ach, Daniel –, das wäre so schön.«

Er hörte Harry Dockerill an der Tür klopfen, beachtete ihn aber nicht. Erneut begann er, Fay zu küssen. Sollte sich Harry doch seinen eigenen Reim darauf machen.

Anfang Juni kam Antonia nach Drakesden. Thomasine führte sie zuerst ins Kinderzimmer, wo Antonia zustimmte, daß William tatsächlich das wundervollste Baby der Welt war, und danach aßen sie mit Lady Blythe und Nicholas zu Mittag. Lady Blythe gab sich herablassend, Antonia war wie immer reizend und charmant. Später schob Thomasine mit Antonia an ihrer Seite den riesigen alten Kinderwagen durch die Gärten der Abbey.

Antonia erzählte von ihrer Tanzschule. »Ich habe eine neue Lehrerin engagiert, Thomasine. Sie ist eine sehr gute Tänzerin, aber nicht so geduldig mit den Kleinen, wie du es warst.«

Thomasine sah an sich hinab und zog eine Grimasse. »Schau mich an – was für eine Tonne ich bin. Ich kann mir nicht mal vorstellen, wieder zu tanzen. Gott sei Dank, daß die Kleider heutzutage nicht mehr tailliert sind.«

Antonia erwiderte entschieden: »Es ist doch erst drei Wochen her, daß William geboren wurde, Liebes. Du mußt geduldig sein. Ich finde, daß du gut aussiehst.«

Thomasine schlug das Verdeck des Kinderwagens hoch, um William vor der Sonne zu schützen.

»Ich bin froh, wenn ich wieder reiten kann, Tante Tony. Dr. Lawrence hat allerdings gesagt, ich sollte bis sechs Wochen nach der Geburt warten.«

Sie spazierten ein bißchen weiter. »Und Nicholas …«, fragte Antonia zögernd. »Geht es ihm gut?«

Thomasine sah sie scharf an. In letzter Zeit waren ihre Sorgen um Nicholas' Gemütszustand wieder stärker geworden.

»Er schläft nicht gut, Tante Tony. Ehrlich gesagt, hat er sich in Drakesden nie mehr richtig eingelebt. Aber andererseits fühlte er sich auch anderswo nie wirklich wohl. Am glücklichsten war er, wenn wir auf Reisen waren.«

Früher hatte sie gedacht, sie könnte Nicholas glücklich machen, aber in letzter Zeit hatte sie den Eindruck, daß sie vielleicht doch zu verschieden waren und aufgrund ihrer Herkunft und Geschichte zuviel Trennendes zwischen ihnen lag. Doch wie prekär der Zustand ihrer Ehe tatsächlich war, würde sie keinem eingestehen, nicht einmal Antonia. Fröhlicher fügte sie hinzu: »Aber sein elektrisches Licht und seine Warmwasserleitungen sind doch herrlich, nicht wahr, Tante Tony?«

»Ja, in der Tat«, stimmte Antonia zu. »Ich fand immer, daß diese großen Häuser wundervoll sind – soviel *Geschichte* haben –, aber schwer zu unterhalten, meiner Meinung nach. Ihr braucht soviel Personal, obwohl doch jeder sagt, daß heutzutage gute Leute schwer zu finden sind.«

Sie gingen am Rand des Rasens, an dem verwilderten Stück Garten entlang. Vor Thomasine lagen die Koppel, der Deich, die Felder. Wolken zogen sich am Horizont zusammen und warfen schwarze Schatten auf den sonnenbeschienenen Weizen.

»Williams Kindermädchen kommt am Montag«, sagte sie

plötzlich. »Ich wünschte wirklich ...« Sie schaffte es gerade noch, sich zurückhalten. Sie konnte sich nicht vorstellen, William mit einer Fremden zu teilen, ihr zu erlauben, das Baby zu füttern, es zu baden, mit ihm zu spielen. Sie merkte, daß Antonia sie besorgt ansah.

»Das ist doch völlig üblich«, sagte Antonia sanft. »All die vornehmen Damen, die ihre Töchter in meine Schule schicken – nun, sie alle stellen Kindermädchen ein.«

Die Regenwolken zogen langsam näher. Thomasine machte mit dem Kinderwagen kehrt und begann schnell den Hang zum Haus zurückzugehen.

»Gestern bekam ich einen Brief von Tante Hilly«, sagte sie strahlend. »Offensichtlich hat sie einen netten, intelligenten Herrn kennengelernt. Glaubst du, es besteht die Chance ...?«

Wenn er später darüber nachdachte, erinnerte sich Daniel an diesen Ausflug nach London als an das letzte Mal, daß zwischen ihm und Fay die Dinge noch zum Guten standen. Sie trug ein Kleid, das er noch nie an ihr gesehen hatte: ein wehender Stoff von blassem Rosa, der das durchsichtige Weiß ihrer Haut und den dunklen Glanz ihres Haars betonte.

London hatte sich während der zwanzig Monat ihrer Abwesenheit verändert. Riesige Verkehrsstaus verstopften das Zentrum der Stadt, die Abgase nahmen ihnen die Luft. Im West End, beim Schaufensterbummel, hörten sie der Straßenmusik eines Kriegsversehrten zu. Fay stieß entzückte Rufe über die schicken Sachen in den Schaufenstern aus, während Daniel sich die Beine in den Bauch stand, London haßte, das ganze elende, verdammte Land haßte, das sogar seine Kriegshelden zu Bettlern degradierte.

Bei Selfridges aßen sie zu Mittag, und Fay kaufte einen Hut und ein Kleid. Das Geld dafür stammte von den Artikeln, die Daniel für den *Ely Standard* geschrieben hatte. Später, auf der Busfahrt nach Bethnal Green, wo er Hattie besuchen wollte, während Fay ihre Mutter in Gorringes traf, überlegte er sich weitere Artikel. Für überregionale

Zeitungen, für Magazine und Wochenzeitschriften. Er mußte mehr Geld verdienen, um Fay die Dinge schenken zu können, die sie haben wollte. Ein besseres Haus, hübsche Kleider – Kinder vielleicht. Daß er mit seinen siebeneinhalb Hektar sumpfigen Lands nie genug verdienen würde, war ihm klar.

Bethnal Green hatte sich überhaupt nicht verändert: Immer noch spielten barfüßige Kinder in den Rinnsteinen, und immer noch sahen die Frauen mit fünfundzwanzig bereits alt aus. Hattie umarmte und küßte ihn, konnte aber den Husten nicht verbergen, der ihren Körper schüttelte. Sie war vor einem halben Jahr Witwe geworden, tat Daniels Sorgen über ihre Gesundheit ab, stopfte ihn mit Essen und Trinken voll und lauschte interessiert seinen Neuigkeiten.

Dann kehrten sie nach Drakesden zurück, und das Leben nahm wieder seinen gewohnten Lauf: Daniel arbeitete den ganzen Tag, Fay zeigte kein Interesse an Haus und Farm, und aus ihrem Desinteresse wurde bald Nachlässigkeit. Immer öfter gab es kein Essen, der Herd rauchte, wenn die Aschenschale nicht ausgeleert wurde. Zunehmend schienen sie getrennte Leben zu führen – Daniel war mit Feldarbeit oder Schreiben beschäftigt, Fay wurde immer ruheloser, lief griesgrämig durchs Haus, spazierte im Dorf herum oder radelte am Nachmittag nach Ely. Daniel sah sich außerstande, die langsame, aber stetige Entfremdung zwischen ihnen aufzuhalten. Er selbst war müde und mit Sorgen beladen und vermochte nicht auszumachen, woran es lag. Nur manchmal, wenn er abends hinausging, um den Hühnerstall zu verschließen, und das Leuchten der Sterne vom unnatürlichen Glanz der Abbey überstrahlt wurde, verfluchte Daniel ein launisches Schicksal, das ihn in das sumpfige Land am Fluß verschlagen hatte, und Nicholas Blythe, der unangetastet und sicher dort oben saß.

William war vier Wochen alt, als Nicholas Nanny Harper vom Bahnhof in Ely abholte. Zu ihrer großen Freude hatte Thomasine es am Morgen geschafft, wieder einen der Röcke anzuziehen, die sie vor der Schwangerschaft getragen hatte. Ihr Haar mußte dringend geschnitten werden, dachte sie beim Blick in den Spiegel, aber es war schön, wieder schlank zu sein und ohne außer Atem zu geraten die Treppen hinauflaufen zu können.

Thomasine begleitete den Neuankömmling in die Kinderzimmer, zeigte ihr den großen, luftigen Aufenthaltsraum, das angrenzende Badezimmer und das Schlafzimmer und stellte ihr Martha, das Dienstmädchen, vor. Nanny Harper war etwa fünfundvierzig, knochig, mit markanten Gesichtszügen und makelloser Haube und Cape. Sie beugte sich über Williams Wiege.

»Wieviel hat das Kind bei der Geburt gewogen, Lady Blythe?«

»Fast sieben Pfund«, antwortete Thomasine stolz.

»Ein gutes Gewicht. Also sechsmal am Tag füttern, Martha«, sagte Miss Harper an das Mädchen gerichtet, »in regelmäßigen Abständen von vier Stunden. Morgens und abends natürlich ein Bad. Ich bin sicher, das kleine Kerlchen macht keinerlei Schwierigkeiten.«

Liebevoll blickte Thomasine auf das Baby in der Wiege hinab. Es begann, sich zu bewegen.

»Am Abend scheint er ein bißchen unruhig zu sein, Nanny. Dann muß ich ihm manchmal eine Extraflasche geben.«

Nanny Harper hatte ihr Cape abgenommen, hängte es an die Rückseite der Tür und zog die Falten ihres Kleides glatt.

»Regelmäßigkeit ist das wichtigste für ein Kind dieses Alters, Lady Blythe. Schlechte Angewohnheiten müssen gleich im Keim erstickt werden, bevor sie außer Kontrolle geraten. Außerplanmäßiges Füttern und unnötiges Getue machen das Kind nur kränklich und unzufrieden.«

Nanny Harper lächelte. Sie schien viel zu viele Zähne zu haben, dachte Thomasine verwirrt: große, vollkommen weiße, glänzende Zähne. Ihre Augen waren blaugrau und kalt. Sie öffnete Schubladen und Körbe und überprüfte die Ausstattung.

»Es scheint alles ganz zufriedenstellend zu sein, Euer

Ladyschaft. Noch ein Dutzend Windeln vielleicht, und das Becken im Badezimmer könnte ein bißchen mehr glänzen, aber ansonsten scheint alles in bester Ordnung zu sein.«

Das Quengeln des Babys war lauter geworden und drohte gleich in lauthalses Schreien überzugehen. Thomasine hob William aus der Wiege, legte ihn an die Schulter und tätschelte seinen Rücken.

»Wann wurde das Kind zum letzten Mal gefüttert, Euer Ladyschaft?«

Thomasine runzelte die Stirn und dachte nach. »Nach dem Mittagessen, glaube ich. Etwa um zwei. Ich hab nicht auf die Zeit geachtet ...«

Nanny Harper erlaubte sich ein leises Seufzen. »Wir müssen die Dinge wirklich besser im Griff behalten, nicht wahr? Die Fütterungszeiten des Kindes sollten auf die Minute genau eingehalten werden. Das ist von größter Wichtigkeit. Zwei Uhr? Dann sollte er um sechs wieder sein Fläschchen bekommen.«

Williams Gesicht war rot und zerknittert. Sein lautes Geschrei erfüllte den Raum.

»Aber er hat jetzt Hunger, Miss Harper ...«

»Schreien tut dem Kind gut. Es trainiert die Lungen. Nun, Lady Blythe, ich möchte Sie nicht länger aufhalten. Alles scheint ja soweit in Ordnung zu sein.«

Thomasine erwiderte halsstarrig: »William ist hungrig, Nanny.« Dann setzte sie sich in den Stillstuhl ans Fenster und knöpfte ihre Bluse auf. Aber entweder hatte William zu lange warten müssen, oder der mißbilligende Blick der Nanny hatte ihre Milch sauer werden lassen. Jedenfalls trank er schlecht, ließ ständig die Brustwarze aus dem Mund gleiten, um lauthals seinem Unbehagen Ausdruck zu verleihen, und rülpste und erbrach die getrunkene Milch, als er ihr schließlich von der Brust genommen wurde.

Die Vorbereitungen für Williams Taufe glichen der Planung einer Schlacht. Lady Blythe hielt sich großmütig im Hintergrund und versprach, sich nicht einzumischen, so daß alle

Arrangements Thomasine überlassen blieben. Nicholas war noch immer ganz von den Installationsarbeiten in Anspruch genommen. Bei der Einrichtung des Faulbehälters hatten sich Schwierigkeiten ergeben, denn der Ort, den er ursprünglich dafür vorgesehen hatte, erwies sich als ein Sumpf, der nur ein paar Meter unter dem Boden lag. Rohre mußten neu verlegt, frische Gräben mußten gezogen werden.

Thomasine machte Listen und zeichnete Sitzordnungen. Beim Dinner durften verheiratete Paare nicht nebeneinander sitzen, abwechselnd mußte jeweils eine Dame auf einen Herrn folgen, und zu jeder Mahlzeit mußten die Gäste andere Tischpartner bekommen. Es glich höherer Mathematik, fand Thomasine. Eines Tages saß sie, umgeben von Papieren, Stiften und Zeitplänen am Speisezimmertisch und schnitt kleine Kärtchen aus, die sie mit den Namen der Gäste beschriftete. Es dauerte fast den ganzen Nachmittag, die Karten in verschiedenen Reihenfolgen anzuordnen und die Tischordnung für den Abend zu planen. Aber dann, als sie um sechs Uhr abends stolz und ermattet dachte, sie sei fertig, erschien Lady Blythe und warf auf dem Weg in ihre Gemächer, wo sie sich zum Abendessen umkleiden wollte, einen kurzen Blick auf die Tischordnung. »O Gott, du hast die Rangunterschiede nicht beachtet – das geht nun wirklich nicht, Thomasine.« Max Feltham war der Neffe eines Earls, Marjories Ehemann Edward ein Honourable. Diese Dinge zählten offensichtlich. Thomasine biß die Zähne zusammen und begann von neuem, die Tischkarten zu ordnen.

Eigentlich hatte sie vorgehabt, für das formelle Frühstück im Anschluß an die Taufe die alten Speisekarten im Sekretär des Damenzimmers noch einmal durchzusehen. Aber sie waren nirgendwo zu finden. Lady Blythe gab sich ahnungslos, und Thomasine konnte sich nur beunruhigt fragen, ob sie sie während der letzten Wochen ihrer Schwangerschaft, in denen sie sehr vergeßlich war, verlegt hatte. In letzter Zeit war vieles oft nicht an dem Platz, wo es ihrer Meinung nach sein sollte, und manchmal erinnerte sie sich nicht an die Zettel, die ihre Schwiegermutter ihr angeblich gegeben hatte. Als sie Lady Blythe um Rat wegen des Frühstücks bat, wurde ihr erklärt, sie solle sich keine Sorgen machen, Mrs. Blatch habe für die Taufen von Marjorie, Gerald, Nicholas und Lally gekocht und wisse schon, was zu tun sei. Thomasine schob das Problem beiseite und konzentrierte sich auf das nächste: die Vorbereitung und Verteilung der Schlafzimmer.

Die Schwierigkeiten begannen am Tag vor der Taufe, sobald der erste Gast eingetroffen war. Die Probleme mit dem Faulbehälter hatten den Abschluß der Installationsarbeiten verzögert, und Nicholas wirkte genervt, als er den Gast begrüßte. Eines der Dienstmädchen stolperte über einen Haufen Rohre und verstauchte sich den Knöchel, und bei den neuen Spülklosetts funktionierte die Spülung nicht. Außerdem stimmte die Verteilung der Schlafzimmer nicht. Nahe Verwandte waren in entgegengesetzten Teilen des Hauses untergebracht, inkontinente Großtanten befanden sich zu weit vom nächsten Badezimmer entfernt. Max' Onkel, der Earl, hatte ein schäbiges Schlafzimmer mit Baumwoll- statt Leinenbezügen und – entsetzlicherweise – ein Stück von der scheußlichen braunen Salzseife.

Lady Blythe sprang in die Bresche, beseitigte alle Widrigkeiten und verteilte mit ruhiger Effizienz die Gästezimmer neu. Als Thomasine sich im Spiegel ansah, bevor sie hinauseilte, um eine weitere Wagenladung voller Gäste zu begrüßen, sah sie eine bleiche junge Frau mit ungekämmtem Haar, deren pistaziengrünes Kleid mit Baustaub beschmutzt war.

Der erste Abend verlief ohne weitere Pannen, auch die Taufe selbst ging glatt über die Bühne. Im Innern der Kirche übergab Nanny Harper William an Thomasine. Er war das perfekte Baby, da er die ganze Zeremonie verschlief. Sie war sehr stolz, als sie ihren Sohn in den Armen hielt. Den gleichen Stolz sah sie in den Augen von Nicholas, Hilda und Antonia und war vollkommen glücklich.

Aber nachdem William wieder an die Kinderfrau zurückgeben und die kurze Strecke zur Abbey zurückgelegt war, ging wieder alles schief. Die Tischordnung beim Taufmahl war das reinste Chaos. Herren saßen neben Herrn, Damen neben Gästen, neben denen sie schon den Abend zuvor gesessen hatten, und der arme Earl war vollkommen vergessen worden. Aber sie hatte die Tischordnung doch am Morgen noch überprüft ... ? Nicholas sah sie an und erwartete, daß sie alles regelte. Von Lady Blythe war weit und breit nichts zu sehen. Der Butler und die Mädchen warteten auf ihre Befehle.

Thomasine hätte am liebsten gesagt, sie sollten sich setzen und den Schnabel halten, wie sie es bei den unartigen Kindern in Antonias Tanzschule gemacht hatte. Doch Marjorie, Nicks ältere Schwester, sprang in die Bresche und ordnete das Durcheinander. Schließlich kannte sie die Gäste und wußte, wer mit wem verheiratet und wer mit einem rangniedrigeren Mitglied des Adels verwandt war.

Schon beim ersten Gang bemerkte Thomasine, daß das Essen ein totaler Reinfall war: zu fett, zu trocken, verbrannt und ungewürzt. Nichts paßte zusammen. Mrs. Blatch war zu ehrgeizig gewesen. Murmelnd entschuldigte sie sich für den gefüllten, leider verkohlten Hecht und die überzukkerte, wäßrige Cremespeise. Der Bischof, der neben ihr saß, würgte an einer Gräte. Lady Blythe schüttelte den Kopf angesichts des in Sahne ertränkten, überdekorierten Puddings. Hinterher ergriff Thomasine Hildas Hand und entfloh mit ihr ins Kinderzimmer.

»Du mußt mitkommen und mit mir reden, während ich William stille. Sonst kommen wir nie zu einer richtigen Unterhaltung.«

Während Nanny Harper im angrenzenden Raum erbarmungslos Martha herumkommandierte, legte Thomasine das Baby an die Brust, und Hilda erzählte von ihren Schülerinnen.

»Meine jüngste Schülerin ist erst sechs Jahre alt. Die Eltern des armen kleinen Dings sind in Indien.«

William trank gut. Entfernt von den Gästen und Formalitäten, begann Thomasine sich ein wenig zu entspannen.

»Wie können ihre Eltern es bloß ertragen, sie so weit fortzuschicken?«

»Das Klima in Indien ist kleinen Kindern nicht zuträglich, außerdem praktiziert man es nun einmal so.« Hilda warf einen liebevollen Blick auf das trinkende Kind. »Ich erinnere mich, daß Nicholas und Gerald Blythe etwa im gleichen Alter von zu Hause weggeschickt wurden.«

William wurde schläfrig, ihm fielen die Augen zu.

»William nicht«, flüsterte Thomasine. »Ich werde ihn nie wegschicken. Niemals.«

Am folgenden Tag begaben sich viele der Gäste auf Wildentenjagd. Thomasine blieb zurück, um die älteren oder weniger unternehmungslustigen Gäste zu unterhalten.

Der Tag begann schlecht. Nach dem aufregenden Höhepunkt der Taufe wirkten alle gelangweilt und wußten wenig mit sich anzufangen. Der immer wieder einsetzende Nieselregen lud nicht gerade zum Spazierengehen oder Tennisspielen ein. Am Nachmittag, als sie Lally auf einen Besuch zu ihrem Neffen mitnahm, bemerkte Thomasine, daß William sich erkältet hatte. Heiß, rot und unbehaglich strampelnd, lag er in seiner Wiege.

»Er scheint zu fiebern.« Besorgt legte Thomasine die Hand auf die Stirn des Babys. »Ich glaube, ich sollte den Arzt kommen lassen.«

»Das habe ich bereits veranlaßt, Euer Ladyschaft.« Nanny Harper, die gerade Windeln und Hemdchen zählte, lächelte blasiert. »Ich bin sicher, es handelt sich nur um eine kleine Erkältung, die er sich in der zugigen Kirche geholt hat, aber man sollte immer sichergehen.«

Thomasine legte ihren Sohn an die Brust. Sein Weinen schien ein wenig nachzulassen, als sie ihn sanft wiegte.

Lally sah ihren Neffen neugierig an. »Sie sehen nie aus wie die Babys in den Bilderbüchern, nicht wahr? Sie sind viel häßlicher. Ich werde ihn nicht halten, wenn es dir recht ist, Thomasine – er sieht ziemlich feucht aus. Außerdem weiß ich nie, was ich mit Babys anfangen soll.«

Lallys Tageskleid bestand aus purpurfarbenem Satin, und sie rauchte. Ostentativ öffnete Nanny Harper das Fenster des Kinderzimmers. Sie sah auf ihre Uhr. »Er wird erst in einer Stunde wieder gefüttert, Euer Ladyschaft. Martha wird ihn umziehen, und dann muß er wirklich wieder in sein Bettchen zurück.«

Das Schreien hatte nachgelassen, aber die kleinen, geröteten Augen sahen mitleiderregend zu Thomasine auf.

»Vielleicht hat er Durst, Nanny – eine Erkältung kann sehr durstig machen.«

Nanny Harper lächelte nachsichtig. »Ich glaube – wenn ich das so sagen darf –, daß ich das am besten weiß, Euer Ladyschaft. Schließlich ist William Ihr erstes Kind, aber mein sechstes.«

Thomasine mußte sich auf die Zunge beißen, um sich zu beherrschen und die richtigen Worte zu finden. Ruhig erwiderte sie: »Sie mögen sich um die Kinder anderer Leute gekümmert haben, Nanny, aber William ist mein Kind, und ich kenne ihn am besten. Und ich finde, es wäre grausam, ihn noch eine Stunde auf Essen oder Trinken warten zu lassen, und grausam, ihn in sein Bettchen zurückzulegen, wenn er sich offensichtlich auf dem Arm viel wohler fühlt.«

Schweigen trat ein. Thomasine sah, daß Martha die Hand auf den Mund gelegt hatte und ihre Blicke zwischen Nanny Harper und ihr hin- und herschossen. Genausowenig entging ihr, daß Lally sie neugierig beobachtete und daß in ihren dunklen, schrägen Augen weder Anteilnahme noch Kritik zu lesen war.

Miss Harper richtete sich zu voller Größe auf, so daß sich ihr Busen wie die Brust einer Kropftaube vorwölbte.

»*Niemals* in all meinen Jahren als Kinderschwester ist meine berufliche Qualifikation angezweifelt worden, Lady Blythe ...«

Lally unterbrach sie: »Zeit zum Teetrinken, Thomasine. Unten werden sie vor Gier nach frischen Scones schon mit den Füßen scharren.« Sie sah aus dem offenen Fenster. »*Schrecklicher* Ort. Sieh dir das an – alles völlig grau. Eigentlich sollte doch Sommer sein. Wie hält Nick das bloß aus? Ich würde wahnsinnig werden, wenn ich wieder hier leben müßte.«

Als Thomasine auf die Uhr im Kinderzimmer sah, stellte sie fest, daß es fast zehn nach vier war. Sie zwang sich, Miss Harper in die Augen zu sehen.

»Sie werden William einen Schluck Wasser geben, Nanny. Und wenn er wieder zu schreien anfängt, lassen Sie mich holen. Und ich wünsche benachrichtigt zu werden, wenn Dr. Lawrence eintrifft.«

Sehr vorsichtig bettete sie William wieder in seine Wiege. Als sie das Kinderzimmer verließ und die Treppe hinunterging, stellte sie fest, daß sie zitterte. Lally, die neben ihr war, sagte: »Sie weiß es vermutlich am besten, weißt du. Babys sind schrecklich komplizierte Wesen.«

Vor der Tür zum Salon blieb Thomasine stehen. Lally fügte hinzu: »Ich sollte reingehen und die Sache hinter mich bringen. Sonst macht Marjorie wieder die Honneurs, und das wäre unerträglich. Ich kann es nicht ausstehen, wenn sich Marjorie so schrecklich aufspielt.«

Thomasine holte tief Luft und trat in den Salon. Das Tablett mit den Teekannen, der unterteilten Teebüchse, den Kannen mit heißem Wasser und dem Spirituskocher stand bereits auf dem Tisch. Mädchen brachten Teller mit Teegebäck, Sandwiches und Kuchen herein. Thomasine setzte sich auf den einzig freien Stuhl neben dem Teegeschirr. Sie hatte diese Zeremonie noch nie gemocht. Alles war zwar sehr vornehm, aber schrecklich unpraktisch: Die silbernen Henkel der ziselierten Krüge und Kannen waren schmal und anmutig geschwungen, aber der Benutzer riskierte, sich die Knöchel zu verbrennen, und die Flamme des Spirituskochers loderte immer zu hoch oder ging ganz aus.

Sie zwang sich zu äußerster Konzentration. Versuchte, die peinlichen Mißgeschicke des vorhergehenden Tages zu vergessen, nicht mehr an den Ausdruck des Betrogenseins in Williams Augen zu denken, als sie ihn in seine Wiege zurücklegte. Sich zu erinnern, in welche Kanne sie den indischen und in welche sie den chinesischen Tee geben mußte. Zu warten, bis das Wasser richtig kochte, damit der Tee richtig brühte. Sich nicht vorzustellen, daß alle sie anstarrten und nur darauf warteten, daß sie einen Fehler machte.

Die Zubereitung des Tees gelang ohne Mißgeschicke, sie verschüttete keinen Tropfen und wußte sogar noch, daß die Frau des Bischofs Milch statt Zitrone nahm. Aber als sie aufstand, um ihrem Gast die Tasse zu reichen, sagte Lady Blythe laut: »Hast du nach William gesehen, Thomasine? Ich fand, daß er ziemlich krank aussah.« Sie starrte ihre Schwiegermutter nur einen Moment an, dann ließ sie die winzige Teetasse fallen, so daß sie auf dem steinernen Kocher zerbrach, und rannte aus dem Salon und zum Haus hinaus.

Ihre Lungen schmerzten, als sie über den Rasen und den kleinen Hügel hinab auf die Koppel zurannte. Als sie durch den Zaun schlüpfte, zerriß ihr Kleid, und die groben Holzsplitter verhakten sich in ihren Strümpfen.

Als sie den Damm hinaufgeklettert war, der den Zufluß der Lark begrenzte, kam sie schlitternd zum Stehen. Ihr Herz raste, und ihre Schuhe waren von Schlamm verklebt. Drakesden Abbey, das sie aufgefressen und verschlungen hatte, spuckte sie jetzt wie einen Fremdkörper wieder aus. Lange sah sie nur auf das graue Wasser im Deich hinab und dann schließlich in den trüben Himmel hinauf, der sich über ihr wölbte. Ihre Nägel hatten sich in ihre Handflächen gegraben und hinterließen kleine rote, geschwollene Flecken. Sie richtete sich auf und schlang die Arme um sich. Die Wolken über ihr nahmen verschiedenartige Formen an, bildeten Berge, Schlösser, Drachenmäuler. Frierend und zitternd war sie gezwungen, der Wahrheit ins Auge zu sehen: Obwohl sie Drakesden Abbey einen Erben geschenkt hatte, gehörte sie dennoch nicht dazu. Diese Art von Leben mußte man von Kindesbeinen an erlernt haben. Wie die Blythes es getan hatten, sie jedoch nicht.

Mit gebeugtem Kopf wegen des heftigen Winds ging Thomasine am Rand des Deichs entlang. Dabei fiel ihr die bröckelnde Oberfläche des Walls auf, die Stellen, wo das Wasser den eingesunkenen Befestigungen gefährlich nahe kam. Sie sah auf das weite flache Land hinaus, das wieder zu Wasser würde, wenn der Deich brach, auf die verrotteten Planken der primitiven Brücken, die die Flußläufe überspannten, auf das Unkraut und die Disteln auf den Feldern, die den Deich umgaben.

Lange stand sie da und starrte alles nur an. Dann begann sie, zum Haus zurückzugehen. Es fühlte sich an wie die Rückkehr in ein Gefängnis, doch sie wischte den Gedanken beiseite. Sie hatte keine Wahl. Ihr Mann und ihr Kind brauchten sie.

Bevor sie nach London zurückkehrte, verbrachte Lally eine halbe Stunde mit ihrer Mutter in dem kleinen Salon, der sich an Lady Blythes Schlafzimmer anschloß. Lally langweilte sich inmitten der chintzbezogenen Möbel, der vielen Rüschen und Porzellanfiguren. Sie stand am Fenster und sah auf den Vorgarten hinaus, während ihre Mutter Kaffee eingoß. Einen großen Kinderwagen schiebend, kam Nanny Harper die Einfahrt herauf. Williams Morgenausfahrt, dachte Lally und gähnte.

Zu ihrer Mutter gewandt, sagte sie: »Wo hast du denn diese entsetzliche Person aufgetan?«

Lady Blythe sah ruhig auf. »Ich weiß nicht, was du meinst, Lally.«

»Diese Schreckschraube, diese Nanny des armen kleinen William.«

»Miss Harper ist mit den allerbesten Empfehlungen zu mir gekommen. Jetzt setz dich doch, Lally, dein Kaffee wird kalt.«

Eine Weile herrschte Schweigen. Lally trank ihren Kaffee. Schließlich sagte sie: »Du kannst sie nicht ausstehen, nicht wahr?«

»Wen?«

»Thomasine natürlich.«

Lady Blythe stieß das kurze melodische Lachen aus, das

Lally immer so falsch und verlogen vorkam. »Mach dich nicht lächerlich, Lally.«

Lally ließ sich nicht beirren. Fasziniert beobachtete sie ihre Mutter. »Nicholas liebt sie, weißt du.«

Lady Blythes beherrschter Gesichtsausdruck verwandelte sich in Zorn. »Nicholas ist betört. Jede kluge, einigermaßen attraktive Frau kann einen Mann betören, wenn sie es darauf abgesehen hat.«

Lally faßte zusammen, was sie beobachtet hatte: »Also verunsicherst du Thomasine ständig. Du bringst sie dazu, an sich zweifeln.«

»Ich führe ihr vor, was sie in Wirklichkeit ist«, antwortete Lady Blythe knapp und kalt. »Ich zeige ihr nur, daß sie nicht gut genug für Nicholas ist und nie sein wird. Sie hat keine Manieren. Und sie gehört nicht hierher.«

Es lohnte sich fast, in Drakesden zu bleiben, dachte Lally, um zu sehen, wie die Dinge sich entwickelten. Um ihre Mutter zu beobachten, die großartig war in ihrer unnachgiebigen Boshaftigkeit, Thomasine Thorne zu zerstören. Aber innerhalb einer Woche würde Drakesden sie zum Wahnsinn treiben. Lally erhob sich.

»Mach dir keine Sorgen, ich werde Nicholas kein Wort sagen. Wahrscheinlich hast du recht. Sie hätten nie heiraten sollen.«

Dr. Lawrence diagnostizierte eine leichte Erkältung, nachdem er William untersucht hatte. Viel Flüssigkeit, ein warmes, aber nicht überheiztes Zimmer, und er sei in ein oder zwei Tagen wieder kerngesund. Thomasine, die Williams Jäckchen zuknöpfte, war zutiefst erleichtert.

Am Tag darauf reisten die Gäste ab: eine Karawane von Automobilen und Kutschen, die von der Einfahrt ins Dorf hinunterfuhr. Sobald sie sich vom letzten Gast verabschiedet hatte, ging Thomasine ins Kinderzimmer hinauf.

Sie konnte Williams stoßweises Weinen schon hören, bevor sie die Tür öffnete. Es war das verzweifelte Schluchzen eines Kindes, das zu lange geschrien hatte und nicht beachtet worden war. Im Innern des Kinderzimmers blieb sie einen Moment stehen und sah auf den glänzenden Boden, das funkelnde Becken und Bad, auf die staubfreien Möbel und das schimmernde Geschirr. Auf die Stapel von Windeln, Decken und Bettwäsche, alles säuberlich gefaltet und an seinen richtigen Platz gelegt. Auf die Reihe der sterilisierten Fläschchen, der gewaschenen und gebügelten Lätzchen. Selbst Williams Rasseln waren in Reih und Glied auf ein eigens beschriftetes Regal im Schrank gelegt.

Nanny Harper stülpte Gummischnuller auf Glasfläschen. Martha schrubbte die Babybadewanne. Thomasine hob William aus der Wiege.

Er lächelte sie nicht einmal an. Sein erschöpfter niedergeschlagener Blick und der Klang seines würgenden, erstickten Schluchzens brachen ihr fast das Herz. Sein Gesicht war vom Weinen rot angeschwollen, und sein kleiner Körper zitterte, als sie ihn an sich drückte.

Wenn sie sich wegen William nicht zurückgehalten hätte, wäre sie zu physischer Gewalt fähig gewesen. Ein fürchterlicher, namenloser Zorn hatte sie ergriffen. Am liebten hätte sie Nanny Harper das ordentlich aufgesteckte Haar vom Kopf gerissen oder ihr mit der Faust in ihr unbewegtes, liebloses Gesicht geschlagen. Aber mit dem Baby in ihren Armen konnte sie sie nur mit Worten angreifen. Sie brachte allerdings kaum etwas heraus. Schließlich gelang es ihr hervorzustoßen: »Wie lange schreit das Kind schon?« Sie ertrug es nicht, die Frau mit ihrem Namen anzusprechen.

Der letzte Schnuller wurde geschickt über die Flaschenöffnung gezogen.

»Etwa eine halbe Stunde, Euer Ladyschaft. William war den ganzen Morgen unruhig.«

»Eine halbe Stunde ...« Erneut war sie sprachlos.

»Ein recht unartiger kleiner Junge, muß ich sagen, Euer Ladyschaft.«

Thomasine wußte plötzlich, daß jeder Streit sinnlos wäre. Daß sie bloß auf hochmütiges Unverständnis stieße, wenn sie erklärte, daß William krank, erst zwei Monate alt und zu

Unartigkeit noch gar nicht fähig war. Plötzlich wußte sie ganz genau, was sie zu tun hatte.

»Würden Sie bitte Ihre Sachen packen, Miss Harper. Ich benötige Ihre weiteren Dienste nicht mehr. Anstelle einer Kündigungszeit bezahle ich Ihnen natürlich zwei Monate Ihres Gehalts.«

Endlich besaß sie die Aufmerksamkeit der Frau. Sie hatte es geschafft, durch die selbstgefällige Maske hindurchzudringen. Einen Moment lang riß sie die kalten grauen Fischaugen auf, und der Mund mit den weißen Zahnreihen ging auf und schloß sich wieder. »Sie entlassen mich, Lady Blythe?«

»Ich entlasse Sie, Miss Harper.« Sie begann, sich ruhiger zu fühlen. Thomasine wandte sich an Martha, die aus dem Badezimmer hereinstarrte.

»Martha – nimm William bitte und gib ihm eine Flasche Wasser, während ich Miss Harpers Lohn hole.«

Das war der schwierige Teil. In ihrem Zimmer durchsuchte sie alle Taschen und Börsen und brachte drei Shilling und ein Sixpence-Stück zusammen. In der Tasche eines Kleides fand sie noch ein weiteres Sixpence-Stück und in der Schublade mit den Taschentüchern drei Pennys.

Nicholas war im Wintergarten und unterhielt sich mit seiner Mutter. Sie wußte, daß es keinen Sinn hatte, ihn auf ein Wort beiseite zu nehmen, daß es keinen Sinn hatte, sich den Folgen ihrer Handlung zu entziehen.

»Ich muß dich leider um etwas Geld bitten, Nick. Ich habe gerade Miss Harper fristlos entlassen und muß ihr für die Kündigungszeit zwei Monate ihres Lohns bezahlen.«

Ihre Stimme klang kräftig und klar, wie eine Herausforderung. Sie brachte es nicht über sich, einen entschuldigenden oder versöhnlichen Ton anzuschlagen: Dafür waren ihr die Verzweiflung in Williams Augen und sein ersticktes Schluchzen noch zu präsent.

»Du hast die Nanny *rausgeworfen* ...«, erwiderte Nicholas ungläubig.

»Ja, ich möchte nicht, daß sie sich weiterhin um mein Kind kümmert, Nick.«

Verwirrt wandte sich Nicholas an seine Mutter. Lady Blythe sagte kühl: »Darf man fragen, warum du dich zu diesem Schritt entschlossen hast, Thomasine?«

»Weil sie grausam ist. Weil sie zu glauben scheint, es sei gut, William zu quälen.«

»Weil sie nicht sofort auf jede Laune des Kindes eingeht?« Lady Blythe legte ihren Stickrahmen weg. »Ich bitte dich, Thomasine – du willst doch sicherlich nicht, daß William verzärtelt wird?«

»Natürlich will ich das nicht.« Doch erneut spürte sie, welcher Abgrund zwischen ihr und Lady Blythe gähnte. Daß fast alles, woran sie glaubte, von ihr angezweifelt wurde. Um Williams willen, nicht um Lady Blythes willen, versuchte sie, es zu erklären.

»William ist noch viel zu klein, als daß die Gefahr bestünde, er könnte verwöhnt werden. Ich möchte nicht, daß man ihn schreien läßt, nur weil er eine Stunde vor seiner Fütterungszeit aufgewacht ist. Wie sollte ihm das guttun?« Sie berührte Nicholas' Hand. »Bitte, Nick – ich brauche den Lohn für Miss Harper –, ich möchte, daß sie noch heute geht. Wenn du es mir nicht geben willst, nehme ich es vom Haushaltsgeld.«

Einen Moment lang glaubte sie, er würde es ihr verweigern. Sein Blick wanderte zu seiner Mutter und wieder zu ihr zurück. Dann verließ er den Wintergarten und stieg die Treppe zu seinem Arbeitszimmer hinauf.

12

MARTHA, DAS KINDERMÄDCHEN, übernahm die Pflege von William. Nach einer Woche hatte er sich von seiner Erkältung erholt und begann wieder zu lächeln und zuzunehmen.

Thomasine holte eines der Pferde aus dem Stall und ritt über die Koppel und um die Insel. Die Augustsonne blinzelte hinter flockigen weißen Wölkchen hervor, als sie die Stute den Weg entlangtraben ließ. Sowohl auf Daniels wie auf Nicholas' Feldern stand der Weizen hoch. Zufrieden blickte sie auf das wogende Gold und war froh, daß ihre Unterredungen mit Joe Carter hier, auf den ertragreichsten, aber gefährdetsten von Nicholas Ländereien, Früchte getragen hatten.

Sie gab dem Pferd die Sporen, ritt weiter den Weg entlang und um die andere Seite der Insel herum. Der Pfad war jetzt sehr uneben, und die kastanienfarbene Stute trabte vorsichtig an Äckern entlang, die sich wie ein Fleckenteppich über die flache Erde ausbreiteten. Auf vielen Feldern wuchs Weizen, aber einige waren immer noch kahl, und auf dem schwarzen Boden breitete sich eine Menge Unkraut, Disteln, Mohn und Flachs aus.

Beunruhigt zog sie die Zügel an und stieg aus dem Sattel. In den letzten Wochen ihrer Schwangerschaft war sie nicht in der Lage gewesen, die entlegenen Felder zu inspizieren: Für einen Fußmarsch waren sie zu weit entfernt, und das Auto hätte den schlammigen Weg nicht bewältigt. Das Land war nicht bebaut, lag brach. Thomasine beugte sich hinunter und ließ eine Handvoll der feinen schwarzen Torferde durch die Fingern rieseln. Sie würde mit Nicholas sprechen, dachte sie, und herausfinden, warum diese Felder nicht bestellt wurden.

Sie schlang die Zügel um einen herabhängenden Ast und begann, den Weg entlang des Gewirrs aus Gräben und Deichen einzuschlagen. Die Gräben waren etwa zwei Handbreit hoch mit Wasser gefüllt, in den Deichwällen zeigten sich Löcher, und dicker Schlamm und Riedgras hielten das stinkende, brackige Wasser zurück. Die Windmühlen am Horizont, deren Flügel Wind und Wetter arg mitgenommen hatten, standen still, und das Land machte einen brachen, vernachlässigten Eindruck. Sumpfige Stellen breiteten sich auf den Feldern aus, und fedriges Riedgras, das sonst nur auf morastigem Grund wuchs, überwucherte einst gutes Ackerland. Blätter von Mohnblüten trieben in der Luft und ließen blasse, blaugrünliche Samenkapseln zurück. Es war, als bildeten sich die Fens langsam und heimlich Stück für Stück wieder in ihre ursprüngliche Form zurück. In etwa einhundert Metern Entfernung konnte sie drei Cottages erkennen, kaum mehr als verrottete Hütten, die abseits vom Dorf lagen. Vor ihnen waren Kisten, Säcke und ein paar schäbige Möbel aufgestapelt. Ein Wagen wurde über den Weg in Richtung der Hütten gezogen. Eine der Bewohnerinnen sah zu ihr herüber, und Thomasine hob die Hand und winkte. Aber die Frau wandte ihr den Rücken zu und winkte nicht zurück. Verwirrt und besorgt machte sich Thomasine auf den Heimweg.

Der August war für Daniel der arbeitsreichste Monat im Jahr. Die Erdbeeren waren alle verkauft, aber die Himbeeren hingen noch an den Sträuchern, und die schwarzen und roten Johannisbeeren standen kurz vor der Reife. Es war umständlich und zeitaufwendig, die weichen Beeren zu pflücken. Zögernd bat Daniel Fay um Hilfe, und am Mittag gingen die Gillorys und Harry Dockerill zum Essen zum Cottage zurück.

Während sich Harry vor der Hintertür den Schmutz von den Stiefeln kratzte, sagte er: »Ein paar von den Männern sind bei der Sache mit dem Gutsherrn auf deiner Seite, Daniel. Vor allem die jungen. Du solltest heute abend in den Otter kommen und mit ihnen reden.«

Daniel nickte. In der Küche öffnete er die Schränke und spähte in den Herd. Aber außer einer Büchse Sardinen und einer Schachtel Kekse konnte er nichts finden.

Fay reinigte sich die Nägel. »Die Hühner haben nicht gelegt«, antwortete sie gereizt auf Daniels Frage. »Außerdem hatte ich keine Zeit, zum Einkaufen zu gehen.«

»Dann nimm deine Börse, und wir gehen jetzt.«

»Ich hab nicht viel Geld, Daniel«, erwiderte sie ausweichend.

Harry Dockerill stand in der Tür und gab taktvoll vor, die Aussicht zu genießen.

»Es ist doch erst Dienstag«, flüsterte Daniel. »Du mußt doch noch genügend Geld für einen Laib Brot haben.«

Fays Börse lag auf dem Küchenbüfett. Sie öffnete sie und sah hinein. »Zwei Pence.«

»Zwei Pence!« Daniel vergaß zu flüstern. »Aber ich hab dir doch am Freitag nachmittag zwei Pfund und zehn Shilling gegeben. Wo ist denn das alles geblieben?«

»Ich hatte keine Zeit zum Kochen«, sagte sie abwehrend. »Nicht bei der vielen Arbeit draußen. Also mußte ich im Laden einkaufen. Dosen und derlei. Und ich brauchte einen neuen Hut, sonst verbrenne ich mir das Gesicht. Und Handschuhe.«

Er starrte sie an und versuchte, seine aufsteigende Panik niederzukämpfen. »Fay. So geht das nicht weiter. Wirklich nicht. Erst in den letzten Wochen ist es mir wieder gelungen, unser Konto auszugleichen. Könntest du *bitte* versuchen, ein bißchen sparsamer zu sein?«

»Sparsamer sein?« erwiderte sie zornig. »Das tue ich doch ständig, immer bin ich am Knapsen und Knausern. Es gibt keinen Spaß mehr, nie krieg ich was Neues.«

»Ich muß sparen, Fay – wie soll sich denn sonst etwas für dich bessern? Womit soll ich neues Land kaufen oder das Haus umbauen? Es ist doch nur für eine Weile.«

»Nur für eine Weile«, äffte sie ihn nach. »Das sagst du mir schon, seit wir geheiratet haben, Daniel Gillory. Aber wir sitzen immer noch in diesem Loch. Ich hab immer noch kein Wohnzimmer, kein Bad, und immer noch gibt es die schreckliche Toilette ...«

Wütend entgegnete Daniel: »Du hast ein Dach über dem Kopf und genügend Geld, um dich anständig zu ernähren und zu kleiden, Fay. All die anderen Dinge bekommst du, sobald es mir möglich ist – *vorausgesetzt* wir sind sparsam. Mein Gott, Harrys Mutter hat von weniger als der Hälfte, die dir zur Verfügung steht, zehn Kinder aufgezogen.«

»Harrys Mutter?« Fay verzog angewidert das Gesicht. »Die leben doch wie die Tiere. Drei in einem Bett, und sie sind so viele, daß sie beim Essen nicht mal alle um den Tisch passen. Zweimal im Jahr waschen sie sich das Haar und baden in einer alten Wanne vor der Küchentür. Da würde ich ja lieber gleich sterben!«

Einen Moment lang sah sie geradezu häßlich aus. Ihr Gesicht war bleich mit zwei hektischen Flecken auf den Wangen, der Mund zu einem höhnischen Grinsen verzogen. Als er sich schnell umdrehte, entdeckte er, daß Harry schon halb den Hinterhof überquert hatte und in Richtung des Hauses seiner Mutter ging. Daniel schlug mit der Faust auf den Tisch und bemühte sich, nicht zu antworten. Er wußte, daß er sonst etwas gesagt hätte, was die Kluft zwischen ihnen unüberbrückbar gemacht hätte.

Fay drängte sich an ihm vorbei und rannte in den Hof hinaus. Einen Augenblick lang dachte er, sie wollte sich bei Harry entschuldigen. Aber dann sah er sie im Schuppen verschwinden und mit dem Fahrrad wieder herauskommen. Er rief ihr nicht nach. Erschöpft ließ er sich am Tisch nieder und vergrub den Kopf in den Händen.

Fay radelte nach Ely, ließ das Rad auf einem Grasstreifen in der Nähe der Kathedrale liegen und hastete aufgebracht von Geschäft zu Geschäft, bis sich ihr Zorn gelegt hatte.

Schließlich fand sie sich auf dem Gehsteig vor dem Haus

des Doktors wieder. Die Straße war von Bäumen gesäumt, in deren Schatten sie sich stellte, um schnell das Haar und die Kleider zu ordnen. Schließlich wurde sie für ihre Geduld belohnt, als sie Dr. Lawrence aus der Vordertür treten sah.

Sie registrierte die Überraschung in seinem Gesicht, als sie seinen Namen rief. »Ach – Dr. Lawrence.«

»Mrs. Gillory. Wieder beim Einkaufen?«

»Nur Schaufenster ansehen«, antwortete sie. »Aber es ist so schrecklich heiß.«

Einen Moment lang erwiderte er nichts, sondern stand bloß da und blickte sie an. Sie wußte, daß sie die Enttäuschung nicht ertragen hätte, wenn er nur den Hut gelüpft und einfach weitergegangen wäre.

Aber er ging nicht weiter. Statt dessen sagte er: »Eigentlich wollte ich gerade eine Kleinigkeit essen gehen. Vielleicht hätten Sie Lust, mir Gesellschaft zu leisten, Mrs. Gillory?«

Dr. Lawrence bestellte Tee und Kuchen und lehnte sich zurück, um Fay anzusehen. Die Direktheit seines Blicks machte sie nervös. Bei einem anderen Mann hätte sie es für unverschämt gehalten, aber in seinem Fall fand sie es nur seltsam beunruhigend, leicht beängstigend und – aufregend. Ja, aufregend. Sie spürte, daß sie rot wurde, und sagte:

»Wofür steht das ›A‹ auf dem Schild an Ihrer Tür? Ich dachte, vielleicht für Albert oder für Andrew …«

»Alexander«, antwortete er lächelnd.

»Alexander. Wie reizend. Was für ein außergewöhnlicher Name.«

»In England vielleicht. In Schottland nicht.«

Die Bedienung brachte den Tee, und dankbar für die Ablenkung goß sich Fay ein und rührte Milch und Zucker um.

»Vermissen Sie Schottland, Dr. Lawrence?«

Er neigte den Kopf zur Seite und überlegte. Seine Augen waren von einem hellen, verwaschenen Blau mit schweren Lidern, deren Wimpern aufgrund ihres hellen Blondtons wie durchsichtig wirkten. Wie bei bestimmten Tieren, dachte Fay, die sonst nicht zu einfallsreichen Vergleichen neigte. Wie bei einer Eidechse oder einer Schlange …

»Im Moment überhaupt nicht, Mrs. Gillory.«

Sie spürte, daß sie wieder errötete, und ärgerte sich über ihren Mangel an Beherrschung.

Er schien Mitleid mit ihr zu haben. »Ich bin aus beruflichen Gründen nach East Anglia gekommen, Mrs. Gillory«, erklärte er. »Ich interessiere mich sehr für rheumatische Erkrankungen, verstehen Sie, und schreibe gerade einen Artikel über deren Gründe und Behandlung. In den Fens gibt es viele dieser Krankheitsfälle.«

»Oh.« Sie wußte nicht, was sie sagen sollte. Sie konnte auch nichts essen. Unablässig rührte sie ihren Tee um.

»Es ist die Feuchtigkeit, Mrs. Gillory. Das tiefliegende Land. Die Leute können sich nicht warm halten.«

»Unser Cottage ist im Frühling sehr feucht. Das Wasser dringt durch den Boden ein.« Sie sprach stockend und abgehackt, als hätte sie ihre Stimme nicht unter Kontrolle. Gleichzeitig war sie sich plötzlich der Gefährlichkeit ihrer Lage bewußt. Sie beschloß, nie mehr allein nach Ely zu fahren, nie mehr auf diese Weise ihren Ruf aufs Spiel zu setzen, sich nie mehr den erbarmungslosen Blicken dieses Mannes, seiner gewandten, verführerischen Stimme auszusetzen.

»Und haben Sie Rheumatismus, Mrs. Gillory? Schmerzen und Gliederreißen?«

»Nein – nein. Nur Dornen.« Sie kicherte. »Vom Himbeerpflücken habe ich einen Dorn im Finger. Er tut ziemlich weh.«

Sie wußte, daß sie albernes Zeug plapperte, aber sie konnte sich nicht zurückhalten. Von ihrer Makrone hatte sie keinen Bissen gegessen, sondern sie zwischen den Fingern zerkrümelt, bis nur noch ein Häufchen Brösel in der Mitte ihres Tellers lag.

»Lassen Sie mich mal sehen.«

Sie gab ihm die Hand. Sie konnte nicht anders. »Gleich hier. Am Zeigefinger.«

»Ah ja. Ich sehe ihn.« Er blickte zu ihr auf. »Das sollten

Sie nicht auf sich beruhen lassen, Mrs. Gillory. Es könnte sich entzünden.«

Sie fühlte sich völlig benommen. Als er ihre Hand an seine Lippen hob, die Lippen um die schmerzende Fingerspitze legte und den winzigen Dorn aus ihrem Fleisch saugte, schrie sie kurz auf – vor Freude, vor Angst und vor Scham.

»Sie schmecken nach Mandeln«, sagte er.

Das Abendessen war das reichhaltigste Mahl des Tages: sechs Gänge, von bedeutungsloser Konversation begleitet und von einem schweigenden Butler und Lakaien serviert.

Sie waren beim Dessert angekommen. Thomasine und Lady Blythe würden sich in den Salon zurückziehen, um Nicholas seiner Zigarre und seinem Portwein zu überlassen. Nicholas hatte seinen Nachtisch nicht angerührt, seine Finger trommelten auf den Tisch. Thomasine legte liebevoll ihre Hand auf die seine und brachte das Geräusch zum Verstummen.

»Nick – ich bin heute um die Insel geritten. Viele der Felder stehen gut im Korn und können bald geerntet werden. Aber diejenigen in der Nähe von Burnt Fen liegen brach.«

Er antwortete unbestimmt: »Carter kümmert sich schon darum, Thomasine.«

»Ich weiß. Ich werde morgen mit Joe reden. Aber Nick, die Familien ziehen aus den drei Cottages dort aus. Ihr ganzes Mobiliar ist auf dem Weg aufgetürmt. Weißt du warum?«

Nicholas zog die Hand unter der ihren hervor. Er griff in die Tasche, um sein Zigarettenetui herauszuholen.

»Ich verkaufe das Land«, antwortete er schließlich.

Sie starrte ihn an. Der Diener beugte sich herunter und trug ihren Teller ab. Thomasine bemerkte ihn kaum.

»Du *verkaufst* es …«

Er nickte. »Irgendein Bursche baut eine Autowerkstatt dort. Angeblich ist ein Vermögen damit zu verdienen – bald wird es überall im Land Autowerkstätten geben.« Er fummelte mit seinem Feuerzeug herum, als er versuchte, seine Zigarette anzuzünden.

Lady Blythe sagte: »Ich glaube, Nicholas möchte rauchen, Thomasine.«

Der Diener stand bereits hinter Thomasines Stuhl, um ihn wegzuziehen, damit sie sich mit ihrer Schwiegermutter in den Salon begeben konnte.

Nicholas fügte ausweichend hinzu: »Die Cottages wurden mit dem Land verkauft. Daran ist nichts zu ändern.«

Sie fühlte sich getroffen, als hätte man ihr einen Schlag versetzt. »Du könntest anderes Land verkaufen!« flüsterte sie. »Wohin sollen die Leute denn gehen?«

»Sie finden etwas anderes. Die ganzen Fens sind voller Cottages für Arbeiter.«

»Niemand stellt neue Arbeiter ein. Das weißt du doch, Nick.«

Er zuckte die Achseln. »Ich hatte keine andere Wahl. Ich brauche das Geld.«

Sie glaubte ihm nicht. Als sie sich umblickte, sah sie das glänzende Silber, das venezianische Glas, das ziselierte Besteck mit dem eingravierten Monogramm, all die Zeichen von Reichtum und Sicherheit.

»Du hattest genügend Geld für das elektrische Licht ... für die Warmwasserleitungen ...«

Er saß mit hochgezogenen Schultern da und antwortete nicht gleich.

Die Verzweiflung in seinen Augen alarmierte sie, und erneut überkam sie ein Gefühl der Hilflosigkeit angesichts der Unabänderlichkeit von Besitzverhältnissen und Traditionen, die seit Jahrhunderten bestanden. Auch ihn belastete es, dachte sie, zwischen dem Gestern und Heute hin und her gerissen zu sein. Gezwungen zu sein, sich zwischen den Ansprüchen seiner Mutter und den ihren zu entscheiden.

»Ich muß Erbschaftssteuer bezahlen, Thomasine«, sagte er mürrisch. »Ich hab anderes Land zum Verkauf angeboten, aber niemand hat es genommen. Die Felder waren zu sumpfig, und im Moment interessiert sich ohnehin niemand für Ackerland. Ich hatte verdammtes Glück mit der Werkstatt.«

Ohne sich um Lady Blythe oder das Dienstpersonal zu kümmern, erhob sie sich und trat zu ihm. Neben seinem Stuhl ging sie in die Hocke.

»Nick«, begann sie sehr zärtlich. »Willst du es dir nicht noch einmal überlegen? Verkauf vielleicht nur die Hälfte des Lands – oder mach zur Bedingung, daß der Werkstattbesitzer den Leuten erlaubt, in ihren Häusern zu bleiben. Würdest du darüber nachdenken? Bitte? Für mich?«

Sie hatte seine Hand ergriffen, und der Blick aus seinen dunklen, gequälten Augen traf den ihren. Langsam senkte Nicholas den Kopf.

»Ja«, antwortete er. »Ich denke darüber nach.«

Als Thomasine nach oben gegangen war, um das Kind zu stillen, sprach seine Mutter mit ihm. Sein Kopf tat weh, und er spürte ein Muskelzucken in seinem Augenwinkel, aber er wußte, daß er nicht schlafen könnte, obwohl er müde war.

Lady Blythe bemerkte seine Erschöpfung und setzte sich auf den Schemel neben ihn. Die Geste rührte ihn. Sie wirkte jünger, das sanfte Abendlicht schmeichelte ihren inzwischen ein wenig hohlen Wangen und verblichenen Zügen.

»Nicky, Liebling«, begann sie, hielt dann inne und sah mit runden blauen Augen zu ihm auf. Er roch den zarten Nelkenduft, der von ihr ausging. Wie immer versetzte ihn dieser Duft ihn in seine Kindheit zurück. Wenn er von Drakesden weggefahren war, um wieder in die Schule zu gehen, hatte sie ihn immer geküßt, und es hatte nach Nelken geduftet …

»Nicky. Ich bin sicher, Thomasine versucht ihr Bestes, aber sie ist eben nicht mehr in ihrem gewohnten Milieu.«

Er sah sie verständnislos an. Seine Kopfschmerzen wurden schlimmer. »Was meinst du, Mama?«

»Nun …«, begann sie zögernd. »Die Sache mit dem Land. Und der Nanny. Und die Taufe.«

»Oh.« Er rieb mit dem Zeigefinger die Falte zwischen seinen Augenbrauen. Er hatte keinen so langen Katalog an Verfehlungen erwartet. »Die *Taufe?*«

Sie stieß ein kurzes Lachen aus. »Nun, das war doch ein ziemliches Desaster, oder? Das Frühstück etwa – wenn Marjorie und ich die Sache nicht wieder in Ordnung gebracht hätten … Und das Menü, das Thomasine zusammengestellt hat, das war doch vollkommen mißglückt. Ich will sie ja nicht kritisieren, Nicholas, aber …« Lady Blythe beendete ihren Satz nicht, sondern hüllte sich in ein vieldeutiges Schweigen.

Nichols sah sie an und versuchte, sich an Williams Taufe zu erinnern. Sie schien eine Ewigkeit her zu sein. Seltsam, daß ihm Ereignisse, die vor fünf oder sechs Jahren stattgefunden hatten, völlig klar vor Augen standen, die jüngste Vergangenheit jedoch zu einem formlosen Knäuel verschwamm.

»Das Essen war zum Abgewöhnen«, antwortete er und erinnerte sich vage an den angebrannten Fisch.

»Und die Nanny zu entlassen!« Lady Blythe schüttelte mißbilligend den Kopf.

Nicholas spürte, daß es seiner Mutter schwerfiel, diese Dinge mit ihm zu besprechen.

»Nachdem ich mich so bemüht hatte, eine geeignete Frau zu finden … Miss Harper wurde mir auf die ausdrückliche Empfehlung von Athene Faversham geschickt, weißt du, Nicky … das ist alles so peinlich … und das arme Kind allein Marthas Obhut zu überlassen! Das geht doch nicht, das geht doch wirklich nicht. Thomasine mutet sich viel zuviel zu.«

Unfreiwillig wurde ihm bewußt, daß sie recht hatte. Es hatte immer Nannys und Kindermädchen gegeben: Man stand unter Aufsicht einer Nanny, bis man in die Vorschule kam.

Er versuchte, es ihr zu erklären. »Bei Thomasine war es anders, Mama. Sie ist in ärmlichen Verhältnissen auf einer Farm in Afrika aufgewachsen. Und dann …« Er brach plötzlich ab, weil er merkte, welche Falle er sich damit stellte. Dennoch mußte er zugegeben, daß Mama recht hatte und daß Thomasine und er sich auf Drakesden stritten, weil sie nicht gelernt hatte, sich anzupassen.

Lady Blythe schwieg taktvoll. Nicholas' Kopfschmerzen hatten begonnen, seine Sehfähigkeit zu beeinträchtigen. Das passierte in letzter Zeit manchmal, so daß er befürchtete, die zuckenden Lichtblitze der Migräne brächten die Visionen wieder zurück, die ihn in den ersten Nachkriegsjahren gequält hatten. Am liebsten hätte er sich irgendwo versteckt, wo es warm, dunkel und einsam war, wo er nicht mehr denken mußte, bis er wieder richtig sehen konnte.

Mama spürte seine Qualen und betupfte mit ihrem nach Eau de Cologne duftenden Taschentuch seine hämmernde Stirn.

»Du brauchst dir keine Sorgen zu machen, Nicky. Ich werde mich darum kümmern, daß Williams Erziehung nicht beeinträchtigt wird, und ich werde die Führung des Haushalts beaufsichtigen. Und natürlich mußt du das Land verkaufen, wenn es nötig ist, um so die Güter von Drakesden zusammenzuhalten. Thomasines Pflichten beschränken sich schließlich auf das Haus und das Kind. Die Landwirtschaft ist dein Verantwortungsbereich.«

Beim Wort »Verantwortung« zuckte er zusammen. Er wußte, daß er seine Pflicht nicht erfüllt hatte. Er wußte, daß er und nicht Gerald hätte sterben sollen. Gerald wäre stark, gerecht, kompetent, *männlich* gewesen. Sein Überleben jedoch war schändlich, die Tat eines Feiglings. Er verachtete sich für sein Überleben.

Seine Mutter legte den Kopf an seine Schulter. Er atmete ihren Duft ein und fühlte sich einen Moment lang sicher.

»Schon gut, schon gut«, sagte Lady Blythe leise und strich über sein Haar. »Armer Nicky. Armer, lieber Nicky.«

Als der Vorarbeiter eintrat, um ihm zu erklären, daß er keine Männer für die Ernte auftreiben könne, saß Nicholas am Schreibtisch seines Vaters und schrieb Briefe.

»Was meinen Sie damit, Carter – Sie können keine Männer auftreiben?«

Der Vorarbeiter drehte die Stoffmütze in seinen Händen. »Ich hab alle Cottages abgeklappert, Sir«, wiederholte er eindringlich. »Sie behaupten, sie könnten nicht arbeiten.«

Nicholas war verwirrt. »Aber die Gotobeds, die Dockerills, die Bentons … Sie haben doch immer für uns gearbeitet.«

»Die Bentons sind nicht mehr in Drakesden, Sir«, antwortete der Vorarbeiter. Er sah zur Decke und wich Nicholas' Blick aus.

Nicholas starrte ihn an, dann fiel es ihm wieder ein. Die Bentons hatten in einem der Cottages auf Burnt Fen gewohnt. Er hatte Burnt Fen verkauft. Allmählich verstand er.

»*Können* oder *wollen* sie nicht arbeiten?« fragte er langsam.

Carter erwiderte nichts. Nicholas erinnerte sich, daß eines der Cottages einer Familie namens Carter gehört hatte. Der Familie der Schwester dieses Mannes … seiner Mutter …? Angst stieg in ihm auf. Er versuchte nachzudenken.

»Wenn die Männer in Drakesden dumm genug sind, die Arbeit zu verweigern, dann müssen Sie eben in den Nachbardörfern fragen, Carter. In Prickwillow – oder in Soham.«

»Das würde nichts bringen, Sir Nicholas. Die haben dort selbst Arbeit.«

Nicholas schlug mit der Faust auf den Tisch. »Dann bieten Sie ihnen mehr Geld, Mann! Ich kann meine Ernte nicht auf den Feldern verrotten lassen. Es gibt für drei oder vier Wochen Arbeit da draußen, um Himmels willen! Leben denn alle in solchem Luxus, daß sie das ausschlagen können?«

Nicholas' Blick traf den des Vorarbeiters. Ihre Augen begegneten sich nur einen Moment lang, aber Nicholas entdeckte solchen Zorn, solche Ablehnung darin, daß ihm kalt vor Angst wurde und sein Magen sich verkrampfte. Als er den Mann entließ, kam ihm plötzlich ein Gedanke.

»Carter. Einen Augenblick. Sagen Sie – steckt Daniel Gillory hinter der Sache?«

Der Vorarbeiter antwortete nicht.

Nicholas sagte ruhig: »Ich möchte es wissen, Carter. Die Wahrheit, wenn ich bitten darf. Wenn Ihnen Ihr Job lieb ist.«

Carter wand sich vor Unbehagen. »Mr. Gillory hat vor ein paar Männern gesprochen, glaube ich. Vor einer Woche gab es eine Versammlung im Otter.«

Als der Vorarbeiter den Raum verließ, dachte Nicholas, *Mr.* Gillory. Mr. Gillory war der ebenso ungebildete wie ungehobelte Sohn eines betrunkenen Schmieds, ein Lügner und Dieb, der ihm und Thomasine übel mitgespielt hatte. Dann blieb er einfach sitzen und starrte auf die abgenutzte Schreibtischplatte seines Vaters, bis es dunkel wurde und der Gong zum Abendessen rief.

Daniel, Harry und eine Handvoll der anderen Dorfbewohner ernteten den Weizen, als Daniel merkte, daß das Wetter umschlagen würde. Als er die dicken, gelben Körner zwischen den Fingern zerrieb, hätte er das Getreide noch gern ein oder zwei Tage stehen lassen, aber beim Blick über die Fens sah er die schweren weißen Wolken, die am Horizont entlangzogen. Im Lauf des Tages wurden sie grau und kamen langsam näher.

Es war nach Mitternacht, als sie aufhörten. Zum Schluß arbeiteten sie bei Laternenlicht und sammelten die letzten Garben ein. Während der Arbeit sah Daniel oft auf die angrenzenden Felder hinüber. Auch dort stand das Korn hoch und reif, aber keine Erntearbeiter gingen mit geschwungenen Sensen darüber. Er spürte eine zunehmende Erregung in sich aufsteigen, die ihn während der endlosen Stunden anfeuerte, einen Haß und Triumph, der sich wie Balsam auf die Bitterkeit und die müden Glieder legte.

Der Regen setzte ein, als sie die letzte Plane über den geernteten Weizen spannten und wegen des heftigen Winds fest verzurrten. Als er allein nach Hause zurückkehrte, war es dunkel und kalt, der Wind rüttelte an Türen und Fenstern und ließ die Scheiben erzittern. Sie hatten kein Bier mehr, also trank er Wasser, tauchte den Kopf in den Kübel und schluckte, als ließe sein Durst sich nicht stillen. Seine Arme und Hände waren von den scharfen Stengeln mit unzähligen Kratzern übersät, und an seinen Fingern bildeten sich Blasen vom Festhalten der Sense. Er war zu müde, um die Leiter hinaufzusteigen, also legte er sich voll bekleidet aufs Sofa und lauschte dem Wind und dem Regen.

Im Morgengrauen wachte er auf und ging hinaus. Über Nacht hatte sich der Sommer in Herbst verwandelt, der Himmel war bleiern grau, und der Regen fiel in dichten Schwaden auf die Erde hinab. Schwarze Pfützen glänzten im Hof, aber die Plane, die sein Korn bedeckte, hatte gehalten und war vom Sturm nicht weggerissen worden.

Auf der Spitze des Deichs marschierte er zu seinen Feldern. Er mußte den Kopf senken vor dem Wind und war bald bis auf die Knochen durchnäßt. Der Deich, der am Tag zuvor noch fast leer war, füllte sich schnell, und das schwarze Wasser schäumte und blubberte. Mehrmals verlor Daniel fast den Halt, als er den schmalen, glitschigen Weg entlangging.

Als er die Grenze seines Lands erreicht hatte, blieb er stehen. Wie Nicholas Blythe befohlen hatte, würde er keinen Grashalm seines Landes zertreten.

Das brauchte er auch nicht. Der Gott, der über dieses harte, verlassene Land regierte, hatte dies für ihn erledigt. Das Korn, das am Vortag noch hoch gestanden und golden geglänzt hatte, war zu einer fahlen Masse zusammengedrückt worden, kaum mehr ein Stengel war aufrecht geblieben.

Thomasine wachte um sechs Uhr auf, um William zu stillen. Das Heulen des Winds hielt immer noch an, verschluckte fast das zufriedene Glucksen des Kindes, und durchs Fenster konnte sie Blätter und Äste sehen, die über dem Rasen verstreut lagen.

Sobald William eingeschlafen war, rannte Thomasine in ihr Zimmer und zog sich Reithose, Pullover und Regenmantel an. Das Haus war still, abgesehen von den leise huschenden Mädchen, die die Kamine ausfegten. Draußen zerrte der Wind an ihrem Haar und ihren Kleidern, und der Regen peitschte ihr ins Gesicht. Sie sattelte die braune Stute und ritt aus dem Stall. Die Wege waren schlammig und mit Ästen versperrt: Mit dem Auto wäre sie nicht einmal bis ins Dorf gekommen.

Als sie über die Koppel auf den Weg zutrabte, sah sie, daß ihre schlimmsten Befürchtungen wahr geworden waren. Die Felder der Abbey waren nicht geerntet worden. Statt dessen hatte der Sturm das reife Getreide vernichtet, die Halme geknickt und zu großen flachen Kreisen platt gedrückt. Soweit sie blicken konnte, war die Ernte der Abbey vom Sturm zerstört. Sie sagte sich, daß die anderen Felder verschont geblieben seien, daß Nicholas die Männer sicher angewiesen hatte, die Ernte einzubringen, aber als sie um die Insel ritt, erstarb ihre Hoffnung, und eine Mischung aus Furcht und Zorn trat an ihre Stelle. Überall herrschte Chaos. Keine einzige Garbe war eingebracht worden. Regen troff in den Kragen ihres Mantels, in ihre Reitstiefel, das Haar klebte ihr am Kopf, aber sie achtete nicht darauf. Als sie vom Pferd stieg, um einen Weizenhalm aus dem verwüsteten Feld zu pflücken, waren die Körner feucht und von Schlamm und Wasser verklebt.

Schließlich traf sie auf Joe Carter, der allein am Rand eines Ackers stand. Sie sprach ihn nicht an, das brauchte sie nicht. Sie wußte, daß der Ausdruck in seinen Augen der gleiche war wie in den ihren: bestürzte Verzweiflung, die niederschmetternde Erkenntnis, daß alle Arbeit vergeblich gewesen war.

Zurück in Drakesden, nahm sich Thomasine gerade genug Zeit, um die Reitstiefel und den Regenmantel abzuwerfen und sich die Haare zu trocknen. Dann machte sie sich auf die Suche nach Nicholas.

Sie fand ihn in seinem Arbeitszimmer, wo sich seine Silhouette dunkel vor dem Fenster abzeichnete. Er reagierte nicht auf ihr Klopfen, aber sie trat trotzdem ein. Er stand auf, drehte ihr den Rücken zu und sah hinaus. Sie wußte sofort, daß auch er wußte, was geschehen war.

»Die Ernte …«, sagte sie. Ihre Stimme klang seltsam, bebend. »Nick – wir haben alles verloren …«

»Alles?« Es war weniger eine Frage als die Bestätigung einer entsetzlichen Angst.

»Alles. Nick – was ist passiert?«

Er schwieg einen Moment, dann sagte er: »Ich konnte die Männer nicht kriegen.«

Verständnislos starrte sie auf seinen Rücken. »Du konntest die Männer nicht kriegen? Nick – ich verstehe nicht …«

»Sie wollten nicht für mich arbeiten, Thomasine.«

Immer wieder neigte er den Kopf und beugte leicht die Arme. Sie wußte nicht, was er machte. Es war ihr egal.

»Die Männer wollten nicht für mich arbeiten. Joe Carter hat in den anderen Dörfern herumgefragt, aber … sie haben zu viele Tanten, Cousinen und andere Verwandte in Drakesden …« Seine Stimme brach ab. Dann fügte er hinzu: »Daniel Gillory ist schuld daran.«

»*Daniel*? Was hat Daniel damit zu tun?«

Nicholas beugte den Kopf, seine Stimme klang tonlos. »Gillory hat den Männern geraten, nicht für mich zu arbeiten, weil ich die Cottages verkauft habe.«

Sie seufzte tief auf. Ihre Finger verkrampften sich ineinander. »Du hast sie verkauft, Nick? Nachdem ich dich gebeten hatte, es nicht zu tun …« Einen Moment lang konnte sie nicht weitersprechen.

Nicholas flüsterte: »Es ist unser Land, Thomasine. Außerdem mußte ich. Auf Max' Anweisung.«

Der Schock verwandelte sich schnell in Zorn. »Wenn die Dorfbewohner nicht für dich arbeiten wollen, dann deswegen, weil du sie mit Verachtung behandelst. Was erwartest du, wenn du sie aus den Häusern wirfst, in denen sie ihr Leben lang gewohnt haben?«

»Drei Familien.« Wieder beugte er den Kopf. »Das ist alles – drei lausige Familien.«

»Diese drei Familien sind mit allen anderen im Dorf verwandt. Matthew Carter ist mit Letty Gotobed verheiratet, Rose Hayhoes Schwester geht mit einem der Jungen der Dockerills, die Bentons und die Dilleys haben seit Generationen untereinander geheiratet ...«

»Ja – ja – das weiß ich alles ...«

»Wirklich, Nick?« Sie starrte ihn an und dachte erneut, wie schlecht er sich in die Rolle eingefunden hatte, die ihm nach dem Tod seines Vaters und älteren Bruders auferlegt worden war. »Wirklich?«

Er antwortete nicht. Statt dessen beugte er erneut den Kopf und machte wieder die gleiche kleine Bewegung. Zum erstenmal sah sie auf den Schreibtisch, die Fenstersimse und Bücherregale. Überall lagen Stapel von Papieren, so ordentlich aufeinandergelegt, daß keine Kanten überstanden und alles parallel zum Rand der Unterlage ausgerichtet war. Nicholas sagte nichts mehr, rührte sich nicht mehr. Während sie ihn beobachtete, vergaß sie die Ernte und die Cottages. Sie bemerkte, daß er sich nicht einmal umgedreht hatte, um sie anzusehen. Seine Stimme war die ganze Zeit über tonlos, desinteressiert geblieben. Es war, als wäre er in etwas Wichtigeres vertieft, in etwas Faszinierenderes als den Verlust des gesamten Einkommens von Drakesden Abbey. Beunruhigt trat sie auf ihn zu.

Als sie sah, was er tat, wurde ihr fast schlecht. Er hielt eine Rasierklinge in der Hand: Mit den kleinen rhythmischen Bewegungen, die ihr aufgefallen waren, hatte er sich Schnitte auf der Innenseite seines Unterarms beigebracht. Sein linker Arm war bereits von zahllosen Schnitten verletzt, alle entlang der Narben, die er aus dem Krieg mitgebracht hatte. Er sah sie nicht an, als sie entsetzt aufseufzte, sondern fuhr fort, die Klinge über seine Haut zu ziehen. Sein Blick war starr, sein Gesichtsausdruck ruhig. Blut sickerte aus den schmalen Wunden, befleckte seinen Hemdsärmel und fiel in dunkelroten Tropfen auf den Teppich.

Als er die Klinge hob, umschloß Thomasine seine Hand mit der ihren. Seine Faust war fest geballt, ließ sich nicht öffnen.

Sie flüsterte: »Laß sie fallen, Nick. Laß sie fallen.«

Benommen schüttelte er den Kopf.

»Bitte, Liebling – du darfst dir das nicht antun. Laß sie los, bitte. Tu's für mich – für William …«

Endlich wandte er den Blick von seinem verwundeten Arm ab. Als seine Augen auf Thomasines trafen, verzog sich sein Gesicht zu einer Grimasse. Die Rasierklinge fiel zu Boden, sie bückte sich, hob sie auf, wickelte sie in ihr Taschentuch und steckte sie ein.

»Ich werde Dr. Lawrence holen lassen«, sagte sie, aber er packte sie am Arm.

»Nein, Thomasine. Keine Ärzte.«

»Aber Nick – dein Arm …«

»Der heilt schon wieder.« Ein unheimliches Grinsen strich über sein Gesicht. »Das tut er immer.« Sie mußte sich setzen. Ihr war immer noch schlecht. Plötzlich wurde ihr klar, daß er dies heimlich schon viele Male getan hatte. Immer trug er Hemd, Jacke und Krawatte, selbst an heißesten Tagen. Immer bestand er darauf, daß sie sich im Dunkeln liebten. Damit sie es nicht sähe …

Ihr Magen wollte sich umkehren, und sie drückte die Augen fest zu. Schließlich nahm sie ihre ganze Kraft zusammen, öffnete sie wieder und fragte: »*Warum*, Nick?«

»Weil ich mich dann besser fühle.« Seine Stimme klang beiläufig, nüchtern. Der unheimliche Ausdruck in seinen Augen war verschwunden. Er machte ihr angst. Sie wandte den Blick von ihm ab und sah auf die Papierstapel auf Schreibtisch und Fensterbrett. Erst jetzt war sie nahe genug, um zu erkennen, daß es Bilanzen, Briefe und Rechnungen waren. Als sie die Zahlen darauf sah, begann ihr Herz noch schneller zu klopfen.

»Ich hole ein paar Binden«, sagte sie schnell. Sie mußte diesen dunklen, schrecklichen Raum verlassen. Am liebsten hätte sie William aus dem Kinderzimmer geholt und wäre aus dem Haus gelaufen, fort von Drakesden. Zu Hilda oder Antonia – irgendwohin. Um der Krankheit und Düsternis zu entfliehen, die Drakesden Abbey inzwischen fest im Würgegriff zu haben schien. Aber sie widerstand dem Drang, ging statt dessen ins Badezimmer und holte Verbandszeug und Desinfektionsmittel. Wieder im Arbeitszimmer, reinigte sie Nicholas' Arm und verband ihn sorgfältig. Dann brachte sie ihm ein sauberes Hemd und half ihm, es anziehen. Er sah blaß und erschöpft aus.

Als sie fertig war, deutete sie auf einen der Stapel mit Rechnungen auf dem Schreibtisch.

»Haben die dir angst gemacht, Nick? War es das?«

Er nickte. Einen Moment lang kehrte der gehetzte Ausdruck auf seinem Gesicht zurück.

Er murmelte: »Ich bin in einen furchtbaren Schlamassel geraten. Ich tauge einfach nicht dazu. Gerald hätte das tun sollen ...«

»Gerald ist tot, Nick.« Thomasine strich ihm das dunkle Haar aus dem Gesicht. »Aber das heißt nicht, daß du alles allein bewältigen mußt. Ich kann dir helfen.«

Er sah zu ihr auf. Schließlich schüttelte er den Kopf. »Das wäre nicht recht. Du mußt dich ums Haus kümmern, du mußt Leute bewirten, und dann ist ja auch noch das Baby da ...«

Entschieden erwiderte sie: »Martha kommt sehr gut mit William zurecht – außerdem schläft er immer noch sehr viel. Und was die gesellschaftlichen Verpflichtungen angeht – ich wäre froh, wenn ich in meinem ganzen Leben keine Tee-Einladungen mehr geben müßte. Außerdem glaube ich, wenn du deine Mutter darum bittest, würde sie die Haushaltsführung wieder übernehmen, glaubst du nicht auch?«

Zögernd nickte er schließlich. Er sah zu ihr auf und blickte sie vertrauensvoll und gehorsam an.

»Ich werde dir helfen, Nick«, meinte sie zuversichtlich. »Du brauchst dich nicht mehr zu verletzen. Es wird alles gut.« Doch sie verfluchte sich, weil sie ihre eigenen Worte schon anzweifelte, kaum daß sie sie ausgesprochen hatte.

Eine weitere Versöhnung, ein weiterer Neuanfang. Thomasine wußte, daß jeder Zwist die Distanz zwischen ihnen vergrößerte und jede Annäherung schwerer machte. Sie fürchtete, daß sie eines Tages nicht mehr die Kraft dazu hätte, daß sie immer weiter auseinandertreiben würden wie zwei winzige Boote in verschiedenen Strömungen.

Den nächsten Tag verbrachte sie damit, Geschäftsbücher, Rechnungen und Bankauszüge durchzusehen. Als ihr Finger eine lange Zahlenreihe hinabwanderte, war sie schockiert. Sie schickte eine Nachricht in die Küche und ordnete an, daß zum Mittag- und Abendessen nur ein kalter Imbiß serviert werden sollte, und schrieb eine weitere Nachricht, um auf Mrs. Blatchs wütende Antwort zu reagieren. Am Ende des Tages hatte sie eine ungefähre Vorstellung vom Soll und Haben der Abbey. Sie sah, daß die Güter über mehrere Jahre hinweg heruntergewirtschaftet worden waren, daß selbst jetzt kaum noch Zeit blieb, sie vor dem Zusammenbruch zu retten. Nachts, als der Wind und der Regen endlich nachgelassen hatten und der graue Himmel sich indigoblau verfärbt hatte, teilten sie und Nicholas zum erstenmal nach Williams Geburt wieder das Bett. Sie schliefen nicht miteinander, aber sie hielt ihn in den Armen und versuchte, nicht daran zu denken, was die Zukunft wohl bringen würde.

Sie wollte Daniel einen Besuch abstatten. Thomasine wartete, bis Nicholas eines Tages das Haus verlassen hatte, dann spazierte sie durch den Wald und über die Wiese zum Dorf. Die Feindseligkeit der Dorfbewohner zeigte sich in den angedeuteten Verbeugungen der Männer und der Kälte in den Augen der Frauen. Sie war erleichtert, als sie den Weg zum Cottage des Hufschmieds einschlug, um den neugierigen und mißbilligenden Blicken zu entkommen.

Sie machte erst gar nicht den Versuch, an die Vordertür der Gillorys zu klopfen, die sich mehrere Fuß über dem eingesunkenen Torfboden befand. Statt dessen ging sie zur Hintertür und rief der Frau, die Wäsche aufhängte, zu:

»Mrs. Gillory? Ist Daniel zu Hause?«

Sie hatte Fay Gillory schon in der Kirche gesehen und immer ihre gute Figur und ihre Kleider bewundert, die sie mit offenkundiger Sorgfalt auswählte. Zum Wäscheaufhängen trug Fay Gillory ein gutgebügeltes blaßblaues Baumwollkleid, weiße Strümpfe und Lippenstift. Thomasine war sich plötzlich unangenehm ihrer Galoschen, ihres einfachen Rocks und Pullovers bewußt.

»Er ist beim Pflügen, Euer Ladyschaft. Soll ich ihn für Sie holen?«

Thomasine schüttelte den Kopf. »Ich suche ihn selbst, wenn ich darf. Ich möchte Sie nicht stören.«

Höflich lehnte sie Fay Gillorys Einladung zu einer Tasse Tee ab und machte sich auf die Suche nach Daniel. Sie hatte die sichere Ahnung, daß es besser wäre, mit Daniel draußen zu sprechen, wo sein Stolz und sein ausgeprägtes Bewußtsein, was Standesunterschiede anbelangte, weniger verletzt würden. Auf dem Weg bemerkte sie die Veränderungen, die er auf seinem kleinen Besitz vorgenommen hatte: die Beerensträucher – rote und schwarze Johannisbeeren, wie sie bei näherem Hinsehen feststellte –, Himbeeren und Erdbeerbeete. Die Reihen Wintergemüse, deren blaugrüne Blätter sich wie kleine Blüten auf der schwarzen Erde ausnahmen.

Ganz hinten, auf dem am weitesten entfernten Feld, entdeckte sie Daniel, der mit zwei Pferden pflügte. Sie wartete, bis er die lange Furche gezogen hatte, und rief dann seinen Namen. Er sah auf.

»Lady Blythe.«

Plötzlicher Zorn packte sie. Sie hatten kaum miteinander gesprochen, seit sie nach Drakesden zurückgekehrt war, und sie spürte bereits seine Feindseligkeit, seinen Vorsatz, sich ihr gegenüber zu versperren.

»Daniel«, rief sie. »Es tut mir leid, dich bei der Arbeit zu stören, aber ich muß mit dir sprechen.«

»Dann schieß los.«

»Komm bitte her, Daniel. Ich möchte dir beim Pflügen nicht im Weg sein, außerdem will ich mir nicht die Lunge aus dem Hals schreien.«

Er hielt inne, zuckte die Achseln und kam auf sie zu.

»Die Pferde könnten ein paar Minuten Rast brauchen.« Er hatte das Joch von den beiden Tieren gelöst. Es folgte ein langes Schweigen, während Thomasine nach den richtigen Worten suchte. Sie wollten ihr nicht einfallen.

»Ich bin gekommen, um dich zu bitten, den Männern zu sagen, daß sie wieder zur Arbeit gehen sollen«, begann sie geradeheraus.

Er sah sie an. Einen Moment lang stand ein gehässiges Grinsen in seinen haselnußbraunen Augen. »*Mich* bitten? *Ihnen* zu sagen? Meine liebe Lady Blythe, Sie schreiben mir einen Einfluß zu, den ich nicht besitze.«

»Thomasine!« erwiderte sie ärgerlich. »Um Himmels willen, Daniel – mußt du es denn so schwierig machen?«

Er antwortete nicht, sondern klopfte den beiden Pferden auf den Hals, so daß sie zur anderen Seite des Feldes trotteten. Thomasine versuchte es noch einmal.

»Du hast einigen Einfluß, Daniel – das weiß ich. Ich habe deine Artikel in der Zeitung gesehen. Mit derlei Dingen hast du dir Ansehen verschafft.«

»Welche Artikel? Denjenigen über den Völkerbund in der *East Anglian Daily Times?* Oder vielleicht die Glosse über verrückte Psychologie, die ich für den *Spalding Guardian* geschrieben habe? ›Erstaunliche Geschichten aus dem Patientenbuch von Doktor Freud‹. Als nächstes hab ich an den *Red Star Weekly* gedacht, aber meine Strickkünste sind ein bißchen eingerostet ...«

»Die Artikel, die du für den *Ely Standard* geschrieben hast«, unterbrach sie ihn wütend. »Über das südliche Deichland. Und Arbeitslöhne. Und gepachtete Cottages.«

Schließlich trafen sich ihre Blicke. »Ach das. Landwirtschaft ist im Moment kein einträgliches Geschäft, verstehst du, Thomasine? Deshalb beackere ich jetzt auch andre Felder.«

Sehr ruhig entgegnete sie: »Und deswegen bin ich hier. Auch für Nicholas und mich war die Landwirtschaft in letzter Zeit nicht besonders einträglich.«

Er zuckte die Achseln. »Also bläst der Wind den Reichen und den Armen gleichermaßen ins Gesicht? Was für eine Schande.«

»Und ich habe gehört, daß du – mitgeholfen hast, den Blasebalg zu bedienen, Daniel.«

»Von wem hast du das gehört?« Er war neben sie getreten. Die Brise war stärker geworden, und sie fror in ihrem dünnen Rock und Pullover. Als sie ihn ansah, fiel ihr auf, wie sehr er sich im Lauf der letzten Jahre verändert hatte, daß von dem Jungen, den sie kannte, nichts mehr übrig war, und kaum noch eine Spur von dem verwundeten Soldaten.

»Nicholas hat es mir gesagt. Und ich glaube ihm. Er hat mir auch gesagt, warum die Männer sich geweigert haben, für ihn zu arbeiten.«

Daniels Blick war kalt. »Dann weißt du ja auch, daß sie ihre Gründe dafür hatten, so zu handeln. Und daß diese Gründe nichts mit mir zu tun haben.«

Sie begriff die Gefahr, die jemand wie Daniel für jemanden wie Nicholas darstellte. »Ich glaube nicht, daß das stimmt«, antwortete sie ruhig. »Du bist intelligent, Daniel. Das bist du immer gewesen. Du kannst dich gut ausdrücken. Es ist nur eine Frage der richtigen Worte, nicht wahr? Dann wird aus einer Unzufriedenheit ein bißchen mehr als nur ein paar ärgerliche Bemerkungen am Freitagabend im Pub.«

Er lächelte sie überheblich und teilnahmslos an. Am liebsten hätte sie ihn gepackt und geschüttelt oder auf dem Absatz kehrtgemacht, um wegzulaufen, aber sie zwang sich, nicht lockerzulassen.

»Wir haben ein paar falsche Entscheidungen gefällt, das gebe ich zu, Daniel. Entscheidungen, die den Leuten geschadet haben. Aber es war Inkompetenz, Gedankenlosigkeit. Nie der Wunsch, Schaden zuzufügen.«

Sie sah ihm in die Augen. Er blinzelte und wandte sich mit verändertem Gesichtsausdruck ab.

»Ich hab's dir gesagt – du unterstellst mir eine Macht, die ich einfach nicht besitze. Die Leute treffen ihre eigenen Entscheidungen. Ich kann mir die Dinge nicht so zurechtbiegen, wie ich will.« Er faßte sie an den Schultern und drehte sie herum, so daß sie auf die Felder hinaussah. »Schau, Thomasine.« Er deutete auf die Mitte des Felds, wo kahle schwarze Äste aus der Erde herausstanden.

»Vierhundert Jahre lang haben die Blythes diese Erde umgepflügt. Und dieses Monstrum ist die ganze Zeit darin liegengeblieben. Ich hab es in meinem zweiten Winter freigelegt und kann es nicht bewegen. Es wird die nächsten zehn Jahre dort drinbleiben, meinen Pflug brechen und meinen Profit beschneiden. Für jemanden wie Nicholas, der immense Ländereien besitzt, spielt das keine Rolle, für mich aber schon.« Er ließ sie los und steckte die Hände wieder in die Jackentaschen. Sein Blick war kalt. »Du bittest mich, die Vergangenheit zu vergessen, Thomasine. Das ist wirklich zuviel verlangt. *Du* kannst vielleicht vergessen, ich aber nicht.«

Sie schrie: »In unserer Kindheit sind Dinge passiert, die unser Leben verändert haben. Aber das ist Jahre her! Diese – diese Feindschaft – kann doch nicht für immer und ewig weiterbestehen. Sie wird uns alle zerstören, dessen bin ich mir sicher. Sprich mit den Männern – bitte, Daniel.«

Er schüttelte den Kopf. Seine Stimme klang schneidend und endgültig. »Nein. Das ist dein Problem, nicht meines. Du mußt es lösen. Und jetzt muß ich wieder an meine Arbeit zurück. Wenn Sie mich entschuldigen, Lady Blythe.«

Alle ihre guten Vorsätze lösten sich in nichts auf. Eine Woche, nachdem sie mit Alexander Lawrence Tee getrunken hatte, radelte sie wieder nach Ely. Sie sagte sich, daß nichts dabei sei, daß es nichts Schlimmes war, wenn eine verheiratete Frau mit einem untadeligen Mann eine Tasse Tee trank. Sie hatte das Recht auf ein eigenes Leben.

Diesmal machte es den Eindruck, als hätte er geradezu auf sie gewartet. Als sie bei seinem Haus ankam, öffnete sich die Tür, er kam die Treppe herunter und ging auf sie zu.

»Dr. Lawrence. Was für eine Überraschung.«

Er lächelte, und einen Moment lang glaubte Fay, in den schwerlidrigen Augen Spott zu erkennen. Seine Zähne waren klein, spitz und weiß. Er stand am Torpfosten und sah sie mit diesem verwirrenden Blick an.

Vor Aufregung verhaspelte sich Fay: »Ich bin gerade mit meinen Einkäufen fertig – gerade wollte ich eine Tasse Tee trinken gehen. In die hübsche kleine Teestube, in die Sie mich geführt haben … gleich um die Ecke, nicht wahr?«

»Ihre Einkaufstasche ist aber leer, Mrs. Gillory«, erwiderte er.

Sie sah ihn an und errötete. Hochmütig erwiderte sie: »Ich konnte nicht finden, was ich wollte.«

»Wirklich nicht? Ich hätte gedacht, Sie seien sehr geschickt, wenn es darum geht, zu kriegen, was Sie wollen, Mrs. Gillory. Sie scheinen mir eine äußerst kompetente Person zu sein.«

Sie war nicht ganz überzeugt, ob dies als Kompliment gemeint war. Sie bemühte sich, ihn zu überrumpeln. »Ich gehe jedenfalls in die Teestube. Es wird schon spät.«

Einen schrecklichen Moment lang glaubte sie, er würde sie allein fortgehen lassen. Aber plötzlich erwiderte er: »Ich wollte gerade eine kleine Ausfahrt machen, Mrs. Gillory. Hätten Sie nicht Lust, mich zu begleiten?«

Als sie durch Ely fuhren, wußte Fay, daß sie eine Grenze überschritten hatte. Zwischen dieser Ausfahrt und der Tasse Tee letzte Woche bestand ein Unterschied. Sie sagte sich, daß sie sich nur ein bißchen Spaß erlaube, daß nichts Schlimmes dabei sei. Daß ihr Daniel nichts übelnehmen konnte, wovon er nichts wußte. Daß sie keinerlei Absichten hatte weiterzugehen.

Sie ließen Ely hinter sich und fuhren nach Norden. Sie sprachen kaum, denn der Morris Oxford war laut und ratternd. Schließlich bremste Dr. Lawrence und hielt am Straßenrand an. Kahl und weit lag die Landschaft vor ihnen. In der Ferne erhob sich ein hoher Wall, der sich endlos nach beiden Seiten erstreckte und das Land in zwei Hälften teilte. Windmühlen sprenkelten den Horizont.

Er sagte: »Ich gehe bald nach Edinburgh zurück. Am Samstag, um genau zu sein.«

Fay starrte ihn an. Eine ungeheure Enttäuschung befiel sie, die Angst, daß ihr Leben viel zu bald wieder in den alten, trostlosen Trott fallen würde. »Für immer?« fragte sie flüsternd.

Er lachte. »Nein, nein. Für etwa sechs Wochen. Ich muß meine Eltern besuchen und meine Arbeit abliefern.« Flüchtig berührten seine Finger die ihren. »Werden Sie mich vermissen?«

Sie wußte, daß sie ihm einen Korb geben sollte. *Sie vermissen, warum sollte ich Sie vermissen?* Aber die Berührung seiner Hand war erschreckend und wunderbar zugleich, und sie murmelte: »Ja.«

»Gut.«

Er sagte ihr nicht, daß er sie auch vermissen werde, wie sie gehofft hatte. Statt dessen stieg er aus und öffnete die Tür für sie.

»Wohin gehen wir?«

Er hatte ihren Arm genommen. Mit dem Kopf machte er eine Bewegung in Richtung des Horizonts. »Zu der Scheune. Von dort hat man einen herrlichen Blick über die Landschaft.«

Es war schlammig, wie immer in den Fens, und Fays Schuhe waren bald schwarz und mit Erde verklumpt. Der Wind peitschte ihr das Haar ins Gesicht, und obwohl erst Frühherbst war, fühlte sich die Luft eisig und winterlich an. Dr. Lawrence half ihr, die Holzleiter in den Schuppen hinaufzusteigen.

»Sehen Sie«, sagte er sanft.

Sie blickte aus dem kleinen Fenster. Jetzt konnte sie den breiten Wasserstreifen erkennen, der den riesigen Deich ausfüllte und sich endlos bis zum Meer erstreckte.

»Das ist der Hundred Foot Drain. Wenn Sie genau hinsehen, können Sie den Old Bedford River dahinter erkennen.

Im Winter läßt man das Schwemmland dazwischen überfluten, um das umliegende Gelände zu schützen. Es sieht ... großartig aus.«

Einen Augenblick lang war sie ärgerlich auf ihn. Er hörte sich genauso an wie Daniel, der sich endlos über diese schreckliche Landschaft mit ihren Sümpfen, Gräben und ihrem schrecklichen Wetter verbreiten konnte. Außerdem hatte die große Wasserfläche für sie etwas Bedrohliches an sich.

»Ich hasse es. Es gibt mir das Gefühl – unwichtig zu sein.«

Der amüsierte Ausdruck war in seine Augen zurückgekehrt. Sie war sich des engen Raums bewußt, in dem sie standen, der Nähe ihrer Körper.

»Unwichtig? Sie sind sehr wichtig, Fay. Sehr wichtig für mich.«

Er hatte die Worte ausgesprochen, die sie hören wollte, aber irgendwie war sie sich nicht sicher, ob er sie auch ernst meinte. Vielleicht kannte sie ihn noch nicht gut genug, um seinen Tonfall richtig einzuschätzen. Erneut fröstelte sie.

»Ist Ihnen kalt?« Er nahm ihre Hand und streifte ihren Handschuh ab. Dann hob er ihre Finger an seine Wange und küßte schließlich ihren Handrücken. Ganz langsam und vorsichtig preßte er die Lippen auf ihre Fingerknöchel, auf ihre Handfläche. Ihr Herz pochte, sie vermochte kaum zu atmen.

Dann zog er sie an sich und küßte ihr Gesicht, ihre Stirn, ihre Augen, ihre Wangen. Und ihren Mund. Seine Zunge öffnete ihre Lippen, und sie spürte, daß sie sich an ihn preßte, als wollte sie die Wärme und Kraft aus seinem Körper saugen. Sie wußte, daß sie sich von ihm losreißen, die Sache beenden sollte, bevor sie etwas wirklich Schlimmes tat. Fremde küßten sich – bei Partys, zum Willkommen und beim Abschied. Es war nichts Unerlaubtes, sich zu küssen. Sie hatte nichts Falsches getan.

Aber seine Hände knöpften ihr Kleid auf, und er streichelte und küßte ihre Brüste. Ein sehr kleiner Teil von ihr hielt sich zurück, blieb beobachtend. Und erwartete von ihr, ihn wegzustoßen, ihn aufzuhalten, bevor er zu weit ging – wie sie es vor ihrer Heirat mit Daniel immer gemacht hatte. Unfähig zu fassen, daß sie diesem Mann erlaubte, in dieser schmutzigen kleine Scheune mit ihr zu schlafen, stand sie auf und preßte sich an die Wand.

Aber sie schrie nicht, hielt ihn nicht zurück. Bald beobachtete sie sich auch nicht mehr. Bald war sie vollkommen verloren, wie ertrinkend, voller Sehnsucht nach ihm.

In dem kleinen Abstellraum neben der Bibliothek stellte Thomasine einen Tisch und Regale für ihre Akten und Rechnungsbücher auf. Der Raum war ungeheizt und feucht, aber er gehörte ihr. Zunehmend trat sie ihre Stellung als Gastgeberin und Herrin von Drakesden Abbey an Lady Blythe ab. Es geschah ganz mühelos, fast so, als wäre das Haus selbst froh, wieder in alte Gewohnheiten zurückzufallen, anzuerkennen, daß Lady Blythe diese Dinge einfach besser verstand. Mit einem Seufzer der Erleichterung übergab sich das große Haus wieder seiner rechtmäßigen Herrin, und Thomasine dachte manchmal, daß Lady Blythe genau dies immer angestrebt hatte. Sie versuchte nicht einmal mehr, die Zustimmung ihrer Schwiegermutter zu gewinnen, sondern kämpfte darum, die Stellung zu halten, zu der sie sich berufen fühlte.

Sie arbeitete, um das Erbe ihres Sohnes zu erhalten. William hatte Nicholas' dunkles Haar und feine Züge, und die Farbe seiner Augen tendierte allmählich immer mehr zum Seegrün der ihren. Sie hängte Nicholas' alte Karte von Drakesden an die Wand, so daß sie jedesmal, wenn sie vom Schreibtisch aufblickte, Williams Zukunft vor sich sah. Oft, wenn sie Mühe hatte, Nicholas' schlechtgeführte Bücher zu enträtseln, blickte sie auf und vergegenwärtigte sich, wofür sie arbeitete.

Doch während die Wochen und Monate verstrichen, wußte sie, daß sie nicht allein für William arbeitete, sondern auch für sich. Sie fing damit an, die Rechnungen zu bezahlen, die Nicholas' nicht einmal anzusehen gewagt hatte, aber dann begann sich ihr Tätigkeitsbereich langsam auszuweiten. Was anfangs nur vorsichtige Erinnerungshilfen für Nicholas waren (Potters' Field sollte gepflügt, die Gräben im Norden der Insel müssen gesäubert werden), wurden, auf Nicholas' Bitte, Anordnungen, die direkt an den Vorarbeiter gingen. Sie bat Joe Carter um Rat und traf mit zunehmender Sicherheit Entscheidungen. Im selben Maß, in dem ihr Interesse für das Land zunahm, nahm Nicholas' Interesse ab. Obwohl sie manchmal, wenn etwas schiefging – etwa wenn sie die Saat zu früh ausbringen ließ, so daß die Frühjahrsflut die wertvollen Setzlinge fortwusch –, den Versuch aufgeben und eine Anzeige für einen Verwalter in die Zeitung setzen wollte. Den konnten sie sich allerdings gar nicht leisten, und so schaffte sie es, die Zähne zusammenzubeißen und weiterzumachen. Eines Tages, als sie mit Joe Carter an ihrer Seite an einem Feld entlangritt, machte sie eine außerordentliche Entdeckung: Sie begann, das Land zu lieben. Obwohl die Abbey noch immer lähmend auf sie wirkte, obwohl ihre Ehe ein leidenschaftsloses Nebeneinander geworden war, haßte sie Drakesden nicht mehr. Sie war ein Teil davon geworden: Sie kämpfte um seinen Erhalt, genau wie es andere vor ihr getan hatten.

Sie sah alle Aufzeichnungen über die Güter durch, die sie finden konnte. Geschäftsbücher, Lohnlisten, Rechnungen, Briefe, Karten und Pflanzkalender. Was gesät werden sollte, und wann es gesät werden sollte. Welche Früchte auf welchem Feld am besten gediehen. Aufzeichnungen über Grabensäuberungen, Landrodungen, Deichkonstruktionen, über den lebenswichtigen, endlosen Prozeß der Entwässerung des fortwährend bedrohten Lands: zuerst mittels Windmühlen, dann mit Dampf- und jetzt mit Dieselpumpen. Bei der Arbeit bemerkte sie, wie der schleichende Prozeß der Vernachlässigung für Drakesden den Untergang bedeutet hätte. Sie konnte nicht genau sagen, wann die Vernachlässigung eingesetzt hatte, erkannte aber, daß sie während des Krieges zugenommen hatte und in der ersten Hälfte der zwanziger Jahre schlimmer geworden war. Schwieriges Land wie das von Drakesden überlebte eine Vernachlässigung nicht. Wieder und wieder ritt Thomasine über die Felder, inspizierte jeden Graben und jeden Weg. Der Zustand des Landes bereitete ihr Sorge, und oft lag sie nachts wach, stellte endlose Rechnungen an und wußte, daß die notwendigen Ausgaben zur Sicherung der Güter bei weitem die Einnahmen überstiegen.

Ständig bemühte sie sich um die Anerkennung der Männer, denen sie Befehle gab: Männer, die sie als Kind gekannt, Männer, die nie zuvor für eine Frau gearbeitet hatten. Sie lernte, sich sorgfältig zu kleiden, so daß sie attraktiv, aber nicht aufgetakelt, praktisch, aber nicht männlich wirkte. Sie wußte, auf welch schmalem Grat sie sich bewegte, wie leicht sie sich nichts als Hohn und Spott einhandeln konnte. Sie nahm sich Zeit, mit den Dorfbewohnern zu reden, sich ihre Sorgen und Nöte anzuhören. Ihr war bewußt, daß die Landwirtschaft der Gegend noch immer der Vergangenheit verhaftet war, noch immer hing man veralteten Arbeitsweisen an und erzeugte Produkte, die niemand kaufen wollte.

Nicholas zog sich von den Aufgaben zurück, die ihn immer schon gelangweilt hatten, und beschäftigte sich wieder mit solchen, die ihm Spaß machten: seinen geliebten Maschinen, seinem Auto, seinem Elektrogenerator, seinen Installationen. Er begann, ein Radio zu bauen, ein kompliziertes Gerät aus Röhren und Batterien, an dem er endlos herumbastelte und triumphierte, wenn endlich geisterhafte Stimmen aus den riesigen Lautsprechern drangen. An den Wochenenden kamen seine Londoner Freunde zu Besuch: die Monkfields, Julian und Belle, Ettie und Boy. Sie lenkten ihn für eine Weile von seinen Schwierigkeiten ab und boten eine willkommene Zerstreuung.

Dennoch wußte auch Nicholas, daß er und Thomasine sich auseinanderentwickelt hatten, daß sie zwar im selben Haus, aber in verschiedenen Welten lebten. Ihre Zufriedenheit und der Stolz über ihre Arbeit entgingen ihm nicht. Ebensowenig die kleinen Verbesserungen, die langsame, aber stetige Bewahrung vor dem Ruin. Sein Groll darüber entstammte seinem Gefühl, versagt zu haben. *Er* war ein Blythe, nicht Thomasine, und dennoch hatte er versagt. Jetzt führte eine Frau erfolgreich aus, was die Aufgabe eines Mannes gewesen wäre. All seine alten Ängste, kein ganzer Mann zu sein, bestätigten sich. Thomasine hatte so wenig Zeit für ihn. Ständig war sie unterwegs, ständig beschäftigt. Nicholas, der Gesellschaft brauchte, verbrachte immer mehr Zeit mit seiner Mutter. Lady Blythe, die zwar die Führung des Hauses wieder übernommen hatte, neidete Thomasine die Kontrolle über das Land. »Das ist es, was sie immer schon wollte«, sagte sie und streichelte das dunkle Haar ihres Sohnes. Die Ängste seiner Mutter vor Veränderung spiegelten die seinen wider. Im Gespräch mit ihr fragte sich Nicholas allmählich, ob Thomasine ihn nicht bewußt aus seiner Funktion gedrängt hatte.

13

ZUR FEIER DER Entdeckung des Grabs von Tutanchamun durch Howard Carter Anfang 1923 wurde der Mayfair-Nachtklub im ägyptischen Stil dekoriert: Hieroglyphen an den Wänden, Grabbeigaben aus Papiermaché entlang der Tanzfläche und ein riesiger Sarkophag mit schwarzumrandeten, starren Augen in dem aufgemalten Gesicht, der gefährlich schwankend am Eingang zur Damentoilette stand.

Lally hatte sich passend in sandfarbene Seide mit aufgestickten Skarabäen gekleidet. Ihr Begleiter, der sie mit einem flüchtigen Kuß auf die Wange begrüßte, trug wehende weiße Gewänder über seinem Abendanzug.

»Ach, wie tutanchamunesk, Liebling.«

»Rudolph Valentino wäre schrecklich eifersüchtig auf dich, Hugo.«

Sie saß am Tisch, während er einen Drink besorgte. Sie war ziemlich stolz auf Hugo: Die Beziehung hatte länger gehalten als die meisten anderen. Der Raum war heiß und überfüllt. Hüstelnd suchte Lally nach einem Taschentuch und einer Zigarette in ihrer Tasche.

Als er mit dem Drink zurückkam, hatte die Band zu spielen begonnen, und sie mußten schreien, um sich zu verständigen.

»Immer noch Schnupfen, Liebling?«

Lally schneuzte sich die Nase und steckte eine Zigarette in die Spitze. »Fast vorbei. Aber er war ziemlich hartnäckig.«

Gleich nach Weihnachten hatte sie sich erkältet und die Erkältung nicht losbekommen. Den ganzen Winter und

Frühlingsanfang hindurch mußte sie husten und schniefen und fühlte sich inzwischen erschöpft und ausgelaugt.

»Vielleicht solltest du ein bißchen kürzertreten«, meinte Hugo. »Ein paarmal früher ins Bett gehen, zum Beispiel.«

»Liebling«, sagte Lally spöttisch, eher aus der Macht der Gewohnheit als aus tatsächlicher Empfindung, aber auch wegen des puren Vergnügens, ihn erröten zu sehen. Er gehörte nicht zu ihrer üblichen Sorte von Männern, dachte sie. Er war hübsch, aber schrecklich englisch. Für gewöhnlich zog sie ein bißchen exotischere Typen vor. Aber er war reich, und vor kurzem war ihr der Gedanke gekommen, daß es gar keine so schlechte Idee wäre, Hugo Grafton-Page zu heiraten. Sie litt ständig unter Geldnot, und zudem herrschte nach dem Krieg ein deprimierender Mangel an Männern.

Sie zündete ihre Zigarette an und berührte seinen Arm. »Hast du über Amerika nachgedacht?«

Er schüttelte den Kopf. »Das geht wahrscheinlich nicht, Liebste. Ich kann die Familiengüter nicht so lange im Stich lassen. Vielleicht ein, zwei Wochen nach Frankreich ...«

Sie runzelte die Stirn. »Aber du hast doch *gesagt* ... Ich möchte nach Mexiko und nach Hollywood.«

»Nichts zu machen, fürchte ich, meine Liebe. Tut mir leid.«

Sie zog den Rauch ein und begann wieder zu husten. Erst als er ihren Wunsch abschlug, bemerkte sie, wie sehr sie sich danach sehnte, aus England fortzukommen. Als der Hustenreiz schließlich nachließ, sagte sie: »Du siehst ziemlich lächerlich aus in diesem Aufzug, weißt du. Als hättest du vergessen, dich nach dem Besuch im türkischen Bad umzuziehen.«

Die Band hatte eine Pause eingelegt. Lally sah den Anflug von Ärger in Hugos Augen. Er stand auf. »Und du siehst aus, wie du immer aussiehst. Wie eine Katze. Wie Bastet, die Katzengöttin.«

Er schlenderte davon, und sie blieb mit ihrem Drink, ihrer Zigarette und hundert langweiligen Leuten zurück, die sich zum Narren machten, um die Zeit totzuschlagen. Sie wußte, daß sie nicht lange allein bleiben würde, weil Mädchen wie sie nie lange allein blieben. Mädchen, die alles mitmachten. Sie versuchte, sich darüber klarzuwerden, was zwischen ihr und Hugo schiefgelaufen war, aber das war zu kompliziert und zu einfach zugleich. Um von einem Mann begehrt zu werden, mußte man ihm (natürlich stillschweigend) anbieten, mit ihm zu schlafen, doch wenn man mit ihm schlief, verachtete er einen. Hugo würde irgendeine dicke blonde Debütantin heiraten, die seiner Mama gefiel. Normalerweise dachte Lally kaum an die Zukunft, doch mit einemmal beschlichen sie schreckliche Vorstellungen von Alter, Verfall und Einsamkeit, die ihr Angst einjagten.

Sie begann, sich ziemlich schlecht zu fühlen, was sie auf den Zorn schob, der in ihr brodelte. Sie ging nicht nach Hause, sondern blieb, wo sie war, trank stetig weiter und tanzte gelegentlich. Jedesmal wenn sie hustete, spürte sie einen stechenden Schmerz in ihrer Brust. Einmal sah sie an sich hinab, auf ihre Arme, die wie Stöcke aus dem blaßgoldenen Stoff ihres Kleids ragten, und dachte verwundert: *Das bin nicht ich, das ist nicht Lally Blythe*. Lally Blythe war pummelig, fast schon übergewichtig, und das wegen der vielen Puddings in der Schule.

Leute, die sie kannte, kamen und gingen: Julian und Boy, Simon und Pip. Manchmal tanzte sie, manchmal redete sie mit ihnen. Sie kauften ihr Drinks, gaben ihr Feuer, küßten sie flüchtig auf die Wange. Ihre Gesichter verschwammen zu einem einzigen Brei, sie konnte sich nicht an ihre Namen erinnern. Der Zorn und die Angst ließen nicht nach, begleiteten den Rhythmus der Ragtime-Musik. Sie fühlte sich vom Rest der Gesellschaft abgetrennt, ganz allein. Sie fand, daß die Leute, die mit ihr redeten – ihre Freunde schließlich –, doch merken müßten, wie sich fühlte, aber das war nicht der Fall. Sie kamen und gingen, redeten oder schwiegen, lachten und tanzten. Schließlich begann sie sich zu fragen, ob sie real waren. Ob sie selbst überhaupt hier war, oder ob sie alles nur träumte. Ihre Angst nahm zu, wurde fast panisch, und sie erhob sich und bahnte sich einen Weg durch die pulsierende Menge aus Scheichs, Nofreteten und ägyptischen Sklavinnen zur Damentoilette.

Wenn sie in den Spiegel sähe, dachte sie, wenn sie ihr Spiegelbild sähe, wäre sie beruhigt. Sie würde feststellen, daß sie hier war, real war, daß es keinen Grund gab, Angst zu haben. Dann würde sie ein Taxi rufen und zu Belles Haus zurückfahren. Auf dem Weg zur Damengarderobe kämpfte sich Lally an dem Sarkophag vorbei den Gang hinunter, dessen Dekoration an den Eingang einer Pyramide erinnern sollte.

Nur ein paar Mädchen und die Garderobiere waren in dem Raum. Die Garderobiere nähte den abgerissenen Saum eines Mädchens fest, ein anderes Mädchen zog mit einem Kajalstift die Augen nach. Bilder von ägyptischen Göttern klebten an den Kabinentüren, und Decke und Wände waren mit glänzendem Goldstoff verkleidet. Der Raum war eng und überheizt. Lally wusch sich die Hände, wischte den angelaufenen Spiegel ab und blickte sich an.

Sie sah ein kleines, hohlwangiges Gesicht, leichenblaß, von streng geschnittenem dunklem Haar umrahmt. Die Augen waren zwei schwarze Höhlen. Es war nicht ihr Gesicht, sondern das einer anderen, einer Toten. Auf einer Seite des Totengesichts befand sich ein Falke, auf der anderen ein Schakal.

Lally öffnete den Mund, um zu schreien, aber kein Ton kam heraus. Sie war unendlich erleichtert, als die Bilder vor ihr verschwammen, sich auflösten und nur noch Dunkelheit übrigblieb.

Als Thomasine im Frühling mit Joe Carter über die Güter von Drakesden Abbey ritt, spürte sie einen Anflug von Befriedigung. Am Rand von Potters' Field stieg sie ab und blickte auf die winzigen grünen Schößlinge, die durch die schwarze Erde brachen.

»Alles entwickelt sich ganz wundervoll, Joe. Sie haben gute Arbeit geleistet.«

Joe Carters Antwort bestand aus einem Brummen. Aber

er zupfte an den Spitzen seines Barts, was als sicheres Zeichen galt, daß er sich freute.

Diese Ernte war lebenswichtig, um den Verlust des letzten Sommers wettzumachen. Thomasine wußte nur allzugut, daß Drakesden Abbey kein weiteres schlechtes Jahr überstehen würde.

»Ich dachte …«, begann sie zögernd, weil sie nie vergaß, wie wenig sie wußte und wie unerfahren sie noch war, »ich dachte, wir sollten uns auf eine breitere Produktpalette verlegen. Weizen bringt doch keinen großen Profit ein, stimmt's, Joe?«

Der Vorarbeiter spuckte auf den Boden. »Auf den Abbey-Feldern wurde immer Weizen angebaut, Euer Ladyschaft. Der Boden ist gut dafür.«

Die Frühlingsbrise war beißend kalt. Thomasine knöpfte den obersten Knopf ihres Mantels zu.

»Dann ist er auch für andere Früchte gut.«

Carter schwieg, aber er sah sie nicht mit jener Mischung aus Ablehnung und Zorn an wie früher. Sie wußte, daß er darauf wartete, daß sie fortfuhr.

»Ich dachte – schwarze und rote Johannisbeeren, so etwas Ähnliches.«

Sie hatte zwei Bilder vor Augen. Einmal den Garten von Quince Cottage, den die gärtnerisch begabte Rose mit Johannisbeer-, Himbeer- und Stachelbeersträuchern bepflanzt hatte. Zum anderen Daniel Gillorys Land, das Land, das an Drakesden Abbey grenzte. Die mit Netzen bedeckten Pflanzenreihen, die sie letztes Jahr gesehen hatte, als sie Daniel besuchte.

»Mühsam durchzubringen, Euer Ladyschaft«, antwortete Carter zweifelnd. »Wenn die Vögel sie nicht fressen, dann die Blattläuse …«

»Dann spannen wir Netze darüber und sprühen sie mit Insektengift ein«, sagte Thomasine entschieden. Sie bestieg ihr Pferd. »Denken Sie darüber nach, Joe. Ich werde in die Gärtnerei nach Soham rüberfahren und mir ein paar Sträucher ansehen. Sie können ja mitkommen, wenn Sie wollen.«

Sie ritt zum Haus zurück. Es mußte fast Zeit für Williams Bad sein, die Stunde, die ihr am liebsten von allen war. Mit einem Gefühl der Zufriedenheit öffnete sie das Tor zur Koppel und ritt den Hang der Insel hinauf. Ihre Arbeit machte ihr Spaß, sie hatte einen wundervollen kleinen Sohn, sie hatte Essen, Kleider, ein Zuhause. Sie hatte alles.

Und dennoch wußte sie, daß sie sich etwas vormachte. Sie wußte, daß im Zentrum ihres Lebens eine große Leere herrschte, ein Vakuum. Wenn sie zu genau hinsah, starrten ihr Zweifel und Versagen entgegen. Sie hatte gedacht, sie könnte ohne Leidenschaft leben, mußte sich aber eingestehen, daß sie es nicht konnte. Des Nachts erinnerten sie ihre Träume an das, was sie verloren, vielleicht nie wirklich besessen hatte. Die Nächte brachten Bilder der Vergangenheit hervor, die sie mit heißem, schmerzendem Körper, aber leeren Armen erwachen ließen. Sie träumte von Clive – lebhafte, leidenschaftliche Träume, die sie an seine Zärtlichkeiten erinnerten, jedoch nicht an seine Treulosigkeit. Einmal träumte sie von Daniel Gillory: Sie standen im Schatten des Wäldchens, ihre Hand berührte sein Gesicht, seine Lippen liebkosten das ihre. Sie waren nackt, ihre Körper so weiß wie die Marmorstatuen in dem ummauerten Garten. Als sie aufwachte, schämte sie sich, aber dennoch hielt die körperliche Begierde an, ungeachtet der Scham.

Als das Fieber nachließ, kehrte Lally zur Erholung nach Drakesden zurück. Anfänglich war es eine Erleichterung, in der vertrauten Umgebung zu sein, regelmäßig Brei oder Suppe serviert zu bekommen und einfach still und ruhig daliegen zu können. Sie zwang sich, die scheußliche Medizin zu schlucken, die der Arzt ihr verschrieb, und die Ruhe einzuhalten, die er ihr verordnete. Dr. Lawrence tadelte sie wegen ihrer Diäten und empfahl eine Durchleuchtung, die Lally ablehnte.

Ende Mai, zu Williams Geburtstag, stand sie zum erstenmal auf. Der Tisch war auf der Terrasse vor dem Wintergarten gedeckt. Kurze Zeit drehte sich alles um Lally, man gab ihr einen Weidenstuhl und legte ihr einen Schal um die Schultern. Dann konzentrierte sich die gesamte Aufmerksamkeit wieder auf William in seinem hohen Kindersitz, der beim Anblick seines Geburtstagskuchens vor Freude in die Hände klatschte.

Lallys Blick wanderte von ihrer Mutter zu ihrem Bruder und dann zu Thomasine. Thomasine saß zwischen William und Nicholas, fütterte das Kind mit kleinen Zuckergußstückchen und hob seinen Löffel auf, wenn es ihn auf die Pflastersteine warf. Wie glücklich sie aussieht, dachte Lally. Thomasine hatte alles – einen Ehemann, ein Baby, ein Heim. Einst hatte Nicholas sie, Lally, gebraucht, aber das war lange her, vor Paris. Ich habe nichts, dachte Lally bitter. Nichts.

Da ihr der Arzt verbot, nach London zurückzukehren, und sie kein Geld hatte, um ins Ausland zu fahren, blieb ihr keine andere Wahl, als in Drakesden zu bleiben. Aber Drakesden langweilte sie, wie immer, und sie begann, wieder in alte Gewohnheiten zu verfallen: morgens immer später aufzustehen, abends immer später ins Bett zu gehen und ziellos durch Haus und Garten zu wandern. Sie gewöhnte sich an, Nicholas' Delage auszuleihen und in der Gegend herumzufahren. Manchmal fuhr Nicholas mit, was schön war, fast wie in alten Zeiten. Bei anderen Gelegenheiten machte sie sich allein auf den Weg, hielt manchmal auf einen Drink in einem Pub an und genoß die pikierten Blicke der Einheimischen.

Als sie eines Morgens ums Dorf fuhr, kam sie plötzlich ans Ende einer Sackgasse. Drei kleine Häuser säumten den Weg. Weil sie keine Möglichkeit sah umzukehren, fuhr sie noch ein Stückchen weiter und hielt Ausschau nach einer Ackereinfahrt oder einem Feldweg. Das Auto ruckte und rumpelte und blieb plötzlich stehen, als der Motor abstarb. Ärgerlich betätigte Lally den Anlasser und stemmte den Fuß aufs Gaspedal, als der Wagen nicht gleich ansprang. Der Motor heulte auf, die Reifen drehten durch und schleuderten Erdklumpen hoch. Lally stieg aus. Der linke Vorderreifen steckte in einer tiefen Furche, und als Lally den Wagen an der Kühlerhaube anzuschieben versuchte, bewegte er sich keinen Zentimeter. Sie sah sich um und fragte sich, in welchem der ärmlichen Häuser sie um Hilfe bitten sollte. Dann sah sie die Männer, die auf dem Feld arbeiteten.

Zwei Männer. Der eine mit braunem Haar, kräftig, mit rotem Gesicht, der andere mittelgroß, schlank, das goldblonde Haar von der Sonne gebleicht. Lally starrte ihn einen Moment lang an. Daniel Gillory, dachte sie mit einem köstlichen Schauder der Erinnerung. Plötzlich war sie wieder in dem Geräteschuppen auf Drakesden, Regen trommelte aufs Dach, und Donner grollte. Sie küßte Daniel Gillory. Angeblich behielt man den ersten Kuß sein ganzes Leben lang in Erinnerung.

Die beiden Männer arbeiteten mit Hacken und Rechen. Lally, mit einem seidenen Schal um den Kopf, die Augen hinter dunklen Brillengläsern verborgen, ging über das Feld auf sie zu.

»Hallo, Daniel.«

Beide Männer sahen auf. Sie stellte fest, daß Daniel sie nicht erkannte.

»Lally Blythe«, sagte sie, um ihm auf die Sprünge zu helfen. »Erinnerst du dich nicht?«

Ein Anflug von Entsetzen glitt über sein Gesicht. Es war schwül und heiß, sein zerschlissenes Hemd war halb aufgeknöpft, die Ärmel hochgekrempelt. Im Schutz ihrer dunklen Gläser betrachtete Lally seine straffe goldene Haut, die festen Muskeln seines Körpers.

»Oh, ich erinnere mich, Miss Blythe.«

»Gut. Die Sache ist die, daß mein Wagen steckengeblieben ist. Könntest du mir vielleicht helfen, ihn wieder freizubekommen?«

Der andere Mann grinste sie unverblümt an. Lally lächelte zurück. Ihr Kleid war sehr kurz, reichte kaum bis zum Knie, der Stoff war durchscheinend.

Einen Moment lang sagte Daniel nichts. Dann warf er die Hacke weg und ging übers Feld auf den Delage zu. Lally und der andere Mann folgten ihm.

Im Handumdrehen hatten sie den Wagen aus der Furche geschoben. Lally wäre es lieber gewesen, wenn sie länger gebraucht hätten. Es gefiel ihr, Daniel zuzuschauen: Stärke und elementare Kraft, wie sie manche Männer besaßen, hatten sie schon immer angezogen. Daniel Gillory war so völlig anders als Hugo, Pip oder Marcel …

Als sie den Wagen auf ebeneren Grund geschoben hatten, schickte Daniel sich an, wieder fortzugehen. Lally berührte seinen Arm und hielt ihn auf.

»Ich habe Angst, daß er wieder steckenbleibt. Würdest du …?« Sie hielt die Autoschlüssel hoch.

Wieder sagte er nichts. Sie beobachtete, wie er einstieg und den Motor anließ. Sie war davon ausgegangen, daß er fahren konnte, gut fahren konnte. Mit drei eleganten Schwüngen kehrte er den Wagen um, so daß die Kühlerhaube wieder nach Drakesden zeigte.

»Sehr freundlich von dir«, sagte Lally. »Du warst schon immer so überaus geschickt, Daniel.«

Am folgenden Sonntag hielt Lally in der Kirche nach Daniel Ausschau, konnte ihn aber nirgends entdecken. Als sie nach dem Gottesdienst ins Sonnenlicht hinausschlenderte und sicher war, daß sich ihre Mutter außer Hörweite befand, flüsterte sie Nicholas zu: »Gehen die Gillorys nicht in die Kirche?«

Nicholas erwiderte erstaunt: »Daniel Gillory nicht … seine Frau schon, glaube ich.«

»Seine *Frau*? Er ist *verheiratet*?«

»Er hat irgendein Flittchen aus London geheiratet. Das ist sie.« Nicholas machte mit dem Kopf ein Zeichen in Richtung einer jungen Frau, die gerade die Kirche verließ.

Lally sah sich Daniels Frau eingehend an. Sie trug ein rosafarbenes Chiffonkleid, einen enganliegenden weißen Hut und Handschuhe. Das Kleid war von der Stange und sah billig aus. Mrs. Gillory war zierlich, hatte dunkles Haar und helle Haut.

»Sie ist hübsch«, fand Lally.

»Meinst du wirklich? Ziemlich gewöhnlich, würde ich sagen. Nuttenhaft.«

Lally beobachtete, wie Daniels Frau durchs Kirchhoftor und die Straße entlang in Richtung der ehemaligen Schmiede ging. In ihren unbequemen hochhackigen Schuhen knickte sie auf dem zerfurchtem Weg immer wieder um.

»Es wird gemunkelt«, fuhr Nicholas fort und bot Lally sein Zigarettenetui an, »daß ihre Ehe auf der Kippe steht.«

»O *Nick.*« Lally nahm eine Zigarette. »Du hast auf Tratsch gehört! Wie herrlich.«

Er wurde rot. Sie bemerkte, wie seine Hand zitterte, als er vergeblich versuchte, sein Feuerzeug zu entzünden. Sie dachte: Er haßt ihn. Nicholas *haßt* Daniel. Dann stellte sie sich vor, wie Daniel Gillory mit dieser auffälligen, dunkelhaarigen Frau schlief. Ihr Mund wurde trocken, und ihr Herz begann, ein bißchen schneller zu schlagen.

»Laß mich mal«, sagte Lally, nahm das Feuerzeug aus seiner Hand, und es flammte sofort auf.

Gelangweilt rauchten sie nach dem Mittagessen im Wintergarten und besprachen, wie sie den Nachmittag verbringen sollten.

»Wir könnten das Boot herausholen«, sagte Nicholas.

»Langweilig«, antwortete Boy gähnend.

Nicholas schaffte es, seine Freunde zu überreden, im Sommer einmal pro Monat nach Drakesden zu kommen. Doch er war sich immer sehr unangenehm bewußt, wie wenig Unterhaltung Drakesden zu bieten hatte.

»Du solltest mit uns an die Riviera kommen, Nicky«, sagte Ettie, Nicholas' Gedanken aussprechend. »Da ist einfach viel mehr los.«

»Thomasine möchte William nicht allein lassen«, antwortete Nicholas und zündete eine Zigarette an.

»Der Süße«, sagte Ettie. Sie hatte ihren dritten Gin fast geleert und war schon ein bißchen beschwipst. »Aber seine Nanny ...?«

Nicholas schüttelte den Kopf. Thomasine warf ein:

»Auch wegen des Guts. Um diese Jahreszeit sind wir alle sehr eingespannt.«

»Schrecklich emanzipiert«, seufzte Belle.

Boy grinste, und Nicholas spürte, wie er rot wurde. Obwohl er froh war, einen Teil der lästigen Pflichten los zu sein, wurde ihm zunehmend die Absonderlichkeit seiner Lage bewußt. Thomasine erledigte Männerarbeit. Nur gelegentlich gestand er sich ein, daß ihn Thomasines unkonventionelle Art, die ihm früher so gefallen hatte, inzwischen manchmal störte.

Schweigen trat ein, bis Belle fragte: »Sollen wir einen Spaziergang machen? Ein wenig Proviant für ein Picknick mitnehmen? Oder vielleicht ein kleines Tennisturnier veranstalten?«

Sie schlenderten in den Garten hinaus. Der Nachmittag verging nur langsam, aber Nicholas redete sich ein, daß er sich vergnügte. Sie spielten ein Doppel, und Nicholas und Lavender Monkfield schlugen Belle und Maurice Douglas. Lally spielte nicht, weil sie immer noch schnell ermüdete, und Boy spielte nicht, weil er Sport einfach haßte. Thomasine kehrte plötzlich ins Haus zurück und murmelte dabei etwas von Briefen, die sie schreiben müsse. Ihr Weggehen ärgerte Nicholas, obwohl er nicht genau hätte sagen können, warum.

Nach dem Tennis machten sie ein Picknick, tranken noch mehr Gin und wanderten über die Koppel zum Deich hinunter. Aus dem ziemlich beschwipsten Torkeln am Deichrand entlang wurde plötzlich das Kinderspiel, bei dem alle nachmachen müssen, was der Anführer vorgibt. Sie hätten es erst eine Woche zuvor bei Harrods gespielt, erklärte Ettie. Ein Heidenspaß. Vom Deich kamen sie zum Weg hinauf, der ins Dorf führte. Im Lebensmittelladen leerte Boy, der den Anführer spielte, eine Tüte Waffelbruch auf den Boden, also mußten es ihm alle gleichtun, und der Boden war bald mit Krümeln, Rosinen und Zuckerglasur übersät. Mrs. Carter, die Besitzerin des Ladens, sagte natürlich nichts, sondern stand einfach nur da und sah zu. Obwohl die anderen nichts davon bemerkten, entging Nicholas ihre Miene nicht. Und hier, in dem schäbigen kleinen Laden, befiel ihn wieder das entsetzliche Gefühl der Leere, das seine Hochstimmung von einem Moment zum anderen in Verzweiflung umschlagen ließ. Hätte er ein Messer gehabt, hätte er es sich in die Pulsadern gestoßen und ein für allemal Schluß gemacht, wie er es schon so oft vorgehabt hatte. Doch statt dessen verfluchte er sich für seine Feigheit, folgte den anderen aus dem Laden hinaus und über die Wiese in das Wäldchen. Keiner von ihnen bemerkte, wie er sich fühlte. Wieder im Haus, sehnte er sich nach Thomasine: Er wollte seinen Kopf an ihre Brust legen, sie sollte die Arme um ihn schlingen und ihm Sicherheit geben. Aber sie war nirgendwo zu finden, und seine Mutter sprang in die Bresche, unterhielt seine Gäste, kümmerte sich ums Abendessen und betrieb die Konversation.

Ein paar Tage später, als Thomasine mit Joe Carter aus Soham zurückfuhr und an nichts anderes als an Obst- und Beerensträucher dachte, entdeckte sie in der Ferne eine kleine Gestalt, die sich vor dem Horizont abzeichnete.

»Sehen Sie, Joe – da spielt ein Kind auf dem Deich.«

Der Vorarbeiter kniff die Augen zusammen. »Sieht aus, als wär's ein ganz kleines.«

Thomasine drückte aufs Gaspedal, und der Daimler nahm Geschwindigkeit auf. In den Fens kam es nicht selten vor, daß ein Kind im Deich ertrank. Und das Kind sah sehr klein aus, viel zu klein, um allein, ohne Aufsicht der Mutter oder älterer Geschwister, draußen zu spielen. Tatsächlich war es etwa in Williams Alter.

Die Räder des Daimlers wirbelten den Staub auf. Thomasines Blick schoß ständig zwischen der Straße und der kleinen, schwankenden Gestalt hin und her, die sich gefährlich nahe am Wasser befand. Sie kniff die Augen zusammen, um sich vor dem grellen Sonnenlicht zu schützen. Der Dreikäsehoch schien einen weißen Matrosenanzug zu tragen. Wie William einen hatte. Doch die Kinder in Drakesden trugen abgelegte Schürzen oder grobe lange Wollstrümpfe und die gekürzten Hemden ihrer Väter ... Sie drückte den Fuß so energisch aufs Gas, daß der Wagen auf der unbefestigten Straße einen Moment lang ins Schleudern geriet.

»*William*«, flüsterte sie, und Joe Carter fluchte, als er fast aus seinem Sitz geschleudert wurde. Der Daimler schlitterte um eine Kurve, Thomasine machte einen Satz über die Tür hinaus und ließ den Motor laufen.

Sie schien nicht schnell genug rennen zu können. Auf seinen kleinen pummeligen Beinchen, zwischen den dicken Grasbüscheln des Walls keinen richtigen Halt findend, wackelte William den Deichrand entlang. Sie hatte Angst, seinen Namen zu rufen, damit er nicht erschrak, nicht ausrutschte und ins Wasser stürzte. Ihre Brust schmerzte, als sie auf allen vieren den steilen Hang hinaufkletterte. William drehte sich um, den Mund zu einem freudigen »O« geformt, und gerade als er gefährlich schwankte, warf sie sich nach vorn und fing ihn in ihren Armen auf.

Einen Moment lang kniete sie mit geschlossenen Augen auf dem spärlichen Gras des Deichkamms und drückte seinen kleinen warmen Körper an sich.

»Mama«, sagte William schließlich, entwand sich ihr und zog sie am Haar.

»O William!« Erneut küßte und umschlang sie ihn. Tränen standen in ihren Augen, als sie auf ihn hinabsah. »Was hast du denn getan? Wo ist Martha?«

Als sie sich aufgeregt umsah, entdeckte sie weiter unten am Deich Ettie mit einem Picknickkorb und ein Stück weit entfernt den Delage im Schatten eines Baums mit Nicholas daneben.

Ettie versuchte, den Korb ins Ruderboot zu stellen. Das winzige Boot schaukelte auf dem Wasser und drohte, ihr wegzuschwimmen. Zu einem anderen Zeitpunkt, dachte Thomasine erbost, hätte sie dies komisch gefunden: Ettie Taylor-Graves, in vollkommen unpassender Aufmachung mit einem perlenbesetzten Haarband um den Kopf, die versuchte, das Ruderboot der Blythes flottzumachen. Doch jetzt, in Anbetracht von Etties abwechselndem Fluchen und Kichern und der halbleeren Champagnerflasche, die neben ihr im Gras stand, fühlte sich Thomasine vor Zorn wie gelähmt.

Sie schaffte es jedoch, aufzustehen und mit William im Arm auf den Delage zuzugehen. Noch immer zitterte sie am ganzen Leib. Sie sah, womit Nicholas beschäftigt war: Er putzte den Wagen, wischte den Staub von dem glänzenden Lack und kratzte winzige Flecken von der Windschutzscheibe. Anfangs nahm er sie gar nicht wahr, und einen Moment lang brachte sie keinen Ton heraus.

Schließlich sagte sie: »William hat auf dem Deich gespielt, Nicholas. Er hätte hineinstürzen können.«

Nicholas fuhr herum und ließ seinen Lappen fallen. »Thomasine!« Er sah vollkommen verwirrt aus. »William war bei Ettie ...«

Plötzlich zeigte sich Angst in seinem Gesicht, aber diesmal spürte sie keinen Funken Mitleid mit ihm. »Er hätte *ertrinken* können«, stieß sie mit bebender Stimme hervor.

»Ist er in Ordnung?« Und als sie nicht antwortete: »Um Himmels willen, Thomasine ...«

»Ihm geht's gut. Aber wenn ich nicht gerade vorbeigekommen wäre ...« Erneut packte sie die Wut. »Was hast *du* denn getan, Nicholas? Warum hat niemand auf ihn geachtet? Wo ist Martha?«

Er wurde bleich. »Ettie wollte William zum Picknick mitnehmen. Im Boot. Sie mag William sehr gern.«

»Ettie könnte nicht mal auf einen *Hund* aufpassen, Nicholas, erst recht nicht auf ein *Kind*!«

Er zuckte zusammen und wandte sich ab. Dann hob er seinen Lappen wieder auf und begann, an der Windschutzscheibe zu kratzen. »Mücken«, murmelte er. »Auf der ganzen Windschutzscheibe.«

Sie stand da und beobachtete ihn. Plötzlich wurde ihr mit erschreckender Klarheit bewußt, daß dieser Zustand unhaltbar war, daß ihre Ehe keine Zukunft hatte. Daß sie nicht einfach so weitermachen und ihre trostlose Beziehung zu

Nicholas ignorieren konnte. Daß ihr Glaube, sie könnte Nicholas helfen, Selbsttäuschung gewesen war. Sie konnte nichts für ihn tun. Zum erstenmal hatte Nicholas' Krankheit nicht nur ihn selbst, sondern auch William in Gefahr gebracht.

»Du mußt einen Arzt aufsuchen, Nick«, sagte sie. »Darf ich Dr. Lawrence für dich rufen?«

Er hielt mit dem Putzen inne und schüttelte heftig den Kopf. »Nein. Ich hab's dir doch gesagt. Nein.«

Von hinten konnte Thomasine hören, daß Ettie Williams Namen rief. Sehr entschieden sagte sie: »Wenn du William noch einmal in Gefahr bringst, Nicholas, werde ich dich verlassen und ihn mitnehmen. Vergiß das nicht.« Dann ging sie mit dem Kleinen im Arm zum Daimler zurück.

Den ganzen Sommer hindurch nagte der Schmerz in ihm weiter, der sich im Winter bei ihm festgesetzt hatte, und vergällte ihm jede Stunde. Mit Fays Launenhaftigkeit und mangelnder Rücksichtnahme wäre er vielleicht noch zurechtgekommen, aber die verspätete Einsicht, daß sie beide nicht das geringste gemeinsam hatten, ließ ihn in Einsamkeit und Verzweiflung versinken.

Die Ironie des Schicksals wollte es, daß es statt dessen mit seinem Schreiben voranging. Der Ruhm, auf den Harry Dockerill einmal scherzhaft angespielt hatte, war, wenn auch in bescheidenem Rahmen, tatsächlich eingetreten, und Daniel verdiente mit seinen Artikeln mehr als mit der Landwirtschaft. Er wurde gebeten, bei Versammlungen der Labour-Partei und des Bauernverbands zu sprechen. Als eine Reihe von Kleinbauern aus dem südlichen Deichland, die ebenfalls besorgt über den Zustand der Entwässerungsanlagen in den Fens waren, dafür plädierten, auf das Landwirtschaftsministerium Druck auszuüben, war es Daniel, der den entsprechenden Brief schrieb.

Doch er begriff, in welchen Teufelskreis er geraten war: Fay ärgerte sich, daß er ständig arbeitete, und sie konnte oder wollte nicht sparen. Nur wenn er härter arbeitete, konnte er für ihre Ausgaben aufkommen, doch wenn er keine Zeit für sie hatte, gab Fay aus Langeweile und Unzufriedenheit mehr aus. Wenn er nicht arbeitete, warf sie ihm ihren Mangel an Komfort und ihre geringe soziale Stellung vor.

Wenn er versuchte, ihr die Lage zu erklären, reagierte sie meistens gereizt. Aus Erklärungen wurden Vorwürfe, aus Gereiztheit Verdrossenheit. Vorwürfe verwandelten sich in Anschuldigungen und Verdrossenheit in Bosheit. Fay stürmte aus dem Haus und fuhr nach Ely, und Daniel verlegte sich auf etwas, was er sich geschworen hatte, nie zu tun: Er griff nach der Flasche, die er im Pub gekauft hatte, und goß sich ein Glas nach dem anderen ein. Wenn er trank, konnte er schlafen. Wenn er trank, konnte er einen Teil der angestauten Wut und des Elends vergessen.

Thomasine schrieb an Hilda und verabredete sich für den Samstag in Cambridge mit ihr. In einer kleinen Teestube auf der King's Parade rührte sie in ihrer Teetasse und versuchte, die richtigen Worte zu finden.

Sie wollten sich nicht einstellen. So lange hatte sie ihre Unabhängigkeit hochgehalten, daß sie sich jetzt außerstande sah, einem Menschen, nicht einmal Hilda, einzugestehen, in welcher schier unlösbaren Lage sie sich befand.

Voller Mitgefühl nahm Hilda Thomasines Hand und sagte: »Du siehst müde aus, meine Liebe. Was für eine schwere Arbeit, ein Gut wie Drakesden Abbey zu führen.«

Sie schüttelte den Kopf und versuchte zu lächeln. »Das ist es nicht. Mir gefällt meine Arbeit.«

»Ist es … William?« fragte Hilda stirnrunzelnd. »Oder Lady Blythe … ?

»William geht's ganz gut. Und Lady Blythe und ich haben eine Art Waffenstillstand geschlossen, glaube ich. Jeder bleibt auf seinem Territorium.« Thomasine sah aus dem Fenster auf die herrliche Silhouette der King's College Chapel hinaus. »Es ist Nicholas«, fügte sie schließlich hinzu.

Hilda saß sehr aufrecht auf ihrem Stuhl und sah Thomasine an. »Ich glaube, sehr viele Ehen haben Schwierigkeiten in den Anfangsjahren ... und die Geburt eines Babys kann neue Probleme mit sich bringen.«

Voller Ingrimm dachte Thomasine, daß sie Drakesden schon lange verlassen hätte, wenn William nicht gewesen wäre. Unumwunden platzte sie heraus: »Nicholas ist krank. Er hat sich seit dem Krieg nicht mehr richtig erholt. Anfangs habe ich nicht bemerkt, wie krank er wirklich ist, weil er gelernt hat, es ziemlich gut zu verstecken. Aber jetzt weiß ich es, Tante Hilly, und es macht mir *angst*.«

Sie drückte die Augen fest zu. Die Bedienung stellte einen Teller Sandwiches und Kuchen auf den Tisch. Sie hörte Hilda sagen: »O mein *Gott*.«

Thomasine öffnete die Augen. Sie wollte kein Mitleid, dachte sie, sie wollte praktische Hilfe, etwas, worauf sich Hilda immer so gut verstanden hatte. Sie sagte: »Ich dachte, falls du immer noch mit deinen Freunden aus dem Invalidenheim in Kontakt stehst ... Ich wollte einfach wissen, ob es irgendeine neue Behandlungsmethode gibt. Gleich nach dem Krieg hat Nicholas verschiedene Ärzte aufgesucht, aber sie konnten ihm nicht helfen. Er weigert sich, einen weiteren aufzusuchen – er will nicht einmal zugeben, daß er krank ist. Aber wir können so nicht weitermachen, Tante Hilly – das geht einfach nicht.«

Ihre Stimme klang tonlos. Sie hatte weder auf Sandwiches noch auf Kuchen Lust und zwang sich, den Tee zu trinken.

Hilda schwieg eine Weile. Thomasine merkte, daß sie sich ihre Antwort genau überlegte. Ein tiefes Gefühl der Dankbarkeit für ihre Tante überkam sie, die aufgrund eines ziemlich rätselhaften Briefes ihrer Nichte sofort ihre geliebte Schule verlassen und nach Cambridge geeilt war.

»Die Behandlung schwerer Neurasthenie ist immer eine recht langwierige Angelegenheit, Thomasine«, begann Hilda vorsichtig. »Aber ich habe von Ärzten gehört, die ziemlich großen Erfolg hatten. Die Behandlung beinhaltet Gespräche – was dir lächerlich einfach vorkommen mag, doch das ist es natürlich nicht. Nicholas müßte sich an

Dinge erinnern, an die er sich nicht erinnern will, über Dinge sprechen, an die zu denken ihm sehr schmerzlich wäre. Diese Methode nennt sich Psychoanalyse und wurde kurz vor dem Krieg von Dr. Freud in Wien entwickelt. Aber ich glaube, es gibt auch in England Psychoanalytiker. Ich könnte ein paar Adressen für dich herausfinden, wenn du möchtest, Thomasine.«

Zum erstenmal seit dem schrecklichen Vorfall mit William begann sie wieder ein wenig Hoffnung zu schöpfen. Sie nickte.

»Wenn du das tun könntest, Tante Hilly. Das wäre wundervoll.«

Der Juli war trocken und heiß. Im Dorf mußten die Frauen große Strecken zurücklegen, um Wasser zu holen. Auf Drakesden Abbey stellte Nicholas die große Fontäne ab, aus Angst, daß selbst der neugegrabene tiefe Brunnen austrocknen könnte.

Nachts schien es im Haus noch heißer, noch stickiger und schwüler zu sein. Oft hörte Lally das Baby schreien und Schritte über den Gang eilen. Einmal, als sie aufstand und die Fenster weit öffnete, sah sie Nicholas in Pyjama und Morgenrock über den Rasen gehen und rätselte, ob er schlafwandelte oder nicht.

Nackt in ihrem Bett liegend, phantasierte Lally vor sich hin und erträumte sich alles so, wie sie es gern gehabt hätte: Drakesden Abbey ohne den Eindringling Thomasine, aber mit Nicholas, der sie wieder brauchte. Sie sah sich in den Armen von Daniel Gillory oder stellte sich vor, wie sie den Feuerdrachen wiederfand. *Dreh die Uhr zurück, mach alles anders.* Manchmal, wenn sie schließlich einschlief, glaubte sie, dazu in der Lage zu sein.

Bei Tag fuhr sie weiterhin über die trockenen, staubigen Wege der Fens. Im großen und ganzen war die Landschaft entsetzlich langweilig. So gut wie nie traf sie jemanden, den sie kannte, und nur äußerst selten begegnete sie einem anderen Fahrzeug. Doch eines Tages, auf der Rückfahrt nach

Drakesden, entdeckte sie ein Auto, das halb versteckt hinter einer kleinen Baumgruppe am Straßenrand parkte. Lally drosselte das Tempo und kniff die Augen zusammen. Der Wagen war kleiner, weniger elegant als der Delage, und Lally erkannte, daß es der Morris Oxford von Dr. Lawrence war, der sie während ihrer Krankheit behandelt hatte.

Die Tür des Morris Oxford ging auf, und Lally wollte gerade hupen und winken, als sie den Fahrer aussteigen sah. Und seine Beifahrerin. Der Fahrer war Dr. Lawrence, und die Beifahrerin …

Die Beifahrerin war Mrs. Gillory, Daniels Frau. Lally kniff erneut die Augen zusammen und konnte erkennen, wie das Paar zu der stillgelegten Windmühle am Ende des Felds ging. Am Eingang zur Mühle – ganz so, als wollten sie ihre letzten Zweifel zerstreuen, welcher Art ihre Beziehung war – umarmten sie sich und schienen ineinander zu verschmelzen. Als sie sich schließlich losließen und durch die Tür traten, stieß Lally mit einem großen Seufzer den angehaltenen Atem aus.

Zögernd trat sie wieder aufs Gaspedal. Nichts auf der Welt hätte sie lieber getan, als zu der Windmühle zu gehen und die beiden zu belauschen, doch sie wußte, daß sie in der freien Natur nur zu leicht auffallen würde. Auf der Heimfahrt labte sie sich an ihrem Geheimnis und genoß es zutiefst. Für Geheimnisse hatte sie schon immer eine Schwäche gehabt.

Daniel und Fay nahmen wortlos ihr Abendessen ein, wie so oft in letzter Zeit. Fay klagte über Kopfschmerzen und ging nach oben ins Bett. Daniel griff sich ein Buch und die Whiskyflasche und bemühte sich, den Ärger und die immer wiederkehrenden Gedanken, die ihm durch den Kopf schwirrten, im Zaum zu halten.

Es war nach Mitternacht, als er von seinem Buch aufblickte und den feinen Dunst am ansonsten klaren Himmel sah. Er stand auf, ging zur Tür und starrte in die Dunkelheit hinaus. Wolken, dachte er, endlich Regen. Aber dann sah er noch einmal hin und erkannte, daß es keine Regenwolken waren, und rannte durch den Hof in Richtung seiner Felder.

Ein unheimliches orangefarbenes Licht ging von den hintersten Feldern aus. Der beißende Rauchgeruch wurde stärker. In der Mitte des Ackers loderten Flammen, die aus dem Boden hervorzüngelten. Der Torf brannte.

Unfähig, sich zu rühren, sah er einen Moment lang zu, während die Dämonen, die in der Erde lauerten, seinen Weizen verschlangen, bis nur noch schwarze Ascheflocken übrigblieben. Er hörte das Knistern des Feuers, das alles verschlang, wofür er gearbeitet hatte. Dann begann er zu rennen. Als er Flo Dockerills Haus erreicht hatte, klopfte er wie rasend an die Tür. Kerzen flammten in den Fenstern der angrenzenden Cottages auf, und das Geräusch schlurfender Schritte war zu hören.

»Harry!« rief er. »Mein Feld steht in Flammen – der Torf brennt!«

Gesichter starrten ihn aus dem Dunkel des winzigen Hauses an. Jemand rief: »Wir bringen Spaten und Schaufeln!« Daniel rannte zu seinem eigenen Haus zurück und holte die Geräte aus dem Schuppen.

Sie gruben um das Feuer herum, das als großer Kreis in der Mitte des Felds glühte und die Mooreiche verschlang, die wie eine schwarzfingerige Hand herausstand. Die Flammen fraßen sich durch die trockene Torferde und hätten wahrscheinlich auch nicht gelöscht werden können, wenn es genügend Wasser gegeben hätte. Daniels einzige Hoffnung bestand darin, einen Graben um den schwelenden Torf zu ziehen, der tief genug war, um bis zu dem darunterliegenden Lehm zu reichen, so daß den Flammen der Weg abgeschnitten wurde. Das halbe Dutzend Männer arbeitete verzweifelt, weil sie wußten, daß ein Torffeuer, wenn es nicht unter Kontrolle gebracht werden konnte, tagelang weiterbrannte. Teile der Weizenhalme, die in ein paar Wochen geerntet werden sollten, wirbelten durch die Luft. Die Flammen breiteten sich weiter aus. Für Daniel, der die harte Erde aufhackte, waren sie wie lebendige Wesen, gierig und gefräßig. Sie wollten ihm nehmen, was er sich erarbeitet hatte. Sie wollten ihm seinen Lebensunterhalt rauben. Sie wollten den vollständigen Ruin seiner angeschlagenen Ehe. Schweiß strömte über seinen Körper, er bekam Blasen an den Händen, und seine Muskeln schmerzten. Die raucherfüllte Luft war heiß und stickig, und Daniel glaubte, sie buchstäblich mit Händen fassen zu können.

Als sie in den frühen Morgenstunden in ihr Schlafzimmer zurückkehrte, öffnete Thomasine die Vorhänge und riß die Fenster weit auf. Sofort entdeckte sie den Lichtfleck am Horizont und dachte zuerst, es sei ein Gewitter. Aber der Himmel war ruhig, die Luft still. Stirnrunzelnd versuchte sie, sich die Erscheinung zu erklären. Das Licht war schwach und kupferfarben.

Nicholas öffnete die Schlafzimmertür. »Ich konnte nicht schlafen«, sagte er. »Ich hab's vom Garten aus gesehen. Ein Freudenfeuer, was meinst du?«

»Nein. Wer würde um diese Zeit ein Freudenfeuer anzünden, bei dem Wetter?« Wieder sah Thomasine besorgt aus dem Fenster. »Es ist ein Torffeuer, Nick, dessen bin ich mir sicher. *Wo ...?*«

Sie zog ihre Sandalen an, während sie sprach. Wessen Felder, wessen Land und Ernte wurden von den langsam kriechenden Flammen verschlungen?

Nicholas folgte ihr, als sie nach unten zum Auto rannte. Das orangefarbene Licht kam von einer Seite des Dorfes. Als sie aus der Einfahrt und den Hügel der Insel hinunterfuhren, waren Thomasines Hände zu Fäusten geballt und ihr Blick ständig auf den entsetzlichen Feuerschein gerichtet. Ein Torffeuer, das von einem Stück zerbrochenem Glas oder einer achtlos weggeworfenen Zigarettenkippe ausgelöst wurde, konnte in einer einzigen Nacht das gesamte Einkommen vernichten. Nicholas steuerte den Delage durchs Dorf und auf den Weg hinaus, der zum Zufluß der Lark führte.

Die Luft wurde dicker, roch beißend. Graue, schwarze

und blutrote Strohfetzen schwebten darin. Doch als sie das Ende des Wegs erreichten, sah Thomasine, daß die Felder der Blythes von den Flammen unberührt waren. Verkohlte Strohfetzen lagen wie feine, schwarze Spitzenstreifen auf dem blaßgoldenen Weizen, aber die Halme standen immer noch stolz aufgerichtet, die dicken Ähren waren unversehrt. Die Flammen hatten das benachbarte Feld vernichtet, ein dichter Schleier grauer Asche lag über der Ernte.

»Daniel Gillorys Land«, sagte Nicholas plötzlich leise.

Thomasine kniete sich auf den Sitz. Sie sah den langen Wall des Deichs, der das Wasser einschloß, und davor die dunklen Silhouetten der Männer, die mit Dreschflegeln auf das schwelende Gestrüpp einschlugen.

Nicholas sagte: »Dann soll's nur brennen«, und sie sah ihn entsetzt an.

»Nick ... «, flüsterte sie, aber er wiederholte: »Dann soll's nur brennen.« In seinen Augen stand eine Art triumphierender Freude.

»Das ist gefühllos und grausam«, erwiderte Thomasine schneidend.

Jetzt lächelte er. Seine Augen waren dunkel und glasig, und in diesem Moment haßte sie ihn. Daß er Eifersucht und Mißgunst solche Formen annehmen ließ und damit den geringsten Anstand verlor, daß er den lächerlichen Tragödien der Kindheit gestattete, so lange in sich zu gären, war unerträglich.

Sie schaffte es nicht, ihn länger anzusehen. Schnell wandte sie sich ab und sah Daniel, der allein auf einer Seite des Kreises der arbeitenden Männer stand. In dem fahlen Mondlicht und dem unnatürlichen Schein der ersterbenden Flammen wirkte sein Gesicht weiß und unheimlich. Sein ganzer Körper drückte Niederlage und Erschöpfung aus. Thomasine sah kein Anzeichen von Mrs. Gillory. Vor Daniel lag das Feld mit dem großen schwarzen Krater, aus dessen verkohlter Oberfläche noch immer kleine Rauchschwaden aufstiegen.

Bevor Nicholas sie zurückhalten konnte, sprang sie aus

dem Wagen und lief über das verbrannte Korn auf die einsame, geschlagene Gestalt zu. Das schwarze Stroh brannte heiß unter ihren dünnen Sohlen. Während sie auf ihn zulief, rief sie seinen Namen.

»Daniel! Es tut mir so leid. Was für ein schreckliches Unglück.«

Langsam wandte er ihr das Gesicht zu. Um seine Lippen stand ein bitterer Zug, und er sah sie mit kalter Verachtung an.

»Das ist widerrechtlich«, sagte er. »Sie betreten unerlaubterweise mein Land.«

Sie schnappte nach Luft. Dann schrie sie auf, trat einen Schritt auf ihn zu und packte ihn am Ärmel. Aber alles an ihm drückte starre, unnachgiebige Feindschaft aus, und die Ablehnung in seinen Augen traf sie mit fast physischer Gewalt. Ihre Hand glitt ab, und während sie zum Wagen zurücktaumelte, hielt sie sich unsinnigerweise auf der blythe'schen Seite des Weges.

Zurück in Drakesden Abbey, folgte ihr Nicholas in ihr Schlafzimmer. Kein Wort war zwischen ihnen gefallen, seit sie Daniel Gillorys zerstörtes Feld verlassen hatten. Seine Hände machten sich an den Knöpfen ihrer Jacke und ihres Kleids zu schaffen und zogen an den schmalen Schleifen ihrer Hemdhose. Am liebsten hätte sie sich gewehrt, ihn weggestoßen. Er riß sich die Krawatte vom Hals und zog die Hosenträger von den Schultern.

»Du solltest nicht mit ihm reden«, war alles, was er herausbrachte, als er sie aufs Bett stieß.

»Ich spreche, mit wem ich will«, schrie sie, doch es war ein stummer Schrei. Hart und fordernd preßte er sich an sie, aber sie sah die Verzweiflung in seinen Augen. Als er in sie eindrang, tat es weh, doch sie drückte den Mund an seine Schulter und kämpfte gegen die Tränen.

All sein Zorn und all seine Eifersucht verpufften, als er zum Höhepunkt kam. Einen Moment lang blieb er, den Kopf an den ihren gedrückt, mit schwerem Körper auf ihr liegen. Schließlich flüsterte er: »Tut mir leid«, und stand langsam auf. Am Waschbecken begann er, jeden Zentimeter seines Körpers gründlich zu waschen. Dann zog er sich wieder an.

Als er sich zu ihr umdrehte, sah sie Abscheu in seinen Augen. Sie wußte nicht, ob der Abscheu ihm selbst galt oder ihr, die nackt und besudelt auf dem Bett lag.

Als Lally spät aufstand, war sie ziemlich betrübt, daß sie die Aufregung um das Feuer verpaßt hatte. Nach dem Mittagessen, als alle anderen entweder arbeiteten oder dösten, zog sie ihr purpurfarbenes Satinkleid an und verließ das Haus.

Von Natur aus träge, haßte sie Fußmärsche. Doch sie wußte, daß es unklug wäre, das Auto zu nehmen, deshalb schlug sie den Fußweg durch das Wäldchen und über die Wiese ein. Sie ging unter den dichtbelaubten Bäumen hindurch und hielt die Finger gekreuzt wegen der Teufel, die für sie noch immer im Unterholz lauerten. Am Dorfrand folgte sie dem Pfad entlang des Deichs. Der Schlamm darin roch faulig. Als sie auf gleicher Höhe mit Daniels Haus angelangt war, blieb sie eine Weile stehen und sah sich um.

Sie konnte Daniel im Hinterhof erkennen, der seinem Pferd das Zaumzeug abnahm. Von seiner Frau war nichts zu sehen. Lally ging den Deichhang hinab und übers Feld auf das Anwesen der Gillorys zu.

»Daniel«, rief sie. »Wie schön, dich wiederzusehen.«

Er hatte das Zaumzeug entfernt, und eine seiner Hände lag auf dem glänzenden Nacken des Pferdes. Seine Hände waren nicht die eines Gentlemans, sondern kräftig, schwielig, sonnenverbrannt.

»Lassen Sie mich raten«, sagte Daniel und sah sie an. »Sie haben einen Platten. Ihr Automobil ist in den Deich gefallen ...«

»Blödsinn«, antwortete Lally. »Ich mache einen Spaziergang.«

»Ah.« Daniels Lächeln bestand nur aus einem kleinen Kräuseln der Mundwinkel. »Sie sind gekommen, um sich den Schaden anzusehen.«

Einen Moment lang hatte sie keine Ahnung, was er meinte. Dann sah sie die verkohlten Strohhalme, die überall auf dem Hof lagen, die schwarzen Flecken auf seinen Kleidern und seiner Haut. »Oh! Ach das. Nein – die Landwirtschaft interessiert mich nicht die Bohne. Das überlasse ich ganz Thomasine.«

Er hatte sich von ihr abgewandt, nahm das Zaumzeug und hängte es an einen Haken im Stall. Lally hielt gehörigen Abstand von dem Pferd, einem riesigen, schwerfälligen Tier, dem sie instinktiv mißtraute.

»Ist Mrs. Gillory zu Hause?« fragte sie plötzlich.

»Ich weiß nicht. Warum?« antwortete er.

»Weil ich gern einen Schluck Wasser hätte. Ich bin schrecklich durstig.«

Er führte das Pferd in den Stall, gab ihm zum Schluß einen Klaps aufs Hinterteil und ging dann über den Hof zum Haus. Lally folgte ihm. Er öffnete die Tür und rief: »Fay!«, aber niemand antwortete.

Lally überlief ein Schauder der Erregung. »Sie ist ausgegangen«, sagte sie. »Geht sie oft aus?«

Er antwortete nicht. Schmutziges Geschirr häufte sich in der Spüle, und Fliegen krochen über ein unbedecktes Butterstück. Die winzige Küche war schmutzig, abstoßend. Schließlich fand Daniel eine saubere Tasse. Er wollte sie gerade in den Wasserkübel tauchen, als Lally sagte: »Nicht davon. Es ist sicher lauwarm. Hast du nichts anderes?«

Daniels Mund spannte sich zu einem dünnen scharfen Strich. Er lehnte sich gegen den Herd und sah sie argwöhnisch an. »An was hätten Sie denn gedacht, Miss Blythe? Champagner vielleicht?«

»Ich trinke nie Champagner. Ich mag ihn nicht. Bier wäre in Ordnung, Daniel, wenn du welches hättest.«

Er antwortete nicht, schenkte aber aus einem Steinkrug ein, der auf der Kommode stand. Lally trank. Zum erstenmal in diesem Jahr begann sie, sich wieder wohl, wieder lebendig zu fühlen. Ein Teil der Angst, die sie so viele Monate lang im Griff gehalten hatte, fiel von ihr ab. Die Dinge ließen sich ändern. Die Dinge, die vor Jahren schiefgelaufen waren, als ihre Mutter sie beim Küssen mit Daniel Gillory erwischt hatte. Dieser Kuß hatte noch immer keine Erfüllung gefunden, aber die Erinnerung daran war mächtig und verlockend. Er mußte zu seinem Ende gebracht werden.

Sie stellte die Tasse ab. Er stand am Abwaschbecken. Sie berührte seinen Arm und spürte die Wärme seiner Haut.

»Was wollen Sie?« Seine Stimme klang trocken und heiser.

»Was glaubst du wohl? Ich möchte dich, Daniel.« Sie sagte die Wahrheit. Nie hatte sie einen Mann so sehr begehrt, dachte sie. Es war, als hätte sie den Faden wiederaufgenommen, den sie in ihrer Kindheit zu spinnen begonnen hatte, und der jetzt, im Erwachsenenalter, soviel leuchtender, soviel fester geworden war.

Er flüsterte: »Geh heim, Lally, geh heim.«

Sie glaubte nicht, daß er meinte, was er sagte. Sie stellte sich auf die Zehenspitzen, und ihre Lippen liebkosten seine Wangen, seinen Mund. Mit geschlossen Augen vergrub sie das Gesicht an seinem Hals, und seine Haut schmeckte warm und salzig.

Er riß sich los von ihr, und sie blieb kalt und mit leeren Händen zurück.

»Geh.«

Sie war vollkommen überrascht. Nie hätte sie gedacht, daß er sie zurückweisen könnte. Sie war noch nie zurückgewiesen worden.

»Du brauchst keine Angst zu haben«, sagte sie. »Ich werde niemandem etwas sagen.«

»Was möchtest du *wirklich*, Lally? Oder ist das deine Art, den Armen zu helfen ... Mami teilt Lebensmittelkörbe aus, und du bist freigebig mit deiner Gunst ...«

»Mach dich nicht lächerlich, Daniel. Ich langweile mich in diesem gottverlassenen Nest, das ist alles. Ist dir etwa nicht langweilig?«

Fast mußte er lächeln. »Nicht wirklich. Nein, ich könnte nicht sagen, daß Langeweile mein größtes Problem wäre.«

Sie trat wieder auf ihn zu, legte die Hände auf seine Brust und sah zu ihm auf. Er gab ihr das Gefühl, sicher, beschützt zu sein. Sie wußte, daß er sie wollte: Sie hörte sein schnell pochendes Herz und spürte die Härte seines Leibes. Sie begann, ihn zu streicheln.

Doch seine Stimme war kalt. »Ich bin verheiratet, Lally.«

Zum erstenmal spürte sie Ärger in sich aufsteigen. »Ach, sei doch nicht so kleinbürgerlich, Daniel.«

Er packte ihre Handgelenke und stieß sie fort. »Geh weg, Lally – du gehörst nicht hierher. Erniedrige dich nicht.«

Sie rief: »Aber du *kannst* mich nicht wegstoßen! Wir sind doch Freunde, Daniel? Wir waren doch immer Freunde?«

Sie konnte nicht glauben, was sie in seinen Augen sah. Ungeduld, Zorn und Desinteresse. Das Desinteresse war das Schlimmste.

»Freunde? Nein. Niemals.«

»Aber als Kinder waren wir's doch! Erinnerst du dich nicht mehr?«

Er schüttelte den Kopf. Seine Händen fielen von ihr ab. Er stand an der Tür und wartete, daß sie ging. Von einer Woge des Zorns und einem Gefühl der Verlassenheit ergriffen, steckte sie plötzlich den Daumen in den Mund und saugte einen Moment lang verzweifelt daran. Dann sagte sie: »Ich hab deine Frau letzte Woche gesehen. Sie war mit Dr. Lawrence zusammen.«

Er sah sie prüfend an. »Fay ist nicht krank.«

Lally lachte. »Sie sah sehr gesund aus. Sehr glücklich. Sie gingen in die Windmühle am Rand von Potters' Field.«

Ihr ganzer Körper drückte Schadenfreude aus, und sie wartete wütend und innerlich triumphierend ab. Die Farbe wich aus seinem Gesicht. Als sie den Ausdruck in seinen Augen sah, bekam sie zum erstenmal Angst.

»Das glaube ich nicht.«

Sie nahm den letzten Rest ihres Muts zusammen. »Es stimmt. Sie haben sich umarmt. Vielleicht ist sie auch jetzt gerade bei ihm ...«

Außer sich vor Wut sah er sie an und zischte: »Du lügst. Nicholas hat dir gesagt, daß du das sagen sollst …«

Schreiend antwortete sie: »Ich würde dich nie anlügen, Daniel – du bist doch mein Freund!«

Er stieß sie aus der Tür, so daß sie mit den Knien im Staub landete. Die Tür knallte zu. Sie rappelte sich hoch und lief im Zickzack übers Kornfeld davon.

Als sie fort war, stand Daniel eine Weile bewegungslos da und beobachtete seine zitternden Hände. Er rang nach Atem. Sie hatte gelogen, sie mußte gelogen haben. Nicholas hatte seine Schwester zu dieser schrecklichen Lüge angestiftet, weil er ihn haßte. Dann packte Daniel eine Tasse und einen Teller und schleuderte sie so heftig an die Wand, daß sie in tausend Stücke zerbrachen. Danach holte er die Whiskyflasche aus dem Schrank.

Während er trank, dachte er nach. Irgendwie konnte er sich nicht recht vorstellen, warum Nicholas Blythe eine solche Lüge erfinden sollte. Er dachte an Fay. An die Veränderungen, die er im Laufe der letzten Monate an ihr festgestellt hatte, ihre Fiebrigkeit, ihre Unruhe. Nachts wandte sie sich ihm jetzt oft zu, aber ihre Umarmungen kamen ihm immer liebloser und verzweifelter vor.

Doktor Lawrence. Je mehr er darüber nachdachte, um so plausibler erschien es ihm. Sie hatte ihn ja damals beim Schlittschuhlaufen auf der Lark kennengelernt. Er dachte an Fays häufige Ausflüge nach Ely, an die neuen Kleider, Hüte und Lippenstifte, die sie gekauft hatte. Er erinnerte sich auch an sein erstes Treffen mit ihr. Sie hatte ihr Taschentuch fallen lassen – zufällig, hatte er damals gedacht. Ein alter Trick, wie er inzwischen vermutete. Es war, als hätte sich ein Spiegel getrübt und er sähe jetzt alles in dunkleren Farben. Daniel begann, jede Stunde zu bezweifeln, die er mit ihr verbracht hatte, angefangen von ihrer ersten Begegnung bis zu den inzwischen schweigsamen Tagen und den hektischen, verzweifelten Vereinigungen bei Nacht. Die Gedanken waren eine Qual, er trank ständig weiter und sehnte sich danach zu vergessen, bis er draußen Schritte hörte.

Fay machte die Tür auf. Sie starrte auf das zerbrochene Porzellan.

»Was hast du getan? Das war eine meiner besten Tassen …«

Sie schickte sich an, den Raum zu durchqueren, aber er packte sie und hielt sie fest. »Wo bist du gewesen, Fay?« flüsterte er. »Wo bist du gewesen?«

»Im Laden natürlich …«

»Lüg mich nicht an! Du bist bei *ihm* gewesen, nicht wahr?«

Der verblüffte, beleidigte Ausdruck auf ihrem Gesicht veränderte sich, wurde ablehnend, als wollte sie etwas verhehlen. »Ich weiß nicht, wovon du redest, Daniel.«

»Ach, das weißt du nicht!« brüllte er. »Ich rede von Dr. Lawrence, Fay.«

»Laß mich los«, erwiderte sie schroff. »Ich war im Laden. Schau her.« Sie zeigte ihm den Korb.

Daniel ließ ihre Hand los, er starrte in den Weidenkorb und sah eine Suppendose und einen Laib Brot. Er wollte ihr so gern glauben, schaffte es aber nicht.

»Fay, sag mir die Wahrheit. Ihr seid zusammen gesehen worden. Jemand hat euch gesehen.«

Tiefe Röte breitete sich auf ihrer blassen Haut aus. »Wer hat dir das gesagt?«

»Das spielt keine Rolle. Sag mir die Wahrheit, Fay.«

Sie ging von ihm weg. Mit dem Rücken zu ihm kauerte sie sich auf den Boden und begann, die Scherben aufzusammeln. »Da erzählt dir jemand Lügen, Daniel. Eines der alten Klatschweiber aus dem Dorf, schätze ich. Sie hassen mich alle.«

»Ich bring ihn um, Fay. Wenn es stimmt, bring ich ihn um.«

Er beobachtete, wie sie die blauen Porzellanscherben vorsichtig auf die Kommode legte. Ihre Hände waren klein und zerbrechlich. Ihm wurde schlecht bei der Vorstellung, daß diese Hände den Körper eines anderen Mannes berührten. Dann stand sie auf und räumte den Inhalt ihres Einkaufskorbs weg. Ihr Gesicht war ruhig, ihre Bewegungen gelassen und sicher.

Er schrie: »Hör auf damit! Ich möchte die Wahrheit wissen!«

Fay schloß die Schranktür. »Schrei mich nicht so an, Daniel Gillory. Du hast kein Recht, so mit mir umzugehen.«

»Ich habe jedes Recht dazu – ich bin dein Mann – »

»Ja.« Sie sah ihn spöttisch an. »Und ich war eine Närrin, dir zu erlauben, *das* je zu werden.«

Er riß sie an sich. »Dann stimmt es also …«

Sie versuchte, sich von ihm loszureißen. »Nein. Nein. *Nein* …«

Er haßte sie. Er haßte jeden Zug an ihr, ihr ganzes gekünsteltes Getue. Er packte sie an den Schultern und drückte sie gegen die Wand. Er wollte ihr weh tun, die Wahrheit aus ihr herauspressen, den Panzer aus Eigensucht und Eitelkeit durchstoßen, ihr klarmachen, wie sehr sie ihn verletzt hatte. Er hob die Hand, und Fay schrie auf. Er sah die Angst in ihrem Gesicht und ließ sie, entsetzt über sich selbst, wieder sinken. Fay rannte in den Hof hinaus. Schwankend ging Daniel zur Tür und starrte auf die Abdrücke, die ihre hochhackigen Schuhe auf dem staubigen Boden hinterlassen hatten. Als er wieder zu trinken begann, hatte der Wind ihre Fußspuren bereits verweht, und nichts zeigte mehr an, wohin sie gelaufen war.

Fay machte etwas, was sie noch nie zuvor getan hatte: Sie schickte eines der Hayhoe-Kinder mit einer Nachricht nach Ely. Sie wagte nicht, zum Haus zurückzugehen, um ihr Fahrrad zu holen, aber sie konnte schließlich nicht den ganzen Weg nach Ely zu Fuß zurücklegen. Eindringlich schärfte sie Jackie Hayhoe die Nachricht ein.

»Sag ihm, er soll an die übliche Stelle kommen. Sag ihm, es sei wichtig.« Sie zog ein Sixpence-Stück aus der Tasche und beobachtete, wie der Junge über die Felder davonrannte und seine genagelten Stiefel den schwarzen Staub aufwirbelten. Dann machte sie sich auf den Weg in Richtung

Potters' Field. Die Meile kam ihr länger vor als sonst. Der Schlamm entlang des Damms war hart und voller Furchen, das Wasser im Graben roch faulig. Sie folgte dem Deich, weil sie Angst hatte, sich zu verirren, aber beim Anblick der Aale, die sich in dem flachen, schmierigen Wasser wanden, überkam sie Ekel.

Als sie die alte Windmühle erreicht hatte, setzte sie sich in den Türeingang und wartete. Sie begann, sich die Worte zurechtzulegen, mit denen sie Alexander ihre Notlage erklären wollte. »Ich kann nicht mehr bei Daniel bleiben«, würde sie sagen. »Er hat mir weh getan.« Sie würde ihm die blauen Flecken an ihrer Schulter zeigen, und er wäre entsetzt und wütend. Dann würde er sie bitten, ihn zu heiraten. Fay hatte nur vage Vorstellungen, was die Scheidungsgesetze anbelangte, aber sie war sich sicher, daß jeder Richter Mitleid mit ihr hätte. Niemand konnte von ihr erwarten, bei einem Mann wie Daniel Gillory und an einem Ort wie Drakesden zu bleiben.

Doch als der Nachmittag verstrich und Alexander Lawrence nicht auftauchte, begann ein guter Teil der Zuversicht aus ihren Phantasien zu schwinden. Plötzlich konnte sie sich nicht mehr vorstellen, wie Alexander um ihre Hand anhielt. Sie versuchte es, aber die Worte klangen nicht überzeugend, und in seinen blaßblauen Augen stand immer dieser Hauch von Zynismus. Sie sah auf den Weg hinaus und erwartete, das Geräusch seines Autos zu hören, aber alles blieb still. Schließlich wurde die Stille vom Rascheln des Windes in den Bäumen und im Korn unterbrochen, und der Himmel, der tagelang makellos blau gewesen war, begann, sich zu verdunkeln. Fay saß auf den Stufen und sah die schnelle, nach oben wirbelnde Bewegung der Wolken. Plötzlich war es kühler geworden. Sie fröstelte in ihrem dünnen Kleid.

Sie hatte jedes Zeitgefühl verloren, aber ihrer Schätzung nach mußte es Spätnachmittag sein. Seit Stunden wartete sie nun schon. Er muß kommen, dachte sie, er muß einfach kommen. Langsam schwand ihre starke Zuversicht, und sie fühlte sich allein und verlassen. Die Leere der Landschaft machte ihr angst. Bei jedem Knistern und Knacken, das der Wind in der alten Mühle hervorrief, zuckte sie zusammen. Die großen schwarzen Wolken am Himmel warfen dunkle Schatten auf die Kornfelder. Beim ersten Donnergrollen sprang sie auf und lief in die Mühle.

Der Regen setzte ein und fiel in dicken Tropfen auf die undichten Holzschindeln. Anfangs kamen die Tropfen nur spärlich, hinterließen ein dunkles Tüpfelmuster im Staub des Weges, aber dann prasselten sie stärker herab, und ihr Klang hallte in der Leere wider, als würde auf tausend Trommeln ein erbarmungsloser Rhythmus geschlagen. Große gezackte Blitze teilten den Horizont. Fay duckte sich in der Windmühle zusammen und spähte durch die Tür, während der Himmel sich zuerst grau, dann schwarz und schließlich violett verfärbte. Dann brach mit lautem Getöse der Donner wieder los, Fay schrie auf und legte dic Hände auf die Ohren. Immer wieder hörte sie Daniel sagen: *Blitze suchen sich immer den höchsten Punkt, Fay*. Und als sie hinausblickte, sah sie nur endlose flache Felder, ein paar krüppelige Bäume und den Deich. Die Windmühle, in der sie Schutz gesucht hatte, war die höchste Erhebung.

Heftige Blitze zuckten über den Himmel und ließen das Innere der Mühle so hell aufleuchten, daß sie einen furchtbaren Moment lang glaubte, sie sei bereits getroffen worden. Der Knall des Donners war ohrenbetäubend, und als er schließlich verklang, hörte sie ein anderes Geräusch, ein schreckliches, langgezogenes Knarren, als sich die Flügel, vom Sturm angetrieben, zu drehen begannen. All die Geräusche schienen sich in ihrem Kopf festzusetzen, und Fay rannte aus der Mühle in Richtung Deich davon.

Er würde nicht kommen. Jetzt wußte sie, daß er nicht kommen würde. Einen Moment lang sah sie der Wahrheit ins Gesicht. Sie bedeutete ihm nichts, und er würde sie nie bitten, ihn zu heiraten. Doch sie ertrug es nicht, allein in dem schrecklichen Gewitter, an dem schrecklichen Ort zurückzubleiben. Sie begann, in Richtung Dorf zu laufen. Der Regen prasselte nieder, füllte den Deich, verwandelte den Staub in Schlamm. Ihre Füße in den leichten Stöckelschuhen verloren den Halt, sie rutschte aus. Binnen kürzester Zeit war sie bis auf die Haut durchnäßt. Die Abstände zwischen den Blitzen wurde immer geringer, die Donnerschläge immer ohrenbetäubender. Von Panik ergriffen, dachte Fay: Zähl die Sekunden zwischen Blitz und Donner. Schluchzend zählte sie: *Eins, zwei, drei, vier, fünf …*, und bei jedem Zählen wurde der Abstand geringer. Tränen strömten ihr übers Gesicht und vereinigten sich mit den Regentropfen.

Sie konnte nicht klar sehen, sondern sich nur mühsam am Wall des Deichs orientieren. Das einzige Licht kam von den flackernden Blitzen – der Abendhimmel hatte sich fast schwarz verfärbt, und die Landschaft hatte für sie ohnehin schon immer und überall gleich ausgesehen. Sie wußte nicht, wie weit sie von Drakesden entfernt war. Sie hatte nicht nur das Gefühl für Zeit, sondern auch das für Entfernungen verloren. Manchmal war der Himmel taghell, ein schauerliches, violettes Leuchten, von weißen Rissen durchzogen. Fay kletterte die Böschung des Erdwalls hinauf, rutschte ein paarmal zurück und hielt sich an den weichen Grasbüschcln fest.

Als sie oben angekommen war, ließ der Sturm kurz nach, eine seltsame Stille trat ein, und Fay konnte die Holzplanke erkennen, die über den Deich führte. Als sie sich anschickte, sie zu überqueren, sah sie, nicht weit entfernt, die Umrisse des Dorfes. Schluchzend rang sie nach Luft. Noch nie hatte sie sich so gefürchtet.

In der Mitte rutschte sie auf dem nassen Holz aus, versuchte, sich wieder zu fangen, und fuchtelte haltsuchend mit den Händen durch die Luft. Fay stürzte mit solcher Wucht in das schwarze schlammige Wasser des Deichs, daß ihr der Atem wegblieb. Einen Moment lang konnte sie sich nicht rühren, und das trübe Wasser drang ihr in Augen, Mund und Nase. Sie begann, wild um sich zu schlagen, um sich aus dem Morast zu befreien.

Aber der Schlamm war dick und zäh, und Fay war erschöpft. Je mehr sie um sich schlug, desto fester hielt sie der Schlamm und zog sie unweigerlich nach unten. Bis sie aufhörte, sich zu wehren und die Augen schloß, während das Gewitter über ihr tobte.

Thomasine erhielt mit der Nachmittagspost einen Brief von Hilda, der einzige Lichtblick an diesem bedrückenden Tag. Die Ereignisse der vergangenen Nacht lagen wie ein Schatten über ihr. Nicholas sah sie erst am Nachmittag wieder, als sie sich um vier im Salon zum Tee trafen. Thomasine hatte das Gefühl, das ganze Haus erbebe unter der Macht der Donnerschläge, und die Luft in seinem Innern sei so schwer geworden, daß man kaum mehr atmen konnte.

Nach dem Tee folgte sie Nicholas auf die Terrasse hinaus. Einen Augenblick standen sie nebeneinander und starrten auf die Blitze. Die Parodie eines glücklichen Ehepaars, dachte Thomasine verbittert. Sie griff nach dem zusammengefalteten Brief in ihrer Tasche und zwang sich, ihn am Ärmel zu zupfen und mit ihm zu reden.

»Nick – da ist etwas, worüber ich mit dir sprechen muß.«

Er war von ihr weggegangen, als erinnerte auch er sich an die freudlose Umarmung der letzten Nacht. Schließlich wandte er den Blick von den gelben Blitzen am Horizont ab und sah Thomasine an.

»Also, was gibt's, meine Liebe?«

»Nicht hier, Nick. Hier ist's zu laut.«

Ihre Worte gingen fast im Donner unter. Nicholas sah sie verständnislos an. Regen strömte ihm übers Gesicht und klatschte ihm das Haar an den Kopf. Thomasine sah sich verzweifelt um. Lady Blythe war noch immer im Salon. Thomasine hatte keine Ahnung, wo Lally sich aufhielt. Überall im Haus eilte Dienerschaft umher, zog Vorhänge zu und schloß Fenster.

»Komm mit in den Wintergarten, Nick.«

Er folgte ihr. Wie ein Hund, dachte sie, der seine Strafe erwartet.

Im Wintergarten rann der Regen in Sturzbächen über die

Glasscheiben. Nicholas wartete, bis sie sich in einem der Korbsessel niedergelassen hatte, dann sagte er: »Tut mir leid, Thomasine. Wegen letzter Nacht. Ich hab mich wie ein Schuft benommen …«

»Das spielt jetzt keine Rolle, Nick. Setz dich bitte. Das ist jetzt wirklich nicht wichtig.« Sie wußte, daß sie log, daß die Kluft zwischen ihnen fast schon zu groß war, um überbrückt zu werden. Deswegen umklammerte sie so verzweifelt das Stück Papier in ihrer Tasche. Sie holte tief Luft und versuchte, seinen unsteten Blick zu erhaschen.

»Vor zwei Wochen habe ich meine Tante Hilda getroffen, Nick. Du erinnerst dich doch daran, daß sie im Krieg Krankenschwester war?«

Er nickte abwesend. Ein greller Blitz tauchte die dichtwuchernden Pflanzen des Wintergartens in weißes Licht.

»Sie hat mir erzählt, daß sie während des Krieges Männer pflegte, die an Bombenneurose litten. Männer wie du, Nick. Sie sagte mir, daß es heute neue Behandlungsmöglichkeiten gibt – gute Möglichkeiten. Wirkungsvolle.«

Er blinzelte und griff in seine Jacke, um sein Zigarettenetui herauszuholen. Sie nahm das Feuerzeug aus seiner zitternden Hand und gab ihm Feuer.

»Sie hat mir den Namen eines Arztes genannt, Nick, der dir helfen könnte. Er heißt Dr. Franks, ist sehr bekannt und sehr nett und praktiziert in –«

»Nein.« Nicholas stand auf und schüttelte den Kopf. »Nein, Thomasine. Ich hab's dir doch gesagt. Keine Ärzte.«

Sie gab nicht nach. »Er wäre nicht wie die anderen Ärzte, Nick. Keine kalten Bäder und keine Leibesübungen – nicht diese Art von Unsinn. Er würde einfach nur mit dir reden.«

»Nein.« Die Antwort wurde fast vom Donner verschluckt, aber sie sah sein heftiges Kopfschütteln, die sture Ablehnung in seinen Augen. »Verstehst du denn nicht? Genau das kann ich nicht. Es wäre ganz unmöglich.«

Nicholas drückte seine halbgerauchte Zigarette in einem Pflanzentopf aus, drehte sich auf dem Absatz um und verließ den Wintergarten.

Erschöpft von den Ereignissen des Tages und der vergangenen Nacht, trank Daniel bis zur totalen Bewußtlosigkeit.

Der Donner weckte ihn auf. Er hob den Kopf vom Tisch und kämpfte mit den Nachwehen eines Alptraums. Die leere Flasche rollte herunter, zerbarst auf dem Boden, und er öffnete die Augen.

Einen Moment lang beobachtete er nur das Gewitter: den Regen, der auf den Hof prasselte, den bleifarbenen Himmel. Sein Kopf schmerzte, sein Mund war trocken und seine Augen verklebt. Große Pfützen hatten sich draußen gebildet, und Regen strömte von den Dächern der Nebengebäude.

Dann dachte er, *Fay*, und alle entsetzlichen Ereignisse des Tages fielen ihm wieder ein. Lally. Der Streit mit Fay. Daß er sie fast geschlagen hätte. In dem Moment war er sich wie sein Vater vorgekommen, was ihn entsetzt hatte. Er versuchte, sich hochzurappeln, warf dabei seinen Stuhl um und rief ihren Namen. Aber der Donner verschluckte den Klang seiner Stimme. Unsicher, vom Alkohol noch immer leicht schwankend, begann er, die Leiter hinaufzuklettern. Das Obergeschoß war leer.

Er rannte in den Hof hinaus und durchsuchte alle Nebengebäude. Das Fahrrad stand im Schuppen. Ohne Fahrrad konnte sie nicht weit gekommen sein. Auf dem Weg war niemand zu sehen, das Dorf wirkte verlassen, das schwere Gewitter hatte alle Bewohner in die Häuser getrieben. Ihm fiel niemand ein, zu dem sie gegangen sein könnte. Und dann erinnerte er sich an die Windmühle. Potters' Field.

Er griff sich eine Laterne und nahm die Abkürzung über die Felder, den schnellsten Weg. Immer wieder zuckten große Blitze über den Himmel. Als er im Morast ausrutschte und aufs Gesicht fiel, wußte er, woran ihn all dies erinnerte. Einen quälenden Moment lang war er wieder in Flandern, der Donner war das Krachen der Mörser, der Blitz die Einschläge, wenn sie ihr Ziel gefunden hatten. Sein Gesicht und seine Hände waren mit Schlamm bedeckt, er bekam keine Luft.

Mühsam rappelte er sich hoch, eilte weiter durch den Sturm, trampelte Disteln, Mohn und Flachs nieder. Dann erreichte er die Windmühle, stolperte und fiel fast zur Tür hinein.

Aber die Mühle war leer und außer dem Geräusch der sich drehenden Flügel vollkommen still. Sie ist nach Ely gegangen, dachte er. Sie ist bereits bei ihrem Liebhaber …

Im Licht der Blitze konnte er die schwarze Linie des Deichs erkennen. Wieder begann er zu laufen, den Kopf voller verrückter Ideen, wie er nach Ely radeln und sie zwingen würde, nach Hause zu kommen. Als er die rutschige Böschung hinaufkletterte, starrte er angestrengt nach rechts und links. Ein einzelner starker Blitz ließ den Himmel aufleuchten, und er sah in vollkommener Klarheit das Dorf, die Felder, den Weg nach Ely. Aber der Weg war leer und verlassen. Mit hocherhobener Laterne blickte er verzweifelt um sich. Und dann entdeckte er, daß etwas in der Planke über dem Deich steckte, nicht weit entfernt von der Stelle, an der er stand.

Ein hochhackiger Schuh. Der Blick nach unten war fast zuviel für ihn.

Das rosafarbene Chiffonkleid war so schwarz und zerfetzt, daß es wie ein Bündel schmutziger Lappen aussah. Daniel sprang ins Wasser, zog an ihrem Körper und versuchte, Fay aus dem Morast zu zerren. Zuerst schien seine Mühe vergeblich, doch Daniel nahm alle Kraft zusammen, bis das Moor sein Opfer endlich freigab. Er drückte den kalten Leib an sich und versuchte, ihn zu wärmen. Schlamm füllte die Augenhöhlen und bedeckte das marmorne Weiß ihrer Haut. Ihr dunkles Haar, das er so gern berührt und geküßt hatte, war eine dicke, verklebte Masse. Er wußte, daß kein Leben mehr in ihr war, vielleicht schon seit Stunden nicht mehr, dennoch tastete er hektisch nach ihrem Puls, ihrem Herzschlag. Dann hob er den Kopf und rief ihren Namen, doch sein verzweifelter Schrei ging im grollenden Donner unter.

14

OBWOHL EIN ZEUGE am Tag des Todes von Mrs. Gillory laute Stimmen aus ihrem Haus gehört hatte, erzählte der kleine Jackie Hayhoe, vor Wichtigkeit fast platzend, dem Untersuchungsbeamten von der Nachricht, die Fay Gillory ihm an jenem Nachmittag gegeben hatte, und der Landarbeiter Harry Dockerill sagte aus, daß er beim Blick durchs Fenster des ehemaligen Schmiedehauses Daniel Gillory am Küchentisch habe schlafen sehen. Die Polizei gab sich damit zufrieden, und das Urteil lautete Tod durch Unfall.

Thomasine wohnte dem Begräbnis bei. Daß die kleine Kirche fast bis zum letzten Platz gefüllt war, geschah Daniel, nicht Fay zu Ehren. Die gerichtliche Untersuchung, eine brutale Auflistung von Fakten und Daten, hatte gezeigt, wie wenig beliebt Fay Gillory in Drakesden gewesen war. Wenngleich jeder die schrecklichen Umstände ihres Todes bedauerte, kursierten heimliche Gerüchte über die Vorfälle, was zu einem entsprechend harten Urteil beitrug. Ein Gesicht, das bei der Untersuchung besondere Aufmerksamkeit auf sich gezogen hatte, war bei der Beerdigung bezeichnenderweise nicht zu entdecken: das von Alexander Lawrence.

Thomasine saß vorn in der Kirche, nur ein paar Schritte von Daniel entfernt. Als sie ihn grüßte, erwiderte er ihren Gruß nicht. Er stand zwar auf oder kniete sich nieder, wenn die Lithurgie es erforderte, aber seine Lippen blieben stumm. Weder sang er die Lieder mit, noch schloß er sich den Gebeten an. Teilnahmslos und blaß unter seiner Sonnenbräune, mit leerem Blick, folgte er dem Sarg seiner Frau auf den Friedhof hinaus. Auf einer Seite begleitete ihn seine Schwester, auf der anderen Harry Dockerill. Es war ein heller, klarer Sommertag, und das schreckliche Gewitter war längst vergessen. Keiner der üblichen Allgemeinplätze, keine der Platitüden, die Trauernde bei Beerdigungen gemeinhin trösten, paßten hierher. Fays Tod war kein barmherziges Entrinnen, er beendete weder eine qualvolle Krankheit noch die Leiden eines hohen Alters. Als alles vorbei war, nahm Thomasine Daniels willenlose Hand und flüsterte ihm zu: »Es tut mir leid, Daniel. Ich werde nach dir sehen. Bald.«

Zwei Tage später ging Thomasine zum Haus der Gillorys. Der Hof war leer, außer den Hühnern, die in der Erde pickten, und dem Schwein, das an seinem Trog schnüffelte.

Sie klopfte an die Hintertür, wartete ein paar Minuten und rief dann Daniels Namen. Als sie die Tür zu öffnen versuchte, stellte sie fest, daß sie verschlossen war. Dann hörte sie Schritte, drehte sich um und sah Harry Dockerill.

»Ist Mr. Gillory draußen bei der Arbeit?«

Harry lüftete die Mütze und schüttelte den Kopf. »Hab ihn seit der Beerdigung nicht mehr gesehen. Nicht, daß ich's nicht versucht hätte. Der blöde Kerl macht keinem die Tür auf – entschuldigen Sie, Euer Ladyschaft.«

Thomasine spähte durchs Küchenfenster. Durch die dreckige Scheibe konnte sie eine Menge schmutziger Tassen und Teller im Abwasch aufgetürmt sehen und eine Aschenspur vor dem Ofen.

»Ist Daniels Schwester nicht bei ihm?«

Harry schüttelte den Kopf. »Die hat er vorgestern schon wieder weggeschickt. Ma hat's gestern abend probiert – hat eine halbe Stunde lang gerufen, daß er kommen und aufmachen soll, aber es hat nichts genützt.«

Besorgt sah Thomasine Harry an. »Vielleicht ist er nach London zurückgegangen.« Aber eigentlich glaubte sie das nicht. Der Daniel, den sie bei der Beerdigung gesehen hatte, wäre zu einem solchen Schritt nicht fähig gewesen. Vielleicht war er krank. Der Zustand der Küche verriet ihr, daß er sich vollkommen gehenließ.

Unsicher sagte Harry: »Ich könnte die Tür aufbrechen, Euer Ladyschaft.«

»Wirklich?« Sie sah, daß Harry Dockerill auf ihre Entscheidung wartete. »Ja. Tun Sie das, Harry. Ich glaube, das ist nötig.«

Harry holte eine Axt aus dem Geräteschuppen und schwang sie gegen die Küchentür. Holzsplitter flogen durch die Luft, und ein metallisches Geräusch ertönte, als er das Schloß traf. Er trat beiseite, als Thomasine ins Haus ging.

Die Küche war stickig und roch nach faulenden Lebensmitteln. Fliegen saßen auf einem Krug saurer Milch, Wespen summten um ein klebriges Marmeladenglas. Thomasine drehte sich der Magen um. Sie nahm den Milchkrug und schüttete den Inhalt in den Hof hinaus.

»Könnten Sie den Herd anmachen, Harry? Ich sehe oben nach.«

Sie kletterte die Leiter hinauf. Es dauerte eine Weile, bis sich ihre Augen an das Dunkel im Obergeschoß gewöhnt hatten, und dann sah sie ihn, bewegungslos auf der Matratze liegend. Einen Moment lang glaubte sie, ihre Angst, die sie nicht auszusprechen gewagt hatte, habe sich bestätigt: Daniel habe, wahnsinnig vor Trauer, dafür gesorgt, daß er nicht ohne Fay leben mußte. Doch dann entdeckte sie mit einem Seufzer der Erleichterung das leichte Heben und Senken der Brust und sah die leeren Flaschen, die auf dem Boden verstreut lagen.

Sie rief nach unten: »Harry? Daniel ist hier oben. Ihm geht's gut, er ist – betrunken, glaube ich.«

Sie konnte Harry an der Ofentür herumhantieren hören. Thomasine kniete sich auf den Rand der Matratze und schüttelte Daniel an der Schulter.

»Daniel, wach auf. Wach auf. Du mußt aufwachen.«

Keine Antwort. Sie schüttelte ihn fester. Daniel öffnete kurz die Augen und sah sich blicklos um. »Hau ab«, lallte er, rollte auf die Seite und zog die Decke über den Kopf.

Aufgebracht kniete sie neben ihm, sah ihn noch einmal an und kletterte dann wieder in die Küche hinunter. Dort suchte sie im Chaos des schmutzigen Geschirrs, bis sie fand, was sie brauchte: einen großen Krug. Sie füllte ihn mit Wasser aus dem Kübel und nahm ihn unter Harrys verwundertem Blick mit die Leiter hinauf.

»Daniel«, sagte Thomasine laut. Als er wieder nicht antwortete, schüttete sie ihm das kalte Wasser über den Kopf.

Ein wütender Aufschrei, dann stürzte er in einem Gewirr von Decken auf den Boden.

»Was zum *Teufel* ...«

»Tut mir leid, Daniel, aber ich mußte dich aufwecken. Du hast eine Menge getrunken, und vielleicht mußt du dich übergeben.«

»Verdammt!« Er mühte sich wieder auf die Matratze zurück und rieb sich mit den Händen das Wasser aus den Augen. Dann sah er zu Thomasine auf. »Hau endlich ab und laß mich in Ruhe.« Er sah wütend aus.

Sie kauerte sich neben ihm nieder. »Nein, das werde ich nicht«, erwiderte sie entschieden. »Hast du seit der Beerdigung etwas gegessen? Außer diesem Zeug hier etwas getrunken?« Sie deutete auf eine leere Whiskyflasche.

»Das geht dich nichts an«, murmelte er. Seine Augen waren rot gerändert und sein Kinn von Bartstoppeln bedeckt. Sein Haar klebte in nassen, dunklen Locken an seinem Kopf. »Geh weg, Thomasine. Hau ab. Ich brauche dich nicht.«

Einen Moment lang funkelten sie sich wütend an. Von unten war nur zu hören, daß sich Harry auf leisen Sohlen aus der Küche schlich.

»Ich werde gehen«, sagte Thomasine deutlich, »wenn du eine Tasse Tee trinkst. Einverstanden, Daniel?«

Sie wußte, daß auch ihr in letzter Zeit der Geduldsfaden schnell riß. Nur weil sie die Gemütsverfassung ahnte, die sich hinter seiner Grobheit und seinem Zorn verbarg, gelang es ihr, sich zu beherrschen. Schließlich sah er sie an, wandte den Blick wieder ab und nickte kaum merklich.

»Gut.« Thomasine kletterte die Leiter hinunter.

Harry Dockerill hatte Feuer im Herd gemacht und die Kübel mit frischem Wasser gefüllt. Durchs Fenster konnte sie sehen, wie er mit der Sense in der Hand über den Hof in Richtung der Felder ging. Einen Augenblick lang wußte sie nicht, wo sie in der schmutzigen Küche anfangen sollte. Es war schrecklich, schlimmer als im Haus der Gotobeds. Der Ziegelboden war mit Erdklumpen und Stroh von den Äckern besät, der Herd von verbrannten Essensresten beschmutzt. Tisch, Kommode und Sofa waren mit Geschirr, leeren Dosen, alten Zeitungen und ungeöffneten Briefen bedeckt. Thomasine krempelte die Ärmel hoch und machte sich an die Arbeit.

Als sie die schmutzigen Tassen und Teller in den Abwasch stapelte, hörte sie Schritte auf der Leiter. Sie drehte sich nicht um, sondern begann mit einem Stück Stahlwolle die Teller abzukratzen. Sie hatte bereits den Wasserkessel aufgesetzt, und allmählich stieg etwas Wärme von der Herdplatte auf.

Sie sagte: »Ich räume nur ein bißchen auf. Dann mache ich dir eine Tasse Tee, und dann gehe ich.«

Hinter ihr hörte sie Daniel tief ausatmen, auf und ab gehen und den Unrat auf dem Boden wegkicken.

»Ah. Die Lady aus dem Herrenhaus ist gekommen, um nach dem unwissenden Bauernvolk zu sehen.« Seine Stimme klang verbittert.

»Sei nicht albern, Daniel.« Thomasine schüttete mehr Wasser ins Abwaschbecken. »Du hast Harry nicht aufgemacht, und er hat sich nicht getraut, ohne Erlaubnis die Tür seines Arbeitgebers einzuschlagen. Also mußt du jetzt mit mir vorliebnehmen.«

»Ich brauche niemanden.« Daniels Stimme klang angespannt und gefährlich leise. »Ich bitte dich – *befehle* dir –, mich allein zu lassen, Thomasine. Ich brauche kein verdammtes Kindermädchen.«

Mit den Händen im Wasser hielt sie einen Moment inne. Sie wußte, daß er ihr sehr nahe gekommen war, daß er sie bei seinem ruhelosen Auf- und Abgehen flüchtig gestreift hatte. Sie spürte die kaum unterdrückte Gewalttätigkeit, die von ihm ausging, aber auch eine Reaktion in sich, die sie nicht vorausgesehen hatte. Noch heftiger schrubbte sie an den Tellern und hörte, wie er zur Tür, dann zum Tisch und wieder zurück zur Tür ging. Als der Kessel fast kochte, sah sie sich nach der Teedose um.

Daniel lehnte am Türrahmen und blickte in den Hof hinaus. Doch sie wußte, daß er nicht wirklich hinaussah, daß er nichts sah. Es gab so viel, was gesagt werden sollte, aber sie fand keine Worte dafür und verfluchte sich für ihre Hilflosigkeit. Sie wußte, wie sehr sie ihn an die Frau erinnern mußte, die einst in dieser Küche gearbeitet hatte, die Frau, die er geliebt und die ihn betrogen hatte. Der Name Fay hallte stumm in dem verwahrlosten Raum wider, konnte aber noch nicht ausgesprochen werden.

Sie machte Tee. »Es gibt keine Milch, aber ich hab viel Zucker hineingetan.« Sie stellte die Tasse auf den Tisch. »Trink ihn, Daniel, bitte – dann fühlst du dich besser.«

Thomasine sah ihm zu, wie er von der Tür zum Tisch schlurfte. Eine Weile starrte er die Tasse an, als wüßte er nicht, was er damit anfangen sollte, dann holte seine Faust aus, die heiße Flüssigkeit schwappte über die zerkratzte Tischplatte, und die irdene Tasse zerschellte an der Wand. Sie trat einen Schritt zurück. Aber sie hörte ihn flüstern: »Ich hab sie umgebracht, Thomasine, ich hab sie umgebracht.« Wie angewurzelt blieb sie stehen, starrte ihn mit klopfendem Herzen an, unfähig zu glauben, was er gesagt hatte.

Er mußte den Ausdruck auf ihrem Gesicht verstanden haben, denn seine Fäuste öffneten sich, und er stieß ein bitteres Lachen aus. »Nein, ich hab sie nicht in den Deich gestoßen – ich hab ihren Kopf nicht unter Wasser gedrückt. Trotzdem hab ich sie umgebracht.« Sie hörte die Qual in seiner Stimme.

»Fay ist im Gewitter umgekommen, Daniel. Weil es dunkel war, weil sie nicht richtig sehen konnte und weil die

Brücke glitschig war. Das passiert jedes Jahr – das weißt du doch. Du hast sie nicht getötet.«

»O doch.« Einen Moment lang wirkten seine Augen ganz wach, vollkommen nüchtern. »Das habe ich. Ich wünschte, ich hätte sie nie hierhergebracht.«

Den Morgenkaffee trank Nicholas immer mit seiner Mutter. »Unsere kleine Wohltat«, wie Mama es nannte. Diese Gewohnheit kam Nicholas zupaß: Es gefiel ihm, wenn der Tag fest eingeteilt war und die Aufgaben und Beschäftigungen von vornherein feststanden.

Mama rührte Zucker in seinen Kaffee, als Thomasine hereinkam. Für gewöhnlich trank Thomasine ihren Kaffee oben in ihrem Büro. Sie hatte ein Bündel Papiere in der Hand, das sie Nicholas auf den Schoß warf. Er versuchte, sie aufzufangen, was ihm mißlang, und so flogen sie übers glatte Parkett des Damenzimmers.

»Die habe ich in deinem Schreibtisch gefunden, Nick«, sagte sie. Ihre Stimme klang angespannt.

Er kniete sich nieder und begann, die Blätter aufzuheben. Seine Mutter sagte: »Das gehört sich doch nicht, Thomasine, in den Privatsachen eines anderen herumzuschnüffeln.«

»Und es gehört sich auch nicht, die Briefe des Bankdirektors zu verstecken, nicht wahr, Nick?«

Nicholas' Blicke wanderten von seiner Mutter zu seiner Frau und wieder zurück. Lady Blythe funkelte Thomasine wütend an, und Thomasine sah Nicholas nicht weniger zornig an. Er konnte Ärger und Konflikte nicht ertragen. Er konzentrierte sich auf das Aufsammeln der Rechnungen, Briefe und Zahlungsaufforderungen, die er jeweils zu säuberlichen Stapeln ordnete. Wenn er die kleinen Dinge unter Kontrolle halten konnte, dann würden sich auch die großen – Familie, Heim, oder was er mit dem Rest seines Lebens anfangen sollte – regeln lassen.

Thomasine fügte hinzu: »Ich bekam heute morgen einen Brief von der Bank. Darin stand, daß sie uns den Überziehungskredit kündigen, wenn wir uns nicht binnen vierzehn Tagen melden.«

Inzwischen hatte er alle Zahlungsaufforderungen und Schuldscheine beisammen. Die Briefe von der Bank waren nicht dabei, denn die hatte er verbrannt. Sie waren natürlich an ihn adressiert gewesen, weil Drakesden Abbey ihm gehörte, auch das Geld (was noch davon übrig war) gehörte ihm, nicht Thomasine. Aber mit Geld hatte er noch nie gut umgehen können, und diese immer bedrohlicheren Briefe hatten nichts als blinde Panik in ihm ausgelöst und ihn in seiner Unzulänglichkeit bestätigt.

»Ich habe Rechnungen über Radiozubehör und Autoersatzteile gefunden. Außerdem eine riesige Rechnung über Champagner und eine weitere über Picknicksachen von Fortnum's. Und zwei Abbuchungen über je fünfhundert Pfund, die ich überhaupt nicht zuordnen kann.«

Nicholas blätterte die Schuldscheine durch und zog zwei davon heraus. Er würde Thomasine alles erklären, und dann würde die kluge, vernünftige Thomasine alles regeln.

»Boy hat mich gebeten, ihm ein paar Pfund zu leihen.« Er reichte ihr die Schuldscheine.

Thomasine sah auf die Papiere. *»Ein paar Pfund?* Tausend Pfund, Nick – tausend Pfund!«

Die Besorgnis in ihren Augen quälte ihn. Er hatte ein wenig Verständnis erwartet. Früher hätte sie ihn verstanden. Aber seit sie nach Drakesden Abbey gekommen waren, hatte sie sich verändert: Sie war härter, weniger nachsichtig geworden. Wenn sie ihn heute ansah, erkannte er oft eine Mischung aus Argwohn und Mitleid in ihrem Ausdruck. Beides ertrug er nicht.

»Boy wird es mir zurückzahlen«, wich er aus. »Das hat er mir versprochen. Er war eine Weile ein bißchen knapp bei Kasse, das ist alles. Er wird es mir zurückzahlen.«

Er hörte ihr verächtliches Schnauben. Schon vor langem hatte er bemerkt, daß sie seine Freunde verachtete. Er versuchte, ihr zu erklären, daß er sie brauchte, weil sie die Leere in seinem Leben auszufüllen halfen. »Boy ist ein Freund, Thomasine«, sagte er.

Mama fügte hinzu: »Natürlich muß Nicky seinen Freunden beistehen, wenn sie in Schwierigkeiten sind. Es wäre unvorstellbar für ihn, das nicht zu tun.« Und er sah sie dankbar an, froh, daß sie ihn, wie immer, verstand.

Er bekam Kopfschmerzen, bereits so früh am Tag. Eigentlich hatte er diesen Morgen einen längeren Ausflug geplant – er wollte Lally überreden, früh aufzustehen, um mit ihm nach Cambridge zu fahren. Dort gab es Geschäfte, Restaurants und ein paar Freunde, die an die Universität zurückgegangen waren, um ihr im Krieg unterbrochenes Studium abzuschließen.

»Boy wird es dir nicht zurückzahlen, Nick«, sagte Thomasine. »Er ist kein wirklicher Freund. Er bleibt so lange bei dir, wie du für seine Drinks und Zigaretten aufkommst, das ist alles.«

Er konnte es nicht ertragen, wenn sie so sprach. Mit diesem verurteilenden Blick. Er flüsterte: »Ich brauche *Gesellschaft*.«

»Das weiß ich, Nick.« Dann trat sie zu ihm und legte die Hand auf seinen Arm. Der Blick ihrer so hübschen blaugrünen Augen war weicher geworden. »Ich weiß, daß du das brauchst.«

Wenn sie ihn so ansah, so mit ihm redete, wurde ihm wieder die Liebe bewußt, die er für sie empfand, eine Liebe, die nichts wirklich abtöten konnte. Er spürte eine neue Entschlossenheit in sich aufkeimen. Er würde alles regeln, besser mit Geld umgehen, ein *Mann* sein ...

Dann sagte Mama: »Was Sie nie ganz verstanden haben, Thomasine, ist, daß Leute wie wir – die Blythes von Drakesden Abbey – unseren Standesgenossen gegenüber Pflichten haben. Wir sind keine Bauern oder Buchhalter, und wir benehmen uns auch nicht so. Wir sind etwas Besseres.«

Nicholas wußte, daß Mama wütend war. Sie zeigte ihre Mißbilligung auf zurückhaltende Art. Sie war viel zu sehr Dame, um mit dem Fuß aufzustampfen und zu schreien.

Ihre Stimme wurde nur kalt und ihre Augen wie Stahl. Ihr Zorn machte Nicholas krank. Er wurde wieder der siebenjährige Junge, der in ihrem Schoß schluchzte, weil er nicht ins Internat zurückwollte. *Beherrsch dich, Nicholas. Sei ein Mann*. Es zählte nicht, daß Mamas Zorn sich eher gegen Thomasine als gegen ihn richtete, er hatte trotzdem Angst vor der unvermeidlichen Konfrontation.

Thomasines Stimme war ebenfalls kalt. »Und was Sie begreifen müssen, Lady Blythe, ist, daß es schlichtweg kein Drakesden Abbey mehr geben wird, wenn Sie sich nicht ändern. Wir müssen sparen – Sie haben nicht mehr das Geld für ein Haus voller Dienerschaft, einen Stall voller Pferde, zwei Automobile …«

»Du willst doch nicht vorschlagen, daß Nicky seinen Wagen verkaufen soll, Thomasine?«

Nicholas sah Thomasine entsetzt an. Er brauchte den Wagen. Er gestattete ihm, aus dem diesem gottverdammten Kaff zu entkommen. Es war unvorstellbar, daß er den Wagen verkaufte.

»Nein – natürlich nicht«, antwortete Thomasine, und Nicholas stieß einen Seufzer der Erleichterung aus. »Ich schlage nur vor, daß wir mit ein paar Dienstboten weniger auskommen, daß wir ein oder zwei Pferde verkaufen – sie werden ohnehin nicht alle regelmäßig geritten.«

Thomasine ergriff Nicholas' Hand und strich ihm das Haar aus der schmerzenden Stirn. Ihre Berührung war kühl und lindernd.

»Wir müssen nur ein bißchen sparen, Nick, das ist alles. Es wird schon nicht so schlimm.«

Lady Blythe stieß ein helles Lachen aus. »Thomasine möchte, daß wir uns selbst bedienen, Nicky. Daß wir selbst die Böden schrubben und unsere Wäsche selbst waschen. Nun, du magst vielleicht an ein solches Leben gewöhnt sein, Thomasine, aber Nicholas und ich nicht!«

Er wußte, daß Mama die Wahrheit sagte. Das wäre vielleicht für Thomasine denkbar, die zugegebenerweise von der Hand in den Mund gelebt hatte, aber die Vorstellung, in

Schmutz zu leben, entsetzte ihn. Er brauchte ein sauberes Haus, saubere Kleider, die Art von geordnetem Alltag, die nur eine vielköpfige Dienerschar garantierte. Er könnte nicht leben wie die Leute im Dorf. Die Monate in den Schützengräben hatten ihm vorgeführt, wie sehr er die Ordnung und Sauberkeit brauchte, die zu seiner Art von Erziehung gehörte.

Mama würde sich um alles kümmern, wie sie es immer getan hatte. Mama verstand, was er brauchte. Thomasine nicht, weil sie anders war. Einst hatte er sie wegen dieser Andersartigkeit bewundert, jetzt bedrohte sie ihn. Thomasine bat ihn, unmögliche Dinge zu tun: darüber zu sprechen, was im Krieg passiert war, die selbstauferlegten Regeln und Gebräuche aufzugeben, die ihn am Leben erhielten. Nicholas küßte seine Mutter auf die Wange, legte die Papierbündel in Thomasines Hände und ging hinaus, um Lally zu suchen.

Als sie den Weg hinunterging, rechnete Thomasine noch einmal alles durch. Die Ernte müßte genügend Profit abwerfen, um einen Teil des Überziehungskredits abzubezahlen und den Bankier zufriedenzustellen. Wäre dann noch genügend Geld übrig, um die Obststräucher zu kaufen, die sie für notwendig hielt, um ihr weiteres Überleben zu sichern? Sie würde an Max schreiben und ihn bitten, seinen ganzen Charme und Einfluß einzusetzen, damit die Gläubiger stillhielten.

Die Tür vom Haus der Gillorys, deren Schloß noch immer nicht repariert war, stand angelehnt. Thomasine warf einen Blick ins Innere und sah Daniels fruchtlose Versuche, den Tisch aufzuräumen. Sie sah auch die Whiskyflasche, die auf dem schmutzigen Wachstuch stand.

Daniel sah auf. »Mein Gott. Gerade bin ich den verdammten Pfarrer losgeworden. Und jetzt kommt die gute Fee schon wieder.«

Fast hätte sie auf dem Absatz kehrtgemacht und wäre nach Drakesden Abbey zurückmarschiert. Doch mehr als alles andere wollte sie gerade von dort weg. Die Entdeckung der unbezahlten Rechnungen und das Gespräch im Damenzimmer bedrückten sie immer noch sehr. Mit erhobenem Kinn trat sie ein. »Ich bin gekommen, um zu sehen, wie es dir geht.«

»Mir geht's großartig«, antwortete er und deutete wild gestikulierend in der Küche herum. »Alle paar Minuten tauchen Wohltäter auf, und Harrys Ma schickt ihre Bälger mit Essen vorbei. Also geht's mir großartig. Nichts zu tun für Sie, Lady Blythe.«

Eine Reihe von Tellern mit verschiedenartigem, hoch aufgetürmtem Essen stand auf dem Herd.

»Du hast das Essen nicht angerührt, das dir Mrs. Dockerill geschickt hat, Daniel.«

Er goß etwas Whisky in ein Glas und ließ sich auf dem Sofa nieder. »Hab keinen Hunger gehabt.«

Sie ging zum Herd. »Ich mach dir was warm. Du kannst doch nicht alles verderben lassen.«

»Ach, um Himmels willen, gib's dem verdammten Schwein. Ich hab dir doch gesagt, daß ich keinen Hunger hab.« Sie drehte sich um und sah ihn eindringlich an. All die Jahre, die sie sich kannten, hatte ihre Beziehung zwischen Freundschaft und Abneigung geschwankt, dennoch war er ihr immer tüchtig und stark vorgekommen. Jetzt erinnerten sie seine schreckliche Gereiztheit und der leere Ausdruck in seinen Augen plötzlich an Nicholas. Das verwahrloste Haus allerdings hätte Nicholas unerträglich gefunden. Aber genau wie er versuchte Daniel, die Vergangenheit zu verdrängen. Nicholas benutzte bloß keinen Alkohol dazu.

»Du hast keinen Hunger, weil du zuviel trinkst, Daniel. Du wirst noch krank davon.«

Sein Blick irrte unstet umher. Sein Zorn ließ plötzlich nach. »Spielt das eine Rolle?«

Sie wußte, daß Nicholas sich langsam zerstörte, und ertrug es nicht, mit anzusehen, wie Daniel das gleiche tat.

»Ja, das tut es. Es ist eine sinnlose Vergeudung.«

»Das finde ich nicht.« Er nahm noch einen Schluck Whisky.

Thomasine ging vom Herd weg und setzte sich neben ihn. Noch nie hatte sie ihre Worte so sorgfältig gewählt, dachte sie.

»Was mit Fay passiert ist, war absolut schrecklich – und furchtbar ungerecht. Aber für dich ändert sich nichts zum Besseren, wenn du dich ebenfalls zerstörst, Daniel. Das bringt sie nicht wieder zurück.«

Gemeinplätze, dachte sie. Abgedroschene Phrasen. Doch er sah sie kurz verwundert an.

»Das weiß ich.« Das Glas zitterte in seiner Hand. »Aber es hält mich vom Denken ab, verstehst du?«

Sie wußte, daß es keine Worte gab, um diese Art von Schmerz zu lindern. Wenn man stark genug war, lernte man schließlich, damit zu leben. Irgendwann steckte man die Menschen, die man verloren hatte, in ein bestimmtes Schubfach seiner Erinnerung und drehte nur manchmal den Schlüssel herum, um hineinzuspähen. Die meiste Zeit ertrug man es nicht einmal, von außen darauf zu sehen.

»So eine schreckliche Art zu sterben«, flüsterte er. »Ständig muß ich daran denken. Der Schlamm … im Mund … in den Augen. Der dich blind macht. Dich erstickt. Ich kann nicht mehr schlafen … daß sie auf *diese* Art sterben mußte … der Schlamm … das Wasser … und das Gewitter. Sie hatte solche Angst vor dem Donner, Thomasine!«

Sie sah die Tränen in seinen Augen. Das Glas glitt aus seiner Hand und zerbrach auf dem Ziegelboden. Er bedeckte das Gesicht mit den Händen, seine Schultern bebten. Sie legte den Arm um ihn, drückte ihren Kopf an den seinen und streichelte sein Haar.

Nach einer Weile hörte sie ihn stöhnen: »Was bei der Untersuchung über sie gesagt wurde – so war es nicht. Zumindest anfangs nicht. Ich liebte sie. Sie war so schön.«

Während sie ihn festhielt, spürte sie die Wärme seines Körpers, die Rauhheit seines Barts. Sie war sich der offenkundigen Tatsache bewußt, daß er ein Mann und sie eine

Frau war. Sie stand auf, ging zum Herd und öffnete das Schürloch. Doch ihre Hände waren nicht ruhig, als sie Torfstücke auf die schwelende Glut legte.

»Du weißt ja, wie es in Drakesden ist«, sagte sie schließlich. »Für dich ist es anders, weil du hier geboren bist. Jemand von außerhalb braucht sehr lange, bis er akzeptiert wird. Es muß schwer gewesen sein für Fay.«

Thomasine starrte mit trübem Blick auf die Teller mit dem nicht angerührten Essen und erinnerte sich an ihre eigenen frühen Jahre in Drakesden, an den Kampf, sich an die Kälte, den Wind, die flache, nichtssagende Landschaft zu gewöhnen. An die Leute, die sie auf der Straße angestarrt und hinter ihrem Rücken geflüstert hatten. Sie erinnerte sich an Fay Gillory – die hübsche, schicke Fay Gillory mit ihren rotbemalten Lippen, ihren Stöckelschuhen, ihrer großstädtischen Art. Wie sehr sich die Leute die Mäuler über sie zerrissen haben mußten. Welch prickelnden Schauer es ihnen bereitet haben mußte, von ihrer Untreue zu erfahren.

Daniel hatte sich erhoben und wischte sich mit dem Ärmel die Augen ab. Er ging zum Herd und starrte ebenfalls die Teller an.

»Ich mach dir was warm«, sagte Thomasine. »Du ißt es doch, nicht wahr, Daniel?«

Er nickte.

»Ein Teil davon sieht schon ziemlich vergammelt aus. Wirf das in den Kübel, bitte.«

Wenn er nur etwas tat, irgend etwas. Arbeit läßt den Schmerz besser aushalten. Wenn er nur wieder anfing, für sich selbst zu sorgen.

»Harry hat die Tiere gefüttert«, fuhr sie fort, »aber das meiste hiervon kannst du dem Schwein geben. Mrs. Dockerill muß es ja nicht erfahren. Dieser Auflauf sieht noch ganz gut aus – ich mach ihn dir in ein paar Minuten warm.«

Sie stellte den Teller in den Ofen. Daniels Bewegungen waren langsam und ungeschickt, als bedeuteten die einfachen Verrichtungen große Anstrengung für ihn. Es schmerzte sie zu sehen, welche Konzentration er aufbringen mußte, um das Besteck herauszusuchen, die flachen und tiefen Teller auf den Tisch zu stellen.

Sie hörte ihn flüstern: »Was ich gestern gesagt habe, habe ich so gemeint, Thomasine. Es hat nicht nur der Alkohol aus mir gesprochen. Ich bin verantwortlich für Fays Tod, weil ich sie hierhergebracht habe, an einen Ort, an dem sie nie glücklich werden konnte. Sie brauchte – ach! –, sie brauchte hübsche Kleider, Kinobesuche und eine gewisse Art von vermeintlicher Vornehmheit. Das konnte ich ihr nicht bieten. Mir bedeuten diese Dinge nichts. Ich hätte sie nie heiraten dürfen.«

»Daniel …«

Er schüttelte den Kopf, wollte sie nicht weitersprechen lassen. »Es stimmt. Anfangs waren wir glücklich, glaube ich, aber allmählich … hat sich alles abgenutzt, Thomasine. Bis nichts mehr übrig war.«

Nachdem sie von Fay Gillorys Tod erfahren hatte, wartete Lally verängstigt auf irgendeine Art der Vergeltung.

Doch es gab keine Vergeltung. Obwohl bei der Untersuchung die Kette der Ereignisse, die zu der Tragödie geführt hatte, ans Licht gekommen war, blieb ein Glied in dieser Kette im dunkeln. Daniel hatte der Polizei nichts von ihrem Besuch im Haus des Hufschmieds erzählt. Sie zweifelte nicht an den Motiven für sein Schweigen, aber als sie den Bericht über die Untersuchung in der Lokalzeitung las, war sie sehr erleichtert.

Bald fühlte sie sich jedoch genauso gelangweilt und einsam wie immer. Sie sehnte sich danach, nach London zurückzukehren, aber um diese Jahreszeit war London wie ausgestorben. Sie erhielt Briefe von Simon, Belle und Pip. Gereizt zählte sie die Tage. Auf der Suche nach Beschäftigung verlegte sie sich wieder auf ihren alten Zeitvertreib: heimliche Beobachtungen und Phantasien.

Thomasine war oft von zu Hause fort. Lallys Interesse wurde angefacht, als sie bemerkte, daß Thomasines Abwesenheit zumeist mit der ihres Bruders zusammenfiel. Gelegentlich nahm Thomasine den Wagen, hauptsächlich ging sie zu Fuß. Eines Nachmittags ging Lally ihr nach. In einigem Abstand folgte sie ihrer Schwägerin durch den Obstgarten, den Wald, über die Wiese.

Als Thomasine den Weg einschlug, der vom Dorf zum Cottage der Gillorys führte, blieb Lally hinter der Wegbiegung stehen. Sie wartete mit pochendem Herzen und beobachtete, wie Thomasine in Richtung von Daniels Haus verschwand. Sehr leise hörte sie ihre Schwägerin Daniels Namen rufen. Es lag eine unbekümmerte Vertrautheit in ihrem Tonfall, als hätte sie diesen Weg schon oft gemacht, diesen Namen schon oft gerufen. Lallys Fingernägel gruben sich in ihre Handfläche, verletzten ihre Haut, und ihre Augen brannten vor Zorn und Eifersucht.

Im September kamen Belle, Julian, Boy und Ettie nach Drakesden, um Lally abzuholen. Nach dem Mittagessen saßen sie im Salon.

»Wie schön, euch zu sehen«, sagte Nicholas. »Wir waren den ganze Sommer über hier vergraben.«

Belle kreischte auf: »Nicky, wie entsetzlich! Im August fährt doch jeder weg. Einfach jeder.«

»Thomasine war sehr beschäftigt. Wir sind ziemlich angebunden.« Nicholas' Stimme klang schmollend. Er saß auf dem Sofa und hatte die Arme hinter dem Kopf verschränkt.

»Jetzt ist Tante Gwendoline weg.« Belle drückte seinen Arm. »Jetzt können wir unartig sein. Los, erzähl uns den Klatsch.«

»Ach ... da gibt's nichts Besonderes. Drakesden ist ein entsetzliches Kaff.«

»Es gibt doch Dr. Lawrence«, sagte Lally verschlagen. »Ein schrecklicher Skandal.«

»Ist er etwa ein Schürzenjäger, altes Haus?« fragte Julian und zündete sich eine Zigarette an.

»Er hat sich ... ähm ...«, Nicholas' Augen waren halb

geschlossen, »mit der Frau eines hiesigen Farmers *abgegeben.*«

»Köstlich.«

Lally fügte hinzu: »Dr. Lawrence hatte einfach eine Menge Sex-Appeal, verstehst du, Belle? Und Mrs. Gillory war furchtbar hübsch. Sie haben es wie die Wilden überall getrieben. In Scheunen ... Feldern ... auf dem Rücksitz seines Wagens. Seit Jahrhunderten ist etwas so Ungehöriges in Drakesden nicht mehr passiert.«

Nicholas grinste. »Offensichtlich hat ihm der gehörnte Ehemann vor ein paar Tagen einen Besuch abgestattet. Der arme Dr. Lawrence wird in Bälde ins schöne Schottland zurückkehren.«

Belle kicherte. Thomasine sah Nicholas scharf an. »Das ist nicht wahr! Woher weißt du das?«

»Von einem der Farmarbeiter. Gillory war schon immer ein aggressiver Mistkerl.«

»Und die untreue Gattin?« fragte Boy. »Ist sie mit dem Verführer nach Gretna Green geflohen oder hat sie der Farmer am Bettpfosten festgebunden?«

Kurzes Schweigen trat ein. »Weder noch«, antwortete Thomasine schroff. »Sie ist tot. Vor einem Monat hat man sie ertrunken im Deich gefunden.« Thomasine erhob sich. Kühl schweifte ihr Blick von Belle zu Ettie und von ihr zu Boy. »Amüsant, findet ihr nicht auch? Was für ein *Spaß.*«

Als sie die Tür hinter sich zuschlug, hörte sie sie noch sagen:

»So eine *Spielverderberin* ...«

»Was sollen wir machen? Mein Ouija-Brett ist im Auto.«

»Zu leicht ... am Abend vielleicht ...«

»Mah-Jongg?«

»Verstecken! Früher hatten wir doch solchen Spaß beim Versteckenspielen auf Drakesden.«

»Es gibt so viele Orte, wo man sich verstecken kann.«

»Ich hab mein ganz spezielles Versteck. Da kommt ihr nie drauf.«

»Wie aufregend!«

Thomasine lief ins Kinderzimmer hinauf. William schlief in seinem Bettchen. Sie beugte sich über ihn und berührte mit dem Zeigefinger seine weiche Wange. Sein dunkles Haar lockte sich auf seiner Stirn, seine Lider waren blaß und durchscheinend und von blauen Adern durchzogen. Sie lächelte Martha an, die in der Ecke des Kinderzimmers strickte, und schloß leise die Tür hinter sich. Sie sehnte sich nach der ungestörten Stille ihres Arbeitszimmers.

Doch der Raum, den sie als Zufluchtsort gewählt hatte, war nicht ungestört, nicht still. Thomasine hörte das Rascheln von Papier, und als sie den Gang hinunterging, lag ein feiner Hauch von Nelkenduft in der Luft.

Die Tür zum Arbeitszimmer war angelehnt. Drinnen blätterte Lady Blythe die Papiere auf dem Schreibtisch durch, nahm ein Blatt, las es, nahm das nächste. Und dann goß Lady Blythe ganz langsam das Tintenfaß darüber aus, so daß ein dünnes schwarzes Rinnsal all die sorgfältig geschriebenen Worte und Zahlen auslöschte.

Am folgenden Tag verließ Lally mit den Besuchern Drakesden. Sie saß auf dem Notsitz in Etties Wagen und rief Abschiedsworte. In ihrem Büro schrieb Thomasine die Zahlenreihen neu und kratzte die schwarzen Tintenspuren von ihrem Schreibtisch. Aber sie ließen sich nicht entfernen, und sie machte Fehler bei den Zahlen, so daß die Addition am Schluß keinen Sinn ergab. Sie legte die Feder weg, schloß die Augen und preßte die Fäuste an die Stirn. Was für ein Haß, dachte sie und verachtete sich, weil sie am Tag zuvor weggelaufen und Lady Blythe nicht zur Rede gestellt hatte. Doch das Wissen, daß eine solche Konfrontation sinnlos gewesen wäre, war noch schlimmer als ihr Selbsthaß.

Sie schlief weder in dieser noch in der nächsten Nacht. Verbissen erledigte sie ihre Arbeit: bestellte rote und schwarze Johannisbeeren bei der Gärtnerei in Soham, wies die Männer an, mit der Säuberung der Gräben zu beginnen. Aber die Freude, die ihr diese Aufgaben früher gemacht hatten, war verschwunden. Immer wenn sie die Augen schloß, sah sie den dünnen Tintenstrahl – wie den Schnitt eines Bajonetts. Wie oft in den letzten beiden Jahren hatte sie sich für Mißgeschicke, Versäumnisse und Fehler die Schuld gegeben? Sie ließ die Jahre, die sie auf Drakesden Abbey verbracht hatte, Revue passieren und entdeckte, daß hinter ihrer vermeintlichen Unfähigkeit und ihren Zweifeln eine Bösartigkeit steckte, die wahrhaft erschreckend war. Eine Bösartigkeit, gegen die sie nichts auszurichten vermochte, denn Nicholas' Bild zu beschädigen, das er von seiner Mutter hatte, hieße das enge Band zu zerstören, das Mutter und Sohn verband. Dieses Band zu zerreißen würde Nicholas vernichten.

Als sie Daniel wieder besuchte, stand er im Hof und striegelte sein Pferd.

»Er ist schön.« Thomasine tätschelte Nelsons glänzende Mähne.

»Er ist unmöglich. Scheut beim Anblick einer Maus, und auf seinem guten Auge sieht er immer schlechter.« Liebevoll fütterte ihn Daniel mit Karotten- und Apfelstücken. Thomasine sah ihn eindringlich an. Er sah besser aus als vor drei Wochen, als sie ihn zum letzten Mal gesehen hatte, fand sie. Abgesehen von den verblassenden Spuren eines blauen Auges. Alexander Lawrence, dachte sie grimmig, mußte zurückgeschlagen haben.

»Ich bin gekommen, um dich um Rat zu bitten, Daniel.«

Er goß einen Kübel Wasser in den Trog des Pferdes.

»Um Rat? Ob ich dafür die richtige Person bin? Ich hab in letzter Zeit ziemlichen Mist gebaut, nicht?« Seine Stimme klang verbittert.

Sie zuckte zusammen. »Ich meine nicht über … Personen.«

Er trug einen Ballen Stroh in den Stall und schnitt mit dem Messer die Schnur durch, mit der er zusammengebunden war. »In dieser Hinsicht hast du dich besser geschlagen als ich, findest du nicht?«

Sie konnte ihm nicht antworten. Als er schließlich aufsah, steckte er das Messer in seinen Gürtel und sagte: »Zum Teufel. Was rede ich da?« Er stieß mit dem Fuß den Rest des Strohs in den Stall und ging auf sie zu. »Ich habe immer gedacht ...«

»Ich sei glücklich verheiratet?« Sie funkelte ihn an. »Das gleiche habe ich von dir angenommen, Daniel.«

Sie hätte sich die Zunge abbeißen können, aber er sah sie nur verständnislos an, rieb sich die Stirn und antwortete: »Ich hab's verdient.« Dann legte er die Arme um sie und drückte sie an sich. »Tut mir leid.«

Sieh an, es geschahen noch Zeichen und Wunder, der empfindliche, arrogante Daniel Gillory entschuldigte sich. Thomasine schloß kurz die Augen und lehnte den Kopf an seine Schulter. Die Umarmung war nicht linkisch, wie Nicholas' Umarmungen es immer waren: Sie war natürlich, ungezwungen, die Geste eines Mannes, der es gewöhnt war, körperliche Zuneigung zu zeigen. So unbeschwert, daß sie nur den Kopf zu heben, nur um ein bißchen mehr Trost zu bitten brauchte ...

Sie löste sich aus seinen Armen und ging aufs Haus zu. »Kann ich uns eine Tasse Tee machen, Daniel? Ich bin schrecklich durstig.« Doch es kostete sie Mühe, einen beiläufigen Tonfall anzuschlagen.

Daniel machte Tee, Thomasine setzte sich an den Tisch. Es folgte ein langes, spannungsgeladenes Schweigen.

Schließlich sagte sie: »Ich wollte dich wegen des Guts um Rat fragen, Daniel. Ich habe zwei Dutzend rote und schwarze Johannisbeersträucher bestellt und mir überlegt, ob ich Erdbeeren pflanzen soll. Im Küchengarten gedeihen sie so gut. Aber ich weiß nicht, wieviel ich kaufen soll, um damit Profit zu machen – oder wo ich sie verkaufen soll ...«

Landwirtschaft, dachte sie. Ein schönes und unverfängliches Thema. Wenn man über Erträge, Profite und Transportprobleme redete, dachte man wenigstens nicht daran, welch große Lust man hätte, mit dem Gesprächspartner ins Bett zu gehen. Wie gern man diese Leiter hinaufklettern, sich auf die grobe Strohmatratze fallen lassen und den Körper dieses Mannes spüren würde ...

Daniel hatte einen Stift genommen und schrieb Zahlen auf einen Papierfetzen. »Einen Teil der Erdbeeren könntest du in Cambridge verkaufen, Thomasine, aber den besten Preis würdest du erzielen, wenn du sie auf den Markt von Covent Garden schickst. Man müßte sie nur auf den Frühzug laden – was durchaus machbar wäre –, nur mit Pferd und Wagen zum Bahnhof von Ely bringen.«

Daniel wäre natürlich abgestoßen, wenn er wüßte, was sie dachte. Seine Umarmung geschah aus Freundschaft und Zuneigung. Während sie ihren Tee trank und ihm beim Schreiben zusah, dankte sie Gott, daß sie vernünftig geblieben war, sich von ihm losgerissen und dem Zwang widerstanden hatte, sich zum Narren zu machen. Sie wußte, daß es gar nicht Daniel Gillory war, den sie wirklich begehrte. Sie warf sich einfach nur dem erstbesten attraktiven Mann an den Hals, den sie seit Monaten getroffen hatte, weil ihre Ehe eine Lüge, eine bloße Fassade war, und zwar seit Jahren.

Als sie sich von Daniel verabschiedet hatte, wußte sie, daß sie ihn nicht wiedersehen durfte. Harry Dockerill mußte dafür sorgen, daß Daniel aß, sich um seine Tiere kümmerte und sich nicht jeden Abend in den Schlaf trank. Sie konnte das nicht übernehmen. Es war zu gefährlich.

Sie tranken Tee auf dem Rasen und genossen die letzten wärmenden Sonnenstrahlen des bereits schwindenden Sommers. William stapfte auf unsicheren Beinchen im Gras herum, als Nicholas von seinem Besuch auf dem Jahrmarkt zurückkehrte.

»Tödlich langweilig. Bloß Eierkürbisse, eingemachte Pflaumen und Kuchen. Nur eine Tasse Tee, wenn's recht ist, Mama.«

»Aber du mußt doch etwas essen, Nicky. Du siehst müde aus.«

Lady Blythe häufte Sandwiches und Obstkuchen auf Nicholas' Teller.

Nicholas setzte sich an den schmiedeeisernen Tisch.

»Aber du hättest die Traktoren und Mähdrescher sehen sollen, Thomasine. Die allerneuesten Modelle. Absolut umwerfende Maschinen. Zweizylindrig die meisten.«

Um die bedrückende Langeweile der Nachmittagstees zu mildern, bestand Thomasine seit kurzem darauf, daß William daran teilnahm. William zupfte Ringelblumen aus der Rabatte.

»Einige der modernen Farmen halten praktisch gar keine Pferde mehr. Alles wird vom Traktor übernommen. Großartige Idee, findest du nicht auch?« Nicholas zerkrümelte nervös seinen Kuchen.

Thomasine, die gerade orangefarbene Blütenblätter aus dem Mund ihres widerspenstigen Sohnes holte, starrte Nicholas besorgt an.

»Du krümelst, Nicky«, flüsterte Lady Blythe taktvoll.

Er sah auf seinen Teller und zog schnell die Hand zurück. »Tut mir leid, Mama.«

Thomasine hob den gesäuberten William hoch und kehrte zu ihrem halbaufgegessenen Sandwich am Tisch zurück. »Traktoren wurden während des Krieges in East Anglia ausprobiert, Nick. Sie sind gut, wenn es viel schwere Arbeit zu tun gibt, aber sie können nicht alles. Außerdem sind sie furchtbar teuer.«

»Es gibt eine Menge schwerer Arbeit auf der Farm«, erwiderte Nicholas eigensinnig. »Max behauptet, die Lohnkosten seien immens.«

»Max hat recht. Aber im Moment können wir uns keine größeren Ausgaben leisten.«

William war auf den Schoß seines Vaters geklettert und leckte die Krümel von seinem Teller. Nicholas wischte die klebrigen Finger des Kindes mit seinem Taschentuch ab. »Die Mechanisierung von Drakesden wäre eine Investition, Thomasine. Die Farm ist noch auf dem Stand des neunzehnten Jahrhunderts.«

Lady Blythe murmelte: »Du solltest auf Nicholas hören, Thomasine. Er kennt Drakesden schließlich besser als du. Er wurde hier geboren. Das ist ein Unterschied.« Sie nahm

William Nicholas' Teller weg. Wütend schlug das Kind mit der kleinen Faust auf den Tisch.

»Wie auch immer, ich habe einen Traktor bestellt. Das wird eine erstklassige Sache. Man hat mir einen Sonderpreis geboten. Ich wäre ein Narr, wenn ich nicht zugegriffen hätte.«

Trotz stand in Nicholas' Gesichtsausdruck, als sein Blick den von Thomasine traf.

Plötzlich überkam sie panische Angst. All ihre Arbeit und Pläne des vergangenen Jahres würden sich in nichts auflösen, weil sie gegen die Mischung aus Lady Blythes eingefleischtem Konservatismus und Nicholas' mangelndem Realitätssinn nicht ankommen würde.

»Aber ich sagte dir doch, daß wir nächstes Jahr vorhaben, Erdbeeren und Johannisbeeren zu pflanzen – das hab ich dir doch *gesagt*, Nick! Sie verkaufen sich viel besser als Weizen ...«

Lady Blythe stieß ein hohes, schrilles Lachen aus. »Was für eine ausgefallene Idee. Als ich neulich die kleine Rose Carter besuchte, aßen sie Knödel, Brot und Margarine. Nicht mal das kleinste Stückchen Fleisch, von Obst ganz zu schweigen. Und du willst *Erdbeeren* anpflanzen!«

William begann zu schreien. Lady Blythe schüttelte den Kopf. »Ich hab dich gewarnt, Thomasine. Er ist wirklich noch nicht alt genug, um an Familienmahlzeiten teilzunehmen. Er ist überreizt.«

»Schreckliche Schweinerei ...« Umständlich zupfte Nicholas sich die Krümel von der Hose.

Thomasine zwang sich, Ruhe zu bewahren. »Die Dorfbewohner essen solch einseitige Kost, weil sie es sich nicht leisten können, etwas Besseres zu kaufen. Ich denke an die Leute in den Städten und Vororten. Leute, die sich ein bißchen mehr leisten können. Man sieht es doch in der gesamten Region hier, Nick. Die Bauern plagen sich nicht mehr mit Weizen ab, sie pflanzen Sellerie, Chicoree, Himbeeren und Johannisbeeren. Um Himmels willen«, hörte sie sich verzweifelt sagen, »wie konntest du losziehen und einen

Traktor kaufen? Siehst du denn nicht, daß uns das Bargeld dafür fehlt? Ich hab dir die Bankauszüge doch gezeigt ...«

»Nicky hat ganz recht, sich nicht mit Buchhalterarbeiten zu belasten. Weder sein Vater noch sein Großvater haben sich mit Kleinkram abgegeben. Das ist genau das, was du nicht verstehst, Thomasine. Ladeninhaber und Händler mögen sich damit abgeben, Zahlenkolonnen zu kritzeln, wir aber nicht.« Lady Blythe lächelte herablassend.

Weshalb ihr Gefahr lauft, alles zu verlieren, dachte Thomasine. Weshalb das Land verkommt und das Haus verfällt. Es war, als stünde sie am Deich, und das Wasser stiege höher und höher, bis es den Rand erreichte und sich anfangs tröpfelnd und schließlich in einer Sturzflut über das Land ergoß.

Wütend, weil man ihn behindert hatte, schlug William mit der flachen Hand auf den Tisch. Eine der winzigen Teetassen kippte um, und ihr Inhalt floß über das Tischtuch.

»Gott!« sagte Nicholas. Tee tropfte vom Tisch auf seine Kleider. Er stand auf und reichte Thomasine das Kind.

»Das Kind ist außer Rand und Band«, sagte Lady Blythe vorwurfsvoll. »Du mußt wirklich eine neue Nanny einstellen. Martha ist nicht die geeignete Person, um die alleinige Aufsicht zu haben.«

Nicholas tupfte sich Teetropfen von der Hose. »Mama hat recht, Thomasine. Er wächst sich sonst zu einem Monster aus, bis er sieben ist.«

»Sieben?« wiederholte Thomasine verwirrt.

»Wenn er fort in die Schule kommt. Die anderen Jungen werden ihm schrecklich zusetzen, wenn er sich immer noch wie ein verzogenes Balg verhält.«

Sie sah Nicholas an. »William wird mit *sieben* nicht ins Internat gehen!«

»Natürlich wird er das«, fügte Nicholas gereizt hinzu. »Der arme Kerl kann doch nicht für immer an Mutters Rockzipfel hängen, Thomasine.«

Lady Blythe bedeutete dem Mädchen, das Teegeschirr

abzuräumen. »Vielleicht hat Thomasine vor, William auf die öffentliche Schule zu schicken, Nicholas.«

Nicholas zündete sich eine Zigarette an. Ein Muskel neben seinem Auge zuckte. »Unsinn, Mama. Ein Blythe kann doch nicht mit dem Pöbel die Schulbank drücken. William geht nach Winchester, das war bei den Blythes schon immer Brauch, nicht wahr?«

Das Mädchen begann, das Teegeschirr abzuräumen. Sie blieben starr und schweigend sitzen – schließlich konnte man vor dem Personal nicht streiten. William war fast achtzehn Monate alt, dachte Thomasine verzweifelt. In nur fünfeinhalb Jahren hatten sie vor, ihn ins Internat zu schicken. Dann bekäme sie ihn höchstens noch drei oder vier Monate im Jahr zu sehen. Die Schule würde aus ihm machen, was sie aus Nicholas gemacht hatte: einen Menschen, der schon als kleines Kind gelernt hatte, all seine Sorgen in sich reinzufressen und von der Person, die er am meisten liebte, getrennt zu leben. Einen Menschen, der mit allen Mitteln versuchen würde, den Vorstellungen zu entsprechen, die seine Altersgenossen von Männlichkeit hatten. Nein. Das konnte sie nicht zulassen. Das war unerträglich.

Die Grafton Galleries schlossen um zwei Uhr morgens. Lally, die ein rückenfreies silbernes Kleid, silberne Strümpfe und die Handschuhe trug, die in den Galleries beim Tanzen obligatorisch waren, fröstelte, als sie auf die Straße hinaustrat.

»Müde?« fragte Simon Melville und legte ihr das Cape um die Schultern.

»Überhaupt nicht.« Lally sah zurück. »Wo ist Tiny?«

»Tiny ist mit dem Pianisten nach Hause gegangen.«

In den Grafton Galleries spielte eine Neger-Jazzband. Lally sah Simon an. »Wie entsetzlich dekadent.«

»Tiny hatte immer einen Hang zur Gosse.« Ein Anflug von Abscheu strich über Simons hübsches Gesicht. »Wohin jetzt?«

Die Straßen Londons waren kalt und herbstlich. Dunst

sammelte sich in den Senken, ein Vorbote des dichten Nebels, den der Winter bringen würde. Lallys Ruhelosigkeit war noch schlimmer geworden, seitdem sie Drakesden verlassen hatte.

»Ach – ich weiß nicht, Simon. Irgendwo anders hin.«

»Ins Rectors? Ins Forty-three?«

Lally schüttelte den Kopf. »Letzte Woche hat mich Pip ins Forty-three geführt. Und ins Rectors geht heutzutage jeder.«

Simon schwieg einen Moment. Als sie zu ihm aufblickte, sah sie im Licht der trüben Straßenlaterne nur das glühende Ende seiner Zigarette und sein golden glänzendes Haar. Während der zwei Jahre, die sie sich kannten, hatten sie einige Male miteinander geschlafen. Doch Simon hatte noch immer etwas an sich, das sie ängstigte und zugleich faszinierte – etwas Kaltes, Reptilienhaftes, Distanziertes. Manchmal suchte sie seine Gesellschaft, manchmal mied sie ihn wochenlang.

»Ich weiß, wohin«, sagte Simon und hielt ein Taxi an.

Er brachte sie zu einem Klub in Soho. Der Eingang war eng und von einem riesigen Türsteher und anzüglichen Plakaten flankiert. In der Straße dahinter standen geschminkte, abwesend lächelnde Frauen in Hauseingängen, und Betrunkene torkelten über das feuchte Pflaster.

Im Klub starrten alle Gäste sie an. Lally konnte ein paar Stühle und Tische erkennen, eine Bar, eine winzige Tanzfläche und eine kleine Bühne. Außer ihr befanden sich keine Frauen im Lokal, abgesehen natürlich von den Mädchen auf der Bühne. Sie blinzelte, um sich an das schwache Licht zu gewöhnen, nippte an ihrem Cocktail und verfolgte die Darbietung. Auf der Holzbühne tanzten ein halbes Dutzend Mädchen miteinander, wenn auch nicht ganz im Takt. Aus dem Lautsprecher plärrte es: »Yes, we have no bananas«. Ihre Brüste waren nackt, sie trugen nur Baströckchen und Stöckelschuhe. An den Baströckchen hingen verschiedene Früchte: Äpfel, Orangen, Birnen und natürlich Bananen. Lally kicherte.

Ein schäbiger Vorhang fiel, und eine Pause folgte.

»Möchtest du tanzen?« fragte Simon.

Sie tanzten Tango auf dem abgewetzten Teppich vor der Bühne. Lally wußte, daß sie jeder Mann im Raum anstarrte. Sie genoß das Gefühl. Sie brauchte Männer, die sie wollten, die sie begehrten. Es half ihr, die schreckliche Zurückweisung zu ertragen, die sie vor einigen Monaten hatte einstecken müssen.

Der Vorhang ging wieder auf, und die Musik spielte »Scheich von Arabien«. Diesmal war nur eine Frau auf der Bühne, die auf quastenbesetzten Kissen und Bahnen von Stoff lag. Sie trug eine glänzende Haremshose und einen Seidenschal sowie einen Schleier, der die untere Hälfte ihres Gesichts bedeckte. Als sie zu tanzen, sich sinnlich zur Musik zu wiegen begann, sah Lally, daß ihre Augen dunkel, ihr Haar jedoch blond war.

Lally runzelte die Stirn und kniff die Augen zusammen. Die Tänzerin ließ den Schal fallen und enthüllte ein Chiffonleibchen. Langsam, wie im Traum, begann das Mädchen, die Knöpfe des Leibchens zu öffnen. Ihre schwarzumrandeten Augen sahen ausdruckslos in die Ferne. Das Leibchen fiel zu Boden, und die Tänzerin löste ihren Gesichtsschleier. Einige Männer im Publikum starrten sie mit gierigen Augen an, andere unterhielten sich desinteressiert weiter.

»Gib mir dein Opernglas, Simon«, sagte Lally.

Amüsiert reichte ihr Simon sein Opernglas. Lally richtete es auf die orientalische Tänzerin, um mit ihren kurzsichtigen Augen besser sehen zu können.

Simon sagte träge: »Nun, du überraschst mich, Liebling. Aber – über Geschmack läßt sich nicht streiten.«

Sie war sich jetzt sicher. »Ich hab sie schon mal gesehen. In Paris.«

»In den Folies? Dann hat sie einen ziemlichen Abstieg hinter sich.«

Lally schüttelte den Kopf. »Nicht in den Folies. In einem Café am Montmartre. Es war im Juli – mein neunzehnter Geburtstag. Thomasine hat doch in einer Revue in Paris getanzt. Dieses Mädchen ...«, Lally machte mit dem Kopf ein Zeichen in Richtung Bühne, »gehörte damals zu der Truppe.«

Lally umklammerte den Stiel ihres Glases. Simon murmelte: »Vorsicht, Liebling, du wirst es noch zerbrechen«, und nahm ihr das Glas aus der Hand.

Sie zischte: »Wir hatten soviel Spaß damals. Wir waren in Rom und in Monaco. Nur Nicky, ich und ein paar Freunde. Dann haben wir *sie* wiedergetroffen. Thomasine.«

Zuerst hatte ihr Thomasine Nicky und dann Daniel weggenommen. Der Drang, Thomasines heimliche Affäre mit Daniel Gillory publik zu machen, war fast übermächtig gewesen. Nur die Angst, die sie bei der Nachricht von Fay Gillorys Tod überkommen hatte, hatte sie schweigen lassen, weil sie ahnte, welches Chaos eine solche Enthüllung heraufbeschwören würde.

Tränen standen in Lallys Augen, ob aus Zorn oder aus Trauer, wußte sie nicht. Simon sagte: »Nimm's nicht so tragisch, Liebling«, aber ein Anflug von Neugier war in seinem Gesicht ablesbar. »Wann haben sie geheiratet?«

»Einen Monat später. Sechs Wochen später. Ich kann mich nicht mehr erinnern.«

Applaus brandete auf, als der Vorhang fiel. Simon sagte: »Ziemlich überstürzt, findest du nicht?«

»Wahrscheinlich schon.«

»Ich meine, hast du nicht gedacht ...?«

Sie sah ihn an. »Was meinst du, Simon?« fragte sie scharf und runzelte die Stirn. »*Oh*. Du meinst, sie *mußten* heiraten?«

Er zuckte die Achseln. »Schon möglich. Wozu sonst die Eile? Dein Bruder ist schließlich ein so konventioneller Bursche.«

In seiner Stimme schwang eine Spur von Spott mit. Lally ging nicht darauf ein, sondern starrte auf die leere Tanzfläche und dachte nach. »Nein«, antwortete sie schließlich. »William wurde erst lange nach ihrer Heirat geboren.«

Ihrer Meinung nach war Nicholas als Jungfrau in die Ehe

gegangen. Er schien sich unter attraktiven Frauen nie wohl zu fühlen und neigte eher dazu, sie zu vergöttern oder zu fürchten. Daß sich Nicky Frauen gegenüber ein bißchen komisch verhielt, führte sie auf Mama zurück. Aber die hastige Heirat war seltsam gewesen und schien ganz und gar nicht zu ihm zu passen.

Williams Kinderwagen schiebend, ging Thomasine ins Dorf hinunter. Nicholas war am Morgen nach Cambridge gefahren, und sie mußte mit Mrs. Dockerill ihre Pläne für die Instandsetzung der Arbeiter-Cottages besprechen.

William tunkte ein Stück Brotteig in eine graue Soße, während Thomasine und Flo Dockerill über Entwässerungsrohre, Feuchtigkeit und Ungeziefer redeten. Thomasine wußte, daß nur begrenzt geholfen werden konnte, bevor Drakesden Abbey finanziell wieder auf besseren Füßen stand. Die meisten Probleme in den Häusern waren eine Folge des hohen Wasserspiegels, und nur mit großem Arbeitsaufwand ließe sich Drakesden davor bewahren, jedes Frühjahr überschwemmt zu werden. Im Moment fehlte einfach das Geld, um diese Arbeiten auszuführen. Und selbst wenn es vorhanden gewesen wäre, hätten vermutlich weder Nicholas noch Lady Blythe zugestimmt, es für etwas zu verwenden, das nicht direkt Drakesden Abbey zugute kam.

Nachdem sie Flo verlassen hatte, marschierte sie zum großen Deich hinaus, der den Zufluß der Lark begrenzte. Sie hob William aus dem Wagen und nahm ihn an die Hand, als sie gemeinsam die Böschung hinaufstiegen.

»Wasser«, sagte William, deutete darauf und machte blubbernde Geräusche.

»Wasser«, stimmte Thomasine abwesend zu und warf einen prüfenden Blick auf das Riedgras, das dicht am Rand wucherte, und auf das Unkraut und die Lilien, die den Fluß des Wassers behinderten. Als ihre Augen der geraden Linie des Deiches folgten, stellte sie fest, daß die Befestigung bröckelte, weil sie von Tieren unterhöhlt oder vom Wind erodiert war. Besorgt ließ sie den Blick nach Norden über die Felder streifen bis zur stolzen Silhouette der Kathedrale von Ely. Auf dieser Seite des Dorfes war das Land vollkommen flach. Sie wußte, was passieren würde, falls der Deich brechen sollte: Das Wasser würde im Umkreis von Meilen die Felder überschwemmen, Ernten, Häuser und Vieh vernichten.

Als sie sich schließlich vom Deich abwandte, sah sie den Radfahrer, der über den zerfurchten Weg zum Dorf zurückfuhr. Sie erkannte Daniel Gillory sofort. Sie nahm William auf den Arm und kletterte die Böschung hinunter. Seit sechs Wochen hatte sie Daniel nicht mehr gesehen. Sie war sicher, daß es ihr gelungen war, alle Anziehungskraft, die er auf sie ausgeübt hatte, in sich zu ersticken. Sie winkte, als er näher kam.

Als er schlitternd stoppte, spritzte nasse Erde von den verschmutzten Rädern auf.

»Wie geht's dir, Daniel?«

»Mir geht's gut.« Er zerzauste Williams dunkles Haar und ließ das Fahrrad ins Gras fallen. »Ich bin froh, daß wir uns treffen. Ich wollte mit dir reden.« Er runzelte die Stirn und hielt kurz inne. Dann sagte er: »Ich gehe aus Drakesden fort, Thomasine. Ich wollte mich verabschieden.«

Sie drückte William ein bißchen fester an sich. Der Tag, der ihr hell und strahlend vorgekommen war, wurde eisig.

»Wo gehst du hin, Daniel?«

»Erst einmal nach London. Ich kann hier nicht bleiben. Alles erinnert mich an sie.«

Sie nickte. »Natürlich.«

»Ich habe ein bißchen geerbt. Eine Freundin, mit der ich in London eine Weile zusammengelebt habe, ist gestorben. Sie war Witwe – und hatte keine Kinder, verstehst du …« Seine Stimme brach. Noch immer konnte sie die Leere in seinen Augen sehen und die Anstrengung, die es ihn kostete, über die Zukunft nachzudenken.

»Zu Beginn des Krieges hab ich ein paar Jahre mit Hattie in Bethnal Green verbracht. Sie hat mir Geld geliehen, um das Land hier zu kaufen. Hattie habe ich es zu verdanken, daß ich Fay heiraten und die Farm wieder in Gang bringen konnte. Sie war ein guter Mensch.« Daniel lächelte, aber das Lächeln erstarb abrupt wieder. Er stieß mit der Fußspitze in den morastigen Boden. »Aber als ich den Brief von ihrem Notar bekam, dachte ich: Warum nicht ein oder zwei Monate früher?«

Seine Stimme klang rauh. William entwand sich Thomasines Armen, kauerte sich an den Wegrand und spielte mit Kieselsteinen.

Leise sagte sie: »Ich verstehe nicht, Daniel.«

»Nein. Warum auch? Nicholas bewahrt dich vor solchen Dingen. *Geld*, Thomasine – oder der Mangel daran. Ich habe mich gefragt, warum Hattie, die seit Jahren an schlimmer Tuberkulose litt, nicht ein paar Wochen früher sterben konnte. Für sie hätte es keinen großen Unterschied gemacht, oder? Für mich allerdings schon. Gott vergib mir, daß ich das gedacht habe, aber so war es.« Er sah zu Thomasine auf und zuckte die Achseln. »Ich konnte Fay nicht genügend bieten, verstehst du?«

Sie sah William eine Weile zu, der Steine auftürmte und Grasbüschel und Gänseblümchen zwischen die Kiesel schob.

»Was wirst du tun, Daniel?«

»Ich gehe nach London. Heute morgen bekam ich einen Brief – der *Daily Herald* hat einen Artikel von mir angenommen. Ich muß Hatties Haushalt auflösen, und dann möchte ich reisen. Ich muß einfach weg.«

»Und die Farm?«

»Harry Dockerill kümmert sich um die Farm. Er kennt sich mit der Arbeit genauso gut aus wie ich. Hoffentlich hat er Freude daran – in spätestens zehn Jahren steht alles wieder unter Wasser.« Sein Gesicht verdüsterte sich. »Ich wäre froh, wenn ich den Ort nie mehr sehen müßte. Aber ich sehe ein, daß das unmöglich ist.«

Plötzlich kam ihr der Gedanke, daß sie ihn vielleicht nie wiedersehen würde. Mit einer spontanen Geste der Zuneigung schlang sie die Arme um ihn.

»Paß auf dich auf, Daniel. Mach etwas aus dir. Ich möchte deinen Namen in allen Zeitungen lesen. Ich möchte deinen Namen auf einem Buchumschlag sehen.« Während sie ihn umarmte, hörte sie das Geräusch eines Wagens, der hinter ihr um die Kurve kam.

»Papa«, sagte William.

»Zum Teufel«, sagte Daniel und ließ sie los.

Einen Augenblick lang gab sie sich der Hoffnung hin, daß Nicholas die Umarmung nicht gesehen hatte. Diese Hoffnung erstarb fast sofort. Der Delage kam schlitternd zum Stehen, Nicholas sprang über die Fahrertür und lief mit geballten Fäusten auf sie zu.

»Du Schwein ...«, war alles, was er sagte, bevor er gegen Daniel ausholte.

Thomasine lief an Williams Seite. Daniel war Nicholas' erstem Schlag ausgewichen und versuchte jetzt, die weiteren Faustschläge abzuwehren.

»Um Himmels willen, Blythe ...«

Sie hörte sich rufen: »Hör auf, Nicholas! Ich hab mich von Daniel verabschiedet, das ist alles ...« Nicholas drehte sich weiß vor Zorn zu ihr um.

»Ich hab dir gesagt, daß du nicht mit ihm sprechen sollst, Thomasine. Ich hab's dir verboten!« Dann warf er sich mit seinem ganzen Gewicht auf Daniel, so daß sie gemeinsam zu Boden fielen.

Einen Moment lang sah sie zu und spürte einen Zorn in sich, der Nicholas' Wut in nichts nachstand. Sie balgten sich auf dem Boden wie Schuljungen. Nicholas schlug Daniel die Faust ins Gesicht, Daniel wand sich und versuchte verzweifelt, sich zu befreien. Sie wußte, daß Daniel der Unterlegene wäre, weil er während der letzten Monate den Willen zur Gegenwehr verloren hatte. Sie drückte das Gesicht in Williams dunkle Locken, um die Geräusche nicht hören zu müssen.

Schließlich ließen sie voneinander ab. Sie hörte Schritte, eine Hand packte sie am Ellbogen und zerrte sie über den Weg zum Auto. Nicholas öffnete die Tür. Sie wurde auf den

Beifahrersitz gestoßen. Als sie zurückblickte, sah sie Daniel, der sich unsicher vom Boden hochrappelte. Dann sprang der Motor an, und Nicholas drückte den Fuß aufs Gaspedal.

Er fuhr in Richtung Dorf, und der Wagen wurde bei jeder wütenden Drehung des Lenkrads schneller. Häuser und Menschen flogen vorbei, Farben verschwammen ineinander. Thomasine hielt William fest an sich gedrückt. Nicholas' Handknöchel waren weiß, er würdigte sie keines Blickes. Sie rief: »Nicholas – fahr langsamer – um Himmels willen …«, aber er schien sie nicht zu hören. Sie zog ihn am Ärmel, versuchte seine Aufmerksamkeit zu gewinnen, aber er schüttelte ihre Hand ab und trat das Gaspedal bis zum Boden durch.

Er fuhr zu schnell, um die Einfahrt von Drakesden Abbey zu erwischen. Die Räder verloren den Halt, der Wagen geriet ins Schleudern, und sie sah ein wirbelndes Spektrum von Farben vor ihren Augen. Kurz bevor der Delage gegen den Baum prallte, wurde die Fahrertür aufgesprengt, und Thomasine und William wurden aufs Gras geschleudert.

15

IRGENDWIE HATTE SIE es geschafft, ihn festzuhalten. Sie lag auf dem Gras mit William im Arm. Er blieb ganz still, wie eine Stoffpuppe. Sie hörte sich seinen Namen rufen, ein schrecklicher, gellender Schrei, der das Dröhnen des Motors übertönte. Und dann öffnete er die Augen, bewegte sich, und sie begann zu zittern.

Es gelang ihr, auf die Knie zu kommen, William fest an sich gepreßt. Sie rang nach Luft, während er zu weinen begann.

»Laß mich dich anschauen, Liebling«, flüsterte sie und strich mit den Händen über seine Glieder, seine Finger, seine Zehen, sein rotes, tränenüberströmtes Gesicht. Er hatte eine große Schürfwunde am Ellbogen und eine Beule am Kopf, aber das war alles. Sie hörte ein Geräusch aus dem Wagen. Sie hatte Nicholas vergessen. In dem Moment kümmerte es sie nicht, ob er lebte oder tot war.

Als der Motor des Delage endlich abstarb, murmelte Nicholas: »Thomasine?«

Sie rappelte sich mit William im Arm hoch und ging zu ihm hinüber. Er stieg aus dem Wagen, legte die Hände auf die verbeulte Fahrertür und starrte sie an. »Dir ist nichts passiert«, sagte er. »Gott sei Dank. Thomasine – es tut mir so leid ...«

Sie konnte nicht mit ihm sprechen. Sie wußte, daß ihr der Zorn ins Gesicht geschrieben stand, denn er zuckte zurück und wandte sich ab. Vorsichtig drückte sie William an ihre Schulter und ging die Einfahrt nach Drakesden Abbey hinauf.

Die Dienstboten starrten sie an, als sie ins Haus trat, verwundert über ihr zerrissenes schmutziges Kleid und ihr zerzaustes Haar. »Sir Nicholas hatte unten an der Einfahrt einen Autounfall«, erklärte sie dem Butler kurz angebunden. »Schicken Sie jemanden runter, der ihm hilft.« Dann stieg sie Treppe zum Kinderzimmer hinauf.

Dort zog sie gemeinsam mit Martha den Jungen aus, badete ihn, tupfte Arnika auf seine Wunden und verband seinen Ellbogen. Als Martha zögernd auch ihr Verbandszeug und Arnika anbot, schüttelte sie den Kopf.

»Füttere William bitte und laß ihn kurz ausruhen«, sagte sie zu Martha. »Dann zieh ihn für draußen an.«

In ihrem eigenen Zimmer packte Thomasine ihre Sachen. Einen kleinen Koffer, dachte sie. Mit dem Baby wäre sie nicht in der Lage, mehr zu tragen. Ein Kleid, einen Pullover, Nachthemd und Unterwäsche. Den Rest könnte sie sich nachschicken lassen. Kleider aus Seide und Satin, aus Samt und Chiffon würde sie nicht brauchen.

Sie warf ihren Waschbeutel in den Koffer und prüfte den Inhalt ihrer Handtasche. Sieben Shilling und drei Pence. In Nicholas' Arbeitszimmer nahm sie eine Zehn-Pfund-Note aus dem Safe. Sie hatte keinerlei Schuldgefühle.

Wieder in ihrem Zimmer, zog sie ihren Mantel an und setzte ihren Hut auf. Als sie in den Spiegel blickte, um den Hut zurechtzurücken, sah sie die Wunde am Wangenknochen, die Kratzer am Kinn. Sie zog den Hutrand tiefer ins Gesicht, nahm ihren Koffer und ging ins Kinderzimmer.

Martha starrte sie an, als sie eintrat. »Ich fahre zu meiner Tante«, sagte sie. Ihre Stimme klang seltsam. »Ich würde dich mitnehmen, Martha, aber ich könnte deinen Lohn nicht bezahlen.«

William trug bereits Mantel, Stiefel und Mütze. Sie nahm ihn an der Hand, führte ihn die Treppe hinunter und aus dem Haus hinaus. Merkwürdig, wie leicht es am Ende war, Drakesden Abbey zu verlassen. Sie ging nicht die Einfahrt hinunter, sondern nahm den alten Weg: durchs Labyrinth, den Küchen- und den Obstgarten. Und dann durch das

Wäldchen, wo sich auf dem Pfad das Laub mit der nassen Erde vermischte.

Sie hörte Nicholas ihren Namen rufen, als sie den Zauntritt erreichte. Geduldig blieb sie stehen und wartete auf ihn. Als er bei ihr angekommen war, sah sie die Tränen in seinen Augen. Sie sagte ihm, wohin sie gehen wollte und warum. Sie würde zu Antonia fahren, er habe das Leben ihres Kindes gefährdet, und das könne sie nicht zulassen. Dann drückte sie ihm Hildas Brief in die Hand, den Brief mit dem Namen und der Adresse des Londoner Psychiaters. »Wenn du ihn aufgesucht hast, komm mich besuchen«, fügte sie hinzu und half William über den Zauntritt. Sie wußte, daß sie das Richtige tat. Für Nicholas, für William und für sich selbst.

Dann ging sie über die Wiese, durchs Dorf und den Weg entlang. Wie sie alle glotzten. Doch als sie Drakesden hinter sich gelassen hatte und die Straße nach Ely einschlug, fühlte sie sich frei. Obwohl das müde Kind auf ihrem Arm lastete, obwohl der Koffer an ihrer schmerzenden Schulter zog, hatte sie das Gefühl, sich von einer schweren Bürde befreit zu haben.

Nach dem Unfall war Nicholas eine Woche krank. Bei dem Aufprall auf das Lenkrad hatte er sich zwei Rippen gebrochen, aber das war es nicht. Es war die Scham, das Gefühl des Verlusts, das Bewußtwerden darüber, was er getan hatte.

Den Brief, den Thomasine ihm gegeben hatte, ließ er auf dem Schreibtisch seines Arbeitszimmers liegen. Mehrere Male griff er zu Papier und Feder und versuchte zu schreiben. Einmal schaffte er es, die Adresse auf einen Umschlag zu kritzeln. Aber die Vorstellung, was er diesem Fremden eingestehen müßte, hielt ihn jedesmal wieder zurück, er legte die Feder weg und vergrub den Kopf in den Händen.

So saß er da, als seine Mutter eintrat. Er sah zu ihr auf und sagte: »Ich hätte sie *töten* können!« Seine Stimme klang heiser und verängstigt.

Lady Blythe erwiderte entschieden: »Unsinn, Nicky. An ein paar Schnitten und blauen Flecken stirbt man nicht.«

»Aber der *Kleine* ...« Nicholas konnte den Satz nicht beenden. Mit geschlossenen Augen sah er die Schreckensszene wieder vor sich. Den dumpfen Knall, als das Automobil gegen den Baum prallte, den schrecklichen Schrei, als er zu spät bremste, das Klirren des splitternden Glases. Sein keuchender Atem, als er sich übers Lenkrad krümmte. Das Gewahrwerden, daß die Beifahrertür aufgesprungen war. Er hatte beide für tot gehalten.

»Der Unfall war sehr betrüblich, Nicky«, sagte seine Mutter. »Aber eines Tages wirst du vielleicht einsehen, daß er zum Besseren geführt hat.«

»Mama ...«

Sie ließ ihn nicht zu Wort kommen. »Thomasine hat dir die Grenzen ihrer Loyalität gezeigt. Sie hat dir bewiesen, wieviel ihr Treueschwur ihr bedeutet. Sie hat dir gezeigt ...«, sie sah auf ihn hinab, »wieviel du ihr wert bist, Nicky.«

Die schrecklichen Bilder ließen nach, und er starrte seine Mutter an. Der Raum war dunkel und still, nur das Ticken der Standuhr und das Knistern der Flammen im Kamin waren zu hören. Er versuchte zu begreifen, was seine Mutter ihm sagen wollte, aber wegen des Schocks und der Erschöpfung konnte er nicht klar denken.

»Du hast keine Verpflichtungen mehr ihr gegenüber. Ich werde einen Termin mit Mr. Linton vereinbaren, damit er vorbeikommt, um eine gesetzliche Trennung zu besprechen. Und zur gegebenen Zeit die Scheidung. Es ist abstoßend – in unserer Familie hat es nie eine Scheidung gegeben –, aber unvermeidlich.«

»Anwälte?« flüsterte Nicholas. »*Scheidung*? Findest du, ich sollte mich von Thomasine *scheiden* lassen?« Er versuchte aufzustehen, aber seine Mutter drückte ihn auf den Stuhl zurück.

»Ja, das finde ich, Nicky. Thomasine hat dich verlassen. Sie möchte die Ehe nicht fortsetzen.«

Allmählich verstand er, daß seine Mutter recht hatte. Er machte Thomasine keinen Vorwurf, daß sie ihn loshaben wollte, daß sie ihn haßte. Die Bürde seiner Schuld war übermächtig, zermalmte ihn. Er hatte die Person verletzt, die er am meisten liebte.

Er flüsterte: »Und das Kind?«

»William wird natürlich hierher zurückkommen, Nicholas«, antwortete seine Mutter. »Die Anwälte werden sich um die Frage des Sorgerechts kümmern. William ist ein Blythe – es steht ganz außer Frage, daß er auf Drakesden Abbey aufwächst.«

Sie ließ sich ihm gegenüber nieder. Noch immer redete sie weiter. Er versuchte zu verstehen, was sie sagte, aber die Anstrengung, sich zu konzentrieren, war fast zuviel für ihn.

»Du warst noch sehr jung, Nicky. Fast noch ein Knabe. Du hast einen Fehler gemacht. Thomasine hat das eingesehen, und du mußt das auch. Du mußt sie gehenlassen. Sie möchte, daß du sie gehenläßt.«

Er nickte langsam. Er konnte Thomasine nicht länger in einer Beziehung festhalten, die sie anwidern mußte. Sie gehenzulassen war das einzig Anständige, was er tun konnte.

»Wir werden einen Neuanfang machen. Es wird wieder wie in alten Zeiten, Nicky. Genau wie vor dem Krieg.«

Doch Mama täuschte sich. Vor dem Krieg war er ein intakter Mensch gewesen, ein Mann. Jetzt war er zerbrochen, in viele Scherben zersplittert, wie die Windschutzscheibe seines Wagens. Ein Schauder überlief Nicholas, seine Augen waren weit aufgerissen, aber er sah weder die Standuhr noch das Feuer.

Liebenswürdig und großzügig wie immer, hatte Antonia Thomasine und William in ihrem Haus willkommen geheißen, lauthals ihre Verletzungen bedauert, Tee gekocht und ein warmes Feuer bereitet, damit sie sich erholen konnten.

Sie stellte keine Fragen, aber als William in ihrem früheren Zimmer zu Bett gebracht war, versuchte Thomasine, ihr einiges zu erklären. Falls Antonia – die während ihrer kurzen Ehe eine angepaßte und gehorsame Gattin gewesen war und sich erst als Witwe erlaubte, ihren Ambitionen nachzugeben – Mißbilligung empfand, äußerte sie sie nicht.

Eigentlich wollte Thomasine gleich am ersten Tag wieder ihre alten Pflichten übernehmen und Antonia bei der Buchhaltung und beim Unterricht helfen, aber sie wachte spät auf und konnte sich vor Schmerzen kaum rühren. Auch William schlief noch zusammengerollt neben ihr. Die Wunde an seiner Stirn erinnerte sie daran, weshalb sie hergekommen war. Mitten in der Nacht war sie in panischer Angst aufgewacht, unfähig zu atmen. Deutlich stand ihr ihre prekäre Lage vor Augen: Sie stellte sich gegen die Blythes mit all ihrem Geld, ihrem Einfluß und ihren Beziehungen. Sie erinnerte sich an den schwarzen Tintenstrahl, der das weiße Blatt besudelte, und während sie ins Dunkel starrte, dachte sie, daß Lady Blythe auf Rache sinnen würde.

Verzweifelt umschlang sie ihren Sohn und atmete den süßen Duft seiner Haut ein, während Tränen über ihr Gesicht rannen.

Am Morgen ließ die Angst nach. Als Thomasine aufstand, sagte sie sich, daß Lady Blythe bekommen hatte, was sie schon immer haben wollte: ihren Sohn. Diese kalte, besitzergreifende Liebe war schließlich befriedigt worden. Und wenn Nicholas dennoch seine Frau – sein Kind – zurückhaben wollte, wußte er, was er tun mußte. Thomasine konnte sich vorstellen, wie qualvoll es für Nicholas wäre, sich wieder einem Arzt anzuvertrauen, aber sie wußte auch, wie lebenswichtig dies war. Sie hoffte, daß ihm ihre Abreise einen genügend großen Schock versetzt hatte, um diesen Schritt zu tun.

Ihre Flucht von Drakesden nach London erinnerte sie an jene andere Flucht vor zehn Jahren. Auch damals hatte sie ganz spontan gehandelt, ihre Entscheidung aber nie bereut. Als die Tage verstrichen, stellte sie eine Ruhe, einen geistigen Frieden an sich fest, den sie schon seit langem verloren zu haben glaubte. Manchmal, wenn sie das Land vermißte, die Arbeit, die sie zur Sicherung der Güter von Drakesden Abbey angefangen hatte, wußte sie, daß es andere Arbeit gab. Zudem waren ihre Errungenschaften reine Illusion gewesen. Immer hatte sie gegen das unverrückbare Hindernis ankämpfen müssen, das Nicholas und seine Mutter darstellten, gegen eine Mauer aus Tradition, mangelnder Weitsicht und Unfähigkeit zu Veränderung. Jetzt hatte sie wieder die Kontrolle über ihr Leben. Sie begann, die Stellenanzeigen in der Zeitung durchzusehen, und suchte nach einer Arbeit, die sie trotz des Kindes übernehmen konnte.

Lally bat Simon, sie noch einmal in den Klub in Soho zu führen. Simon hatte etwas gesagt, das sie nicht mehr losließ und ihre Neugier anstachelte. *Wozu sonst die Eile? Dein Bruder ist schließlich ein so konventioneller Bursche.* Sie fand, daß Simon recht hatte: Nicholas' hastige Eheschließung mit Thomasine Thorne paßte so gar nicht zu ihm.

Nachdem die Aufführung vorbei war, ließ sich Lally vom Manager des Klubs in die Garderobe der orientalischen Tänzerin führen. Der Manager erklärte ihr, daß der Name der Tänzerin Alice Johnson sei. Lally klopfte an die Tür und wurde hineingebeten.

Es war ein schäbiger kleiner Raum, nicht größer als eine Besenkammer und spärlich von einer nackten Glühbirne beleuchtet. Zwei weitere Mädchen teilten die Garderobe mit Miss Johnson. Sie kämmten sich und hängten ihre grellbunten Kostüme auf Kleiderbügel.

Lally lächelte: »Wie schön, Sie zu sehen, Alice. Ich dachte, ich schau einfach mal rein.«

Alice drehte sich auf ihrem Hocker herum und blickte auf. Sie trug immer noch die Haremshose, das Leibchen, die hochgebogenen spitzen Pantoffeln. Den Turban hatte sie abgenommen, und das blonde Haar umrahmte ihr Gesicht. Lally stellte fest, daß Miss Johnsons Augen nicht dunkel waren, wie sie angenommen hatte, sondern blau. Das Blau war zu einem schmalen Ring um die großen schwarzen Pupillen geschrumpft.

»Wir kennen uns von Paris her«, fügte Lally fröhlich hinzu.

Die anderen Mädchen packten ihre Sachen zusammen. »Wir machen uns auf die Socken«, sagte eine, »und lassen dich in Frieden. Tschü-üs.« Die Tür schloß sich hinter ihnen.

»Paris?« fragte Alice unbestimmt.

Lally holte ihr Zigarettenetui heraus und hielt es Alice hin. »Ja. Wir haben eine gemeinsame Freundin – erinnern Sie sich nicht? Thomasine Thorne.«

»Thomasine?« Alice runzelte die Stirn. »Ich hab mich immer gefragt, was aus ihr geworden ist. Hab die Verbindung verloren. Wie geht's dem Kind? Was hat sie gekriegt?«

Die dunklen, leicht glasigen Augen richteten sich auf Lally, die einen Moment lang vollkommen verwirrt war. *Wie geht's dem Kind? Was hat sie gekriegt?* Zuerst dachte sie, Alice meine mit »dem Kind« Thomasine selbst, aber nein, das stimmte nicht. Dann dachte sie, Alice spräche von William. Aber das konnte auch nicht sein. Lallys Herz begann zu klopfen. Geheimnisse, dachte sie. Geheimnisse. Sie beobachtete Alice, die eine Flasche Gin aus ihrem winzigen Toilettentisch holte und zwei Gläser eingoß. Alice war sehr betrunken, wie Lally vermutete. Und vielleicht nicht nur betrunken.

Plötzlich schoß Lally ein Bild durch den Kopf, als Alice ihr das Glas reichte: Thomasine, die in dem Café in Paris mit einem Schauspieler tanzte.

»Thomasine war schrecklich nett zu diesem Schauspieler, nicht? Wie hieß es doch gleich?« Sie versuchte, sich zu erinnern. »Clive, nicht wahr?«

»Clive Curran.« Alice starrte in ihren Gin. »Viele von uns waren schrecklich nett zu Clive Curran. Dem Mistkerl.«

Lally dachte schnell nach. »Sie hatte eine Affäre mit ihm, stimmt's?«

Zum erstenmal wirkte Alice argwöhnisch. »Woher soll ich das wissen.« Sie wandte sich ab und begann, sich Pflegecreme ins Gesicht zu schmieren.

»Ach, kommen Sie«, sagte Lally. »Sie waren doch Freundinnen. Ich bin bloß neugierig, das ist alles. Ich würde gern die Einzelheiten erfahren.« Sie nippte an ihrem Gin, der pur und lauwarm war, und versuchte, ruhig zu bleiben. »Er sah ziemlich toll aus. Bei ihm wäre ich selbst nicht abgeneigt gewesen.«

»Im Bett allerdings ein verdammter Reinfall, Teuerste. Ich hab Ewigkeiten gebraucht, um das rauszufinden. Wie eine Verrückte bin ich ihm bis nach Italien nachgefahren, dem egoistischen Dreckskerl. Hat nur an sich selbst gedacht.«

Alice rieb sich die Creme auf die Haut und wischte sie dann mit einem Tuch ab. Sie sprach inzwischen undeutlich, lallend. Sie kippt jeden Moment um, dachte Lally, und dann erfahr ich's nie. *Wie geht's dem Kind? Was hat sie gekriegt?* Lally zündete sich zur Beruhigung ihrer Nerven eine weitere Zigarette an.

»Er hat Thomasine im Stich gelassen, stimmt's? Hat sie in Schwierigkeiten gebracht und ist auf und davon?«

»Dann hat sie's Ihnen also erzählt?« fragte Alice. Die Zigarettenspitze in Lallys Hand begann zu zittern. Im Spiegel traf sich ihr Blick mit dem der Frau, und Alice flüsterte: »Sie haben's nicht gewußt!«

Lally schüttelte den Kopf. »Bis jetzt nicht.« Ihre Stimme war ganz ruhig, aber ihre Gedanken rasten bei dem Versuch herauszufinden, was ihre Entdeckung bedeutete. »Thomasine hat meinen Bruder geheiratet, verstehen Sie, ein paar Wochen, nachdem er sie in Paris getroffen hat. Ich frage mich, ob er von dem Baby wußte? Und ich frage mich, was mit dem Baby passiert ist?«

Alice erhob sich von ihrem Hocker. Flaschen, Zigaretten und Taschentücher fielen zu Boden, als sie gegen den Toilettentisch taumelte.

»Ich hab mich vertan. Hab zuviel getrunken, meine Liebe. Ich hab Thomasine mit einem der anderen Mädchen verwechselt.«

Lally öffnete ihre Tasche. In ihrer Börse waren eine Fünf-Pfund-Note und ein paar Münzen.

»Setzen Sie sich. Ich möchte alles wissen, Alice.«

Alice tat, wie ihr geheißen wurde. Sie sah verängstigt aus. Ihre Angst war selbst durch den Alkoholschleier noch deutlich erkennbar. Lally ging zu Simon hinaus, der im Gang auf sie wartete.

»Gib mir dein Geld, Simon. Alles. Eine ganz unglaubliche Geschichte – stell keine Fragen, ich erzähl dir später alles.«

Simon gab ihr fast dreißig Pfund. In der Garderobe legte Lally das Geld vor Alice.

»Hier bitte. Dreißig Pfund, zwölf Shilling und neun Pence. Damit kämen Sie aus diesem Loch raus, nicht wahr? Sie müssen mir nur alles über Thomasine Thorne und Clive Curran erzählen.«

Keine Antwort. Alice zitterte.

Lally fügte hinzu: »Sie müssen es mir erzählen, Alice. Wenn nicht, erzähle ich Ihrem Chef von dem Gin und dem anderen Zeug. Was nehmen Sie – ist es Marihuana oder Kokain? Ich seh es Ihren Augen an. Den Pupillen. Wo haben Sie es versteckt? In Ihrer Handtasche ... in dieser Schublade ...?«

Tränen kullerten aus Alices schwarzen Augen.

Lally flüsterte: »Sie bekämen nirgendwo mehr einen Job. Nicht mal in einer Spelunke wie dieser. Und was wäre dann, Alice? Sie wissen schon was – Sie haben die Mädchen draußen auf der Straße gesehen. Sie möchten doch nicht so enden wie diese Mädchen, Alice?«

Langsam schüttelte Alice den Kopf. Dann sagte sie zitternd: »Ich hab versucht, ihr zu helfen. Aber das dumme Ding wollte die Sache nicht durchziehen.«

Sie saß am Tisch vor dem Erkerfenster und sah Antonias Sollbuch durch, als draußen ein Wagen vorfuhr. Er fiel ihr auf, weil es ein alter Daimler war, genau der gleiche wie der auf Drakesden Abbey. Als eine behandschuhte Hand den Vorhang am hinteren Seitenfenster zurückschob, sah Thomasine, daß zwei Damen im Wagen saßen. Eine davon war Lady Blythe.

Ihr Herz begann zu klopfen. William kauerte in einer Ecke und malte mit Farbkreiden auf einem Stück Papier. Ein überwältigender, kindischer Drang, ihn einfach zu packen und aus dem Haus zu laufen, befiel sie. Dann klingelte es an der Vordertür. Sie hörte das Mädchen aufmachen, erhob sich und strich sich das Haar aus dem Gesicht. Die Tür ging auf.

»Lady Gwendoline Blythe«, sagte das Dienstmädchen nervös.

»Lady Blythe.« Argwöhnisch nickte Thomasine ihrer Schwiegermutter zur Begrüßung zu.

»Omi«, sagte William beim Aufsehen.

»Möchten Sie nicht Platz nehmen, Lady Blythe? Mary wird Ihnen eine Tasse Tee bringen ...«

Sowohl der Stuhl wie der Tee wurden abgelehnt. Thomasine schickte das Mädchen hinaus.

Lady Blythe hatte ihren Schleier zurückgeschlagen. Sie war in blasses Mauve gekleidet, der Modefarbe der letzten Jahre des vergangenen Jahrhunderts. Jemand mußte ihr gesagt haben, wie gut es ihr steht, dachte Thomasine benommen.

»Sind Sie hier, um über Nicholas zu reden?« fragte sie plötzlich. »Hat er schon einen Arzt aufgesucht?«

Ihre Stimme klang stockend, unhöflich, aber sie konnte sich nicht zusammennehmen. In dem kalten, abschätzigen Blick lag etwas Beunruhigendes, das ihr die unangenehmen Träume ihrer ersten Nacht in London wieder ins Gedächtnis rief. Plötzlich erkannte sie, was es war. Es war *Triumph*.

»Nicholas braucht keinen Arzt«, erwiderte Lady Blythe ruhig. »Er braucht nur Ruhe – Seelenfrieden.«

Sie antwortete nichts. Sinnlos, zu erklären, daß Nicholas seinen Seelenfrieden schon lange auf den Schlachtfeldern an der Somme verloren hatte und ihn allein nicht mehr wiederfände.

Lady Blythe fügte hinzu: »Ich habe Nicholas' Notar gebeten, eine förmliche Trennungsurkunde auszufertigen. Du solltest in ein, zwei Tagen von ihm hören.« Die kalten

Augen richteten sich auf Thomasine. Es stand nicht nur Triumph, sondern auch Haß darin. Die Maske war schließlich gänzlich abgefallen. »Die Trennungsurkunde ist der erste Schritt zur Scheidung. Bei diesen Dingen ist es besser, wenn gleich eine rechtliche Grundlage geschaffen wird, nicht wahr?«

»Scheidung? Bittet mich Nicholas um die Scheidung?«

»Ich sage dir doch, Thomasine, daß die Scheidung vorbereitet wird. Es ist eine lästige und abscheuliche Angelegenheit, aber notwendig. Du bist nicht die passende Ehefrau für meinen Sohn.«

William hatte seine Kreiden liegenlassen, war zu Thomasine gelaufen und zupfte sie am Rock. Zum erstenmal beugte sie sich nicht hinunter, um ihn hochzunehmen.

Die kalten blauen Augen richteten sich auf ihn. »Und du bist auch nicht geeignet, das Sorgerecht für ein Kind zu haben.«

Entschieden erwiderte sie: »Ich werde William nicht hergeben, Lady Blythe. Ich bin seine Mutter.« Sie würde Tag und Nacht arbeiten, wenn nötig, um die Anwälte zu bezahlen, die ihr den Anspruch auf ihren Sohn garantierten. Antonia würde ihr helfen – Hilda würde ihr helfen. »Ich werde ihn nicht auf Drakesden aufwachsen lassen. Ich werde ihn nicht ins Internat schicken, solange er noch ein kleines Kind ist. Ich werde ihn nicht Nannys und Dienstboten überlassen. Ich werde nicht zulassen, daß er erzogen wird wie Nicholas ...«

Sie sprach leise und beherrscht und wußte, daß die Verachtung in ihren Augen der in Lady Blythes nicht nachstand. Sie beugte sich hinunter, legte die Hand auf Williams Schulter und drückte ihn beschützend an sich. Seine Blicke schossen nervös zwischen seiner Mutter und seiner Großmutter hin und her.

»William wird auf Drakesden Abbey aufwachsen. Er ist ein Blythe. Was hast du ihm schon zu bieten, Thomasine?« Lady Blythe sah sich herablassend in dem kleinen Raum mit den alten, ordentlichen, aber einfachen Möbeln, den vielen Fotos und Erinnerungsstücken um, die außer für die Besitzerin für niemanden von Wert waren. »Du hast nichts. Du bist nichts. Wenn sich eine Spülmagd so verhalten hätte wie du, würde man sie ohne Zeugnis rauswerfen.«

Stolz erwiderte sie: »Ich habe Nicholas verlassen, weil ich um die Sicherheit meines Kindes fürchtete ...«, aber Lady Blythe unterbrach sie.

»Ich sage es noch einmal, du bist nicht geeignet, ein Kind zu erziehen. Jedes Gericht im Land würde mir darin zustimmen. Ich habe bereits Anwälte konsultiert, Thomasine.«

In ihrer Brust schien sich ein Eisklumpen zu bilden. Lady Blythe war zu der Vase mit Lilien auf dem Piano getreten und rückte die blassen, zarten Blüten zurecht.

»Ich bin in Kontakt mit einer jungen Frau namens Alice Johnson getreten. Offensichtlich wart ihr beide befreundet?«

Thomasine starrte sie an. Ein schrecklicher Verdacht stieg in ihr auf, ein Verdacht, über den sie kaum genauer nachzudenken wagte. »Alice und ich besuchten die gleiche Tanzschule«, stieß sie hervor.

»Richtig. Und sie ging 1919 mit dir nach Paris.«

Die Angst verstärkte sich. Der Eisklumpen in ihrer Brust schien gegen ihre Rippen drücken. Lady Blythe rückte einen Lilienstengel zurecht.

»Miss Johnson hat mir gesagt, du hättest in Paris eine ... Liaison mit einem Schauspieler gehabt. Und du hättest von dieser Person ein Kind bekommen. Ich weiß allerdings nicht, was aus dem Kind geworden ist.«

Das Gesicht der älteren Frau war von einem rosigen Hauch überzogen. Der Triumph ließ sie erröten, dachte Thomasine. Ihre Knie zitterten. Sie mußte sich an die Tischkante lehnen, um das Gleichgewicht zu halten.

»Du schweigst. Obwohl du sonst soviel vorzubringen hast. Dann streitest du es also nicht ab?«

Mit entsetzlicher Klarheit traten ihr die letzten furchtbaren Wochen in Paris wieder vor Augen. Wie Clive sie verlassen hatte, Nicholas' Antrag. Sie wußte, daß ihr Schweigen einem Schuldbekenntnis gleichkam.

»Und das Kind? Der Bastard deines Liebhabers? Miss Johnson behauptet, du hättest es abgelehnt, ihn abtreiben zu lassen. Hast du dich anders entschieden?«

Schließlich schaffte sie es zu antworten. »Nein. Ich habe mich nicht anders entschieden.«

»Also warst du schwanger, als du meinen Sohn geheiratet hast?«

»Ja.« Sie starrte aus dem Fenster auf den trüben, grauen Himmel hinaus und erinnerte sich an den ungewöhnlich strahlenden Tag, als sie und Nicholas durch die französische Landschaft fuhren. Wie unwirklich ihr alles erschienen war. Die Sonnenblumen, die am Straßenrand blühten, die staubige Hitze.

»Ich hatte eine Fehlgeburt. Ganz plötzlich, ohne mein Zutun. Nicholas wußte nichts davon. Ich sagte ihm, ich hätte unverhofft meine Periode bekommen.«

Und Nicholas, der sich mit Frauen nicht auskannte, hatte ihr geglaubt, sich mit einem kleinen Seufzer der Erleichterung abgewandt und sich von seinen Pflichten als Ehemann für ein paar weitere Nächte entschuldigt.

»Also hast du vorgehabt, Nicholas das Kind eines anderes Mannes unterzuschieben?«

Plötzlich erinnerte Lady Blythe Thomasine an Lally. Nie zuvor war ihr die Ähnlichkeit zwischen Mutter und Tochter aufgefallen, aber nun wurde sie im katzenhaften Zusammenziehen von Gwendoline Blythes kalten und neugierigen Augen sichtbar.

»Ja«, antwortete Thomasine schlicht. »Aber ich glaubte, Nicholas zu lieben.« Sie war nicht sicher, ob Lady Blythe ihre Worte überhaupt gehört hatte. Aber das spielte jetzt auch keine Rolle mehr.

»Du verstehst«, fuhr Lady Blythe fort, »daß das alles ändert?«

Die Ähnlichkeit mit Lally war verschwunden, Lady

Blythe war wieder ganz die alte – erhaben, siegreich, einschüchternd.

Thomasine flüsterte: »Was meinen Sie damit?«

»Du siehst doch ein, daß jemandem wie dir kein Gericht im Land das Sorgerecht für ein Kind zusprechen würde?«

Sie begann zu verstehen, warum Lady Blythe gekommen war.

»Nein …«

»Ich kann meinen Enkel nicht in deiner Obhut lassen.«

Thomasines sah schnell von dem Kind an ihrer Seite auf den Wagen hinaus, der immer noch am Straßenrand parkte.

»Nichts davon überrascht mich«, fuhr Lady Blythe fort. »Du hast meinen Sohn nie verdient. Du hast nur meine Meinung über dich bestätigt. William wird nach Drakesden zurückkehren.«

Urteil und Strafe wurden in kurzen knappen Sätzen ausgesprochen.

Thomasine rief aus: »Ich habe einen Fehler gemacht! Ich war dumm – unschuldig! Ich weiß, daß es falsch war, Nicholas zu täuschen, aber ich war verzweifelt. Und ich wußte, daß er mich liebt – ich dachte, ich könnte ihn glücklich machen …«

Lady Blythes Lächeln bestand aus dem Entblößen ihrer perfekten weißen Zähne. »*Du* – Nicholas glücklich machen? Niemals! Es bestand nie die geringste Chance, daß du Nicholas glücklich machen könntest.« Purer Haß brodelte unter der eisigen Oberfläche, den vollendeten Manieren und dem makellosen Äußeren.

Lady Blythe durchquerte den Raum und klopfte ans Fenster. Der Chauffeur stieg aus dem Wagen und öffnete die hintere Tür. Jetzt erkannte Thomasine die andere Mitfahrerin: die große, knochige Gestalt, die groben Züge, das starre, schwarze Kleid mit den weißen Manschetten …

»Miss Harper … Sie haben Miss Harper mitgebracht … ?«

»Was für ein Glück, daß die Nanny frei war, findest du nicht auch, Thomasine? Es ist so wichtig, daß William von einer professionellen Kraft erzogen wird.«

Antonias Dienstmädchen hatte der Nanny die Tür geöffnet. Thomasine nahm William in die Arme und drückte ihn an sich.

»Sie werden ihn nicht mitnehmen ... Ich lasse niemals zu, daß Sie ihn mitnehmen ...«

Die Tür ging auf. »Einen Moment«, sagte Lady Blythe ruhig. »Sie warten in der Diele, Miss Harper.«

Sie waren wieder allein im Zimmer. Lady Blythe sagte sanft: »Du solltest dir überlegen, was für William am besten ist, Thomasine. Du siehst doch sicher ein, daß du nie das Sorgerecht für ihn bekommen würdest. Der Richter würde dich für moralisch unzulänglich befinden und dich einer strafbaren Handlung sowie arglistiger Täuschung bezichtigen. Alle Welt würde erfahren, daß du den kriminellen Akt erwogen hast, dein Kind abzutreiben.« Lady Blythe hielt einen Moment inne, um ihren Worten Nachdruck zu verleihen.

Das kann ich nicht bestreiten, dachte Thomasine verzweifelt. Instinktiv hätte sie der Frau die Krallen ins Gesicht schlagen, sie aus dem Haus jagen, alles tun wollen, um sie von ihrem Kind fernzuhalten. Und dennoch wußte sie, daß Lady Blythe die Wahrheit sagte. Jeder mußte verdammen, was sie getan hatte.

»Diese Tatsache bestreitest du also nicht. Na schön. Du hast die Wahl. Wenn du willst, kannst du Nicholas und William durch einen langen Sensationsprozeß schleppen. Dein Verhalten wird in allen Zeitungen verbreitet werden, wo es jedermann nachlesen kann. Nicholas ist kein Bauernknecht und kein Arbeiter, vergiß das nicht, Thomasine, sondern ein Blythe. Alle – inklusive Williams zukünftige Schulfreunde – würden erfahren, daß seine Mutter eine Hure und eine Lügnerin ist. Sie würden ihn hänseln – Kinder können sehr bösartig sein, wie du weißt. Seine Lehrer, seine Altersgenossen würden es erfahren. Sein Name und der Ruf, den man mit ihm in Verbindung bringt, wären in Mißkredit, lange bevor er erwachsen wäre.« Sie hielt inne. »Oder du schlägst den anderen Weg ein. Du trittst das Sorgerecht freiwillig an

Nicholas ab. Nicholas gibt eine ehebrecherische Beziehung zu einer Frau mit zweifelhaftem Ruf zu – derlei Dinge werden einem Mann viel leichter verziehen –, und William wird damit eine Menge Leid erspart. Wie immer du dich entscheidest, das Ergebnis ist das gleiche. William wird auf Drakesden Abbey aufwachsen, wo er hingehört.«

Es dauerte lange, bis sie sprechen konnte. Worte, Bilder schwirrten in wirrer Folge durch ihren Kopf, ohne Sinn zu ergeben.

»Würden Sie mich fünf Minuten allein lassen, Lady Blythe?«

Ein kurzes Nicken. »Ich weiß, daß du vernünftig sein wirst, Thomasine.«

Als sich die Tür hinter Lady Blythe geschlossen hatte, setzte sie sich mit William auf dem Schoß in einen Sessel. Zuerst konnte sie nicht sprechen, sondern sah ihn nur an. Aber sie brauchte sich seine Züge gar nicht einzuprägen, denn die kannte sie auswendig. Schließlich flüsterte sie: »Möchtest du mit Omi einen Ausflug im Auto machen, William? Möchtest du Papa besuchen gehen?«

William klatschte in die Hände, hopste auf ihrem Schoß herum und versuchte, sich von ihr loszumachen. Er liebte Autofahren. Erst als William ihr Taschentuch herauszog und mit tolpatschigen Fingern ihre Augen abtrocknete, merkte sie, daß ihr Tränen übers Gesicht strömten. Dann zog sie ihn an sich und flüsterte: »Sei ein braver Junge, William. Vergiß mich nicht« und erhob sich.

Seine Tasche packte sie selbst. Nanny Harper schärfte sie ein, daß William seinen Hasen zum Schlafen brauchte, daß er keinen Milchpudding und keine Nieren mochte und daß ihm das Buch mit Grimms Märchen zuviel Angst einjagte.

Als sie fort waren, saß sie auf der untersten Treppenstufe, den Kopf in den Händen vergraben. Ein tiefes, entsetzliches Klagegeräusch erfüllte die Diele, und es dauerte eine Weile, bis sie begriff, daß sie es war, die so verzweifelt um den Verlust ihres Sohnes weinte.

Als er nach dem Besuch einer stürmischen politischen Versammlung in sein Untermieterzimmer in Bayswater zurückkehrte, paßte ihn seine Vermieterin beim Betreten des Hauses ab.

»Sie haben Besuch, Mr. Gillory. Ich habe die Dame in den Salon geführt.«

Daniel ging in den Salon im Erdgeschoß. Obwohl es erst Nachmittag war, wurde es bereits dunkel, und man mußte das elektrische Licht einschalten. Eine Frau stand in der Fensternische und sah durch die Stores auf die dämmerige Straße hinaus. Zuerst erkannte Daniel sie nicht, doch als sie sich umdrehte, sagte er verwundert: »Miss Harker!«

»Daniel. Wie schön, Sie zu sehen.« Hilda Harker trat aus dem Schatten und streckte ihm die Hand entgegen.

Er lächelte. Seit Jahren hatte er Hilda Harker nicht mehr gesehen, aber seiner Meinung nach hatte sie sich kein bißchen verändert. Der wadenlange Rock mochte vielleicht ein Zugeständnis an die moderne Zeit sein, und das braune Haar unter dem formlosen Filzhut war auf Kinnlänge gestutzt und von grauen Strähnen durchzogen, aber ansonsten sah sie genauso aus wie früher.

»Ich weiß nicht, was ich sagen soll.« Er starrte sie an wie einen Geist aus seiner Vergangenheit. »Ich habe das Gefühl, ich sollte meine Schuluniform tragen, und Sie sollten mir die Form des Sonetts erklären. Darf ich Ihnen Tee anbieten, Miss Harker? Mrs. Black ist stolz auf ihre Backkünste.«

Dann bemerkte er den besorgten Blick in ihren Augen und ihre nassen, schmutzigen Schuhe. Freundlich sagte er: »Setzen Sie sich doch, Miss Harker, und wärmen Sie sich am Feuer.«

»Ja. Natürlich. Wie unhöflich von mir.« Sie setzte sich, Daniel warf Notizbuch, Stift und Schal auf das Sofa und lief in die Küche, um seine Vermieterin um Erfrischungen zu bitten.

Als er zurückkam, wärmte sich Hilda Harker die Hände am Feuer. Sie sah zu ihm auf.

»Ich habe Ihre Adresse von Harry Dockerill erhalten, Daniel. Ich war in Drakesden, verstehen Sie?« Sie schwieg einen Moment und fügte dann hinzu: »Es hat mir sehr leid getan, als ich von der Sache mit Ihrer Frau erfuhr. Was für eine schreckliche Geschichte. Sie müssen sie sehr vermissen.«

Er senkte den Kopf. Seit er Drakesden verlassen hatte, hatte er sich eine Art Beschäftigungstherapie verordnet. Wenn er zu tun hatte, ging's ihm gut, hielt er sich auf den Beinen. Es gab natürlich bestimmte Bereiche in London wie den Hyde Park und Kensington, die er meiden mußte, genauso wie es Fotos gab, die er nicht ansehen konnte, und bestimmte Verszeilen, an die er sich nicht zu erinnern wagte. Aber er lernte allmählich, die Tage und Nächte zu überstehen.

Gerade im Moment wurde Fays Gesicht von einer anderen Erinnerung überlagert: rotes Haar, grüne, vor Lachen sprühende Augen.

»Sie sind nach Drakesden gefahren«, ermutigte er Hilda, »um Thomasine zu besuchen?«

Hilda hatte sich Tee eingeschenkt. Während sie den Zucker umrührte, hielt sie plötzlich inne. »Eigentlich nicht – es war eine ziemlich vergebliche Hoffnung ...«

Daniel fragte verwirrt: »Haben die Blythes Drakesden verlassen?«

»Ich muß mich entschuldigen, Daniel. Ich habe Ihnen das alles nicht richtig erklärt.« Hilda stellte die Zuckerdose weg und richtete sich mit im Schoß gefalteten Hände auf. »Thomasine wird *vermißt*. Ich habe keine Ahnung, wo sie sein könnte. Ich dachte, Sie könnten mir vielleicht helfen, sie zu finden.«

Verblüffung trat an die Stelle der Verwirrung. *»Vermißt?«* wiederholte er.

Hilda gelang ein kleines, tränenumflortes Lächeln. »Wenn eine meiner Schülerinnen eine Sache so erklären würde wie ich, würde ich ihr raten, tief Luft zu holen, die Gedanken zu sammeln und noch einmal anzufangen. Nun denn.« Mit zusammengepreßten Lippen und geschlossenen Augen hielt sie inne.

»Jetzt geht's besser.« Sie versuchte zu lächeln. »Ich weiß nicht, ob Ihnen bekannt ist, daß ich Rektorin einer kleinen Schule in Yorkshire bin, Daniel. Ich leite die Schule gemeinsam mit einem Herrn, mit Robert. Robert und ich werden in Kürze heiraten.«

Daniel sah sie verständnislos an. »Meinen Glückwunsch, Miss Harker.«

»Danke, Daniel.« Hilda reichte Daniel seine Tasse und seufzte. »Thomasine hat Nicholas vor einigen Wochen verlassen. Die Ehe war schon seit längerer Zeit in Schwierigkeiten, fürchte ich. Sie hat William mitgenommen und wohnte bei meiner Schwester Antonia in London. Sie schien ganz glücklich dort zu sein. Und dann, vor vierzehn Tagen, ist sie verschwunden. Ganz plötzlich, ohne das Kind. Antonias Dienstmädchen sagte, eine ältere Dame sei gekommen und mit William weggefahren. Aus der Beschreibung des Mädchens schlossen Antonia und ich, daß es sich bei der Dame um Lady Blythe handelte. Thomasine hat keine Nachricht hinterlassen, nichts, um Aufschluß darüber zu geben, wohin sie gegangen ist. Sie hat einfach nur ihre Taschen gepackt und ist fort. Antonia hat mich in Yorkshire angerufen. Wir warteten eine Weile, aber es kam kein Brief, kein Anruf. Also entschloß ich mich letztes Wochenende, nach Drakesden zu fahren.« Hilda schüttelte den Kopf. »Ich habe mit Lady Blythe gesprochen. Sie hat mir nicht erlaubt, Nicholas zu sehen. Sie hat mir nicht geholfen, Daniel – tatsächlich war sie sehr grob. Sie erklärte mir, Thomasine habe zugestimmt, sich von Nicholas scheiden zu lassen und das Sorgerecht für den kleinen Jungen an Nicholas abzutreten.«

Hilda schienen die Kräfte zu verlassen, sie schien innerlich fast zusammenzubrechen. Das kämpferische Feuer, das immer in ihren Augen geblitzt und das er auch bei ihrer Nichte gesehen hatte, schien erloschen zu sein.

»Trinken Sie Ihren Tee, Miss Harker«, sagte Daniel sanft. »Ich bin sicher, daß alles nicht so schlimm ist, wie es aussieht.«

Er ging zum Fenster, zog die Stores beiseite und sah hinaus. Der Sprühregen hatte sich zu gelbem Nebel verdichtet. Er schaffte es nicht sofort, Hildas Nachricht in sich aufzunehmen. Sein sonst so analytischer und flinker Geist prüfte das Gehörte, ohne es wirklich zu begreifen.

Hilda fuhr fort: »Thomasine und ich hatten unsere Schwierigkeiten in den vergangenen Jahren. Ich war mit ihrer Ehe mit Nicholas nie einverstanden. Aber der Gedanke, sie würde sich von ihm *scheiden* lassen ... ihr Kind verlassen ... ist mir unbegreiflich. Das kann ich einfach nicht glauben.«

Daniel konnte es genausowenig. Es paßte nicht zu der Thomasine, die er kannte. Er versuchte, praktisch zu denken. »Sie sagten, ich könnte Ihnen vielleicht helfen, Miss Harker.«

»Ja. Das ist anmaßend von mir, ich weiß. Harry Dockerill hat mir erklärt, Sie würden für eine Zeitung arbeiten, Daniel.«

»Für keine bestimmte Zeitung«, antwortete Daniel. »Bevor ich das kann, muß ich mich noch ziemlich ins Zeug legen. Aber ich habe ein paar Artikel für den *Daily Herald* geschrieben. Einen Teil einer Serie über die Wahlen.« Die Wahlen fanden in etwa einer Woche statt. »Es dürfte ein interessanter Wahlkampf werden«, fügte er hinzu. »Man nennt ihn die ›Tariff-Wahl‹ wegen der Zahlungen von Zöllen auf eingeführte Lebensmittel. Bei der Versammlung, von der ich gerade komme, erklärte Mr. Lloyd George der Menge, daß wir uns nur noch Lachs in Büchsen leisten könnten, falls die Tories wieder gewinnen – alles andere würde besteuert. Außer Weizen natürlich. Wir werden weiterhin ausländischen Weizen importieren.«

Genau wie er beabsichtigt hatte, ließ die Unruhe in Hildas Augen etwas nach, und Interesse trat an ihre Stelle. Sie trank ihren Tee und aß ein Stück Kuchen.

»Und Sie, Daniel?« fragte sie. »Wäre es sehr taktlos von mir, Sie nach Ihrer Meinung zu fragen?«

»Oh, ich werde Ramsay MacDonald wählen«, antwortete Daniel. »Seit dem Krieg hatten wir alle möglichen Koalitionen von Liberalen und Konservativen, dennoch gibt es noch immer über eine Million Arbeitslose. Ich finde, daß es Zeit ist für einen Wechsel.«

»Da stimme ich Ihnen zu, Daniel«, sagte Hilda entschieden. »Auch ich werde Mr. MacDonald wählen. Mein Vater würde sich im Grab umdrehen, aber ....«

Daniel grinste. »Ich hab Sie schon immer für eine verkappte Rote gehalten. Unter dem konservativem Äußeren schlägt das Herz einer Sozialistin.« Er hatte sich ihr gegenüber niedergelassen. Neugierig fragte er: »Wie kommen Sie darauf, daß Thomasine in London ist?«

»Ohne William ist sie sicher sehr unglücklich. Und ist London nicht ein guter Ort, um sich zu verstecken, wenn man unglücklich ist, wenn man allein sein möchte?«

Mehr als einmal hatte Daniel London selbst als Versteck benutzt, sich in seine dunklen Ecken zurückgezogen, in der Anonymität Schutz gesucht. »Wenn Thomasine allein sein möchte, Miss Harker, sollten Sie diesen Wunsch vielleicht respektieren.«

Sie schwieg einen Moment. Dann sagte sie: »Daniel – ich habe Angst um sie.« Er sah sie an und nickte.

»Ich werde tun, was ich kann, aber es wird eine Weile dauern. Geben Sie mir Ihre Telefonnummer, Miss Harker, und ich melde mich, sobald ich Neuigkeiten habe.«

Als sie Antonias Haus verließ, hatte Thomasine keine Ahnung, wohin sie gehen sollte. In ihrer Börse befanden sich sechs Pfund, der Rest von den zehn, die sie aus dem Safe in Drakesden Abbey genommen hatte. Sie fand einen Juwelier, dem sie all ihren Schmuck verkaufte. Eine Halskette, eine Art-déco-Brosche, ihren Verlobungs- und ihren Ehering. Dann begann sie, sich nach einer Bleibe umzusehen. Mit der U-Bahn fuhr sie ins Zentrum von London. Sie mied die Orte, an denen sie sich mit Nicholas aufgehalten hatte: Mayfair, Chelsea, Knightsbridge. Die waren jetzt für andere Leute. In Camden Town stieg sie aus und ging so lange, bis sie an einem Fenster ein schmutziges Schild sah, auf dem »Zimmer zu vermieten« stand. Sie klopfte und trat ein.

In ihrem Innern ließ der kurzfristige Energieschub bald nach, und Niedergeschlagenheit und Verzweiflung machten sich breit. Sie gab nicht viel aus, weil sie nicht viel aß. Sie zählte die Tage nicht mehr, weil sie zu einer grauen, ununterscheidbaren Masse wurden. Die großen Ereignisse in der Welt berührten sie nicht. Sie las die Ergebnisse der Wahlen an den Zeitungsständen, aber sie erschienen ihr unwichtig und uninteressant. Sie kaufte eine Zeitung und überflog die Stellenanzeigen, bewarb sich aber weder schriftlich noch telefonisch um eine Arbeit.

Eines Tages, als sie sich Garn besorgte, um ihre Strümpfe zu stopfen, kaufte sie sich ein glasiertes Hörnchen. Sie merkte, daß sie sich gehenließ. Ihre Haare mussten gewaschen werden, ihre Strümpfe hatten Löcher, und ihr Pullover war schmutzig. Als sie sich zum Essen zwang, mußte sie an William denken, der vor Vergnügen gelacht hatte, als sie ihn mit kleinen Stücken des Zuckergusses von seinem Geburtstagskuchen fütterte. Sie ließ ihr Hörnchen liegen, Tränen liefen ihr übers Gesicht. Es klopfte an der Tür.

Als sie öffnete, glaubte sie im ersten Moment zu träumen. Sie hatte den Vermieter erwartet, der die Wochenmiete abholen wollte, statt dessen stand Daniel Gillory vor ihr.

»Darf ich hereinkommen?« fragte Daniel.

Thomasine machte einen Schritt zur Seite und beobachtete, wie er in das kleine Zimmer trat. Er mußte wohl real sein. Ihre erschöpfte Psyche hatte also nicht Vergangenheit und Gegenwart miteinander verwechselt und Daniel fälschlicherweise nach Camden Town versetzt.

»Warum bist du hier, Daniel?«

»Ich habe dich gesucht. Deine Tante Hilda sorgt sich um dich.«

»Oh.« Sie runzelte die Stirn und setzte sich auf das Bett am Fenster. Es gab einen Stuhl, ein Bett und einen ziemlich wackeligen Tisch.

»Ich hab dich die ganzen vergangenen zwei Wochen gesucht«, fügte Daniel hinzu. »Eine junge Frau mit rotem Haar. Ich hab in allen Pubs herumgefragt.«

»Das hättest du nicht tun sollen. Du hättest mich allein lassen sollen.«

»Bist du krank?«

Sie schüttelte den Kopf. »Nein. Nur müde.«

Schweigen trat ein. Sie ärgerte sich über Daniels plötzliches Eindringen in ihre Einsamkeit. Sie wollte, daß er ging.

»Miss Harker hat mir gesagt, daß du dich von Nicholas scheiden läßt.«

Sie sah zu ihm auf. Ihr Gesichtsausdruck war gelassen: weder mißbilligend noch triumphierend. »Ja. Oder besser gesagt, Nicholas läßt sich von mir scheiden. Ich kenne die Details nicht so genau.«

»Und das Kind?«

»Nicholas erhält das Sorgerecht. William bleibt auf Drakesden Abbey.«

So leicht gesagt, aber so schwer zu begreifen ... daß sie ihren Sohn nicht wiedersehen würde, allenfalls bei gelegentlichen Besuchen, die zu kurz für einen wirklichen Kontakt wären.

»Ist das *deine* Entscheidung?«

Plötzlich wurde sie wütend. Abgesehen von Leid und Bedauern das erste wirkliche Gefühl seit Wochen.

»Nein. Natürlich ist das nicht meine Entscheidung. Ich hatte keine andere Wahl.«

Noch immer sah er sie finster an. »Geht's um Geld?« fragte er plötzlich. »Ich habe Geld, Thomasine – Hatties Geld. Ich kann dir etwas davon geben, wenn du Anwälte brauchst ...«

»Ich brauche kein Geld. Es würde nichts ändern.«

Plötzlich wurde ihr klar, daß sie ihm alles erklären müßte. Daß er nicht gehen, daß er weiter in sie dringen und nicht lockerlassen würde, bevor sie ihm die ganze Wahrheit erzählt hätte.

»Lady Blythe hat herausgefunden, daß ich schwanger

war, als ich Nicholas heiratete«, sagte sie unverblümt. »Schwanger mit dem Kind eines anderen.«

Sie sah, wie er sie mit großen Augen fassungslos anstarrte. *»Mein Gott«*, flüsterte er.

Ihr Zorn nahm zu. »Ich war sehr jung und sehr dumm. Als ich nach dem Krieg nach London ging, wußte ich *nichts*. Ich dachte, Babys fände man unter Stachelbeersträuchern und heiraten hieße, einen Ring an den Finger gesteckt zu bekommen. Keine meiner Tanten hat mich aufgeklärt. Hilda und Rose wußten es wahrscheinlich nicht besser als ich, und Antonia glaubte, Unschuld allein sei Schutz genug. Und die anderen Mädchen in der Tanzgruppe hielten mich für ein Kind ... Antonias naive kleine Nichte.« Sie sah zu ihm auf. »Aber Unschuld hat mir gar nichts geholfen, Daniel. Nicht das geringste.«

Er runzelte die Stirn und strich sich mit den Fingern durch das zerzauste Haar. Wie immer wirkte er leicht verschludert. »Also hast du jemanden kennengelernt?«

»Einen Schauspieler. Er trat in derselben Show auf. Ich habe mich unsterblich in ihn verliebt und den Boden geküßt, auf dem er ging.« Er hörte die Bitterkeit in ihrer Stimme. »Ich hätte alles für ihn getan. Verstehst du?« Er wandte sich kurz ab, und sie erinnerte sich, daß auch er trauerte.

»Ja, das verstehe ich.«

»Wirklich? Bei Männern ist es anders, nicht wahr? Da herrschen andere Regeln. Wie auch immer, mein Geliebter versprach mir, mich zu heiraten, und dann ist er über Nacht nach Marseille abgehauen. Eines der Mädchen wollte mir eine Adresse für eine Abtreibung besorgen. Aber das hab ich nicht fertiggebracht.«

Sie sah, daß ihre Worte ihn schockierten. Daß sein Bild von der guten, tüchtigen Thomasine Thorne zerbrach. Sie ließ nicht nach: Sie wollte jemanden verletzen – Daniel Gillory, irgend jemanden.

»Als Nicholas mich bat, ihn zu heiraten, habe ich seinen Antrag angenommen. Mies von mir, nicht? Wie auch immer, ich hab das Baby verloren – in meiner Hochzeitsnacht hatte ich eine Fehlgeburt. Nicholas hat nie etwas davon erfahren.«

Eigentlich erwartete sie, daß er auf dem Absatz kehrtmachte und das Zimmer verließ. Aber das tat er nicht. Statt dessen setzte er sich neben sie aufs Bett. Er legte die Hand auf ihre verkrampften Finger, so daß sich ihre Muskeln schließlich entspannten und ihre Hände sich öffneten.

Sie flüsterte: »Haßt du mich?«

»Nein. Wie könnte ich?«

Sie sah, daß er die Wahrheit sagte. Er zog sie an sich, und während sie weinte, streichelte er ihren Kopf.

»Armes Ding. Du hast schlimme Zeiten durchgemacht.«

»Dein Hemd ist ganz naß«, sagte sie schließlich. »Und ich hab seit Wochen meine Haare nicht mehr gewaschen.« Sie setzte sich auf und schneuzte sich in das Taschentuch, das er ihr reichte.

»Also hat Lady Blythe von dem Schauspieler erfahren?«

»Ja. Der Herrgott weiß, wie – aber das spielt ja auch keine Rolle mehr. Sie hat mir erklärt, daß ich von keinem Gericht im Land das Sorgerecht für William zugesprochen bekäme, wenn bekannt würde, was ich getan habe. Und sie hat recht, nicht wahr?«

Er nickte. Sie sah das Mitgefühl in seinen Augen. »Ich denke schon. Aber wird Nicholas Lady Blythe erlauben …«

»Nicholas tut, was seine Mutter ihm sagt, Daniel. Das hat er immer getan. Vielleicht war es vor dem Krieg anders. Ich weiß es nicht.«

Daniel runzelte die Stirn. Thomasine fügte ausdruckslos hinzu: »Nicholas leidet an Neurasthenie. Er schafft es nicht, sich zu konzentrieren – braucht ständig Ablenkung. Erst dann geht's ihm gut. Drakesden brachte ihn zur Verzweiflung. Zuviel Zeit zum Nachdenken und Grübeln. Und ich dachte, ich könnte ihm helfen, aber das war ein Trugschluß.«

Sie schneuzte sich laut. Immer wieder war sie alles durchgegangen, hatte während der letzten schrecklichen Wochen nachts wach gelegen und war dennoch stets zum selben Schluß gekommen: Sie hatte verloren.

»Wahrscheinlich muß ich Hilda und Antonia schreiben. Ihnen die Wahrheit sagen.«

Die Arme um sich geschlungen, stand sie auf. Draußen war die Wolkendecke ein wenig aufgerissen, und der blaue Himmel blitzte hindurch.

»Zieh deinen Mantel an. Ich lade dich zum Mittagessen ein. Du siehst aus, als hättest du wochenlang nichts Ordentliches mehr gegessen.«

»Ich seh so schrecklich aus. Meine Augen ... meine Haare ...«

»Setz einen Hut auf«, sagte er mitleidlos. »Wir gehen in einen hübschen, einfachen Pub, wo es keinen Menschen kümmert, daß du geweint hast.« Er reichte ihr ihren Mantel, und sie blieb zögernd stehen.

»Du hast mich auch einmal ins Leben zurückgezwungen, Thomasine«, erinnerte er sie. »Jetzt mache ich das gleiche mit dir.«

Sie gingen in einen Pub in der Nähe von Camden Lock, und er bestellte Steak-Pastete mit Kartoffeln und Bier. Daniel erzählte, lenkte sie ab.

»Ich habe Artikel über die Wahl geschrieben. Nachdem jetzt Ramsay MacDonald in die Downing Street eingezogen ist, werde ich ein paar mehr schreiben – der erste sozialistische Premierminister, welche Änderungen anstehen, derlei Dinge. Obwohl ich nicht glaube, daß sich viel verändern wird – schließlich zieht Asquith die Fäden. Es würde mich nicht wundern, wenn es im Laufe des Jahres wieder eine Wahl gäbe. Und im Frühling gehe ich auf Reisen.«

Das Essen und das Bier wärmten sie. Das Lokal war überfüllt und laut. Daniel hatte einen Platz am Fenster gewählt.

Thomasine stellte ihr Glas ab. »Wohin, Daniel?«

»Irgendwohin. Ich muß einfach fort, ich war nur im Krieg im Ausland. Im Moment halte ich England nicht aus. Alles kommt mir so beengt und schäbig vor. Außerdem muß ich lesen ... und schreiben. Etwas anderes sehen.

Manchmal fühle ich mich so verdammt beschränkt. Es wäre schön, ein bißchen mehr von Frankreich kennenzulernen als nur Schlamm und Schützengräben. Und dann gibt's schließlich auch noch Spanien, Italien … und Deutschland vielleicht.«

»Paris war zauberhaft«, erinnerte sie sich.

Er schwieg eine Weile. Sie wußte, daß er immer noch trauerte, daß hinter der Energie und den Zukunftshoffnungen immer wieder Leid und Kummer zum Vorschein kamen. Wir sind beide verletzt und ziemlich mitgenommen, dachte sie. Sie zog ihren Mantel enger um sich und fror, als stünde sie draußen im eisigen Dezemberwind.

»Am Ende hat es mich doch geschlagen«, sagte Daniel langsam. »Das Land. Es hat Fay vernichtet und mich fast auch. Ich glaube nicht, daß ich je wieder nach Hause gehen werde.«

Sie fuhr mit dem Finger über dic beschlagene Fensterscheibe, und Wassertropfen rannen über die Scheibe wie Tränen.

»Und du, Thomasine? Was wirst du tun?«

Sie holte tief Luft. »Oh, ich werde Arbeit finden«, antwortete sie. »Ich werde Geld verdienen. Und meinen Sohn zurückbekommen.« Wie an sich selbst gerichtet, wiederholte sie: »Ich werde ihn zurückbekommen, Daniel. Ich weiß nicht wie, aber ich werde ihn zurückbekommen.«

Teil IV

1926 – 1927

Fürchte nicht mehr Flammenblitze,
Zittre nicht vorm Donnerschlage,
Stumpf ist der Verleumdung Spitze.
Dir verstummt jetzt Lust und Klage:
Jung Liebchen, Liebster, goldgehaart,
Wird, so wie du, dem Staub gepaart.

WILLIAM SHAKESPEARE, *Cymbelin*

16

DER FÖRDERKORB FUHR mit großer Geschwindigkeit in die Grube ein – mit dreißig, vierzig, fünfzig Meilen pro Stunde. Das einzige Licht kam von den Grubenlampen. Als der Korb langsamer wurde und zitternd zum Stehen kam, stiegen die Männer aus.

Daniel folgte ihnen. Seine Ohren dröhnten, und er hatte ein flaues Gefühl im Magen. »Wie weit sind wir unter der Erde?« schaffte er zu fragen.

»Etwa vierhundert Meter.«

Daniel notierte sich die Zahl in seinem Notizbuch und versuchte, nicht darüber nachzudenken. Er sah sich um, und langsam gewöhnten sich seine Augen an das trübe Licht. Er stand in einer Art kleinen Kammer, die aus dem Felsen geschlagen war. Die meisten anderen Männer, mit denen er heruntergefahren war, waren bereits in den Gängen verschwunden, die von der Kammer abgingen. Nur Jem Harris blieb bei ihm.

»Ist das der Ort, an dem du arbeitest?«

Jems weiße Zähne blitzten in der Dunkelheit auf, als er grinste. »Nicht ganz. Wir müssen noch ein Stückchen gehen, Kumpel. Komm mit.« Er ging einen der Gänge hinunter.

Nach etwa hundert Metern stellte Daniel fest, daß er nicht nur wegen seiner Klaustrophobie für die Arbeit im Bergwerk ungeeignet war, sondern auch wegen seiner Größe. Mit einem Gefühl der Demütigung spürte er, daß Jem, der zehn Jahre älter war als er, langsamer ging, um sich seinem Tempo anzupassen. Doch er konnte nicht schneller gehen, weil die Decke des Gangs ständig niedriger wurde. Mehrmals schlug er sich den Kopf an einem der Stützbalken an. In gewisser Hinsicht empfand er den physischen Schmerz als wohltuend, weil er seine Gedanken ablenkte. *Vierhundert Meter unter Tage.* Über ihm befand sich eine unschätzbare Masse von Steinen und Erde. Die Luft war heiß und staubig, aber er zwang sich, ruhig zu atmen. Während der gesamten Dauer von Jems Schicht würde er hier unten bleiben – sieben Stunden plus Fahrzeit. Er konnte es sich einfach nicht leisten, in Panik zu verfallen.

Die Decke des Gangs wurde noch niedriger, und Daniel mußte seinen schmerzenden Rücken noch mehr krümmen, um sich vorwärts zu bewegen. Den Blick auf Jems Grubenlampe fixiert, dachte er an nichts anderes, als weiterzugehen, damit sich seine Muskeln in der unnatürlichen Haltung nicht verkrampften und er zu seiner Schande ohnmächtig würde. Als der Tunnel wegen eines alten Einsturzes eine Zeitlang höher wurde, war es die reinste Freude, einfach aufrecht zu stehen. Er vergaß, daß er sich vierhundert Meter unter der Erde befand, und genoß das Strecken der Glieder.

Aber die Erleichterung war nur vorübergehend. Kurz darauf mußte er sich wieder zusammenkrümmen und etwa fünfzig Meter auf Händen und Füßen zurücklegen. Kohle- und Schiefersplitter am Boden rissen ihm die Haut auf, aber es war besser, sich auf diese Art fortzubewegen als in der unbequemen Haltung eines Neandertalers. Als sie schließlich anhielten, vergaß Daniel allen Stolz und brach zitternd zusammen. Doch er zitterte nicht vor Angst, sondern vor Erschöpfung.

»Wie weit noch …?« stieß er hervor.

»Ach, das war erst ungefähr 'ne halbe Meile. Nicht so schlimm. Manche von den Männern müssen drei Meilen oder mehr zurücklegen.«

Jem hatte bereits seinen Pickel ergriffen und begann zu arbeiten. Wegen der erstickenden Hitze trug er nur Kniehosen, Holzpantinen, Handschuhe und Knieschützer. Der

Lärm, den der Pickel in dem engen Gang machte, war entsetzlich. Noch entsetzlicher fand Daniel die Tatsache, daß der Bergmann kniend arbeitete, so daß das Schwingen des Pickels nur mit der Kraft des Arms bewerkstelligt werden mußte. Daniel versuchte sich vorzustellen, ohne die Hilfe seiner Beine, mit denen er die Schaufel ins Erdreich trieb, Gräben auszuheben oder nur mit der Kraft seiner Arme und seines Rückens eine Mooreiche aus dem Boden zu ziehen. In all seinen siebenundzwanzig Lebensjahren hatte er sich körperlich noch nie schwach gefühlt, aber jetzt, als er die trollartige Gestalt, deren Schultermuskeln wie Stränge aus Ebenholz glänzten, Kohle aus dem Felsen schlagen sah, fühlte er sich kraftlos, ja verweichlicht. Vorsichtig und mit vor Erschöpfung noch immer zitternden Händen zog er Notizbuch und Stift aus der Innentasche seines Hemds.

Als Daniel sieben Stunden später wieder an der frischen Luft war, überkam ihn ein berauschendes Gefühl der Freiheit. Gleichzeitig war er erleichtert, daß er acht Stunden unter Tage ausgehalten hatte, ohne sich allzusehr blamiert zu haben. Selbst die trostlose Landschaft von Leeds mit ihren Schlackebergen, dem Rauch und den Schloten sah einen Moment lang schön aus.

Jems Haus in einer der Reihensiedlungen lag ein paar Busminuten von der Grube entfernt. Der Aprilhimmel, den man durch die schmutzigen Scheiben des Busses sah, war von einem zarten Blau, das nur der Rauch aus den Schloten trübte. Um halb sechs Uhr morgens, als der Himmel noch dunstig und purpurgrau war, waren sie eingefahren. Der Wechsel von eisiger Morgenkälte zu frühlingshaftem Sonnenlicht kam Daniel wunderbar vor.

Sie sprachen wenig, bis sie gegessen hatten. Jems Frau, eine kleine, müde wirkende Person, die aber ordentlich gekleidet war, servierte ihnen Speck, Kohl und Kartoffeln. Daniel stellte fest, daß er einen Bärenhunger hatte.

»Na, jetzt siehst du ja nicht mehr ganz so grün aus, Kumpel«, sagte Jem, als sie fertig waren.

Daniel grinste entschuldigend. »Ich hoffte, es wäre unter dem Kohlenstaub nicht zu sehen.«

Tee wurde eingeschenkt. Jem sagte: »Da muß sich keiner schämen. Manche sind an harte Arbeit gewöhnt, andere nicht.«

Es war, als hätte man ihn geprüft und nicht für gut befunden. Daniel spürte einen unsinnigen Drang, sich zu rechtfertigen.

»Bis vor zweieinhalb Jahren war ich Bauer. Und davor war ich in der Armee.«

Jem ließ sich nicht beeindrucken. »Aber jetzt schreibst du Geschichten.«

Daniel rührte Zucker in seinen Tee und gab sich damit zufrieden, daß man ihn für verweichlicht hielt. »Ich schreibe keine Geschichten. Ich schreibe über Dinge, die ich sehe. Ich habe über landwirtschaftliche Arbeit geschrieben – damit kenne ich mich aus. Während der letzten Jahre bin ich durch Europa gereist, um herauszufinden, ob man darin anderswo weiter ist. Aber jetzt schreibe ich einen Artikel über Bergarbeit.«

Jems Frau stellte eine Schüssel mit heißem Wasser auf den Tisch. Auf dem Herd wurde weiteres Wasser erhitzt. Jem zog eine finstere Miene und tauchte seine Hände in die Schüssel.

»Was meinst du?« fragte Daniel neugierig. »Wird es zum Streik kommen?«

»Wart bis Freitag, Kumpel, dann weißt du's. Es wird bloß kein Streik, sondern eine Aussperrung werden. Wenn die Bergarbeiter das Lohnangebot der Grubenbesitzer nicht annehmen, sperren sie uns aus.«

»Die Grubenbesitzer haben noch kein Angebot gemacht, stimmt's?«

Jem schüttelte den Kopf. Mrs. Harris begann, seinen kohlegeschwärzten Rücken mit einem Tuch zu säubern. Daniel dachte an die Ereignisse des vergangenen Jahres. Im Sommer 1925, dem zweiten Sommer, den Daniel im Ausland verbrachte, gab der Verband der Zechenbesitzer, der landesweit mehr als tausend Firmen vertrat, bekannt, daß er beabsichtige, die bestehenden Vereinbarungen über Arbeitszeit und Löhne zu kündigen. Ein Untersuchungsausschuß war zusammengetreten und hatte Empfehlungen hinsichtlich der Löhne und der Neuorganisation der Bergwerke gemacht, hauptsächlich zugunsten der Bergarbeiter. Die Zechenbesitzer hatten die Vorschläge des Ausschusses zurückgewiesen. Aus dem Streit und aus der Verbitterung war die Situation entstanden, vor der die konservative Regierung sich immer gefürchtet hatte: daß die Transport- und Eisenbahngewerkschaften die Forderungen der Bergarbeiter übernähmen, falls sie von ihren Arbeitgebern aufgefordert würden, niedrigere Löhne zu akzeptieren. Der konservative Premierminister Stanley Baldwin hatte die drohenden Schwierigkeiten damit umgangen, daß er für die Zeit von neun Monaten, in denen der Ausschuß tagte, den Bergarbeitern eine Unterstützung zahlte.

Jem trocknete sich mit einem Handtuch ab. Daniel sagte: »Die Unterstützung wird Ende der Woche eingestellt, nicht wahr, Jem?«

»Ja. Ende April.«

»Also muß der Verband der Grubenbesitzer bis dahin sein Angebot machen?«

Jem nickte und zog sich das Hemd über den Kopf. Das Wasser in der Schüssel vor ihm war schwarz vom Kohlenstaub. »Ich will dir was zeigen, Kumpel.«

»Laß ihn sich doch erst mal waschen, Jem«, sagte Mrs. Harris.

»Gleich, Frau, gleich.« Jem warf ein paar Papiere vor Daniel auf den Tisch. »Schreib darüber in deinen Artikeln.«

Die Papiere waren Lohnstreifen. Daniel sah sich die Zahlen genau an. Die Summe, die dem Bergarbeiter wöchentlich ausbezahlt wurde, die Abzüge für das Schleifen seiner Werkzeuge, die Miete für die Grubenlampe, die Gewerkschaftsbeiträge.

»Du kannst von Glück sagen, wenn zwei Pfund die Woche übrigbleiben«, sagte Daniel langsam.

Jem kämmte sich das kurze, ergrauende Haar. »Ich arbeite nicht jede Woche, vergiß das nicht. Im Sommer werden wir oft für einige Zeit ausgestellt.«

Jem hatte Frau und vier Kinder, das jüngste war gerade im Hinterhof und bewunderte Daniels Royal-Enfield-Motorrad. Daniel versuchte sich vorzustellen, eine sechsköpfige Familie von weniger als zwei Pfund pro Woche zu ernähren. In den Fens hatte er die Auswirkungen dieser Armut gesehen: Die ärmsten Landarbeiter waren im Gegensatz zu den Bergarbeitern vielleicht in der Lage, ihren Kindern frische Luft zu bieten, aber Barfußgehen, leere Mägen und Anfälligkeit für Krankheiten waren dort genauso an der Tagesordnung wie hier. »Und der Verband der Zechenbesitzer redet von einer Lohnkürzung von ...?«

»Von bis zu siebenundzwanzig Prozent in manchen Orten. Mit Wohlfahrtshilfe wären die Männer besser dran!« sagte Jem verbittert.

Mrs. Harris stellte eine Schüssel mit sauberem Wasser vor Daniel. Er begann, sich den Kohlenstaub abzuwaschen.

»Den Grundeignern müssen Bergwerksabgaben gezahlt werden, nicht wahr? Und alle Zechen stehen in Wettbewerb miteinander.«

»Ganz recht. Yorkshire Main unterbietet Ashington, und die Manchester Collieries unterbieten Butterly und so fort. Und Lord Sowieso, dem das Land über meiner Zeche gehört, muß seinen Anteil am Profit kriegen.«

»Ich bin in Deutschland in einer Zeche gewesen, Jem. Da war es ganz anders. Dort wird eine Menge der schweren Arbeit von Maschinen erledigt – automatische Pickel und Kohlenschredder –, unterirdische Züge bringen die Bergleute zu ihren Arbeitsstellen. Kein Kriechen durch Tunnel, für das du –« Daniel sah auf den Lohnstreifen – »nichts bezahlt kriegst.«

Das Wasser vor Daniel war inzwischen schwarz. Trotzdem fühlte er sich immer noch schmutzig, als hätte sich der Kohlenstaub in seine Haut gefressen. Aber die kleine Küche, die eigentlich fünf Tage die Woche vor schwarzem

Staub hätte starren sollen, war makellos sauber. Er konnte nur ahnen, wieviel Putzen und Schrubben dazu notwendig war.

Daniel stand auf und knöpfte sich das Hemd zu. »Also, was glaubst du, Jem? Kommt es zum Generalstreik?«

»Wir werden sehen, Kumpel, wir werden sehen.« Jem zuckte die Achseln, aber in seinen Augen stand ein entschlossener Ausdruck.

Daniel sah aus dem Fenster. »Ich dreh eine Runde auf dem Motorrad mit dem kleinen Jimmy, Mrs. Harris. Dann ist er für eine Weile aus dem Weg. Und danach lad ich dich auf ein Bier ein, Jem, wenn ich darf.«

In ihrer Mittagspause suchte Thomasine Mr. Gibson von Gibson, Paul und Gibson auf. Gibson, Paul und Gibson waren Anwälte, die auf Scheidungen spezialisiert waren. Nachdem sie in einem eleganten Vorraum unter den wachsamen Blicken einer hochnäsigen Sekretärin gewartet hatte, wurde sie in Mr. Gibsons Büro geführt.

»Ah, Lady Blythe.« Mr. Gibson, der groß, schlank und grauhaarig war und unter seinem Straßenanzug ein Hemd mit ausgelegtem Kragen trug, streckte die Hand aus.

»Miss Thorne, wenn es Ihnen recht ist, Mr. Gibson. Ich habe nach meiner Scheidung wieder meinen Mädchennamen angenommen.«

»Ah.« Mr. Gibson nahm hinter seinem Schreibtisch Platz und legte die Fingerspitzen aneinander. Das ist die Kirche, das ist der Turm, dachte Thomasine. Wie viele Male hatte sie diesen Reim William vorgesagt?

»Wie ich Ihnen schon am Telefon mitteilte, Miss Thorne, habe ich Ihren Brief gelesen.« Mr. Gibson deutete auf ein Blatt Papier, das vor ihm lag. »Ihre Lage ist nicht ganz – ähm – hoffnungslos. Aber es gibt einige Punkte, über die ich mir – ähm – nicht völlig im klaren bin.«

Sein Lächeln bestand aus einem Spannen der Muskeln um den Mund, aber seine Augen blieben kalt und desinteressiert. Thomasine holte tief Luft.

»In meinem Brief konnte ich nicht alles erklären. Es gab Dinge, die vor Gericht nicht zur Sprache kamen. Ich kann mich doch darauf verlassen, daß alles, was ich Ihnen sage, streng vertraulich bleibt?«

»Natürlich, Miss Thorne.«

Klar und emotionslos erzählte sie von Clive, ihrer ersten Schwangerschaft, ihrer Heirat mit Nicholas und der Fehlgeburt. Sie konnte in Mr. Gibsons Augen nicht den Abscheu erkennen, den sie bei einigen anderen Anwälten entdeckt hatte, nur nüchternes Interesse.

Als sie geendet hatte, schwieg er. Schließlich ergriff er das Wort. »Es gibt wirklich nichts, was ich für Sie tun könnte, Miss Thorne. Rein gar nichts.«

Ihr Herz begann zu klopfen. Eigentlich wollte sie nie große Hoffnungen in diese Anwaltsbesuche setzen, tat es aber doch immer wieder.

»Es muß doch *irgendeine* Möglichkeit geben, Mr. Gibson. Wenn nicht jetzt, dann vielleicht in der Zukunft ...«

»Miss Thorne.« Die zusammengelegten Händen spreizten sich zu einer resignierten Geste auf. »Sie haben erwogen ... ähm ... ein Kind abzutreiben, was natürlich illegal ist. Ein geschickter Anwalt könnte unterstellen, daß Sie dieses Kind tatsächlich abgetrieben haben. Er würde auch herausstellen, daß Sie einen ... ähm ... unmoralischen Lebenswandel geführt haben. Zudem würde jeder Richter aufgrund der Tatsache, daß Sie vorhatten ... ähm ... das Kind Ihres Liebhabers als das Ihres Ehemannes auszugeben, der Gegenseite zuneigen. Sie haben schließlich in eine alte und angesehene Familie eingeheiratet. Es tut mir leid, Miss Thorne, aber es gibt wirklich nichts, was ich für Sie tun könnte. Ich fürchte, Sie müssen sich mit dem Verlust Ihres Sohnes abfinden.«

Er hatte sich erhoben. Auch Thomasine erhob sich. Trotz der frühlingshaften Wärme war ihr kalt. Der Anwalt öffnete ihr die Tür.

Als sie wieder in den Vorraum trat, sagte sie plötzlich: »Mr. Gibson, wenn Sie mir nicht helfen können, vielleicht könnten Sie mir jemanden empfehlen, der mir helfen kann. Ich kann mich mit dem Verlust Williams einfach nicht abfinden. Ich kann es einfach nicht.«

Der Anwalt sah sie an. Auch wenn sie keinen Abscheu in diesen Augen erkennen konnte, so doch zumindest Abneigung, dachte Thomasine.

Aber er antwortete: »Sie könnten es bei Sir Alfred Duke versuchen. Er hatte einige erstaunliche Erfolge mit ... ähm ... *kitzeligen* Fällen. An ihn könnten Sie sich wenden, schätze ich. Vorausgesetzt –« erneut die Grimasse eines Lächelns – »nächste Woche findet die Revolution nicht statt.«

Zuerst hatte sie keine Ahnung, was er meinte, und es war ihr auch egal. Aber als sie in das Kaufhaus zurückging, in dessen Buchhaltung arbeitete, fielen ihr die Schlagzeilen der Zeitungen auf: »Drohende Aussperrung der Bergarbeiter«, »Angst vor Generalstreik«. Sie eilte an den Zeitungsständen vorbei. Sie war spät dran.

Nachdem das Kaufhaus geschlossen hatte, ging sie nach Hause. Meist nahm sie die U-Bahn oder den Bus, aber heute wollte sie nachdenken. Außerdem war die Luft angenehm warm: Selbst in London schien es endlich Frühling zu werden. Beim Gehen versuchte sie, sich zu erinnern, wieviel sie gespart hatte. Sie weigerte sich zu glauben, daß sie ihr hartverdientes Geld schon wieder für nichts ausgeben sollte. »Sir Alfred Duke«, sagte sie laut vor sich hin und ignorierte die Blicke der Passanten. Der Name hörte sich ehrlich, verläßlich, beeindruckend an. Sicher wäre Sir Alfred Duke in der Lage, ihr zu helfen.

Es war fast acht Uhr, als sie ihre Wohnung erreichte. Nach ein paar Monaten in Camden Town war sie in eine bessere Wohnung umgezogen. Das erste schreckliche Zimmer war nicht einmal groß genug gewesen, um ihre Kleider und anderen Habseligkeiten unterzubringen. Sie hatte die Garderobe einer Herzogin, dachte sie mit Blick auf die Kisten, die aus Drakesden geschickt worden waren, und die Unterkunft einer Fabrikarbeiterin. Die meisten der Pelze hatte sie verkauft, die Abendkleider jedoch behalten. Die hingen jetzt in braunes Papier gehüllt und mit Mottenkugeln versehen in ihrem Schrank, wie Relikte aus einem anderen Leben. Manchmal, wenn sie die Erinnerung an dieses andere Leben brauchte, öffnete sie den Schrank und atmete den Duft der Seiden- und Samtroben ein.

Auf der Straße vor ihrem Mietshaus herrschte geschäftiges Treiben. Hausfrauen standen in den Eingängen und schwatzten miteinander, Kinder spielten Himmel-und-Hölle, und Männer in Hemdsärmeln und mit Stoffmützen auf dem Kopf standen vor dem Pub. Ein junger Mann mit einem Motorrad wartete vor ihrem Haus. Die Abendsonne glänzte auf seinem flachsfarbenen Haar.

Wie immer bei Daniels unregelmäßigen Besuchen spürte Thomasine eine Mischung aus Ärger und Freude. Freude, weil er immer ein guter Gesellschafter war, Ärger, weil er stets erwartete, daß sie alles liegen- und stehenließ und ihr Leben so einrichtete, daß es irgendwie mit dem seinen übereinstimmte. Doch sie lächelte, als sie auf ihn zuging.

»Daniel. Was für eine Überraschung. Wie war Italien?«

»Zu viele Uniformen für meinen Geschmack. Mussolinis Anhängern gefällt es, die Muskeln spielen zu lassen.« Er beugte sich hinunter und küßte sie auf die Wange.

»Wann bist du zurückgekommen?«

»Vor zwei Wochen. Ich war in Yorkshire, wo ich mich in den Kohlengruben fast zu Tode gefürchtet habe.« Er war braun von der Sonne, sah gesund und zuversichtlich aus.

»Kohlengruben? Warum Kohlengruben?«

»Weil, meine liebe Thomasine, die Bergleute den größten Streik veranstalten wollen, den das Land je gesehen hat. Das Angebot der Zechenbesitzer, das heute morgen einging, beinhaltet Lohnkürzungen von dreizehn Prozent und die Verlängerung des Arbeitstags um eine Stunde. Ein paar von den rabiateren Herren der Konservativen – Mr. Churchill etwa – prophezeihen bereits eine Revolution.«

Sie lachte. »Das ist lächerlich. Sieh dich doch um.«

Daniel sah die Straße hinunter und grinste. »Ich weiß, was du meinst. Das entrechtete Proletariat sieht nicht unbedingt kampfbereit aus. Aber etwas wird passieren. Wenn heute nacht die Aussperrung beginnt und der Gewerkschaftskongreß und die Regierung zu keiner Einigung kommen, fahren am Dienstag weder Busse noch Züge.«

»Dann gehe ich eben zu Fuß zur Arbeit.« Thomasine stellte den Korb ab und setzte sich auf die Stufen der Eingangstreppe.

»Immer noch in der Knochenmühle?«

»Dem eleganten Kaufhaus, wenn du erlaubst, Daniel. Ja.« Stolz sah sie ihn an. »Ich bin inzwischen Chefbuchhalterin. Nicht schlecht für eine Frau, die die doppelte Sünde begangen hat, zuerst zu heiraten und dann geschieden zu werden.«

»Sie haben eben auf Anhieb erkannt, daß sie auf eine Goldader gestoßen sind. Meinen Glückwunsch, Thomasine.« Er umarmte sie kurz. »Die Bezahlung ist wahrscheinlich miserabel, oder?«

Sie zuckte die Achseln und sah auf die Himmel-und-Hölle spielenden Kinder. »Mit dem Zubrot, das ich mit Unterrichten verdiene, habe ich das gleiche wie ein männlicher Buchhalter. Also ist es nicht so übel.«

»Unterrichten?«

»Tanzen. Ich hab angefangen, abends und an den Wochenenden ein paar Schülerinnen zu unterrichten – hauptsächlich kleine Mädchen. Mrs. Price läßt mich ihren vorderen Salon benutzen. Für ein kleines Entgelt natürlich. Sie findet, es verleiht dem Haus eine gewisse Klasse.«

»Und William?« fragte Daniel vorsichtig.

»Ich sehe ihn einmal pro Monat, seit die Scheidung durch ist. Nicholas kommt nach London und bringt die Nanny und William mit, und ich habe dann einen Nachmittag mit ihm. Wir gehen in den Park, oder ich führe ihn zum Tee aus. Letzten Monat bin ich im Kino mit ihm gewesen, Daniel. Er fand es herrlich.«

Es entstand ein Schweigen. Thomasine sah auf das kleinste der spielenden Kinder, einen zarten Jungen mit dunklem Haar, der ein wenig wie William aussah. Nur daß er ihm eigentlich überhaupt nicht ähnlich war. Niemand war wie William.

Sie sah zu Daniel auf. »Wie auch immer«, sagte sie fröhlich, »wie lange bleibst du hier? Fünf Minuten – zwei Tage? Haben wir Zeit für ein Sandwich oder eine Tasse Tee?«

Er wirkte ein wenig verlegen. »Im Moment bin ich auf dem Sprung. Aber morgen abend führe ich dich aus. Du mußt ein Cocktailkleid anziehen … irgendwas Glitzerndes …« Ein wenig gereizt fügte er hinzu: »Mein Buch ist vor ein paar Tagen rausgekommen. Der Verleger gibt eine Art Party.«

»O Daniel. Als nächstes wirst du mit Lady Ottoline Morrell dinieren und Wochenenden in Garsington verbringen.«

»Ach Quatsch«, antwortete er mit finsterer Miene. »Aber ich muß wohl hingehen. Was meinst du?«

»Daniel!« rief sie tadelnd. »Natürlich mußt du hingehen! Es wäre furchtbar unhöflich, nicht zu erscheinen.«

»Wahrscheinlich schon.« Er war zu seinem Motorrad gegangen und drückte den Starthebel herunter. »Im Moment kommt es mir bloß wie eine unnütze Zeitverschwendung vor. Aber trotzdem. Um acht Uhr dann. Ich hol dich ab.« Das Motorrad sprang dröhnend an, und die Kinder liefen mit aufgerissenen Augen auf den Gehsteig zurück.

»Nicht auf dem Ding!« rief sie ihm nach, aber er war bereits um die Ecke verschwunden. Thomasine nahm ihren Korb und sperrte die Haustür auf.

Es war seltsam, ein Kleid für die Party auszusuchen, dachte sie, als blättere man ein altes Tagebuch durch: das Chiffonkleid mit den Pailletten, das sie bei der Party in Mayfair getragen hatte, als der Stein durchs Fenster geworfen wurde, das ärmellose Samtkleid, das sie bei dem Picknick im New Forest anhatte. Das pistaziengrüne Seidenkleid, in dem sie die Gäste bei Williams Taufe empfangen hatte, und das kornblumenblaue, in dem sie den Ausflug in die Boheme gemacht hatte. Das Fortuny-Kleid, in dem sie geheiratet hatte, ein Traum aus meergrünem Plissee. Beim Vormundschaftsgericht, bei der Scheidung und vor dem Obersten Gerichtshof hatte sie einen Mantel mit hohem Kragen und einen tief in die Stirn gezogenen Hut getragen. Als wollte sie sich unsichtbar machen.

Sie steckte das Fortuny-Kleid in die braune Hülle zurück und nahm ein Chiffonkleid heraus. Es war blaß aprikosenfarben mit zartem, buntem Blumenmuster und langem, fließendem Rock. Es war schon immer eines ihres Lieblingskleider gewesen und ihrer Meinung nach eines der wenigen, das einer Rothaarigen wirklich stand. Als sie hineinschlüpfte, fühlte sie sich einen Moment lang jung, frei und abenteuerlustig, als wäre alles möglich. So hatte sie sich seit Jahren nicht mehr gefühlt. Der Chiffon mit den aufgenähten silbernen Perlen schmiegte sich an ihre Hüften und unterstrich ihre schlanke Figur.

Sie hatte gerade noch Zeit, im Spiegel schnell ihr Gesicht zu kontrollieren, als Mrs. Price nach oben rief: »Miss Thorne! Da ist ein Herr für Sie!« Dann griff sie ihren Schal und ihre Tasche und verließ das Zimmer. Daniel wartete vor dem Haus. Seine Augen leuchteten auf, als sie aus der Tür trat.

»Umwerfend. Was für ein unglaublicher Stoff – wie Seidengespinst. Aber du brauchst eine Jacke.«

Thomasine seufzte auf. Sie hatte das verdammte Motorrad vergessen. »Ich schling den Schal um mich. Ich kann doch nicht mit einer Wolljacke über dem Chiffonkleid auf eine schicke Party gehen.«

Am Ende zog sie Daniels Smokingjacke darüber und stopfte den Seidenschal in ihre Tasche. Die Fahrt zu dem Haus in Bloomsbury war schnell, belebend und wenig vornehm. Der Saum des Chiffonkleids hing gefährlich nahe an den Rädern und mußte hochgeknüpft werden. Meine Strümpfe, dachte Thomasine, als sie um die Ecken brausten und durch enge Gassen fuhren. Doch sie fühlte sich sicher. Daniel fuhr nie schneller, als die Verhältnisse es erlaubten.

»Das war der leichte Teil«, sagte Daniel, als sie vor einem großen, weißgestrichenen Haus anhielten. »Sitz still. Ich entwirre das Durcheinander.«

Der Saum des Kleids wurde glattgestrichen, die Smokingjacke seinem rechtmäßigen Besitzer zurückgegeben. Zweifelnd rückte Thomasine sein Revers zurecht. »Du siehst … ich weiß nicht … ist das für dich geschneidert worden, Daniel?«

Er schüttelte den Kopf. »Ich hab's mir geliehen. Sehe ich passabel aus?« Sie bemerkte, daß er nervös war.

Thomasine lächelte und küßte ihn auf die Wange. »Natürlich tust du das. Außerordentlich passabel.«

Der Salon war überfüllt. Daniel blieb in der Tür stehen, murmelte: *»Mein Gott«*, zog den Kopf ein und stürzte sich ins Gewühl. Wie das Eintauchen in einen Mühlteich, dachte er. Oder zur Attacke überzugehen, außer daß er kein Bajonett in der Hand hielt, sondern Thomasine sich bei ihm eingehängt hatte.

»Hallo, mein Lieber.«

Daniel drehte sich um und sah Harold Markham, seinen Verleger. Markham Books war ein kleiner, angesehener Verlag, der seine Bücher sorgfältig auswählte und in schöner Ausstattung herausbrachte. Er hätte Glück, dachte Daniel, wenn sich von der *Schwarzen Erde* fünfhundert Exemplare verkauften. Markham Books überlebte nur, weil Harold Markham ein großes Privatvermögen besaß.

»Harold.« Daniel streckte die Hand aus. »Wir dachten schon, wir hätten Sie verloren, mein Lieber, weil Sie sich mit Signor Mussolini auf Streitereien eingelassen haben.«

Daniel grinste. »Ich komme nur eine halbe Stunde zu spät. Oh – Harold, das ist Miss Thorne, eine Freundin von mir.«

Harold strahlte Thomasine an und küßte ihr die Hand. Harold Markham war vierzig, übergewichtig und einer der wenigen Leute, die Daniel das Gefühl gaben, makellos gekleidet zu sein.

»Ich dachte nicht, daß so viele Leute hier wären.«

Harold warf einen Blick über die Menge. »Die meisten von ihnen sind Freunde von Paul. Paul Penhaligon, Sie wissen schon, der Dichter. Anfang der Woche habe ich seine zweite Gedichtsammlung herausgebracht. Ein schmales Bändchen.«

Ein Diener brachte Champagnergläser und Tabletts mit Kanapees. Daniel und Thomasine griffen zu.

»Ich würde Sie gern unserem Dichter vorstellen, mein Lieber«, sagte Harold. »Ein ziemlicher Gegensatz. Ich konnte einfach nicht anders und mußte euch beide in der gleichen Woche herausbringen.«

Anfangs konnte sie sich kaum erinnern, wann sie zum letztenmal auf einer Party gewesen war. Williams Taufe, dachte Thomasine gequält und kippte ein weiteres Glas Champagner. Oder irgendeine der schrecklichen Weihnachtsfeiern auf Drakesden Abbey.

Sie schlenderte durch den Raum, zwischen den Gästen hindurch. Mit den entfernt bekannten Gesichtern konnte sie keine Namen verbinden: Sie mußte ihnen schon begegnet sein, dachte sie, vor langer Zeit, in einem Seebad oder auf einem Kostümfest. Seltsam, daß ein Teil ihres Lebens so zusammengeschrumpft war, daß eine Ära, die jahrelang gedauert hatte, in ihrer Erinnerung kaum eine Woche einzunehmen schien.

Sie stand am Rand einer Gruppe, die sich über Literatur unterhielt: zwei gutgekleidete junge Männer von etwa fünfunddreißig, eine dunkelblonde Frau und eine ältere Dame mit einem Federturban.

»Paul hofft, eine Vierteljahresschrift herauszubringen. Hervorragende Lyrik, ein paar Holzschnitte, in dieser Art.«

»Ich werde ihn zu einem meiner Jours fixes einladen.« Die Dame mit dem Turban steckte eine Zigarette in die Spitze. »Ich kann ihn mit allen möglichen nützlichen Leuten bekannt machen.«

»Schreiben Sie, Miss …«

Thomasine schüttelte den Kopf. »Miss Thorne. Leider nur Briefe und Einkaufslisten. Und Rechnungsbücher.«

»Wie ungewöhnlich.« Die Blondine starrte sie an. »Ich hab mit Zahlen noch nie umgehen können. »Du, Leo?«

»Nur mit Tantiemenschecks, Anthea.« Einer der Herrn gab der Dame mit dem Turban Feuer.

Die Blondine stieß ein melodisches Lachen aus. »Hör zu, Leo, das wollte ich dich schon die ganze Zeit fragen: Wer ist dieser einfach *umwerfende* junge Mann?«

Thomasine folgte Antheas Blick über die schönen jungen Frauen und eleganten jungen Männer hinweg zur hinteren Ecke des Raums. Zu Daniel, dessen Haar vom Fahrtwind noch zerzaust war und dessen Smokingjacke bereits zerknittert aussah.

»Göttlich«, hauchte Anthea. In ihren Augen stand ein gieriger Ausdruck.

»Sein Name ist Daniel Gillory.« Thomasine nahm ein weiteres Glas Champagner von der Bedienung entgegen. »Er hat *Die Schwarze Erde* geschrieben.«

»Sie kennen ihn?« Die kleinen scharfen Augen sahen sie neugierig an.

»Er ist ein alter Freund von mir. Wir kennen uns seit unserer Kindheit.«

»Göttlich.«

»Ich hab einen kurzen Blick in das Buch geworfen.« Leo gähnte. »Sehr eigentümlich. Ganz und gar nicht Harolds übliche Themen.«

»Die Schwarze Erde«, sagte der andere Herr sinnierend. »Lawrence-artig, vermute ich?«

Leo schüttelte den Kopf. »Keineswegs. Ländliche Armut, in irgendeinem schrecklichen Sumpf in East Anglia angesiedelt.«

»À la Mary Webb? Unverständlicher Dialekt und unaussprechliche Leidenschaften?

Kurzes Auflachen. Thomasine warf ein: »Es ist kein Roman, sondern die Beschreibung der Lebenswirklichkeit in einem ziemlich vergessenen Teil von England. Und Daniel schreibt sehr klar und präzise.« Sie versuchte nicht, ihren Ärger zu verbergen. Alle drei starrten sie an, aber das war ihr egal.

»Hört sich wundervoll an. Sie müssen mich ihm vorstellen.« Wieder sah Anthea Thomasine an. »Ich bin sicher, ich bin Ihnen schon einmal begegnet. Ich weiß bloß nicht mehr …«

Im Raum war es heiß und stickig geworden. Daniel riß eines der Fenster weit auf und sah demonstrativ auf seine Uhr.

»Ich werde eine Straßenbahn fahren«, sagte jemand. »Ich hab mich vor Ewigkeiten beim Freiwilligenkorps verpflichtet. Sicherlich bin ein schrecklich guter Straßenbahnfahrer.«

Das Korps zur Aufrechterhaltung der Güterversorgung war im letzten Jahr von Lord Hardinge of Penshurst gegründet worden, um Freiwillige für den Fall eines Generalstreiks zu rekrutieren. Daniel warf einen Blick auf den potentiellen Straßenbahnfahrer, einen blassen Jüngling mit weichen Händen und gelber Weste, und schaffte es gerade noch, seinen Mund zu halten.

»Ein Zug wäre allerdings lustiger. Das würde einen ans Spielzimmer erinnern, finden Sie nicht auch?«

Ein dunkelhaariges Mädchen sagte: »Echte Züge sind nur ein kleines bißchen größer, Häschen.«

»Aber was würde man *anziehen?*«

»Oh – einen Overall und eine Stoffmütze«, sagte Daniel maliziös und bemühte sich nicht länger, zu schweigen. »Und vergessen Sie nicht, daß Sie Kohlen ins Feuer schaufeln müssen. Wahnsinnig anstrengend.«

»Verdammte Bolschewiken«, sagte ein älterer Mann. »Und verdammter Baldwin. Hab nie geglaubt, daß er viel taugt. Unfähige Bande an der Regierung seit dem Krieg. Hampeln herum, während eine Handvoll Arbeiter das Land erpreßt. Stellt ein paar von ihnen an die Wand, würde ich sagen – *pour encourager les autres*, verstehen Sie?«

Daniel stellte sein Glas ab. »Ein paar von den Frauen zu erschießen wäre noch besser, finden Sie nicht, Sir? Knallt die Frauen der störrischen Bergleute ab, dann wären sie schnell wieder bei der Arbeit.«

»Das ist der Geist …«

»Oder Kinder. Noch besser. Stellt ein halbes Dutzend

Babys an die Wand, und die Revolution wäre im Keim erstickt.«

»Daniel.« Als er sich umsah, stand Thomasine neben ihm. Er verstand den Ausdruck in ihren Augen und hielt sich zurück.

»Du hast ihn beleidigt.« Der ältere Mann war in der Menge verschwunden. Thomasine stellte die Frau neben sich vor. »Daniel – das ist Miss Millford. Miss Millford – das ist Daniel Gillory, der Autor der *Schwarzen Erde.*«

Miss Millford war groß und schlank, und ihr Haar war so kurz und hell, daß es silberig wirkte. Ihr Kleid, ein silberweißer Schlauch, reichte kaum bis zum Knie. Sie hatte hübsche Beine, wie Daniel feststellte.

»Mr. Gillory, ich *sehne* mich danach, Ihr Buch zu lesen. Es sieht einfach *wundervoll* aus.« Die kleinen blauen Augen blickten ihn eindringlich an und registrierten Interesse und Wohlgefallen.

Thomasine puderte sich gerade die Nase und ordnete ihr Haar in dem kalten dunklen Gang, als sie die Unterhaltung mitbekam. Die beiden Damen kamen aus dem Schlafzimmer, das als Garderobe für die weiblichen Gäste diente.

Eine von ihnen flüsterte: »Das war Thomasine Thorne. Du erinnerst dich doch, Dorothy, die frühere Thomasine Blythe. Ist vor über einem Jahr von Nicky Blythe geschieden worden. Er hat sich ehrenhaft gezeigt und sich des Ehebruchs bezichtigt, aber über sie gibt es die delikatesten Gerüchte.«

»Ich hab Nicky Blythe seit Jahren nicht mehr gesehen.«

»Der ist völlig abgebrannt, Liebes. Gussie Fenchurch wollte ihn sich schnappen, aber als sie sah, wie die Dinge standen …«

»Erzähl's mir. Ich liebe Klatsch.«

»Also, ich hab mit Simon Melville zu Abend gegessen – du weißt schon, er ist doch so dick befreundet mit Lally Blythe. Wie es scheint, war die süße kleine Thomasine gar nicht so unschuldig, wie wir alle glaubten …«

Die Frauen gingen den Gang hinunter, und die Stimmen waren nicht mehr zu hören. Im Dunkeln verborgen, sah Thomasine, wie ihre schimmernden Kleider im Glanz des Gewimmels aus Seide und Satin im Salon untergingen. Einen Moment lang lehnte sie ihre Stirn an die kalte Fensterscheibe und schloß die Augen. Dann ging sie in die Garderobe zurück und bat das Mädchen um ihren Schal.

Draußen auf der Straße sah sie sich nach einem Taxi um. Obwohl es fast Mitternacht war, dröhnten noch immer Busse, Lastwagen und Lieferwagen durch die Straßen, aber keine Taxis. Als Thomasine in Richtung U-Bahn zu gehen begann, hörte sie Schritte hinter sich und eine Stimme, die ihren Namen rief.

»Thomasine. Ich hab dich vom Fenster aus gesehen. Wo um alles in der Welt willst du denn hin?«

Sie versuchte zu lächeln. »Ich geh nach Hause, Daniel. Ich bin müde.«

»Ich bring dich heim.« Er bog in die Seitenstraße, in der er sein Motorrad geparkt hatte. Sie legte die Hand auf seinen Arm und hielt ihn zurück.

»Nein, Daniel. Ich geh allein nach Hause.« Schnell fügte sie hinzu: »Ich bin müde, das ist alles. Und es ist deine Party – du solltest bleiben.«

»Mir reicht's, Thomasine. Was für ein Haufen von Schwachköpfen und Ignoranten.«

»Miss Millford hielt dich für ziemlich *umwerfend*«, erwiderte sie spöttisch.

»Gütiger Gott.« Die Straßenlaterne warf Schatten auf sein Gesicht und ließ seine Augen und sein Haar aufleuchten. Er hatte die Smokingjacke abgelegt, und seine Krawattenschleife hing schief. Du hast nicht zu diesen Leuten gepaßt, dachte Thomasine, und ich auch nicht mehr. Wahrscheinlich habe ich noch nie zu ihnen gepaßt.

»Du könntest auf einen Drink mit in meine Wohnung kommen«, sagte Daniel. »Es ist nicht weit von hier.«

Seine Worte klangen beiläufig, der Ausdruck in seinen Augen sprach eine andere Sprache. Heute abend hatte sie ihn mit den Augen einer anderen Frau gesehen, und dieses flüchtige Bild hatte sich in ihr festgesetzt. Einen kurzen Moment lang stellte sie sich vor, Daniel so zu lieben, wie sie einst Clive und Nicholas geliebt hatte. Sie glaubte nicht, jemals einem Mann wieder so vertrauen zu können. Außerdem hatte sie keine Zeit für die Liebe: Der Versuch, ihren Sohn zurückzubekommen, verschlang all ihre Kraft und Energie. Sie liebte ihre Arbeit und war stolz auf ihren Erfolg und ihre Unabhängigkeit. Kein Mann war es wert, all das aufs Spiel zu setzen, was sie erreicht hatte.

»Ich glaube, lieber nicht«, sagte sie leichthin. »Es ist schon sehr spät. Wenn du mir ein Taxi besorgen könntest?«

Als sie am Dienstag morgen aufwachte, um zur Arbeit zu gehen, dachte sie einen Moment lang, sie sei in Drakesden. Sie hörte die Vögel singen. Sie blieb liegen und rieb sich die Augen. Ihre Uhr zeigte halb sieben – aber irgendwas stimmte nicht, irgendwas war anders.

Sie stellte fest, daß sie die Vögel hören konnte, weil es keinen Verkehr gab. Schnell zog sie sich einen Pullover übers Nachthemd, ging zum Fenster und schob den Vorhang zurück.

Weder Busse noch Lastwagen waren zu sehen. Nur ein paar Leute gingen auf dem Trottoir und gelegentlich fuhr mitten auf der Straße ein Fahrrad vorbei. Jetzt ist es also passiert, dachte sie ein wenig erschrocken, blieb aber am Fenster stehen, um den friedlichen Sonnenschein zu genießen.

Am Morgen des vierten Mai befanden sich in ganz Großbritannien etwa zwei Millionen Arbeiter im Streik. Transportarbeiter, Dockarbeiter, Eisen- und Stahlarbeiter, Drucker, Maurer – alle waren von ihren Gewerkschaften zum Streik aufgerufen worden. Die etwa eine Million Mitglieder der britischen Bergarbeitergewerkschaft waren seit Freitag abend aus ihren Zechen ausgesperrt.

Die Regierung eröffnete Rekrutierungsstellen für Freiwillige. Spezielle Hilfskräfte wurden eingestellt, um die

Polizei zu unterstützen. Obwohl einige Kabinettsmitglieder die Truppen zum Einsatz bringen wollten, war den Besonneneren klar, daß der Anblick bewaffneter, durch die Straßen marschierender Soldaten die ohnehin schon angespannte Lage zum Überkochen bringen könnte. Die Reaktion auf den Streikaufruf war überwältigend. Die Druckmaschinen der Londoner Presse standen still, als die Drucker ihre Arbeit einstellten, und ganz London kam langsam zum Erliegen, da keine U-Bahnen, Straßenbahnen und Busse mehr fuhren. Privatwagen verstopften die Straßen und kamen nur im Schneckentempo vorwärts. Man bewegte sich wieder wie in früheren Jahrhunderten fort – zu Fuß, auf dem Fahrrad, auf dem Rücken von Pferden.

Von Dr. David Franks' Büro sah man auf den Hyde Park hinaus. Aus dem Fenster im zweiten Stock des Gebäudes beobachtete Sir Nicholas Blythe die scheinbar endlose Schlange von Lastwagen, berittener Polizei und gepanzerten Wagen, die sich langsam auf den Park zubewegte.

»Heute früh um halb fünf sind sie in Richtung der Docks aufgebrochen. Hundertsiebzig Lastwagen«, sagte Dr. Franks. »Mein Nachbar nebenan hat sie gezählt.«

Nicholas warf einen Blick auf seine Ausgabe der *British Gazette*. »Winston Churchill behauptet hier, daß es noch viel schlimmer werden würde: ›Die Führer der Eisenbahn- und Transportgewerkschaften gaben Befehl, alles Menschenmögliche zu tun, um die Lebensmittel- und Gebrauchsgüterlieferungen zu verhindern‹«, las er vor.

»Beunruhigt Sie das?«

Nicholas hatte sich vom Fenster abgewandt. »Nicht wirklich. Eine Weile war mir bei den gepanzerten Wagen … und den Gewehren … nicht ganz wohl. Aber ich fahre heute abend nach Drakesden zurück. Und dort ändert sich nichts.« Sein kurzes Auflachen klang nicht fröhlich. »Rein gar nichts.«

David Franks sah auf seine Notizen hinab. »Wie stehen die Dinge zu Hause, Nicholas?«

»Ach, prima. Alles in bester Ordnung.«

Schweigen trat ein. Von der Straße klangen Jubelrufe herauf, als der Lastwagenkonvoi in den Hyde Park einbog.

»*Möchten* Sie, daß sich etwas ändert?«

Nicholas faltete die Zeitung zusammen und trat vom Fenster weg. Es gab eine Couch und einen Stuhl. Er wählte den Stuhl. »Oh, ich glaube nicht. Früher wollte ich das wahrscheinlich. Aber jetzt kümmert es mich nicht mehr besonders. Schließlich läßt sich doch nichts ändern.«

Wieder Schweigen. Dann sagte David vorsichtig: »Nichts ist unveränderlich, Nicholas.«

»Gott ist es, hat man mich gelehrt. Und die Vergangenheit. Und Drakesden.«

»Die Religion wollen wir jetzt einmal beiseite lassen. Und was die Vergangenheit anbelangt, so können wir vielleicht unsere Einstellung dazu ändern. Aber sagen Sie, Nicholas, warum glauben Sie, daß Drakesden unveränderlich ist?«

Nicholas zündete sich eine Zigarette an. »Nun – Sie sollten es sich ansehen, David. Man pflanzt irgendwelches armselige Gemüse an, und wenn der Deich nicht überläuft und das meiste davon ertränkt, bläst der Wind aus dem verdammten Sibirien herein und reißt es aus. Wie sehr man sich auch bemüht, die Gegend zu kultivieren, sie verwandelt sich immer wieder in einen urtümlichen Sumpf zurück.«

»Dennoch bleiben Sie dort. Sie haben sich entschieden, dort zu leben, Nicholas.«

Nicholas sah ihn verständnislos an. »Ich habe mich *entschieden* … Ich glaube nicht, daß es sich dabei um eine freie Entscheidung handelt.«

Er blieb eine Weile sitzen und dachte nach. Bis zu diesem Augenblick hatte er seine Entscheidung, in Drakesden zu bleiben, unter demselben Aspekt gesehen wie den Hauptteil seines Lebens seit 1914. Eine Mischung aus Pflicht und Apathie, ohne Wahlmöglichkeit.

David sagte: »Sie könnten verkaufen. In die Stadt ziehen.«

Nicholas grinste. »Mama wäre außer sich, wenn sie solche ketzerischen Reden hören würde, David. Die Blythes sitzen schon seit vierhundert Jahren in den Fens.« Doch während er redete, wußte er, daß der Psychiater recht hatte, daß er aus freien Stücken in Drakesden geblieben war. Bis zu einem gewissen Grad hatte er sich damit abgefunden, wer er war, ebenso mit den Pflichten, die mit dieser Stellung verbunden waren. Er blieb nicht allein aus Pflichtgefühl oder aus Angst vor seiner Mutter in Drakesden.

Verwundert fuhr er fort. »Ich *beschütze* sie. Ich beschütze Mama.« Dabei sah er zweifelnd zu David auf, als ob er sich vergewissern wollte, ob diese plötzliche und verblüffende Erkenntnis richtig sein konnte.

Davids Lächeln war schwach und hart verdient. »Sie sind dabei zu ergründen, was Sie Ihrer Mutter gegenüber empfinden, Nicholas. Das ist sehr gut. Möchten Sie diese Gefühle ein bißchen genauer erforschen?«

Nicholas runzelte die Stirn. Er hörte den Lärm der Menge draußen und auch das Knirschen der Lastwagenräder nicht mehr. Zögernd antwortete er: »Ich bin mir nicht sicher, ob ich sie *liebe*. Früher habe ich sie geliebt. Als Kind habe ich sie natürlich nicht oft gesehen, aber sie kam mir immer vollkommen vor. Wenn ich nach den Ferien in die Schule zurückkehrte, küßte sie mich. Sonst nie. Sie roch nach Nelken. Sie war schön.«

Es war still im Raum. Nicholas fügte hinzu: »Aber nach der Scheidung ...« Seine Hand zitterte. Zigarettenasche fiel auf den Teppich. Er beugte sich hinunter und versuchte, sie mit dem Taschentuch wegzuputzen.

»Das macht nichts, Nicholas«, sagte David ruhig. »Lassen Sie sich Zeit.«

Schließlich antwortete Nicholas: »Wissen Sie, ich war krank nach dem Autounfall. Es war wie ein großes, dunkles Loch. Als Sie mir halfen, da herauszukommen, stellte ich fest, wie sehr sich Mama über die Scheidung freute. Sie hat Thomasine nie gemocht, hat immer geglaubt, sie sei nicht gut genug für mich – und sie hat sie für alles mögliche verantwortlich gemacht, was schief gelaufen war. Ich hatte nicht bemerkt, daß sie immer noch so empfand. Aber nach meiner Krankheit habe ich klar gesehen – und ich empfinde Mama gegenüber nicht mehr so wie früher. Ich kann es einfach nicht mehr.«

Wieder trat Schweigen ein. Dann fuhr Nicholas fort: »Ich habe mich immer gefragt, warum Thomasine mich geheiratet hat. Für mich war das vollkommen unverständlich. Wie ein Wunder. Als Thomasine mich verließ … und Mama mir sagte, sie wolle die Scheidung … hat mich das nicht überrascht.«

Neben Nicholas' Stuhl stand eine Reihe von Papiertüten. Er griff in eine und zog ein Buch heraus. »Eine ziemlich erstaunliche Sache. Daniel Gillory hat das geschrieben. Sie erinnern sich, ich habe Ihnen von ihm erzählt, David. Wollte mal einen Blick reinwerfen. Ich hab den Typen immer gehaßt, aber jetzt …« Er zuckte die Achseln und sah zu David auf. »Eigentlich fühle ich überhaupt nicht mehr viel. All das …« Er machte eine Geste in Richtung Fenster, deutete auf die Streikenden und die Soldaten draußen. »Ich bin bloß ein Beobachter. Es berührt mich nicht. Hat nichts mit mir zu tun.«

David erwiderte vorsichtig: »Das ist ein Symptom Ihrer Depression, Nicholas. Das heißt nicht, daß Sie nicht in Zukunft Gefühle haben – oder die Erfahrung von Glück machen können.«

Nicholas erhob sich und ging zum Fenster zurück. Deutlich konnte er die dunklen, gedrungenen Umrisse der Panzerwagen und die berittenen Spezialeinheiten mit ihren weißen Helmen und Schlagstöcken erkennen.

»Ich suche nicht nach Glück. Das hat mir vermutlich der Krieg ausgetrieben.«

Doch weder verschwamm der Hyde Park vor seinen Blicken und verwandelte sich in die Schlammfelder an der Somme, noch hörten sich die Jubelrufe der Menge wie die Todesschreie seiner Kameraden an. Seit eineinhalb Jahren litt er nicht mehr unter Tagträumen. Das verdankte er David.

»Wir sollten über den Krieg sprechen, Nicholas. Sie sollten öfter zu mir kommen – mindestens einmal alle zwei Wochen, am besten wöchentlich. Werden Sie das tun?«

Nicholas lächelte. »Das kann ich mir nicht leisten, alter Junge. Ich verscherbele bereits das Familiensilber.«

»Dann werden wir eben in unseren monatlichen Sitzungen um so größere Fortschritte machen. Bis Juni dann, Nicholas.« David Franks streckte die Hand aus.

Unfähig, die Einsamkeit ihres Zimmers zu ertragen, spazierte Thomasine am Sonntag durch die Straßen. Obwohl der Streik die Stadtlandschaft von London verändert hatte und die Straßen mit Streikposten und Polizei angefüllt waren, erschienen ihr die Ereignisse der letzten Woche viel weniger wichtig als die des vergangenen Tages. Daß sie William ins Naturgeschichtliche Museum geführt, ihm zum erstenmal die Fossilien der Saurier gezeigt und sich dann von ihm getrennt hatte, war das einzige, was zählte.

Das Wasser unter der Camden Lock Bridge glitzerte im Sonnenlicht und reflektierte die buntgestrichenen Boote und Kähne. Thomasine schritt schnell aus, von Camden weg, aber in keine bestimmte Richtung, und versuchte, die Gefühle von Ärger und Verlassenheit zu vertreiben, die stets den gemeinsamen Nachmittagen mit ihrem Sohn folgten.

Sie hatte keine Ahnung, wo sie sich befand, als sie um eine Ecke bog und die Menge sah, die sich auf der Straße vor einem Fabriktor versammelt hatte. Die Streikenden trugen Fahnen und Plakate und skandierten den Spruch, der während der vergangenen Woche durch ganz London gehallt war: »Keinen Penny weg vom Lohn, keine Stunde mehr an Fron!« Der Sprechgesang verwandelte sich plötzlich in Wutgeheul, als ein Bus um die Ecke bog und auf die Menge zusteuerte. Thomasine sah, daß der Fahrer von zwei Mitgliedern der Spezialeinheiten begleitet wurde. »Streikbrecher!« rief jemand. »Verdammter Streikbrecher!« Die Menge stimmte in den Ruf ein. Als die Leute versuchten, dem Bus auszuweichen, scherte er plötzlich aus, fuhr auf den Gehsteig, und das Gebrüll der Menge verdichtete sich zu einem einzigen lauten Schrei. Kaum einen halben Meter vor den Schaufenstern entlang der Straße kam der Bus quietschend zum Stehen. Leute, die von der in Panik geratenen Menge niedergetrampelt worden waren, versuchten, sich wieder hochzurappeln. Thomasine half einer Frau auf die Beine. Sie war alt, mager und gebrechlich, und an ihrem Ellbogen, mit dem sie auf die Pflastersteine geschlagen war, klaffte ein Riß in ihrer Jacke.

Ein dumpfes, metallenes Geräusch kündigte an, daß der erste Stein die Kühlerhaube des Omnibusses getroffen hatte. Thomasine warf einen kurzen Blick auf den Fahrer, einen jungen Mann in einem Fair-Isle-Pullover und einer Golfmütze. Als sie Hufgetrappel hinter sich hörte, drehte sie sich um und sah die Straße hinauf.

Eine Reihe der Spezialeinheiten ritt auf sie zu. Mit ihren Schlagstöcken droschen sie wahllos auf die Menge ein. Eine junge Frau brach mit einem roten Striemen im Gesicht auf der Straße zusammen, ein alter Mann wurde von den Pferdehufen niedergetrampelt. Thomasine erkannte plötzlich, daß sie in der Falle saß. Auf der einen Seite befanden sich die Spezialeinheiten, auf der anderen der Bus. Geschosse wirbelten durch die Luft – Ziegel, Steine, Flaschen aus den Abfallkübeln vor dem nahe gelegenen Pub. Als eine der Flaschen kurz vor ihren Füßen am Boden zerschellte, begann Thomasine, sich in Richtung des eingekeilten Busses voranzudrängen, weg von der Polizei.

Die Menge war eine feste Masse geworden, die sie wahllos in die eine oder andere Richtung schob. Sie lief Gefahr, in dem wütenden Gerangel der rachedurstigen Menschen unterzugehen. Ellbogen stießen sie an, ein Hagel von Steinen ging um sie nieder. Sie hatte Angst, zu Fall zu kommen und niedergetrampelt zu werden. Sie fürchtete sich, festgenommen und ins Gefängnis geworfen zu werden. Mit Blick nach hinten auf die Spezialeinheiten konnte sie sehen, daß die Festnahmen genauso willkürlich waren wie die Schläge.

Als sie sich zwischen die Kühlerhaube des Busses und die Mauer zwängte, sah sie einen Moment lang das entsetzte Gesicht des Fahrers. Sie hatte einmal einen Hasen gesehen, der von Sir William Blythes Hunden in die Enge getrieben worden war, und der Ausdruck auf dem Gesicht des jungen Mannes erinnerte sie an den des Tieres: starr, verängstigt, von einer Übermacht in die Enge getrieben. Mit aller Kraft drängte sie sich vorbei und schob sich durch die Menschenmenge. Ein Ellbogen stieß ihr so in den Magen, daß sie nach Luft ringen mußte und ihre Knie weich wurden. Als sie eine vertraute Stimme ihren Namen rufen hörte, glaubte sie einen Moment lang zu träumen.

Doch dann entdeckte sie Daniel. Mühsam bahnte sie sich einen Weg durch die Menschen und hielt den Blick auf das Motorrad gerichtet, während Daniel einen Kreis fuhr und langsam auf sie zukam. Wundersamerweise teilte sich die Menge und ließ ihn durch.

Er verschwendete keine Zeit mit Worten, sondern hieß sie nur aufsteigen. Sie kletterte auf den Rücksitz, und gemeinsam fuhren sie von der aufgebrachten Menge weg.

Sie schlang die Arme um seine Taille, schloß die Augen und legte den Kopf an seinen Rücken. Das Geschrei der Menschenmenge verlor sich rasch in der Ferne, und es gab nur noch sie und Daniel. Es dauerte lange, bis sie aufsah und ihre Umgebung wahrnahm. Doch als sie den Kopf hob, entdeckte sie, daß sie durch die nördlichen Vororte aus London hinausfuhren.

»Wo sind wir?« Sie mußte schreien, damit er sie verstand.

Das Motorrad kam langsam zum Stehen, Daniel drehte sich zu ihr um und sagte: »Walthamstow.«

»Walthamstow? Warum?«

Daniel deutete auf die Taschen, die seitlich am Motorrad angebracht waren. »Ich hab ein paar Briefe abzuliefern. Ich hab die ganze Woche als Kurier für den Gewerkschaftskongreß am Eccleston Square gearbeitet.«

Erst jetzt bemerkte sie die Aufschrift »Gewerkschaftskongreß«, die auf einer Seite des Motorrads angebracht war.

Das war natürlich der Grund, weshalb ihn die Menge durchgelassen hatte.

»Was zum Teufel hast du dort gemacht?« fragte er plötzlich.

Sie bemerkte, daß er wütend war, und stieg ab. »Ich bin spazierengegangen«, antwortete Thomasine störrisch. »Sonntags gehe ich immer spazieren.« Sie funkelte ihn ebenfalls an.

»Um Himmels willen. Du hättest getötet werden können.«

Tausend Antworten lagen ihr auf der Zunge, aber sie hielt sich zurück. Gerade erst hatte sie erfahren, wozu Haß und Dummheit fähig sind. Sie fühlte sich in einen entsetzlichen Mahlstrom hineingezogen, wo sie kein Individuum mehr war, sondern Teil eines riesigen bewußtlosen Monsters.

»Es war schrecklich«, sagte sie mit gedrückter Stimme. »Die Polizei hat *blindlings* zugeschlagen. Frauen – Kinder. Und der Fahrer von dem Bus – er hatte furchtbare Angst.« Bei der Erinnerung schloß sie erneut dic Augen und schüttelte den Kopf.

Sie spürte, wie Daniel seine Arme um sie schlang. »Na komm, spring auf, und wir fahren weiter. Wir müssen nach Woodford und Buckhurst Hill. Und dann nach Epping Forest. Um diese Jahreszeit soll die Gegend von Glockenblumen übersät sein, wurde mir gesagt.«

Sie fuhren zu den Buchenwäldern bei Epping. In einem Laden am Waldrand hatten sie Brot, Käse und eine Flasche Wein gekauft und saßen jetzt zwischen den knorrigen Wurzeln einer Buche, die halbgeleerte Weinflasche zwischen sich. Das Sonnenlicht sickerte durch die Bäume, große goldene Lichtkegel fielen vom Himmel auf den Waldboden. Die Glockenblumen wirkten wie ein blauer Schleier unter den jungen Farnbüschen. Die Luft war angenehm warm.

Daniel erzählte Thomasine von der vergangenen Woche. »Ich bin mit dem Motorrad durchs ganze Land gefahren. Der Gewerkschaftskongreß braucht alle Kuriere, die er kriegen kann. Die Post kommt nicht an, weil alle Postzüge eingestellt wurden und kaum eines der Gewerkschaftsbüros Telefon hat. Ich war in Wales – Schottland – und Cornwall. Einmal war ich sechsunddreißig Stunden ununterbrochen unterwegs.«

»Du mußt total kaputt sein.«

Daniel schüttelte den Kopf. »Wahrscheinlich wird man von einer Art Hochstimmung beflügelt, der Überzeugung, daß dieses Chaos vielleicht doch ein gutes Ende nimmt. Daß sich alles ändern könnte.«

»Glaubst du, daß das eintritt?«

Daniel zuckte die Achseln. »Ich weiß es nicht. Ich hoffe es. Diese ganze Auseinandersetzung scheint so ... *so überflüssig*. Wenn die Regierung den Zechenbesitzern doch nur die Stirn geboten hätte. Wenn Lloyd George 1919 doch nur dem Befehl der Königlichen Kommission gefolgt wäre und die Nationalisierung durchgesetzt hätte. Es stimmt nicht, was die *British Gazette* schreibt, Thomasine. Niemand will eine Revolution, am wenigsten der Gewerkschaftskongreß.«

Thomasine warf einem Rotkehlchen in der Nähe ein paar Brotkrumen hin. »Ich lese die *British Gazette* nicht.«

»Aha.« Er stand auf. In der warmen Nachmittagssonne hatte er seine Krawatte abgenommen und die Hemdsärmel hochgekrempelt. Thomasine saß auf seiner Jacke am Boden. Daniel stellte sich auf den untersten Ast des Baums, sah auf sie hinab und grinste. »Eine Konvertitin aus dem Bürgertum. Dann den *British Worker?*«

Sie schüttelte den Kopf. »Weder noch, fürchte ich. Tagsüber gehe ich zur Arbeit, abends unterrichte ich meine Mädchen, und dann gehe ich schlafen. Da bleibt offensichtlich nicht viel Zeit für anderes.«

Er suchte nach festem Halt für Hände und Füße und zog sich den Baum hinauf. »Das hört sich langweilig an, Thomasine.«

»Die Arbeit ist nicht langweilig«, sagte sie abwehrend. »Sie gefällt mir. Und ich muß Geld verdienen für die Anwälte.«

Eigentlich wollte sie ihm nichts von den Anwälten erzählen. Niemandem hatte sie davon erzählt – weder Antonia noch Hilda, auch den Leuten, mit denen sie zusammenarbeitete, nicht. Zu oft hatte sie sich in der Vergangenheit durch ihre Offenheit und Impulsivität in Schwierigkeiten gebracht. Es war besser, vorsichtig und auf der Hut zu sein. Der Wein mußte ihre Zunge gelöst haben.

Daniel war inzwischen sechs Meter über ihr. »Welche Anwälte?« Seine Frage wurde von einem Regen aus Staub und Rindenstücken begleitet, der sie aufspringen ließ.

»Also *wirklich*, Daniel!« Sie klopfte sich ab. »Die Anwälte, die ich wegen William aufsuche. Die sind schrecklich teuer.« Sie sah zu ihm hinauf. »Ich kann nicht mit dir reden, wenn du da oben bist. Komm doch runter.«

»Nein. Komm du rauf. Man hat die herrlichste Aussicht von hier oben.«

In dem Meer aus tiefgrünen Blättern war er kaum noch zu sehen. »Meine *Schuhe* …«, wandte sie ein, doch dann schlug sie alle Vorsicht in den Wind, streifte Schuhe und Strümpfe ab und begann ebenfalls, den Baum hinaufzuklettern.

Es gab viele Stellen zum Festhalten an dem glatten, grauen Stamm. In regelmäßigen Abständen breiteten sich große Äste aus, auf die sie sich mit ihren bloßen Füßen stellen konnte. Kleine Pfützen aus dunklem Wasser mit Bucheckern darin hatten sich in den Astgabeln gesammelt. Als Thomasine nach unten blickte, sah sie, daß der Boden schon weit unter ihr lag und die verstreut herumliegenden Jacken und Schuhe sowie Daniels Motorrad ganz klein wirkten. Es war, als sähe man durch ein Fernrohr.

Nach ein paar Minuten war sie auf gleicher Höhe mit ihm. »Es ist albern«, sagte sie. »Vollkommen albern.« Aber sie lächelte.

Daniel rutschte den Ast etwas hinauf, so daß sie sich setzen konnte. Er sagte: »Du hast William verloren, weil Nicholas das Geld hatte, sich jede Menge Anwälte zu leisten. Und weil du wußtest, daß jedes Gericht von seinem

Namen und Titel beeindruckt ist. Das ist es, worum es bei diesem Streik geht – daß jeder die gleichen Rechte bekommt, die gleiche Möglichkeit auf ein würdiges Dasein.«

»Nein. Du täuschst dich, Daniel.« Sie schüttelte heftig den Kopf. Sie hatte jahrelang Zeit gehabt, um darüber nachzudenken. »Ich habe William verloren, weil ich eine Frau bin. Für einen Mann ist es nichts Besonderes, einem Mädchen ein uneheliches Kind anzuhängen. Stimmt doch, oder nicht? Ein Mann kann so viele Geliebte haben, wie er will, ohne daß man schlecht von ihm denkt. Im Gegenteil, eher wird er dafür noch bewundert und gilt als toller Hecht. Und ich war dumm – und unbedacht.«

Dennoch wußte sie, daß Daniel teilweise recht hatte. Die ungewollten Kinder von wohlhabenden Mädchen wurden irgendwo in deutschen Kurorten zur Welt gebracht, in Pflege gegeben und schlichtweg vergessen. Oder in einer luxuriösen, verschwiegenen Klinik abgetrieben, wo sie in den Akten nur als kleines gynäkologisches Problem auftauchten. Sie bemühte sich, ihre düstere Stimmung abzuschütteln, den sonnenwarmen Tag und die herrlichen Blumenteppiche zu genießen. Das waren die Dinge, die ihr früher Freude gemacht hatten. Heute beschränkte sich die Freude auf einen Nachmittag im Monat, und auch dieses Glück wurde durch seine Flüchtigkeit getrübt. Manchmal dachte sie, ihr Herz sei im Laufe der Jahre verwelkt, ihre Zunge sei geschärft, und alles erscheine ihr in einem kälteren und weniger günstigen Licht. Die Jahre hatten sie verändert, und sie war nicht sicher, ob ihr diese Veränderung gefiel.

»Schau«, sagte er sanft.

Sie waren hoch genug oben, um die Wipfel der kleineren Bäume zu sehen. Die Glockenblumen lagen wie ein violetter Schleier, wie Wasser, über dem Boden. Weder Häuser noch Menschen waren zu sehen, nur Wald, der sich zu beiden Seiten erstreckte, ein Meer aus Grün, Braun und Blau.

»Früher bin ich in Drakesden immer auf die Bäume des Wäldchens bei der Wiese geklettert«, sagte Thomasine plötzlich. »Von dort aus konnte man alles sehen. Es war besser, als auf dem Deich zu stehen. Dabei habe ich mir für gewöhnlich meine Kleider ruiniert – Tante Rose war immer sehr böse.«

Die Brise bewegte die Baumwipfel. Daniel hatte den Arm um sie gelegt. Er sagte: »Ich erinnere mich, daß du den Hengst der Blythes geritten hast. Du hast nicht die geringste Angst gehabt. Nie hast du dich vor etwas gefürchtet.«

Sie drehte sich zu ihm um. Die Buchenblätter warfen dunkle Schatten auf sein Gesicht. »Oh, ich hab vor vielem Angst. Vor einer ganzen Menge von Dingen.«

Er schüttelte den Kopf. »Mir fällt keine einzige Frau in meinem Bekanntenkreis ein, die auf diesen Baum geklettert wäre. Kannst du dir vorstellen, daß Miss Millford, die mich für *umwerfend* hält, auf einen Baum klettert?«

Sie erwiderte sein Lächeln. »Das liegt daran, daß Miss Millford eine Dame ist und ich nicht, sosehr ich mich auch bemühe.«

Den Rücken an den Stamm gelehnt und die Beine in der Luft baumelnd, blieb sie still sitzen, ließ den Frieden auf sich wirken und sich von der Sonne Leib und Seele wärmen. Nur das leichte Wiegen der Bäume und die Wärme von Daniels Arm um ihre Schultern nahm sie noch wahr. Die höchsten Bäume erhoben sich hoch über sie, höher als die größten Dinosaurier im Naturkundemuseum. Gestern im Museum war einer von Williams Stiefeln aufgegangen, und sie hatte sich mit dem Kind auf dem Schoß auf die unterste Treppenstufe gesetzt, um ihn zuzuknöpfen. Lebhaft erinnerte sie sich an die Wärme seines kleinen Körpers, den frischen Duft seines Haars und seiner Haut. Sie umarmte ihren Sohn, und er sagte mit leiser, unbeteiligter Stimme: »Mami, du drückst mich zu fest.« Sofort ließ sie ihn los, und er rannte zu den Dinosauriern zurück. Dabei tat ihr das Herz weh. Sie merkte, daß er sich allmählich von ihr zu entfernen begann.

Ihr Herz schmerzte immer noch. Sie war froh über die Gegenwart des Mannes an ihrer Seite. Die Wärme seiner Haut und die Straffheit seiner Muskeln gaben ihr Sicherheit.

Seit zweieinhalb Jahren hatte sie niemanden berührt – niemanden geküßt –, außer William und ihre Tanten. Sie hatte nicht bemerkt, wie sehr sie den Trost vermißte, den menschliche Nähe verschaffte. Hier oben, zwischen Baumwipfeln und Himmel, schien menschliche Nähe nicht mehr gefährlich zu sein.

Sie hatte die Arme voller Glockenblumen, als sie durch den Wald zur Straße zurückgingen. Dort ließ Daniel das Motorrad an. Ohne Erfolg. Immer wieder trat er aufs Startpedal. Die Straße war verlassen. Thomasine stand am Straßenrand, während Daniel leise fluchend die Maschine zu untersuchen begann.

»Was ist denn kaputt?«

»Keine Ahnung. Das verdammte Ding ist manchmal ein bißchen launisch. Aber ich glaube, ich kann's reparieren.«

Thomasine setzte sich auf ein Gatter, während Daniel am Motor herumbastelte. Sie kannte sich weder mit Traktoren noch mit Autos, geschweige denn mit Motorrädern aus.

Weit und breit waren keine Häuser und keine Werkstatt zu sehen. Sie zog ihren Pullover wieder an: Es war erst Frühling, und die Tage wurden früh kühl.

Nach etwa zwanzig Minuten sagte Daniel: »Ich glaube, es ist der Vergaser. Mist!«

»Kannst du ihn heilmachen?« Thomasine sprang vom Zaun herunter.

»Ich glaube nicht. Dieses kleine Teil fehlt – siehst du?«

Sie sah auf die Stelle, auf die er deutete. Die verschiedenen Motorteile waren mit schwarzem Öl überzogen, genauso wie Daniels Hände.

»Ich fürchte, wir müssen eine Werkstatt finden. Macht es dir was aus, ein Stück zu Fuß zu gehen?«

Sie schüttelte den Kopf und reichte Daniel schweigend ihr Taschentuch. Er wischte sich das Öl ab und begann, die Maschine zu schieben. Thomasine ging neben ihm her.

Nachdem sie fast eine Stunde gelaufen waren, kamen sie zu einem Gasthaus. Daniel ging hinein, um sich nach einer

Werkstatt zu erkundigen, Thomasine setzte sich auf eine wackelige Bank vor der Tür. Die Füße taten ihr weh, und sie fühlte sich erschöpft von dem langen Marsch. Der Himmel hatte sich zu einem violetten Grau verdüstert, und lange Schatten strichen über den Vorhof des Gasthauses.

Daniel kam wieder heraus. »Die nächste Werkstatt ist fünfzehn Meilen entfernt. Das einzige Transportmittel, das sie haben, ist ein alter Klepper, der aussieht, als würde er jeden Moment tot umfallen.«

»Ein Zug?« fragte Thomasine, aber dann fiel ihr ein: »Ach je. Keine Züge. Keine Busse. Wir müssen hierbleiben.«

Daniels Gesichtsausdruck war schwer zu deuten. »Danach habe ich mich auch erkundigt. Die Wirtin kann uns etwas zu essen machen und uns für die Nacht unterbringen. Es gibt allerdings nur ein Zimmer.«

Sie wandte sich ab und hörte ihn sagen: »Ich kann hier draußen beim Motorrad schlafen …« Sie schüttelte den Kopf.

»Es ist kalt, und du bist müde. Das ist nicht nötig. Du mußt bloß …« Sie brach ab und spürte, daß sie rot wurde.

»Mich betragen? Natürlich. Ich werde der perfekte Gentleman sein.«

Daniel trug sie beide als Mr. und Mrs. Daniel Gillory ein. Thomasine hielt ihre unberingte linke Hand im Ärmel ihres Pullovers versteckt.

In einem winzigen Speiseraum neben der Bar aßen sie Brathühnchen und Sirupkuchen. Das Gasthaus war sehr alt, mit schiefen Böden und Decken, und durch die Fenster zog es schrecklich herein. Im Kamin prasselte ein Feuer, und Funken sprühten in die Esse hinauf. Der Tisch wackelte, sie zwängten sich neben dem Feuer auf einer Bank zusammen und versuchten, die neugierigen Blicke der Einheimischen zu ignorieren. Nachdem sie den größten Hunger gestillt hatten, unterhielten sie sich angeregt – über den Streik, seine Gründe und welchen Ausgang er nehmen würde, über Daniels Reise durch Europa und über Thomasines Arbeit. Und schließlich redeten sie – unvermeidlicherweise – über die Vergangenheit.

Während sie sich Zucker in den Tee rührten, sagte Thomasine zögernd: »Hast du vor, irgendwann zurückzugehen, Daniel?«

Er verstand natürlich, was sie meinte. »Auf dem Weg ins Kohlerevier bin ich über Drakesden gefahren. Harry Dockerill hatte mir wegen der Frühjahrsüberschwemmung geschrieben. Und außerdem … besuche ich den Friedhof, wenn ich kann. Ich muß alles in Ordnung halten. Sie hat sonst niemanden.«

»Fay?« fragte Thomasine vorsichtig.

Er nickte. »Ihre Familie wohnt zu weit weg, verstehst du? Und im Dorf hatte sie keine Freunde. Ich hab ein paar Blumenzwiebeln gepflanzt. Sie mochte hübsche Dinge.«

Wieder wünschte sie sich, sie würde die richtigen Worte finden. Aber vielleicht gab es keine richtigen Worte. Stattdessen legte sie die Hand auf die seine, und er sah auf und sagte: »Dieses Frühjahr war das Wetter dort sehr schlecht. Der arme Harry hatte schwer zu tun. Das Land beim Deich ist nicht mehr zu benutzen.«

»Ist der Deich gebrochen?«

Daniel schüttelte den Kopf. »Gott sei Dank, nein, sonst wäre das halbe Dorf überschwemmt worden. Aber in dem Teil des Dorfes dringt das Wasser durch den Torf, und einige der Gräben, die in den Deich fließen, sind über die Ufer getreten. Aber es wird passieren, Thomasine. Nächstes Jahr – vielleicht im Jahr darauf. Ich glaube kaum, daß es bis zum Ende dieses Jahrzehnts keine schwere Überschwemmung geben wird. Harry war so beunruhigt, daß er Annie und das Baby für ein paar Wochen zu Annies Mutter nach Soham geschickt hat.«

Der Lärm aus der Bar schien in den Hintergrund zu treten, sie befand sich wieder in Drakesden und sah, wie das Wasser im Deich höher und höher stieg und alles zu verschlingen drohte. Sie merkte, daß sie noch immer Daniels

Hand festhielt. Seine Finger hatten sich um die ihren geschlossen, sein Daumen berührte ihre Handfläche.

»Ich würde gern wissen, wie es in Drakesden steht, aber ich bekomme Nicholas nie zu Gesicht. William wird von der Nanny gebracht und wieder abgeholt.«

Daniel schwieg einen Moment, ehe er begann: »Es ist immer noch ungeheuer schwer, sich mit Landwirtschaft ein anständiges Auskommen zu sichern. Harry hat mir erzählt, daß viele der Bediensteten Drakesden Abbey verlassen haben, weil sie in den Städten viel mehr verdienen.«

»William hat gesagt, daß die alte Mrs. Blatch und Dilley, der Gärtner, gestorben sind.« Thomasine fiel wieder ein, welche Nervenprobe es gewesen war, mit Mrs. Blatch den Speiseplan zu besprechen, und wie zornig der alte Dilley immer wurde, wenn sie Treibhausblumen pflückte. »Hat Nicholas weiteres Land zum Verkauf angeboten?«

Daniel schüttelte den Kopf. »Keinen Quadratzentimeter.«

»Lady Blythe war absolut dagegen, daß er etwas verkaufte.«

»Das spielt jetzt ohnehin keine Rolle mehr. Schau, Thomasine, die Bar ist fast leer. Es ist spät.«

Sie sah, daß er recht hatte. Nur die Wirtin war noch da und polierte hinter der Theke Gläser.

»Möchtest du zuerst raufgehen? Ich kann noch eine Weile hier unten bleiben, wenn du willst.«

Seine Hand hielt allerdings immer noch die ihre fest, die Botschaft in seinen Augen war klar. Die Welt hatte sich verändert in der letzten Woche, sie war ein seltsamer, fremder Ort geworden. Der Wein, das Bier und ihre Müdigkeit hatten sie entspannt und leicht euphorisch werden lassen. Daniels Erregung und Optimismus hatten sie berührt und eine Zeitlang die düsteren Gedanken an die Vergangenheit vertrieben. Sie war erst siebenundzwanzig und wollte nicht allein schlafen.

»Nein, Daniel«, antwortete sie. »Komm gleich mit nach oben.«

Im Zimmer zog sie Kleid, Unterwäsche und Strümpfe aus. Es war fast so, als müßte sie sich beeilen, um sich nicht doch noch anders zu besinnen.

»Du bist schön. Du bist absolut vollkommen«, sagte Daniel. Er stand an der Tür. Seine Augen waren dunkel und hungrig.

»Das Licht der Öllampe schmeichelt mir. Ich habe Schwangerschaftsstreifen und Sommersprossen.«

Ich bin nicht vollkommen, Daniel. Nicholas hat mich für vollkommen gehalten. Ich möchte, daß du die Wahrheit weißt.

»Ich liebe Schwangerschaftsstreifen und Sommersprossen. Komm her.«

Sie setzte sich neben ihn aufs Bett. »›O mein Amerika, mein Neufundland‹ ...«, flüsterte er. Er zog sie an sich, vergrub sein Gesicht zwischen ihren Brüsten und bedeckte sie mit Küssen.

»Werde ich dir genügen?« Sie streichelte den Kopf, der ihre Brüste liebkoste, und ihre Finger strichen durch seine Locken.

»Genügen?« Er begann, schnell seine Kleider auszuziehen und sie achtlos durch den Raum zu schleudern. Sie flogen durch die Luft, sein Hemd blieb an einer Stuhllehne, eine Socke an der Gardinenstange hängen. »Thomasine, das will ich schon tun, seit ich fünfzehn bin ...«

Sein Mund legte sich auf den ihren, brachte sie zum Schweigen. Rückwärts fielen sie auf die Kissen, sie rang nach Luft, wollte ihn aber nicht loslassen. Seine Zunge wühlte sich in ihren Mund, sie streckte sich aus, so daß ihre Körper genau aufeinander lagen, Brust an Brust, Hüfte an Hüfte. Seine Finger erkundeten jeden Teil ihres Körpers, stachelten ihre Begierde an. Die ungestillte Sehnsucht von Jahren verzehrte sie, sie vergaß die Trostlosigkeit ihres Lebens und zog ihn in sich. Als sie sich im gleichen Rhythmus bewegten, schloß sie die Augen, davongetragen von einer immer größeren Woge der Lust. Der Höhepunkt war fast schmerzhaft.

Als sie schließlich die Augen öffnete, sah Daniel aus dem Gewirr der Laken, Kissen und Decken auf sie hinab.

»Siehst du«, sagte er. Seine Augen strahlten sie schelmisch an. »Ich hab dir doch gesagt, daß ich der perfekte Gentleman sein würde.«

17

SIE WACHTE AUF, weil er nicht mehr da war. Kein warmer Körper an ihrem, keine Arme um sie. Als sie die Augen öffnete, sah Thomasine das blasse, diffuse Licht der frühen Morgensonne durch die Vorhänge fallen. Bett und Zimmer waren leer. Ein Zettel war über die Lampe gelegt mit der Nachricht: »Versuche, das Motorrad zu reparieren. Bin bald zurück, in Liebe, Daniel.«

Wie ein Schulmädchen dachte sie einen Moment lang über die Worte »in Liebe« nach. Doch dann besann sie sich wieder auf die Realität (sie würde zu spät zur Arbeit kommen), stand auf und zog sich an.

Sie wartete im Garten des Gasthauses auf ihn. Rosafarbene Clematis rankte über die Fliederhecke, und im Schatten glitzerte Morgentau auf den Grashalmen. Jemand fütterte Hühner: Sie hörte das Gackern und die Stimme einer Frau, die ihre Tiere beim Namen rief. »Hier, Nanny, Eliza, Schnatterliese – habt ihr heute Eier für mich gelegt?« In der Ferne bellte ein Hund.

Plötzlich spürte sie, daß sie glücklich war. Glück war ihr fremd geworden: Es war auf der Strecke geblieben im Kampf um Unabhängigkeit und Erfolg. Es war ein berauschendes Gefühl, wenn auch gleichzeitig ein wenig bedrohlich. Ihr Hochgefühl war vermutlich genauso unbeständig wie die mit Tau überzogenen Spinnweben an den Büschen. Ein Windstoß, ein heißer Sonnenstrahl, und sie wären fort.

Sie hörte Motorengeräusch, und ein Motorrad bog in den Vorhof des Gasthauses. Thomasine rief Daniels Namen. Er sah auf und kam über den Hof auf sie zu.

»Ich hab einen Schmied gefunden. Er hat mir ein Ersatzteil gemacht.« Daniel sah auf Thomasine hinab, die auf der Bank saß. »Ich dachte, du würdest noch schlafen. Ich wollte dir Frühstück ans Bett bringen.«

»Der Tag ist zu schön, um ihn zu vergeuden. Sieh doch nur, Daniel. Es erinnert mich ... « Sie brach ab. Sie wollte sagen: »Es erinnert mich an zu Hause.« Aber Drakesden war nicht mehr ihr Zuhause. Seitdem ihre Beziehung zu Nicholas zerbrochen, nachdem Rose und Hilda nicht mehr dort lebten, war Drakesden einfach ein englisches Dorf wie jedes andere. Eine plötzliche Traurigkeit befiel sie.

Daniel berührte ihre Schulter. »Was ist?«

»Ach ... ich denke, wir sollten fahren. Ich muß zur Arbeit.«

Daniel antwortete grinsend: »Ich ruf an und sag ihnen, daß du von weißen Sklavenhändlern geraubt wurdest und vor morgen nicht zurückkommst. Die schöne Miss Thorne ist in meiner Gewalt ... «

»Sie würden mir bloß den Lohn kürzen.« Sie stand auf. »Wir sollten gehen.«

»He.« Er hatte sie in die Arme genommen, seine Lippen strichen über ihr Gesicht. »Schau doch nicht so, Liebes. Das ist doch nicht das Ende – sondern ein Anfang, oder?«

Sie nickte, versuchte, ihm zu glauben. Sie roch den salzigen Duft seiner Haut und der Fliederdolden und den schwer zu beschreibenden Wohlgeruch eines sonnigen Maimorgens.

Nach einer halben Stunde fuhren sie los. Als sie sich London näherten, wurden die Bäume spärlicher, Häuser und Fabriken traten an ihre Stelle, und statt der Stille herrschte Verkehrslärm. Die Luft war nicht mehr von Wohlgerüchen erfüllt. Thomasine hatte das Gefühl, als zöge sich die Umgebung um sie zusammen, schlösse sie ein und gäbe ihr alle Probleme der Gegenwart zurück. Sie beide wurden von der Stadt vereinnahmt und verschlungen, die ihre Leidenschaft entwertete und einen ernüchternden Keil zwischen sie trieb.

Der Streik ging in die zweite Woche. Das Chaos, das die Abwesenheit der Transportarbeiter verursachte, wurde durch den Einsatz von Freiwilligen, durch Studenten, Debütantinnen und junge Damen der Gesellschaft ausgeglichen. Attraktive junge Männer in Knickerbockers oder weißen Kricketanzügen fuhren Straßenbahnen und Busse, bedienten Telefonanlagen und luden Waren auf Lastwagen. Bei Eisenbahnunglücken, die unerfahrene Lokführer verursachten, starben mehr Menschen als bei den sporadischen Unruhen, die in den Städten immer wieder aufflackerten.

Am Dienstag, den sechsten Mai kehrte Sir Herbert Samuel aus Italien nach England zurück. Er wurde in Dover von Major Segrave, dem berühmten Rennfahrer, abgeholt, der ihn in seinem schnellen Sunbeam nach London brachte. Dort unterbreitete er dem Gewerkschaftskongreß ein Schlichtungsangebot. Da die Verhandlungen zwischen Regierung, Arbeitern und Zechenbesitzern in eine Sackgasse geraten waren, nahmen die Gewerkschaftsvertreter, die verzweifelt nach einer Einigung suchten, das Angebot dankbar an.

Als Thomasine am Mittwoch abend aus ihrem Büro kam, wartete Daniel auf sie.

»Der Streik ist vorbei, nicht wahr?« Sie gab ihm einen Kuß. »Eines der Mädchen im Büro sagte mir, daß er vorbei sei.«

»Wir haben an alle Streikbüros Nachrichten geschickt, daß jeder wieder zur Arbeit gehen soll.« Aber Daniel wirkte abwesend und bedrückt.

Thomasine drückte seine Hand. »Ich dachte, du wärst außer dir vor Freude, Daniel.«

»Ich bin mir nicht sicher, ob wir gewonnen haben.« Er machte ein finsteres Gesicht und kickte eine Blechbüchse vom Gehsteig. »Als heute mittag die Nachricht kam, dachten alle, sie hätten einen Sieg errungen und feierten dementsprechend. Aber jetzt gibt es Gerüchte ...« Er schüttelte den Kopf und steckte die Hände in die Taschen.

Die Zeitungsstände waren noch leer, bemerkte Thomasine, und die Stimmen auf den Straßen wirkten aufgebracht und kontrovers. Leute stießen sie an und hasteten hin und her. Ab und zu rollte ein gepanzerter Wagen vorbei, oder Spezialeinheiten der Polizei schwärmten aus. Im Gegensatz zur regulären Polizei achteten diese Spezialeinheiten nicht auf Fußgänger und beanspruchten auf provozierende Art ihr Recht auf freien Durchgang. Aus der Ferne hörte Thomasine Schreie und das Geräusch von splitterndem Glas.

»Macht es dir etwas aus, wenn wir in meine Wohnung zurückgehen?« fragte Daniel plötzlich. »Es könnten Nachrichten dort sein.«

Sie setzten sich in Richtung King's Cross in Bewegung. Als sie um die Ecke der Euston Road bogen, wurde der Lärm des Aufruhrs lauter. Vor ihnen war das Fenster eines Pubs eingeschlagen worden. Ein halbes Dutzend Mitglieder der Spezialeinheiten schlugen die Reste der Scheibe mit ihren Stöcken heraus.

»Sie sind betrunken.« Daniel ergriff schützend Thomasines Arm und zog sie weiter. »Ganze Wagenladungen von Spezialeinheiten ziehen durch die Straßen, seit im Radio das Ende des Streiks durchgegeben wurde.«

»Vielleicht sollten wir ...«, begann Thomasine und brach dann ab.

Vielleicht sollten sie was? Einen Polizisten rufen? Aber diese Schläger waren Polizisten – oder hatten sich zumindest im Verlauf dieser unwirklichen Tage die Rechte und Pflichten von Polizisten angemaßt. Außerdem schien es, als hätten die Anwohner die Sache selbst in die Hand genommen. Gruppen von Jugendlichen und Männern in Hemdsärmeln und Stoffmützen auf dem Kopf umringten die betrunkenen Spezialeinheiten und prügelten sich mit ihnen. Alkoholisiert und zahlenmäßig unterlegen, kamen die Einheiten gegen ihre Gegner nicht an. Manche versuchten wegzulaufen, andere sich zu wehren. Der Gehsteig war bald mit Glas- und Holzsplittern besät.

»Wir machen uns lieber aus dem Staub.« Daniel versuchte, Thomasine von dem Gewühl wegzuziehen. »Das wird allmählich ungemütlich.«

Aber während sie die Szene, entsetzt über die Gewalttätigkeit, beobachtete, riß sich einer der Männer von den Spezialeinheiten los und lief in ihre Richtung. Er machte große Sätze, rutschte auf den Glasscherben und Trümmern des zerstörten Gasthauses aus und stürzte im Rinnstein Thomasine vor die Füße. Der weiße Helm rollte ihm vom Kopf, und er sah zu ihr auf. Als zwei der Anwohner losrannten und erneut auf ihn einprügeln wollten, rief Thomasine:

»Nein. Nicht. Ich kenne ihn.«

»Ist er ein Freund von dir, Süße?« Das Kosewort klang höhnisch.

Sie schüttelte den Kopf. »Nein. Ein Bekannter.«

Im Rinnstein, aus einer Stirnwunde blutend, lag Simon Melville.

Als sie Simon in Daniels Wohnung halfen, spürte Thomasine, wie die Männer sie anstarrten, und hörte die leisen Bemerkungen. Die Blicke, denen sie ausgesetzt war, brannten ihr förmlich auf dem Rücken, und sie war froh, daß Daniel Simon Melville auf der anderen Seite stützte. Als er die Wohnungstür hinter ihnen schloß, erschauderte sie vor Erleichterung.

Der Raum war hoch, unordentlich und mit Büchern übersät. Daniel setzte Simon auf einen Stuhl. »Ich hole Wasser und Verbandszeug.« Er verschwand ins Badezimmer und kehrte nach ein paar Minuten mit einer Schüssel kaltem Wasser, Gaze und Mullbinden zurück.

Simons blondes Haar war mit Blut verklebt, und seine Haut sah wächsern aus. Thomasine arbeitete schnell und geschickt, spürte aber, wie unangenehm ihr die Aufgabe war. Sie hatte Simon noch nie gemocht und ihm immer mißtraut. Seit jener Unterhaltung, die sie auf der Party in Bloomsbury mit angehört hatte, mißtraute sie ihm noch mehr. Ihr Mund war zu einem starren Strich gespannt, während sie mit dem

Mull die tiefe, klaffende Wunde säuberte, die sich über Simon Melvilles Stirn zog.

Simon murmelte: »Diese *Schweine*. England braucht diesen Abschaum nicht.«

Daniel sah seine Briefe und Nachrichten durch. Er blickte auf und sagte verächtlich: »Genausowenig braucht es uniformierte Flegel wie Sie.«

Die Blutung hatte nachgelassen. Thomasine legte ein sauberes Stück Mull auf die Wunde. »Du solltest es vielleicht nähen lassen, aber jetzt mach ich dir ein Pflaster drüber. Was hast du getan, Simon? Es ist doch ohnehin alles vorbei.«

»Eine kleine Siegesfeier. Das war alles. Nur meine patriotische Pflicht erfüllt.« Es war ihr nicht entgangen, daß er ziemlich blau war.

»Siegesfeier ....« Thomasine warf einen raschen Blick zu Daniel hinüber, der immer noch ganze Bündel von Papieren durchblätterte.

»Das sind alles Rote«, murmelte Simon, als Thomasine ihm die Binde um den Kopf wickelte. »Das ganze verdammte Pack.«

»Unsinn.« Plötzlich konnte sie den Mund nicht mehr halten. »Es sind ganz normale Leute wie du und ich. Sie möchten einfach nur ihre Familien ernähren – eine ordentliche Wohnung haben ...«

Seine Lippen kräuselten sich. »Sie sind Vieh. Untiere – eigentlich gar keine Menschen. Sieh sie dir doch an – die gekrümmten Leiber, die groben Gesichter ...«

Plötzlich machte er ihr angst. In seinen Augen stand ein fanatisches Leuchten, und sie wußte, daß er jedes seiner Worte glaubte.

Daniel sah Simon scharf an. »Sie sind vermutlich Faschist? Zweifellos einer aus dem Trupp von Arthur Hardinge?« Er knüllte eine Reihe von Briefumschlägen zusammen, während er Thomasine erklärte: »Arthur Hardinge gehörte zur Exekutive der britischen Faschisten. Sein Cousin ist Präsident des Korps zur Aufrechterhaltung der Güterversorgung.«

Simon lächelte, und sein zerschlagenes, verschrammtes Gesicht verzerrte sich zu einer abstoßenden Fratze. »Ich war Mitglied der britischen Faschisten. Ich wurde Loyalist, um dem Freiwilligenkorps beizutreten. Irgend jemand muß doch was tun – England wird von diesen bolschewistischen Schweinen ja geradezu überrannt. Sogar die oberen Schichten sind schon infiziert davon.«

Daniel wollte aufbrausen, doch Thomasine sagte schnell: »Soll ich versuchen, Lally anzurufen, damit sie dich abholt, Simon?«

Er klopfte sich Staub und Schmutz von seiner Jacke. »Wen?«

»Lally Blythe. Sie könnte dich heimbringen. Du bist doch mit Lally befreundet, oder nicht?« Ihre Stimme klang sarkastisch, weil sie sich an das Gespräch bei der Verlegerparty erinnerte, das sie zufällig mit angehört hatte.

»Befreundet?« Er lachte kurz auf, aber seine blauen Augen blieben kalt. »Lally Blythe zur Freundin zu haben hieße mit einer Wildkatze befreundet zu sein. Hübsch anzusehen, aber Gott steh einem bei, wenn sie ihre Krallen ausfährt.« Als er Thomasine ansah, begann er zu lachen. Seine Schultern bebten, sein ganzer Körper wurde geschüttelt. »Ich glaub's nicht. Du hast es nie bemerkt? Du warst doch ihre Schwägerin. Du mußt genauso blöd sein wie dein Exmann.«

Mit einer einzigen Bewegung packte Daniel Simon am Revers und schob ihn nach hinten.

»Du kleines ...«

»Nein, Daniel. Nicht. Mr. Melville geht jetzt. Ich begleite ihn hinaus.«

Langsam lockerte sich Daniels Griff. Er schüttelte Simon noch einmal, bevor er ihn losließ. »Ich muß ein paar Anrufe machen. Ich erwarte, daß Sie verschwunden sind, wenn ich zurückkomme.«

Simon strich seine Kleider glatt, während Daniel den Raum verließ. Die Angst war aus seinen Augen gewichen, und Belustigung trat an ihre Stelle.

»Abgesehen davon ist Lally in ihren Bruder Nicholas vernarrt. Das solltest du doch wissen.«

Thomasines Abneigung verwandelte sich in Ekel. Simon beobachtete sie und genoß ihr Unbehagen.

»Manchmal hab ich mich gefragt, ob ihre geschwisterliche Beziehung ganz … astrein ist.« Seine Stimme klang nachdenklich. »Aber andererseits kann ich mir nicht vorstellen, daß der liebe Nicky so unartig wäre. Wahrscheinlich bekäme er einen Nervenzusammenbruch, wenn ihm jemand steckte, daß seine Schwester auf ihn abfährt. 'tschuldigung, ich meine natürlich einen *weiteren* Nervenzusammenbruch.«

Thomasine zischte: »Raus hier. Du ekelst mich an. Raus.« Sie drehte sich um, weil sie es nicht mehr ertrug, ihn länger anzusehen. Als sie hörte, wie er die Haustür hinter sich zuschlug, ging sie zum Fenster, riß es weit auf und rang nach frischer Luft, als hätte Simon Melvilles Anwesenheit den ganzen Raum vergiftet. Die Hände noch immer zu Fäusten geballt, sah sie zu, wie Simon die Straße hinunterhumpelte und wie ein paar Minuten später Daniel von der Telefonzelle an der Straßenecke zurückkam.

Als er die Wohnung betrat, konnte sie an seinem Gesichtsausdruck ablesen, daß er schlechte Neuigkeiten hatte. Mit resignierter Miene warf er die Arme in die Luft.

»Sie haben einfach nachgegeben. Die ganze Arbeit, Thomasine. Ich hatte so ein gutes Gefühl.« Seine Stimme klang schneidend vor Zorn. Sie starrte ihn an. »Was meinst du?«

»Die Regierung hat nicht nachgegeben, sondern der Gewerkschaftskongreß. Sie haben die Bergleute im Stich gelassen.«

»Aber bei der Arbeit haben alle gejubelt. Alle dachten …« Ihre Stimme brach ab.

»Keinen Penny weg vom Lohn, keine Stunde mehr an Fron«, murmelte Daniel bitter. »Leider hat das nicht ganz geklappt. Der Gewerkschaftskongreß hat irgendein Memorandum von Sir Herbert Samuel angenommen. Die Bergleute waren damit allerdings nicht einverstanden. Während jetzt das übrige Land an die Arbeit zurückkehrt, bleiben sie aus ihren Gruben ausgeschlossen. Bloß daß die Eigentümer sie jetzt so weit haben, daß der Hunger sie wieder zur Arbeit treibt.«

Unvermittelt ließ er sich aufs Sofa fallen und vergrub den Kopf in den Händen. Sie sah, wie erschöpft und niedergeschlagen er war, und spürte eine ähnliche Verzweiflung in sich aufkommen. Nichts änderte sich. Eine Weile dachte man, es käme etwas in Bewegung, aber man hatte sich getäuscht.

»Das schlimmste dabei ist, daß es keine Garantie dafür gibt, daß die Regierung das Samuel-Memorandum annimmt. Der Gewerkschaftskongreß glaubt, daß sie es tut, aber das ist nicht sicher. Und keinerlei Versprechen von Baldwin, daß die Streikenden nicht bestraft werden, wenn sie die Arbeit wiederaufnehmen. Ein paar Arbeitgeber bestehen bereits auf niedrigeren Löhnen für die Leute in den Nachtschichten.«

»Dann war alles für die Katz?«

»So sieht es aus.« Er starrte vor sich hin und schüttelte den Kopf. »Der Gewerkschaftskongreß hätte die Drucker nicht zum Streik aufrufen dürfen. Das war ein kapitaler Fehler. Die Regierung hat das britische Rundfunksystem unter ihrer Fuchtel – Baldwin machte sich auf exzellente Weise das Radio zunutze. Wenn die liberalen Zeitungen erschienen wären, hätte die bürgerliche Klasse vielleicht verstanden ...« Er brach ab. Seine Faust schlug auf die Sofalehne, dann schwieg er.

Wie in Trance begann Thomasine, die Gaze und den Mull wegzuräumen. Simon Melvilles Worte klangen noch immer beunruhigend in ihren Ohren nach. *Lally Blythe zur Freundin zu haben hieße mit einer Wildkatze befreundet zu sein. Hübsch anzusehen, aber Gott steh einem bei, wenn sie ihre Krallen ausfährt.* Mit den Binden und der Schere in der Hand blieb sie wie angewurzelt stehen.

Daniel sah sie an. »Was ist?«

»Simon. Was er über Lally gesagt hat.« Sie warf das blutige Verbandszeug in der Küche in den Abfallkübel.

»Sie kann ein Miststück sein, weißt du.« Daniel war ihr in die Küche gefolgt. Thomasine vermutete, daß er nicht wirklich über Lally Blythe nachdachte, sondern mit dem verheerenden Ausgang des Streiks beschäftigt war.

Doch dann fügte er hinzu: »Es war Lally, die mich über Fay aufklärte.« Sie starrte ihn entsetzt an.

»Du meinst – über Fay und den Doktor?« fragte sie fassungslos.

»Mhm. Fay und Alexander Lawrence.« Er zog eine Grimasse, als er eine Flasche Scotch und zwei Gläser aus dem Schrank nahm. »Ich hätte natürlich wissen müssen, daß etwas im Gange war. Keine Ahnung, warum es mir gelang, mich so lange selbst zu täuschen.«

Sie versuchte, klar zu denken. Als Daniel ihr das Glas reichte, trank sie schnell einen Schluck, in der Hoffnung, der Whisky würde ihre Verwirrung und ihren Schmerz vertreiben. »Erzähl mir, was passiert ist.«

»Spielt das noch eine Rolle? Es ist ewig her.«

»*Ich* glaube, es spielt eine Rolle. Bitte, Daniel.«

Er zuckte die Achseln. »Lally kam an dem Morgen, an dem Fay starb, in mein Haus. Das habe ich bei der polizeilichen Untersuchung nicht gesagt – es schien nicht von Bedeutung zu sein. Ohne jede Relevanz. Früher oder später hätte ich es ohnehin selbst herausgefunden – schließlich konnte ich mir ja nicht ewig was vormachen.«

»Aber *warum*, Daniel?« platzte sie heraus. »Es hatte doch nichts mit Lally zu tun. Sie kannte dich doch kaum. Warum sollte sie sich dafür *interessieren*?«

Er runzelte die Stirn und wandte sich ab. Sag mir die Wahrheit, dachte sie. Du mußt mir die Wahrheit sagen. Schließlich drehte er sich zu ihr um und sagte gequält: »Sie war … in mich verschossen. Sie war wütend, als ich nicht auf sie reagierte. Sie wollte mich aus der Fassung bringen, deshalb hat sie mir die Sache mit Fay erzählt.«

»*Verschossen?* Lally war kein Kind mehr, Daniel! Sie

war … einundzwanzig, glaube ich. Eine erwachsene Frau.« Und kein Unschuldslamm, dachte sie. Lally hatte schon mit neunzehn in Paris einen Liebhaber gehabt.

Thomasine ging ins Wohnzimmer zurück und ließ sich aufs Sofa sinken. Simon Melville mit seinem goldenen Haar und seiner Verachtung für seine Mitmenschen und das plötzliche vernichtende Ende des Streiks hatten sie zutiefst getroffen. Daniel setzte sich neben sie.

Nachdenklich sagte sie: »Aber wir alle haben Lally wie ein Kind behandelt. Sie ist immer hinter uns hergerannt, um uns einzuholen, hat immer eher zugeschaut, als selbst am Geschehen teilzunehmen. Ich frage mich, was aus ihr geworden ist? Ich hab sie seit Jahren nicht mehr gesehen.«

Er antwortete nicht. Als sie ihn anblickte, sah sie, daß Daniel sein Glas weggestellt und den Kopf auf die Sofalehne gelegt hatte. Seine Augen waren geschlossen. Sie sah ihn eingehend an, während er schlief: die langen dunklen Wimpern, die wirren goldblonden Locken, die ebenmäßigen Züge seines Gesichts. Auf einmal merkte sie, wie sehr die Vergangenheit sie in ihren Fängen hatte und ihnen keinerlei Freiheit und Bewegungsmöglichkeit erlaubte. Sie wußte nicht, was ihr das Glücksgefühl verdorben hatte: die Ereignisse des Tages, Simon Melvilles kranke Ansichten oder die plötzliche Enthüllung eines Geheimnisses aus der Vergangenheit. Aber jetzt erkannte sie erneut, wovor sie in der letzten Woche ausgewichen war: Sie wagte es nicht, Daniel Gillory zu lieben. Sie hatte ihre Lektion zu gründlich gelernt und konnte sich an niemanden binden. Sie hatte so viele Menschen verloren, die sie geliebt hatte: ihre Eltern, ihre Schwester, ihr Kind. Jeder dieser Verluste hatte sie gezeichnet, verändert, Liebe zunehmend unmöglich werden lassen.

Ganz leise stand Thomasine auf, ging auf Zehenspitzen aus der Wohnung und schloß die Tür hinter sich.

Nachdem der alte Dilley gestorben war und sein Enkel Drakesden verlassen hatte, um in der Stadt zu arbeiten, hatte Drakesden Abbey keinen Gärtner mehr. Manchmal hackte Nicholas selbst das Unkraut und die Dornensträucher weg, manchmal schob er den Rasenmäher über die große, leicht abfallende Wiese. Er genoß die körperliche Arbeit: Schon immer hatte er gern mit den Händen gearbeitet. Aber er wußte, daß er einen Kampf führte, den er nicht gewinnen konnte. Schlinggewächse erstickten die Rosen in dem ummauerten Garten, Wegerich und Moos wucherten im Grün des Rasens. Nicholas fand, daß das Gefühl des Zerfalls und der Auflösung eigentlich erst dann eingesetzt hatte, als Thomasine fort war. Während sie im Haus lebte – während sie die Farm leitete –, hatte sich langsam alles zum Besseren gewendet und geordneten, vernünftigen Gesetzen gehorcht. Daß Drakesden Abbey – und er selbst – Thomasine brauchten, stand für Nicholas ohne Zweifel fest. Die Glyzinie an den Hauswänden hatte inzwischen wild zu wuchern begonnen, weil sie im Frühjahr nicht beschnitten worden war. Beim Hinaufsehen stellte sich Nicholas vor, daß sie eines Tages die Fenster bedecken und die Türen versiegeln würde, so daß niemand mehr das Haus verlassen könnte, und sie alle in ihrer verblichenen viktorianischen Pracht gefangen säßen.

In diesem Moment sah er an der linken Hausseite hinauf, spähte zwischen den dichten purpurfarbenen Blüten, den Blättern und dicken gewundenen Ästen nach oben. Als er durch das Gewirr von alten Schuppen und Komposthaufen, das sich vom Labyrinth bis zum Haus erstreckte, gegangen war, hatte er gedacht, er hätte eine kaputte Stelle im Mauerwerk der Abbey entdeckt. Der helle Sonnenschein überzog Drakesden Abbey mit einem Muster aus Licht und Schatten. Mit zusammengekniffenen Augen sah Nicholas, daß die Äste der Glyzinie dunkle Schlangenlinien auf die Wand warfen. Wahrscheinlich war er nur einer Sinnestäuschung aufgesessen, dachte er. Das Haus stand nun seit fast zweihundert Jahren. Die Fundamente von Drakesden Abbey waren auf dem einzigen festen Grund im Umkreis von Meilen errichtet worden.

»Entschuldigen Sie, Sir Nicholas, Ihre Ladyschaft bittet Sie zu sich.«

Er wandte den Blick von der Mauer ab und bemerkte das Hausmädchen. »Danke, Ellen. Jetzt gleich?«

»Ja, Sir.«

Nicholas folgte dem Mädchen zur Vordertür. Es war vier Uhr: Zeit zum Teetrinken. Oft richtete er es geschickt so ein, um vier nicht im Haus zu sein.

Seine Mutter befand sich im Salon, umgeben von den Utensilien des Teeservices, aber sie war nicht allein, wie er erwartet hatte. Nanny Harper war bei ihr.

»Nanny.« Nicholas versuchte ein joviales Lächeln, aber die Frau vermittelte ihm immer ein Gefühl der Beklommenheit. »Ich hoffe, Ihre Anwesenheit bedeutet nicht, daß mein Sohn sich schlecht benommen hat.«

»Nein, Sir Nicholas. Ich habe Lady Blythe meine Kündigung übergeben.«

Nicholas stöhnte innerlich auf. Das Personal auf Drakesden Abbey bestand inzwischen nur noch aus einer Köchin, einem Stubenmädchen, einem Kindermädchen und einem schwachsinnigen vierzehnjährigen Jungen.

»Ach, kommen Sie, Nanny.« Er versuchte beschwichtigend zu klingen, da er wußte, daß seine Mutter ihn beobachtete. »Ich bin sicher, daß das nicht nötig ist. Wenn William ungehorsam ist … wenn Sie mit Ihrer Unterkunft nicht zufrieden sind …«

»Das ist es nicht, Sir.«

Wenn die gräßliche Person ihn auf diese Weise ansah, fühlte auch er sich wie ein ungezogener Vierjähriger. »Was ist es dann? Martha?«

»Nein, Sir. Obwohl das Mädchen vulgär und schlecht erzogen ist.«

Nicholas wurde nervös und konnte sich keinen Reim auf das Ganze machen. »Also, nun sagen Sie schon, was ist es dann, Nanny?«

»Ich habe einen besseren Posten gefunden, Sir. Lady Torrington in Surrey hat mir eine Stelle angeboten.«

»Oh«, antwortete Nicholas kleinlaut. Ihm fiel keine Erwiderung ein. Die Tür schloß sich hinter der Nanny.

Schließlich ergriff Lady Blythe das Wort. »Unverschämte Person! Wie kann sie es wagen!«

»Uns zu verlassen?« Nicholas wollte lachen. »Man kann es ihr wirklich nicht verdenken. Sie hat nacheinander die gesamte Dienerschaft und gleichzeitig das Silber aus den Schränken verschwinden sehen und sich gefragt, was um alles in der Welt hier vor sich geht. Sie verläßt bloß das sinkende Schiff, Mama. Eigentlich ganz vernünftig.«

»Sei nicht albern, Nicky.« Gerade aufgerichtet, begann Lady Blythe den Tee einzuschenken. »Du übertreibst.«

Als er sie ansah, stellte er fest, daß sie glaubte, was sie sagte. Ihre Fähigkeit zur Selbsttäuschung war ungebrochen. »Für mich keinen Tee, Mama«, sagte er. »Ich sollte in den Garten zurückgehen, solange es noch hell genug ist.«

»Du mußt essen, Nicky. Du mußt auf dich achtgeben.«

Er schüttelte den Kopf. »Nein, Mama.« Seine Stimme klang freundlich, aber entschieden.

Sie fuhr mit dem Einschenken fort. »Ich werde wegen einer anderen Nanny annoncieren.«

»Nein, Mama.« Er wußte, daß er versuchen mußte, ihr die Lage verständlich zu machen. »Das hat keinen Sinn. Welche fähige Person würde hierherkommen? Was hätten wir ihr zu bieten? Geringen Lohn und ein Leben in völliger Abgeschiedenheit. Martha kann sich um William kümmern. Er mag Martha.«

»Was William mag und was gut für ihn ist«, erwiderte Lady Blythe steif, »sind zwei verschiedene Dinge.«

»Wirklich?« fragte Nicholas und sah auf sie hinab. »Da bin ich mir nicht so sicher.«

Sie antwortete nicht, sondern fuhr mit der Ausführung des veralteten Rituals fort, das sie fast jeden Tag zelebriert hatte, seitdem sie im Alter von zwanzig Jahren als Braut nach Drakesden Abbey gekommen war: den Wasserkessel über der Spiritusflamme erhitzen, indischen Tee in eine Kanne zu geben, chinesischen in die andere. Ihr Kleid reichte bis zu den Fesseln, war um die Taille eng geschnürt, am Hals gerüscht. Aus irgendeinem Grund fand er ihren Anblick deprimierend. Die Rüschen des altmodischen Nachmittagskleids rahmten ein Gesicht ein, in dem sich das Alter schließlich doch bemerkbar gemacht hatte, und ihr Haar, das oben am Kopf zu einem großen, buschigen Knoten geschlungen war, war jetzt weiß, nicht mehr blond. Er konnte sich nicht erinnern, wann es die Farbe verloren hatte.

Das Honorar von Sir Alfred Duke war hoch – fünfundzwanzig Guineen für eine halbe Stunde Eingangsberatung. Bei ihrer Arbeit in der Buchhaltungsabteilung verdiente Thomasine nur drei Pfund und zehn Shilling wöchentlich. Von den Tanzschülerinnen verlangte sie zwei Shilling für eine halbe Stunde Unterricht. Wenn sie nach der Arbeit heimkam, hatte sie nur eine Viertelstunde Zeit, sich das Gesicht zu waschen, das Haar zu ordnen und die Ballettschuhe anzuziehen. Oft kam sie vor halb zehn Uhr abends nicht zum Essen.

Sie wußte jedoch, daß es tiefere Beweggründe gab, die sie so beschäftigt hielten. Sie halfen ihr, Daniel aus dem Weg zu gehen. Sie war einfach noch nicht bereit, sich an einen Mann zu binden. Ihre Beziehung mit Clive Curran, ihre Ehe mit Nicholas Blythe hatten ihr gezeigt, wie töricht es wäre, ihr Glück abermals von einem Mann abhängig zu machen. Wenn sie eine anhaltende Sehnsucht nach Daniel verspürte, erinnerte sie sich an die Leidenschaft, die sie einst für Clive empfunden hatte. Sie traute dieser Art von Liebe nicht mehr.

Sowohl Clive als auch Nicholas hatten sie betrogen, wenn auch auf verschiedene Weise. Sie mochte sich von Daniel vielleicht angezogen fühlen, aber wie gut kannte sie ihn eigentlich? Eine Kinderfreundschaft, eine flüchtige Bekanntschaft nach dem Krieg, gefolgt von einem Gefühl, das fast an Feindschaft reichte, während der Zeit ihrer unglücklichen Ehen. Seit ihrer Trennung von Nicholas hatte sich Daniel hauptsächlich im Ausland aufgehalten. Sie wußte, daß er schwierig war, vielleicht von einer unverarbeiteten und ungerechten Vergangenheit getrieben wurde. Sie spürte, daß Daniel noch immer den Kampf um Anerkennung führte, den er in seiner Kindheit begonnen hatte. Sie wußte, daß ihre eigenen Kämpfe inzwischen begrenzter, persönlicher waren. Sie wollte sich auf keinen Fall in Daniel Gillorys Leben verstricken lassen und wußte, daß sie dem Hunger und der Begierde nach Zuneigung, die sie in sein Bett geführt hatten, aus dem Weg gehen mußte. Sie konnte es sich nicht leisten, sich wieder zu verlieren.

Mit Daniel hatte sie einen flüchtigen Moment des Glücks erlebt. Aber sie hatte Angst, von diesem Glück abhängig zu werden. *Nie hast du dich vor etwas gefürchtet*, hatte Daniel gesagt, aber sie wußte, daß das nicht stimmte. Sie hatte Angst, sich erneut an jemanden zu binden, der ihr Vertrauen und ihre Liebe mißbrauchen könnte. Seit ihrer Rückkehr nach London hatte sie keine engen Freundschaften geschlossen, sich niemandem mehr anvertraut. Der Verzicht auf Intimität war ein ganz bewußter Akt, eine notwendige Haltung gegenüber einer feindlichen Welt. Bei der Arbeit war sie freundlich, tüchtig, zuverlässig, aber nie offen und persönlich. Sie hatte gelernt, Vertraulichkeiten zu mißtrauen.

Auch sie hatte vom Verfall der Abbey gehört. Die kurze Unterhaltung bei der Party des Verlegers hatte die verschiedenen Andeutungen nur bestätigt, die sie aus anderen Quellen erfahren hatte: von Daniel und auch von William. Im Niedergang der Blythes sah sie Hoffnung für sich selbst. Wenn die Blythes untergehen und sie aufsteigen würde, wieviel hoffnungsvoller wäre dann der Anspruch auf ihren Sohn? Thomasine arbeitete hart und demonstrierte ständig die Begabung und das Können, die sie bereits weiter gebracht hatten, als es für eine Frau üblich war. Wenn sie vor Jahren auch fast ihren guten Ruf verloren hätte, so glaubte sie jetzt, dank ihrer Leistung und ihrer Vertrauenswürdigkeit diesen früheren Fehltritt allmählich wettzumachen. Vor allem aus diesem Grund konnte sie sich nicht mit Daniel Gillory einlassen. Sie würde nicht zulassen, daß ihre Unabhängigkeit durch irgend etwas gefährdet würde. Sie würde nicht zulassen, daß irgend etwas die Aussicht, ihren Sohn wiederzubekommen, in Gefahr brächte.

Der Erfolg seines Buches überraschte Daniel zutiefst. Die bescheidene Auflage der *Schwarzen Erde* war innerhalb von drei Monaten nach ihrer Veröffentlichung verkauft. Harold Markham und Daniel feierten stilvoll in Harolds Klub. »Die Leute haben den Hedonismus bis obenhin satt«, erklärte Harold. »Nach dem Krieg haben sie den Kopf in den Sand gesteckt – wollten nichts lesen, was sie zum Nachdenken zwingt. Jetzt fühlen sie sich von den unglaubwürdigen Abenteuergeschichten und trübseligen Romanzen über sogenannte moderne Mädchen gelangweilt. Sie möchten etwas, was mehr Substanz hat.«

Daniel fand, daß der kleine Erfolg der *Schwarzen Erde* mehr mit dem unterschiedlichen Leben in den Fens und der Großstadt zu tun hatte als mit seiner Fähigkeit, dem Zeitgeist zu entsprechen. Es amüsierte ihn, daß Leute seinen Geburtsort als exotisch empfanden. Den Scheck, der schließlich von Markham Books eintraf, konnte er dennoch gebrauchen. Er erlaubte ihm, das Leben fortzuführen, das er mit Hatties Erbe begonnen hatte: sich weiterzubilden, zu reisen und zu schreiben. Der Drang zum Reisen war bereits wiederaufgeflackert – er wollte unbedingt das nachrevolutionäre Rußland kennenlernen –, aber etwas hielt ihn zurück. Er mußte sich persönlich von den Auswirkungen des Generalstreiks überzeugen – die Bergleute waren jetzt, im September, noch immer ausgesperrt.

Auch seine Gefühle für Thomasine hielten ihn davon zurück, England zu verlassen. Diese Gefühle bestanden aus einer verwirrenden Mischung aus Begehren, Zuneigung und Frustration. Sie verbrachten so wenig Zeit zusammen. Thomasine arbeitete fünfeinhalb Tage in der Woche und offensichtlich auch jeden Abend. Und auch Daniel war im

Moment sehr eingespannt. Er wußte, wenn er aus dem Erfolg der *Schwarzen Erde* Profit schlagen wollte, mußte er seine Artikelserie fertigstellen, bevor das Buch vergessen war. Die Rückkehr zu den Kohlegruben war niederschmetternd, eine langgezogene, stille Qual. Er wollte etwas schreiben, was die bürgerliche Klasse aus ihrer Selbstzufriedenheit herausholte.

Wieder fuhr er nach Leeds und schrieb über die Arbeit der Hilfskommitees unter den Familien der ausgesperrten Bergleute. Er hatte sich einer Mitarbeiterin des Frauenkommitees angeschlossen – Miss Cecilia Morris, eine Frau um die Dreißig, dunkelhaarig, mit strengen Zügen und intelligent. Ihr Tag bestand aus einer endlosen Runde durch Suppenküchen, dem Verteilen von gebrauchten Kleidern und der Überprüfung, daß die Frauen und Kinder der Bergleute ihren rechtmäßigen Anteil an der Armenfürsorge bekamen. Heute steuerte sie zielstrebig durch die Reihen von Siedlungshäusern, die Daniel bei seinem ersten Besuch vor sechs Monaten kennengelernt hatte. Seitdem war manches anders geworden: Die Luft war sauberer seit der Schließung der Zechen, und der Ort wirkte still und trostlos. In den Augen der Männer, die an den Straßenecken herumlungerten, standen Bitterkeit und Niedergeschlagenheit.

Es war Nachmittag, als Miss Morris an die letzte Tür in der Häuserreihe klopfte. Diesmal wartete Daniel draußen, denn die endlose Abfolge hohläugiger Kinder und Mütter, die sich bemühten, dem Elend mit tapferer Miene zu begegnen, hatte ihn erschöpft.

Doch nach ein paar Minuten kam Cecilia Morris schon wieder heraus. »Ich finde, das sollten Sie sich mal ansehen, Mr. Gillory.« Als Daniel sie überrascht anblickte, entdeckte er Zorn in ihren dunklen Augen.

Im Innern des Reihenhauses brauchte er eine Weile, um sich an das Dunkel zu gewöhnen. Zuerst glaubte er, der Raum sei leer – es gab keine Möbel, nur ein Durcheinander von Lumpen am Boden. Nur daß es keine Lumpen waren, wie er plötzlich bemerkte, sondern eine Frau und ein Kind.

Das Alter der Frau war schwer zu schätzen. Daniel konnte nicht sagen, ob sie sechzehn oder vierzig war. Ihr Haar war ein schwarzes Gestrüpp, ihre Haut durchsichtig. Sie trug ein wirres Durcheinander aus Frauenröcken, Schals, Männerjacken und Ohrenschützern. Das Haus war anscheinend so kalt, schätzte Daniel, weil es nie Sonnenlicht abbekam. Das Zimmer ging direkt auf den Hof des Hauses dahinter hinaus. Durch das schmutzige Fenster konnte Daniel den Abort sehen, den dieses Haus mit den restlichen der Reihe teilen mußte. Obwohl es einen Herd gab, brannte er nicht, und die Kohlenkiste war leer.

Schließlich zwang er sich, das Baby anzusehen. Die Haut des Kindes war grau und spannte sich über die Knochen seines zarten Schädels. Es war gleichfalls in ein Bündel Lumpen gehüllt. Die Frau – oder das Mädchen – drückte es an die magere Brust.

»Ich hab keine Milch«, sagte sie. Ihre Stimme klang heiser, entschuldigend.

Daniel sah zu, wie sich Cecilia Morris auf den Boden neben die Mutter kniete. »Das Baby ist tot, meine Liebe«, sagte sie behutsam. »Lassen Sie es mich in meinen Schal wickeln.«

Sie schickte Daniel nach einem Arzt, obwohl es längst zu spät dafür war. Nachdem alle Formalitäten, die Daniel wegen ihrer Nutzlosigkeit obszön fand, erledigt waren und er in einer Anwandlung von Zorn den Inhalt seiner Taschen in eine angeschlagene Schale auf dem Küchenschrank geleert hatte, ging er mit Miss Morris in deren Wohnung zurück, wo sie Tee tranken, der keinem von beiden schmeckte.

Er ließ sich über ihr Leben erzählen. Ihr Verlobter war bei Ypres gefallen, und da sie weder wohlhabend noch hübsch war, hatte sie in der Zwischenzeit erkennen müssen, daß sie zu den vielen Frauen gehörte, die der Krieg um Ehe und Mutterschaft betrogen hatte.

»Man nennt uns ›Überschußfrauen‹«, sagte sie und blickte Daniel an. »Das hört sich trostlos an, nicht wahr? Wie ein altmodisches Kleidungsstück, wie ein Ladenhüter. Meine Familie glaubte wohl, mein Leben sei nach Alberts Tod vollkommen sinnlos. Also dachte ich, ich beweise ihnen das Gegenteil. Ich zeige ihnen, daß ich noch zu etwas nutze bin.«

Er bemerkte, daß sie weinte. »Ich dachte, ich könnte etwas bewirken, verstehen Sie, Mr. Gillory? Aber ich habe mich getäuscht.«

Zwischen den sechsjährigen Zwillingen und der übergewichtigen Dreizehnjährigen hatte Thomasine eine Pause von zwanzig Minuten. Für gewöhnlich verbrachte sie diese kostbaren Minuten erschöpft in einer Ecke von Mrs. Prices Salon, eine Tasse Tee in der Hand. Heute abend jedoch steckte Mrs. Price den Kopf durch die Tür, nachdem die Zwillinge gegangen waren.

»Da ist ein Herr, der Sie besuchen möchte, Miss Thorne.«

Durch die Spitzenvorhänge im Salon sah Thomasine die Umrisse des Royal-Enfield-Motorrads. Sie zog ihre Jacke an und ging nach draußen.

»Daniel.« Sie küßte ihn auf die Wange. Die Straße war still, die Abenddämmerung angebrochen, und der scharfe Novemberwind zerrte an ihren Kleidern. Daniel hatte einen langen Mantel und Stiefel an, die Brille, die er beim Motorradfahren trug, hing um seinen Hals.

»Können wir reingehen?«

»Ich brauch ein bißchen frische Luft. In einer Viertelstunde kommt die nächste Schülerin.« Sie wich seinem Blick aus. Sie wollte nicht, daß er reinkam, weil es hier draußen sicherer war. Leichter, ihn auf Abstand zu halten.

Er sah sie argwöhnisch an. »Dann in den Pub?«

»Dafür ist keine Zeit. Außerdem hab ich meine Ballettschuhe an. Alle würden mich anstarren.« Sie war müde und mißgelaunt. Während der letzten Jahre hatte sie sich eigenes Leben aufgebaut, ein anstrengendes, schwieriges

Leben vielleicht, aber es gehörte ihr, und sie ließ es sich von keinem durcheinanderbringen, auch von Daniel Gillory nicht.

Er schwieg. Der Wind fegte durch das Laub im Rinnstein und wirbelte den Staub auf. Thomasine zog ihre Jacke enger um sich und versuchte, ihre Gelassenheit wiederzugewinnen.

Daniel lächelte flüchtig. »Es sieht nach zehn Minuten auf der Türschwelle aus, nicht wahr? Komm her.«

Er legte die Arme um sie. Der dicke Stoff seines Mantels schützte sie beide vor dem Wind. Als sie sich küßten, vergaß sie ihre Sorgen für eine Weile. Sie stellte fest, daß sie ihn begehrte, wie sie einst Clive, aber wahrscheinlich niemals Nicholas begehrt hatte. Dennoch riß sie sich von ihm los und fragte leichthin: »Wie war Yorkshire?«

Er runzelte die Stirn. »Kalt. Voller Elend. Ich bin froh, daß ich nichts mehr davon sehen muß.«

»Hast du deinen Artikel beendet?«

»Fast. Wenn ich mich in meiner Wohnung einschließe und ein Schweigegelübde ablege, dürfte er in einem Monat fertig sein.« Sie sah, daß kein Funken von Frohsinn in seinen Augen blitzte. In der Dämmerung wirkten sie kalt und funkelten graugrün.

»Ich hatte eine sehr anstrengende Woche. Zwei der jüngeren Buchhalter waren krank, und ich mußte neben meiner auch noch ihre Arbeit erledigen. Und eine ganze Schar kleiner Mädchen hat beschlossen, Tanzstunden zu nehmen. Fünf von ihnen gleichzeitig eine Stunde lang in dem kleinen Salon …«

»Hör auf! Um Himmels willen, hör auf!« Unwirsch unterbrach Daniel ihren Schwall von Banalitäten. Seine Hände glitten von ihren Schultern herab. »Wenn du mich loshaben willst, Thomasine, dann sag mir, daß ich Leine ziehen soll. Es wäre mir lieber, wenn du aufrichtig zu mir wärst. Wenn du mich satt hast, dann sag's mir.«

In seinen Augen stand Schmerz. Krampfhaft suchte sie nach Worten – vergeblich. Seit Jahren hatte sie niemandem ihr Herz geöffnet – wie konnte sie die schützenden Schichten ablegen und ihm nackte und ungeschützt gegenübertreten?

Sie ließ es bei Halbwahrheiten bewenden. »Das ist es nicht, Daniel. Es ist bloß so, daß ich im Moment sehr hart arbeite und offensichtlich keine Kraft für etwas anderes habe. Jeden Morgen stehe ich um halb sieben auf und schufte bis neun Uhr abends. Und dann muß ich meine Haare waschen, Näharbeiten machen und Briefe schreiben. Neulich bin ich beim Strümpfestopfen eingeschlafen. Erst als ich mir die Nadel in den Finger gestochen habe, bin ich aufgewacht.«

Er stand im Schutz des Hauseingangs und lehnte sich an den Türpfosten, etwas versöhnlicher jetzt. »Du sparst, damit du einen Anwalt bezahlen kannst, um William zurückzubekommen?« fragte er.

»Ja.« Der Wind blies durch die Maschen ihrer Jacke, und der Gehsteig fühlte sich eisig an unter den dünnen Sohlen ihrer Ballettschuhe.

»Bei wie vielen bist du schon gewesen?«

»Bei dreien. Sir Alfred Duke wird der vierte sein.«

»Wenn du schon bei dreien gewesen bist«, sagte Daniel knapp und nüchtern, »und sie dir nicht helfen konnten, hat es dann Sinn, einen vierten aufzusuchen?«

Erneut wich sie seinem Blick aus. Er sprach ihre größte Angst aus: die Angst, die sie oft mitten in der Nacht hochschrecken ließ. Daß sie verloren hatte, sich nicht mehr wehren konnte. Zuversicht vorspiegelnd, die sie nicht besaß, antwortete sie: »Sir Alfred Duke wurde mir empfohlen. Er soll bei schwierigen Fällen äußerst geschickt sein.«

Schweigen. Sie fürchtete sich vor dem, was er als nächstes sagen würde, daß er ihre vagen Hoffnungen zerstören und sie am Rand eines Abgrunds zurücklassen könnte.

»Es kommt sicherlich ein Punkt, an dem du dich in das Unvermeidliche fügen mußt.«

Sie konnte nicht antworten. Obwohl sie tief in ihrem Innern ahnte, daß Daniel recht hatte, brachte sie es noch nicht über sich, dies zuzugeben.

»Wieviel verlangt dieser Anwalt?«

»Fünfundzwanzig Guineen für ein Vorgespräch. Deswegen muß ich abends arbeiten. Ich habe für Ende des Monats einen Termin vereinbart.«

»Ich kann dir die fünfundzwanzig Guineen geben, Thomasine. Ich habe heute morgen einen Scheck vom Verlag bekommen.«

Sie sah nach, von ihm weg. Der Mond war eine silberne Sichel am Himmel, und die Räume zwischen den tintenschwarzen Wolken waren mit Sternen übersät. »Nein«, antwortete sie leise.

»Warum nicht? Ich bin nicht altruistisch, Thomasine – es ist nur, daß es mir nicht gefällt, dich wie ein Teenager für zehn Minuten in einem eisigen Hauseingang zu treffen.«

Ärgerlich erwiderte sie: »Hättest du denn von mir Almosen angenommen, Daniel, als ich viel und du nichts hattest? Als wir in Drakesden wohnten und ich Lady Blythe und du nur ein Kleinbauer warst?«

»Mein Gott – das ist doch nicht das gleiche …«

»Natürlich ist es das gleiche! Es ist ganz genau das gleiche! Oder darfst du Stolz haben, ich aber nicht?«

»Ach, verdammt!« Die Hände tief in den Taschen vergraben, verließ er den Hauseingang. Spitzenvorhänge bewegten sich, und neugierige Gesichter sahen heraus, nachdem sie lauter gesprochen hatten. Am Ende der Straße sah Thomasine die plumpe Gestalt ihrer nächsten Schülerin, die in Begleitung ihrer Mutter auf sie zukam.

»Es ist nicht das gleiche«, fügte Daniel störrisch hinzu, »weil ich dachte, daß jetzt etwas zwischen uns ist. Was es anders macht.«

Sie wandte sich ihm zu. »Begreifst du denn nicht«, zischte sie, »daß es deshalb ganz unmöglich ist, daß ich Geld von dir annehme, Daniel? Völlig unmöglich?«

Fast mit Gewalt stieß sie die Tür auf. Während sie sich bemühte, für ihre Schülerin eine freundliche Miene aufzusetzen, hörte sie das Dröhnen der Enfield, als Daniel die Straße hinunterbrauste.

Ende November fuhr Daniel nach Drakesden zurück. Der Streit mit Thomasine, der nur oberflächlich und unzureichend wieder beigelegt worden war, und die Fertigstellung seiner Arbeit vermittelten ihm ein Gefühl der Leere, machten ihn ruhelos und unfähig, sich auf etwas zu konzentrieren.

Seit April war er nicht mehr in Drakesden gewesen. Damals hatte die Frühlingssonne die Schroffheit der Landschaft gemildert, und das weite Blau des Himmels hatte für die Eintönigkeit der flachen Felder und Wasserebenen entschädigt. Jetzt war der Himmel stählern grau, mit Wolken verhangen und bedrohlich, ohne daß es regnete. Ein tückischer Wind blies ihm trotz seiner Brille Staub in die Augen, als er mit dem Motorrad durchs Dorf und über den Weg zur ehemaligen Schmiede fuhr.

Wie immer wurde er von Harry und Annie herzlich begrüßt. Er begutachtete das Baby, das inzwischen achtzehn Monate alt war und auf wackeligen Beinchen zielstrebig durch die Küche marschierte, und aß das Essen, das Annie ihm kredenzte. Es war immer noch seltsam, in seinem einstigen Haus zu Gast zu sein, doch Daniels Meinung nach gab es kaum noch Spuren seines früheren Lebens hier. Er verwechselte die Frau, die jetzt am Herd kochte, nicht mit jener anderen dunkelhaarigen, verführerischen. Die Dockerills hatten neue Möbel gekauft und das Haus umgestaltet: Vergangene Erinnerungen – der Klang des Schmiedehammers in dem wiedererrichteten Anbau, das Geräusch eines Fahrrads auf dem schlammigen Pfad – kamen nicht mehr zurück.

Nach dem Essen, während das Baby schlief, machte Daniel mit Harry einen Rundgang über die Felder. Der schmale Landstreifen zwischen Hof und Deich lag brach, da der Boden inzwischen ständig mit Wasser vollgesogen war. In der Mitte seines größten Felds standen noch immer die schwarzen Äste wie Klauen aus der Erde heraus. Harry baute keinen Weizen mehr an: Während des Sommers wuchsen Blumen, Früchte und Kartoffeln auf dem Land und im Winter Sellerie und Wurzelgemüse. Harry schwärmte von seinen Nelken und Erbsen. Im Moment wiegten Chrysanthemen, die er versuchsweise angepflanzt hatte, ihre gelbbraunen Köpfe über dem schwarzen Boden.

Mit Harrys Erlaubnis pflückte Daniel einen Strauß davon. Taktvoll ging Harry zum Cottage zurück und ließ Daniel allein mit den Blumen in der Hand am Rand des Felds stehen. Als er zum Deich hinübersah, fiel ihm die Vernachlässigung auf den angrenzenden Felder auf: das Riedgras, das die Gräben verstopfte, der bröckelige Rand des Deichs. Disteln und Mohn breiteten sich zwischen den stoppeligen Überresten des Weizens aus. Der Anblick freute ihn nicht mehr so, wie es früher vielleicht der Fall gewesen wäre. Er wandte sich ab, denn der Blick auf die verdorbene Ernte, über die der eisige Wind hinwegfegte, hatte seine innere Unruhe noch verstärkt.

Mit den Blumen im Arm ging er zum Kirchhof. Den Kragen seines Armeemantels hatte er ums Gesicht gezogen. Als er das Tor aufstieß und unter den Eiben durchging, wußte er, daß er nicht allein war.

Nicholas Blythe, dessen Silhouette sich vor dem trüben Himmel abzeichnete, stand bewegungslos neben einem der Grabsteine. Die Blythes besaßen ein eigenes Stück Grund auf dem Friedhof: Ihre Gräber waren prunkvoll, Ausdruck ihrer Stellung im Dorf. Daniel wußte nicht, ob Nicholas sein Kommen bemerkt hatte.

An Fays Grab kniete er nieder und lehnte den Strauß Chrysanthemen an den Grabstein. Während er das Unkraut auszupfte, betete er nicht, sondern murmelte das Lied, das ihm inzwischen im Zusammenhang mit Fay immer einfiel: »›Fürchte nicht mehr Flammenblitze, Zittre nicht vorm Donnerschlage; Stumpf ist der Verleumdung Spitze; Dir verstummt jetzt Lust und Klage‹.«

Der furchtbare Schmerz und die Schuldgefühle, die ihn

während der Wochen nach ihrem Tod schier erdrückt hatten, kehrten nicht wieder. Er sah ihren Tod jetzt als das, was er war: die entsetzliche Vergeudung eines jungen, strahlenden menschlichen Lebens. Zum erstenmal erschien ihm Fays Tod wie die Nachwehen eines größeren Verbrechens, jenes einen, das in den Jahren zwischen 1914 und 1918 sein Leben und das so vieler anderer zerstört hatte. Seine Ehe mit Fay war nicht zuletzt ein verzweifelter Versuch gewesen, zurückzugewinnen, was er in den Kriegsjahren verloren hatte: seine Jugend und seinen Optimismus. Und Fay hatte womöglich Cecilia Morris' Schicksal entgehen wollen und lieber ihn geheiratet, als eine der vielen sitzengebliebenen Frauen zu werden. Ihre Ehe, hervorgegangen aus der Unfähigkeit, sich der Vergangenheit zu stellen, und gleichzeitiger Angst vor der Zukunft, hatte vielleicht nie große Chancen gehabt.

Als er aufstand, sah er auf die andere Seite des Kirchhofs zu Nicholas Blythe hinüber. Nicholas hatte sich nicht bewegt. Er wirkte wie aus schwarzem Marmor gemeißelt, wie einer der Steinengel, die ihn umgaben. Daniel holte tief Luft und ging auf ihn zu.

»Sir Nicholas.«

Als Daniel seinen Namen aussprach, zuckte Nicholas Blythe zusammen und schien mit einem Ruck in die Gegenwart zurückzukehren. Seine dunklen Augen richteten sich auf Daniel.

»Gillory.« Ein kurzes Nicken seines Kopfes.

Daniel steckte die Hände in seine Manteltaschen, runzelte die Stirn und suchte nach Worten. »Scheußliches Wetter«, sagte er schließlich, da ihm nichts Besseres einfiel.

Nicholas blinzelte. »Ich warte immer noch auf Regen. Es war so trocken. Und Regen scheint immer das richtige zu sein für einen Friedhof, nicht?«

Dieser zögerliche Dialog, dachte Daniel, war die höflichste Unterhaltung, die er und Nicholas Blythe seit Jahren geführt hatten. Daniel sah auf den Grabstein, vor dem Nicholas Blythe stand. Er bestand aus poliertem schwarzem

Marmor, und wie bei allen der neueren Familiengräber waren entlang des Rands Lorbeerkränze eingemeißelt. Die Inschrift lautete: »Gerald William Blythe, 1896–1914.«

»Ihr Bruder?« sagte Daniel. »Bei Mons, nicht? Armer Kerl.«

Nicholas starrte auf den Grabstein. »Oh, ich weiß nicht. Manchmal denke ich, es war leichter für den alten Gerry. Er hat's hinter sich.«

Daniel konnte nicht antworten. Er hörte Thomasine sagen: *Nicholas hat Neurasthenie.* Beim Blick auf ihn sah er, wie sehr er in den letzten drei Jahren gealtert war. Die Falten, die sich um Mund und Augen eingegraben hatten, verliehen ihm eher das Aussehen eines Mannes Ende Dreißig als Ende Zwanzig. In den dunklen Locken an den Schläfen zeigten sich bereits ein paar silberne Fäden.

Nicholas fügte hinzu: »Ich glaube, ich komme nie darüber hinweg. Jedenfalls nicht, bevor ich still und ruhig auf dem Kirchhof von Drakesden liege.« Das sagte er in ganz gelassenem, beiläufigem Tonfall. »Sie waren auch in der Armee, nicht wahr, Gillory?«

Daniel nickte. »Beim Londoner Regiment der Königlichen Füsiliere. Ich war Captain im dritten Bataillon.«

»Waren Sie oft in Kampfgeschehen verwickelt?«

»An der Somme«, antwortete Daniel, »und in Passchendaele.«

Es war seltsam, Ende 1926 auf dem Friedhof von Drakesden mit Nicholas Blythe diese Unterhaltung zu führen. Es war, als hätten sie fast ein Jahrzehnt ausgelassen, als hätten diese Worte vor vielen Jahren gesprochen werden müssen, und dies versäumt zu haben hatte ihnen beiden geschadet.

Er wußte auch, daß er sich ein wenig weiter vorwagen mußte. »Ich weiß, was Sie meinen, daß man es nie mehr los wird.« Seine Stimme klang heiser, fast schroff vor Anstrengung. »Passchendaele war schlimm.«

Wieder richtete sich Nicholas' Blick auf ihn. In seinen Augen stand mitunter eine Leere, die Daniel beunruhigte.

Es war fast so, als wäre er dafür verantwortlich, Nicholas Blythe in die Wirklichkeit zurückgerissen zu haben.

»Ich war lebendig begraben«, erklärte Daniel. »Ein verdammter Mörser fiel auf unseren Unterstand. Ich weiß nicht, wie lange ich dort drin war. Niemand wußte es. Alles war durcheinander. Ich hatte das Gefühl, Tage – sogar Wochen – verloren zu haben. Und später konnte ich geschlossene Räume nicht ertragen. Wenn ich eingesperrt war – im Dunkeln –, kam jedesmal alles wieder zurück. Und ich hatte so schreckliche Träume.«

Nicholas starrte ihn inzwischen offen an. Seine Hände in den schwarzen Lederhandschuhen zitterten.

»Und Sie?« fragte Daniel.

Nicholas nannte sein Regiment. Dann fügte er hinzu: »Man hat mich mit dem Militärverdienstkreuz ausgezeichnet. Das hätte man nicht tun sollen, wissen Sie.«

Als er Nicholas Blythe ansah, drehte sich Daniel fast der Magen um. Nicholas zog Mantel und Jacke aus und krempelte die Hemdsärmel hoch. »Schauen Sie«, sagte er und streckte die Arme mit nach oben gerichteten Handflächen vor ihm aus.

Auf den gebräunten Unterarmen hatten sich von den Händen bis zu den Ellbogen dünne weiße Linien eingegraben. Zahllose, ungleichmäßige Narben.

»Das hab ich getan, verstehen Sie?« sagte Nicholas.

Einen Moment lang verstand Daniel nicht, was er meinte. Dann begriff er, und ihm stockte der Atem. Er wollte flüchten, fort aus dem Kirchhof, fort aus Drakesden. Er wollte die Geheimnisse seines Feindes nicht wissen. Er wollte nicht wissen, daß sein Feind fehlbar, geschädigt war.

Aber er wußte, daß er nicht fortgehen konnte. Aus welchem Grund auch immer Nicholas Blythes zerstörter Geist seine Geheimnisse offenbart hatte – sie waren ein kostbares Geschenk, das mit Respekt angenommen werden mußte.

Daniel erriet: »Sie haben sich selbst verstümmelt. Damit Sie nach Hause durften.«

Nicholas nickte. »So.« Seine Arme hantierten mit einem

unsichtbaren Gegenstand. »An dem Stacheldraht. Siebzig Stiche, sagten mir die Ärzte. Ich hab mich fast in Fetzen gerissen. Ich war der einzige aus meinem Bataillon, der überlebt hat. Finden Sie, daß ich mein Militärverdienstkreuz zurückgeben sollte?«

Daniel versuchte aufzunehmen, was Nicholas ihm erzählt hatte. Er schaffte es, den Kopf zu schütteln. »Natürlich nicht«, antwortete er und zwang sich, überzeugend, nicht verurteilend zu klingen, während ein Teil des altvertrauten Zorns in ihm aufstieg. Doch diesmal richtete sich der Zorn nicht gegen Nicholas Blythe, sondern gegen diejenigen, die für den Krieg verantwortlich waren – die Politiker, die Generäle, die Profiteure. Die alten Männer. Er sagte schlicht: »Jeder, der dort war, war ein Held. Jeder, der in einem Graben schlief, während Ratten über ihn hinwegrannten, jeder, der Giftgas eingeatmet hat, jeder, der gesehen hat, wie sein Freund über den Haufen geschossen wurde, war ein Held. Wir hätten alle Orden kriegen sollen.« Er griff in seine Tasche und holte einen Flachmann mit Whisky heraus. Er zog den Stöpsel heraus und bot Nicholas davon an. »Trinken Sie einen Schluck. Und ziehen Sie Ihren Mantel wieder an, alter Junge. Es ist verdammt kalt.«

Er sah Nicholas beim Trinken zu. Tausend Gedanken schwirrten ihm durch den Kopf: eine Mischung aus Bedauern, Mitleid, Verständnis. In Nicholas' Wangen kehrte ein wenig Farbe zurück, als er trank. Daniel hob Jacke und Mantel vom Boden auf und reichte ihm beides.

»Es wird besser«, sagte er, als er Nicholas in die Jacke half. »Ehrlich. Ich war in einem hoffnungslosen Zustand, als ich aus Frankreich zurückkam. Konnte in keine U-Bahn steigen. Ich erinnere mich, daß ich mich gezwungen habe, eine Station weit zu fahren – von Knightsbridge nach Kensington –, und in Panik geraten bin. Ich mußte mich aus dem Zug buchstäblich nach draußen werfen. Die Leute dachten, ich sei betrunken. Deswegen bin ich hierher zurückgekehrt. In East Anglia kriegt man keine klaustrophobischen Anfälle, nicht? Jetzt geht's mir aber viel besser. Vor ein paar

Monaten mußte ich für meine Arbeit in einen Stollen einfahren. Es war schrecklich, aber ich hab's getan.«

Nicholas sagte plötzlich: »Ich lese gerade Ihr Buch.«

»Ach ja?« antwortete Daniel verblüfft. »Wie finden Sie es?«

»Großartig. Sie waren immer schon ein kluger Bursche, stimmt's?«

Daniel grinste. Einen Moment lang schwiegen beide.

»Also finden Sie, es spielt keine Rolle?« fragte Nicholas.

»Was Sie getan haben?« Daniel sah Nicholas in die Augen und begann zu verstehen, wie die Schuldgefühle im Laufe des vergangenen Jahrzehnts in ihm gegärt hatten. Wie sie sein Leben erschwert, sein Gemüt vergiftet und nicht zugelassen hatten, daß er die Schrecken des Krieges vergaß. »Nicht die geringste«, antwortete er entschieden und aufrichtig. »Viele von uns hätten das gleiche getan, wenn sie die Möglichkeit gehabt hätten.«

Der Wind heulte über das ferne Netzwerk aus Gräben und Wasserläufen. Eine Schar Stare, schwarze Punkte an einem bleiernen Himmel, flog über die Felder.

»Wir waren sehr jung«, fügte Daniel zögernd hinzu. »Vielleicht würden wir alles anders machen, wenn wir die Gelegenheit dazu hätten, aber … es ist zu spät, nicht wahr? Ich weiß, daß das, was 1914 geschehen ist – mit Lally und Ihrer Mutter –, alles für mich verändert hat. Es hat mich so bitter gemacht. Und dann der Krieg …« Seine Stimme brach ab, verlor sich im Heulen des Windes.

»Lally?«

Daniel runzelte die Stirn und zuckte die Achseln. »Heute erscheint alles so banal, nicht wahr? Bloß ein Kuß. Wir waren schließlich noch Kinder. Aber ich verstehe, was Lady Blythe gedacht haben mußte.«

Beim Aufsehen dachte er einen Augenblick lang, Nicholas sei verärgert. Aber dann stellte er fest, daß es kein Ärger, sondern Verwirrung war, die in seinen Augen geschrieben stand.

»Sie haben *Lally* geküßt?«

Daniel schüttelte den Kopf. »Nein. Lally küßte mich.«

Lally Blythe hatte ihn zweimal geküßt, erinnerte er sich. Und plötzlich wußte er, daß keiner der Küsse harmlos gewesen war. »Das wußten Sie nicht?« fragte er neugierig.

Nicholas sah ihn verständnislos an. »Nein. Ich wußte, daß Sie an dem Tag in der Abbey waren … deswegen dachte ich, Sie hätten den Feuerdrachen genommen.«

»Nun, das habe ich nicht. Ich hab das verdammte Ding nie gesehen.«

»Erzählen Sie mir, was passiert ist«, bat ihn Nicholas mit drängender Stimme. »Erzählen Sie mir alles.«

Daniel erzählte es ihm. Wie sein Vater ihn geschlagen und ihm gesagt hatte, er könne nicht mehr zur Schule gehen. Wie er nach Quince Cottage rannte, um Thomasine zu suchen, die aber nicht dort war. Wie er annahm, daß sie bei Nicholas war und ihm vor Verzweiflung und Eifersucht ganz schlecht wurde. Wie er nach Drakesden Abbey lief und Lally im Obstgarten traf. Wie das Gewitter kam. *Fürchte nicht mehr Flammenblitze, Zittre nicht vorm Donnerschlage.* Wie Lally ihn in den Geräteschuppen gezogen, die Wunde an seiner Stirn berührt und ihre Lippen auf die seinen gepreßt hatte …

Ihre Zunge, die sich in seinen Mund wühlte. *Ich hab ein Geheimnis, verstehst du? Soll ich es dir verraten?* Davon erzählte er Nicholas Blythe, Lallys Bruder, natürlich nichts.

»Und Mama ist gekommen?« fragte Nicholas, nachdem Daniel geendet hatte.

Er nickte. »Im ungünstigsten Moment. Und weil ich fast drei Jahre älter als Lally … und einer der Dorfjungen war … muß sie gedacht haben … Ich kann es ihr eigentlich nicht verdenken. Also, wie auch immer, sie befahl Mr. Fanshawe, mir nicht mehr mit der Schuluniform zu helfen, und das war's dann. Jetzt spielt es keine Rolle mehr.«

Er stellte fest, daß dies die Wahrheit war. Es spielte keine Rolle mehr. Er hatte es überwunden. Er hatte eine Zukunft.

Und ein Teil dieser Zukunft, so hoffte er, war Thomasine.

Plötzlich fiel ihm wieder ein, warum er über den Friedhof gegangen war und Nicholas angesprochen hatte.

»Ich wollte mit Ihnen über Thomasine reden. Ich sehe sie gelegentlich in London.«

Nicholas, der zu Boden gebeugt war, zuckte plötzlich in die Höhe. »Wirklich. Geht es ihr ... gut?«

»Ihr geht's ganz gut. Sie ist allerdings ziemlich erschöpft.« Er holte tief Luft, kam gleich zur Sache, obwohl er wußte, daß er vielleicht alles schlimmer statt besser machte, dennoch fürchtete er die Folgen, wenn er es nicht versuchte.

»Die Sache ist die, ich wollte bloß sagen ... ich weiß, daß es mich nichts angeht und daß Sie das Recht haben, mich abzuweisen, aber, nun ja – sie vermißt ihr Kind so sehr, wissen Sie. Soweit ich weiß, lassen Sie nicht zu, daß sie den Jungen wiederbekommt, aber vielleicht könnten Sie erlauben, daß sie ihn öfter sieht ... das könnte helfen ... alles ...«

»William? Reden wir über William?« Nicholas rieb sich die Augen. »Ich verstehe nicht, was Sie meinen, Gillory. Daß sie den Jungen wiederbekommt? Thomasine überließ mir freiwillig das Sorgerecht für meinen Sohn. Sie wußte, daß ich ihm ein besseres Leben bieten konnte.«

Jetzt war es an Daniel, verständnislos dreinzusehen. »So war es nicht ganz, das steht fest ... Sie gibt ein Vermögen für Anwälte aus, um eine Möglichkeit zu finden, ihn zurückzubekommen. Arbeitet Tag und Nacht.«

Die Verwirrung auf Nicholas Blythes Gesicht, dachte Daniel, spiegelte wahrscheinlich seine eigene wider. Plötzlich schoß ihm das Wort *Geheimnisse* durch den Kopf. Mit den Blythes zu reden war wie durch das Labyrinth auf Drakesden Abbey zu gehen. Ein dunkler Gang hier, eine verschlossene Tür dort. Zweige darüber, die das Sonnenlicht abhielten. Schlingpflanzen um die Füße, die einen zu Fall brachten.

»Vergessen Sie's«, sagte Daniel plötzlich. »Ich hätte nichts sagen sollen.« Ein Gefühl des Unbehagens stieg in ihm auf.

Aber Nicholas erwiderte: »Ich werde mit Mama darüber sprechen. Versuchen, die Sache zu klären. Richten Sie Thomasine aus, sie soll sich keine Sorgen machen, Gillory.«

Daniel wußte nicht, ob Nicholas' Lächeln aufrichtig war. Aber er nickte, drehte sich auf dem Absatz um und begann, sich von den moosbewachsenen Gräbern der Blythes zu entfernen.

Als er die Eiben erreicht hatte, hörte er Nicholas rufen: »Ich liebe sie, müssen Sie wissen, Gillory! Ich konnte nicht mit ihr leben, und ich kann nicht ohne sie leben.«

Doch als er sich umdrehte, war Nicholas bereits fort, er kletterte über die Mauer am Rand des Kirchhofs und stieg den flachen Hang der Insel hinauf.

Auf dem Heimweg hatte Nicholas das Gefühl, von einer schweren Last befreit zu sein. Zuerst war es ihm unbegreiflich, warum er ausgerechnet Daniel Gillory erzählen konnte, was er sonst niemandem anvertrauen mochte, nicht einmal David Franks. Seine Verwunderung hielt während des ganzen Aufstiegs und den ganzen Weg durch den verwilderten Garten an. Wo einst der Tennisplatz gewesen war – wo er und Daniel Gillory sich einst geprügelt hatten –, blieb er stehen.

Es lag daran, wurde ihm plötzlich klar, weil nur Daniel Gillory ihn verstehen konnte. Weder Mama noch seine Schwester, noch Thomasine hätten es verstanden, weil sie Frauen waren. David, der wegen seines Asthmas für untauglich befunden worden war, hätte es nicht verstanden, weil er die Kriegsjahre beim Studium in Wien verbracht hatte. Und niemand von seinen Schulfreunden, die überlebt hatten, hätte es verstanden, weil ein ehemaliges Mitglied des Winchester College nicht tat, was Nicholas getan hatte.

Auf dem Ast einer Buche am Rand der sogenannten Wildnis sitzend, rieb er sich die Stirn und versuchte, sich über alles klarzuwerden. Schließlich begriff er, daß er Daniel von seiner Selbstverstümmelung, die ihn vor der Front gerettet hatte, genau deswegen erzählen konnte, weil Daniel

Gillory andere Maßstäbe besaß. Gerade diejenigen Faktoren, für die Nicholas Daniel immer verachtet hatte – sein Mangel an Bildung, Herkunft und Tradition –, hatten Daniel zu sagen erlaubt: »Es spielt keine Rolle.« Diese Worte hatten für Nicholas wie Vergebung geklungen.

Sowohl wegen der Unterschiede wie wegen der Ähnlichkeiten zwischen ihnen war es ihm möglich gewesen, mit Daniel zu sprechen. Daniel teilte die Erfahrung des Krieges mit ihm, genauso wie er selbst hatte er mit den unsichtbaren Wunden leben müssen, die der Krieg ihnen beigebracht hatte. Auch er hatte an wiederkehrenden Alpträumen gelitten, der Angst, in eine unerträgliche Vergangenheit zurückgestoßen zu werden. Auch ihm war es nicht gelungen, in der zivilen Gesellschaft zu funktionieren. Er hatte Nicholas erklärt, daß in jenen Jahren das bloße Überleben heldenhaft war. Auch wenn er das nicht ganz glaubte, gelang es ihm, sich zumindest teilweise zu vergeben. Der Orden, der in einer Schublade seines Schlafzimmers lag, würde ihn jetzt nicht mehr ganz so schlimm quälen, wäre nicht länger eine unablässige Erinnerung an sein Versagen.

Also hatte Daniel Gillory ihm die Wahrheit aufgezeigt. Es war alles sehr seltsam.

Nicholas' Kopf begann zu schmerzen. Der Himmel war dunkel geworden, die Wolken, die sich immer tiefer auf die Erde zu senken schienen, waren von trüber rötlichgrauer Farbe. Er hatte den Tee versäumt, dachte Nicholas erleichtert. Aber er stand noch nicht auf, um zum Haus zu gehen.

Wenn Daniel die Wahrheit gesagt hatte, mußte er dann alles andere, was Daniel gesagt hatte, ebenfalls als wahr anerkennen? Ja, das mußte er wohl. Was bedeutete ...

Was bedeutete, daß Daniel Gillory den Feuerdrachen nicht genommen hatte. Nicholas stellte fest, daß er ihm glaubte. Er hatte Daniel sein schlimmstes Geheimnis offenbart, und für Daniel wäre es ein leichtes gewesen, es ihm gleichzutun. Er hätte doch ganz einfach sagen können: »Ich hab den Feuerdrachen genommen und ihn in London verkauft. Ich brauchte Geld.« Nicholas wußte, daß er nicht einmal ärgerlich geworden wäre. Beim Lesen von Daniels Buch hatte er zu verstehen begonnen, was Armut für Leute wie die Gillorys bedeutete. Sie war nicht das, was Nicholas für Armut hielt – nur noch vier Dienstboten zu haben, deren Löhne mit dem Verkauf von Gemälden und Silber bezahlt wurden. Es bedeutete, nicht genug zu essen zu haben. Oder tagein, tagaus das gleiche eintönige Essen zu sich nehmen zu müssen. Es bedeutete, sich keinen Arzt leisten zu können, wenn man krank war. Es bedeutete, den letzten Shilling im Pub zu vertrinken, weil nur der Alkohol ein kurzes Vergessen der Wirklichkeit garantierte. Zum erstenmal begriff Nicholas, daß die Armen keine andere Spezies als ihre Vorgesetzten waren – sie waren dieselben Menschen, ihnen war nur ein anderes Schicksal widerfahren. Früher war ihm die arme ländliche Bevölkerung immer als eine unattraktive, reizlose Masse erschienen. Er hatte ihr Leid gesehen, aber geglaubt, es sei zum größten Teil selbst verschuldet.

Nicholas stand auf. Ein Problem blieb noch. Wenn Daniel Gillory den Feuerdrachen nicht genommen hatte, wer dann? Der Kopf schwirrte ihm vom Nachdenken, es gelang ihm nicht sofort, seine Erinnerungen zu ordnen.

Zurück im Haus, nahm er eine Whiskyflasche und ein Glas und ging unter dem Vorwand, starke Kopfschmerzen zu haben, auf sein Zimmer. Als seine Mutter später an seine Tür klopfte, rührte er sich nicht und gab vor zu schlafen. Aber er blieb die ganze Nacht wach. Bei offenen Vorhängen sah er durchs Fenster auf die Rasenflächen, die Koppel und den Deich hinaus, die in Dunkelheit gehüllt vor ihm lagen.

18

THOMASINE NAHM SICH einen Tag frei und suchte an einem Freitag Ende November Sir Alfred Duke auf. Das Büro am Lincoln's Inn Field war bis obenhin mit Büchern und Akten vollgestopft. Weiße Papierrollen, von scharlachroten Bändern zusammengehalten, stapelten sich auf Schreibtisch und Schränken. Im Kamin glühten die Drähte eines Elektroheizers. Sir Alfred war in den mittleren Jahren, hatte einen Schnurrbart und ein Monokel und trug ein Hemd mit ausgelegtem Kragen, einen Gehrock und eine bestickte Weste.

»Miss Thorne.« Er schüttelte Thomasine die Hand und nahm einen Stoß Bücher von einem Stuhl. »Nehmen Sie Platz. Ich kenne Ihren Exehemann flüchtig, Miss Thorne. Sir Nicholas' Vermögensverwalter, Max Feltham, ist ein Bekannter von mir.«

Sie spürte die Intelligenz unter dem leicht genialischen, ein wenig schlampigen Äußeren. Nachdem sie tief Luft geholt hatte, sagte sie: »Sie wissen aus meinem Brief, daß ich bei Ihnen bin, um mir wegen der Rückforderung des Sorgerechts für meinen Sohn Rat zu holen. Ich sollte Ihnen vielleicht sagen, daß ich bereits bei verschiedenen anderen Anwälten gewesen bin, wo mir erklärt wurde, daß meine Anstrengungen zwecklos seien. Ich glaube, Sie sind meine letzte Hoffnung.« Das war die Wahrheit, dachte sie. Wie Daniel gesagt hatte, gab es einen Punkt, von dem ab man sich ins Unvermeidliche fügen mußte.

»Dann werde ich mich bemühen, mein Bestes für Sie zu tun, Miss Thorne. Ich werde den Heizer höher stellen und mir einen freien Stuhl suchen. Und dann könnten Sie mir die Angelegenheit vielleicht ein bißchen genauer erklären.«

Wieder erzählte sie einem wildfremden Menschen von Paris und Clive, von dem Baby und Alice. Wie immer fühlte es sich an wie eine Vergewaltigung. Als sie fertig war, sah sie trotzig zu ihm auf und erwartete, wie immer, Verurteilung und Verdammung.

Sir Alfred putzte mit einem zerknitterten Seidentaschentuch sein Monokel. Er sagte: »Ich habe vier Töchter, Miss Thorne, alle jünger als Sie. Meine Frau und ich waren immer offen und ehrlich mit ihnen. Ich habe nie einen Sinn darin gesehen, absichtlich Unwissenheit zu fördern – in keinem Bereich. Es wäre so, als schickte man einen Soldaten in die Schlacht, ohne ihm zu sagen, wozu sein Bajonett dient.«

Sie erwiderte sein Lächeln.

»Tee, Miss Thorne?« fragte Sir Alfred Duke. »Und dann muß ich Ihnen ein paar Fragen stellen, fürchte ich.«

Mehr als eine halbe Stunde lang stellte er ihr Fragen. Thomasine beobachtete, wie sich die Uhrzeiger voranbewegten, und dachte, fünfundzwanzig Guineen … siebenunddreißig … Schließlich stand er auf und ging zum Fenster. Die Sekunden verrannen, die teuer erkauften Minuten verstrichen.

Schließlich hielt Thomasine die Spannung nicht mehr aus und platzte heraus: »Es ist hoffnungslos, nicht wahr? Ich vergeude Ihre Zeit.«

Er drehte sich zu ihr um und schüttelte den Kopf. »Keineswegs, junge Dame, keineswegs.«

Ihr Herz machte einen kleinen Sprung vor Freude. Sie durfte also hoffen. Aufgeregt faltete sie die Hände im Schoß. »Glauben Sie, Sie können mir helfen, Sir Alfred?«

»Ich glaube schon. Es gibt … Möglichkeiten.«

Sie spürte, wie sich unwillkürlich ein Lächeln auf ihrem Gesicht ausbreitete. Die wiedererwachte Hoffnung ließ sie das feuchtkalte Winterwetter, das trostlose Grau des Himmels vergessen.

Sir Alfred sagte: »Sie erwähnten, daß Ihr Gatte seit dem Krieg krank ist?«

»Nicholas hat im Krieg schlimme Dinge erlebt. Er leidet immer noch an Neurasthenie – Bombenneurose.«

Wieder schwieg der Anwalt, dann fragte er: »Und er befindet sich deswegen in Behandlung?«

»Einmal im Monat sucht er einen Arzt in London auf. Dann ist William bei mir, während er beim Doktor ist. Nicholas hatte … eine Art Nervenzusammenbruch, nachdem ich von ihm fortgegangen bin. Ich vermute, das hat ihn gezwungen, irgendwas zu unternehmen. Früher hat er sich immer geweigert, sich ärztlich behandeln zu lassen.«

Die onkelhafte Art des Anwalts ermutigte sie, mehr preiszugeben, als sie eigentlich beabsichtigt hatte. Seit vielen Jahren wußte sie, daß Nicholas sich wegen seiner Krankheit schämte, sie als unmännliche Schwäche ansah.

»Ein Arzt …«, sagte der Anwalt nachdenklich. »Sie meinen doch wohl einen Psychiater, Miss Thorne?«

Er hatte sich wieder am Schreibtisch niedergelassen. Thomasine nickte. »Ich verstehe nicht …« Sie brach unsicher ab.

»Ich meine bloß, daß sich ihr Exmann, der das Sorgerecht für William besitzt, wegen Geisteskrankheit in Behandlung befindet. Man könnte vielleicht unterstellen, daß ein Mann mit krankem Gemüt nicht der ideale Erziehungsberechtigte für ein kleines Kind ist.«

Leichter Regen trommelte gegen die Fensterscheiben, im angrenzenden Büro klingelte ein Telefon. Sir Alfred runzelte die Stirn und putzte erneut sein Monokel.

»Ein interessanter Streitfall, in der Tat. Sollte das Sorgerecht für ein Kind einem Elternteil zugesprochen werden, der an einer Geisteskrankheit leidet, oder einem Elternteil, der in der Vergangenheit ein unmoralisches Leben geführt hat?« Über den vollgepackten Schreibtisch hinweg sah er Thomasine an. »Ihnen ist doch bewußt, Miss Thorne, daß Sie von jedem geschickten Verteidiger als eine Frau gebrandmarkt würden, die ein unmoralisches Leben geführt hat?« Sir Alfreds Blick richtete sich langsam zur Decke. »Wirklich – ein interessanter Streitfall. Mir fällt kein vergleichbarer Fall ein. Woods gegen Woods vielleicht … Nein – die Mutter war behindert … Aber, Miss Thorne, falls Sie sich entschließen sollten, meine Dienste in Anspruch zu nehmen, bin ich zuversichtlich, Ihre Interessen wirkungsvoll vertreten zu können. Schließlich hält die Krankheit Ihres Exmannes bedauerlicherweise immer noch an, während Sie, wie ich doch zu Recht annehmen darf, seit Ihrer Scheidung ein untadeliges Leben geführt haben. Sir Nicholas Blythe hingegen muß immer noch als nicht vertrauenswürdig – sogar als gefährlich – angesehen werden. Wohingegen die Fehltritte in Ihrer Vergangenheit jugendlicher Torheit zugeschrieben werden können. Wenn ich ein Spieler wäre – was ich nicht bin –, würde ich darauf wetten, daß das Gericht in der Sorgerechtsfrage zu Ihren Gunsten entscheidet.«

Er lächelte, sah sie aber gleichzeitig eindringlich an. »Miss Thorne?« fragte er freundlich.

Sie konnte im Moment keinen klaren Gedanken fassen. Die Aussicht, William wiederzubekommen, war so wundervoll, geradezu atemberaubend. Und dennoch …

»Überlegen Sie es sich«, sagte er.

Nicholas blieb bis zum Morgengrauen wach, dann döste er ein paar Stunden. Am Vormittag stand er, benommen vor Schlafmangel, auf. Lady Blythe war noch in ihrem Zimmer und schrieb Briefe, daher wartete Nicholas im Wintergarten, rauchte und trank Kaffee. Durch die hohen Glasfenster sah er, daß die dichte Bewölkung, die tagelang angehalten hatte, endlich aufzubrechen begann. Durch die kleinen blauen Öffnungen zwischen den Wolken fielen dünne Sonnenstrahlen auf die Erde. Mit der seltsamen Gedankenklarheit, die Schlafmangel zuweilen mit sich bringt, stellte Nicholas fest, daß die aufgerissene Wolkendecke seinen eigenen Gemütszustand widerspiegelte. Endlich begann er, die Dinge klar zu sehen.

Seine Mutter kam herunter und gesellte sich zu ihm. Nicholas ließ frischen Kaffee bringen. Da die Sonne auf die Fenster brannte, war der Raum überheizt. Die Erde und die Pflanzen verströmten einen intensiven, säuerlichen Geruch. Nicholas hatte das Gefühl, seit Ewigkeiten hier zu sitzen. Das Muster der Fliesen, die Farbe der Blumen und die Aufstellung der Terrakottatöpfe hatten sich tief in ihn eingebrannt. Er zündete sich eine weitere Zigarette an, während Lady Blythe Kaffee einschenkte. Er sah seiner Mutter zu und versuchte, sie nicht zu hassen.

»Thomasine war bei Anwälten, Mama, um herauszufinden, ob es eine Möglichkeit gibt, das Sorgerecht für William wiederzubekommen«, begann er.

Ein helles Auflachen, während sie mit dem Einschenken fortfuhr. »Wirklich? Sie hat wohl Geld zu vergeuden.«

»Das ist nicht der Punkt.« Nicholas schüttelte den Kopf, als ihm seine Mutter die Kaffeetasse reichte. »Der Punkt ist der, daß du mir gesagt hast, Thomasine habe *freiwillig* das Sorgerecht für William an mich abgetreten.«

Die ganze Nacht hindurch hatte er versucht, sich an die Ereignisse der Monate nach dem Autounfall zu erinnern. Es war eine wirre, von Krankheit beschwerte Zeit für ihn gewesen. Als er es mit David Franks' Hilfe geschafft hatte, aus dem Dunkel aufzutauchen, mußte er feststellen, daß mit einemmal alles anders war: Thomasine war fort, es gab Vereinbarungen, daß das Kind sie einmal im Monat in London besuchen durfte, die Scheidung war eingeleitet worden.

Mit einem Anflug von Mißbilligung runzelte Lady Blythe die Stirn, was sie rasch unterdrückte, aber Nicholas in seinem überreizten Wachzustand nicht entging.

»Das ergibt doch keinen Sinn, oder? Ich habe die ganze Nacht darüber nachgedacht. Wenn Thomasine das Sorgerecht für William hätte haben wollen, warum hat sie dann bei der Scheidung nicht darum gekämpft? Warum sucht sie jetzt einen Anwalt nach dem anderen auf – was sie sich gewiß kaum leisten kann?«

»Oh, sie hat sicher Geld genug! Frauen wie sie haben immer Geld.«

Nicholas hielt inne, um sich eine weitere Zigarette anzuzünden. »Was meinst du damit?«

»Sie hat sicher Verehrer, Nicky. Frauen wie sie haben das immer.«

Die Augen seiner Mutter waren verkniffen, kleine blaue Höhlen in einem blassen, zerstörten Gesicht. Deutlich konnte er sehen, wie die Jahre sie verändert hatten – die Winkel ihrer Augenlider hingen nach unten, zwischen Nase und Mund hatten sich tiefe Falten eingegraben, so daß ihr Lächeln nicht länger ein Lächeln, sondern eine Grimasse war. Ihre einstige Schönheit war gänzlich verblichen und damit die Fähigkeit, ihre Gefühle zu verbergen.

»Ich glaube, du hast Thomasine überredet, auf das Sorgerecht für William zu verzichten. Ich weiß nicht wie, aber ich glaube, genau das hast du getan.«

Als sie sich ihm zuwandte, raschelte ihr Kleid, ein leises Flüstern blaßblauer Seide und cremefarbener Spitze. »Und wenn es so gewesen wäre, Nicholas? William gehört nach Drakesden. Es ist sein Erbe.«

»Erbe!« Er lachte auf. »William kann von Glück sagen, wenn er außer einem leeren Haus und einem verwilderten Garten überhaupt etwas erbt.« Schließlich schaffte er es, seine Zigarette anzuzünden. »Thomasine hätte das Gut zusammengehalten. Ich kann es nicht.« Er inhalierte und stieß blauen Rauch durch die Nasenlöcher aus. »Wie hast du es geschafft, Thomasine dazu zu bringen, William aufzugeben?«

»Sei nicht albern, Nicky. Und mach bitte ein Fenster auf. Der Rauch ...« Sie hustete in ein Spitzentaschentuch.

Er ging nicht darauf ein. »*Sag* es mir, Mutter.«

Seine Stimme klang nicht mehr gelassen. Wenn er aufgestanden, zu ihr hinübergegangen und sie berührt hätte, hätte er ihre winzigen Knochen so fest gedrückt, bis sie vor Schmerz aufgeschrien, bis sie ihm die Wahrheit gesagt hätte. Also blieb er sitzen, beobachtete sie und gleichzeitig die

Glut seiner Zigarette, die in seiner Hand zitterte. Seine Kopfschmerzen hatten wieder eingesetzt und ließen sich weder mit Zigaretten noch mit Kaffee vertreiben.

Seine Mutter gab sechs Löffel Zucker in die winzige Porzellantasse. Die Flüssigkeit schwappte gegen den Goldrand. Trotzig sah sie zu Nicholas auf.

»Thomasine war schwanger, als sie dich heiratete. Schwanger mit dem Kind eines anderen Mannes.«

Obwohl Dezember war, standen einige der Pflanzen im Wintergarten in voller Blüte. Der Weihnachtskaktus, die Amaryllis, die Pantoffelblume und einige Orchideen. Grelle Pink-, Orange-, und Gelbtöne, die seinen Augen weh taten und seine Gedanken verwirrten.

Nicholas flüsterte: »Ich glaube dir nicht ... Thomasine war nicht so ... Du hast sie immer gehaßt ... Du lügst doch?«

»Ich hab's dir nicht gesagt, weil ich dachte, es könnte dich aufregen. Thomasine hat das Kind in einem frühen Stadium der Schwangerschaft verloren. Es ist unschön, über solche Dinge zu reden, aber vielleicht ist es besser, wenn du Bescheid weißt. Der Vater des Kindes war ein Schauspieler.«

Langsam, ganz langsam begann ihm zu dämmern, daß sie die Wahrheit sagte. Es erklärte, was er nie verstanden hatte – es erklärte endlich, warum Thomasine ihn geheiratet hatte. Seine Gedanken rasten, stellten Verbindungen her, verknüpften plötzlich mit größter Leichtigkeit die verschiedenartigsten Fakten. Wie feurige Blitze schoß es ihm durch den Kopf, ihm wurde schlecht.

»Schwanger ... sie hatte einen *Liebhaber* ...« Er schloß die Augen und preßte die Fingerspitzen an die schmerzenden pochenden Schläfen. »Woher weißt du das? Wer hat dir das gesagt?«

Wieder antwortete sie ihm nicht. Aber sie sah ihn ruhig an, und Nicholas verstand, daß ihr kurzes Sträuben nicht von ihren Schuldgefühlen herrührte, sondern von ihrem Widerwillen, über sexuelle Dinge zu sprechen.

»Als wir die Sache besprachen, hat Thomasine eingesehen, daß William auf Drakesden Abbey aufwachsen sollte.«

Nicholas sah sie verwundert an. »Ich fragte, wer es dir gesagt hat.«

Ein kurzes Zucken der schmalen, seidenverhüllten Schultern. »Lally hat ein Mädchen getroffen, das mit Thomasine Thorne in Paris befreundet war. Dieses Mädchen – ihr Name ist Alice – hat Lally alles erzählt. Lally hielt es für das beste, mich zu informieren.«

Als Nicholas sich zurückbesann, erinnerte er sich an drei Mädchen in einer Ecke des Cafés auf dem Montmartre. Zwei Blondinen, eine Rothaarige. Alice, Poppy und Thomasine.

Er erinnerte sich auch an Lally. Lally in dem lavendelblauen Kleid, das er ihr gekauft hatte, Lally, die auf dem Tisch saß und sich die Haare abschnitt. Das Klicken der Schere, die kohlschwarzen Locken, die zu Boden fielen.

»Also siehst du ein, Nicky, daß Thomasine nicht die richtige Person ist, um das Sorgerecht für ein Kind auszuüben?«

Er wandte den Blick von ihr ab. Er ertrug es kaum, im selben Raum mit ihr zu sein. Also hatten sie beide, er und Thomasine, ihre Geheimnisse gehabt. Genau wie er seine schrecklichen Kriegserlebnisse vor ihr verborgen hatte, hatte sie ihre eigenen Verletzungen und Niederlagen vor ihm versteckt. Er haßte Thomasine nicht: Er wußte nur zu gut, was spontanes Handeln, Schuldgefühle und Bedauern bedeuteten.

Er flüsterte: »Thomasine soll William bekommen, Mama. Das ist mein Wunsch. Was du getan hast, war grausam. Wer bist du, um über ein anderes menschliches Wesen zu urteilen?«

Sie war einverstanden gewesen, Daniel am Nachmittag zu treffen. Wenn es eine Möglichkeit gegeben hätte, die Verabredung abzusagen, hätte Thomasine dies getan. Sie wollte nur in ihr Zimmer zurück, sich im Bett verkriechen und herausfinden, was sie tun sollte. Aber Daniel hatte kein Telefon, und es war keine Zeit mehr, um ihm zu schreiben. Während sie an einem Tisch im Strand Corner House in der Nähe von Charing Cross auf ihn wartete, biß sie an ihren Nägeln und versuchte nachzudenken.

Sie könnte William zurückbekommen und den Menschen, den sie am meisten liebte, jeden Tag bei sich haben. Sie konnte ihn zur Schule bringen, ihn baden, ihm Essen kochen. All diese alltäglichen Verrichtungen wären unendliche Freuden. Sie könnte sehen, wie er aufwuchs, ihn zum erstenmal ins Theater führen, mit dem Zug ans Meer in die Ferien mit ihm fahren. Ihre Sehnsucht war maßlos, alles verzehrend. Und doch hielt etwas sie zurück.

»Thomasine?«

Sie sah auf. Daniel ließ sich auf der Bank ihr gegenüber nieder.

»Tut mir leid, daß ich zu spät komme. Es war eine lange Fahrt, und das verdammte Motorrad macht schon wieder Schwierigkeiten.«

Sie bemühte sich, höflich zu sein. »Wo bist du denn gewesen?«

Die Bedienung erschien. Daniel bestellte Brot, Butter und Kuchen.

»Ich war in Drakesden.«

Einen Moment lang wurde sie von ihren quälenden Gedanken abgelenkt. »Wie war's?«

»Ach – eigentlich wie immer. Harrys kleines Mädchen kann schon laufen, und Harry und Annie züchten jetzt Chrysanthemen. Und ... ich habe Nicholas getroffen.«

Zum erstenmal sah sie ihn richtig an. Daniels alter Armeemantel war mit einer dicken Staubschicht bedeckt und sein Haar vom Wind zerzaust. Im Gegensatz zu sonst stand ein banger Ausdruck in seinen Augen.

»Ich meine, ich habe mit Nicholas *geredet.*«

Der Tee wurde gebracht und von beiden nicht angerührt.

»Du hast dich mit Nicholas *gestritten?*«

Er schüttelte den Kopf. »Nein. Ich meine, tatsächlich geredet. Er war im Kirchhof, als ich ein paar Blumen für Fay hinbrachte. Also habe ich ihn angesprochen.«

Seine Lider senkten sich und verbargen seine Augen. Sie sah ihn lange an, dann sagte sie ruhig: »Ach komm, Daniel. Ich glaube nicht, daß ihr beide euch übers Wetter unterhalten habt … oder über Politik …«

»Ich habe ihn nach William gefragt. Ich habe ihn gefragt, ob es irgendeine reale Aussicht für dich gibt, das Kind je zurückzubekommen.«

»Du hast *was?*« Sie starrte ihn entsetzt an. »Wie kannst du es wagen, Daniel? Das geht dich überhaupt nichts an …«

»Ich hatte gehofft, es würde mich in Zukunft etwas angehen. Dein Wohlergehen, meine ich.« Er griff über den Tisch und berührte ihre Hand. »Hör zu – ich weiß, daß ich mich eingemischt habe, aber ich kann nicht zusehen, wie du dich zu Tode grämst. Das kann ich einfach nicht. Und wenn die Blythes das Kind auf keinen Fall herausrücken wollen, dann hielt ich es für das beste, wenn du das weißt.«

Sie zog ihre Hand weg. Im Moment ertrug sie weder seine Berührung, noch konnte sie sich die Folgen dieser unglaublichen Einmischung vorstellen. Sie wußte nur, daß das heutige Gespräch mit dem Anwalt den dünnen Schorf von ihrem Herzen gerissen und es wund und blutend zurückgelassen hatte. Erneut dachte sie: Wenn ich wieder vor Gericht ginge … Sie stellte sich vor, wie sie im Zeugenstand Nicholas' Launenhaftigkeit, seine Obsessionen, seine Selbstverstümmelungen beschrieb … Für William, erinnerte sie sich. Für William.

»Du hattest kein Recht dazu. Nicht das geringste«, antwortete sie kühl.

Auch in seinen Augen blitzte Ärger auf. »Nein? Möchtest du, daß ewig alles beim alten bleibt, Thomasine?«

»Was meinst du damit?«

»Nun – du läßt mich seit Mai am ausgestreckten Arm verhungern. Ich dachte, es sei wegen des Kindes. Diese Ausreden, die du mir aufgetischt hast – du müßtest rund um die Uhr arbeiten, um die Anwälte zu bezahlen. Aber vielleicht habe ich mich getäuscht. Vielleicht möchtest du gar nichts von mir wissen. Mein Gott – seit Wochen versuche ich, all meinen Mut zusammenzunehmen und dich zu fragen, ob du mich heiraten möchtest. Vielleicht mache ich mir was vor. Vielleicht denkst du, ich sei nicht gut genug für dich.«

Sie hörte ihm kaum zu. Erneut sah sie sich vor Gericht stehen und Nicholas' Gesicht beobachten, wenn ausdruckslose Stimmen die Symptome seine Krankheit darlegten und Prognosen abgaben, während im Zuschauerraum seine Freunde, Verwandten und die Presse zuhörten. Es wäre wie eine öffentliche Demütigung. Das konnte sie nicht tun. Das konnte sie einfach nicht.

Ihre geballte Faust stieß gegen den Tisch, und Tee schwappte auf das makellose Leinentischtuch.

»Ich will dich nicht heiraten, Daniel! Ich will im Moment weder dich noch sonst jemanden heiraten!«

Eine peinliche Stille trat ein. Ein paar Schritt entfernt hielt die Bedienung mit einem vollbeladenen Tablett inne und starrte sie an. Das Blut wich aus Daniels Gesicht.

»Mein Gott, wie du dich verändert hast. Du bist in letzter Zeit wahrhaft sehr sparsam mit deinen Liebesbezeugungen.«

Sie antwortete nicht. Tränen brannten in ihren Augen. Sie versuchte, sie wegzublinzeln. Wütend dachte sie, daß er recht hatte: Sie hatte sich bis zur Unkenntlichkeit verändert, von dem unbeschwerten Mädchen, das über die staubigen Wege der Fens geritten war, war nichts mehr übriggeblieben.

»Oder ist es Nicholas?« fragte er plötzlich. »Bist du immer noch in Nicholas verliebt?«

»Ich kann überhaupt nicht lieben«, schrie sie ihn fast an. Inzwischen starrten auch andere Gäste herüber, und die Bedienung stand noch immer mit dem Tablett in der Hand wie angewurzelt da.

»Laß mich einfach in Ruhe, Daniel«, fügte sie schroff hinzu. »Ich möchte einfach in Ruhe gelassen werden.«

Daniel erhob sich und warf eine Zehn-Shilling-Note auf den Tisch. »Natürlich. Ganz wie du wünschst.«

Mit großen Schritten verließ er das Café. Sobald er fort war, wollte sie ihn zurückrufen. Ihm erklären, daß sie ihr Kind aufgegeben hatte, erklären, daß sie nur noch ein halber Mensch war, daß sie im Laufe der vergangenen zehn Jahren wahrscheinlich den besten Teil von sich verloren hatte. Ihm erklären, daß wenn sie je einen Mann hätte lieben können, dieser Mann Daniel Gillory gewesen wäre.

Als er in seine Wohnung zurückkam, sah er an der Eingangstür schnell den Stapel Post durch und fand eine Nachricht von Anthea Millford. »Mein Lieber«, hieß es darin, »ich muß zu einer schrecklichen Party gehen und habe keinen Begleiter. Ich wäre auf ewig in Ihrer Schuld, wenn Sie mir aushelfen könnten.«

Die Wohnung wirkte sehr leer, sehr still. Daniel sah auf seinem Kalender nach. Dann stopfte er die Nachricht in die Tasche, ließ die Tür hinter sich zufallen und ging zur Telefonzelle an der Straßenecke.

Im Laufe des Nachmittags riß die Wolkendecke auf, so daß Haus und Gärten in winterlich blasses Sonnenlicht getaucht waren. Nicholas ging zur Wiese hinunter und durchs Wäldchen, den Obstgarten und das Labyrinth zurück. In dem ummauerten Garten starrte er auf die Statuen in den Nischen: Leda, Daphne und der Feuerdrache. *Er ist in Vaters Arbeitszimmer*, flüsterte Lallys Stimme. *Im Safe*.

Wie in den übrigen Gärten war auch hier alles von Unkraut überwuchert. Rosentriebe, an denen immer noch ein paar späte Blüten hingen, verhakten sich ineinander. Das Gras stand hoch, mit dichten Unkrautbüscheln durchsetzt. Efeu wand sich über die Mauern, seine Saugnäpfe zerrten an den alten Ziegeln und fraßen den trockenen Mörtel weg. Welkes Laub sammelte sich an den Rändern der Blumenbeete und in den Mauerecken. Der Herbst war trocken gewesen, und die Blätter waren braun und verdorrt.

Nicholas verließ den ummauerten Garten und ging ums Haus. Sonnenlicht fiel auf die alten gelben Wände und ließ jeden einzelnen Ziegelstein hervortreten. Die Blüten und Blätter der Glyzinie waren abgefallen, nur die kahlen grauen Äste waren zurückgelieben. Er blickte zu der Ostmauer hinauf, dann sah er noch einmal genauer hin.

Nicholas wollte seinen Augen nicht trauen und trat näher. Er streckte die Hand aus und berührte den feinen zackenförmigen Riß, der sich zwischen den Ziegeln gebildet hatte. Sein kleiner Finger paßte fast in die Öffnung hinein. Feiner Mörtelstaub rieselte ins Gras, als er daran kratzte. Nach oben blickend, verfolgte er die Spur des schmalen Spalts. Die Mauer, die zweihundert Jahre gestanden hatte, brach entzwei.

Von kaltem Entsetzen gepackt, ging Nicholas taumelnd zur Ecke des Hauses. Dort blieb er stehen und sah auf die Seitenmauer, die an die vordere Rasenfläche grenzte. Die Mauer wölbte sich vor, geringfügig nur, aber dennoch unverkennbar. Von vorn betrachtet wäre die Wölbung nicht sichtbar gewesen. Nur von hier aus, nur aus diesem Blickwinkel, war das krebsartige Geschwür, das Drakesden Abbey zerstörte, zu erkennen.

Ihm wurde nun klar, daß er alles falsch gemacht hatte. Jahrelang hatte er alles aus dem falschen Blickwinkel betrachtet. Einfach alles – das Haus, die gesamte Vergangenheit – hing davon ab, aus welchem Blickwinkel man es betrachtete.

Er lief zu dem Daimler, der vor dem Haus parkte. Das ungemähte Gras brachte ihn zum Stolpern, das zerfallende Haus verhöhnte ihn. Doch etwas gab ihm Kraft, sich auf den Fahrersitz fallen zu lassen, den Wagen zu starten und loszufahren.

Lally hatte gesagt: *Am besten, man tut einfach, was man will. So mach ich es jedenfalls.* Er mußte nach London, um Lally zu sehen. Er wußte, was sie getan hatte. Endlich sah er klar.

Daniel hatte bereits einige Gläser getrunken, als Anthea Millford auf der Party in Mayfair eintraf. Das große, hell erleuchtete Haus mit den vielen Gästen, der Alkohol und seine Begleiterin hielten ihn eine Weile davon ab, an Thomasine zu denken.

Laute Musik und die vor sich hin plätschernden Partygespräche umgaben ihn. Alles schien zu glitzern. Was für ein Gegensatz, dachte er, zu einem Kirchhof in den Fens oder einer Reihe von Siedlungshäusern in Leeds. Wenn er wollte, könnte er dieses Leben und all die Dinge, die dazugehörten, haben: ein ordentliches Haus, ein Auto, Restaurants, Theater. Er brauchte bloß weiterhin geschickt und *umwerfend* zu sein und eine Weile nicht auf die unerfreulicheren Aspekte des Lebens zu sprechen kommen. Das wäre das Vernünftigste.

Anthea reichte ihm ein Glas Champagner. »Trinken Sie das, mein Lieber, und schauen Sie nicht so geknickt.«

Ihr kurzes Kleid war aus einem glänzenden rosafarbenen Stoff und mit Federn besetzt. Auf ihrem Stirnband prangte eine weitere Feder. Daniel fand, daß sie wie ein reichlich blasser Indianer aussah.

»Ich möchte Sie einer Unmenge von Leuten vorstellen, mein Lieber. Furchtbar wichtigen Leuten.«

Er ließ sich durch den Raum führen und mit verschiedenen Männern und Frauen bekannt machen. Er schaffte es, höflich zu sein und Diskussionen über Politik, soziale Gerechtigkeit oder all die anderen Dinge, die ihm in den letzten Jahren wichtig geworden waren, zu vermeiden. Während aus dem angrenzenden Raum Charleston-Klänge herüberdrangen, trank er kontinuierlich weiter.

Nach einer Weile spürte er eine Hand an seinem Ellbogen und wurde in die vergleichsweise stille Diele hinausgeführt. Zu seiner Überraschung stellte er fest, daß Anthea wütend war.

»Was ist denn? Ich hab mich doch gut benommen.«

»Zu gut, verdammt.« Sie stampfte mit den Absätzen ihrer hochhackigen Schuhe auf. »Hören Sie zu, mein Lieber, wenn Sie weiterkommen wollen, müssen Sie sich schon ein bißchen mehr anstrengen. Von Ihrer Sorte gibt es Tausende, Daniel. Herkunft, Geld und Aussehen – das braucht man zum Erfolg. Angeblich reichen zwei dieser Dinge aus, um es schaffen zu können. Aber Sie, mein Lieber – Sie haben bloß eines, also sollten Sie sich besonders ins Zeug legen.«

Sie hatte eine Zigarette in ihre Zigarettenspitze gesteckt. Daniel suchte in seiner Tasche nach Streichhölzern, um ihr Feuer zu geben.

»Ich dachte, ich hätte mich ganz wacker geschlagen. Ich hab den Mund gehalten, als dieser alte Trottel meinte, wenn Frauen unter Dreißig das Wahlrecht hätten, würde Großbritannien bei den nächsten Wahlen dem Kommunismus anheimfallen – ich hab bloß hm und ah gesagt, als seine Gattin anfügte, daß die jungen Frauen so wählen würden, wie ihre Ehemänner und Väter es ihnen vorschrieben …«

Eine weiße Fingerspitze legte sich auf seine Lippen und brachte ihn zum Schweigen. »Seien Sie nicht albern, mein Lieber«, sagte Anthea Millford mit zuckersüßer Stimme. »Ich wollte, daß Sie sich mit ihnen anlegen. Warum glauben Sie wohl, daß ich Sie allen vorstelle?«

Er starrte sie an. Er hatte zuviel getrunken, um mit der üblichen Schnelligkeit zu denken.

»Die Leute finden das amüsant. Es macht diese Art von Partys ein bißchen weniger langweilig«, fügte sie hinzu.

Ihre kleinen, saphirblauen Augen sahen ihn kühl an. Als er schließlich begriff, hatte er das Gefühl, er hätte einen Kübel kaltes Wasser über den Kopf bekommen.

»Ah ja«, erwiderte er ruhig. »Sie wollten, daß ich provoziere? Die Regeln ein bißchen verletze?«

»Natürlich, mein Lieber. Wie gesagt, Sie sehen gut aus, aber das ist auch schon alles. Intelligenz zählt bei diesen Leuten nicht. Aber jemand, der nur ein ganz kleines bißchen … *anders* ist, kann sich eine Stellung in der Gesellschaft verschaffen.«

Er lehnte an der Kaminbrüstung und beobachtete sie. »Also betrachten Sie mich als … Ihr Zirkusäffchen. Ich bin hier, um Kunststückchen vorzuführen, der Gesellschaft einen Spaß zu bieten?«

Er merkte, daß er den Nagel auf den Kopf getroffen hatte.

»Jetzt schauen Sie nicht so verdrossen, mein Lieber. Schließlich kriegen Sie am Ende des Abends Ihre Belohnung dafür.«

Sie war offensichtlich vollkommen überzeugt, daß sie nur mit dem Finger zu schnippen brauchte, und er würde Purzelbäume schlagen und mit ihr ins Bett gehen. Er beugte sich vor und flüsterte ihr ins Ohr: »Die Sache ist nur die, daß wir Rüpel vom Land uns nicht wirklich benehmen können. Und im Bett sind wir nicht viel besser. Ihr könnt von Glück sagen, wenn wir wenigstens vorher die Socken ausziehen. Sind Sie wirklich sicher, daß Sie sich das antun wollen?«

Auf ihren Wangen leuchteten zwei rote Flecken, und ihr Mund war zu einem starren Strich zusammengepreßt.

»Wir könnten es gleich hier machen«, fügte Daniel hinzu. »Eine schnelle Nummer an der Wand, und Sie könnten entscheiden ...«

Ihre Hand schlug ihm ins Gesicht. Als Anthea Millford davonstolzierte, sah ihr Daniel nach und rieb sich das Kinn, wo ihre Ringe Spuren hinterlassen hatten. Gleich darauf entdeckte er in dem überfüllten Ballsaal ein bekanntes Gesicht. Lally Blythe.

Irgendwie überstand Thomasine die abendlichen Tanzstunden. Nachdem ihre letzte Schülerin gegangen war, klappte sie den Klavierdeckel herunter, nahm das Tablett, das Mrs. Price für sie gebracht hatte, und ging auf ihr Zimmer.

Sie konnte den Lancashire-Eintopf und den Reispudding nicht essen. Ihr war kalt, und obwohl sie das Gas höher drehte und sich in ihre Daunendecke wickelte, wurde ihr nicht warm. Sie dachte an ihren Sohn, den sie verloren, und an Daniel, den sie verletzt hatte. Für William könnte sie jetzt nichts mehr tun: Er würde sich ihr entfremden. In ein paar Jahren würde er Drakesden verlassen und ins Internat kommen. Er würde aufwachsen, wie Nicholas aufgewachsen war: in rein männlicher Umgebung, abgeschnitten von Heim und Familie, und lernen, seine Wünsche und Ängste zu verbergen. Sie dachte an ihre eigene Zukunft, an ihre Karriere. Doch heute abend vermochte ihr nicht einmal dieser Gedanke Trost zu spenden. Heute abend erschienen ihr Geld und Erfolg als schwacher Ersatz für ihre Einsamkeit.

Mit angezogenen Knien auf dem Bett sitzend, begann sie zu verstehen, wie schwer Daniel sein Antrag gefallen sein mußte. Welche Überwindung es ihn gekostet haben mußte, sich nach dem unheilvollen Scheitern seiner Ehe erneut auf eine Bindung einzulassen. Wenn er sich in ihre Angelegenheiten eingemischt hatte, obwohl sie das nicht wünschte, dann war dies nur aus Sorge um sie geschehen, wie sie jetzt einsah.

Thomasine schlug die Decke um sich und versuchte, sich warm zu halten. Sie war so entsetzlich müde. Es war erst neun, aber die Versuchung, sich hinzulegen und zu schlafen, war überwältigend. Als ihr Kopf aufs Kissen sank, fragte sie sich, ob sie Daniel Gillory heiraten konnte. Wenn es keine Hoffnung mehr gab, William zurückzubekommen, würde dies das Verhältnis zwischen ihr und Daniel ändern? Wäre sie dann frei, eine neue Ehe einzugehen?

Vermutlich ja. Die Vorstellung, wieder zu heiraten, war ihr unangenehm, aber vielleicht würde sich das eines Tages ändern. Als ihre Gedanken wirr und zusammenhangslos wurden und sie langsam in Schlaf fiel, dachte Thomasine, daß sie sich mit der Zeit vielleicht daran gewöhnen würde, endlich einen Mann gefunden zu haben, dem sie vertrauen konnte.

Schließlich sprach er Lally an. Das war notwendig, fand er, denn es gab zu viele ungeklärte Dinge zwischen ihnen.

Er hatte sich einen neuen Drink geholt. Scotch diesmal, nicht den schrecklich süßen Champagner. Als er sich von der Bar wegdrehte, stand sie hinter ihm. Sie trug ein sehr schlichtes, sehr kurzes Kleid aus dünnem Stoff, ihr Haar war jungenhaft kurz geschnitten, auf einer Seite gescheitelt, ihr voller Mund war dunkelrot geschminkt, und ihre Augen wirkten sehr dunkel und glänzend.

»Daniel«, sagte sie. »Wie schön, dich wiederzusehen.«

»Lally.« Er sah an ihr vorbei zur Bar. »Champagner? Nein, stimmt's? Möchtest du ...?

Kein Anflug von Scham zeigte sich auf ihrem elfenhaften Gesicht, obwohl er davon überzeugt war, daß auch sie kein Wort der verhängnisvollen Unterhaltung von vor drei Jahren vergessen hatte.

»Ich nehme einen Scotch«, antwortete sie. »Wie du.«

Daniel machte dem Barmann ein Zeichen. Er fragte sich, ob ihn Lally, genau wie Anthea Millford, für unwichtig, für ein flüchtiges Abenteuer hielt, um die Langeweile zu vertreiben. Der Whisky besänftigte seinen Zorn nicht, sondern stachelte ihn eher noch an.

Er reichte Lally ihr Glas. Sie hustete. »Eine kleine Erkältung«, erklärte sie. Als sie zu husten aufhörte, sagte Daniel: »Ich hab vor ein paar Monaten einen deiner Freunde getroffen, Simon Melville.«

»Oh – Simon«, antwortete sie. »Ich hab ihn in letzter Zeit nicht oft zu Gesicht bekommen. Er ist inzwischen ins Ausland gegangen.«

»Und gestern habe ich deinen Bruder getroffen.«

Ihre schrägen Augen wurden ein wenig schmaler. »Nicky?« fragte sie vorsichtig. »Wie geht's ihm?«

»Gut. Nun ja, er ist natürlich schlimm verwundet worden. Ich wußte gar nicht, wie übel es dem armen Kerl im Krieg ergangen war.«

»Wir sind eine äußerst *taktvolle* Familie, Daniel. Von geradezu klösterlicher Verschwiegenheit. In einem gottverlassenen Nest wie Drakesden kann man alles verbergen, nicht wahr?«

Er bemerkte, daß sie genauso betrunken war wie er selbst. Um sie herum begannen die Leute zu gehen, einige nach Hause, andere in Nachtklubs.

»Ja, das stimmt wahrscheinlich«, antwortete Daniel.

Einen Moment lang wich sie seinem Blick aus und unterdrückte einen neuerlichen Hustenanfall. Er fand, daß sie anders war als Anthea Millford. Lally Blythe war ein wenig gefährlicher und destruktiver. Ihre Berührung, ihr Kuß, hatten etwas Verdorbenes an sich.

»Alle gehen schon«, sagte sie. »Sollen wir auch gehen, Daniel?«

»*Wir?* Wohin?«

»Nun – in deine Wohnung, dachte ich. Du hast doch eine, oder? Ich wohne bei meiner Cousine, also geht das nicht.«

So betrunken war er auch wieder nicht, dachte er. Er schüttelte den Kopf. »Keine gute Idee, Lally. Denk an die Folgen.«

Sie sah ihn ruhig an. »Ich denke nie an die Folgen.«

»Nein«, antwortete er langsam. »Das tust du nicht. Aber ich, und ich gehe jetzt, wenn es dir nichts ausmacht.«

Es wurde ihm wohl langsam zur Gewohnheit, dachte er. An diesem Abend hatte er zwei Frauen abgewiesen – sicherlich ein persönlicher Rekord. Nicht, daß er keine Lust gehabt hätte, sie war bloß nicht die Frau, die er begehrte – die Frau, nach der er sich sehnte, wollte ihn nicht. *Ich will dich nicht heiraten, Daniel,* hatte Thomasine gesagt. Der Ausdruck in ihren Augen war eindeutig gewesen. Sie war nicht interessiert, er hatte einen Narren aus sich gemacht.

Er verließ den Raum und das Haus. Auf der Straße, wo feiner Nieselregen aufs Pflaster fiel, packte ihn plötzlich Lally Blythes kleine weiße Hand am Ellbogen.

»Ich möchte mit dir heimgehen, Daniel.«

Er schüttelte den Kopf, worauf ihre dunklen Augen ihn zornig anblitzten. »Warum nicht? Kannst du nicht?«

»Ich hab einfach keine Lust dazu«, log er. Er haßte die Vorstellung seines leeren Betts.

»Ich glaube dir nicht.« Sie stand vor ihm und hielt sich an den Ärmeln seiner Smokingjacke fest. »Vielleicht kannst du nicht mit mir schlafen. Ja – das würde einiges erklären, nicht wahr? Vielleicht hat sich Fay deswegen mit dem Arzt abgegeben?«

Sie lächelte. Im trüben Schein der Straßenlaterne glänzten

ihre Augen. »Lag es daran, Daniel? Konntest du Fay kein richtiger Ehemann sein? Hat sie dich deswegen betrogen?«

Einen Moment lang konnte er sich nicht rühren. Dann packte er sie am Handgelenk und zerrte sie zu dem Taxi, das auf der anderen Straßenseite wartete.

Als sie seine Wohnung erreicht hatten, zerrte er Lally aus dem Taxi, suchte nach Geld in seiner Tasche, um den Fahrer zu bezahlen, und schob sie durch die Eingangstür. Mit dem Fuß stieß er die Tür wieder zu und streifte ihr rasch die schmalen Träger ihres Kleides über die Schultern. Er hörte, daß etwas riß, und der dünne Stoff glitt zu Boden. Er warf seine Jacke ab, und sie zog ihn auf den Teppich vor dem Kamin. Die Mühe, das Feuer anzuzünden, machte er sich nicht, also kam das einzige Licht von der nackten Glühbirne an der Decke. Sie trug nur weiße Seidenstrümpfe und einen Strumpfhalter unter dem Kleid.

Er hielt sich mit keinerlei Vorspiel auf. Ihre Finger öffneten geschickt seine Hose, ihr offener Mund suchte den seinen. Diesmal erwiderte er ihren Kuß. Sie spreizte die Beine, er drang in sie ein und hörte sie keuchen. Mit der einen Hand strich er ihr durch das kurzgeschnittene Haar, mit der anderen drückte er ihren schlanken Körper an sich. Ihre kleinen Zähne bissen in seine Schulter, seine Brust. Ihre Brüste preßten sich an ihn, als sie sich im gleichen Rhythmus mit ihm bewegte. Er hatte sich nicht ganz ausgekleidet. *Ihr könnt von Glück sagen, wenn wir wenigstens vorher die Socken ausziehen.*

Nicholas fuhr nach London, um Lally zu sehen. Jetzt, nach der Hälfte der Strecke, hatte er sich fast alles zusammengereimt. Er fuhr so schnell, wie der alte Daimler es erlaubte. Seine Gedanken arbeiteten mit ähnlicher Geschwindigkeit. Bäume und Hecken, die nur vom Licht der Scheinwerfer beleuchtet wurden, flogen vorbei.

Er wurde sehr müde. Die letzte Nacht hatte er kaum geschlafen, und die Ereignisse der beiden vergangenen Tage hatten ihn ziemlich mitgenommen. Er wußte, wenn er anhielt und zu schlafen versuchte, würde ihm dies nicht gelingen. Seine Gedanken rasten, erlaubten ihm keine Ruhe. Außerdem hatte er Geschwindigkeit immer genossen. Sie löschte alles andere aus. Er erinnerte sich, wie er mit Titus die Einfahrt entlanggesprengt war – an den Staub, der in der Hitze unter den Hufen des Pferdes aufwirbelte, an die Sonne, die auf seinen Rücken brannte. Daniel Gillory hatte dieses Wettrennen gewonnen, aber Nicholas hatte das nichts ausgemacht.

Er rieb sich die Augen und versuchte, gegen die Müdigkeit anzukämpfen. Wahrscheinlich war diese Fahrt umsonst, dachte er. Die Vergangenheit ließ sich nicht mehr ändern. Was immer er zu Lally oder sie zu ihm sagen würde, konnte nichts an dem ändern, was geschehen war. Es war wie der Riß in der Mauer von Drakesden Abbey: Ein einziger Schwachpunkt im Fundament, und das ganze Gebäude begann auseinanderzubrechen, tausend haarfeine Risse, und alles würde in sich zusammenstürzen.

Nicholas erkannte plötzlich, daß er nicht nach London zu fahren brauchte. Er war müde und mußte sich ausruhen. Es war, als würde er Titus reiten. Er mußte ihn nur ein bißchen stärker antreiben, dann konnte er sich im Sonnenschein ins Gras legen.

Er drückte das Gaspedal durch, und der alte Wagen erzitterte, als er Geschwindigkeit aufnahm. Die Geschwindigkeit war belebend, reinigend. Sie wusch alles fort, erlaubte ihm, von neuem zu beginnen. Er lächelte und fühlte sich nicht mehr erschöpft. Lang und dunkel streckte sich die Straße vor ihm aus, aber schließlich sah er ihr Ende. Als er den kleinen Ruck des Lenkrads spürte, das Schleudern, als die Reifen den Halt verloren, stieß er einen Freudenschrei aus. Er war frei. Er war den Fesseln der Zeit entkommen.

Hinterher schloß Daniel eine Weile die Augen und blieb still liegen. Sein Zorn war gänzlich verflogen, hatte sich mit dem Nachlassen der sexuellen Spannung verflüchtigt. Er fühlte sich müde und benommen und spürte ein Gefühl des Ekels in sich aufsteigen, das hauptsächlich gegen ihn selbst gerichtet war.

Als Lally zu husten begann, öffnete er die Augen. Immer noch nackt, hatte sie sich neben dem kalten Gasfeuer aufgesetzt. Zuerst wollte er nicht glauben, daß aus einem so kleinen Körper ein solches Geräusch kommen konnte: ein trockener, keuchender Husten, der ihren ganzen Leib erschütterte. Daniel setzte sich ebenfalls auf, zog ein paar seiner Kleider über und starrte sie an. Sie hatte ihm den Rücken zugewandt, und er konnte jede einzelne ihrer Rippen sehen. Er hätte die Knorpel ihres Rückgrats zählen können, die sich unter ihrer Haut abzeichneten.

Einen Moment lang schaffte sie es, mit dem Husten innezuhalten. »Nur eine Erkältung«, sagte sie schnell und lächelte ihn an. Ihre Augen glänzten.

Entsetzt stieß er hervor: »Du warst doch beim Arzt, oder?«

»Ach ja – schon vor einer Weile. Er wollte mich in irgendeine schreckliche Klinik einweisen. Aber das konnte ich nicht zulassen, Daniel. Ich hab Angst vor Krankenhäusern. Außerdem ist es ohnehin nur eine Erkältung.«

Wieder begann sie zu husten. Er konnte das Geräusch kaum ertragen. Er stand auf, zündete das Gasfeuer an und legte ihr eine Decke um die Schultern. Als sie zu ihm aufblickte und sagte: »Du schickst mich doch nicht weg, Daniel? Ich möchte nicht allein sein. Ich hasse es, allein zu sein«, konnte er nicht sofort antworten.

Er sah auf das kleine angegriffene Gesicht hinab und wußte, daß sie für all ihre Untaten endlos bezahlen mußte. Niemand sollte einen solchen Preis bezahlen müssen. Daher sagte er: »Du kannst bis zum Morgen bleiben, Lally. Aber nur bis zum Morgen.«

Wie ein Kind streckte sie ihm die Arme entgegen, und er sah die Not in ihren hungrigen dunklen Augen. Er half ihr auf die Füße und führte sie ins Schlafzimmer. Dort gab er ihr eines seiner Hemden zum Anziehen. Die ganze Nacht klammerte sie sich an ihn und schmiegte den Kopf in seine Armbeuge.

»Miss Thorne! Miss Thorne! Da ist eine Dame, die Sie sprechen möchte.«

Das Klopfen an der Tür unterbrach ihre wirren und anstrengenden Träume über William, Daniel und Drakesden. Als Thomasine die Augen öffnete, sah sie, daß es immer noch dunkel war. Als sie im Dunkeln herumfummelte, um die Gaslampe anzuzünden, warf sie einen Blick auf die Uhr. Es war Viertel nach sechs.

Sie zog ihren Morgenmantel an und öffnete die Tür. »Wer ist da, Mrs. Price?«

»Ihr Name ist Lady Debden«, flüsterte Mrs. Price. »Ich hab sie in den Salon geführt.«

Noch immer schlaftrunken, sagte ihr der Name zuerst nichts. Dann erinnerte sie sich: Lady Debden war Isabel Debden, die frühere Isabel Blythe. Nicholas' Cousine Belle. Sie hatte Belle seit Jahren nicht mehr gesehen.

Sie lief die Treppe hinunter und wußte instinktiv, daß etwas Schreckliches passiert war. *William* ... William hatte Lungenentzündung ... oder Keuchhusten ... war die Treppe hinuntergefallen ...

Ihre schlimmsten Ahnungen wurden bestätigt, als sie Belle sah. Belle saß am Tisch und knüllte ein Taschentuch in den Händen. Ihre Augen waren vom Weinen rot und verschwollen, ihr Gesicht voller roter Flecken.

Sie brachte kaum ein Wort heraus. »Belle – was ist passiert? *William* ...?«

Belle schüttelte den Kopf. »William geht's gut, Thomasine«, sagte mit zitternder Stimme. »Es geht um Nicky. Ein Autounfall ...« Sie wischte sich über die Augen und holte dann tief Luft. »Nicky ist tot, Thomasine.«

Thomasine sank auf Mrs. Prices Roßhaarsofa. Sie konnte nicht sprechen, sondern Belle nur anstarren, wobei ihr unwichtige Kleinigkeiten auffielen: das kleine Loch in Belles metallgrauen Seidenstrümpfen, die Jettperle an der Spitze ihrer Hutnadel.

»Es ist letzte Nacht passiert. Kurz nach Mitternacht, nimmt man an.« Belle suchte in ihrer Tasche nach einem weiteren Taschentuch. »Ein Farmer fand den Wagen in einem Graben. Die Polizei benachrichtigte Tante Gwendoline, und sie rief mich aus dem Krankenhaus an. Sie mußte ... du weißt schon.«

Lady Blythe mußte die Leiche ihres Sohnes identifizieren. Thomasine verstand nicht, warum ihre Augen trocken blieben, während ein ständiger Tränenfluß über Belles gepuderte Wangen rann.

»Es ist nur«, fügte Belle aufgewühlt hinzu, »daß ich Lally nicht finden kann, weißt du. Tante Gwendoline hat mich gebeten, ihr und Marjorie die Nachricht zu überbringen. Aber Lally ist letzte Nacht nicht heimgekommen. Das geschieht ziemlich oft, aber *das* konnte ich Tante Gwendoline natürlich nicht sagen. Also erklärte ich ihr, daß sie bei einer Freundin sei, die kein Telefon hat. Und ich dachte mir, daß du vielleicht ... ich mußte dir ohnehin Bescheid geben, da du und Nicky ...« Ihre Stimme zitterte stark, als sie den Namen ihres Cousins aussprach und ihr Taschentuch zu einer feuchten Schnur zwirbelte.

Es wirkte alles so unwirklich. Fast so, als schliefe sie und hätte einen besonders lebhaften Alptraum. Gleich würde sie aufwachen und wissen, daß Nicholas noch immer in Drakesden und nicht im Alter von neunundzwanzig Jahren bei einem Autounfall ums Leben gekommen war. Thomasine grub die Fingernägel in die Handfläche, um wenigstens irgend etwas zu empfinden, doch sie spürte bloß die losen Federn in dem Sofa und die eisige Kälte in dem kleinen, ungeheizten Salon.

Und dennoch klangen Belles Worte schrecklich nach der Wahrheit. Selbst jetzt sah Thomasine Nicholas' Hände vor sich, die mit weiß hervortretenden Knöcheln das Lenkrad umklammerten, und seine Augen, die sich starr auf die Straße vor ihm richteten.

Endlich brachte sie ein Wort heraus. »Du möchtest, daß ich Lally finde und ihr sage, was passiert ist?«

Belle nickte. »Ich muß mit dem Zug zu Marjorie runterfahren – es ist wirklich absolut lächerlich, daß sie kein Telefon hat. Es wäre doch unpassend, nur ein Telegramm zu schicken. Und man muß sich um die … Beerdigung kümmern …« Mit gequältem Blick sah sie wieder auf. »Es ist alles so schrecklich, nicht wahr, Thomasine? Einfach zu schrecklich.«

Thomasine nickte langsam. Das Gefühl des Irrealen löste sich auf und ging allmählich in heftigen Schmerz über.

»Ich weiß, es ist eine ziemliche Zumutung nach allem, was passiert ist.« Belle schneuzte sich. »Aber du kennst ein paar Leute aus Lallys Freundeskreis. Und Julian ist gerade in Indien, und Boy sagt, daß ihn das alles zu sehr aufregt, also weiß ich nicht, was ich sonst tun könnte. Sie hätte doch eine Nachricht hinterlassen … oder anrufen können. Ich hab alle gefragt, die mir eingefallen sind. Sie ist so rücksichtslos.« Ihre Stimme klang gereizt und ärgerlich. Sie ließ den Schleier ihres Huts über ihr verschwollenes Gesicht fallen und stand auf.

»Ich werde tun, was ich kann«, sagte Thomasine. »Irgend jemand muß doch wissen, wo Lally ist.«

Nachdem Belle fort war, ging sie in ihr Zimmer und zog sich schnell an. Eine seltsames Sammelsurium von Kleidungsstücken – einen alten Tweedrock, eine blaue Strickjacke mit einem Flicken am Ellbogen, ein Paar ziemlich ausgebeulte schwarze Strümpfe. Selbst ganz einfache tägliche Verrichtungen wie das Ankleiden waren schwierig geworden. Sie steckte ihren Geldbeutel in ihre Manteltasche und stülpte sich einen Hut auf den Kopf. Dann lief sie auf die Straße hinunter, um ein Taxi zu suchen.

Das lavendelfarbene Licht im Osten zeigte an, daß es dämmerte. Der Karren des Milchmanns ratterte über die Pflastersteine, und der Zeitungsjunge hatte bereits seinen Stand an der Straßenecke aufgeschlagen. Thomasine stellte fest, daß sie nicht die geringste Ahnung hatte, wohin sie sich wenden sollte. Sie versuchte, sich an Lallys Freunde zu erinnern. Da gab es natürlich Simon Melville, obwohl Simon behauptet hatte, nicht mehr mit Lally befreundet zu sein. Thomasine erschauderte. Wen noch? Den Burschen bei der

Party in Mayfair – sein Name fiel ihr nicht mehr ein – und Lallys Liebhaber in Frankreich. Und Belle, Julian, Boy und Ettie.

Doch während sie in der eisigen Morgenluft auf dem Gehsteig stand, war Thomasine nicht überzeugt, ob auch nur einer dieser Leute wirklich Lallys Freund gewesen war.

Ein Taxi bog um die Ecke, und Thomasine hob unwillkürlich die Hand. Es hielt an.

»Wohin, meine Liebe?«

Sie hatte keine Ahnung. Plötzlich wußte sie, daß es jemanden gab, der ihr helfen würde. Sie gab dem Fahrer Daniels Adresse, setzte sich zurück und schlug den Pelzkragen ihres Mantels hoch. Sie hatte ihre Handschuhe vergessen, und ihre Hände waren blau gefroren. Auf den kleinen Rasenstücken vor den Häusern lag Rauhreif, der Himmel war klar und wolkenlos. Nicholas ist tot, dachte sie. Nicholas, der mein Ehemann war, der Vater meines Kindes, ist tot. Ein stechender Schmerz durchfuhr sie angesichts der Sinnlosigkeit des Ganzen. Voller Bitterkeit dachte sie, daß Nicholas nicht viel vom Leben gehabt hatte. Das wenige Glück, das er gefunden hatte, war illusorisch und vergänglich gewesen. Sie drückte die Handknöchel an die Augen.

Daniel würde ihr helfen. Daniel war gut, wenn es jemanden zu finden galt. Er hatte ihr damals, am Tag des Waffenstillstands, geholfen und sie in Camden Town gefunden, nachdem sie aus Antonias Haus geflohen war. Er war drei Jahre lang durch Europa und kreuz und quer durch England gereist. Daniel ging nie verloren. Er war die einzige Person, auf die sie sich an diesem schrecklichen Tag verlassen konnte. Er würde wissen, wie man Lally finden konnte.

Das Taxi hielt vor Daniels Wohnung an. Thomasine reichte dem Fahrer das Geld und blieb allein auf der stillen Straße zurück. Sie klingelte an der Eingangstür.

Daniel trug nur eine Hose, als er öffnete, und Thomasine wäre fast in den Gang der Wohnung gefallen. Ihre Hände hielten sich an ihm fest.

»O Daniel. Es ist etwas Schreckliches …«

Hinter ihm ertönte ein Geräusch, und die Schlafzimmertür ging auf. Eine wohlbekannte Stimme sagte: »Ist es nicht ein bißchen früh für Besuch, Liebling?«

Thomasines Hände fielen von seinem Arm herab. Einen Augenblick lang starrte sie vollkommen verwirrt Lally an. Lally trug ein Männerhemd, ihr Haar war zerzaust, ihre Beine nackt. Sie lächelte. Thomasine wich einen Schritt zurück. Ihr Blick schoß schnell zwischen Daniel und Lally hin und her. Dann lief sie auf die Straße hinunter und den Gehsteig entlang.

Er griff sich eine Jacke von der Garderobe im Gang und rannte ihr nach. Lally rief ihm hinterher, aber er beachtete sie nicht. Gerade als Thomasine um die Ecke bog, holte er sie ein.

»Thomasine, um Himmels willen ...«

Sie blieb nicht stehen, also packte er sie am Ellbogen und hielt sie fest. Als sie sich zu ihm umdrehte, sah er Tränen in ihren Augenwinkeln glitzern.

»Was willst du, Daniel?«

»Dir erklären. Es ist nicht, wie du denkst.« Verzweifelt stammelte er abgegriffene Sätze.

»Oh, das glaube ich schon. Wie sie gesagt hat, ein bißchen früh für Besuche. Und sie hatte dein Hemd an, Daniel!«

»Hör doch bitte zu. Ich hab Lally gestern abend auf einer Party getroffen. Ich hatte zuviel getrunken, weil ich nach unserem Streit in schlechter Stimmung war. Um Himmels willen, Thomasine – es hat nichts zu bedeuten!«

»Für mich aber schon«, flüsterte sie.

Es stand eine schreckliche Trostlosigkeit in ihren Augen, ihr Gesicht war leichenblaß. Er erinnerte sich, daß sie gesagt hatte: »Es ist etwas Schreckliches ...« Ungeduldig fragte er: »Was ist passiert, Thomasine? Sag's mir!«

Sie lachte. Ein furchtbarer Laut, heiser, abgehackt und hysterisch. »Eigentlich hab ich nach Lally gesucht, Daniel. Wie praktisch, daß sie bei dir ist. Ich hab ihr was zu sagen.«

Sie begann, sich wieder in Bewegung zu setzen, sich von

ihm loszureißen. Der Bahnhof von King's Cross erhob sich hinter ihr und verdeckte die aufgehende Sonne.

»Aber jetzt kannst *du* es ihr ja sagen. *Du* kannst Lally Blythe sagen, daß ihr Bruder tot ist.«

Er wollte zu ihr gehen, sie umarmen, sie trösten, aber etwas in ihrer Miene hielt ihn zurück. »Nicholas ist tot? Wie das?«

»Ein Autounfall. Letzte Nacht.« Sie hatte sich von ihm abgewandt.

Als sie wegging, sah er auf ihre hochgezogenen schmalen Schultern und die Strähnen ihres rotgoldenen Haars unter dem Hutrand, die der Wind aufwehte. Er wollte nicht glauben, daß dies das Ende sein sollte, daß er sie durch seine Dummheit, seinen Zorn und seine Rachegelüste verloren hatte.

Er rief: »Thomasine. Geh nicht weg! Ich liebe dich!«

Einen Moment lang hielt sie inne und drehte sich kurz zu ihm um.

»Wirklich, Daniel? Tatsächlich? Wie auch immer. Es ist vorbei. Ich möchte dich nicht mehr sehen.«

Er blickte ihr nach und machte keine Anstalten, ihr zu folgen. Statt dessen ging er in seine Wohnung und zu Lally zurück.

»Sie ist fort«, sagte er verständnislos.

Er bemerkte die unverstellte Freude in ihren Augen – die Schadenfreude und den Triumph in Lallys Gesichtsausdruck – und platzte ohne Rücksicht auf ihren angegriffen Gesundheitszustand brutal heraus: »Nicholas ist tot. Er ist gestern abend bei einem Autounfall umgekommen.«

Sie blickte ihn mit großen runden Augen an. Dann begann sie zu husten. Mit Entsetzen bemerkte Daniel, wie Blut aus Lallys Mund über die Vorderseite des geliehenen Hemds floß.

Zehn Tage später fand die Beerdigung statt. Thomasine kam es vor, als hätte sie zu oft in der kleinen Kirche von Drakesden gestanden, zu oft die Worte des Totengottesdienstes hören müssen. Für Tante Rose, für Sir William Blythe, für Fay Gillory und jetzt für Nicholas.

Der Tag war kalt und grau. Tiefe Wolken hingen über den Feldern und Deichen. Als der Sarg ins Grab gesenkt wurde, konnte sie nicht hinsehen. Sie rückte ein wenig von der Trauergemeinde ab und sah über die verstreut liegenden Häuser des Dorfes zum Deich hinüber, auf den langen, niedrigen Wall, der Erde und Himmel trennte. Wenn sie sich jetzt an Nicholas erinnerte, dachte sie nicht an den kranken Mann, den sie geheiratet hatte, auch nicht an den eifersüchtigen, zwanghaften Ehemann, von dem sie sich getrennt hatte, sondern an den Nicholas von 1914, den hübschen dunkelhaarigen Jungen, der so gern gefallen wollte. An den Nicholas, der mit ihr und Daniel über die Wege geritten war, der sie durch die gewundenen Pfade des Labyrinths geführt hatte, der ihr die herrlichen Schätze von Drakesden Abbey gezeigt und mit ihr und Daniel im Gras zwischen den Rosen des ummauerten Gartens gelacht hatte. Plötzlich hob Thomasine den Kopf und sah auf die Trauernden am Grab zurück. Lally war unter den verschleierten Frauen nicht zu entdecken.

Dann merkte sie, daß alles vorbei war. Die Trauergäste standen in kleinen Gruppen zusammen. Eine der verschleierten Frauen kam auf sie zu, es war Marjorie Blythe.

»Wir nehmen einen kleinen Imbiß im Haus ein«, sagte Marjorie. »Nichts Besonderes. Hättest du Lust, dich uns anzuschließen?«

Marjorie hatte die gröberen Züge ihres Vaters geerbt und das helle Haar ihrer Mutter. Lady Blythes zarter Körperbau war nur auf ihre beiden jüngeren Kinder übergegangen.

»Das ist sehr freundlich von dir, Marjorie, aber ich glaube nicht. Ich möchte deiner Familie nur mein Beileid aussprechen.« Plötzlich fügte sie hinzu: »Wo ist Lally?«

Marjorie runzelte die Stirn. »Lally ist in der Klinik.«

»In der *Klinik?*«

»Nun, eigentlich im Sanatorium. Sie hat Tuberkulose.«

Plötzlich sah Thomasine Lally so vor sich, wie sie sie bei

ihrer letzten Begegnung gesehen hatte. In Daniels Hemd, mit wirrem Haar und schlaftrunkenen Augen. Ihre gerötete Haut, ihre spindeldürren Arme und Beine.

»Das wußte ich nicht.«

»Keiner von uns wußte das.« Einen Moment lang verschwand das steife konventionelle Verhalten ihrer Klasse. »Manchmal glaube ich, daß keiner von uns den anderen besonders gut gekannt hat«, sagte sie mit bedrückter Miene. »Es muß ihr seit Jahren schlechtgegangen sein – vielleicht hat sie sich schon in der Schule angesteckt. Wie auch immer, am Tag nach Nickys Unfall wurde sie sehr krank. Der Schock, wie der Arzt meinte.«

Marjorie verabschiedete sich und ging. Die Trauergemeinde hatte sich inzwischen aufgelöst, die Leute liefen ins Dorf zurück oder folgten dem Weg zum Friedhofstor, wo die Autos warteten. Thomasine wechselte ein paar Worte mit dem Pfarrer und einigen Dorfbewohnern. Sie wußte, daß ihre Stellung jetzt noch zwiespältiger war als vorher: Sie war weder Witwe noch Ehefrau, noch Geschiedene. Neugierige Augen beobachteten sie heimlich, Stimmen flüsterten hinter vorgehaltenen Händen. Marjories Geste – die sich sicherlich nur ihrem eigenem Antrieb verdankte – war großzügig gewesen, aber vor allem auf Drakesden Abbey wäre sich Thomasine unerwünscht und wie eine Ausgestoßene vorgekommen. Sie würde sich dieser Art von Prüfung nicht mehr aussetzen, sich nicht mehr von anderen verurteilen lassen.

Sie sah auf die Straße hinaus. Vor drei Jahren hatte sie Drakesden verlassen, und schon auf der Herfahrt vom Gasthaus in Ely war ihr aufgefallen, wie sehr sich inzwischen alles verändert hatte. Sie war mit dem Bus gekommen. Der Omnibus fuhr über ein halbes Dutzend Dörfer, einschließlich Drakesden, bevor er zum Bahnhof von Ely zurückkehrte. Man mußte nicht mehr auf schlammigen Pfaden über die Felder marschieren und auf den rutschigen Brücken über den Deichen sein Leben riskieren. Beim Blick aus dem Busfenster hatte sie eine Werkstatt gesehen, die am

Dorfrand nahe der Stelle, wo sie früher Schlittschuh gelaufen waren, erbaut worden war. Es war ein schäbiger Bau aus gelben Ziegeln und rostigem Blech, aber zwei Autos standen im Hof, und es gab zwei glänzende Zapfsäulen.

Auch das Dorf selbst hatte sich verändert. Neben dem Krämerladen hatte tatsächlich eine Teestube eröffnet. Karierte Vorhänge hingen an den Fenstern, und an der Tür klebte ein Schild, auf dem Eis und Kuchen angeboten wurden. Mr. Fanshawe hatte ihr erklärt, daß im Sommer Ausflugsbusse aus den Städten kamen, die häufig in Drakesden haltmachten. Durstige Städter konnten nun in Mrs. Hayhoes Lokal Tee oder Limonade trinken. Und entlang der Straße gab es einige Läden, die Wintergemüse, hausgemachte Marmeladen und Chutneys an die Autofahrer verkauften. Die Maschine, die für Nicholas Tod verantwortlich war, war inzwischen fast überall gegenwärtig. Thomasine wußte nicht, ob die Veränderungen zum Guten oder zum Schlechten waren.

Sie steckte ihr Gebetbuch in ihre Handtasche und ging zum Friedhofstor. Als sie durch den alten, moosbewachsenen Torbogen sah, stellte sie fest, daß die Straße nicht verlassen war, wie sie angenommen hatte. Ein Bentley parkte an der Straßenbiegung.

Um zur Bushaltestelle zu kommen, mußte sie an dem Bentley vorbeigehen. Als sie den Wagen erreicht hatte, stellte sie fest, daß ihr der Fahrer zwar unbekannt war, doch im Fond saß Lady Blythe. Trotz des zurückgeschlagenen Schleiers hätte sie das Gesicht kaum wiedererkannt. Es war zerstört, entstellt, ohne jede Spur von Jugend und einstiger Schönheit. Mit einer fast unmerklichen Bewegung drehte sie den Kopf, und einen Moment lang trafen sich ihre Blicke. Thomasine erkannte vollkommene Niedergeschlagenheit in den blaßblauen Augen, in denen jeglicher Lebensmut erloschen war. Zwei Söhne überlebt zu haben … dachte sie. Gibt es ein schlimmeres Schicksal für eine Mutter? Thomasine senkte den Kopf und ging weiter.

Morgen würde sie Sir Alfred Duke anrufen und den Prozeß in Gang setzen lassen, mit dem sie ihren Sohn zurückbekäme. Sie wußte, daß sie dieses Mal gewinnen würde. Sie würde nicht nachgeben, bis sie das Sorgerecht für William wiederhatte. Flüchtig fragte sie sich, ob die gebrochene Frau, die sie im Fond des Bentleys gesehen hatte, in der Lage wäre, noch zu kämpfen, oder ob auch die Besitzgier in diesem unnachgiebigen Herzen erloschen war.

Goldene Sonnenstrahlen drangen zwischen den Wolken hindurch und tauchten das Dorf und die Felder in strahlende Farben: korallenrot, gelbbraun, orange und rosa. Der Himmel war eine große Farbpalette, die das Land prächtig schmückte, die Vergänglichkeit von Dynastien und den Beginn eines anderen Zeitalters ankündigte.

Am Abend begann sie, Nicholas' Sachen durchzusehen. Marjorie hatte sich erboten, das Dienstmädchen hatte sich erboten, aber sie hatte beide Angebote abgelehnt. Diesen letzten Dienst konnte nur sie ihrem Lieblingssohn erweisen.

Aber jeder einzelne Gegenstand quälte sie. Dabei hatte sie sich in dem Glauben an die Aufgabe gemacht, selbst in diesen alptraumhaften Tagen nichts von ihrer Beherrschung und ihrer Fähigkeit zu organisieren verloren zu haben. Doch jetzt, angesichts der Kleiderschränke und Kommoden, des Schreibtischs, des Betts und der Truhen, all der toten Gegenstände, die so lebhafte Erinnerungen an ihn bargen, fühlte sie sich geschlagen, wie gelähmt. Wenn sie die Augen schloß, war er bei ihr im Raum. Sein Geruch haftete an seinen Kleidern. Sie glaubte, den Abdruck seines Kopfes im Kissen zu sehen. Ein einzelnes dunkles Haar hing an den Borsten seiner Haarbürste. »Nicholas«, flüsterte Lady Blythe. Die Bürste mit dem Elfenbeinrücken, den Kamm, die Kleiderbürste und die Lupe hatte sie ihm geschenkt. Jetzt drückte sie die Bürste an sich und wurde sich eigentlich zum erstenmal seit seinem Unfall der schrecklichen endlosen Leere bewußt, der Ödnis, die ihr Leben nun geworden war. Noch immer sprach er zu ihr: Sie wußte, daß sie seine Abschiedsworte für den Rest ihres Lebens hören würde. *»Thomasine soll William bekommen, Mama ... Wer bist du, um über ein anderes menschliches Wesen zu urteilen?«*

Sie erschauderte und sah aus dem Fenster. Jetzt erkannte sie deutlich, was die Jahre Drakesden Abbey angetan hatten: die zugewucherten Gärten, die mit Unkraut überwachsenen Wege, die nicht mehr sprühende Fontäne. Sie war nie besonders religiös gewesen, der Kirchgang diente mehr dem Prestige als der Erfüllung eines geistigen Bedürfnisses, dennoch kam ihr gerade jetzt ein Spruch aus dem Buch Jesaja in all seiner quälenden Schönheit und seinem tiefen Leid in den Sinn: »Und Dornen werden ihre Paläste überwuchern, Nesseln und Gestrüpp ihre Festungen einhüllen: Und sie sollen eine Wohnstatt der Drachen sein und ein Ort für Eulen.«

Teil V

1927 – 1928

Die Liebe keine Jahreszeit, kein Reifedatum kennt,
Sie teilt nicht ein in Monat, Stund' und Tag.

JOHN DONNE, *The Sunne Rising*

19

IM FRÜHLING BEWAFFNETE Thomasine sich mit einer Gartenschere, dicken Handschuhen und einem Schubkarren. William trottete hinter ihr her, ein dickes Bündel aus Mantel, Fäustlingen und Knopfstiefelchen. In dem ummauerten Garten spielte er ein wenig abseits von ihr mit seinem Ball, aber Thomasine wußte, daß er sie heimlich beobachtete.

Sie beschnitt die Rosen, fegte das Gewirr der Äste zusammen und häufte es in den Karren. Die Rosen waren seit Jahren nicht mehr beschnitten worden, wie sie feststellte. Sie kappte den Wildwuchs und alle Triebe, die zu schmächtig waren, um Blüten zu tragen. Es war kalt, aber sonnig. Sie arbeitete sorgfältig, beschnitt und säuberte aus, rechte das verdorrte Laub und die abgefallenen Hagebutten zusammen und zupfte das Unkraut aus, das aus dem Boden schoß.

»William. Komm her und schau dir das an.«

Gehorsam wie immer kam er her und sah auf die Stelle, auf die sie deutete.

»Eine Raupe. Ist sie nicht hübsch?«

»Ich mag keine Insekten«, sagte William. »Nanny hat gesagt, Insekten sind schmutzig.« Er ging wieder zu der Stelle zurück, an der er Ball gespielt hatte.

Thomasine nahm die Raupe und brachte sie zwischen dem Farn unter dem Feuerdrachen in Sicherheit. Dann häufte sie die abgeschnittenen Zweige auf die Schubkarre und steckte die Schere in die Tasche.

»Komm mit, William – für heute ist genug getan. Sollen wir ein Feuer machen, um uns aufzuwärmen?«

Das Kind antwortete nicht, sondern folgte ihr nur

stumm – ein kleiner, mürrischer, desinteressierter Vierjähriger, der hinter ihr hertrottete, während sie die Schubkarre aus dem ummauerten Garten und durchs Labyrinth zurückschob.

Auf dem Rasen, wo sie früher Gurkensandwiches gegessen und aus Porzellantassen Tee getrunken hatten, machte sie das Feuer. Damit es besser brannte, stopfte sie zerknülltes Zeitungspapier zwischen das Laub und die Äste und öffnete die Streichholzschachtel.

»Möchtest du mir beim Anzünden helfen, William?«

Er sah sie mit seinen hellen blaugrünen Augen an.

»Wir zünden es gemeinsam an«, sagte sie aufmunternd.

»Nanny sagt, Streichhölzer sind gefährlich.«

Thomasine schaffte es, ihren Ärger zu unterdrücken. »Na ja, das stimmt schon. Aber wenn wir sehr vorsichtig und vernünftig sind, passiert uns nichts.«

Mit vorgeschobener Unterlippe stand er am anderen Ende des aufgeschichteten Holzstoßes. Noch einmal zeigte sie ihm die Streichholzschachtel, aber er schüttelte eigensinnig den Kopf, so daß sie sich hinkniete und das Feuer selbst anzündete.

Als das Zeitungspapier aufloderte und das Laub knisternd Feuer fing, stellte sie sich neben ihren kleinen, stolzen Sohn. Während die Zweige brannten und Funken in den trüben Himmel sprühten, legte Thomasine die Hand auf Williams Schulter, um eine erste Verbindung mit ihm herzustellen. Doch er entzog sich ihrem Griff und rannte über die Stufen in das leere Haus zurück. Der Rauch über dem Feuer stieg auf und hüllte Gras und Bäume in Nebel.

Manchmal träumte sie nachts davon – zwei gelbe glänzende Augen und ein offenes Maul, das nach ihr gierte. Dann schreckte sie auf, starrte erschrocken auf das Kind in seinem Bettchen und versuchte, die Kerze anzuzünden.

Aber William war jedesmal in Sicherheit, und nur das Heulen des Windes war zu hören, der durch die Kamine strich. Abgesehen von William und ihr war das Haus nachts leer. Eingehüllt in Strickjacken, Schals und Decken, um sich vor der bitteren Kälte zu schützen, setzte sie sich in dem Pfostenbett auf, starrte in die Dunkelheit und dachte nach.

Am Schluß war es einfach gewesen, ihren Sohn zurückzubekommen. Eine Reihe von Anwaltsbriefen waren geschrieben worden, und in einem dieser Briefe wurde ihr schließlich mitgeteilt, daß Lady Blythe keinen Versuch unternähme, das Sorgerecht für ihren Enkel einzuklagen. Diese Nachricht hatte ihr Sir Alfred Duke persönlich eröffnet, gemeinsam mit der anderen, noch unerwarteteren: Lady Blythe habe Drakesden Abbey verlassen, um bei ihrer Tochter Marjorie zu leben.

Drakesden Abbey ging immer an den jeweils ältesten Sohn über, deshalb gehörte es jetzt William. Sir Alfred Duke hatte ihr eröffnet, daß sie, falls sie es wünsche, mit ihrem Sohn auf Drakesden Abbey leben könne. Sie konnte sich nicht sofort entscheiden. Aufgewühlt verließ sie das Büro des Anwalts und lag drei Nächte lang wach, um sich über alles klarzuwerden. Sie erinnerte sich an die vielen schlimmen Tage in der Abbey, aber auch an den Stolz, den sie empfand, nachdem sie gelernt hatte, mit dem schwierigen Land umzugehen. Sie erinnerte sich an die Abgeschiedenheit, die Rückständigkeit der Fens, aber auch an das weite, offene Land, das Gefühl der Freiheit. Sie dachte an ihren beruflichen Aufstieg, um den sie so lange und schwer gekämpft hatte, und an die Sicherheit, die das Einkommen ihr gab.

Schließlich war sie Williams wegen doch zurückgegangen. Weil Drakesden Abbey während der ganzen Jahre seines kurzen Lebens sein Zuhause gewesen war, weil es nach den vielen Trennungen, die er durchmachen mußte, grausam gewesen wäre, ihn von dort wegzuholen. Und weil er ein Blythe war und die Blythes immer auf Drakesden Abbey gelebt hatten. Also hatte sie ihre Sachen gepackt, gekündigt und wieder von vorn angefangen. Wieder eine Reise, wieder ein unbekanntes Schicksal, das ihr bevorstand. Bloß daß sie diesmal, als sie am Bahnhof von Ely ausstieg, das Gefühl hatte, nach Hause zu kommen.

Oft lag sie nachts wach und dachte über die Umstände von Nicholas' Tod nach – an die gerade Straße, seine lange Fahrpraxis, die Tatsache, daß keine andere Person in den Unfall verwickelt gewesen war. An seinen plötzlichen und unerklärlichen Entschluß, an diesem Abend Drakesden zu verlassen, obwohl niemand wußte, wohin er wollte. Immer wieder fragte sie sich, ob Nicholas' Tod tatsächlich ein Unfall gewesen war, wie die Untersuchung ergeben hatte, oder ob sich etwas viel Schrecklicheres dahinter verbarg. Sie hielt es durchaus für möglich, daß sich Nicholas das Leben genommen hatte, aber es gelang ihr nicht, sich den genauen Ablauf der Ereignisse vor seinem Tod vorzustellen. Es war, als wollte man ein Puzzle zusammensetzen, bei dem die Hälfte der Teile fehlte.

So blieb sie wach und beobachtete, wie der Kerzenstummel herunterbrannte. Es gab Dinge, an die sie nicht denken durfte: Bilder von Betrug, Liebe und Tod. Ihre Aufgabe bestand im Moment nur darin zu überleben, für sich und ihr Kind Essen und Kleidung bereitzustellen und dafür Sorge zu tragen, daß sie es warm hatten. Ihr Leben war auf die elementarsten Notwendigkeiten zusammengeschrumpft, und sie war froh darüber. Es machte alles einfacher. Sie mußte sicherstellen, daß das verbliebene Land Gewinn abwarf, um sich und ihren Sohn die nächsten Jahre über die Runden zu bringen. Der Name des Drachen hieß jetzt Hunger, und sie allein war dafür verantwortlich, ihn auf Abstand zu halten.

Schon eine Woche nach ihrer Rückkehr hatte sie angefangen, Land zu verkaufen. Sie wußte, daß außer den Gärten und ein paar Feldern um das Dorf herum nichts übrigbleiben würde. Das wertvollere Ackerland – die großen Ländereien mit guter schwarzer Erde zwischen Drakesden und Ely – hatte sie bereits verkauft. Ohne Gewissensbisse unterzeichnete sie die Kaufverträge, weil sie wußte, nur durch die Verkleinerung des Guts einen Bruchteil für ihren Sohn erhalten zu können.

Gemeinsam mit Max Feltham, der ihr alles erklärte, war sie die Rechnungsbücher der Abbey durchgegangen. Schon vor Nicholas' Tod war das Gut schwer verschuldet gewesen und nur durch den Verkauf wertvoller Möbel und Bilder in Gang gehalten worden. Seit Thomasines Weggang im Jahr 1923 hatte die Farm keinen Gewinn mehr abgeworfen, dennoch waren Nicholas' und Lady Blythes Ausgaben unvermindert hoch geblieben. Max riet ihr, alles zu verkaufen und Drakesden Abbey ganz aufzugeben, damit ihr vielleicht gerade noch genügend übrigbliebe, um ein kleines Haus am Stadtrand zu erwerben. Eigensinnig lehnte sie ab. Seufzend begann Max, die Erbschaftssteuern auszurechnen, die bald fällig würden, und den zu erwartenden Schätzwert von Land und Hausbesitz. Schließlich stimmte er zu, daß sie es möglicherweise knapp schaffen könnte. »Es wird verdammt harte Arbeit bedeuten«, sagte er, bevor er sich auf den Weg zum Bahnhof von Ely machte. »Sind Sie sicher, daß es sich lohnen wird?« Thomasine nickte nur lächelnd.

Seitdem hatte sie von Sonnenauf- bis Sonnenuntergang gearbeitet. Das Geld, das sie von ihrer Stelle als Buchhalterin gespart hatte, war bereits aufgebraucht. Das Gut verschlang alles. Aber wenn es keine Felder mehr gab, auf denen man Weizen und Hafer anbauen konnte, gab es immer noch die Obst- und Gemüsegärten und die Treibhäuser. Thomasine begann mit dem Wintergarten. Sie schnitt die Bleiwurz, die Wachsblume und den Oleander zurück oder gab sie weg, aber sie behielt die Passionsblume, die Feige und das Aprikosenbäumchen und freute sich auf den Sommer, wenn die Pflanzen an der warmen Wand des Wintergartens üppig Früchte tragen würden. Mit exotischen Früchten konnte man einen hohen Preis erzielen. Draußen hatte die jahrelange Vernachlässigung die Gärten in Wildnis verwandelt. Disteln überwucherten die Gemüsebeete. Die Obstbäume waren von Schädlingen befallen und jahrelang nicht mehr beschnitten worden. Thomasine ging ganz systematisch vor: Sie riß das Unkraut aus und gab den Pflanzen Raum zum Wachsen. Oft dachte sie, daß der Garten ihr immer einen Schritt voraus war: Wenn sie eine Stelle freigeräumt hatte, entdeckte sie, daß an einer anderen, die sie erst eine Woche zuvor umgegraben hatte, neues Unkraut hervorsproß. Hartnäckig hielt sie durch, weil sie wußte, daß sie es sich nicht leisten konnte aufzugeben. Sie pflanzte nur an, was der Art und Lage des Bodens angemessen war, wohl wissend, wie sinnlos es wäre, eine Pflanze in ungeeigneter Erde zum Wachsen bringen zu wollen.

Im Blumengarten behielt sie nur die Pflanzen, die als Schnittblumen verkauft werden konnten – die Rosen, die Zwiebelgewächse und einige der mehrjährigen Pflanzen. Sie legte keine Rabatten aus Begonien und Steinkraut mehr an, Drakesden Abbey sollte sich in einen reinen Nutzgarten verwandeln.

Die Samen und Setzlinge erbettelte sie sich von Nachbarn und Bekannten. Dabei war sie vollkommen schamlos, was ihre Methoden betraf: Ein koketter Wimpernschlag, und sie hatte ein paar Kopfsalatsetzlinge von einem Farmer, ein langweiliger Nachmittag im Pfarrhaus, bei dem die Gefahren des Geisterglaubens diskutiert wurden, und sie ging mit Tüten voller Karotten-, Zwiebel- und Rettichsamen nach Hause, die aus Mr. Fanshawes Küchengarten stammten.

Sie hatte nur einen Jungen aus dem Dorf, der ihr bei den schweren Arbeiten half. Eddie war vierzehn, langsam und schweigsam, das Produkt einer Ehe zwischen Cousin und Cousine. Als Gegenleistung, daß er ihr beim Graben, Tragen und bei Besorgungen half, gab sie ihm zu essen und ein paar Shilling Taschengeld die Woche. Eddie hätte sich dem Exodus in die Städte nicht anschließen können, der in Drakesden immer größere Ausmaße annahm, einige Häuser schon ganz entvölkert hatte und jeden Morgen die Busse füllte. Er konnte weder lesen noch schreiben. Auf Thomasines Vorschlag hin nahm er an Williams Unterricht teil und sah mit offenem Mund zu, wie sie ihrem Sohn die Buchstaben beibrachte. Doch als er versuchte, seinen Namen zu schreiben, stellte er sich so ungeschickt an, daß das Ergebnis völlig unleserlich war.

Manchmal, wenn sie am Ende eines anstrengenden Tages

ins Bett fiel, sah sie sich zufällig im Spiegel: ein ausgebeulter Tweedrock und immer öfter ein Paar von Nicholas' alten Hosen, die sie in der Taille zusammenschnürte. Mehrere Pullover übereinander und einen dicken Schal um den Hals. Ihr Haar reichte inzwischen bis auf die Schultern herab und wurde mit einem Band zurückgehalten.

Ein paar von den Feldern behielt sie, weil sie noch nicht bereit war, sie zu verkaufen. Es waren die Felder, die bis zum Deich reichten und an Daniel Gillorys Land grenzten, das jetzt von den Dockerills bewirtschaftet wurde.

Ende Februar fiel der Generator aus. Thomasine warf einen Blick auf das komplizierte Gewirr aus Röhren und Räderwerk und machte entnervt die Tür zum Generatorraum wieder zu. Bei der Suche durchs Haus fand sie die Kerzen und Öllampen wieder. Jetzt spielte es keine Rolle mehr, daß sie die besten Kerzen in den Räumen fürs Hauspersonal verwendete, da es kein Personal mehr gab.

Bald stellte sie fest, daß es unmöglich, aber auch unnötig war, das ganze Haus zu heizen und zu beleuchten, wenn sie fast ausschließlich unten in der Küche wohnten. Nachdem Drakesden Abbey Elektrizität bekommen hatte, war der Herd jahrelang nicht mehr in Betrieb genommen worden, aber Thomasine putzte und polierte ihn, und nach vielen vergeblichen Versuchen fand sie heraus, wie man ihn anzündete. Sie ließ ihn ständig brennen, heizte mit dem Holz, das Eddie hackte, und so gab es wenigstens einen warmen Raum im Haus. Sie nahmen auch die Mahlzeiten in der Küche ein und saßen an dem riesigen Tisch, an dem früher das Personal gesessen hatte. William haßte das. »Küchen sind für Dienstboten«, erklärte er verächtlich.

Anfangs war das Glück, wieder mit ihrem Sohn zusammenzusein, überwältigend gewesen. Es war, als sei ihr ein Teil ihres Körpers zurückgegeben worden. Gemeinsam mit William auf Drakesden fühlte sie sich wieder vollständig. Doch bald begann sie einzusehen, daß es nicht ganz so einfach war. Williams Erinnerungen an sie waren mit schweren

Verlustängsten verbunden. Die Zuneigung, die während der drei Jahre, als sie sich nur einmal im Monat sahen, aufblühte, war bei jeder Trennung wieder zerstört worden. Sie wußte, daß Williams Kälte ihr gegenüber aus Zorn und Stolz und der Angst herrührte, wieder verlassen zu werden, und sie hatte noch keine Möglichkeit gefunden, diese Mauer zu durchbrechen.

Sie wußte auch, daß ihn die vielen plötzlichen Veränderungen verwirrt und verängstigt hatten: der Verlust seines Vaters, die Abwesenheit seiner Großmutter, der Weggang seiner Nanny, und erst kürzlich der Abschied von Martha, die eine lukrativere Stelle bei einem Friseur in Ely gefunden hatte. William war gezwungen, seine Mahlzeiten in der Küche einzunehmen, sich mit seiner Mutter ein Schlafzimmer zu teilen, statt im Kinderzimmer zu schlafen, und zudem sollte er jetzt auch noch im Garten herumbuddeln. Er hatte kein Kindermädchen mehr, das ihm beim Anziehen und Waschen half – schlimmer noch, seine Mutter brachte ihm bei, diese Dinge allein zu tun. Drakesden Abbey war kalt, leer und fremd geworden. Verwirrt zog er sich in sich selbst zurück, in der Hoffnung, sein Leben würde bald wieder so werden, wie er es kannte.

Thomasine entdeckte in William ihren eigenen Stolz und Nicholas' Abneigung gegenüber Unordnung wieder. Er war höflich, distanziert und beherrscht und schämte sich bereits wie Nicholas über seine Unsicherheit. Ihr brach fast das Herz, als sie die Kämpfe bemerkte, die der kleine Junge in seinem Inneren auszufechten hatte. Er konnte nicht spielen, wie sie feststellte. Er konnte lesen, seinen Namen schreiben und Zahlen erkennen, aber er wußte nicht, wie man einen Sandkuchen buk oder Seifenblasen machte. Wenn sie ihm sagte, er solle spielen, stellte er seine Zinnsoldaten in säuberlichen Reihen auf oder stapelte konzentriert Holzklötzchen aufeinander. Als Thomasine die Küchenschränke öffnete und ihm die Regale voller Marmeladenschälchen, Töpfe, Schneebesen und Holzlöffel zeigte, kroch er nicht hinein, um sich jeden Gegenstand genau anzusehen, wie es andere Kinder getan hätten. Er starrte sie nur mit seinen meergrünen Augen verständnislos an.

Der April kam, und der Frühling war mehr als bloß ein Hauch warmer Luft und ein wenig blauerer Himmel. Narzissen wuchsen auf dem Rasen und entlang der Wegränder Tulpen in allen Farbschattierungen. Thomasine zog William Mantel und Stiefel an und führte ihn aus dem Garten in den Obstgarten. Am Ende des Obstgartens nahm sie seine Hand, um durch den Wald zu gehen.

»Warum gehen wir diesen Weg? Den gehe ich nie.«

Thomasine lächelte. »Du kannst die Glockenblumen sehen, wenn du durch den Wald gehst. Und schau, William, das ist ein Schmetterling.«

Vollkommen unbeeindruckt sah William auf den Zitronenfalter und blickte zu Boden. »Der Weg ist schmutzig.«

»Das stimmt. Wir können unsere Schuhabdrücke sehen.«

Er inspizierte den Abdruck seines kleinen Schuhs und erwiderte nichts.

»Wir gehen zu den Dockerills«, erklärte Thomasine, als sie den Zauntritt erreichten. »Es geht viel schneller durch den Wald als außen herum über die Straße.«

»Ich mag die Straße. Ich mochte das Auto.« William sah auf den Zauntritt, als sei er nicht ganz sicher, was er damit anfangen sollte. Thomasine stieg zuerst hinüber und streckte die Hand aus.

»Das kann ich selber.« Stolz kletterte er über die Holzstange. Sie wartete eine Weile, bis er sich den Mantel abgeklopft hatte.

»Nanny sagt, daß Gott keine schmutzigen Buben mag.«

Entsetzt starrte sie ihn an. Gerade jetzt erinnerte er sie so lebhaft an Nicholas: der dichte Schopf des dunklen Haars, das sorgfältige Abzupfen jedes Schmutzpartikels von seinen Kleidern.

»Gott mag alle Arten von Buben, William«, antwortete sie liebevoll. »Es kümmert ihn kein bißchen, ob ihre Sachen schmutzig oder sauber sind, ob sie sich gebadet und gekämmt oder die Zähne geputzt haben.«

Spontan beugte sie sich hinunter und umarmte ihn. Noch immer wehrte er sie ab, aber nicht mehr ganz so entschieden wie vor drei Monaten, fand sie. »Ich liebe dich«, flüsterte sie ihm ins Ohr. »Das habe ich immer getan und werde es immer tun.«

Als sie das Ende des Feldwegs erreicht hatten, schlug Thomasine den vertrauten Weg um die ehemalige Schmiede ein.

»Ich hoffe, Mr. Dockerill verkauft uns ein paar Hühner«, erklärte sie. »Dann könnten wir sie im Garten halten und bekämen eine Menge schöner Eier. Das wäre doch toll, oder?«

Er antwortete nichts, aber sie glaubte, einen Anflug von Neugier in seinen Augen zu entdecken. Als sie in den Hof traten, sah Thomasine, daß Harry Dockerill gerade das Pferd aus dem Stall führte. Sie rief seinen Namen, er drehte sich um und lüpfte die Mütze.

»Lady Blythe … ich meine …«

»Es reicht Miss Thorne, Harry. Oder Thomasine, wenn Sie wollen.«

Harry ging ihr über den Hof entgegen. »Annie!« rief er. »Missus ist da.«

Annie Dockerill kam heraus und trocknete sich die Hände an der Schürze ab. Ein kleines Mädchen, das sich an ihren Rockzipfel klammerte, stolperte hinter ihr drein.

»Missus«, sagte sie und reckte den Kopf. »Und der kleine Master William.«

William sah sie an. »Du hast bei uns die Treppen geputzt.«

Annie Dockerill lachte. »Ja, das stimmt. Die Treppen in der Abbey waren eine endlose Plackerei. Kaum war ich oben angekommen, waren sie unten schon wieder schmutzig.«

»Stell den Kessel auf, Annie«, sagte Harry. »Sie trinken doch eine Tasse Tee mit uns, Miss Thorne?«

Sie nahm gern an. Man trank Tee, William bekam einen Lebkuchenmann, und man unterhielt sich übers Wetter, die Farm und die Kinder.

Schließlich sagte Thomasine: »Harry, ich bin gekommen, um Ihnen ein Tauschgeschäft vorzuschlagen. Ich weiß, daß Sie auf dem Markt in Ely Narzissen verkaufen – nun, ich habe eine Menge davon und außerdem eine Menge Tulpen. Schöne – in allen Farben.«

Harry nickte. »Die Tulpen der Abbey sind berühmt, Miss Thorne. Die würden weggehen wie warme Semmeln.« Er runzelte die Stirn. »Aber was für ein Tauschgeschäft?«

»Gegen Hühner, wenn Sie einverstanden wären. Ein paar Legehennen, falls Sie welche erübrigen können. Ich hab eine Menge Holz und Maschendraht, und ich bin mir sicher, wenn ich Eddie zeige, wie es geht, könnte er mir einen Hühnerstall bauen. In der Nähe der Geräteschuppen wäre ein guter Platz dafür. Es gibt doch im Moment nicht allzu viele Füchse, oder?«

Harry stand auf. »Kommen Sie, suchen Sie sich gleich ein halbes Dutzend Hennen aus. Es sind gute Legehennen – sie haben mich letztes Jahr nicht enttäuscht. Und ich werde Eddie Readman beim Bau des Hühnerstalls helfen, damit er nicht beim ersten Windstoß zusammenbricht.«

Draußen im Hof suchte sich Thomasine ein halbes Dutzend fetter Hennen aus und traf Vereinbarungen für das Pflücken der Tulpen und den Bau des Hühnerstalls. Als sie sich umdrehte, entdeckte sie, daß William nicht wie erwartet über den Hof die Nase rümpfte, sondern beim Stall stand und neugierig zu dem Pferd aufsah. Sie ging zu ihm hinüber und ließ sich neben ihm in die Hocke.

»Es heißt Nelson, William. Es ist Mr. Dockerills Pferd und übernimmt viel Arbeit auf der Farm. Möchtest du ihm ein Zuckerstück geben?«

Ihr blieb die Luft weg, als er nickte und sie nicht wegschob. Thomasine griff in die Manteltasche und holte Zuckerstücke heraus, die sie auf dem Land immer bei sich trug.

»Du mußt deine Hand flach ausstrecken.« Sie legte dem Kind das Zuckerstück auf die Handfläche. »So ist's richtig. Jetzt heb ich dich hoch, weil Nelson so groß ist.«

Sie hob ihn hoch und beobachtete, wie das samtige Maul des Pferdes über die kleine Hand strich. Williams Augen waren vor Begeisterung weit aufgerissen.

»Er mag es, wenn man seine Mähne streichelt.«

William streckte die Hand aus. Hinter ihr sagte Harry Dockerill: »Er fürchtet sich kein bißchen, Miss Thorne. Die Blythes waren immer als gute Reiter bekannt.«

Schließlich entwand sich William ihren Armen. Thomasine sah Nelson nachdenklich an.

»Unsere Ställe sind jetzt leer – Nicholas mußte alle Pferde verkaufen. Hat der Pfarrer eigentlich immer noch sein Pony, Harry?«

Harry nickte. »Die alte Bluebell ist vor ein paar Jahren gestorben, aber er hat sich ein neues gekauft, um den Wagen zu ziehen. Mr. Fanshawe fährt zwar höchstens einmal im Jahr aus, aber ein Pony hält er sich trotzdem noch.«

Sie lächelte. »Danke, Harry. Ich mache mich dann wieder auf den Weg. Vielleicht habe ich noch Zeit, vor dem Mittagessen beim Pfarrer vorbeizusehen.«

Am folgenden Tag lieh sich Thomasine das Pony des Pfarrers und begann, William auf der Koppel Reitstunden zu geben. Das Pony hieß Fancy und war eine dicke, gesprenkelte Version von Thomasines alter Freundin Bluebell. Als sie William auf Fancys Rücken sitzen sah, während seine kurzen Beinchen zu beiden Seiten des dicken Bauchs abstanden, fühlte sie sich unwillkürlich in die Vergangenheit zurückversetzt, als sie auf dem Pony des Pfarrers saß und Daniel neben ihr herritt. Sie gestattete sich nicht, an Daniel Gillory zu denken, seit Dezember vermied sie jeden Gedanken an ihn. Während der letzten Monate hatte sie so schwer gearbeitet, daß ihr kaum Zeit zum Nachdenken blieb. Diese Art der Liebe war jetzt ein Luxus, der mit all dem anderen Luxus der Abbey wie Personal, duftende Seife und fließend Warmwasser abgelegt worden war.

Ein paar Tage später war sie erschöpft neben dem Küchenherd eingenickt, als Williams Schreie sie weckten.

Es war dunkel. Noch ganz benommen griff Thomasine die Öllampe vom Tisch und lief zur Küchentür. Ein Haus von der Größe Drakesden Abbeys barg viele Gefahren für ein kleines Kind. Vielleicht war er die Treppe heruntergefallen, oder seine Kleider hatten an einer Kerze Feuer gefangen …

»William! Wo bist du, William?«

Er antwortete nicht, sondern schluchzte weiter, aber das Schluchzen schien jetzt aus größerer Nähe zu kommen. Mit der Öllampe in der Hand rannte sie am Zimmer des Butlers, am Vorratsraum und an der Speisekammer vorbei. In der Diele sah sie aufgeregt ins Damenzimmer und in den Salon. Beide waren leer. Dann hob sie die Lampe, rief erneut seinen Namen und erspähte ihn schließlich oben an der Treppe, wo er zusammengekauert im Mondlicht saß, das durch das Fenster einfiel. Sie nahm ihn in die Arme.

»William – Liebling – was ist los? Hast du dir weh getan?«

Er schaffte es, den Kopf zu schütteln, konnte aber vor Schluchzen kaum sprechen. »Ich hab – ich hab – ein Monster gesehen!«

Thomasine sah auf die Stelle, auf die er deutete. Sie konnte nur Mondlicht und die Vorhänge erkennen, die von der Zugluft leicht bewegt wurden.

»Da ist nichts, Liebling. Nur die dummen alten Vorhänge. Schau.«

William hob den Kopf. Sein Gesicht war tränenüberströmt, und er zitterte am ganzen Leib. »Es hatte riesige, große Zähne«, stieß er bebend hervor.

»Jetzt ist es weg.« Thomasine drückte ihren Kopf an den seinen und wiegte ihn. »Es kommt nicht mehr wieder.«

Doch als sie sich umsah, konnte sie sich gut vorstellen, daß William Gespenster gesehen hatte. Das riesige leere Haus knarzte und ächzte im Wind, und kalte Zugluft drang durch die Fenster und Türen. Wenn sie die Vordertür öffnete, würde trockenes Laub hereinwehen und durch die Halle wirbeln. In einigen der ungeheizten Räume wuchsen Schimmelpilze auf den alten Tapeten, und im Dachgeschoß tropfte Wasser durchs Dach, weil die beschädigten Ziegel nicht ausgebessert worden waren. Sie kam sich sehr allein vor und war sich der Verantwortung, die sie übernommen hatte, vollkommen bewußt.

»Wann kommt Papa zurück?« fragte William flüsternd.

Thomasine brach fast das Herz. Das kleine Gesicht sah vertrauensvoll zu ihr auf und wartete auf eine Antwort.

»Martha hat gesagt, daß Papa eine Weile fortgegangen ist. Kommt er bald zurück?«

»Ach, William.« Ihre Stimme klang ausdruckslos, wie ein Seufzen. Sie stand auf, hielt das Kind aber immer noch fest umschlungen. »Wir gehen in die Küche und machen uns Kakao. Dort ist es wärmer. Und dann reden wir über Papa.«

Pakete von Marjorie und Tante Hilly trafen ein. Marjories Pakete enthielten gebrauchte Kleider von ihren beiden Söhnen: Pullover, Hemden, kurze Hosen, Schlafanzüge und Stiefel. Als sie die Verpackung öffnete und den Inhalt des braunen Pakets inspizierte, atmete sie auf vor Erleichterung. William wurde jeden Monat ein Stück größer. Sie hatte sich schon vor den Kosten für das nächste Paar Stiefel gefürchtet. In Hildas Paket waren ein warmer Pullover für Thomasine, einige Samentütchen aus dem Gemüsegarten ihrer Schule und ein Postscheck über zwölf Pfund. »Ein verspätetes Geburtstagsgeschenk«, wie der beigefügte Brief erklärte.

Der Hühnerstall wurde gebaut, die Hennen von den Dockerills geholt und in ihrer neuen Bleibe untergebracht. Als sie zu legen begannen, wurde William mit der Aufgabe betraut, die Eier einzusammeln. Es gefiel ihm, im Stroh nach den warmen braunen Eiern zu suchen und sie vorsichtig in den Korb zu legen.

Eines Tages kam Annie Dockerill mit einem Sack Heu für den Hühnerstall vorbei. »Harry kann öfter mal ein, zwei

Säcke entbehren, Missus. Wenn Sie mal knapp sein sollten, lassen Sie es uns wissen.«

»Thomasine«, sagte sie entschieden. »Sehen Sie mich an, Annie. Mein Haar ist zerzaust, und ich hab eine *Hose* an. Ich bin nicht mehr Lady Blythe.«

»Sie sehen wirklich verboten aus, Missus – ich meine, Thomasine«, antwortete Annie und lächelte entschuldigend. »Ich brauche ein bißchen Zeit, um mich daran zu gewöhnen. Ich meine – an alles hier.«

Thomasine sah auf die ordentlichen Reihen von Salatköpfen, die auf einer Seite des Vorgartens wuchsen. »Es ist tatsächlich eine ziemliche Veränderung. Aber warten Sie nur, Annie – bald werden Sie den Ort gar nicht mehr wiedererkennen. Ich dachte mir, wir könnten ein paar Enten im Teich halten. Die Fontäne ist schon seit Jahren kaputt. Ich muß mir nur Harrys Rat wegen der Enten einholen.«

Plötzlich sagte Annie: »Ah – der kleine Bengel!«

Thomasine folgte Annies Blick. Auf halbem Weg vom Hühnerstall zurück war William stehengeblieben, ließ ein Ei nach dem anderen auf das Pflaster fallen und sah zu, wie sie auf den Steinen ausliefen.

»Er macht Ihnen alle kaputt ...«, sagte Annie und wollte auf den Jungen zulaufen, aber Thomasine hielt sie am Arm zurück.

»Nein. Sehen Sie nur, Annie.«

William hatte sich aufs Pflaster gesetzt und tauchte den Finger in die ausgelaufenen Eier. Thomasine mußte lächeln, als sie sah, wie er mit dem Eigelb Kreise auf die Platten malte und das klebrige Eiweiß durch die Finger rinnen ließ, alles mit einem Ausdruck tiefen Entzückens auf dem Gesicht.

»Er ist *unartig!*« Sie wandte sich zu Annie um. »Ist das nicht herrlich?«

Ende Mai feierten sie Williams fünften Geburtstag mit einem Picknick auf dem Rasen neben dem Haus. Sie tranken hausgemachte Limonade und aßen Sandwiches und Hörnchen. Williams Geburtstagskuchen, den Thomasine am Abend zuvor gebacken hatte, war in der Mitte ein bißchen eingesunken, was ihm aber nichts auszumachen schien. Er blies begeistert die Kerzen aus und kniff die Augen fest zusammen, als er sich etwas wünschte. Sie paddelten auf dem Teich und spielten im Labyrinth Verstecken. Schon einmal hatte sie im Labyrinth Verstecken gespielt, aber das war lange her, in einer anderen Zeit. Hinterher räumten sie die Picknicksachen zusammen und wickelten alles in eine alte Tischdecke. William war gerade dabei, den Korken in die Limonadenflasche zu stecken, als er innehielt und aufs Haus starrte.

»Was ist, William?«

Er runzelte die Stirn. »Dieses Fenster sieht komisch aus.«

Thomasine sah auf die Stelle an der Seitenwand des Hauses, auf die er deutete. Es stimmte, eines der Fenster sah eigenartig aus. Von fünf Fenstern wurde das Sonnenlicht im gleichen Winkel reflektiert, beim sechsten wirkten die Strahlen seltsam verzerrt. Sie lief aufs Haus zu. Das Fensterbrett war hinter der wuchernden Glyzinie verborgen, die graublauen Dolden hingen wie betaute Trauben über die gesamte Seiten- und Vorderfront des Hauses herab. Die Ecken des Fensters waren asymmetrisch. Aufgeregt begann Thomasine, durch den Blätterwald und den gewundenen drahtigen Stamm hindurchzutasten.

»Hat es jemand eingeschlagen?« fragte William ängstlich.

Thomasine schüttelte den Kopf. »Nein, Liebling. Schau – die Scheiben sind heil.«

Die Glyzinie klammerte sich an das alte Mauerwerk und ließ sich nicht abreißen, aber sie konnte die Blüten und Blätter und die kleineren Triebe wegschieben. Dann hielt sie inne, weil ihr trotz des strahlenden Sonnenscheins plötzlich kalt wurde, als sie sah, was sie freigelegt hatte.

»Was ist das, Mami?«

Die Kehle schnürte sich ihr zu. Zögernd erwiderte sie: »Da ist ein Riß, William. Die Mauer ist gesprungen.«

Sie berührte den heimtückischen Spalt zwischen Ziegeln und Mörtel. Sie wußte, was sie zu sehen bekäme, wenn sie mehr von die Glyzinie abreißen würde: einen Spalt, der sich bis zum Dach hinauf fortsetzte und auseinanderbrach, was jahrhundertelang zusammengehalten hatte.

Thomasine nahm die zwölf Pfund von Hilda, um einen Gutachter aus Ely zu bezahlen. Eines strahlenden Junimorgens fuhr ratternd ein Austin Seven, beladen mit Werkzeug und Instrumenten, die Einfahrt herauf. Endlos lange kroch der Gutachter im Dachgeschoß herum, legte die Basis der Außenwände frei, sah sich alles an und führte Messungen durch. Während er arbeitete, beschnitten Thomasine und William die Tomatenpflanzen und sammelten Raupen vom Kopfsalat. Thomasines Hände, die normalerweise ruhig arbeiteten, zitterten vor Nervosität.

Schließlich kam der Gutachter über den Rasen auf sie zu.

»Oje, oje, Miss Thorne. Da haben Sie wirklich ein ziemliches Problem.« Er lächelte und rieb sich die Hände.

Thomasine gelang es, ihre Ungeduld zu unterdrücken.

»Wie alt ist das Haus, Miss Thorne?«

Sie rechnete schnell nach. »Es wurde Anfang des achtzehnten Jahrhunderts erbaut, Mr. Purbeck. Davor stand ein Tudor-Bau auf dem Grundstück und davor eine Abtei.«

»Es gibt keine Fundamente, Miss Thorne, keine Fundamente, das ist das Schlimme. Oder man hat an den Fundamenten gespart, alte Grundmauern benutzt, um die neuen Wände darauf zu setzen, und nur knapp einen halben Meter tief in den Boden gegraben. Die Bauleute damals hatten keine Ahnung, wie wichtig festes Grundmauerwerk ist, vor allem auf einem Boden wie diesem.« Mr. Purbeck schüttelte den Kopf und lächelte über die frühere Unwissenheit.

»Aber das Haus hat fast zweihundert Jahre gestanden«, sagte sie verwirrt. »Wenn es abgesunken wäre, müßte es sich doch längst gesetzt haben?«

»Das Haus *setzt* sich nicht, Miss Thorne – es *bricht zusammen.*«

Thomasine starrte ihn entsetzt an.

»Sie haben erst kürzlich einen neuen Brunnen graben lassen, nicht wahr, Miss Thorne?«

Einen Moment lang konnte sie keinen Gedanken fassen. Dann erinnerte sie sich an die tiefen Gräben, die um die Zeit von Williams Geburt die Gärten durchzogen.

»Mein Mann hat vor fünf Jahren einen neuen Brunnen anlegen lassen.« Sie war immer noch verwirrt, unfähig einen Zusammenhang zwischen Nicholas' neuem Brunnen für die Warmwasserleitungen und dem Riß in der Mauer herzustellen.

Der amüsierte Ausdruck auf dem Gesicht des Gutachters machte schließlich einer mitleidvollen Miene Platz. Er holte Stift und Block aus seiner Aktentasche und begann zu zeichnen. Thomasine setzte sich mit William auf dem Schoß auf eine Bank in der Nähe. Ihr war ein wenig schlecht.

»Sehen Sie, Miss Thorne, Sie befinden sich auf Lehm, umgeben von Torf. Das ist die Wurzel Ihres Problems. Wenn Sie erlauben ...« Thomasine nickte, und Mr. Purbeck setzte sich neben sie und zeigte ihr die Zeichnung. »Die Insel von Drakesden besteht aus Lehm, und hier herum ist der Torf der Fens. Der Torf ist wie ein Schwamm, voller Wasser. Der Brunnen, den ihr Mann graben ließ, entzieht dem Torf das Wasser. So.« Der Stift deutete auf die Zeichnung. »Der Torf trocknet aus und nimmt das Wasser aus dem Lehm. Wir hatten eine Reihe regenreicher Frühlingsmonate und trockene Sommer, was das Ganze natürlich nur noch schlimmer gemacht hat. Der Torf dehnt sich im Winter aus und schrumpft im Sommer zusammen. Die Bäume machen die Sache auch nicht gerade besser.«

»Die Bäume?«

»Die dort.« Der Gutachter machte mit dem Kopf ein Zeichen in Richtung der Blutbuche, der Schuppentanne und der Zeder. »Sie saugen in einem trockenen Sommer das Wasser auf. Im August muß dieser Boden wie Staub sein.«

Jeden August hatte eine Staubschicht auf den Fenstern gelegen, der Staub war in Teppiche und Vorleger getreten worden. Das Personal hatte endlos geputzt und gewischt, um dieser Plage Herr zu werden.

»Also hat sich das Haus auf den Grundmauern verschoben … der Boden ist abgesunken, und deshalb stürzt das Haus ein.«

»Das ist richtig, Miss Thorne. Die Mauer wölbt sich bereits an einigen Stellen vor. Ziemlich erstaunlich bei einem so großen Bau – so was hab ich noch nie gesehen.«

Sie dachte an die vielen Cottages in den Fens mit den schiefen Mauern, den Fenstern, die sich wie trunken nach vorn neigten, und den Türen, die sich mehrere Fuß weit über dem eingesunkenen Torf befanden. Sie hatte geglaubt, Drakesden Abbey wäre anders, sicherer.

»Das ist natürlich der Grund«, fuhr Mr. Purbeck fröhlich fort, »warum es in dieser Gegend so wenig große Häuser gibt. Jeder weiß, daß der Boden sie nicht tragen kann.«

Vorsichtig fragte sie: »Und es gibt nichts, was man dagegen tun könnte?«

Mr. Purbeck schürzte die Lippen. »Sie könnten versuchen, es abzustützen – unter dem Haus aufgraben und neue Fundamente legen.«

»Und was würde das kosten?«

Er nannte eine Summe, von der sie wußte, daß sie außerhalb ihrer Möglichkeiten läge. »Und wenn ich das nicht tun kann?«

»Sie dürfen ab sofort den Brunnen nicht mehr benutzen. Nehmen Sie den alten wieder in Betrieb – er ist weiter weg vom Haus und trocknet den Boden nicht so schnell aus. Und lassen Sie diese Bäume fällen. Das könnte für eine Weile das Schlimmste verhindern, ohne daß Ihr Problem damit gelöst wäre.«

Sie sah auf die Blutbuche, die Schuppenfichte und die Zeder. Ihre schlimmste Befürchtung wagte sie kaum auszusprechen.

»Wird das Haus einstürzen, Mr. Purbeck?«

Er steckte Block und Stift in seine Aktentasche. »Allmählich, Miss Thorne, allmählich. Diese Mauer hier wird sich immer weiter nach vorn schieben – das Dach wird instabil werden. In einigen Räumen im Dachgeschoß ist die Tapete bereits gerissen. Und der Frost im Winter macht alles noch schlimmer.«

Als er fort war, sah Thomasine lange auf das große Haus, das auf den höchsten Punkt der Insel gebaut worden war. Es wirkte so stabil, so unangreifbar. Und doch bewegte sich der Boden darunter – eine langsame unsichtbare Kraft, die mit der Zeit das ganze Gebäude einstürzen ließe.

Am Ende des Monats zogen Thomasine und William ins ehemalige Cottage des Gutsverwalters. Das Haus lag am Rand der Insel, neben der Koppel, nicht weit vom Deich entfernt. Unten gab es eine Küche, einen Wirtschaftsraum und ein Wohnzimmer und oben zwei Schlafzimmer. Da es jahrelang leer gestanden hatte, war alles mit Spinnweben und dickem Staub überzogen.

Thomasine zog sich eine Schürze an, fegte, putzte und weißelte die Wände. William hatte die Aufgabe, die vielen Spinnen einzusammeln und in Sicherheit zu bringen. Seine frühere Abneigung gegen Insekten war inzwischen verschwunden, und er behandelte die Tiere mit großer Achtsamkeit. Eddie, der Junge, riß das Dornengestrüpp und die Nesseln im Garten aus und machte ein großes Feuer, auf das er mit offenem Mund starrte, als die Flammen hoch aufzüngelten.

Schließlich war das Cottage bewohnbar. Harry Dockerill und Eddie schleppten die schweren Möbelstücke aus dem großen Haus herunter, Thomasine das Kochgeschirr und das Bettzeug. Den Weg vom Haus zum Cottage mußte sie mehrere Male machen, während William, die Arme voll mit Löffeln, Seife und Kissenbezügen, neben ihr hertrottete. Im Innern der Abbey kam sie sich vor wie eine Diebin, wie ein Eindringling. Mißbilligende Gespenster schienen sie zu beobachten, als sie Teller aus der Küche und Laken und Handtücher aus dem Wirtschaftsraum holte, aber sie führte ihre Plünderung rücksichtslos und methodisch durch.

William wurde allmählich müde und quengelig. Sie nahm noch eine Ladung und ging das letzte Mal durch die Eingangstür. Dann hörte sie, daß jemand ihren Namen rief.

Ihr Herz begann zu klopfen. Als sie sich umdrehte, sah sie Daniel Gillory. Ihre Arme um den Wäschekorb wurden starr, und sie blieb ruhig stehen, als Daniel auf sie zukam.

»Harry sagte, du würdest aus dem Haus ausziehen.«

»Harry hat nicht gesagt, daß er Besuch hat.«

Ihre Blicke trafen sich. »Ich hab ihn gebeten, nichts zu sagen.«

Es folgte ein Schweigen. »Soll ich dir das abnehmen?« fragte Daniel. Und weil es unhöflich gewesen wäre abzulehnen und weil sie müde war, nickte sie und reichte ihm den Korb.

Sie schwiegen auch, als sie den Hügel hinabgingen. Sie erinnerte sich, wie leicht ihr die Unterhaltung mit Daniel Gillory früher immer gefallen war, und das Herz tat ihr weh. Die Beklommenheit bestätigte, was sie seit Dezember wußte: daß alles, was zwischen ihnen gewesen sein mochte, jetzt vorbei war. Aber Daniel hatte sich nicht verändert, fand sie. Sie wünschte, er würde sich verändern, reizlos und fremd werden, was alles viel einfacher machen würde.

Im Cottage strich sie William ein Brot und goß ihm eine Tasse Milch ein. Mit dem Sandwich in der einen und der Tasse in der anderen Hand, ging William in den Garten hinaus. Als er außer Hörweite war, sagte Daniel: »Ich weiß, daß du mich nicht mehr sehen willst, aber es gibt ein paar Dinge …«

»Es gibt nichts, Daniel. Rein gar nichts.« Ihr Tonfall klang endgültig.

»Ich bin gekommen, um dir zu sagen, daß ich fortgehe.«

Sie wusch das Geschirr ab – wollte sich unbedingt beschäftigen, irgend etwas tun, um den Mann nicht ansehen zu müssen, der sie so sehr verletzt hatte. Doch sie hielt inne, ohne die Hände aus der Seifenlauge zu nehmen.

»Mir fällt nichts ein, was ich als nächstes schreiben soll,

und wenn ich reise, kommen mir vielleicht neue Ideen. Oder es hilft mir, mich damit abzufinden, daß mir nichts mehr einfällt.«

Sie stellte den Stapel Teller ins Wasser und begann, sie heftig zu schrubben. Schweigen breitete sich zwischen ihnen aus wie eine gähnende Leere. Schließlich fragte sie: »Wann?«

»In einer Woche geht mein Schiff. Ich bin nur raufgekommen, um Harry mein Motorrad zu geben.«

Eine Woche. Sie hätte froh sein sollen, und dennoch war sie es nicht. Sie hatte das Gefühl, als würde sich eine weitere Mauer um ihr Herz schließen, ein weiterer steinerner Wall. Sie blickte nach draußen, um nachzusehen, ob William beim Spielen nichts passierte, und stellte niedergeschlagen und verärgert fest, daß ihr die Bilder vor den Augen verschwammen.

»Also bist du gekommen, um dich zu verabschieden?« fragte sie sarkastisch. Er zuckte zusammen.

»Nicht ganz. Was Schlimmeres. Ich bin gekommen, um dich um einen Gefallen zu bitten.«

Einen Moment lang wurde der Schmerz von Verwirrung abgelöst. Sie trocknete sich die Hände an der Schürze ab und sah ihn an. »Einen Gefallen?«

»Ich bin gekommen, um dich fragen, ob du Lally besuchen könntest, während ich fort bin.«

Einen Augenblick lang rang sie nach Worten. Dann stieß sie hervor: »Das glaube ich nicht, Daniel. Wie *kannst* du …«

»Bitte, Thomasine. Laß es mich erklären. Hinterher kannst du mir sagen, daß ich ein arroganter, gefühlloser Mistkerl bin.«

Er rückte einen Stuhl für sie zurecht. Schwerfällig ließ sie sich darauf niedersinken, unfähig, ihn anzusehen.

»Lally ist sehr krank. Sie hat Tuberkulose.«

»Das weiß ich. Ihre Schwester hat's mir gesagt.« Thomasines Stimme klang scharf und wütend.

»Sie ist in einem Sanatorium in Hertfordshire – angeblich

ein guter Ort. Nun – ich hab sie etwa alle vierzehn Tage besucht. Oft ließ man mich nicht zu ihr – also hab ich bloß Blumen oder sonst was abgegeben.«

Sie sagte nichts, sondern starrte ihn nur wortlos an. Daniel setzte sich neben sie.

»Was ich letzten Dezember gesagt habe, war die reine Wahrheit. Ich hab mich auf einer Party betrunken, Lally war ebenfalls dort und bestand darauf, mit mir nach Hause zu gehen. Und – ja, es stimmt – wir haben miteinander geschlafen. Wenn man es so bezeichnen will. Ich will mich nicht rausreden – ich weiß, daß das keinen Zweck hat. Ich war dumm und wütend, und weil ich dumm und wütend war, habe ich dich verloren. Was ich bitter bereue.«

Sie sah auf das spielende Kind hinaus. William zog Äste aus dem Haufen, den Eddie aufgeschichtet hatte, und legte sie zusammen, um eine Höhle zu bauen. Sie flüsterte: »Lally muß dir doch etwas bedeuten, sonst würdest du sie schließlich nicht besuchen, Daniel.«

»Lally *stirbt* vielleicht, Thomasine. Und sie hat sonst niemanden. Ihre beiden Brüder sind tot. Ihre Mutter bezahlt zwar das Sanatorium, besucht sie aber nie. Gelegentlich kommt ihre Schwester vorbei, aber die hat einen invaliden Mann und kann die Fahrt nicht oft machen.«

»Belle und Julian«, stieß Thomasine aufgebracht hervor. »Lallys Londoner Freunde ...« Noch während sie sprach, fiel ihr ein, daß wahrscheinlich keiner dieser strahlenden, eleganten Leute als Lally Blythes Freund bezeichnet werden konnte.

Daniel schüttelte den Kopf. »Viele Leute gehen nicht in Krankenhäuser. Vor allem nicht in Sanatorien mit Lungenkranken. Dort ist es zugig und kalt, außerdem liegen sie meilenweit von jeder Ansiedlung entfernt. Ich hab die Ärzte gefragt, Thomasine. Sie hat fast nie Besuch.«

»Also denkst du, weil ich ihre Schwägerin war ...«

Er schüttelte den Kopf. Sie merkte, daß er ganz gegen seine Gewohnheit nach Worten suchte. »Ich bitte dich nicht deswegen. Es ist nur ...« Daniel blickte zur Decke und runzelte die Stirn, »daß wir irgendwie miteinander verbunden waren. Du, ich, Nicholas und Lally.«

Wie bei einem Tanz, dachte sie. Nicholas, Lally, Daniel und sie, eingehakt bei einem dieser alten ländlichen Tänze, wo man sich ständig umeinander drehte, zuerst den einen Partner an den Händen hielt, dann den anderen.

Sie wich seinem Blick aus. Sie wußte, daß es tausend unausgesprochene Worte zwischen ihnen gab und daß sie immer noch zu wütend war, um sie auszusprechen.

»Ich fühle mich verantwortlich, verstehst du, Thomasine. Ich habe mich auch für Nicholas verantwortlich gefühlt«, hörte sie ihn sagen.

Jetzt sah sie ihn verstört mit weit aufgerissenen Augen an.

»Es war doch wohl kein Zufall, oder? Seit Jahren spreche ich zum erstenmal wieder mit Nicholas, wir tauschen ein paar gutgehütete Geheimnisse aus, und am nächsten Tag bricht er sich auf einer geraden Strecke, ohne daß ein anderes Fahrzeug daran beteiligt gewesen wäre, das Genick.«

Thomasine schrak zusammen. »Geheimnisse? Was für Geheimnisse?«

»Nicholas erzählte mir, was ihm im Krieg passiert ist. Und ich hab ihm von Lally erzählt. Als wir Kinder waren, meine ich. Ich muß wohl was Seltsames gesagt haben. Keine Ahnung. Vielleicht hat er bedauert, mir soviel gestanden zu haben ... vielleicht konnte er es noch immer nicht ertragen, daß seine Schwester mich geküßt hat ...«

»Vielleicht wußte er, daß er Drakesden nicht halten konnte.« Thomasines Stimme klang ausdruckslos, bemüht, ihren Schmerz zu verbergen. »Ich hab mir alles wieder und wieder durch den Kopf gehen lassen, Daniel. Vielleicht wußte Nicholas, daß er das Haus und das Land verloren hatte.«

Stirnrunzelnd sah er zu ihr auf.

»Ich mußte das meiste des Landes verkaufen – selbst wenn Nicholas am Leben geblieben wäre, wäre er wahrscheinlich nicht in der Lage gewesen, es zu halten. Die Abbey war schwer verschuldet. Er war nicht dafür bestimmt, Gutsherr zu werden, verstehst du? Gerald hätte der Erbe werden sollen, nicht Nicholas.«

»Aber das Haus …?«

»Warum glaubst du wohl, daß wir jetzt hier wohnen? Das Haus stürzt ein.«

»Stürzt ein?« fragte er schockiert.

»Der Torf ist abgesunken, und der Lehm ist ausgetrocknet. Das Haus hat so gut wie keine Fundamente, und die Mauern sind ins Rutschen gekommen. Ein Cottage wie deins macht die Bewegung des Bodens mit, aber ein so großes Haus wie Drakesden Abbey fällt einfach in sich zusammen. Das Dach könnte einstürzen, behauptet der Gutachter.«

»Mein Gott. Ich hab Drakesden Abbey immer für unzerstörbar gehalten.«

»Ich auch. Aber ich hab mich getäuscht. Und wenn Nicholas herausgefunden hat …« Thomasine holte tief Luft und berührte flüchtig Daniels Hand. »Daniel, wir wissen nicht, ob sich Nicholas das Leben genommen hat. Das werden wir nie herausbekommen. Und wenn das zutrifft – nun, dann hätte er das zu jedem Zeitpunkt tun können. Der Krieg hatte ihn so stark verändert. Ich konnte wochenlang nicht schlafen, mußte ständig darüber nachgrübeln, aber jetzt …« Sie schüttelte den Kopf. »Wir müssen einfach weitermachen, nicht wahr? Ich muß mich um seinen Sohn kümmern und versuchen zu retten, was von dem Anwesen noch zu retten ist. Du mußt deine Bücher schreiben. Du mußt die Wahrheit verbreiten.«

Sie sah sich in der kleinen, gemütlichen Küche um, die immer noch mit Geschirrkisten und Wäschekörben vollgestellt war. »Wie auch immer, mir gefällt es hier. Es hat die richtige Größe für mich und William. In dem riesigen Haus fühlten wir uns verloren.«

»Harry sagte, du hättest großartige Arbeit geleistet. Hühner … Salat … Gemüse … Schnittblumen.«

Thomasine stand auf und begann, eine der Geschirrkisten auszupacken. »Ich hab all die Früchte aus dem Obst- und dem alten Gemüsegarten, und du solltest sehen, was ich im Wintergarten alles züchte. Ich hatte Glück – es war leicht. Ich mußte bloß ein bißchen Ordnung machen.«

Sie wickelte eine Tasse aus dem Zeitungspapier. Daniel ergriff ihre Hand und spreizte sie auseinander. Die Schrunden zwischen den Knöcheln und die Narben von ehemaligen Blasen in der Handfläche waren immer noch sichtbar.

»*Leicht?*« fragte er leise. »Es ist nie leicht, Thomasine – das weiß ich nur zu gut. Es ist unablässige Arbeit, von Sonnenauf- bis Sonnenuntergang. Das weiß ich deshalb, weil ich sie getan habe.«

»Aber es lohnt sich doch?« flüsterte sie.

Er erwiderte nichts, doch sie las ihm die Antwort an den Augen ab. »Wohin fährst du, Daniel?« fragte sie. »Nach Italien … Frankreich?«

»Eigentlich wollte ich endlich nach Rußland.« Seine Augen glänzten. »Harold behauptet, nach sechs Monaten Aufenthalt dort sei ich gesellschaftlich nicht mehr akzeptabel. Alle Bolschewiken sind laut der konservativen Presse Atheisten und Mörder. Ich dachte, ich mache mir selbst ein Bild davon.«

Sie verstand, daß Daniel noch immer ruhelos und getrieben war, genau wie Nicholas früher. Er versuchte, die Dämonen der Vergangenheit zu vertreiben, und würde sich nirgendwo niederlassen, bevor er eine bestimmte Art von Gleichgewicht gefunden hätte. »Wirst du Lally besuchen gehen, Thomasine?« hörte sie ihn fragen. »Ein Auge auf sie halten? Sie hat sonst niemanden.«

Sie sah ihn nicht an, sondern blickte zu William hinaus, der in sein Nest aus Blättern und Zweigen kroch. Sie verstand, daß Daniel für Lally nicht das gleiche empfand wie einst für sie. Die Gefühle für Lally bestanden aus einer Mischung von Bedauern, Mitleid und Pflicht – eine Art Liebe vielleicht, aber nicht die beste.

»Ja. Ja – wenn du es möchtest.«

Er nahm ein Stück Papier und einen Stift und schrieb schnell ein paar Worte auf. »Das ist die Adresse des Sanatoriums und die meines Verlegers. Wenn du dich mit mir in Verbindung setzen möchtest, brauchst du nur Harold zu benachrichtigen.« Er stand auf. »Und hier ist ein bißchen Geld für den Zug.« Daniel stopfte ein Bündel Noten in einen Krug auf der Anrichte. »Du darfst es nicht ablehnen.«

Als sie aus der Tür und den Weg hinabgingen, sagte sie plötzlich: »Ich bringe William das Reiten bei, Daniel. Wir leihen uns vom Pfarrer das Pony aus. William hat kein bißchen Angst.«

Daniels Lächeln ließ seine Augen aufblitzen. »Wie seine Mutter.«

In dem Moment wußte sie, daß eine stille Kommunikation zwischen ihnen stattfand, auch wenn keiner von ihnen die richtigen Worte gefunden hatte. Es bestand die Möglichkeit, dachte sie, daß Zeit und Geduld vielleicht die schlimmsten Wunden heilten. Das milde Abendlicht und die Blumenteppiche am Deichrand kamen Thomasine in diesem Augenblick besonders schön vor.

»Paß auf dich auf, Daniel«, sagte sie.

»Du auch.« Er sah auf den Deich, dessen hoher Wall nur fünfzig Meter vom Haus entfernt war. Als er sich zu ihr umdrehte, waren seine Augen voller Sorge. »Dein Haus hier liegt sehr tief, Thomasine. Und der Zustand dieses Deiches war schon immer schlecht. Im Frühjahr mußt du auf den Wasserspiegel achten, wenn es stark regnet. Es ist nicht wie in der Abbey – du bist nicht auf der Insel oben, wo du vor dem Wasser geschützt bist. Du denkst doch daran, nicht wahr?«

Sie versprach es. Dann sah sie ihm nach, wie er durch den Garten und über die Koppel auf den Deich zuging. Als er die Böschung hinaufgestiegen war und sich als dunkle Gestalt vor dem Himmel abzeichnete, drehte er sich um und winkte zum Abschied.

Im September besuchte Thomasine Lally zum drittenmal. Die Fahrt war kompliziert: mit dem Bus von Drakesden nach Ely, dann weiter mit dem Zug und nach mehrmaligem

Umsteigen ein langer Fußweg vom Bahnhof zum Sanatorium, das einsam und abgelegen auf einem Berghang lag.

Die Schwester führte sie zu einem Bett auf der Veranda, die auf das weite Tal hinausblickte. »Kein körperlicher Kontakt, und Sie dürfen nicht zuviel sprechen. Sie können eine halbe Stunde bleiben, Miss Thorne.«

Als die Schwester fort war, berührte Thomasine Lallys Hand, die auf der Decke lag. Bei genauerem Hinsehen glaubte sie, das Gespinst der Venen und Adern durch die Haut schimmern zu sehen.

»Du siehst besser aus, Lally.«

Lallys dunkel glänzende Augen sahen sie spöttisch an. »Du darfst mich nicht zum Lachen bringen. Das wurde mir verboten. Ich weiß, wie ich aussehe.«

Thomasine stellte die Blumen, die sie mitgebracht hatte, in eine Vase. »Rosen aus der Abbey. Gefallen sie dir?«

Langsam drehte Lally den Kopf. »Du hast mir schon mal welche gebracht. Du warst schon einmal hier, nicht?«

Thomasine nickte. »Sie wollten mich nicht zu dir lassen, also hab ich bloß die Blumen abgegeben. Ich hab kurz durchs Fenster gesehen, aber du hast geschlafen.«

»Ich hab sie erkannt. Mamas Rosen ...«

»Davon verkaufe ich jede Menge auf dem Markt in Ely.«

Lallys plötzlichem Lachausbruch folgte ein Hustenanfall. Die Schwester, die am Ende der Veranda saß, sah mißbilligend herüber.

»Arme Mama. All die schrecklichen Leute, die jetzt ihre kostbaren Rosen kaufen.« Zum erstenmal richtete sie den Blick auf Thomasine. »Warum kommst du mich besuchen?«

Thomasine setzte sich auf einen Stuhl neben dem Bett. »Weil Daniel mich darum gebeten hat. Er ist ins Ausland gegangen, weißt du.«

Lally lächelte. »Er hat mir einen so schönen Brief geschrieben.«

Schweigen trat ein. Die leichte Brise bewegte die Blätter an den Bäumen und wehte Lallys Bettzeug auf. Sie hatte die

Augen geschlossen, und Thomasine glaubte, sie sei eingeschlafen. Aber plötzlich murmelte sie: »Erinnerst du dich an die Zeit, als er in die Abbey hinaufkam? Wir haben Verstecken gespielt. Ich war gut beim Verstecken.«

»Du solltest nicht sprechen, Lally. Laß mich reden.«

»Ich möchte aber sprechen«, antwortete Lally aufsässig. »Es ist so furchtbar langweilig, den ganzen Tag nur im Bett zu liegen, ganz allein und nichts zum Anschauen.« Ein zorniger Ausdruck stand in ihrem Gesicht: *»Das ist ungerecht.«*

»Na schön«, sagte Thomasine beschwichtigend. »Aber du mußt flüstern, sonst kommt die Schwester.«

»Manchmal habt ihr mich nicht mitspielen lassen«, fuhr Lally fort. »Das hat mich wütend gemacht.«

Einen Moment lang vergaß auch Thomasine die Gegenwart, war wieder fünfzehn, lief durchs Labyrinth oder stand an einem heißen, schwülen Augusttag am oberen Ende der Treppe von Drakesden Abbey: *Komm, zieh Leine, Lally. Geh weg.*

Leise sagte Thomasine: »Du hast ihn genommen, nicht wahr?«

Lallys schräge Augen richteten sich auf sie. »Wen genommen?«

»Den Feuerdrachen.«

Als Lally nickte, bemerkte Thomasine, daß sie den Atem anhielt. Als sie ausatmete, hörte es sich an wie ein Seufzer.

»Ich wollte ihn Daniel zeigen. Er war mein Lieblingsstück. Ich wollte ihn ihm geben. Dann wäre er für immer mein Freund gewesen.«

Thomasine dachte an all das Leid, das daraus entstanden war: Sie mußte aus Drakesden fort, Daniel mußte Schule und Zuhause aufgeben, Lally wurde aus dem Internat geworfen. Und danach die endlose Verkettung von Eifersucht, Liebe und Haß, die ihr Leben mehr als ein Jahrzehnt lang bestimmt hatte.

»Nicky hat den Safe offengelassen. Das hab ich beobachtet, weißt du. Es war niemand da – Mama war fort, das Personal war beschäftigt, also hab ich ihn genommen. Es war leicht.«

»Aber was ist damit *geschehen?*« Thomasine vergaß fast, leise zu sprechen. »Du hast ihn doch Daniel nicht gegeben. Hast du ihn verloren?«

Lally schloß die Augen. Sie sah sehr müde aus. »Ich hab nach euch gesucht. Ich hab die Köchin gefragt, und sie hat gesagt, ihr würdet ein Picknick machen. Ich dachte, Daniel sei bei dir und Nicky. Ihr wart doch immer zu dritt.«

Thomasine, Nicholas und Daniel. Sie ritten die langen staubigen Wege entlang oder lagen unter den Rosen im ummauerten Garten und tranken Wein aus einer Flasche, die zwischen dem Farn versteckt war …

»Ich sah dich und Nicky auf der Koppel reiten. Also ging ich hinunter und hab euch zugesehen. Aber dann tauchte plötzlich Mama auf …«

»Lady Blythe kam früher zurück«, erinnerte sich Thomasine, »weil der Krieg ausgebrochen war.«

»Ich hatte Angst, Mama könnte mich gesehen haben, also versteckte ich den Feuerdrachen im Gras. Ich hatte keine Tasche in meinem Kleid, verstehst du, und Mama wäre böse gewesen, wenn sie herausgefunden hätte, daß ich ihn genommen habe. Und dann habe ich Daniel getroffen.«

»Ich weiß, er hat's mir erzählt. Lady Blythe hat dich überrascht, als du ihn geküßt hast. Sie muß außer sich gewesen sein …«

»Das war sie«, sagte Lally selbstgefällig. Ihre Augen waren wieder geöffnet, dunkel glühend und leicht zusammengekniffen, erinnerten sie für einen Moment wieder an die alte Lally. »Und dann bekam ich einen hysterischen Anfall, und Mama brachte mich ins Bett. Und als ich am nächsten Tag den Feuerdrachen suchte, konnte ich ihn nicht mehr finden. Ich hatte ihn unter einem Grasbüschel auf der Koppel versteckt, aber ich konnte mich einfach nicht mehr genau erinnern, wo. *Stundenlang* hab ich gesucht, konnte aber die Stelle nicht mehr finden. Mama dachte, du hättest ihn gestohlen. Ich behauptete, ich hätte ihn nicht gesehen, und sie wußte, daß Daniel ihn nicht hatte, weil ich sagte, daß er die ganze Zeit bei mir gewesen sei.«

Lallys Stimme war so leise geworden, daß sie kaum mehr zu verstehen war. Lady Blythes Rosen verströmten einen starken Duft in der Nachmittagssonne.

Thomasine flüsterte: »Aber hättest du deiner Mutter nicht die Wahrheit sagen können?«

»Warum sollte ich? Ich haßte dich.«

Thomasine erschauderte bei Lallys ungeschminkter Antwort. Es irritierte, blankem Haß zu begegnen: Im normalen gesellschaftlichen Umgang wurde er bezähmt und versteckt oder zu Kriegshandlungen ritualisiert. Aber bei Lally war der gesellschaftliche Firnis immer dünn gewesen, eine brüchige Schicht, die notdürftig ihre Rücksichtslosigkeit bedeckte. Simon Melville hatte gesagt: »Gott steh einem bei, wenn sie ihre Krallen ausfährt.« Das hatte Lally schon vor Jahren im Garten von Drakesden Abbey getan.

»Warum?«

»Du hast alles gehabt. Du durftest allein ausgehen und warst hübsch. Du warst nicht fett und hast dich vor allem gefürchtet. Nicky und Daniel mochten dich. Wenn du nicht gewesen wärst, wären sie meine Freunde gewesen. Es war nicht gerecht.«

Thomasine stand auf. Plötzlich konnte sie die Stille auf der Veranda, die reglosen Patienten in ihren Betten, das gedämpfte Klappern der Stricknadeln der Schwester und das vereinzelte Husten nicht mehr aushalten. Vom Rand der Veranda sah sie auf das Grün und den blauen Himmel hinaus. Sie drei – sie, Daniel und Nicholas – waren wie ein Dreigestirn gewesen, das auseinanderstrebte und sich wieder anzog. Lally befand sich immer außerhalb davon, hatte nie richtig dazugehört.

»Wahrscheinlich war's das nicht«, sagte sie zögernd. »Du mußt dich … einsam gefühlt haben.«

Sie sah auf die kleine Gestalt im Bett hinab. Lally wirkte so zerbrechlich, sowohl äußerlich wie ihrem Wesen nach, und dennoch hatte sie solches Unheil angerichtet. Ihr Haß auf Thomasine und ihre übersteigerte Verehrung für Nicholas und Daniel hatten mit der Kindheit nicht aufgehört, sondern weiterbestanden und Thomasines, Fays, Daniels und Nicholas' Leben zerstört. Lallys Zerstörungswut richtete sich aber nicht nur gegen andere, sondern auch gegen sich selbst: Die wilden Partys, die vielen Liebhaber, die rastlose Gier nach immer neuen und größeren Vergnügungen hatten immer auch ihre Schattenseiten gehabt. Lally hatte nach der Liebe gesucht, die ihr in ihrer Kindheit verweigert worden war, aber zu dieser Suche hatte sich fatalerweise schon früh der Drang nach Zerstörung gesellt.

»Ich wollte, daß Nicky dich haßt. Ich dachte, das würde er, wenn er dich für eine Diebin halten müßte. Aber er hat Daniel die Schuld gegeben. Und Mama hat mich ins Internat geschickt, was schrecklich war. Ich hätte nicht dorthin gehen müssen, wenn du nicht gewesen wärst. Außerdem war es einfach zu schwierig, die Dinge wieder in Ordnung zu bringen. Gerald ist gefallen, Nicky ging zum Militär, und nach dem Krieg hatte er sich verändert. Eigentlich wollte ich ihm eines Tages die Wahrheit sagen, wenn es keine Rolle mehr gespielt hätte, aber irgendwie schien nie der richtige Zeitpunkt zu sein. Und als er dich dann geheiratet hat ... und mich nicht mehr wollte ... da war ich so wütend. Ich dachte, genau das sei immer deine Absicht gewesen. Genau das hättest du damals in diesem Sommer geplant.«

»Aber wir waren doch *Kinder!*« stieß Thomasine leise hervor wie eine Klage um eine Zeit, die jetzt vorbei war.

»Dennoch war es wichtig«, sagte Lally verträumt. »Nur weil man ein Kind ist, heißt das ja noch lange nicht, daß es nicht zählt. Man hat doch auch seine Gefühle.«

Jetzt verstand Thomasine, daß Lallys Empfindungen für Daniel nicht einfach abgestellt werden konnten. Auf ihre Weise hatte Lally Daniel geliebt. Und wenn diese Liebe aussichtslos war, dann bestand genau darin Lallys Tragödie.

»Haßt du mich immer noch?«

Lally sah auf die fernen Felder und Bäume hinaus. »Ich glaube nicht«, sagte sie schließlich. »Im Moment fühle ich überhaupt nicht mehr viel. Abgesehen von dieser scheußlichen Krankheit natürlich. Als es mir sehr schlechtging, hatte ich Angst, weil ich dachte, ich würde sterben. Aber jetzt ist mir nur langweilig.« Sie sah zu Thomasine auf. »Sie sagen, ich müßte vielleicht noch ein Jahr hierbleiben. Ich weiß nicht, wie ich das aushalten soll.«

Die Augen fielen ihr zu. Die Schwester legte ihr Strickzeug weg und tippte auf ihre Uhr. »Zeit zu gehen, Miss Thorne.« Sie lächelte Lally an. »Wir wollen uns doch nicht überanstrengen, nicht wahr, meine Liebe?«

»Alte Trantüte«, murmelte Lally. Aber ihre Wangen waren rot und fiebrig, und ihr kurzes dunkles Haar klebte in feuchten Strähnen an der Stirn.

Thomasine nahm ihre Tasche und ihre Handschuhe. Lally packte sie am Ärmel, als sie sich abwandte. »Jetzt spielt es keine Rolle mehr, nicht wahr, Thomasine?«

Sie wußte, daß sie die Wahrheit sagte, als sie antwortete: »Nein, jetzt nicht mehr, Lally.«

Weil sie so spät vom Sanatorium zurückkehrte, holte sie William erst am nächsten Morgen von den Dockerills ab. Er lief ihr entgegen, als sie auf dem Weg neben dem Haus auftauchte. Sie schlang die Arme um ihn.

»Mami! Mami! Ich bin auf Nelson geritten, und Mr. Dockerill hat ein paar kleine Enten für uns, und Rosie ist ein solches *Baby* ...«

William wurde gedrückt und geküßt. Annie Dockerill rief aus der Küche: »Er war so ein lieber Junge. Sie trinken doch eine Tasse Tee, Thomasine?«

Sie nahm dankbar an. Mit William auf dem Schoß setzte sie sich an den Küchentisch und sah zu, wie die kleine Rosie Dockerill mit einer Schüssel voller leerer Erbsenhülsen spielte. Der Tee wurde vor sie hingestellt.

Annie fragte flüsternd: »Wie geht's Miss Blythe?«

Thomasine wurde sich plötzlich bewußt, welches Glück sie hatte. Sie hatte Freunde, sie hatte ein Kind. Auf Drakesden hatte sie sich ein Zuhause und Arbeit geschaffen. Sie hatte die Widrigkeiten der Vergangenheit überstanden und konnte voller Hoffnung in die Zukunft blicken. Sie war endlich unabhängig. Vielleicht konnte sie sich eines Tages sogar gestatten, wieder zu lieben.

»Lally darf jetzt Besuch empfangen. Sie liegt die ganze Zeit im Freien – Tag und Nacht. Die Ärzte sind jetzt zuversichtlicher als vor ein paar Monaten.«

»Armes kleines Ding.« Annie schüttelte den Kopf. »Irgendwie ungerecht, nicht wahr? Vor dem Krieg hat die Familie nicht soviel Unglück gehabt. Aber dieser Kleine«, sie kitzelte William am Kinn, »ist kerngesund, stimmt's?«

»Das stimmt.« Williams Augen strahlten vor Gesundheit, seine Hände und Knie waren schmutzig vom Spielen im Hof. Thomasine drückte ihn erneut an sich.

»Annie – wo ist Harry? Ich hätte etwas Geschäftliches mit ihm zu besprechen.«

»Er ist auf dem oberen Feld. Ich schick den Jungen, um ihn zu holen, wenn Sie wollen.«

Sie schüttelte den Kopf. »Ich hab Lust auf einen Spaziergang. William kann ja mitkommen.«

Gemeinsam gingen sie aus dem Hof hinaus und den Weg parallel zum Deich entlang. William hatte ihre Hand genommen und sang beim Gehen vor sich hin. Es war früh am Morgen, und das Sonnenlicht ließ die Tautropfen aufblitzen und bunt schillernd glänzen. Die federigen Spitzen des Riedgrases wiegten sich in der sanften Brise. Harry Dockerill schnitt die alten Erbsenbüsche ab. Thomasine winkte, und er hielt inne.

Es gab noch etwas zu besprechen, dachte sie, als er näher kam, eine Sache, die schon vor langem hätte abgeschlossen werden sollen. Wenn Nicholas noch am Leben wäre, wäre er der gleichen Meinung gewesen.

Sie begrüßten sich. Dann sagte Thomasine: »Ich hab mich entschlossen, diese Felder zu verkaufen, Harry. Diejenigen, die an das Land der Gillorys grenzen. Ich dachte, Sie würden sie gern übernehmen.«

Das Land, das Daniel immer haben wollte, dachte sie,

sprach es aber nicht aus. Das Land, auf dem er ein besseres Haus bauen konnte, entfernt von dem sumpfigen Grund am Deich.

Verblüfft wischte sich Harry mit dem Handrücken über die Stirn. »Das ist sehr nett von Ihnen, Miss, ich bin sicher, daß Daniel das freuen wird, aber jetzt, da er nicht da ist ... ich hab das Geld nicht dafür, verstehen Sie? Er hat mir was für Notfälle dagelassen, aber ...«

»Ist schon gut, Harry.« Sie lächelte ihn an. »Ich habe in den Aufzeichnungen der Abbey nachgesehen, um festzustellen, wieviel Ruth Gillorys Großvater für das Feld bezahlt hat. Ein Sack Kartoffeln, heißt es dort. Ich schätze, daß drei Säcke ein angemessener Preis für das Feld wären. Saatkartoffeln, falls Sie welche haben, Harry. Ich bin gerade dabei, den Tennisplatz umzugraben.«

20

DER TAG FING schlecht an. William quengelte, als Thomasine ihm half, sich für die Schule anzuziehen, und beklagte sich, weil nicht genügend Sirup auf seinem Porridge war. Draußen hatte es wieder zu regnen begonnen, ein feiner kalter Regen, der sich im heftigen Wind in scharfe Nadelspitzen verwandelte.

Thomasine leerte den Porridge in den Abfall. Das Schwein würde ihn fressen. Im Februar gab es nicht viel zu tun auf einem kleinen Anwesen, aber die Tiere mußten gefüttert und die Hausarbeit getan werden. Heute wollte sie den Bankdirektor in Ely aufsuchen, deshalb trug sie einen ehemals eleganten Tweedrock und einen Fair-Island-Pullover, der keine sichtbar gestopften Löcher hatte. Wenn sie William an der Dorfschule abgesetzt hätte, blieben ihr noch fünf Minuten, um zur Bushaltestelle zu gehen.

»Mein Kopf tut weh«, klagte William mürrisch.

»Geh und wasch dir das Gesicht, Liebling. Dann fühlst du dich besser.«

Thomsine hörte ihn die Treppe hinaufpoltern. Sie hatte keine Zeit, das Geschirr abzuwaschen, also stellte sie die Teller in den Ausguß und schüttete einen Eimer Wasser darüber. Den Abfallkübel würde sie in den Schweinetrog schütten, wenn sie die Insel hinaufgingen, den Hühnern hatte sie bereits am Abend zuvor eine Extraportion Futter gegeben. Sie war fast fertig.

Dann hörte sie ein Geräusch vom Treppenabsatz, das nicht zu mißdeuten war. Sie warf das Küchentuch beiseite und rannte nach oben.

»Mir ist schlecht geworden, Mami«, sagte William weinerlich. »Ich hab's nicht mehr zur Toilette geschafft.« Er begann zu schluchzen.

Als sie ihm die beschmutzten Kleider auszog, sah sie die roten Punkte auf seiner Brust. Seine Stirn glühte.

»Du hast Masern, du Armer. Wahrscheinlich hast du dich bei Rosie Dockerill angesteckt.«

»Mr. Dockerill hat gesagt, daß Rosie überall Punkte hat.« Im Badezimmer sah William an sich hinunter, was ihn vorübergehend von seinem Leid ablenkte. »Er hat gesagt, sie sieht aus wie ein Johannisbeerpudding.«

Thomasine zog William den Schlafanzug an und versuchte, die aufsteigende Angst in sich niederzukämpfen. William war jetzt fünfeinhalb, gut genährt und gesund, bekam jeden Tag einen Löffel Lebertran, und sobald er nieste, wurde ihm Kampferöl auf die Brust gerieben. Sie durfte nicht an die beiden Babys in Drakesden denken, die während der gerade herrschenden Masernepidemie gestorben waren. Sie waren schlecht genährt und unzureichend gekleidet gewesen, und in ihren Häusern war es feucht und kalt. Sie durfte nicht an Mittelohrentzündung denken, an Blindheit, Lungenentzündung …

Sie packte William ins Bett und zog die Vorhänge halb zu, um das trübe graue Licht abzuhalten. Der nächste Arzt befand sich in Ely, aber bei Masern konnte ein Arzt wenig ausrichten. Thomasine küßte ihn auf die heiße Stirn.

»Ich räum ein bißchen auf, und dann komme ich und lese dir eine Geschichte vor, Liebling.«

Thomasine legte ihre Ausgehkleidung ab und zog eine Hose und einen dicken Pullover an. Dann wischte sie den Treppenabsatz auf und warf die schmutzigen Kleider in den Wäschetrog. Der Bankdirektor müßte warten.

Isoliert in ihrem kleinen Haus, das einen Kilometer vom Dorf entfernt stand, sah Thomasine niemanden außer Eddie Readman. In ihrer Einsamkeit stellte sie eines Tages fest, daß sie mit dem Schwein zu reden begann. Ich werde schon schrullig, dachte sie. Ich werde streunende Katzen aufnehmen und auf der Straße Selbstgespräche führen.

Sie wusch Williams heißen kleinen Körper und gab ihm löffelweise dünnen Tee. Er übergab sich häufig, war unruhig und fühlte sich fast die ganze Nacht hindurch schlecht. Sie betupfte die roten Flecken mit Zinkspatlösung und erzählte ihm Geschichten, um ihn vom Kratzen abzulenken. Einmal wälzte er sich auf dem Boden und schrie vor Zorn über den beständigen Juckreiz. Sie trug ihn ins Badezimmer und badete ihn in kühlem Wasser, wonach er, in ein Handtuch gewickelt, in ihren Armen vor dem Ofen einschlief. Thomasine saß ganz still da und beobachtete ihn. Das feuchte schwarze Haar, die langen Augenwimpern, die zarte Haut, die mit unzähligen roten Flecken übersät war. Der endlose Regen, der aufs Dach und gegen die Fenster trommelte, schien die passende Begleitmusik für Krankheit und Einsamkeit zu sein.

Eines Morgens wachte William auf und bat zum erstenmal nach fünf Tagen um Essen. Thomasine kochte ein Ei und schnitt Toaststreifen für ihn auf. Auch ihr tat der Kopf weh, und sie fühlte sich erschöpft und ungewaschen. Alles heiße Wasser war zum Waschen der Laken, der Taschentücher und Schlafanzüge draufgegangen, und sie konnte sich gar nicht mehr erinnern, wann sie zum letztenmal gebadet hatte. Jeder einzelne Knochen tat ihr weh. Sie schloß kurz die Augen und erinnerte sich an die heißen Bäder, die sie einst auf Drakesden Abbey genommen hatte, an das fließende Wasser, das parfümierte Badesalz, die dicken, luxuriösen Handtücher …

William schlief fast den ganzen Tag, Thomasine wusch und bügelte, scheuerte die Schüsseln, die Böden und Tische. Als sie in der letzten Ecke des Küchenbodens angekommen war, stand sie auf, und der Raum drehte sich um sie. Ihr war unerträglich heiß, und ihr Kopf tat weh, als schlüge jemand mit einem Hammer darauf. Als sie nach oben ging und ihre schmutzigen Kleider auszog, war sie nicht sonderlich überrascht, daß auch ihr ganzer Oberkörper rote Flecken hatte.

Als Daniel wieder in London eintraf, stellte er schnell seine Sachen in seiner Wohnung ab und machte sich gleich auf den Weg zu Harold Markham.

Bei Markham Books war alles beim alten: immer noch die gleichen Berge von Manuskripten, Druckfahnen und Büchern, die sich in Büro und Korridor stapelten. Harold stieß einen Freudenschrei aus, schüttelte Daniel die Hand und staubte mit seinem Taschentuch einen Stuhl für ihn ab.

»Wie schön, der verlorene Sohn ist heimgekehrt. Wir dachten schon, Sie seien unter die Räuber gefallen. Ich wollte mich gerade daranmachen, Ihren Nachruf zu verfassen.«

Daniel sah ungepflegt aus, seine Augen wirkten eingefallen. Er grinste. »Wie geht's Ihnen, Harold?«

»Hervorragend, alter Junge, hervorragend. Obwohl die Geschäfte wie immer mies laufen.« Harold griff in eine Schublade und holte eine Flasche und zwei Gläser heraus. »Ich hoffe, Sie haben was für mich, was die angegriffene Vermögenslage von Markham Books wiederherstellt. Etwas Exotisches … Leidenschaftliches … Russisches …«

Daniel schüttelte den Kopf. »Tut mir leid, Harold. Nichts Exotisches, Leidenschaftliches und Russisches.«

Harold schenkte zwei Whiskys ein und sah Daniel fragend an. »Schreibhemmung? Machen Sie sich keine Sorgen, lieber Junge … das passiert den Besten.«

»Oh, ich hab was geschrieben, Harold.« Er öffnete seinen Armeesack und nahm ein großes Kuvert heraus. »Es ist nur nicht das, was ich eigentlich schreiben wollte.«

Er legte das handgeschriebene, mit einer Schnur zusammengebundene Manuskript vor Harold auf den Schreibtisch. Harolds Augen glänzten.

»Ah. Es ist fast so, als ginge man mit einer Frau zum erstenmal ins Bett. Die gleiche Erwartung. Die Möglichkeit, daß sie vielleicht die Richtige sein könnte …« Harold suchte in dem Durcheinander aus Heftklammern, Stiften und Siegellack herum und zog ein Papiermesser heraus. »Darf ich?«

»Nur zu.« Daniel nahm einen Schluck Whisky, als Harold die Schnur um das Manuskript aufschnitt. Während er trank, dachte er an die vergangenen Wochen: an das Hochgefühl beim Abschluß des Buchs, das Gefühl der Entspannung, den überwältigenden Drang, nach Hause zurückzukehren, die Erleichterung, endlich zu wissen, wo sein Zuhause war. Und dann hatte das schlechte Wetter die Abreise aus Rußland fast verhindert, danach die komplizierte Fahrt mit verschiedenen Zügen, Bussen, Schiffen und Ponyfuhrwerken.

»Über den Krieg«, sagte Harold plötzlich, vom Manuskript aufsehend. »Sie haben über den Krieg geschrieben.«

Daniel strich sich mit der Hand durch das zerzauste Haar. »Wie gesagt, es ist nicht das, worüber ich eigentlich schreiben wollte. Aber ich hatte wieder Träume – schreckliche Träume. Lebendig begraben zu sein und andere furchtbare Dinge. Und was ich schreiben wollte, ließ sich einfach nicht zu Papier bringen. Jeder Satz war eine Anstrengung. Ich war vollkommen verzweifelt, also dachte ich, ich schreibe über die Dinge, die mir passiert sind – in Form eines Tagebuchs, aber in der Retrospektive. Irgendwas, um die Sätze wieder in Fluß zu bringen. Und dann stellte ich fest, daß ich über den Krieg schrieb. Und nachdem ich einmal angefangen hatte, mußte ich weitermachen – es endlich loswerden. Ich hatte Angst, daß ich mich noch schlechter fühlen könnte, aber das war nicht der Fall. Die Träume gingen weg und sind nicht wiedergekommen.«

»›In Worte gefaßtes Leid‹«, murmelte Harold und blätterte noch immer in dem Manuskript.

»›Der nur bezähmt es, der es in Verse kleidet.‹ Ich weiß. Es hat drei Monate gedauert, um es in Verse zu kleiden, Harold. Vierhundert Seiten Manuskript in drei Monaten.«

Während dieser drei Monate hatte Daniel jeden Tag im Morgengrauen zu schreiben angefangen und oft das Essen darüber vergessen. In Decken und Pelze gehüllt, bei Kerzenlicht, hatte er auf die verschneiten Straßen Moskaus hinausgestarrt und nur die endlosen Schlammfelder an der Somme gesehen.

»Sie sind nicht der einzige«, sagte Harold. »Es sind mehrere Bücher mit Kriegserinnerungen in Vorbereitung. Sowohl Siegfried Sassoon als auch Edmund Blunden wollen etwas zu diesem Thema herausbringen.«

»Wir sind langsam erwachsen geworden«, sagte Daniel. »Allmählich sind wir in der Lage, uns der Vergangenheit zu stellen.«

»Und die Zukunft sieht rosiger aus, finden Sie nicht auch? Pazifismus ist inzwischen fast ehrenhaft.«

Anfang 1928 war der Kelloggpakt in Kraft getreten: Ein Staat nach dem anderen unterzeichnete das Abkommen zur moralischen Ächtung des Angriffskrieges. Daniel äußerte seine Bedenken nicht: daß der Pakt nichts darüber aussagte, was gegen die Staaten unternommen werden sollte, die das Abkommen brachen.

Aber er hatte die Wahrheit gesagt, dachte Daniel. In der Abgeschiedenheit des kleinen Zimmers in Moskau hatte er getan, was Thomasine ihm aufgetragen hatte. Er hatte beschrieben, wie es gewesen war: das wahre Gesicht des Krieges, nicht den Mythos. Die Wirklichkeit bestand aus Giftgas, Läusen, Ratten und Verstümmelung, unerträglicher Angst und so großen seelischen Verletzungen, daß selbst noch ein Jahrzehnt nach der Unterzeichnung des Waffenstillstands das Leben davon beeinträchtigt war. In seinem Buch hatte er gezeigt, daß der Krieg des zwanzigsten Jahrhunderts nichts Ehrenvolles an sich hatte, daß diese Träume vielleicht für immer vergangen waren.

Er hatte seine Geschichte in ganz klaren Worten geschrieben, die vielleicht sein größter Vorteil waren. Er hatte nicht übertrieben, nichts beschönigt. Seine Sprache wirkte emotionslos, nüchtern, fast unbeteiligt. Seine Meinung über den Wahnsinn des Krieges, über die dynastischen Eifersüchteleien, die ihn herbeigeführt, und über die Unfähigkeit der alten Männer, die ihn aus sicherer Distanz zur Front befehligt hatten, sprach er nicht direkt aus. Das brauchte er auch nicht. Er wußte, daß seine Erlebnisse für sich selbst sprachen.

Harold berührte seine Schulter. »Sie sehen aus, als hätten Sie monatelang nichts Anständiges mehr zu essen bekommen, alter Junge. Immer nur Borschtsch und geschmorte Leber. Lassen Sie sich in meinen Klub einladen. Da gibt's gutes Roastbeef und Yorkshire-Pudding mit Marmeladerolle zum Nachtisch. Dort kriegen Sie wieder was auf die Rippen.«

Daniel stand auf. Harold zog seinen Mantel an, setzte einen Bowler auf und legte sich einen roten Schal um den Hals. »Oh –« Er begann, in einem Schrank zu wühlen.

»Briefe, mein Lieber – von Ihren Angehörigen und Liebsten, nehme ich an. Ich hätte sie Ihnen nachgeschickt, aber in der letzten Zeit hatte ich keine Adresse mehr von Ihnen. Sie können ja beim Essen einen Blick darauf werfen.«

Sie aßen drei Gänge und tranken dazu einen leichten Bordeaux-Wein. Beim Kaffee, während Harold seine unvermeidliche Zigarre rauchte, zog Daniel das Bündel Briefe heraus.

»Es macht Ihnen doch nichts aus ...?«

»Ganz und gar nicht. Eigentlich wollte ich ohnehin kurz mit Freddy Bright sprechen. Wenn Sie mich entschuldigen.« Harold stand auf und ging in die andere Ecke des Speiseraums.

Daniel hatte schnell entdeckt, daß kein Brief von Thomasine darunter war. Er hatte auch keinen erwartet: daß kein Brief von ihr dabei war, hieß nur, daß Lally noch lebte, daß Thomasine und William noch immer auf Drakesden Abbey wohnten. Was er ihr sagen wollte, mußte er ihr persönlich sagen.

Bei den Briefen handelte es sich hauptsächlich um Rechnungen, dazu ein Schreiben seines Wohnungsvermieters und Nachrichten von verschiedenen politischen und literarischen Vereinigungen. Ein Brief stammte von Nell, die ihm die Geburt ihres ersten Kinds, seines ersten Neffen, anzeigte, und einer von Harry Dockerill. Harrys Brief war mehrere Seiten lang. Daniel trank seinen Kaffee, während er ihn las.

Als er fertig war, faltete er die Seiten zusammen und steckte sie in die Tasche. Erst jetzt bemerkte er den anhaltenden Regen und den heftigen Wind. Die Überfahrt über den Kanal war scheußlich gewesen – fünf Stunden, in denen die Wellen wütend gegen das Schiff geschlagen hatten. Besorgt sah Daniel aus dem Fenster. Unter anderem hatte ihm Harry von den Ergebnissen der Königlichen Untersuchungskommission über den Zustand der Fens geschrieben. Die Schlüsse, die die Kommission gezogen hatte, waren beunruhigend gewesen: Aufgrund der Knappheit der Mittel war das südliche Deichland schutzlos der Gefahr einer großen Überschwemmung ausgeliefert.

»Schlechte Nachrichten?« Harold war an den Tisch zurückgekehrt.

Daniel verzog das Gesicht. »Ich weiß nicht …« Er sah wieder aus dem Fenster. »Harold – wie lange ist das Wetter schon so?«

Harold sah ihn verständnislos an. »Keine Ahnung, mein Lieber. Ich achte nicht so darauf. Hm … Der verdammte Sturm hat mir gestern oder vorgestern den Schirm zerrissen.«

Daniel war aufgestanden. Seine zunehmende Besorgnis begann sich in nackte Angst zu verwandeln. »Harold«, sagte er, »kann ich mir Ihr Auto ausleihen?«

Während der ersten Tage ihrer Krankheit fühlte sich Thomasine sehr schlecht. Sie hatte schlimme Kopfschmerzen, Gliederreißen und litt unter schrecklichem Juckreiz. William stieg zu ihr ins Bett, und sie kratzten sich, husteten und schnieften gemeinsam. Wenn sie Wasser brauchten, mußte sie sich nach unten schleppen, was in ihrem angegriffenen Zustand auf der engen Wendeltreppe nicht ungefährlich war. Über den Regen war sie dankbar: Er füllte das Wasserfaß, so daß sie wenigstens kein Wasser vom Brunnen holen mußte. Die Hühner überließ sie ihrem Schicksal und hoffte, daß sie während dieser schrecklichen Tage genug zum Fressen fanden, und den Schweinen warf sie ein paar

Reste aus dem Brotkorb hin. Auch die Enten mußten selbst sehen, wie sie zurechtkamen. Sie hätte es keinesfalls geschafft, zum Teich hinunterzugehen, um sie zu füttern.

William lebte von einer seltsamen Diät aus Keksen, Äpfeln, Porridge und Honig. Wenn Thomasine am Herd stand und die Haferflocken ins Wasser rührte, hob sich ihr der Magen, und auf ihrer Stirn brach Schweiß aus. Obwohl es sehr kalt war, schleppte sie sich in einem ärmellosen Seidenkleid durch die Küche, einem Relikt aus besseren Zeiten, das von Harrods stammte und mit winzigen Perlen bestickt war. Alles andere juckte sie zu sehr auf der Haut. »Das ist ein hübsches Kleid, Mami«, sagte William anerkennend, und sie hätte beinahe gelacht, als sie auf ihre dünnen, rotgefleckten Glieder hinabsah, die aus der austernfarbenen Seide hervorstanden.

Nach dem ersten Tag ihrer Bettlägerigkeit tauchte Eddie nicht mehr auf. Thomasine kam zu dem Schluß, daß auch Eddies Familie krank geworden war. Er hatte jedoch Feuerholz im Schuppen zurückgelassen, und irgendwie schaffte sie es, den Küchenherd am Brennen zu halten. Auch wenn sie nicht fror, wußte sie doch, daß William, dessen Temperatur inzwischen wieder normal war, kalt sein würde.

Schließlich begann sie, sich ein bißchen besser zu fühlen. Das flammende Rot des Ausschlags wurde blasser, und ihr Kopf schmerzte nicht mehr ganz so schlimm. Sie machte sich und William eine Tasse Tee, schlurfte erschöpft und zitterig in ihrem Nachmittagskleid und mit Pantoffeln an den Füßen in der Küche herum. Seit Tagen hatten sie keine Milch mehr gekauft, so daß sie den Tee schwarz trinken mußten, dafür gaben sie drei Löffel Zucker hinein. Wir haben überlebt, dachte Thomasine, als sie ihren Sohn ansah, und einen Moment lang war sie sehr stolz.

Zum erstenmal seit Tagen fiel ihr wieder ein, daß es jenseits des Cottages und der Insel noch eine andere Welt gab. Sie hatte jegliches Zeitgefühl verloren und wußte nicht mehr, welcher Wochentag war. Als sie an den Knöpfen von Nicholas' Radio drehte, kam kein Ton heraus. »Die Batterie ist leer«, sagte sie. Oder die Antenne war abgerissen worden. Der Wind draußen heulte wie ein hungriger Wolf.

William nickte weise. »Wir müssen eine neue kaufen.«

»Ja.« Wenn sie langsam gingen, dachte sie, könnten sie am nächsten Morgen einkaufen gehen. Milch und Butter und vielleicht einen Kuchen, um Williams mangelnden Appetit anzuregen. Sie könnte nachsehen, ob Annie Dockerill ihr Baby bereits zur Welt gebracht und ob der Rest von Drakesden die Epidemie überstanden hatte.

Um sieben Uhr brachte sie William ins Bett und ging eine Stunde später selbst nach oben. Erschöpft wie sie war, nahm sie weder den tosenden Sturm noch den Regen wahr, der den nahen Deich fast bis zum Rand füllte.

Am frühen Morgen trat der Wissey, der zwischen Downham Market und Southery floß, über die Ufer. Die Deiche und Abflußgräben, die durch die schweren Regenfälle der letzten vierzehn Tage bis zum Rand mit Wasser gefüllt waren, boten kein Abflußventil für den angeschwollenen Fluß. Die Pumpen und dampfbetriebenen Windmühlen, die weit über ihre Leistungsfähigkeit hinaus beansprucht wurden, waren von dem furchtbaren Sturm, der in der Nacht zuvor über die Fens gefegt war, zerstört worden. Obwohl die Männer verzweifelt versuchten, Sandsäcke aufzutürmen, brachen die seit Jahren nicht ordentlich instand gehaltenen Fluß- und Deichufer wie Eierschalen. Wasser floß durch die Einbrüche und überschwemmte die tiefer liegenden Felder. Was der Holländer Vermuyden im siebzehnten Jahrhundert begonnen hatte, was das Produkt jahrzehntelanger erfindungsreicher Arbeit und beharrlichen Fleißes gewesen war, wurde innerhalb weniger Stunden vernichtet. Wasser brach tosend aus Flüssen und Deichen hervor und bedeckte schwarz glänzend die fruchtbare Erde der Felder. Das Land wurde wieder so, wie es tausend Jahre zuvor gewesen war. In einer einzigen Nacht machte die Natur all den anmaßenden Ehrgeiz der Menschen zunichte.

Ihre Träume waren lebhaft und wirr. Es herrschte ein schlimmer Sturm, und der Riß in der Mauer von Drakesden Abbey wurde breiter. In dem schwarzen Spalt konnte Thomasine Menschen erkennen, die sich verzweifelt zu befreien versuchten – ausgestreckte Hände, weiße Gesichter tauchten flüchtig auf. Als sie die Gesichter erkannte, rief sie Nicholas', Lallys und Daniels Namen. Aber sie hörten sie nicht. Dann wurde das Toben des Sturms von einem anderen, noch schrecklicheren Geräusch übertönt. Ein wiederholtes tiefes Dröhnen, wie das Geheul eines furchtbaren Deichungeheuers. Mit jedem Anschwellen des Tons wurde der Riß in der Mauer breiter.

Thomasine wachte auf, aber das Geräusch ließ nicht nach. Bumm ... bumm ... bumm ... tönte es durch das Heulen des Winds und den prasselnden Regen. Dann bemerkte sie, daß die Kirchenglocken läuteten, und einen Moment lang konnte sie sich keinen Reim darauf machen. Vielleicht war Sonntag. Aber am Sonntag gab es ein schönes Geläut, keinen so häßlich monotonen Klang. So wurde nur geläutet, wenn jemand gestorben war.

Sie suchte im Dunkeln nach Streichhölzern und zündete die Kerze an. Als sie das Gesicht ans Fenster drückte, konnte sie nicht ausmachen, ob das riesige Gebäude der Abbey noch stand. Die Kirchenglocken läuteten immer noch. Viel zu lange, selbst wenn sie zum Begräbnis des angesehensten Menschen im Dorf gerufen hätten. Und warum läuteten sie in der Nacht?

Plötzlich fiel es ihr ein, und sie starrte einen Moment auf den wild peitschenden Regen hinaus und hörte mit Schrecken auf das Heulen des Sturms. Im Nachthemd und barfuß packte Thomasine die Kerze und rannte aus dem Schlafzimmer hinaus und die Treppe hinunter.

Fast wäre sie in das Wasser gestürzt, das gegen die Stufen und Wände schwappte und das glatte Holz schlüpfrig gemacht hatte. Vor Entsetzen schrie sie leise auf, und als sie die Kerze hochhielt, sah sie die schwarzen Fluten, die in der Küche standen. Fenster und Türen waren eingedrückt worden, und das Wasser aus dem Deich war ins Cottage geflossen. Es wirkte wie ein lebendiges Wesen, das gierig in ihr Haus eindrang. Ein paar ihrer Habseligkeiten schwammen darin herum, die in dem dunklen Strudel grotesk harmlos wirkten: ein Küchentuch, ein Teddybär, ein Weidenkorb.

Auf der Fahrt von London in die Fens redete sich Daniel ein, daß alles in Ordnung war, daß sie in Sicherheit waren und er keinen Grund zur Sorge hatte. Die Befestigungen würden halten – das hatten sie schließlich jahrelang getan –, und wenn nicht, hätte Thomasine den steigenden Wasserstand bemerkt, das Cottage verlassen und sich in die höher liegende Abbey geflüchtet. Verdammt, selbst wenn sie im Geräteschuppen untergekommen wäre, wäre sie in Sicherheit, und ihr würde nichts passieren.

Aber er behielt den Fuß auf dem Gaspedal und fuhr schneller, als er je in seinem Leben gefahren war. Vor der Abfahrt in London hatte er das Radio angedreht. Die BBC hatte vor Überschwemmungen in Ostengland gewarnt – weshalb Daniel die Geschwindigkeitsbegrenzung von zwanzig Meilen die Stunde überschritt, als er durch Dörfer fuhr.

Die Sicht war schlecht, der Zustand der Straßen erbärmlich. Kurz nach zwei war er aus London abgefahren und hatte bis nach Mitternacht gebraucht, um Cambridge zu erreichen. Der Wagen geriet ins Schleudern, aber er schaffte es mit klopfendem Herzen, ihn wieder unter Kontrolle zu kriegen. In allen Gräben stand Wasser und sammelte sich in tiefen Pfützen am Straßenrand. Er drosselte die Geschwindigkeit ein wenig und wischte erneut über die Windschutzscheibe.

Auf dem Rücksitz von Harolds Wagen hatte er eine Taschenlampe, Seile, wasserfeste Kleidung, Decken, Nahrungsmittel und einen Erste-Hilfe-Kasten verstaut. Beim Einpacken hatte er sich wegen seiner Vorsicht fast ausgelacht. Aber die Unruhe, die Harry Dockerills Brief in ihm ausgelöst hatte, blieb trotzdem bestehen und nagte weiter an ihm. Jahrelang hatte er diese Katastrophe im südlichen

Deichland vorausgesagt, und jetzt quälten ihn die schlimmsten Ahnungen.

Seine Befürchtungen nahmen Gestalt an, als er von Cambridge in die Fens hineinfuhr. Als die Scheinwerfer die Entwässerungsgräben entlang der Straße beleuchteten, sah Daniel, daß sie fast überliefen. Der Regen schien hier heftiger herunterzuprasseln, der Wind gnadenloser zu sein. Die Straße führte ihn durch Landbeach und Stretham nach Ely. Als er in Ely eine enge Kurve nahm, mußte er scharf bremsen, um einem Fußgänger auszuweichen.

Der Fußgänger war ein Polizist, wie er bemerkte. Daniel fluchte leise, beugte den Kopf aus dem Fenster und bemühte sich um eine höfliche Ausdrucksweise.

»Tut mir furchtbar leid, Sergeant. Hab Sie nicht gesehen bei dem Wetter.«

Der Polizist funkelte ihn wütend an. »Sie fahren ziemlich schnell, was, Sir?«

»Ach, wissen Sie«, antwortete Daniel rasch, »ich mache mir ziemliche Sorgen um eine Freundin. Ist Ihnen vielleicht bekannt, ob die Dämme an den Flüssen noch halten?«

»Vor ein paar Stunden ist der Wissey über die Ufer getreten, Sir, und die Männer versuchen, dic Lark einzudämmen.«

»Ich muß nach Drakesden. Ist die Straße Richtung Prickwillow noch passierbar?«

»Vor einer Weile war sie das noch. Obwohl das Wetter inzwischen …«

Daniel drückte aufs Gaspedal. Die letzten Worte des Polizisten, seine Ermahnungen, vorsichtig zu fahren, gingen im Aufheulen des Motors und im Brausen des Windes unter.

Als er nordöstlich den Hügel der Insel von Ely hinabrollte, hatte er den Eindruck, geradewegs in den Sturm hineinzufahren. Regen peitschte gegen die Scheibe und drang durch die Ritzen am Dach ein. Die Sichtverhältnisse waren miserabel: Er konnte keine zehn Meter weit blicken. Inzwischen fuhr er langsamer, weil er wußte, wie leicht er ins

Schleudern kommen und in einen Graben rutschen konnte. Seine Vermutung, daß Thomasine in Gefahr war, verstärkte sich, je näher er Drakesden kam. Er drosselte die Geschwindigkeit von dreißig auf zwanzig und schließlich auf zehn Meilen pro Stunde. Wasser bedeckte die Straße, und in den Gräben strudelte Schlamm. Trotz des prasselnden Regens und des Sturmgeheuls konnte er Glocken läuten hören.

Als die Straße eine kleine Biegung machte, geriet der Wagen ins Schleudern. Durch heftiges Gegensteuern schaffte er es, das Fahrzeug quer zur Straße zum Stehen zu bringen.

Er stieg aus und blickte sich um. Im Licht der Scheinwerfer sah er das Wasser auf der schlammigen Straße. Es war kein Regenwasser, sondern eine Überschwemmung. Es sah aus, als hätte sich ein See gebildet.

Das Läuten der Kirchenglocken war jetzt ganz deutlich zu hören, er konnte bloß noch eine halbe Meile von Drakesden entfernt sein. Die Autoreifen waren mit Schlamm verklebt, und er stellte fest, daß es sinnlos war weiterzufahren. Einen Moment lang blieb er stehen und versuchte, sich zu orientieren. Er kannte jeden Meter dieses Landes, er wußte, welche Senken, Felder und Wege als erste überschwemmt würden und welche am längsten über Wasser blieben.

Er schlang sich das Seil über die Schulter, stopfte den Rest der Ausrüstung in einen Seesack und machte sich über die Äcker auf den Weg nach Drakesden.

Das Wasser in der Küche war bereits zu tief, um durchzuwaten. Thomasine hob die Kerze und leuchtete die Treppe hinunter, konnte aber weder das Abwaschbecken noch den Tisch erkennen. Wie ein heftiger Strudel wirbelte und schäumte das Wasser durchs Haus: Sogar sich schwimmend in Sicherheit zu bringen, wäre gefährlich gewesen, und gemeinsam mit William unmöglich.

Sie lief ins Schlafzimmer zurück und zündete mit dem Kerzenstummel eine Öllampe an. Die Flamme loderte auf, wurde dann schwächer, als sie sie zurückdrehte, und verbreitete ein tröstliches Licht in der Dunkelheit. Schnell zog sich Thomasine eine Hose und einen dicken Pullover an. Ihre Gummistiefel waren unten in der Diele. Als sie in Williams Zimmer lief, leuchtete sie mit der Lampe die Treppe hinunter. Vor zehn Minuten hatte das Wasser die fünfte Stufe bedeckt. Jetzt stand es schon bis zur Hälfte der sechsten.

Sie suchte Williams wärmste Kleider heraus und weckte ihn dann so sanft wie möglich. »Du mußt dich anziehen, Liebling. Sitz einfach still, Mami zieht dich an.«

William sah sie verständnislos und schlaftrunken an. »Ist es schon Morgen?«

»Noch nicht, Liebling. Aber vielleicht müssen wir heute nacht das Cottage verlassen.«

Rasch zog sie ihn an und dachte fieberhaft nach. Das Haus stand am Fuß des Inselhangs, wie Daniel ihr letzten Sommer eingeschärft hatte. Sie hätte bemerken müssen, wie schlimm das Wetter geworden war, und für ein oder zwei Nächte in die Abbey zurückgehen müssen. Aber für Selbstvorwürfe war es jetzt zu spät. Jetzt mußte sie nicht nur ihr eigenes, sondern auch Williams Leben retten.

Das Ausmaß der Flut hing davon ab, wo der Deich gebrochen war. Wenn es in der Nähe von Littleport geschehen war, wäre sie vielleicht noch nicht vollständig von Wasser umgeben oder es wäre an einigen Stellen noch flach genug, um durchzuwaten. Doch wenn der Damm in Drakesden gebrochen war …

»Soll ich meinen Hasen mitnehmen?« William sah verwirrt, aber vertrauensvoll zu ihr auf.

»Ja, Liebling. Mach das nur.«

Sie zog die Vorhänge zurück, öffnete das Fenster und sah hinaus. Auf dieser Seite des Hauses stand die Flut nur noch etwa einen Meter unterhalb des Fensterbretts des oberen Stockwerks. Thomasine nahm Williams Hand und führte ihn in ihr Schlafzimmer.

»Mami«, flüsterte William, als sie an der Treppe vorbeigingen, »da ist Wasser in der *Küche*.«

Ihr fiel nichts ein, was sie zu seiner Beruhigung hätte sagen können. In ihrem Schlafzimmer öffnete sie das Fenster und hielt die Lampe hinaus. Im Lichtschein erkannte sie, daß sich ihre schlimmsten Ängste bewahrheitet hatten: Sie waren von allen Seiten vom schnell ansteigenden Wasser umgeben.

Das Land, das Daniel seit seiner Kindheit kannte, hatte innerhalb weniger Stunden sein Aussehen verändert. Die Kirchenglocken läuteten noch immer, hallten über die Fluten und Sümpfe und halfen ihm, den Weg zum Dorf zu finden, wo er in relativer Sicherheit wäre. Er war bis auf die Haut durchnäßt, an seinen Stiefeln klebte Schlamm, und die Taschenlampe lieferte nur ein schwaches Licht in der stürmischen Nacht. Als er die Ausläufer von Drakesden erreichte, dachte Daniel kurz nach. Die Kirche. Wahrscheinlich waren die beiden in der Kirche.

Als er durch die Hauptstraße lief, luden Dorfbewohner noch immer ihre Habseligkeiten auf Karren, um sie auf dem höher liegenden Land in Sicherheit zu bringen. Daniel eilte an ihnen vorbei in Richtung Kirchhof. Die Kirche war mit Frauen und Kindern überfüllt. Die Männer waren natürlich draußen und versuchten, die noch nicht gebrochenen Dämme zu befestigen, oder bemühten sich, die Pumpen in Gang zu halten. Aufgeregt warf er einen Blick über die durchnäßte Versammlung und sah sich jedes Gesicht an.

Alle Gesichter waren ihm bekannt, aber das eine, das er zu finden hoffte, war nicht darunter. Keine der Frauen hatte rotes Haar, keine drehte sich um und sah ihn mit jenen großen meergrünen Augen an. Der Klang der Glocken war wie ein Widerhall seines angstvoll pochenden Herzens. Als er Pfarrer Fanshawe in der Sakristei entdeckte, bahnte er sich einen Weg durch die Menge.

»Daniel!« Der Pfarrer sah überrascht zu ihm auf.

Zwei Frauen standen in der Sakristei: Anna Fanshawe, die Zucker in Teetassen gab, und das Dienstmädchen der Fanshawes, das Brot schnitt.

Daniel hielt sich nicht mit Höflichkeiten auf. »Wo ist Thomasine? Sie ist nicht bei den Frauen draußen.«

»Miss Thorne … die hab ich ganz vergessen … Sind Sie sicher, daß sie nicht dort draußen ist?« Der Pfarrer runzelte die Stirn. »Die Glocken läuten seit Mitternacht …«

»Sie ist nicht dort draußen, das sag ich Ihnen doch!«

»Dann ist sie sicher ins große Haus gegangen. Ja, ich bin sicher, dort wird sie sein.«

Von hinten sagte jemand: »Mein Eddie hat gesagt, die beiden seien krank gewesen, Herr Pfarrer. Die Missus und der Kleine.« Als er sich umdrehte, erkannte Daniel das breite, fleischige Gesicht von Bessie Readman, Eddies Mutter.

»Es gab eine schlimme Masernepidemie …« begann Pfarrer Fanshawe.

»Aber die Dockerills – Harry und Annie – Harry hätte sich doch darum gekümmert, Thomasine und William in Sicherheit zu bringen …«

Plötzlich setzte der Pfarrer eine besorgte Miene auf. »Die Dockerills sind vor vierzehn Tagen nach Soham zu Annies Mutter gefahren. Annie erwartet ihr zweites Kind, verstehen Sie, Daniel, und Harry hatte es wieder auf der Brust. Er hat die Farm und die Tiere in der Obhut seiner Mutter gelassen.«

»*Verdammt*«, fluchte Daniel wütend, eilte aus der Sakristei aus der Kirche hinaus und den Hügel der Insel in Richtung Drakesden Abbey hinauf.

Ruhigen Blutes begann Thomasine zu überlegen: Wenn der Wasserspiegel die oberste Treppenstufe erreichte und kein Anzeichen machte, wieder zu fallen, würde sie mit William aufs Dach klettern. Über dem Treppenabsatz gab es eine Falltür zum Dachboden. Sie hatte bereits einen Stuhl unter die Tür gestellt und sie geöffnet.

Thomasine versuchte, nicht über die Möglichkeit nachzudenken, daß das Cottage, das keine festen Grundmauern hatte, von der Gewalt der Wassermassen fortgespült werden könnte. Sie öffnete alle Fenster im oberen Stockwerk, damit der Wind hindurchblasen konnte und nicht gegen die Mauern drückte. Immer behielt sie William nahe bei sich und achtete auf die geringste Bewegung von Wänden und Boden. Wenn sie ertrinken würden, dann gemeinsam.

Als sie noch einmal vom Treppenabsatz nach unten blickte, sah sie, daß das Wasser gegen die oberste Stufe schwappte. Zurück im Schlafzimmer, knöpfte sie Williams Mantel zu.

»Den Hasen stecken wir hier hinein.« Das Kuscheltier wurde zwischen Williams Pullover und Mantel gesteckt. »Da hat er's hübsch warm und ist sicher.«

»Wohin gehen wir, Mami?« Williams Stimme klang kleinlaut, Angst stand in seinen Augen.

»Wir klettern aufs Dach. Dann sind wir weit weg vom Wasser. Und wenn wir die Laterne schwenken, sieht uns bestimmt jemand und rettet uns.« Ihre Stimme klang ruhig und zuversichtlich.

Sie prüfte den Ölstand in der Lampe und überzeugte sich, daß der Glassturz festsaß. Vom Treppenabsatz aus konnte sie sehen, daß während der paar Minuten, die sie gebraucht hatten, um sich fertig zu machen, das Wasser fast über die oberste Stufe gestiegen war. Sie kletterte auf den Stuhl und stellte die Laterne auf dem Dachboden ab.

»Jetzt heb ich dich hinauf, William. Wenn du oben bist, setzt du dich auf einen der Balken und wartest auf mich. Rühr die Lampe nicht an, dann bist du ganz sicher.«

Sie beugte sich hinunter und hob William hoch. Obwohl er ein zartes Kind war, war er dennoch schwer. »Du mußt auf meine Schultern steigen. Ja, so – ich halte dich fest. Hab keine Angst – ja, so ist's gut.«

Er stieg von ihren Schultern, und als sie hochblickte, sah das kleine Gesicht auf sie herab. Dann legte sie ihre Hände auf den Rand der Falltür und zog sich ebenfalls hinauf.

Zwischen den Dachbalken war nur eine Gipsdecke ... Sie mußte ihre Schritte sehr vorsichtig setzen. Thomasine dankte Gott, daß die Blythes das Verwalterhaus aus Ziegelstein und Dachplatten gebaut hatten, statt aus Lehm und

Stroh. Der Lehm wäre bereits fortgespült worden, und nur das hölzerne Rahmenwerk wäre noch übrig, mit dem die Fluten ein leichtes Spiel hätten.

Doch sicherlich käme der Moment, an dem das Cottage vom unablässigen Druck des Wassers und des Sturms einfach auseinanderbrechen würde. Aus diesem Grund wagte sie nicht, in der relativen Sicherheit des Dachbodens zu bleiben. Die Laterne war ihre einzige Hoffnung: Die Möglichkeit, daß jemand den winzigen Lichtpunkt in der Dunkelheit sähe, war ihre einzige Chance zu überleben.

»Bleib sitzen, William – ich werde die Dachluke öffnen.«

Oben auf dem Dach mußten sie sich an den Kamin drücken, selbst wenn die Mauern einstürzten, würde der Kamin vielleicht noch eine Weile stehenbleiben. Und solange das Haus noch stand, würde ihnen der Kamin ein bißchen Schutz vor dem Sturm bieten.

»Wir klettern jetzt aufs Dach. Geh ganz vorsichtig über die Balken, Liebling – ich fang dich auf, wenn du danebentrittst.« Thomasine hielt die Kapuze von Williams Mantel fest, und gemeinsam durchquerten sie den Dachboden in Richtung der offenen Luke.

Sie durfte die Öllampe nicht fallen lassen und mußte gleichzeitig William festhalten. Schließlich hängte sie sich den Griff der Lampe ums Handgelenk und stieg als erste aufs Dach hinaus. Eisig peitschten Wind und Regen auf sie nieder, aber sie schaffte es, das Gleichgewicht zu halten. Sie sah nicht nach unten, wo die gierigen Fluten nur darauf warteten, daß sie einen falschen Schritt machte oder die Konzentration verlor. Mit ihrem Halstuch band sie die Lampe an die Kaminkappe, dann kauerte sie sich nieder und zog William durch die Luke nach oben.

Sie setzte ihn sicher in den schmalen Spalt zwischen Kamin und Dach – ein kleines, verängstigtes Bündel aus Pullovern, Schal und Mantel. Dann lehnte sie sich an den Schornstein, richtete sich auf und blickte in die Dunkelheit.

Hinter ihr lag der gebrochene Deich, im Osten Felder, im Westen das Dorf, und im Norden, auf der Spitze der Insel,

Drakesden Abbey. Doch Thomasine sah nichts von dieser vertrauten Landschaft. Die Laterne erhellte nur die dunklen Fluten, und dennoch starrte sie in Richtung Norden und wartete.

Die große Vordertür von Drakesden Abbey war verschlossen, also schlug Daniel eine Scheibe ein und öffnete das Fenster von innen. Als er mit seiner Taschenlampe im Raum umherleuchtete, sah er die geisterhaften Umrisse der Möbel, die mit weißen Laken bedeckt waren. Er lief von Raum zu Raum und rief Thomasines Namen, obwohl er wußte, daß niemand im Haus war. Das schaurige Gefühl der Leere war allgegenwärtig, die Zimmer waren feucht, eiskalt und schmutzig.

Dennoch suchte er weiter, weil er seinem Gefühl nicht traute. Im oberen Stockwerk riß er einen mottenzerfressenen Vorhang auf und starrte hinaus. Auf dem Rasen standen die großen Bäume nicht mehr. Dahinter befanden sich die Koppel und das Haus des Verwalters. Ein Licht flackerte, wo Daniel das Cottage vermutete.

Zuerst dachte er, er hätte es sich nur eingebildet oder es sei ein Irrlicht, ein Feuerdrachen... Aber der winzige Lichtpunkt hielt an und schwankte in der Dunkelheit leicht hin und her. Er packte seine Taschenlampe und lief nach draußen.

Auf halbem Weg die Insel hinab umspülte das höher steigende Wasser seine Beine. Als er aufblickte, sah er wieder das Licht, näher jetzt, und dahinter die schwachen Umrisse eines Dachs und Kamins. Jetzt wußte er endlich, daß sie lebte. Das Cottage stand bis zur Hälfte im Wasser, aber Thomasine lebte. Daniels Herz machte einen Freudensprung. Schon wollte er sich in die Fluten stürzen und hinüberschwimmen, als ihm klar wurde, daß er Thomasine und das Kind auf diese Weise nicht retten konnte. Außerdem war die Strömung stark und vom Sturm aufgewühlt.

Seine Freude verwandelte sich in Angst. Obwohl er ihr schon so nahe war, obwohl er Kontinente für sie überquert hatte, müßte er jetzt vielleicht zusehen, wie sie ertrank. Er wußte, daß sie fror und erschöpft war, daß das Haus einstürzen und das Wasser sie jeden Moment fortspülen konnte. Daß sie ausrutschen und das tückisch glatte Dach herunterfallen konnte. Er rief ihren Namen, obwohl er wußte, daß seine Stimme in Wind und Regen unterging. Ein Gefühl größter Panik überkam ihn – daß Thomasine ertrinken könnte, wie Fay ertrunken war ...

Dann begann er, wieder klar zu denken. Er erinnerte sich an die Blythe-Kinder, Gerald, Nicholas und Marjorie, die in einem Boot spielten. Einem Ruderboot. Die Blythes hatten ein Ruderboot gehabt. Es mußte hier irgendwo sein.

Er lief zu den Garagen. Er mußte das Schloß aufbrechen, dann war er drinnen und leuchtete mit der Taschenlampe durch das Dunkel. Es befand sich kein Auto mehr darin, nur ein paar Reifen, Ölkannen und Werkzeug. Doch dahinter, an die Wand gelehnt, stand das Ruderboot.

Die Ruder waren säuberlich nach innen gesteckt. Daniel dankte dem Himmel für ordnungsliebende Menschen wie die Blythes. Dann zog er das Boot aus der Garage und schob es über den Inselhang hinab.

Als er auf den See hinausruderte, der durch den Dammbruch entstanden war, schlug ihm der Regen ins Gesicht, und der Sturm warf das kleine Fahrzeug herum wie eine Nußschale. Da er Ruder und Steuer nicht gleichzeitig bedienen konnte, steuerte er nur mit den Rudern. Seine Arme schmerzten. Schon nach zwanzig Metern war er erschöpft. Doch er wußte, daß von all seinen Fahrten keine so wichtig war wie diese kurze hier. Sie bedeutete den Unterschied zwischen möglichem Glück und tiefstem Schmerz. Daniel biß die Zähne aufeinander und schaffte es schließlich, dem Cottage – und Thomasine – immer näher zu kommen.

Thomasine duckte sich hinter den Kamin und wußte, daß sie mit ihren Kräften am Ende war. Die Angst um William hatte ihr anfangs Stärke gegeben, aber die Anstrengung, aufs Dach zu klettern, hatte diese Kraft verbraucht, und jetzt fühlte sie sich schwach und erschöpft. Ihre Glieder waren starr vor Kälte, und der Regen hatte sie bis auf die Haut durchnäßt. Sie konnte die Laterne nicht mehr schwingen, um damit vielleicht jemand auf sich aufmerksam zu machen. Sie hatte sie wieder an den Schornstein gebunden. Wenn sie jetzt ausginge, wären die Streichhölzer zu naß, um sie wieder anzuzünden.

William, der noch immer in dem Spalt zwischen Dach und Kamin eingeklemmt dasaß, war eingeschlafen. Sie war froh darüber, denn solange er schlief, hatte er keine Angst. Was sie selbst anbelangte, so war sie eigentlich zu müde, um sich noch zu fürchten. In ihrem Innersten wußte sie, daß sie nicht weit davon entfernt war, sich vom Dach in die erlösende Umarmung des Wassers fallen zu lassen. Daher blieb sie aufrecht stehen, die Hände wärmesuchend um den Glassturz der Öllampe gelegt.

Der Regen schlug ihr ins Gesicht. Allmählich spürte sie die Kälte nicht mehr, sie glitt in eine nebelige Wärme und entzog sich einer Wirklichkeit, gegen die sie angekämpft hatte, von der sie aber schließlich doch besiegt worden war. Das Dach kam ihr inzwischen fast friedlich vor … selbst das Tosen des Sturms ebbte ab. Sie hoffte, daß auch Nicholas eine Art Frieden gefunden hatte, bevor er starb. Mit halbgeschlossenen Augen erinnerte sie sich, wie sie mit Daniel auf die Buche geklettert war und auf die Glockenblumen hinabgesehen hatte. Doch wenn sie jetzt hinabsah, waren die Glockenblumen schwarz, abgesehen von einem auf und ab hüpfenden Lichtpunkt in der Dunkelheit …

Mit einem Schlag war sie wieder hellwach und richtete den Blick auf das Licht. Als sie die Augen zusammenkniff und vor dem Regen bedeckte, warf das Licht einen größeren Schein, und sie erkannte das Boot.

Sie hörte sich wie wahnsinnig auflachen. Aus Angst, das Boot könnte sich wieder in der Dunkelheit auflösen, ließ sie es keinen Moment lang aus den Augen. Inzwischen war es auf eine Entfernung von ein paar Metern an das halb untergegangene Haus herangekommen. Thomasine stieß laute

Rufe aus, packte die Lampe und schwenkte sie heftig hin und her. Als der einsame Ruderer aufblickte, erkannte sie, daß es Daniel war.

Jetzt wußte sie, daß sie gerettet waren. Daß der starke, umsichtige Daniel sie retten und in Sicherheit bringen würde. Thomasine ließ sich aufs Dach sinken, weil ihr vor Erleichterung die Beine schwach wurden. Daniel steuerte das Boot seitlich zum Haus.

»Thomasine!« Seine Stimme übertönte das Brausen von Sturm und Wasser. »Ist alles in Ordnung? Ist William in Sicherheit?«

»Mir geht's gut, und William ist hier!« rief sie, auf den Kamin deutend. »O Daniel – Gott sei Dank, daß du gekommen bist ...«

Er kauerte im Boot und wickelte das Seil auf. »Ich werf dir das zu, Thomasine. Versuch es zu fangen.«

Sie nickte, und das Seil flog durch die Luft auf sie zu. Sie streckte die Hand aus, berührte es kurz, aber dann rutschte es ihr aus der Hand und fiel das Dach hinunter.

»Tut mir leid ...«

»Macht nichts, wir probieren's noch einmal.« Erneut wickelte er das Seil um seinen Arm. Das Boot schwankte gefährlich. Wieder wurde ihr das Seil zugeworfen, und diesmal fing sie es auf.

»Kannst du es um den Schornstein binden?«

Sie begriff, was er vorhatte. Sorgfältig wickelte sie das Seil mehrmals um den eckigen Kamin. Ihre Finger waren klamm und starr, einen Knoten zu binden tat höllisch weh.

»Bind das andere Ende um Williams Taille und laß ihn zu mir runter.«

Vorsichtig weckte sie William auf. »Mr. Gillory ist mit dem Boot gekommen, William. Es ist alles gut. Wir sind bald in Sicherheit.« Sie schaffte es, das Seil um die Taille des kleinen Jungen zu wickeln und mit zwei Knoten festzubinden. Dann half sie ihm, auf die andere Seite des Kamins zu kriechen.

»Mami, ich hab *Angst* ...«

»Ich weiß, Liebling. Aber das Boot ist nicht weit weg, wirklich. Stell dir einfach vor, hoch oben auf dem Rücken von Fancy zu sitzen. Da hast du doch auch keine Angst, oder?«

William schüttelte den Kopf und preßte die Zähne auf die Unterlippe.

»Jetzt setz dich einfach hin und rutsch das Dach hinunter auf Mr. Gillory zu. Ich halte das Seil fest, damit du nicht fallen kannst.«

Hinter dem Kamin stehend, das gespannte Seil in der Hand, beobachtete Thomasine, wie ihr Sohn langsam die Dachschräge hinab auf die Traufe zuglitt. Unten sah sie Daniel im Boot stehen, der darauf wartete, ihn aufzufangen. Ihre Hände waren noch immer taub, und alle Muskeln taten ihr weh, als sie das Gewicht des Kindes hielt. Das Herz blieb ihr einen Augenblick stehen, als William über die Kante der Traufe rutschte und nach unten fiel.

Daniel fing ihn auf. Überwältigt vor Erschöpfung und Erleichterung sank Thomasine auf die Dachziegel zurück. Als ihr Daniel das Seil wieder zuwarf, erwischte sie es nicht. Ihre Finger versuchten, sich an den nassen Ziegeln festzuhalten, aber sie rutschte hilflos nach unten. Und dann war auch sie im Boot, Daniels Arme hielten sie umschlungen, und er küßte sie immer wieder.

In der Ruine von Drakesden Abbey suchten sie Zuflucht. Daniel machte Feuer, um sie warm zu halten, er kochte Essen und wickelte sie in Decken.

Thomasine trank den Tee und schluckte das Aspirin, das Daniel ihr gab, während sie zusah, wie er Teile des gebrochenen Treppengeländers aufs Feuer legte. Zum erstenmal seit Jahren spürte sie, wie ihr die Last der Verantwortung von den Schultern glitt. Sie brauchte nichts anderes zu tun, als sich warm zu halten, sich auszuruhen und wieder zu Kräften zu kommen. Es war schön, eine Weile umsorgt und umhegt zu werden.

Die Flut hatte die Felder und die Insel vollkommen ausgespült. Als sie aus dem Fenster blickte, sah Thomasine eine neue Landschaft, die kalt und silberig glänzend aus der alten entstanden war. Allein ging sie den Hang der Insel hinab. Das Cottage, in dem sie und William gelebt hatten, war eine schlammverschmierte leere Hülse. Im Gras der Koppel standen flache Pfützen. Der Durchbruch im zerstörten Wall des Deichs war mit Sandsäcken verschlossen, Schlamm und Riedgras, die jahrelang das Wasser zurückgehalten hatten, waren von der Macht der Fluten weggespült worden. Der Himmel war eine riesige, bewölkte Kuppel, die alles beschützte. Als Sonnenlicht durch die Wolken brach, verlieh es dem harten Winterhimmel eine Illusion von Sommer. Einen Augenblick lang war es fast so, als wäre selbst die Zeit aus den Fugen geraten, so daß sie nicht nur glaubte, in einer anderen Jahreszeit, sondern überhaupt in einer anderen Zeit zu sein.

In einem anderen Jahrzehnt, einem anderen Leben: dem letzten goldenen Sommer, dem Sommer vor dem Krieg. Der flüsternde Wind brachte Stimmen hervor. Die Sonnenstrahlen streichelten über die beiden Köpfe, den goldblonden und den kupferfarbenen, bevor die Wolken sie wieder verschlangen. Dann schwand das Licht, die Geister waren fort, die Sonne verweilte noch einen letzten Moment auf dem Gras und zauberte Juwelen aus der nassen Erde.

Einer der Edelsteine schien ein wenig heller, ein wenig intensiver zu glänzen als die anderen. Lange wandte sie den Blick davon nicht ab. Ganz hinten, am Ende der Koppel, schien ein blitzendes Auge das Licht der verblassenden Sonne einzufangen.

Als sie über das morastige Feld ging, begann ihr Herz ein wenig schneller zu schlagen. Sie wollte ihren Augen nicht trauen. Es mußte ein Trugbild sein: Die Sonne ließ die zurückweichende Flut aufblitzen, und sobald sich wieder Wolken über die Sonne legten, wäre das flüchtige Licht verschwunden.

Doch sie kauerte sich ins Gras und grub mit bloßen Fingern im Schlamm. Und als sie ihren Schatz ausgegraben hatte, blieb sie, unfähig, sich zu rühren, einen Moment am Boden knien und wiegte ihn in ihren Händen. Sein Glanz war getrübt, mit Gras und Erde beschmutzt, doch das gelbe Auge blitzte wie eh und je, und das Maul war noch immer hungrig aufgerissen.

Sie hörte Schritte hinter sich. Thomasine stand auf.

»Was ist das?«

Sie merkte, daß Daniel ihn noch nie gesehen hatte. »Es ist der Feuerdrachen.«

Mit ihrem Taschentuch wischte sie den Schmutz von dem alten Schmuckstück. Einer der Topase fehlte … im Lauf der Zeit hatten sich einige der Klammern gelöst, und die kostbaren Steine waren durch Erde ersetzt worden.

»Die Flut muß ihn herausgewaschen haben.« Sie sah Daniel an. »Lally hat ihn genommen. Hast du das gewußt?«

»Ich hab's mir gedacht«, antwortete er langsam. »Es ist eine Weile her, da hat sie mir etwas gesagt … und dann passierte die Sache mit Fay …«

»Lally hat ihn auf der Koppel versteckt. Er muß all die Jahre hier gelegen haben. Sie erzählte mir davon, als ich sie im Sanatorium besuchte.«

Sie reichte ihm das Schmuckstück und sah zu, wie er es untersuchte. Seine Lider waren gesenkt, sein Gesichtsausdruck nicht zu deuten. »Hast du deswegen das Land an Harry verkauft?« fragte er.

Sie berührte seine Hand. »Es war richtig, Daniel. Wir alle wurden verletzt, aber du am meisten. Du hast alles verloren. Ich mußte … mußte versuchen, alles wiedergutzumachen.«

Als er zu ihr aufsah, entdeckte sie keinen Ausdruck von verletztem Stolz in seinem Gesicht, sondern Liebe und Einverständnis. Zögernd sagte er: »Wir könnten ganz gut zusammenpassen, findest du nicht auch? Du hast den Wirtschaftsgarten und ich mein Schreiben. Es wäre unkonventionell, aber …«

Es stand eine Frage in seinen Augen. Sie verstand die Frage, konnte aber noch nicht antworten. Sie sah sich um und sagte: »Alles verändert sich, Daniel – spürst du es nicht? Selbst Drakesden verändert sich.«

Er kniff die braunen Augen zusammen, als er zum Horizont sah. »Ich war früher immer neidisch auf Nicholas«, sagte er. »Auf die Blythes. Auf das alles hier. Aber ihre Zeit ist vorbei, nicht wahr? Alles ist fortgeschwemmt worden.«

Stillschweigend gab sie ihm recht. Sogar ihr Sohn, der Letzte der Blythes, würde nicht in die Fußstapfen seiner Vorfahren treten. Sie hatte Marjories Angebot abgelehnt, für William die Privatschule zu bezahlen. William würde die hiesige Schule besuchen, in Drakesden aufwachsen, zu Drakesden gehören. Alles änderte sich, und es war richtig, daß sich dieser Wandel im Leben ihres Sohnes widerspiegelte.

Der Feuerdrachen lag noch immer in Daniels Hand. Thomasine sah auf das einzelne böse gelbe Auge und dachte, daß es von seinem Versteck aus alles beobachtet und ihrer aller Leben vergiftet hatte.

Leise, fast flüsternd, sagte sie: »Ich werde ihn wegwerfen. In den tiefsten Deich … oder draußen ins Meer. *Nicholas*«, fuhr sie, auf die Brosche starrend, fort, »Fay … sogar Lally … wir wurden alle verletzt.«

»Es war der Krieg, der uns verletzt hat«, sagte Daniel leise. Er legte den Arm um ihre Schultern. »Der Krieg hat Nicholas mehr angetan als mir, weil er in dem Glauben erzogen wurde, es wäre ruhmvoll, ein Held sein. Ich jedoch hab nur nach etwas gesucht, was mir ein paar regelmäßige Mahlzeiten einbrachte.« Er zog sie an sich. »Aber uns geht's gut, Thomasine. Wir haben überlebt, nicht wahr?«

Sie ließ sich in seine Arme schließen. Als sie ihn küßte, dachte sie, daß Lally recht hatte, daß es keine Rolle mehr spielte. Sie steckte den Feuerdrachen, den nutzlosen, verblichenen Flitterkram, in die Tasche. Sie hatten überlebt, genauso Nicholas' Sohn und auf gewisse Art auch Drakesden.

Als sie sich schließlich losließen, sagte Daniel erneut: »Es könnte funktionieren, nicht wahr, Thomasine? Mit uns, meine ich.«

»Was würden die Leute im Dorf denken?« fragte sie neckend. »Ich hinter dem Pflug und du bei deinen Büchern? Stell dir nur vor, was alle sagen würden.«

Seine Augen glänzten. »Ich könnte ab und zu einen Ballen Heu tragen, denke ich. Und ich bin sehr geschickt im Rübenhacken.«

»Und wenn du berühmt bist und zu allen Schriftstellerpartys eingeladen wirst, wird sich jeder wundern, warum du die komische Frau mit Stroh im Haar und schmutzigen Fingernägeln geheiratet hast ...«

Er zog sie erneut an sich. »Nein, das werden sie nicht«, antwortete er. »Sie werden krank sein vor Eifersucht.« Er nahm ihre Hände in die seinen und sagte wieder: »Es wird funktionieren, nicht wahr, Thomasine?«

Lächelnd sah sie zu ihm auf. »Ja, ich glaube, das könnte es.«

In Harold Markhams Wagen fuhren sie an die Küste. William saß auf dem Rücksitz mit einem Picknickkorb neben sich. Es herrschte schönes Frühlingswetter, auf den Feldern war von der Überschwemmung fast nichts mehr zu sehen.

An der Küste angekommen, spazierten sie gemeinsam den Kiesstrand entlang. Daniel beschrieb Thomasine das Haus, das er für sie drei auf dem höher liegenden Land bauen würde, das einst den Blythes gehört hatte. In Mäntel und Schals gehüllt, um sich vor dem scharfen Ostwind zu schützen, machten sie Picknick am Strand. Die Flut hatte rosafarbene Muscheln, braunen Seetang und genügend Seesterne angeschwemmt, um ein Sternbild zu legen. Nachdem sie gegessen hatten, gingen sie Hand in Hand an der Kaimauer entlang, die sich ins Meer hinaus erstreckte. Als Thomasine den Feuerdrachen in die Luft warf, schien er in seinem letzten Flug einen Moment innezuhalten, und seine Farben leuchteten strahlender als je zuvor. Dann war er fort, für immer von den heranrollenden Wellen verschlungen.

Judith Lennox

Die Mädchen mit den dunklen Augen

Roman. Aus dem Englischen von Mechtild Sandberg.
542 Seiten. Geb.

Drei junge Mädchen, wie sie verschiedener kaum sein können: die zielstrebige, unabhängige Katherine, die romantische Liv, die ohne Vater aufgewachsen ist, und Rachel, die Tochter aus gutem Hause, der stets alles in den Schoß zu fallen scheint. Nichts und niemand soll sie je auseinanderbringen, immer wollen sie füreinander dasein. Bis im Hochsommer 1969 die schwangere Rachel eine entsetzliche Entdeckung macht und ihre Freundinnen zu sich ruft – ausgerechnet als die verträumte Liv das entscheidende Rendezvous mit ihrer großen Liebe hat und Katherine sich kopfüber in Londons Partyleben stürzen will. Rachel erleidet eine tödliche Frühgeburt – allein und ohne daß ihre beiden besten Freundinnen sie noch einmal gesehen haben. Die Schuld lastet schwer auf Katherine und Liv ...

PIPER

Judith Lennox
Das Winterhaus

Roman. Aus dem Englischen von Mechtild Sandberg.
544 Seiten. Serie Piper 2962

Der Gartenpavillon der Familie Summerhayes – genannt das »Winterhaus« – ist ein Ort der Zuflucht für drei Freundinnen, die während der turbulenten Jahre zwischen den Weltkriegen in der idyllischen Umgebung von Cambridge aufwachsen. Da ist die idealistische, kluge Robin, die stellvertretend für ihre beiden Brüder in Cambridge studieren soll; da ist Maia, die schönste und ehrgeizigste der drei, auf der Suche nach einem reichen Mann; und die stille Helen, die von ihrem scheinbar gutherzigen Vater, dem Vikar der Gemeinde, mehr als vereinnahmt wird.
Die drei Mädchen schwören, einander ein Leben lang alles anzuvertrauen – aber das Schicksal läßt sie ganz unterschiedliche Wege einschlagen: Robin verzichtet auf ihr Studium und geht nach London, um für die Armen zu arbeiten; dabei begegnet sie ihrer ersten großen Liebe, dem attraktiven, aber unsteten Francis. Maia findet tatsächlich einen reichen Mann, doch ihre Ehe endet in einer Tragödie. Und Helen leidet so unter ihrem beherrschenden Vater, daß sie fast um ihren Verstand fürchten muß.

Judith Lennox
Tildas Geheimnis

Roman. Aus dem Englischen von Mechtild Sandberg.
560 Seiten. Serie Piper 3219

Die begabte junge Rebecca aus London, frisch verlassen und auch sonst nicht gerade vom Glück verwöhnt, glaubt zu träumen: Für einen renommierten Verlag darf sie die Biographie der Tilda Franklin niederschreiben, die nach der Trennung von ihrer Jugendliebe Daragh ihr Leben ganz in den Dienst von Waisen und unehelichen Kindern gestellt hat.
Doch wenn Rebecca geahnt hätte, worauf sie sich einläßt, hätte sie vielleicht besser die Finger von dem reizvollen Auftrag gelassen. Denn durch ihre Besuche bei Tilda in ihrem malerischen Haus in Oxfordshire, durch Gespräche mit der faszinierenden alten Dame und durch eigene engagierte Recherchen, aber auch dank ihrer Gefühle für Tildas Enkel Patrick läßt Rebecca sich immer tiefer in eine tragische Familiengeschichte hineinziehen, deren Wurzeln in die Zeit des Ersten Weltkriegs zurückreichen. Bis sie erkennt, daß der Schatten eines schrecklichen Geheimnisses auf Tildas Vergangenheit lastet …

Judith Lennox

Picknick im Schatten

Roman. Aus dem Englischen von Mechtild Sandberg.
560 Seiten. Serie Piper 3463

Frankreich im Juli 1914: Die 14jährige Alix darf mit der Familie ihres reichen Onkels Ferien machen und ihren zweijährigen Cousin hüten. Ausgelassen genießt Alix den Sommer und die fröhliche Zeit, die sie mit dem kleinen Charlie verbringt.
Doch die Idylle ist schlagartig vorbei, als das Kind bei einer Landpartie spurlos verschwindet und nie wieder gefunden wird. Über Nacht wird aus dem unbeschwerten Teenager Alix eine verschlossene junge Frau, die an ihrer Verzweiflung fast zerbricht. Nach einer kurzen Ehe steht sie mit Anfang Zwanzig als Witwe da. Ihr eigener Sohn, den Alix unterm Herzen trägt, wird ihr ganzes Glück; ihm schenkt sie all ihre Fürsorge und Liebe. Bis sie Derry begegnet, durch den sie nicht nur ins Leben zurückfindet, sondern auch unvermeidlich das ganze Ausmaß der Katastrophe von damals erfährt.

KABEL

Susanna Kearsley
Haus der Stürme

Roman. Aus dem Englischen von Karin Diemerling.
432 Seiten. Geb.

Die junge englische Schaupielerin Celia Sands wird in eine wunderschöne Villa nach Italien eingeladen: »Il Piacere« gehörte zu Beginn des 20. Jahrhunderts dem Dichterfürsten Galeazzo D'Ascanio, dessen Enkel Alessandro jetzt dort das letzte Stück seines berühmten Vorfahren aufführen möchte. Geschrieben hatte es Galeazzo für seine große Liebe, die ebenfalls Celia hieß und damals kurz vor der Premiere auf rätselhafte Weise verschwand.
In dem traumhaften Anwesen, in dem es vor Kunstschätzen und Spukgeschichten nur so wimmelt, ist die Vergangenheit ebenso spürbar wie die Gegenwart. Bei den Proben fühlt sich Celia mehr und mehr zurückversetzt in die Epoche D'Ascanios und seiner Geliebten; fast unvermeidbar scheinen die beiden Frauenschicksale zusammenzulaufen. Und während Celia in den Sog der Zeitreise gerät und sich immer stärker in Alessandro verliebt, häufen sich die unerklärlichen Ereignisse und spitzen sich schließlich dramatisch zu ...